BRENDA JOYCE
El Premio

Editado por Harlequin Ibérica.
Una división de HarperCollins Ibérica, S.A.
Núñez de Balboa, 56
28001 Madrid

© 2004 Brenda Joyce Dreams Unlimited, Inc. Todos los derechos reservados.
EL PREMIO, N° 36
Título original: The Prize
Publicada originalmente por Mira Books, Ontario, Canadá
Traducido por Victoria Horrillo Ledesma

Todos los derechos están reservados incluidos los de reproducción, total o parcial. Esta edición ha sido publicada con permiso de Harlequin Enterprises II BV.
Todos los personajes de este libro son ficticios. Cualquier parecido con alguna persona, viva o muerta, es pura coincidencia.
El logotipo TOP NOVEL es marca registrada por Harlequin Enterprises Ltd.

®™ son marcas registradas por Harlequin Enterprises Limited y sus filiales, utilizadas con licencia. Las marcas que lleven ™ están registradas en la Oficina Española de Patentes y Marcas y en otros países.

I.S.B.N.: 978-84-671-4784-1

Este libro está dedicado a Aaron Priest y Lucy Childs, el mejor equipo de la ciudad. Gracias por devolverme a mi camino: escribir sobre tiempos pasados, hombres dominantes y mujeres que se arriesgan a desafiar al mundo con tal de amarlos.

Prólogo

5 de julio de 1798
Sur de Irlanda, alrededores del castillo de Askeaton.

Gerald O'Neill entró en la casa precipitadamente. Su camisa, antes blanca, se hallaba teñida de carmesí. Sus calzas de gamuza y su levita azul estaban igualmente manchadas. La sangre había salpicado su mejilla y ensuciado sus patillas. La herida abierta de su cabeza y los cortes de sus nudillos sangraban. Su corazón latía con alarmante fuerza y el estruendo de la batalla, los gritos de la muerte inminente, resonaban en sus oídos.

—¡Mary! ¡Mary! ¡Baja al sótano inmediatamente! —bramó.

Lleno de asombro, Devlin O'Neill no podía moverse. Su padre había estado fuera más de un mes, desde mediados de mayo. Cada par de semanas, sin embargo, había mandado noticias y, aunque Devlin sólo tenía diez años, era plenamente consciente de que se estaba librando una guerra. Los campesinos y los sacerdotes, los pastores y los caballeros, los labriegos y los nobles se habían alzado para combatir de una vez por todas a los demonios ingleses, para recuperar lo que les pertenecía por derecho: la rica tierra irlandesa, robada hacía ya un siglo. Había mucha esperanza... y mucho miedo.

El corazón de Devlin pareció detenerse mientras miraba

a su padre. Se sentía aliviado por que estuviera allí por fin y estaba, al mismo tiempo, terriblemente asustado. Temía que Gerald estuviera herido. Y temía algo mucho peor. Se precipitó hacia él con un leve grito, pero Gerald no se detuvo; se acercó al pie de la escalera y volvió a llamar a gritos a su esposa. Su mano no se apartaba de la funda que contenía su espada, y llevaba un mosquete. Devlin nunca había visto en él una mirada tan feroz. Santo Dios.

—¿Está herido nuestro padre? —susurró a su lado una vocecilla, y una mano pequeña tiró de su manga de hilo.

Devlin ni siquiera miró a su hermano menor, un niño de cabello oscuro. No podía apartar los ojos de su padre. Su mente giraba como un torbellino, acelerada. Los rebeldes habían tomado la ciudad de Wexford al inicio de la insurrección y el condado entero se había regocijado por ello. Bueno, al menos la parte católica. Habían seguido otras victorias, pero también otras derrotas. Ahora los casacas rojas estaban por todas partes. Devlin los había divisado por miles desde un cerro, esa misma mañana. Aquella imagen era la más espantosa que había visto nunca. Había oído decir que Wexford había caído y una criada decía que en New Ross había habido miles de muertos. Él se había negado a creerlo... hasta ese momento. De pronto pensó que quizá los rumores acerca de las derrotas y las matanzas fueran ciertos. Por primera vez en su joven vida, veía temor en los ojos de su padre.

—¿Está herido nuestro padre? —preguntó Sean otra vez con voz temblorosa.

—Creo que no —dijo Devlin. Sabía que tenía que ser valiente, al menos delante de Sean. Pero el miedo lo atenazaba. Su madre bajó corriendo las escaleras, con su hija pequeña en brazos.

—¡Gerald! Gracias a Dios, ¡qué preocupada estaba por ti! —exclamó, pálida como un fantasma.

Él soltó la vaina de su espada para agarrarla del brazo.

—Llévate a los niños al sótano —dijo Gerald ásperamente—. Enseguida, Mary.

—¿Estás herido? —preguntó ella. Sus ojos azules, clavados en el rostro de su marido, parecían llenos de miedo.

—Haz lo que te digo —respondió él mientras tiraba de ella por el pasillo. Meg, la niña, comenzó a lloriquear—. Y que no llore, por el amor de Dios —añadió Gerald con la misma aspereza. Miraba hacia atrás, hacia la puerta abierta, como si esperara ver llegar a los soldados británicos.

Devlin siguió su mirada. En el cielo azul claro se veía humo. De pronto, se oyó el estruendo de los disparos de los mosquetes. Mary se abrió la blusa y apretó a la niña contra su pecho.

—¿Qué será de nosotros, Gerald? —dijo, y añadió en voz más baja—: ¿Qué será de ti?

Él abrió la puerta del sótano, oculta por un tapiz centenario.

—Todo saldrá bien —dijo—. Los niños y tú, y la pequeña, estaréis bien. Ella levantó la mirada hacia él. Sus ojos estaban llenos de lágrimas—. No estoy herido —añadió con voz pastosa, y le dio un rápido beso en los labios—. Bajad y no salgáis hasta que yo os lo diga.

Mary asintió con la cabeza y bajó. Devlin echó a correr al oír retumbar un cañón, muy cerca de la casa.

—¡Padre! ¡Deja que vaya contigo! Puedo ayudarte. Sé disparar...

Gerald se volvió, golpeó a Devlin en la cabeza y el niño cayó sobre el suelo de piedra y aterrizó sobre sus posaderas.

—Haz lo que te digo —bramó su padre y, mientras corría por el pasillo, añadió—: Y cuida de tu madre, Devlin.

La puerta se cerró. Devlin parpadeó para contener sus lágrimas de desesperación y vergüenza y se descubrió mirando a Sean. Había un interrogante en los ojos grises de su hermano. Devlin se levantó, temblando como un niño pequeño. No había duda sobre lo que tenía que hacer. Nunca había desobedecido a su padre, pero no iba a permitir que su padre se enfrentara solo a los casacas rojas.

Si su padre iba a morir, moriría con él.

El miedo le hacía desfallecer. Miró a su hermano pequeño. Respiraba trabajosamente y procuraba convencerse de que debía portarse como un hombre.

—Baja con nuestra madre y Meg. Vamos, vete —ordenó en voz baja. Sin esperar a ver si Sean le obedecía, atravesó corriendo el vestíbulo y entró en la biblioteca de su padre.

—Vas a luchar, ¿verdad? —gritó Sean, que lo había seguido.

Devlin no contestó. Estaba lleno de resolución. Corrió al armero que había tras el gran escritorio de su padre y se quedó paralizado. Estaba vacío. Lo miró, incrédulo.

Entonces oyó a los soldados. Oyó gritar a los hombres y relinchar a los caballos. Oyó el chirrido de las espadas. El cañón retumbó de nuevo, muy cerca. Disparos de pistolas salpicaban el fuego de los mosquetes. Se volvió lentamente hacia Sean y sus miradas se encontraron. Su hermano tenía la cara desencajada por el miedo, el mismo miedo que aceleraba el corazón de Devlin hasta dejarle sin respiración.

—Están muy cerca, Dev —dijo.

Devlin apenas logró articular palabra.

—Vete al sótano.

Tenía que ayudar a su padre. No podía dejarlo morir solo.

—No voy a dejarte solo.

—Tienes que cuidar de mamá y de Meg —dijo Devlin, y se acercó corriendo al banco que había junto al armero y alzó la tapa. Se quedó atónito: su padre siempre guardaba en aquel arcón una pistola, pero allí no había nada, salvo una daga. Una absurda e inútil daga.

—Voy a ir contigo —dijo Sean con la voz quebrada por las lágrimas.

Devlin tomó la daga, metió la mano en el cajón del escritorio de su padre y sacó un afilado abrecartas. Se lo dio a Sean. Su hermano sonrió adustamente. Devlin no pudo devolverle la sonrisa.

Entonces vio la armadura antigua que había en un rincón de la habitación. Se decía que un célebre antepasado, que había contado con el favor de una reina inglesa, la había llevado. Devlin corrió hacia ella. Sean le pisaba los talones, como si estuviera unido a él por un cordel muy corto. Devlin sacó la espada del guantelete y la deslustrada armadura se desplomó.

Devlin sintió alzarse su ánimo. La espada era vieja y estaba oxidada, pero era un arma. Tocó su hoja y quedó boquiabierto al ver que de su dedo brotaba la sangre. Luego miró a Sean.

Ambos hermanos compartieron una sonrisa.

El cañón retumbó y la casa tembló. En el vestíbulo estallaron los cristales. Los niños parpadearon, con los ojos agrandados por el miedo. Devlin se humedeció los labios.

—Sean, tienes que quedarte con mamá y Meg.

—No.

Le dieron ganas de golpear a su hermano en la cabeza como había hecho su padre con él. Pero, en el fondo, se sentía aliviado por no tener que enfrentarse solo a los casacas rojas.

—Entonces, vamos —dijo.

Más allá de los maizales que ascendían hacia las murallas derruidas del castillo de Askeaton, se luchaba encarnizadamente. Los niños atravesaron corriendo los campos, ocultos por los tallos, hasta que llegaron a la última hilera de plantas. Devlin se agachó y se sintió enfermo al ver por fin el sangriento panorama.

Parecía haber cientos –no, miles– de soldados ataviados de rojo. Los británicos sobrepasaban con mucho a las desarrapadas hordas irlandesas. Iban bien armados con mosquetes y espadas. Los irlandeses portaban sólo picas en su mayoría. Devlin contempló cómo se masacraba a sus compatriotas, no uno a uno, sino en oleadas. El estómago se le revolvió violentamente. Sólo tenía diez años, pero era capaz de reconocer una matanza.

–Padre –susurró Sean.

Devlin se sobresaltó y siguió la mirada de su hermano. Enseguida vio a un hombre que parecía enloquecido. Montaba un caballo gris y blandía salvajemente su espada, con la que mató casi milagrosamente a un casaca roja y luego a otro.

–¡Vamos! –Devlin se levantó de un salto y corrió hacia el campo de batalla.

Un soldado británico apuntaba con su mosquete a un granjero armado con pica y daga. Soldados y campesinos luchaban entre sí con denuedo. Había mucha sangre y el tufo de la muerte se sentía por todas partes. Devlin arremetió contra el soldado con su espada. Para su sorpresa, la hoja lo atravesó por completo.

Se quedó paralizado, lleno de asombro, mientras el granjero remataba rápidamente al soldado.

–Gracias, muchacho –dijo el hombre, y arrojó al barro al soldado muerto.

Un mosquete disparó y los ojos del granjero se abrieron de par en par, llenos de sorpresa. La sangre brotó de su pecho.

–¡Dev! –gritó Sean.

Devlin se volvió bruscamente y vio el cañón de un mosquete que apuntaba hacia él. Levantó al instante la espada. Se preguntó si iba a morir. Su hoja no era oponente para el arma de fuego. Pero entonces Sean, que le había quitado el mosquete al muerto, golpeó al soldado por detrás, justo en las rodillas. El soldado perdió el equilibrio al disparar y erró el tiro. Sean lo golpeó en la cabeza y el hombre cayó al suelo y se quedó inmóvil. Aparentemente, había perdido el sentido.

Devlin se incorporó. Le costaba respirar y veía sin cesar la imagen del joven soldado al que acababa de ayudar a matar. Sean lo miraba despavorido.

—Tenemos que ir con nuestro padre —dijo Devlin.

Sean asintió con la cabeza. Estaba al borde de las lágrimas.

Devlin se volvió y escudriñó la masa informe de hombres que luchaban, intentando encontrar a su padre sobre el caballo gris. Pero fue en vano. De pronto se dio cuenta de que la lucha comenzaba a aflojar. Se quedó quieto y miró a su alrededor con los ojos dilatados. Vio cientos de hombres vestidos con túnicas marrones tendidos, inertes, sobre el campo de batalla. Intercalados entre ellos había docenas de soldados británicos, también sin vida, y unos cuantos caballos. Aquí y allá, alguien gemía o lloraba débilmente, pidiendo ayuda.

Un inglés gritaba órdenes a su compañía. La mirada de Devlin recorrió de nuevo la escena. El campo de batalla se había extendido hasta las orillas del río por un lado, con el maizal al fondo y la casa solariega al sur. Los soldados británicos comenzaban a reagruparse.

—Rápido —dijo Devlin, y Sean y él corrieron sobre los cadáveres hacia el campo de maíz, donde podrían esconderse. Sean tropezó con un cuerpo ensangrentado. Devlin lo ayudó a levantarse y tiró de él hasta que pudieron refugiarse en las primeras ringleras de maíz. Ambos se agazaparon, jadeantes. Desde la ligera elevación donde se hallaba el maizal, Devlin vio por fin que la batalla había acabado.

Había muchos muertos.

Sean se acurrucó a su lado. Devlin sabía que su hermano estaba a punto de llorar. Lo rodeó con el brazo, pero no apartó la vista del campo de batalla. La casa quedaba a su derecha, más allá de un prado. Había algunos muertos en el patio. Su mirada se dirigió de pronto hacia la izquierda. Allí delante, no muy lejos de donde se hallaban escondidos, vio el caballo gris de su padre.

Se quedó rígido. Un soldado sujetaba el caballo. Su padre no estaba montado en él.

De repente aparecieron varios oficiales británicos y se acercaron al animal. Empujaban delante de ellos a Gerald O'Neill, maniatado y a pie.

—Padre —susurró Sean.

Devlin temía abrigar esperanzas.

—Gerald O'Neill, supongo —preguntó, burlón, un oficial que iba a caballo.

—¿Con quién tengo el honor de hablar? —dijo Gerald en el mismo tono.

—Con el capitán lord Harold Hughes, fiel servidor de Su Majestad —respondió el oficial con una fría sonrisa. Tenía un rostro hermoso, el pelo tan negro que parecía azulado y los ojos azules como el hielo—. ¿No se ha enterado, O'Neill? Los rebeldes han sido vencidos y masacrados. El general Lake ha arrasado sus míseros acuartelamientos en Vinegar Hill. Tengo entendido que el número de bajas en el bando rebelde se estima en quince mil. Sus hombres y usted son un hatajo de inútiles.

—Maldito sea Lake y Cornwallis también —le espetó Gerald. Cornwallis era el virrey de Irlanda—. Lucharemos hasta que caiga el último hombre, Hughes. O hasta que recuperemos nuestra tierra y nuestra libertad.

Devlin deseó desesperadamente que su padre no hablara así al capitán británico. Pero Hughes simplemente se encogió de hombros.

—Quemadlo todo —dijo, como si hablara del tiempo.

Sean gritó. Devlin se quedó paralizado por el desaliento.

—Capitán, señor —dijo un oficial joven—. ¿Quemarlo todo?

Hughes sonrió a Gerald, que se había quedado blanco como un fantasma.

—Todo, Smith. Cada campo, cada pasto, cada cosecha, cada establo, los animales... la casa.

El teniente se volvió y expidió rápidamente las órdenes. Devlin y Sean se miraron, horrorizados. Su madre y Meg estaban en la casa. Devlin no sabía qué hacer. Sentía el deseo imperioso de correr hacia los soldados y gritar: «¡No!».

—¡Hughes! —dijo Gerald con ferocidad—. Mi esposa y mis hijos están dentro.

—¿De veras? —Hughes no parecía impresionado—. Quizá sus muertes sirvan para que otros se lo piensen dos veces antes de cometer traición —dijo.

Los ojos de Gerald se agrandaron.

—Quemadlo todo —dijo Hughes—. Y quiero decir todo.

Gerald se abalanzó hacia él, pero los soldados lo retuvieron. Devlin no se detuvo a pensar: se volvió, dispuesto a correr hacia la casa. Pero sólo había dado un paso o dos cuando se detuvo en seco. Su madre, Mary, estaba en la puerta abierta de la casa, con la niña en brazos. Devlin sintió tal alivio que se tambaleó. Tomó a Sean de la mano y se atrevió a respirar. Luego volvió a mirar a su padre y al capitán Hughes.

La cara del inglés había cambiado. Había alzado las cejas y miraba con interés hacia la casa.

—Su esposa, supongo.

Gerald forcejeaba violentamente con los tres hombres que lo sujetaban.

—Maldito canalla. Tócala y te mataré de una forma o de otra, lo juro.

Hughes sonrió sin apartar la vista de Mary. Como si no hubiera oído a Gerald, murmuró:

—Vaya, vaya. Los acontecimientos acaban de tomar un hermoso giro. Llevad a la mujer a mis aposentos.

—Sí, señor —el teniente Smith hizo volver grupas a su montura hacia la casa.

—¡Hughes! Toca un pelo a mi mujer y te cortaré las pelotas una a una —bramó Gerald.

—¿Ah, sí? ¿Y eso lo dice un hombre destinado a la horca... o a algo peor? —desenvainó tranquilamente su espada y, un instante después, un solo golpe cercenó la cabeza de Gerald.

Devlin miró, horrorizado, cómo caía lentamente al suelo el cuerpo decapitado de su padre y su cabeza rodaba por la tierra, con los ojos grises aún abiertos y llenos de ira.

Se volvió, paralizado aún por el estupor, y vio que su madre se desmayaba. Meg lloraba con fuerza, pataleaba y agitaba los brazos en el suelo, junto a Mary.

—Prended a la mujer —dijo Hughes—. Llevadla a mis aposentos y quemad la maldita casa —espoleó a su montura y partió al galope.

Mientras dos soldados echaban a andar hacia la casa, la conciencia de que su padre había sido brutalmente asesinado golpeó a Devlin como un mazazo. «Padre ha muerto. Ha sido salvajemente asesinado, a sangre fría. Por ese maldito capitán inglés, por ese Hughes.»

Había dejado la espada en el campo de batalla. Levantó la pequeña y estúpida daga. Un grito se elevó de alguna parte, un sonido monstruoso, agudo, lleno de rabia y de dolor. Devlin comprendió vagamente que aquel sonido procedía de él. Se precipitó hacia delante dando tumbos, decidido a matar a quien pudiera, a cualquier inglés.

Un soldado lo miró con sorpresa al verlo correr hacia él con la daga levantada.

Alguien golpeó la parte de atrás de su cabeza y, tras el primer instante de dolor, sólo sintió negrura... y un delicioso alivio.

Devlin despertó despacio. Notaba un intenso dolor en la cabeza, tenía frío, estaba mojado y sentía un temor difuso.

—¿Dev? —susurró Sean—. Dev, ¿estás despierto?

Notó que los brazos delgados de su hermano lo sujetaban. Un extraño olor, acre y amargo, impregnaba el aire. Devlin se preguntó dónde estaba, qué había sucedido. Entonces vio a su padre maniatado entre los casacas rojas; vio al capitán Hughes levantar su espada y cercenar su cabeza. Gimió y abrió los ojos bruscamente.

Sean lo abrazó más fuerte.

Al recordarlo todo, luchó por ponerse de rodillas. Estaban en el bosque y había llovido hacía poco. Todo estaba húmedo y frío. Devlin se echó hacia un lado y se retorció de dolor, sin llorar, agarrándose a la oscura tierra de Irlanda.

Por fin se calmó. Se sentó en cuclillas y miró a los ojos a Sean. Su hermano había hecho una pequeña hoguera cuyo fuego permitía ver, pero no calentaba.

—¿Y madre? ¿Y Meg? —preguntó Devlin con voz ronca.

—No sé dónde está —dijo Sean con el rostro contraído—.

Los soldados se la llevaron antes de que volviera en sí. Yo quería ir a recoger a Meg, pero cuando te volviste loco y ese soldado te golpeó, te traje aquí a rastras. Luego empezó el fuego, Devlin —sus ojos se llenaron de lágrimas—. Todo ha desaparecido, todo.

Devlin quedó con la mirada perdida, lleno de pavor. Luego, sin embargo, volvió en sí. Ahora, todo dependía de él. No podía llorar; tenía que tomar el mando.

—Deja de lloriquear como un bebé —dijo con voz cortante—. Tenemos que rescatar a mamá y encontrar a Meg.

Sean dejó de sollozar al instante. Asintió con la cabeza sin apartar los ojos de su hermano.

Devlin se levantó. No se molestó en sacudirse las calzas, que estaban muy sucias. Atravesaron a toda prisa el claro. Al llegar a su linde, Devlin dio un traspié.

Una vasta planicie se extendía ante él y, donde antaño se alzaba la casa, vio un cascarón de paredes de piedra y dos chimeneas desoladas. Identificó enseguida aquel olor acre: un olor a humo y a cenizas.

—Nos moriremos de hambre este invierno —musitó Sean, agarrándolo de la mano.

—¿Volvieron a la fortaleza de Kilmallock? —preguntó Devlin con severidad. La determinación había ocupado el lugar del miedo gélido, del pavor nauseabundo. Sean asintió.

—Dev, ¿cómo vamos a rescatarla? Ellos son miles... Nosotros, sólo dos... y pequeños.

Aquella misma pregunta atormentaba a Devlin.

—Encontraremos algún modo —dijo—. Te lo prometo, Sean. Encontraremos algún modo.

Era mediodía cuando llegaron a lo alto de un cerro que miraba sobre la fortaleza inglesa de Kilmallock. Devlin se desanimó al mirar más allá de las empalizadas y ver un mar de tiendas blancas y casacas rojas. Las tiendas del oficial al mando, situadas en medio del fuerte, estaban señaladas por banderas. Devlin se puso a pensar cómo podían entrar Sean y él en el fuerte. De haber sido más alto, habría matado a un soldado para apoderarse de su uniforme. Sopesó la posibilidad de entrar sencillamente por las puertas abiertas con una carreta, un convoy o un grupo de soldados, como si fueran inofensivos.

—¿Crees que está bien? —susurró Sean. Su hermano seguía estando aterradoramente pálido, tenía los labios en carne viva de tanto mordérselos y los ojos llenos de temor. A Devlin le preocupaba que cayera enfermo. Lo rodeó con un brazo.

—Vamos a salvarla y todo volverá a estar bien —dijo con firmeza. Pero en el fondo de su alma sabía que estaba mintiendo: nada volvería a ser como antes.

¿Qué habría sido de la pequeña Meg? Le daba miedo pensar siquiera en que hubiera muerto en el incendio. Cerró los ojos con fuerza. Una terrible quietud se apoderó de él. Su respiración se calmó por primera vez. Sus entrañas dejaron de retorcerse. Algo oscuro comenzó a formarse en su cabeza. Algo oscuro, amargo y duro... algo terrible e implacable.

Sean comenzó a llorar.

—¿Y si le ha hecho daño? ¿Y si... y si... le ha hecho... lo que le hizo a nuestro padre?

Devlin parpadeó y se descubrió mirando fríamente el fuerte. Siguió mirándolo un momento sin hacer caso de su hermano, consciente del terrible cambio que acababa de operarse en él. El niño de diez años se había esfumado para siempre. Un hombre había aparecido en su lugar, un hombre frío y decidido, un hombre cuya ira bullía bajo la superficie y alimentaba una férrea resolución. La fuerza de su determinación le causaba asombro. El temor había desaparecido. No temía a los ingleses, ni a la muerte.

Y sabía lo que tenía que hacer..., aunque costara años.

Se volvió hacia Sean, que lo miraba con sus ojos enormes y llenos de lágrimas.

—No le ha hecho daño a mamá —se oyó decir con calma. Su tono era tan imperioso como lo había sido el de su padre.

Sean parpadeó, sorprendido, y asintió con la cabeza.

—Vamos —dijo Devlin con firmeza. Bajaron la colina y junto a la carretera encontraron una peña tras la que esconderse. Pasada una hora, aparecieron cuatro carros llenos de provisiones, conducidos por una docena de soldados a caballo—. Finge que queremos darles la bienvenida —susurró suavemente.

Salieron a la carretera. El sol, muy alto, era cálido y brillante. Sonrieron y saludaron a las tropas que se acercaban. Algunos soldados les devolvieron el saludo. Uno de ellos les arrojó un trozo de pan. Los hermanos siguieron saludando mientras pasaban las carretas, con la sonrisa pegada al rostro. Luego Devlin dio un codazo a Sean y echaron ambos a correr tras la última carreta. Devlin montó en ella de un salto, se volvió y le tendió la mano a su hermano. Sean dio un brinco, se agarró a su mano y Devlin tiró de él. Se ocultaron bajo los sacos y se acurrucaron el uno junto al otro, mirándose. Devlin sintió una satisfacción leve, pero feroz. Sonrió a Sean.

—¿Y ahora qué? —susurró su hermano.

—Ahora, esperaremos —dijo Devlin. Curiosamente, sentía una fría confianza en sí mismo.

Una vez el carro hubo cruzado las puertas del fuerte, Devlin se atrevió a asomar la cabeza. Vio que nadie miraba y dio un codazo a Sean. Saltaron al suelo y corrieron hacia el lateral de la tienda más cercana. Cinco minutos después estaban agazapados junto a la tienda del capitán, escondidos tras dos barriles de agua. Apenas se les veía y, de momento, estaban a salvo.

—¿Qué vamos a hacer ahora? —preguntó Sean mientras se limpiaba el sudor de la frente.

—Sss —dijo Devlin. Intentaba descubrir cómo podían liberar a su madre. Parecía imposible. Pero tenía que haber algún modo. No había llegado hasta allí para permitir que su madre cayera en las garras del capitán Hughes. Su padre querría que la rescatara... y él no volvería a defraudarlo.

Aquel recuerdo pavoroso volvió a asaltarlo: la cabeza cercenada de su padre en el suelo, en medio de un charco de sangre, sus ojos agrandados y furiosos, casi sin vida.

Su confianza en sí mismo flaqueó, pero su resolución se fortaleció hasta lo imposible.

Se oyeron voces. Unos caballos se acercaban al trote. Devlin y Sean miraron más allá de los barriles. Hughes había salido de la tienda. Parecía contento. Sostenía en la mano una copa de coñac y, al parecer, le interesaba la causa de aquel alboroto.

Devlin siguió la dirección de la mirada del capitán hacia el sur, a través de las puertas abiertas del fuerte por las que habían entrado su hermano y él. Se sobresaltó. Un grupo de jinetes se acercaba a galope tendido. El pendón que ondeaba por encima del jinete que iba al frente era de color negro, plata y cobalto. A su lado, Sean inhaló bruscamente y Devlin y él se miraron.

—Es el conde de Adare —susurró Sean, inquieto. Devlin le tapó la boca con la mano.

—Habrá venido a ayudar. Calla.

—Malditos sean los irlandeses, hasta los de origen inglés —le dijo Hughes a otro oficial—. Es el conde de Adare —arrojó la copa de coñac al suelo. Estaba visiblemente irritado.

—¿Cerramos las puertas, señor?

—Por desgracia, ese hombre es amigo de lord Castlereagh y forma parte del Consejo de Irlanda. Tengo entendido que estuvo en una cena de estado con Cornwallis. Si cierro las puertas, se armará una buena —Hughes tenía el ceño fruncido y unas manchas rojas habían aparecido en su garganta, por encima del cuello dorado y negro de su casaca roja.

Devlin intentó contener su agitación. Edward de Warenne, conde de Adare, era su señor. Y, aunque Gerald tenía en arriendo sus tierras ancestrales, que pertenecían a Adare, ambos eran, de hecho, mucho más que propietario y arrendatario. A menudo asistían a las mismas cenas y bailes, a las mismas cacerías y carreras de obstáculos. Adare había cenado muchas veces en la casa de Askeaton. A diferencia de otros grandes terratenientes, siempre se había mostrado justo en sus tratos con la familia O'Neill; nunca les exigía pagos excesivos ni pedía más de lo que le correspondía.

Devlin se dio cuenta de que Sean y él estaban agarrados de la mano. Observó, casi sin aliento, cómo el conde y sus hombres se dirigían a la tienda del capitán. No refrenaron a sus caballos y los soldados tuvieron que apartarse. Por fin, los jinetes se detuvieron bruscamente ante Hughes y sus hombres. De inmediato, decenas de casacas rojas armados con mosquetes rodearon a los recién llegados.

El conde espoleó a su caballo negro para acercarse al capitán. Era alto y moreno, de apariencia distinguida y formidable. Su presencia emanaba poder y autoridad. Pero su rostro era una máscara de ira.

—¿Dónde está Mary O'Neill? —preguntó secamente. Un manto azul marino ondeaba sobre sus hombros.

Hughes esbozó una sonrisa crispada.

—Supongo que se ha enterado de la prematura muerte de O'Neill.

—¿De su prematura muerte? —El conde de Adare se apeó de un salto y se acercó al capitán—. De su asesinato, querrá decir. Ha matado usted a uno de mis arrendatarios, Hughes.

—Así que, ¿ahora es usted papista? O'Neill estaba abocado al patíbulo y usted lo sabe, Adare.

Adare se quedó mirándolo. Temblaba de furia. Por fin dijo en voz baja:

—Maldito canalla. Siempre queda la posibilidad del exilio y el perdón real. Yo habría movido cielo y tierra para conseguirlo. Hijo de puta arrogante —su mano se dirigió hacia la empuñadura de su espada.

Hughes se encogió de hombros con indiferencia.

—Como decía, papista y jacobita. Éstos son tiempos peligrosos, amigo mío. Ni siquiera lord Castlereagh querrá que se lo relacione con un jacobita.

Adare guardó silencio un momento. Saltaba a la vista que luchaba por dominarse.

—Quiero a la mujer. ¿Dónde está?

Hughes vaciló. Su mandíbula se tensó. Nuevas manchas rojizas salpicaron su semblante.

—No me obligue a hacer lo que deseo. No me obligue a matarlo con mis propias manos —dijo Adare con frialdad.

—Está bien. No me interesa esa zorra irlandesa. Se puede conseguir una docena por un penique.

Aquella ofensa dejó tan asombrado a Devlin que le dio vueltas la cabeza. Se habría lanzado a matar a Hughes, pero no hizo falta. Adare recorrió la escasa distancia que lo separaba del capitán y se encaró con él.

—No subestime el poder de Adare. Le sugiero que cese en sus ofensas antes de que se encuentre al mando de un montón de pieles rojas en el Canadá. El día quince ceno con Cornwallis y nada me gustaría más que susurrarle al oído algunos hechos sumamente desagradables. ¿Me ha entendido, capitán?

Hughes no dijo nada. Su rostro se había vuelto de color carmesí. Adare lo soltó. Entró en la tienda. Su manto oscuro ondulaba tras él.

Devlin y Sean se miraron. Luego pasaron corriendo junto a Hughes y entraron en la tienda tras el conde. Devlin vio al instante a su madre sentada en una sillita y comprendió enseguida que había estado llorando.

—¡Mary! —exclamó el conde, parándose en seco—. ¿Te encuentras bien?

Mary se levantó. Sus ojos azules se habían agrandado. Tenía los rizos rubios revueltos. El conde y ella se sostuvieron la mirada.

—Sabía que vendría —dijo ella con voz trémula.

Adare se acercó y la agarró de los hombros. Tenía los ojos azules muy abiertos.

—¿Estás herida? —preguntó con más suavidad.

Ella tardó un momento en contestar.

—No en el sentido al que se refiere, milord —titubeó sin dejar de mirarlo y sus ojos se llenaron de lágrimas—. Mató a Gerald. Mató a mi esposo delante de mis ojos.

—Lo sé —respondió Adare, angustiado—. Lo siento. Lo siento muchísimo.

Mary estaba deshecha. Apartó la mirada, a punto de llorar de nuevo. Adare le hizo volver la cara y sus ojos se encontraron de nuevo.

—¿Dónde está Meg? ¿Y los niños?

Ella comenzó a llorar.

—No sé dónde está Meg. La tenía en brazos cuando me desmayé y... —no pudo continuar.

—La encontraremos —el conde sonrió un poco—. Yo la encontraré.

Mary asintió con la cabeza. Estaba claro que creía que

el conde triunfaría contra toda esperanza. Entonces vio a sus hijos de pie junto a la entrada de la tienda. Los niños, inmóviles como estatuas, observaban a su madre y al poderoso conde protestante.

—¡Devlin! ¡Sean! ¡Gracias a Dios! ¡Estáis vivos! ¡Estáis bien! —corrió hacia ellos y los abrazó.

Devlin cerró los ojos. Apenas podía creer que hubiera encontrado a su madre sana y salva. Sabía que el conde se ocuparía de ella a partir de ese momento.

—Estamos bien, madre —dijo suavemente, apartándose de su abrazo.

Adare se reunió con ellos y rodeó a Mary con el brazo con aire posesivo. Miró rápidamente a los dos chiquillos. Devlin le sostuvo la mirada. Una parte de su ser deseaba rebelarse, a pesar de que necesitaban desesperadamente la ayuda del conde. Pero Gerald no había sido enterrado aún, y Devlin conocía las inclinaciones del conde. Hacía tiempo que las adivinaba.

—Devlin, Sean, prestad atención —ordenó Adare—. Vendréis a Adare conmigo. Cuando salgamos de esta tienda, montad a caballo rápidamente, detrás de mis hombres. ¿Me habéis entendido?

Devlin asintió con la cabeza, pero no pudo evitar mirar rápidamente a Adare y a su madre. Había notado cómo miraba el conde a su madre en otras ocasiones. Pero, naturalmente, muchos hombres la admiraban desde la distancia. Antes de la muerte de Gerald, había sido fácil decirse que Adare admiraba a su madre como tantos otros. Ahora, Devlin sabía que se había engañado. Le alegraba que el poderoso conde hubiera acudido en su ayuda, pero estaba también resentido. El conde era viudo y amaba a Mary. Devlin estaba seguro de ello. Pero, ¿y su padre, que aún ni siquiera había sido debidamente enterrado?

—¡Devlin! —la voz de Adare resonó como un látigo. Su mirada era afilada—. Muévete.

Devlin se apresuró a obedecer. Sean y él echaron a andar tras Adare y Mary. Los cuatro abandonaron el amparo de la tienda.

Fuera, el sol lucía brillante. Un silencio sobrenatural había caído sobre el campamento. Los soldados británicos habían formado en hileras alrededor de la veintena de hombres armados de Adare. Era evidente que, de desearlo Hughes, habría otra matanza ese día.

Devlin miró al conde, pero, si Adare tenía miedo, no lo demostraba. El respeto que Devlin sentía por él se acrecentó. Adare se parecía mucho a Gerald, y debía de ser igual de valiente. Sofocaba cualquier temor que luchaba por levantarse.

El paso de Adare no vaciló cuando se acercó a sus hombres. Montó a Mary en su caballo. Hughes los observaba con semblante lleno de odio. Devlin aupó a Sean hacia uno de los jinetes y montó de un salto tras otro. Sean fue subido a la grupa de otro caballo.

Adare ya estaba en la silla, detrás de Mary. Paseó la mirada por los niños y por las filas de soldados británicos y miró finalmente a Hughes.

—Ha atentado contra lo que es mío —dijo con voz tonante—. No vuelva a hacerlo.

Hughes sonrió agriamente.

—Ignoraba que la señora y usted fueran... íntimos.

—No tergiverse mis palabras, capitán —bramó Adare—. Ha matado usted a mi vasallo, ha quemado mis tierras, y eso es una afrenta para mí y para los míos. Ahora, déjenos pasar.

Devlin miró a Adare y a Hughes. Los dos hombres se miraban fijamente. Devlin notaba que el sudor corría por su espalda. Por un instante, el fuerte quedó tan en silencio que podría haberse oído el susurro de una hoja.

—Apartaos —bramó Hughes finalmente—. Dejadlos marchar.

La fila de soldados se abrió. Adare levantó la mano, espoleó a su montura y condujo a sus hombres fuera del campamento, por entre las tropas británicas. Devlin se aferró al soldado detrás del cual montaba. Pero miró hacia atrás.

A los ojos azules del capitán.

Y entonces comenzó el fuego.

Comenzó en algún lugar al fondo de su alma. Emanaba en grandes y negras oleadas y se difundía por su sangre hasta consumirlo, amargo, rojo y acre.

Algún día se cobraría venganza. Algún día, cuando llegara el momento. El capitán Harold Hughes pagaría por el asesinato de Gerald O'Neill.

PRIMERA PARTE

LA CAUTIVA

5 de abril de 1812
Richmond, Virginia

—Ni siquiera saber bailar —dijo con desdén una de las jóvenes damas.

Muy colorada, Virginia Hughes notaba vivamente la presencia de las doce muchachas que aguardaban en fila tras ella en el salón de baile. El maestro de danza le estaba enseñando el *sissonne ballotté*, uno de los pasos de la cuadrilla. Virginia no comprendía el paso, pero tampoco le importaba. No le interesaba el baile. Sólo quería irse a su casa, a Sweet Briar.

—Señorita Hughes, no debe usted abandonar la conversación galante ni siquiera cuando esté ejecutando el paso. Si no, su actitud será gravemente malinterpretada —la reprendió el maestro de baile, un hombre moreno y esbelto.

Virginia no le oía en realidad. Cerró los ojos y se sintió transportada a un tiempo y un lugar mucho más agradables que los formidables muros del colegio Marmott para señoritas.

Aspiró profundamente y el olor embriagador de la madreselva la embargó. Tras él llegó el aroma, mucho más fuerte y potente, de la negra tierra virginiana, removida para la roza de primavera. Se imaginaba los campos oscuros, que se extendían hasta donde alcanzaba la vista, las hileras de esclavos vestidos de blanco y, más cerca, los prados ondulados, las rosaledas y los vetustos robles que rodeaban la hermosa casa de ladrillo construida por su padre.

—Podría haberse construido en Inglaterra —había dicho su padre con orgullo muchas veces—, hace cien años. Nadie que la mire verá alguna diferencia.

Virginia echaba de menos Sweet Briar, pero no tanto como echaba de menos a sus padres. Una oleada de añoranza se apoderó de ella y, al abrir los ojos, se halló de nuevo en el horrible salón de baile de la escuela a la que había sido enviada. El maestro de baile parecía sumamente enojado; tenía los brazos en jarras y una expresión agria en su morena tez italiana.

—¿Por qué arruga así los ojos? —murmuró alguien.

—Porque está llorando, por eso —contestó otra persona con aire altivo.

Virginia sabía que aquella voz era la de Sarah Lewis, la bella joven rubia que, según ella misma, era la debutante más codiciada de todo Richmond. O lo sería, cuando debutara a final de año. Virginia se volvió, furiosa, y se acercó a Sarah. Virginia era muy menuda y delgada; tenía la cara pequeña y triangular, pómulos afilados y brillantes ojos violetas; su cabello negro, que le llegaba a la cintura, había sido recogido minuciosamente hacia arriba, pues se negaba a cortárselo, y parecía a punto de aplastarla con su peso. Sarah era al menos un palmo más alta que Virginia y mucho más corpulenta. Pero a Virginia no le importaba.

Se había peleado por primera vez a la edad de seis años y, cuando su padre detuvo la pelea, había comprendido que estaba luchando como una chica. Después, para disgusto de su madre, la habían enseñado a pelear con los puños, como un chico. Virginia no sólo podía asestar un buen gancho, sino que podía volar el cuello de una botella a cincuenta metros de distancia con un rifle de caza. No se detuvo hasta hallarse cara a cara frente a Sarah, para lo cual tuvo que ponerse de puntillas.

—Bailar es para tontas como tú —gritó—. Deberías llamarte Sarah la bailarina tonta.

Sarah profirió un bufido de indignación, retrocedió... y montó en cólera.

—¡*Signor* Rossini! ¿Ha oído usted lo que me ha dicho esta verdulera?

Virginia mantenía la cabeza muy erguida.

—Esta verdulera es dueña de una plantación entera. Cinco mil acres de tierra. Y, si no me salen mal las cuentas, cosa que dudo, eso me hace mucho más rica que tú, bailarina idiota.

—Estás celosa —siseó Sarah—, porque eres flaca y fea y nadie te quiere... ¡Por eso estás aquí!

Virginia plantó con firmeza los pies en el suelo. Algo se quebró dentro de ella, produciéndole un dolor agudo. Porque Sarah tenía razón. Nadie la quería, estaba sola, y por Dios que aquello era muy doloroso.

Sarah notó que había puesto el dedo en la llaga. Sonrió.

—Todo el mundo lo sabe. Todo el mundo sabe que te han mandado aquí hasta que seas mayor de edad. Para eso quedan tres años, Virginia. Estarás vieja y arrugada cuando vuelvas a tu granja.

—Ya basta —dijo el *signor* Rossini—. Señoritas, vayan a...

Virginia no aguardó a oír el resto. Se volvió y salió corriendo del salón de baile, segura de que tras ella se oían risillas nerviosas. Odiaba a Sarah, odiaba a las otras chicas, al maestro de baile, a todo el colegio y hasta a sus padres. ¿Cómo podían haberla abandonado? ¿Cómo era posible?

Al llegar al pasillo, se dejó caer al suelo, pegó las finas rodillas al pecho y rezó porque aquel dolor se disipara. Incluso odiaba a Dios por haberse llevado a sus padres de un solo golpe, aquella espantosa noche de lluvia, el otoño anterior.

—¡Oh, papá! —musitó contra su rodilla huesuda—. Te echo tanto de menos...

Sabía que no debía llorar. Prefería morir a que alguien la viera llorar. Pero nunca se había sentido tan perdida y sola. Nunca antes, en realidad, se había sentido perdida y sola. Sólo había conocido días soleados que pasaba cabalgando con su padre por la plantación y veladas ante la chimenea, mientras su madre bordaba y su padre leía. Su casa estaba llena de esclavos, a cada uno de los cuales conocía desde la cuna. Estaba Tillie, su mejor amiga, a pesar de que fuera una esclava dos años mayor que ella. Se abrazó las rodillas con más fuerza, respiró hondo y parpadeó furiosamente. Tardó un buen rato en recuperar la compostura.

Cuando lo logró, se sentó más derecha. ¿Qué había dicho Sarah? ¿Que tenía que quedarse en el colegio hasta que fuera mayor de edad? ¡Pero eso era imposible! Acababa de cumplir los dieciocho y eso significaba que tendría que quedarse en aquella horrible prisión tres años más.

Se levantó sin molestarse en sacudirse el polvo de las faldas negras que llevaba en señal de luto. Habían pasado seis meses desde el trágico accidente de carruaje que se había cobrado las vidas de sus padres y, aunque la directora había expresado su deseo de que abandonara el luto, Virginia se había negado en redondo. Pensaba guardar luto por sus padres toda la vida. Aún no podía entender por qué Dios los había dejado morir.

Pero sin duda esa bruja de Sarah Lewis no sabía de qué estaba hablando.

Muy alterada, Virginia recorrió a toda prisa el corredor

recubierto de paneles de madera. Su único pariente era su tío, Harold Hughes, conde de Eastleigh. Tras la muerte de sus padres, el conde le había hecho llegar sus condolencias y, en su calidad de tutor oficial, la había ordenado ir al Colegio Marmott, en Richmond. Virginia apenas recordaba nada de aquello; su vida se reducía entonces a un borrón de dolor y melancolía. Un día se había hallado en la escuela, sin apenas recordar cómo había llegado allí. Sólo recordaba vagamente que Tillie la había abrazado una última vez y que ambas se habían despedido entre lágrimas. Una vez hubo remitido el dolor inicial, Tillie y ella habían intercambiado una serie de cartas. Sweet Briar estaba a ciento treinta kilómetros al sur de Richmond y a unos pocos kilómetros de Norfolk. Virginia se había enterado a través de Tillie de que el conde era el albacea de su herencia y de que había ordenado que todo siguiera administrándose como antes de la muerte de su hermano. Sin duda, si Sarah tenía razón, Tillie la habría advertido de las terribles y crueles intenciones de su tutor. A menos que no las conociera...

Pensar en Tillie y en Sweet Briar la llenaba de añoranza. El deseo de regresar a casa se le hizo de pronto abrumador. Tenía dieciocho años y muchas jóvenes de su edad estaban ya prometidas y hasta casadas. Antes de morir, sus padres nunca habían sacado a relucir el asunto de su matrimonio, cosa por la cual Virginia les estaba agradecida. No sabía muy bien qué le pasaba, pero el matrimonio —y los jóvenes— nunca le había interesado. Desde los cinco años, cuando Randall Hughes la montó por primera vez en su caballo, delante de él, Virginia había trabajado codo con codo con su padre cada día. Conocía cada palmo de Sweet Briar, cada árbol, cada hoja, cada flor. (La plantación tenía cien acres, no cinco mil, pero a Sarah Lewis había que bajarle un poco los humos). Lo sabía todo acerca del tabaco, el producto que se cultivaba en Sweet Briar. Conocía las mejores formas de transplantar los retoños, el mejor modo de curar las hojas recolectadas, las mejores lonjas para venderlo. Al igual que su padre, había seguido con ávido interés y ferviente esperanza las fluctuaciones del precio de la hoja de tabaco. Cada verano, su padre y ella desmontaban y atravesaban a pie los campos de tabaco, tocaban las plantas frondosas con las manos sucias, inhalaban su aroma penetrante, juzgaban la calidad de su cosecha.

Ella había tenido también otros deberes y responsabilidades. No había mujer más buena y generosa que su madre, ni nadie que supiera más de hierbas y remedios para sanar. Nadie se preocupaba más por sus esclavos. Virginia había atendido junto a su madre a muchos aquejados de fiebres o gripe. Nunca le había dado miedo entrar en las casas de los esclavos cuando había algún enfermo. De hecho, había puesto más de una cataplasma. Aunque su madre no le permitía asistir a los partos, Virginia veía nacer a los potrillos y había pasado muchas noches esperando a que pariera alguna yegua preñada. ¿Por qué no podía estar en casa ahora, recorriendo Sweet Briar con James MacGregor, su capataz? ¿Qué sentido tenía que estuviera en aquella maldita escuela? Ella había nacido para dirigir la plantación. Llevaba a Sweet Briar en la sangre.

Sabía que no era una dama. Había llevado pantalones desde el momento en que descubrió su existencia, y le gustaban mucho más que las faldas. A su padre no le molestaba; se enorgullecía de la franqueza de su hija, de su habilidad natural para cabalgar, de su perspicacia. La consideraba hermosa, además —siempre la había llamado su pequeña rosa silvestre—, pero todos los padres pensaban eso de sus hijas. Virginia sabía que no era cierto. Era demasiado flaca para que se la considerara bella. Sin embargo, no le importaba. Era demasiado lista como para querer ser simplemente una dama.

Su madre se había mostrado siempre tolerante con su marido y su hija. Los dos hermanos varones de Virginia habían muerto al nacer, primero Todd y luego el pequeño Charles, cuando ella tenía seis años. Fue entonces cuando su madre empezó a hacer la vista gorda con el asunto de las calzas, los caballos y la caza. Se pasó semanas llorando y rezando en la capilla de la familia y, al final, de algún modo, encontró la paz. Después de eso, sus sonrisas y su luminoso afecto regresaron..., pero no volvió a quedarse embarazada, como si su marido y ella hubieran hecho un pacto tácito.

Virginia no comprendía por qué una mujer había de desear ser una dama. Una dama tenía que ceñirse a ciertas reglas. La mayoría de aquellas reglas eran exasperantes, pero algunas eran simplemente opresivas. Ser una dama era como ser una esclava que no tenía un hermoso hogar como Sweet Briar. Ser una dama no era muy distinto a llevar grilletes.

Virginia se detuvo ante el despacho de la directora. Había tomado una decisión. Ya no le importaba que Sarah Lewis hubiera dicho la verdad o no. Era hora de volver a casa. Tomar aquella determinación la hizo sentirse mejor. Por primera vez desde la muerte de sus padres, se sentía fuerte... y llena de arrojo.

Llamó a la hermosa puerta de caoba.

La señora Towne, una mujer robusta y de trato agradable, le indicó que pasara. Sus ojos de mirada amable sostuvieron los de Virginia, en los que había una expresión solemne, a pesar de que normalmente bailaba en ellos una luz constante.

—Me temo que tendrá que aprender a bailar tarde o temprano, señorita Hughes.

Virginia hizo una mueca. La directora era la única persona de la escuela a la que apreciaba.

—¿Por qué?

La señora Towne pareció sorprendida por un instante.

—Siéntese, querida.

Virginia se sentó. Entonces se dio cuenta de que tenía las rodillas separadas y de que sus manos colgaban de los brazos de la silla, y cambió de postura rápidamente, no porque quisiera guardar las formas, sino porque no quería irritar a la directora en ese momento. Juntó las rodillas, unió las manos y pensó en lo maravilloso que sería estar montada a lomos de su caballo y vestida con unas calzas.

La señora Towne sonrió.

—No es tan difícil cooperar, querida.

—Sí que lo es —Virginia era también muy terca.

—Virginia, las señoritas de buena posición deben bailar. ¿Cómo, si no, vas a asistir a una fiesta como es debido y a divertirte?

Virginia no titubeó.

—No me interesan las fiestas, señora. Ni el baile. Francamente, es hora de que me vaya a casa.

La señora Towne la miró con moderado asombro.

Virginia se olvidó de sentarse correctamente.

—No es cierto, ¿verdad? ¿Lo que dijo esa arpía de Sarah Lewis? ¿No tengo que quedarme aquí, olvidada y prisionera, tres años más?

La señora Towne estaba muy seria.

—La señorita Lewis debe de haberme oído hablar en privado con la señora Blakely. Querida, es cierto que ésas fueron las instrucciones que recibimos de su tío.

Virginia se quedó sin habla, con la mirada fija en la directora. Tardó un momento en poder pensar. Durante un tiempo, había temido que el conde de Eastleigh enviara por ella y la obligara a marchar a Inglaterra. Al menos, no tenía ya que enfrentarse a ese dilema. Pero, ¿acaso estaba dispuesto a tenerla tres años más encerrada en aquella escuela? Llevaba allí seis meses y ya lo odiaba. No podía permitirlo. Oh, no. Iba a irse a casa.

La señora Towne volvió a hablar.

−Sé que tres años parecen mucho tiempo, pero, en realidad, teniendo en cuenta cómo se ha criado, es posiblemente el tiempo que necesitamos para instruirla como es debido para que triunfe en sociedad, querida mía. Y hay una buena noticia. Su tío tiene intención de casarla en cuanto cumpla la mayoría de edad.

Virginia se levantó, llena de estupor.

−¿Qué?

La señora Towne parpadeó.

−Debí imaginar que no le agradaría la idea. Toda señorita de buena posición ha de casarse, y usted no es una excepción. Su tío piensa buscarle un buen marido y...

−¡No y mil veces no!

Ahora fue la señora Towne quien se quedó sin habla.

La ira consumía a Virginia.

−¿Primero me manda aquí? ¿Luego se le ocurre encerrarme durante tres años? ¿Y luego me mandará a otra prisión? ¿A un matrimonio con un desconocido? ¡No! ¡Ni hablar!

−Siéntese.

−No, señora Towne. Verá, algún día me casaré, pero me casaré por amor y sólo por amor. Por una gran pasión, como la de mis padres −las lágrimas nublaron sus ojos. No se conformaría con medias tintas. Algún día encontraría a un hombre como su padre, hallaría la clase de amor que sus padres habían compartido tan visiblemente. No, no se resignaría.

−Siéntese, Virginia −dijo con firmeza la señora Towne.

Virginia movió la cabeza de un lado a otro y la directora

se levantó—. Sé que ha sufrido una terrible tragedia y todos lo sentimos por usted, créame. Pero usted no controla su destino, hija mía. Lo controla su tío. Si él desea que se quede aquí hasta su mayoría de edad, así habrá de ser. Y estoy segura de que acabará usted cobrando afecto a su futuro marido, sea quien sea.

Virginia no podía hablar. El pánico se había apoderado de ella. ¡Un desconocido se creía al mando de su vida! Se sentía atrapada, como si estuviera encerrada en una jaula de barrotes de hierro, o, peor aún, en una jaula sumergida en el mar, en la que se ahogaba.

—Querida mía, debe hacer un esfuerzo por integrarse en nuestra pequeña comunidad. Es usted la que ha decidido mostrarse desdeñosa con sus compañeras. No ha intentado ni una sola vez mostrarse amistosa o divertida. Se apartó usted desde el momento en que llegó y lo permitimos por respeto a su dolor. Sé por qué lleva usted la cabeza tan alta, querida, pero las otras la consideran altanera y orgullosa. Es hora de que se corrija... y de que haga amistades. Confío en que encuentre amigas, Virginia. Y espero asimismo que destaque en los estudios.

Virginia cruzó los brazos. ¿De veras la consideraban las otras altanera y orgullosa? No podía creerlo. Todas la despreciaban porque era de campo, porque era muy distinta a ellas.

—Es usted muy inteligente, Virginia. Podría irle muy bien aquí si se esforzara un poco —la señora Towne le sonrió.

Virginia tragó saliva con dificultad.

—No puedo quedarme aquí. Y a ellas no les gusto porque soy distinta. No soy presumida, ni coqueta, y no me desmayo si veo a un hombre guapo.

—Usted ha elegido ser distinta, pero es una chica preciosa y de buena familia y, en realidad, eso no la distingue en absoluto de las demás. Debe dejar de ser tan independiente, Virginia, y será muy feliz aquí, le doy mi palabra —la señora Towne se acercó a ella y le dio unas palmaditas en los finos hombros—. Estoy segura de ello, Virginia. Sólo quiero que se convierta en una buena alumna de esta escuela... y que sea una mujer feliz.

Virginia forzó una sonrisa quebradiza. No había nada más que decir. No iba a quedarse en la escuela, ni iba a permitir que su tío, el conde, le eligiera marido... y no había más que hablar.

La señora Towne sonrió con afecto.

—Abandone su rebeldía, querida mía. Si lo hace, obtendrá usted grandes recompensas.

Virginia logró asentir con la cabeza. Un momento después, la entrevista acabó y ella huyó del despacho. En cuanto estuvo a solas en su cama del dormitorio comunitario, comenzó a planear su huida.

Dos días después, Virginia llevó a cabo sus abluciones matinales con la mayor lentitud que pudo. Las otras señoritas empezaban a salir del dormitorio cuando ella aún seguía lavándose las manos. La primera luz de la mañana se filtraba por las claraboyas del dormitorio. Por el rabillo del ojo, Virginia vio salir a las últimas muchachas de la habitación alargada y rectangular. La señorita Fern se detuvo en la puerta.

—Señorita Hughes, ¿se encuentra mal?

Virginia logró esbozar una sonrisa tenue.

—Lo siento, señorita Fern, pero hoy me siento débil y mareada —se apoyó en la cómoda que había junto al aguamanil.

La señorita Fern se acercó a ella y le tocó ligeramente la frente.

—Pues no tiene fiebre. Pero supongo que debería ir a ver enseguida al doctor Mills.

—Creo que tiene razón. Debo de estar incubando la gripe. Necesitaría quedarme aquí un momento, si no le importa —dijo Virginia, sentándose al borde de su estrecha cama.

—Quédese, pues —la señorita Fern sonrió, recorrió el pasillo que había entre las veinte camas y por fin salió de la habitación.

Virginia aguardó mientras contaba en silencio. «Una, dos, tres». Luego se levantó de un salto. Recorrió el pasillo a toda prisa hasta llegar a la cuarta cama. Se fue derecha a la cómoda que había allí y comenzó a rebuscar entre las cosas que contenía y que no le pertenecían. Una sensación de culpabilidad se apoderó de ella, pero la ignoró.

Sarah Lewis siempre tenía dinero para sus pequeños gastos y Virginia encontró rápidamente doce dólares y treinta y cinco centavos. Tomó hasta el último penique y dejó una nota sin firmar. En ella, explicaba que devolvería la suma en cuanto le fuera posible. Pese a todo, se sentía terriblemente mal por verse reducida al latrocinio, y casi sentía cómo la recriminaba su madre desde el cielo.

—Le devolveré el dinero a Sarah, mamá, hasta el último penique —susurró, llena de remordimientos. Pero no tenía otro remedio. Necesitaba dinero para tomar un coche de línea y hospedarse en una posada. A pesar de que era muy valiente, no creía que fuera capaz de recorrer a pie los más de cien kilómetros que la separaban de Sweet Briar sin descansar varias noches y comer debidamente.

Buscó luego bajo su camastro. Había envuelto en su manto —a pesar de que el tiempo era primaveral, seguía refrescando por las noches— sus escasas y preciosas pertenencias: el camafeo de su madre, la pipa de su padre y una pulsera de pelo de caballo que le hiciera Tillie cuando tenía ocho años. Llevaba también una muda, guantes y un sombrero. Con el manto había hecho un hato que había atado con un cordel. Se acercó a una ventana que había a un extremo del dormitorio, la abrió y arrojó el hato a la acera que había abajo.

Logró refrenarse sin saber cómo y bajar tranquilamente las escaleras, en las que se cruzó con dos empleados del colegio. Por fin llegó al final del pasillo. Delante de ella se extendía el vestíbulo del edificio, una sala elegante y de techos altos. Allí, los suelos de mármol rivalizaban con las columnas de madera oscura y con los paneles, aún más oscuros, de las paredes. La puerta principal no se cerraba con llave durante el día, pues ninguna alumna había escapado nunca. Virginia miró atentamente a su alrededor. Aquélla era su oportunidad de escapar, pero, si alguien la veía, su viaje acabaría antes incluso de haber empezado.

En otro pasillo resonaron unos pasos. Virginia retrocedió y se ocultó tras la esquina. No se atrevía a respirar. Oyó dos voces y reconoció en ellas las del maestro de música y el profesor de francés. Supuso que cruzarían el vestíbulo y se dirigirían hacia donde estaba ella, pues todas las aulas quedaban a su espalda. Miró a su alrededor y se deslizó en el armario del bedel.

Los profesores pasaron de largo.

Virginia sudaba. Había perdido la paciencia. Abrió la puerta el ancho de una rendija y vio que el pasillo estaba desierto. Salió del armario, se asomó al vestíbulo y comprobó que tampoco había nadie allí. Respiró hondo para darse ánimos y echó a correr. Abrió la enorme y pesada puerta principal. Salió al sol radiante y sintió el olor e incluso el sabor de la libertad. ¡Dios, qué maravilla!

Corrió por el camino y llegó a las verjas de hierro forjado. Salió a la acera de la calle, dobló la esquina, buscó el hato que había hecho con su manto. Lo recogió y echó de nuevo a correr.

—Me alegra mucho que hayamos podido acompañarla la mayor parte del camino, querida mía —dijo la señora Cantwell con una sonrisa mientras asía las manos de Virginia.

Habían pasado tres días. Virginia había pasado casi toda la primera mañana caminando, hasta salir de la bulliciosa ciudad de Richmond. La larga caminata la había dejado hambrienta, y en una posada rural pudo comer un buen almuerzo. Allí fue donde se tropezó con la familia Cantwell.

Los Cantwell —la esposa, una mujer con aire de matrona, sus tres hijos pequeños, muy bien educados, y su marido, un hombre grueso y miope— viajaban en un hermoso carruaje privado. Virginia había oído de pasada su conversación y se había enterado de que regresaban de Richmond, donde habían ido a visitar a unos parientes del marido que se hallaban mal de salud. Ahora volvían a su casa en Norfolk. Lo cual significaba que pasarían a escasa distancia de Sweet Briar.

Virginia había ayudado a uno de los niños pequeños a sonarse la nariz y enseguida había llamado la atención de la señora Cantwell. Había mentido sobre su edad y su estado civil, diciendo que regresaba a casa, con su marido, después de visitar en Richmond a su madre enferma. Se había puesto disimuladamente la alianza de su madre para corroborar su historia. La señora Cantwell, al conocer su destino, le había ofrecido de inmediato su coche. Saltaba a la vista que ansiaba tener a alguien que le hiciera compañía y la ayudara con los niños.

Ahora, Virginia apenas oía a aquella agradable señora. Se hallaban en un cruce de caminos, en una de cuyas señales se leía *Sweet Briar*. El corazón le latía con tanta fuerza que se sentía desfallecida. Diez kilómetros carretera abajo estaba su hogar.

—Echará mucho de menos a su marido —añadió la señora Cantwell.

Virginia volvió en sí. Se dio la vuelta y tomó a la señora de las manos.

—Muchísimas gracias por traerme, Lilly. No sé cómo agradecérselo.

—¡Ha sido usted tan maravillosa con los niños! —exclamó Lilly Cantwell—. Y, si no estuviéramos tan cerca de casa, insistiría en llevarla hasta Sweet Briar para conocer a su encantador esposo.

Virginia se sonrojó, llena de remordimientos. En un espacio muy corto de tiempo se había convertido en una consumada embustera, además de en una ladrona, y lo detestaba.

—¿Puedo escribirle? —preguntó dejándose llevar por un impulso. Enseguida decidió que escribiría a Lilly Cantwell para contarle toda la verdad y darle de nuevo las gracias por su amabilidad.

—Me encantaría volver a tener noticias suyas y que sigamos siendo amigas —exclamó Lilly con una sonrisa.

Las dos mujeres se abrazaron. Virginia abrazó luego a la pequeña Charlotte, tiró a William de la oreja y le guiñó un ojo a Thomas. Le dio las gracias al señor Cantwell y, mientras el carruaje se alejaba, le pareció oírle decir:

—Hay algo raro en esa joven y sigo pensando que es demasiado joven para estar casada.

Virginia sonrió. Luego abrió los brazos de par en par y rió a carcajadas mientras giraba sobre sí misma, hasta que empezaron a dolerle los pies, se le torció un tobillo y se encontró tan mareada que tuvo que dejarse caer al suelo. Allí tumbada, se rió de nuevo. ¡Estaba en casa!

Se levantó rápidamente, colocó su hatillo y echó a correr por el camino de tierra. Los diez kilómetros se le hicieron eternos, pero cada campo de labor, cada colina reverdecida por la primavera, cada arroyo le hacían apretar el paso. Estaba acalorada y sin aliento cuando divisó al fin la señal de madera que colgaba entre dos pilares de ladrillo: *Sweet Briar*. Una larga avenida de tierra llevaba desde la entrada, subiendo por una colina, hasta la casa. A su alrededor se hallaban los rojos graneros, las casas encaladas de los esclavos y los extensos campos de oscura tierra marrón. Su corazón retumbaba como un tambor. Dejó caer el hato, se levantó las faldas y corrió por la avenida.

—¡Tillie! —gritó con todas sus fuerzas—. ¡Tillie! ¡Tillie! ¡Soy yo! ¡Estoy en casa, Tillie!

Frank, el marido de Tillie, estaba reparando un carro no muy lejos de la entrada de la casa. Fue él quien la vio primero. Se quedó boquiabierto.

—¿Señorita Virginia? ¿Es usted?

Tras él, sus hijos gemelos la miraban con los ojos como platos. Luego, por el rabillo del ojo, Virginia vio que la puerta principal de la casa se abría y que Tillie salía a la veranda. Pero era demasiado tarde. Ya estaba en brazos de Frank.

—¿Has perdido el juicio? —gritó, abrazándolo tan fuerte que lo dejó sin respiración—. ¡Claro que soy yo! ¡Quién iba a ser, si no! —retrocedió y se rió al mirar a aquel hombretón.

—Dios todopoderoso, esa escuela tan fina no ha hecho de usted una dama —dijo Frank con una sonrisa. Sus dientes, asombrosamente blancos, destacaban sobre su piel oscura.

—Querrás decir gracias a Dios, ¿no? —bromeó Virginia—. Rufus, Ray, venid aquí y dadme un abrazo, ¿o es que no os acordáis de vuestra señorita?

Los niños, que apenas tenían siete años, corrieron a abrazarse a sus piernas. Virginia sintió que los ojos se le llenaban de lágrimas mientras intentaba agacharse y abrazarlos.

Luego sintió a Tillie tras ella y se volvió lentamente.

Tillie sonrió. Las lágrimas manchaban su tez café con leche. Era tan alta como Virginia baja, tan voluptuosa como ella delgada, y muy guapa.

—Sabía que vendrías a casa —susurró.

Virginia se acercó a ella. Las dos jóvenes se abrazaron.

Cuando pudo controlar sus lágrimas, Virginia retrocedió, sonriendo.

—Me duelen los pies a rabiar —dijo—. ¡Y me muero de hambre! ¿Qué tal ha ido la roza? ¿Ha habido alguna plaga? ¿Y los semilleros? ¿Qué aspecto tienen? —sonrió mientras se enjugaba los ojos con la manga.

Pero Tillie no le devolvió la sonrisa. Sus ojos dorados tenían una expresión asustada y solemne.

—¿Tillie? —dijo Virginia. No le gustaba aquella mirada. Empezó a tener miedo—. Por favor, dime que todo va bien —de pronto, tenía la impresión de que ocurría algo terrible, y le daba miedo saber qué era.

Ya había sufrido suficientes desgracias. No podría soportar otro golpe de mala suerte.

Tillie la agarró de los brazos.

—Van a vender la plantación... todo lo que contiene y a todos.

Virginia no comprendió.

—¿Qué acabas de decir?

—Tu padre estaba endeudado. Disculpa... El señor Hughes estaba endeudado... y ahora tu tío ha mandado a un apoderado y ha empezado a venderlo todo: las tierras, la casa, los esclavos, los caballos. Lo está vendiendo todo.

Virginia dejó escapar un grito. Un inmenso dolor atravesó su pecho, tan intenso que empezó a darle vueltas la cabeza. Tillie la agarró de la cintura.

—¿En qué estaré yo pensando? Aquí estás, más flaca que nunca y con más hambre que un lobo en invierno, y yo contándote nuestras penas. Vamos, Virginia, necesitas comer algo caliente y darte un buen baño. Luego hablaremos. Y podrás contarme cómo es ser una gran dama.

Virginia no pudo responder. Aquello tenía que ser una pesadilla, un mal sueño... No podía ser verdad. Sweet Briar no podía estar en venta.

Pero lo estaba.

Llevaba puesto el mejor vestido de domingo de su madre. Sonrió con valentía a Frank, que la había llevado a Norfolk, se alisó la falda azul y se ajustó el sombrero a juego. La ropa de su madre le quedaba algo grande, pero Tillie y otras dos esclavas se habían pasado la noche cosiendo para que todo le sentara a la perfección. Frank intentó devolverle la sonrisa y fracasó. Virginia sabía por qué: estaba acongojado, temía que su esposa y sus hijos fueran vendidos a algún propietario que viviera muy lejos y que él no volviera a verlos.

Pero eso no iba a ocurrir. Virginia pensaba mover cielo y tierra —y, más concretamente, pensaba conmover a Charles King, un buen amigo de su padre, presidente del Banco de Virginia— para impedir que se vendiera Sweet Briar. Tragó saliva. Había tantas cosas en juego... Estaba mortalmente asustada. Pero Charles King había sido un buen amigo de la familia y ahora la vería no como a una niña, sino como a una mujer capaz. Sin duda alguna le prestaría los fondos necesarios para saldar las deudas de su padre y salvar Sweet Briar.

Virginia cerró los ojos con fuerza para protegerse del

sol deslumbrante y su sonrisa vaciló. Dios, odiaba a su tío, el conde de Eastleigh, un hombre al que no conocía. ¡Aquel sujeto ni siquiera se había molestado en hablarle del estado en que se hallaba la plantación, a pesar de que le pertenecía a ella! O le pertenecería, si no había cambiado de manos antes de que ella cumpliera veintiún años.

—Señorita Virginia —dijo de pronto Frank antes de que traspusiera las puertas de la imponente fachada de piedra y ladrillo del banco.

Virginia se detuvo. Tenía el estómago revuelto por el miedo y la congoja. Logró esbozar una pequeña sonrisa.

—Puede que tarde..., aunque no lo creo.

—No es eso —dijo él ásperamente. Era muy alto y extremadamente guapo. Tillie se había enamorado de él a primera vista, hacía ya casi cinco años—. Tengo miedo, señorita Virginia. Miedo de lo que pueda pasarle a Tillie y mis niños si no consigue ese préstamo.

Virginia era muy consciente de que era responsabilidad suya salvar Sweet Briar y a su gente, pero de pronto aquella carga la aplastaba. Cincuenta y dos esclavos dependían de ella, muchos de ellos niños. Tillie, su mejor amiga, dependía de ella, y también Frank.

—Conseguiré el préstamo, Frank. No tienes nada de qué preocuparte —su voz debió de sonar enérgica y confiada, porque al instante Frank, cuyos ojos parecían haberse agrandado de pronto, se quitó el sombrero ante ella.

Virginia le lanzó otra sonrisa tranquilizadora y, para sus adentros, le pidió a Dios un poco de ayuda. Luego entró en el banco.

Dentro hacía fresco y reinaba un ambiente extrañamente solemne y apacible, como el de una iglesia. Frente a la caja aguardaban en fila dos clientes y tras el mostrador de recepción había un empleado. Al fondo, sentado ante un escritorio, se hallaba Charles King. El hombre levantó la vista y la vio, y sus ojos se dilataron, llenos de sorpresa.

Había llegado el momento de la verdad, pensó ella, levantando la barbilla hasta una altura imposible. Su sonrisa le parecía extraña y quebradiza, como adherida a su cara, mientras atravesaba el vestíbulo y el espacioso salón posterior del banco.

King se levantó. Era un hombre grueso, pulcro y bien vestido, provisto de una peluca empolvada de aire anticuado, recogida hacia atrás en una coleta.

—¡Virginia! Querida, por un momento he pesando que eras tu madre, Dios la tenga en su gloria.

Su padre le había dicho muchas veces que era igual que su madre, pero Virginia nunca había llegado a creérselo porque su madre era muy hermosa, aunque ambas tenían el mismo pelo casi negro y los mismos ojos extrañamente violetas. Le tendió la mano a Charles y éste se la estrechó con fuerza, visiblemente complacido de verla.

—Una ilusión óptica, supongo —dijo, y le impresionó su propio aplomo. Pero tenía que convencer a Charles de que era una mujer adulta y capaz.

—Sí, supongo. Creía que estabas en el colegio, en Richmond. Pasa, pasa. ¿Has venido a verme? —preguntó él mientras la conducía a su escritorio y a la alta silla que había frente a él.

—Sí, francamente, sí —respondió Virginia, sujetando con fuerza el elegante bolsito de terciopelo negro de su madre.

Charles sonrió y le ofreció una silla y una taza de té. Virginia declinó la invitación.

—Bueno, ¿qué te ha parecido la gran ciudad, Virginia? —preguntó él al tomar asiento tras su mesa. Sostenía la mirada de Virginia con cierta preocupación. Ella sabía que al fin había notado lo nerviosa que estaba, debido a la terrible tensión de su dolor y a la preocupación por el estado de las finanzas de su padre.

Virginia se encogió de hombros.

—Supongo que está bastante bien. Pero usted sabe que yo adoro Sweet Briar. No hay ningún otro lugar que me guste más.

Charles se quedó mirándola un momento y luego se puso muy serio.

—Sé que eres una joven muy inteligente, de modo que te supongo enterada de que tu tío va a vender la plantación.

Ella deseó inclinarse hacia delante y gritar que el conde no tenía derecho a hacer aquello. Pero no se movió —ni siquiera se atrevió a respirar— hasta que pasó su arrebato de ira. Entonces dijo:

—No tiene derecho a hacerlo.

—Me temo que sí lo tiene. Después de todo, es tu tutor.

Virginia se puso extremadamente rígida.

—Señor King, he venido aquí para pedirle un préstamo con el que saldar las deudas de mi padre y salvar Sweet Briar de la venta e incluso de su posible disolución.

Él parpadeó.

Ella sonrió sombríamente.

—Ayudé a mi padre a llevar la plantación desde que era una niña. Nadie sabe más que yo sobre plantar, recolectar, embarcar y vender tabaco. Le aseguro, señor, que le devolveré el préstamo por entero, con sus debidos intereses, en cuanto me sea posible. Yo...

—Virginia... —comenzó a decir Charles King con excesiva amabilidad.

El pánico comenzó a apoderarse de ella. Se levantó de un salto.

—Puede que sea una mujer y que tenga dieciocho años, pero sé cómo dirigir Sweet Briar. Nadie, salvo mi padre, sabría hacerlo mejor que yo. Le juro, señor, que le devolveré hasta el último penique. ¿Cuánto necesito para saldar las deudas de mi padre? —preguntó, desesperada.

Charles la miraba apenado.

—Mi querida niña, sus deudas ascienden a la friolera de veintidós mil dólares.

Virginia quedó tan estupefacta que su corazón se detuvo y sus rodillas flaquearon. De pronto se halló sentada de nuevo.

—No.

—He hablado largo y tendido con el apoderado de tu tío. Se llama Roger Blount y tengo entendido que regresará a Inglaterra dentro de unos días, cuando acabe de ocuparse de los asuntos que lo trajeron aquí. Sweet Briar no da beneficios, Virginia —prosiguió con suavidad—. Tu padre sufría pérdidas constantes. Aunque cometiéramos el sinsentido de prestarle semejante suma de dinero a una muchacha tan joven y con tan poca experiencia como tú, sería sencillamente imposible que nos devolvieras ese dinero con los beneficios de la plantación. Lo siento. Vender Sweet Briar es la única alternativa viable y la más inteligente.

Ella se levantó, horrorizada.

—No. No puedo permitir que la venda. Es mía.

Charles también se puso en pie.

—Sé lo mucho que te trastorna todo esto. Virginia, ignoro por qué no estás en el colegio, pero allí es donde deberías estar... aunque, si lo deseas, podría intentar concertarte una buena boda y hablar con tu tío. Eso resolvería sin duda tus problemas...

—A menos que piense casarme con un hombre muy rico, eso no resuelve nada —replicó ella—. No puedo permitir que Sweet Briar se venda. ¿Por qué no me ayuda? Le devolvería ese dinero algún día, de alguna manera.

Nunca he dejado de cumplir mi palabra, señor. ¿Es que no ve que es todo lo que me queda en el mundo?

Él la miró con fijeza.

—Tienes un porvenir extraordinario, querida mía. De eso te doy mi palabra.

Ella cerró los ojos y tembló violentamente. Luego lo miró a los ojos.

—Por favor, présteme el dinero. Si apreciaba a mi padre, a mi madre, aunque fuera un poco, ayúdeme, por favor.

—Lo siento. No puedo. Sencillamente, no puedo prestarle esa suma a una chiquilla que no podría devolvérsela al banco en toda una vida.

Ella no podía darse por vencida.

—Entonces, préstemelo a título personal —suplicó.

Él parpadeó.

—Virginia, yo no tengo tanto dinero. Lo siento mucho.

Ella estaba atónita. Él comenzó a decir algo acerca de un nuevo comienzo y ella dio media vuelta y cruzó corriendo el banco hasta llegar a la calle. Allí se apoyó contra un poste, casi sin respiración, y se estremeció convulsivamente. Las lágrimas de miedo y desesperación luchaban por alzarse en su interior. Aquello no podía estar pasando, pensó. ¡Era imposible!

—¿Señorita Virginia? ¿Se encuentra bien? —Frank la agarró del codo. Parecía preocupado y ansioso.

Ella miró sus ojos negros, pero no respondió... porque una idea acababa de asaltarla con tanta fuerza que se quedó sin habla.

Su tío era conde. Los condes eran ricos.

Le pediría prestado el dinero a él.

—¿Señorita Virginia? —repitió Frank, apretándole un poco el codo.

Virginia se desasió y miró la calle llena de gente sin ver los carros, los carruajes y los peatones que pasaban.

No le cabía duda alguna de que su tío poseía el dinero necesario para salvar Sweet Briar. Él era su única esperanza. Pero estaba claro que no deseaba salvar la plantación o ya lo habría hecho. Eso significaba que tendría que enfrentarse a él directamente... en persona. No bastaría con una carta. Había demasiadas cosas en juego. Encontraría de algún modo medios para cruzar el Atlántico, aunque ello supusiera vender parte de las joyas de su madre, e iría a ver a su tío para convencerlo de que debía salvar la plantación, en lugar de venderla. Le suplicaría, le expondría argumentos, debatiría con él, haría cualquier cosa, hasta casarse con un perfecto desconocido, con tal de que el conde de Eastleigh se comprometiera a saldar las deudas de su padre. Virginia comprendió que debía hacer planes de inmediato si quería ir a Inglaterra.

Sabía que podía hacerlo. Como tanto gustaba de decir su padre, donde había voluntad, había solución.

Ella siempre había tenido mucha fuerza de voluntad. Ahora, encontraría una solución.

1 de mayo de 1812
Londres, Inglaterra

Se había corrido la voz de su llegada. Las multitudes enfervorizadas flaqueaban las riberas del Támesis mientras su barco, el Desafío, se abría paso hacia los muelles de la Marina.

Devlin O'Neill se hallaba de pie, muy erguido, en el alcázar de popa. No sonreía. Tenía los brazos cruzados sobre el pecho y su alta y poderosa figura parecía inmóvil como una estatua. Lucía su uniforme de gala, en honor de su regreso a casa, si podía llamarse así. Una guerrera azul de cola, adornada con charreteras doradas en los hombros, calzas y medias blancas y zapatos bien bruñidos. Llevaba el bicornio de fieltro negro con las puntas hacia fuera, pues sólo los almirantes gozaban del privilegio de llevarlas hacia atrás. Se había recogido el pelo largo, rubio y brillante, en una coleta. El gentío corría por las riberas acompañando al barco. Algunas mujeres arrojaban flores.

La bienvenida de un héroe, pensó sin alegría. Una acogida digna de un héroe para el hombre al que todo el mundo llamaba «el corsario de Su Majestad».

Hacía un año que no pisaba Inglaterra. Y, de haber sido por él, no habría puesto allí el pie, pero no había podido ignorar el último llamamiento del Almirantazgo, el cuarto ya. Su boca se torció con expresión gélida. Lo que quería era una cama firmemente clavada al suelo y una mujer que no fuera una ramera sifilítica, pero sus deseos tendrían que esperar. No le interesaba lo que quisieran los almirantes. Había desobedecido tantas órdenes y quebrantado tantas normas durante el año anterior que podían exigir su cabeza por muy diversos motivos. Sabía también que recibiría nuevas órdenes, cosa que estaba deseando. Nunca permanecía en un puerto más allá de una semana.

Recorrió el barco con la mirada. El Desafío era una fragata de treinta y ocho cañones, célebre por su agilidad y ligereza, pero, sobre todo, por la extraordinaria temeridad de su capitán. Devlin era muy consciente de que la vista de su barco hacía cambiar de rumbo y huir a otros navíos, de ahí que prefiriera navegar de noche. Ahora, los marineros de la arboladura se hallaban en lo alto del palo mayor y el mástil de proa, aflojando las velas. Cincuenta infantes de marina, con sus guerreras rojas, aguardaban en posición de firmes, con los mosquetes en alto, mientras la fragata avanzaba hacia su amarradero. Otros marineros permanecían en pie junto a ellos, ansiosos por gozar del permiso que pronto se les concedería. Los hombres del castillo de proa aprestaron las enormes anclas del barco. En total, trescientos hombres aguardaban en las cubiertas de la fragata. Más allá de los muelles, donde se hallaban en construcción tres modernos navíos de dos puentes, varias balandras, una goleta y dos barcos de guerra, los tejados y campanarios de Londres relucían en el cielo azul brillante.

El año anterior había sido muy lucrativo. Un año de viajes entre el estrecho de Gibraltar y Argel, entre el golfo de Vizcaya y la costa portuguesa. Había conseguido cuarenta y ocho presas y capturado a más de quinientos marineros. Sus misiones habían sido rutinarias: escoltar a convoyes de suministros, patrullar líneas costeras, reforzar el bloqueo a Francia. Por las noches asaltaban buques pirata franceses desprevenidos; de día, se dejaban mecer por el mar. Devlin era ya bastante rico antes, pero ahora, tras su última presa —un buque americano cargado de lingotes de oro— era un hombre muy rico.

Finalmente, una sonrisa se dibujó en sus labios.

El niño, sin embargo, temblaba y seguía asustado. El niño se negaba a marcharse. Ni la riqueza ni el poder, por grandes que fueran, le bastaban. El niño sólo tenía que cerrar los ojos para ver los de su padre, furiosos y ciegos en su cabeza cortada, sobre la tierra de Irlanda, en medio de un charco de su propia sangre.

Devlin se había enrolado en la Marina tres años después de la insurrección de Wexford, con el permiso y el patronazgo del conde de Adare. Adare se había casado con su madre ese mismo año, aunque su hermana pequeña, Meg, nunca había aparecido. El conde había inventado un historial naval para Devlin que le había permitido comenzar su carrera como suboficial de marina y no como marinero raso. Devlin había ascendido rápidamente al rango de teniente. Había servido una corta temporada en el buque insignia de Nelson. En la batalla de Trafalgar, el capitán de la Gacela, la balandra en la que recibió un disparo y murió en el acto, y Devlin asumió rápidamente el mando. El pequeño navío sólo tenía diez cañones, pero era terriblemente veloz, y Devlin logró acercarlo hasta una fragata francesa, por el lado de sotavento. El buque francés se cernía sobre ellos a gran altura, su costado parecía a punto de aplastarlos. Pero los cañones de la Gacela dispararon a bocajarro y destruyeron las cubiertas y las jarcias, dejando lisiado de inmediato al otro navío, mucho mayor y más rápido. Devlin había remolcado su presa con orgullo hasta Leghorn y poco después había sido ascendido a capitán y puesto al mando de una veloz goleta, la Loretta.

En aquella época tenía apenas dieciocho años. Desde entonces, había vivido muchas batallas y apresado un sinnúmero de barcos. Pero le quedaba aún por conseguir la mayor de las presas. Una presa que no surcaba los mares.

El fuego de una ira cuidadosamente refrenada, que siempre ardía dentro de él, se avivó un poco más. Devlin lo ignoró. En lugar de pensar en la venganza que algún día se cobraría en la persona de Harold Hughes, ahora conde de Eastleigh, observó cómo el Desafío se adentraba en su amarradero, entre una goleta y un buque artillero. Devlin le hizo una seña a su segundo de a bordo, un escocés fornido y pelirrojo, el teniente MacDonnell. Mac usó la corneta para anunciar el permiso de fin de semana. Devlin sonrió un poco al ver que sus hombres prorrumpían en gritos y vítores; luego observó cómo se despoblaban las cubiertas como si se hubiera dado la orden de saltar del barco. No le importó. Su tripulación era excelente. Medio centenar de sus hombres llevaban con él desde que gobernara su primer barco; la mitad de su tripulación lo acompañaba desde el desplome del Tratado de Tilsit. Eran buenos hombres, valientes y osados. Su tripulación estaba tan bregada que ninguno de sus miembros vacilaba aunque sus órdenes parecieran suicidas. El Desafío se había convertido en el azote de los mares gracias a su lealtad, a su confianza y disciplina.

Devlin estaba orgulloso de su tripulación.

Mac echó a andar a su lado. Se lo veía incómodo con su uniforme naval, que parecía habérsele quedado pequeño. Tenía la misma edad que Devlin, veinticuatro años, y durante el año anterior había ganado musculatura. Devlin pensaba que hacían una extraña pareja: el escocés bajo y robusto, con su pelo color fuego, y el irlandés alto y rubio, con sus fríos ojos de plata.

—Ah, ya no sé cómo se camina por tierra —rezongó Mac.

Devlin sonrió. El suelo parecía hincharse bajo ellos, tan alto y encrespado como una tormenta. Le dio una palmada en el hombro.

—Dale un día.

—Un día y hasta siete, si no te importa —Mac sonrió. Tenía todos sus dientes y sólo uno podrido—. ¿Tienes planes, capitán? Yo estoy deseando echarle el guante a una buena ramera. Será lo primero que haga, créeme —su risa era lujuriosa.

Devlin era permisivo con sus hombres. Como la mayoría de los comandantes de navío, les permitía buscar la compañía de prostitutas en los puertos, pero prefería que llevaran a las mujeres a bordo para que el médico del barco pudiera echarles un buen vistazo. No quería que la sífilis cundiera entre su tripulación.

—Estuvimos en Lisboa hace una semana —dijo suavemente.

—Pues parece que fue hace un año.

Devlin vio que la silla de posta lo esperaba. Había mandado aviso a Sean por correo de que estaba de camino.

—¿Te llevo a algún sitio, Mac?

Mac se sonrojó.

—No voy a la ciudad —dijo, refiriéndose al West End.

Devlin asintió con la cabeza y le recordó que debía regresar a bordo del Desafío una semana después para zarpar a mediodía, junto con los trescientos hombres que formaban su tripulación. Media hora después la silla de posta cruzaba traqueteando el Puente de Londres. Devlin observaba un paisaje que conocía bien. Tras pasar muchos días en el mar, expuesto a los vientos, o en puertos exóticos y sensuales del Mediterráneo, del norte de África o de Portugal, la ciudad le pareció sombría, sucia y desordenada. Aun así, le gustaban las mujeres hermosas y no se conformaba con una prostituta corriente, y su mirada ociosa se posaba en las damas elegantes que circulaban en sillas de posta, en carruajes y a pie por las calles. Su sexo palpitaba. Había enviado varias cartas con antelación; una de ellas, a su amante inglesa. Esperaba tener compañía esa noche y toda la semana.

En Londres, las oficinas del Almirantazgo se hallaban en la calle Brook, en un imponente edificio de piedra caliza construido medio siglo antes. Los oficiales, los auxiliares y los adjuntos iban y venían. Aquí y allá, grupos de oficiales se detenían a conversar. Cuando Devlin empujó las pesadas puertas de madera y entró en el vasto vestíbulo circular de alto techo abovedado, muchos se volvieron a mirarlo. Las conversaciones comenzaron a remitir. Un extraño silencio se apoderó del vestíbulo. A Devlin le hizo gracia. Oía susurrar su nombre a su alrededor.

—Capitán O'Neill, señor —un teniente muy joven, con las mejillas coloradas, lo saludó formalmente al pie de la escalera de mármol.

Devlin le devolvió el saludo con aire despreocupado.

—Tengo orden de conducirlo a ver al almirante Saint John, señor —dijo el joven de cara pecosa.

—Hágalo, por favor —respondió Devlin, incapaz de refrenar un suspiro. Saint John no era el enemigo. Detestaba la insubordinación, pero conocía el valor de su mejor capitán de guerra. El almirante Farnham, en cambio, ansiaba someterlo a un consejo de guerra y desprestigiarlo públicamente, y desde hacía algún tiempo contaba para tal propósito con el apoyo entusiasta del capitán Thomas Hughes, el hijo del conde de Eastleigh.

El almirante Saint John lo estaba esperando. Era un

hombre delgado y de blanca cabellera, y no estaba solo. Con él estaban Farnham —que era a un tiempo más alto y más robusto que él, y tenía mucho menos pelo— y el conde de Liverpool, ministro de guerra.

Devlin entró en el despacho y saludó formalmente. Estaba intrigado. No recordaba haber visto nunca a Liverpool en West Square.

La puerta se cerró con fuerza tras él. Liverpool, un hombre enjuto, bajo y de cabello oscuro, le sonrió.

—Hacía mucho tiempo, Devlin. Siéntese. ¿Prefiere un whisky escocés o un coñac?

Devlin se sentó en una silla mullida y se quitó el sombrero.

—¿El coñac es francés?

El conde pareció divertido.

—Me temo que sí.

—Pues coñac —dijo Devlin, y estiró delante de sí sus largas piernas.

Farnham parecía molesto. Saint John se sentó tras su mesa.

—Ha pasado algún tiempo desde que gozamos por última vez del privilegio de su compañía.

Devlin se encogió de hombros con desdén.

—Hay mucho jaleo en los estrechos, milord.

Liverpool sirvió el coñac y dio una copa a cada uno.

—Sí, mucho, en efecto —dijo Farnham—. Razón por la cual abandonar al Lady Anne es una ofensa gravísima.

Devlin bebió un largo trago, paladeó cuidadosamente el coñac, pensó que el suyo era muy superior, tanto en su casa como en su barco.

—¿Tiene algo que decir en su defensa? —preguntó Saint John.

—En realidad, no —repuso Devlin, y añadió—: El buque no estaba en peligro.

—¿Que no estaba en peligro? —Farnham se atragantó con su coñac.

Liverpool sacudió la cabeza.

—El almirante Farnham ha pedido su cabeza, hijo mío. ¿Era realmente necesario abandonar el Lady Anne para perseguir a un mercante americano?

Devlin sonrió ligeramente.

—El Independence iba cargado de oro, milord.

—¿Y usted lo sabía cuando lo divisó frente a la costa de Trípoli? —preguntó Saint John.

—El dinero, milord, lo compra todo —murmuró Devlin.

—No conozco a ningún otro comandante tan audaz como usted. ¿Quién es su espía y dónde está? —preguntó Saint John.

—Puede que sea una espía —murmuró Devlin. Y eso era precisamente aquella muchacha de Malta que llevaba una posada en la que solían alojarse americanos—. Y, si empleo espías, me temo que eso es asunto mío y de nadie más. Y, dado que me ayuda en el cumplimiento de mis órdenes, deberíamos dejar correr el asunto.

—¡Usted no cumple las órdenes! —gritó Farnham—. Sus órdenes eran escoltar al Lady Anne hasta Lisboa. Tiene suerte de que el barco no fuera apresado por buques enemigos...

Devlin se exasperó por fin, pero permaneció cómodamente arrellanado en la silla.

—La suerte no tiene nada que ver con esto. Yo controlo los estrechos. Y eso significa que controlo el Mediterráneo..., puesto que nadie puede entrar en él sin pasar ante mí. El Lady Anne no corría ningún peligro y el hecho de que llegara sano y salvo a Lisboa lo demuestra.

—Y ahora usted es considerablemente rico —murmuró Liverpool.

—El botín se halla en manos de nuestro agente en el

Peñón —dijo Devlin, refiriéndose a Gibraltar, hasta cuyo puerto había remolcado al Independence. A él le correspondían tres octavas partes de la suma total del botín, y una rápida estimación de esa suma alcanzaba las cien mil libras. Era más rico de lo que cualquiera podía imaginar, y hacía tiempo que había sobrepasado sus propias expectativas.

—A mí no me preocupa la suerte del Lady Anne, que, a fin de cuentas, es un solo barco —dijo Liverpool—. Y, aunque desobedeció usted sin ambages sus órdenes directas, estamos todos dispuestos a pasarlo por alto. ¿No es cierto, caballeros?

Saint John asintió con firmeza, pero Devlin sabía que Farnham rabiaba, y aquello le divirtió.

—Lo que me preocupa es acabar esta maldita guerra y acabarla cuanto antes —Liverpool estaba de pie y hablaba como si se hallara haciendo un discurso ante el Parlamento—. Hay otra guerra en el horizonte, una guerra que debemos evitar a todo trance.

—Razón por la cual está usted aquí —añadió Saint John.

Devlin se irguió en la silla.

—La guerra con los americanos es un error —dijo.

Farnham soltó un bufido.

—Usted es irlandés, sigue simpatizando con los jacobitas.

Devlin sintió deseos de estrangularlo. No se movió ni dijo nada hasta que aquel deseo hubo pasado.

—En efecto. América es una nación hermana, al igual que Irlanda. Sería vergonzoso guerrear con ella, sea cual sea la causa.

Liverpool dijo sin rodeos:

—Debemos mantener el control absoluto sobre los mares, Devlin. Sin duda usted lo sabe.

—Sólo el egoísmo mueve sus lealtades. Le importa un

comino Inglaterra. Sólo le interesa la riqueza que ha conseguido con su carrera en la Marina —dijo Farnham con vehemencia.

—No estamos aquí para cuestionar las lealtades de Devlin —repuso Liverpool en tono cortante—. Nadie en la Armada ha servido a Su Majestad con más lealtad, más perseverancia y más eficacia.

—Gracias —murmuró Devlin lacónicamente. Pero era cierto. Su historial de batallas navales no tenía parangón.

—La guerra no ha acabado aún y usted lo sabe, Devlin, pues ha pasado más tiempo que nadie patrullando el estrecho de Gibraltar y el Mediterráneo. Aun así, nuestro control sobre esas regiones es indiscutible. Saldrá usted de este despacho con nuevas órdenes, si me asegura que las cumplirá debidamente.

Devlin alzó las cejas con auténtico interés. ¿Adónde quería ir a parar Liverpool?

—Prosiga —dijo.

—Su reputación lo precede —dijo Saint John—. En el Mediterráneo y en otras costas, cualquier enemigo, cualquier corsario sabe que sus tácticas navales son insuperables, si bien poco ortodoxas. Todos le temen. Por eso ya nadie le presenta batalla.

Aquello era cierto muy a menudo. Devlin solía disparar un solo cañonazo de aviso antes de abordar un barco con sus marineros. Rara vez encontraba resistencia. Y estaba aburrido de todo aquello.

—Tengo entendido que su fama es tan grande que hasta cerca de las costas americanas el enemigo huirá al divisar su navío.

—Estoy realmente halagado —murmuró él.

Liverpool tomó la palabra.

—Estamos intentando evitar la guerra con los americanos —lanzó a Devlin una mirada—. Mandarlo allí podría ser como soltar a un lobo en un gallinero y esperar que las gallinas y los pollos salgan sanos y salvos. Si lo enviamos al oeste, hijo mío, quiero que me dé su palabra de que cumplirá sus órdenes, de que asustará al enemigo sin asaltar ni uno solo de sus barcos. Su país lo necesita, Devlin, pero en esta ocasión no valen las tácticas de corsario.

¿De veras esperaba que partiera hacia el oeste y actuara como una especie de niñera de los mercantes y navíos americanos?

—¿Debo perseguirlos, amenazarlos, hacerlos regresar... y retirarme? —apenas podía creerlo.

—Sí, eso es básicamente lo que deseamos que haga. No podemos permitir que ninguna mercancía americana entre en Europa, eso no ha cambiado. Lo que ha cambiado son las normas de apresamiento. No queremos ni un solo barco más prendido o destruido. No queremos que pueda atribuírsenos la muerte de un solo americano más.

Devlin se levantó.

—Busquen a otro —dijo—. Yo no soy el más indicado para esa misión.

Farnham resopló, al mismo tiempo satisfecho e incrédulo.

—¡Se niega a cumplir órdenes directas! ¿Cuándo nos vamos a decidir a ahorcarlo por insubordinación?

Devlin sintió deseos de decirle a aquel viejo necio que se callara.

—Es un error, milord —le dijo suavemente a Liverpool—, mandar a un granuja como yo a semejante misión.

Liverpool lo estudió un momento. Luego sonrió con cierta frialdad.

—Yo no lo creo. Porque lo conozco mucho mejor de lo que usted cree —se volvió hacia los dos almirantes presentes—. ¿Nos disculpan, caballeros?

Ambos parecieron sorprendidos, pero asintieron con la cabeza y salieron del despacho.

Liverpool sonrió.

—Ahora podemos ir al grano, ¿eh, Devlin?

Devlin levantó las comisuras de los labios a modo de respuesta, pero aguardó, sin saber si iba a recibir un golpe o un regalo.

—Hace tiempo que conozco su juego, Devlin —se detuvo para servir sendas copas—. La sangre de los reyes irlandeses corre por sus venas y, cuando se enroló en la Marina, era tan pobre como el más pobre de los irlandeses. Ahora tiene una mansión a orillas del Támesis, le ha comprado a Adare la casa de sus antepasados y sólo alcanzo a estimar la cantidad de oro que guarda en los bancos... y en sus cámaras privadas. Es usted tan rico que ya no le servimos de nada.

—Me hace usted parecer muy poco patriótico —murmuró Devlin. Liverpool tenía razón... casi.

—Aun así, un hombre superior, como usted, de una excelente familia, siempre en el mar, siempre persiguiendo una presa, siempre en guerra... nunca en tierra firme, nunca en casa, ante el fuego del hogar... —Liverpool se quedó mirándolo.

Devlin empezaba a ponerse nervioso. Bebió un sorbo de coñac para disimular su inquietud.

—Me pregunto qué es lo que lo impulsa a navegar tan velozmente, tan lejos y tan a menudo —las cejas oscuras de Liverpool volvieron a alzarse.

—Temo que me haya convertido usted en un personaje novelesco. Soy un simple marino, milord.

—Yo creo que no. Creo que hay razones muy profundas, graves y complejas que explican sus actos. Claro que supongo que nunca sabré cuáles son —sonrió y bebió coñac.

El niño temblaba con auténtico miedo. ¿Cómo podía saber tanto aquel desconocido?

—Tiene usted mucha imaginación, milord —Devlin sonrió con frialdad.

—Aún no ha sido usted ascendido a la nobleza, capitán O'Neill —repuso Liverpool.

Devlin se irguió, sorprendido. De modo que iba a ser un regalo... tras un golpe, pensó.

En otro tiempo, sus ancestros habían sido reyes, pero un siglo de robos los habían reducido a la condición de granjeros arrendatarios. Él había cambiado todo eso. Su padrastro le había vendido de buen grado Askeaton cuando tuvo dinero suficiente para pagarlo. La mansión a orillas del río Támesis la había comprado dos años atrás, cuando el conde de Eastleigh se vio obligado, por circunstancias económicas, a ponerla a la venta. Liverpool sabía que Devlin había utilizado la Marina para conseguir la seguridad que acompañaba a la riqueza. Lo que no sabía era cuáles eran sus motivos.

—Continúe —dijo con suavidad, pero había empezado a temblar.

—Usted sabe que hay un título nobiliario a su alcance. Sólo tiene que cumplir las órdenes.

El niño de diez años quería un título. El niño que había visto caer a su padre víctima de un asesinato a sangre fría quería el título tanto como deseaba la riqueza, porque con su poder se hallaría aún más seguro que antes.

Devlin odiaba al niño y no quería sentir su presencia.

—Elévenme a la nobleza ahora —dijo— y, salvo que surja algún imprevisto o las circunstancias lo impidan, partiré hacia América y amenazaré sus costas sin infligir ningún daño a sus navíos.

—Maldito sea, O'Neill —pero Liverpool sonreía—. Trato hecho —luego añadió—: Será sir O'Neill antes de que zarpe la semana que viene.

Devlin no pudo refrenar una sonrisa auténtica. Se sentía exultante cuando pensaba que pronto aquel título nobiliario sería suyo. Su corazón se aceleró, lleno de un placer salvaje, cuando pensó en su enemigo mortal, el conde de Eastleigh, el hombre que había asesinado a su padre.

—¿Dónde le gustaría que estuviera su casa solariega? —preguntó Liverpool cordialmente.

—En el sur de Hampshire —dijo Devlin. De ese modo, su nueva finca se hallaría a una hora, como mucho, de las tierras de Eastleigh.

Devlin sonrió. Llevaba años tramando su venganza. Sabía desde la tierna edad de diez años que, para derrotar a su enemigo, tendría que hacerse rico y poderoso. Se había unido a la Marina para obtener riqueza y poder, sin soñar que algún día sería diez veces más rico que el hombre al que planeaba destruir. Un título añadía más munición a su arsenal, aunque ya poco importaba. Eastleigh estaba al borde de la miseria, pues Devlin llevaba años arruinándolo poco a poco.

Sus caminos se cruzaban en Londres de tarde en tarde, en diversos acontecimientos sociales. Eastleigh lo conocía bien. De algún modo lo había reconocido la primera vez que se vieron en Londres, cuando Devlin tenía dieciséis años y desafió en duelo a Tom Hughes, el hijo menor del conde, a causa de una prostituta. La suerte de la muchacha fue sólo una excusa para lastimar a su enemigo mortal hiriendo al hijo, pero el duelo quedó interrumpido. Aquello fue sólo el principio del juego mortal en el que se había embarcado Devlin.

Sus agentes habían saboteado las minas de plomo de Hughes e instigado una serie de huelgas en su molino, y hasta había animado a sus arrendatarios a exigir en masa alquileres más bajos, lo cual había forzado a Eastleigh a transigir. La situación económica del conde se había deteriorado gravemente, hasta el extremo de que se hallaba a punto de tener que vender las tierras de sus antepasados. Devlin esperaba con impaciencia ese día; pensaba ser él quien comprara de inmediato aquellas tierras. Entre tanto, había adquirido el mejor semental del conde, sus sabuesos favoritos y su casa de Greenwich. Pero el golpe de gracia había sido la segunda esposa del conde, la condesa de Eastleigh, Elizabeth Sinclair Hughes.

Pues, desde hacía seis años, Elizabeth era la mujer que con tanta avidez compartía su cama.

En aquel preciso momento estaba sin duda aguardándolo. Era hora de marchar.

Waverly Hall había pertenecido durante casi un siglo a los condes de Eastleigh, hasta dos años atrás, cuando una serie de infortunios obligaron al conde a poner la casa en venta. El enorme edificio de piedra caliza ostentaba dos torreones, tres plantas, un cenador, pistas de tenis y jardines que discurrían paralelos a la orilla del río. Devlin llegó a su casa en un yate italiano, una presa capturada al principio de su carrera. Recorrió sin prisas el embarcadero y observó el césped perfectamente recortado, los jardines de hermoso diseño y los rosales en flor que trepaban por las oscuras paredes de la casa. Era todo muy inglés.

Indiferente a todo aquello, Devlin echó a andar por el camino de baldosas que llevaba a la parte trasera de la casa, donde una terraza ofrecía un panorama espectacular del río y la urbe. Un hombre se levantó de una silla de jardín. Devlin lo reconoció al instante y apretó el paso.

—¡Tyrell!

Tyrell de Warenne, heredero del condado de Adare y hermanastro de Devlin, bajó por el camino para darle la bienvenida. Al igual que su padre, Ty era alto y de tez morena, y tenía el pelo negro como el azabache y los ojos azules, extremadamente oscuros. Los dos hombres, tan distintos como la noche y el día, se abrazaron.

—Qué sorpresa tan agradable —dijo Devlin, contento de ver a su hermanastro. Aquel encuentro confería de pronto atractivo a su regreso a casa, que hasta el momento lo había dejado indiferente.

—Sean me dijo que venías para acá y, como tenía que ocuparme de unos asuntos en la ciudad, decidí pasarme por la mansión a ver si habías llegado. Veo que he llegado justo a tiempo —Tyrell sonrió. Era peligrosamente guapo y sus muchas aventuras amorosas así lo probaban.

—Por una vez —replicó Devlin mientras subían a la terraza—. ¿Cómo está mi madre? ¿Y el conde?

—Están bien, como siempre, y se preguntan cuándo irás a casa —dijo Tyrell con una mirada penetrante.

Devlin abrió las puertas francesas y entró en un salón enorme y elegantemente decorado. Prefería ignorar aquel tema de conversación.

—Acabo de aceptar una misión en el Atlántico Norte —dijo—. Es oficiosa, por supuesto. Aún no he recibido mis órdenes.

Tyrell lo agarró del hombro y Devlin tuvo que mirarlo cara a cara.

—El almirante Farnham está furioso por lo del Lady Anne, Dev. Allá donde voy, oigo hablar de ello. Incluso mi padre se ha enterado de las maquinaciones de Farnham contra ti. Creía que ésta había sido tu última misión —su mirada era sombría y recriminatoria.

Devlin se acercó al cordón de la campanilla, pero su mayordomo se había materializado ya y sonreía como si se alegrara de verlo. Devlin sabía que aquel inglés detestaba tener a un irlandés por amo, pero aquel hombre le divertía hasta el punto de que, al comprar la mansión, había conservado a su servicio a los criados de Eastleigh.

—Benson, buen hombre, tráiganos algún tentempié y una buena botella de vino tinto.

Devlin se volvió entonces hacia su hermanastro. Como el resto de su familia, Tyrell pensaba que pasaba demasiado tiempo en el mar.

—Me han ofrecido un título nobiliario, Ty.

Tyrell lo miró un momento, sorprendido. Luego sonrió y le dio una palmada en la espalda.

—Es una noticia estupenda —dijo—. ¡Una noticia excelente!

—Materialista como soy, no podía dejar pasar esa oportunidad.

Tyrell lo observó un momento.

—Se está formando una tormenta a tus espaldas. Debes tener cuidado, Dev. No creo que Eastleigh te haya perdonado por haberle comprado esta casa. Tom Hughes intenta promover un consejo de guerra contra ti —dijo—. Y difunde rumores repugnantes sobre ti.

Devlin levantó una ceja.

—No me importa lo que diga.

—Sus habladurías podrían dañar tu carrera. Y también podrían dañarte a ti —añadió Tyrell.

—Si yo no estoy preocupado, ¿por qué habrías de estarlo tú? —preguntó Devlin con calma, pero pensó en Thomas Hughes, quien ni siquiera había salido al mar, salvo en algún vistoso buque insignia donde el almirante, otros oficiales y él vivían a cuerpo de rey. Con todo, Hughes ostentaba el mismo rango que él, aunque Devlin sabía que sería incapaz de gobernar un barco de juguete en el lago de un parque. En efecto, el capitán Hughes se pasaba la vida adulando a los diversos almirantes a los que servía. Devlin era consciente de que Tom lo despreciaba, y aquello le divertía infinitamente. Lamentaba no haberle herido aquella vez, cuando se batieron en duelo por una ramera.

–No le tengo miedo a Tom Hughes –dijo lacónicamente.

Tyrell suspiró mientras Benson regresaba con dos criados, cada uno de los cuales llevaba una bandeja de plata con refrigerios. Devlin y Tyrell guardaron silencio. Cuando los sirvientes se hubieron retirado, Devlin dio a su hermano una copa de vino y se acercó a los ventanales que daban a la terraza. Miró por la ventana, pero la vista no le deleitó particularmente. Resultaba imposible no pensar en Askeaton.

Tyrell lo siguió hasta el ventanal. Como si le leyera el pensamiento, dijo:

–Hace seis años que no vas a casa.

Devlin recordaba la última vez que había estado en casa, recordaba el día y la hora, pero sonrió y fingió sorpresa.

–¿Tanto tiempo hace?

–¿Por qué lo haces? ¿Por qué evitas tu hogar, Dev? Maldita sea, todos te echamos de menos. Y, aunque Sean administra muy bien Askeaton, los dos sabemos que tú lo harías aún mejor.

–No dispongo de libertad para viajar a Irlanda cada vez que se me antoja –murmuró Devlin. No era exactamente una mentira, pero estaba eludiendo la pregunta y ambos lo sabían. Lo cierto era que podía navegar hasta las costas de Irlanda prácticamente siempre que quisiera.

–Eres un hombre extraño –dijo Tyrell con acritud–. Y no soy yo el único que se preocupa por ti.

–Dile a mi madre que estoy muy bien. Capturé un mercante americano que llevaba oro a un príncipe de Berbería, un rescate por sus rehenes –dijo Devlin suavemente–. Con mi parte del botín, yo mismo podría liberar a un cautivo o dos.

—Deberías decírselo tú mismo —dijo Tyrell con firmeza.

Devlin se volvió. Añoraba terriblemente Askeaton, pero durante los años anteriores había descubierto que debía evitar a toda costa su hogar. Allí, los recuerdos eran demasiado volátiles; allí, amenazaban con consumirlo. Allí, el niño seguía vivo.

Unas horas después, agradablemente relajado tras consumir vino en abundancia y después de que Tyrell se marchara a la casa de los Adare en Mayfair, Devlin comenzó a subir las escaleras. Sus habitaciones privadas ocupaban un ala entera de la segunda planta. Al tomar posesión de la casa, había destruido por completo el interior de la suite principal, como si de ese modo destruyera también al conde de Eastleigh. Atravesó tranquilamente una salita tras otra, sin dejar de pensar en todo momento que ni un solo objeto de la casa —fuera de los libros— le reportaba placer alguno. Pero no había comprado aquella casa por placer. La había comprado con un solo propósito: la venganza.

Una doncella apareció en el umbral de su dormitorio. Estaba sofocada. Era muy bonita y Devlin pensó por un instante en invitarla a su cama. Pero la muchacha se puso de color carmesí al verlo y huyó por el pasillo con un gemido de sorpresa. Devlin se quedó mirándola, divertido, y se preguntó qué había causado aquella veloz retirada. ¿Tan evidentes eran sus intenciones? Estaba muy necesitado de sexo, desde luego, pero no excitado.

Entonces entró en el dormitorio y comprendió lo que ocurría.

Una Venus rubia se incorporó en medio de la enorme cama. Un camisón de finísima gasa acariciaba y dejaba traslucir sus pechos voluminosos y erguidos, de grandes pezones oscuros, sus caderas redondeadas y turgentes, sus muslos carnosos y, entre ellos, el triángulo rojo rubí de su pubis.

Elizabeth Sinclair Hughes le sonrió.

—Recibí tu mensaje y vine tan pronto pude.

Devlin sintió llenarse su sexo al mirarla. Elizabeth pertenecía a su mortal enemigo, un hombre sobre el que se estaba cobrando venganza lenta pero implacablemente, y le excitaba como ninguna otra mujer.

Era muy hermosa, y sus ojos verdes se movieron directamente hacia la prominente entrepierna de Devlin.

—Necesita usted atenciones, capitán —murmuró.

Devlin se acercó mientras se quitaba la camisa. La sangre inflamada llenaba su cerebro. Con ella, llegó una lujuria salvaje e incontrolada. La bestia siempre elegía aquel momento para caminar sobre la tierra. Devlin montó a Elizabeth al subirse en la cama, la empujó contra el colchón, se desabrochó las calzas y la penetró con fuerza.

Elizabeth gritó de placer. Estaba ya húmeda y caliente. Devlin se movía con furia. Imágenes de Eastleigh poblaban su cabeza: con el cabello gris, más gordo y con cincuenta años, como era ahora, y también catorce años antes, más delgado, más joven, más cruel. Su odio no conocía límites. Se mezclaba con el frenesí del deseo. Su boca buscó la de Elizabeth y la penetró con fuerza, mordiéndola, hasta convertirse en la bestia misma. Elizabeth no era consciente de ello. Se aferraba a su espalda sudorosa y se retorcía, febril, en su éxtasis.

Él también deseaba liberarse, pero el odio, el placer y la lujuria eran tan intensos y tan satisfactorios que se negaba a dejarse ir, y seguía golpeando, cada vez más fuerte y más adentro. Sus inmundos recuerdos, sin embargo, lo poseían como él poseía en ese momento a Elizabeth: feos y sangrientos vislumbres de un pasado terrible y oscuro que se alzaban, furiosos; un niño pequeño, un hombre decapitado, una cabeza cercenada, unos ojos ciegos, un charco de sangre.

Se olvidó de la mujer a la que cabalgaba cuando la oleada que precedía al clímax, una oleada de placer intenso y creciente, se convirtió en un torrente de ira y dolor, y se sintió arrastrado contra su voluntad por una marea que se desplegaba con fuerza, velozmente, como una gavia. Tras aquella marea, los recuerdos le dieron alcance. Los ojos furiosos y ciegos de su padre lo miraban con reprobación. «Me dejaste morir, me dejaste morir». Devlin trató de escapar y eso fue lo que hizo al alcanzar el clímax.

No hubo ni un momento de paz, ni un momento de alivio. Al instante cobró conciencia de la mujer sobre la que yacía, del hombre al que estaba poniendo los cuernos, de los pavorosos recuerdos que debía enterrar a toda costa. Se apartó de la condesa. Respiraba trabajosamente. En aquel instante, un vacío doloroso y conocido emanaba de lo más profundo de su ser y lo consumía por entero. Un vacío inmenso, vasto y hueco.

Devlin se levantó de un salto.

—Santo cielo, cualquiera diría que has estado un año privado de sexo —murmuró Elizabeth con un suspiro satisfecho. Luego lo observó con una sonrisa leve y complacida, deteniéndose en sus estrechas caderas y sus recios muslos.

Devlin apenas prestaba atención a sus palabras. Cruzó la habitación, desnudo, y se sirvió una copa de vino. La apuró de un trago, estremecido, como siempre, por los recuerdos que había jurado no olvidar. Vació la copa y luchó con la bestia hasta que logró que retornara a su guarida.

—Nada ha cambiado, ¿verdad, Devlin? —preguntó la condesa, incorporándose.

Él se sirvió otra copa de vino y se acercó a ella. Notaba que su sexo comenzaba a agitarse de nuevo. Ella fijó la mirada en su entrepierna y sonrió.

—Te estás volviendo terriblemente predecible, Devlin.

—Podría cambiar eso con toda facilidad —comentó él con despreocupación al darle el vino. Luego se detuvo a admirar sus pechos—. Tú no has cambiado —añadió.

—Y tú sigues siendo un caballero, a pesar de tu reputación —repuso ella, que sonrió, satisfecha—. Estoy un año más vieja, más gorda y más fogosa que nunca.

—No has cambiado —dijo él con firmeza, pero reparó en las leves arrugas de sus ojos y en el ligero ensanchamiento de su cintura. Elizabeth era varios años mayor que él, aunque Devlin ignoraba su edad precisa. Nunca se había molestado en averiguar cuál era. Ella tenía dos hijas adolescentes y Devlin creía, aunque no estaba seguro, que la mayor tenía catorce o quince años. Ninguna de ellas era hija de Eastleigh.

—Querido, ¿no podrías quedarte alguna vez tendido a mi lado? —preguntó ella, dejando el vaso para acariciarle la cara interna del muslo.

Devlin se excitó de inmediato.

—Nunca he pretendido ser otra cosa que lo que soy contigo. No soy un hombre tranquilo.

—No, eres el corsario de Su Majestad, o así te he oído llamar de cuando en cuando, cuando tus hazañas se convierten en tema de conversación durante la cena —deslizó la mano hacia arriba y rozó su falo con el dorso mientras jugueteaba con su muslo.

—Qué aburridas deben de ser esas cenas —a Devlin no podía importarle menos cómo lo llamaran, pero no se molestó en decirlo. A la condesa le encantaba charlar ociosamente tras sus varios arrebatos amorosos. De ella procedía gran parte de la información que Devlin había conseguido sobre Eastleigh durante los seis años anteriores, de modo que, normalmente, la animaba a hablar.

—Te echaba de menos, Dev —murmuró ella.

No había, sencillamente, nada que decir. Él le agarró la mano y la colocó con firmeza sobre su miembro hinchado.

—Demuéstramelo —dijo.

—Hablas como todo un comandante —dijo ella con voz ronca, y agachó la cabeza.

Devlin no había pretendido dar una orden, pero aquello formaba ya parte de su naturaleza. No se movió; esperó pacientemente a que ella lamiera y chupara su verga mientras la observaba desapasionadamente. Algún día, Eastleigh descubriría que eran amantes. Sólo tenía que decidir cuál era el momento oportuno.

Ella levantó de pronto la cabeza y sonrió.

—¿Alguna vez me dirás que tú también me has echado de menos?

Devlin se tensó.

—Elizabeth, hay mejores momentos para hablar.

—¿Ah, sí? Sólo estamos juntos en momentos como éste. Me preguntó qué late bajo tu pecho. A veces, Dev, creo que tienes el corazón de piedra.

Su miembro llevaba algún tiempo completamente erecto y hablar le resultaba penoso. Pero dijo:

—¿Te he hecho promesas alguna vez, Elizabeth?

—No —ella se sentó y lo miró—. Pero han pasado seis años y, curiosamente, te he tomado bastante afecto.

Él no respondió. No sabía qué decir. Por una vez en su vida, se hallaba desconcertado.

—Puede que esté enamorada de ti, Dev —añadió ella con la mirada fija en él.

Devlin contempló su atractivo rostro, tan delicioso como su cuerpo. Sopesó cuidadosamente su respuesta. No sentía nada por ella, ni siquiera amistad; Elizabeth era un medio para alcanzar un fin. Pero no le desagradaba. Era a su marido a quien odiaba, no a ella. Prefería que las cosas siguieran como estaban: no deseaba lastimarla, y no por compasión. No era un hombre compasivo. El mundo era un campo de batalla y, en la batalla, la compasión era el preludio de la muerte. No quería herir a Elizabeth porque seguía siéndole útil. Quería que estuviera a su disposición, conforme a sus condiciones, y no dolida, furiosa y resentida.

—Eso no sería muy sensato —dijo por fin.

—¿No puedes simplemente fingir? —preguntó ella melancólicamente—. ¿Mentirme, por una vez?

Él no vaciló. Frotó sus labios con el pulgar, ignoró la lágrima que había visto formarse en su ojo y deslizó luego la mano sobre su cuello, su pecho y, finalmente, su pezón hinchado. Su boca siguió la senda marcada por su dedo. Unos instantes después, se hallaban de nuevo unidos en un frenesí, y Devlin se hundía en ella con fiereza.

Varias horas después, Devlin probó el agua de su bañera y la encontró suficientemente caliente. Elizabeth se estaba vistiendo. Él se metió en la bañera y se hundió en el agua tibia. Tras meses en el mar, el agua caliente resultaba deliciosa. Había tenido suficientes orgasmos, de modo que por fin su mente se hallaba en blanco y no había monstruos que derrotar.

—Cariño...

Devlin se sobresaltó. Se había adormilado en el baño. Elizabeth le sonrió. Iba elegantemente vestida con un traje de color azul zafiro, adornado con un ribete de terciopelo negro.

—¡Lo siento, no he debido despertarte! —exclamó—. Devlin, estás tan irresistible en esa bañera, que podría meterme ahora mismo en ella contigo.

Él levantó una ceja.

—¿No te está esperando Eastleigh?

Ella frunció el ceño.

—Tenemos planes para cenar, así que sí, me está esperando. Sólo quería decirte que estaré en la ciudad una temporada.

Él comprendió. Elizabeth deseaba verlo otra vez antes de que zarpara, y a él le parecía bien.

—Aún no he recibido órdenes —dijo con precaución—, así que no sé cuándo comenzará mi próxima misión.

Los ojos de Elizabeth se iluminaron.

—¿Mañana? ¿Por la tarde?

Él sonrió un poco.

—Muy bien, Elizabeth. ¿Eastleigh también va a quedarse en la ciudad? —preguntó. A ella, la pregunta le parecería inocente. A fin de cuentas, cualquier amante se interesaba por esas cuestiones.

—Por suerte la respuesta es no, así que quizá podamos pasar la noche juntos.

Él prefirió no responder. Nunca había permitido que una mujer pasara la noche en su cama y nunca lo permitiría.

El semblante de Elizabeth se alteró. Parecía molesta.

—Se me ha ordenado permanecer en Londres durante un tiempo. Es un milagro que tú también estés aquí, así que no deberías estar tan ofendido.

—¿Por qué? —preguntó él suavemente.

—La sobrina americana de Eastleigh viene de camino a Londres. Va a bordo del Americana. Esperamos que llegue a finales de mes.

Él se sorprendió levemente. Ni siquiera sabía que hubiera una sobrina, y mucho menos una sobrina americana. Se quedó pensando un momento.

—Nunca me habías hablado de una pariente lejana —dijo con calma.

Elizabeth se encogió de hombros.

—Supongo que no había razón para hacerlo, pero ahora se ha quedado huérfana y viene hacia aquí. Eastleigh pretendía que se quedara allí, en un colegio para señoritas, pero imagino que piensa pegarse a nuestras faldas. ¡Justo lo que necesitaba! ¡Una provinciana inculta! ¿Y qué ocurrirá si es una belleza? ¡Tiene dieciocho años y Lydia sólo tiene dieciséis! No quiero que una huérfana americana compita con mi hija por un marido y, naturalmente, la provinciana debería casarse primero.

Bien, Devlin ya sabía cuántos años tenía la hija mayor de Elizabeth. Sonrió con ironía.

—Dudo que eclipse a tus hijas, Elizabeth, si son tan bellas como tú —su respuesta fue automática. Estaba pensando en otra cosa.

La sobrina de Eastleigh iba camino de Inglaterra a bordo de un barco americano. Él estaba a punto de zarpar rumbo a poniente a fin de interceptar el comercio americano. No debía, sin embargo, dañar ningún navío de la colonia. En casa de Eastleigh no querían a la sobrina y estaba claro que, dentro de poco, aquella muchacha se cruzaría en su camino.

¿Podría usar para sus fines aquella información? ¿Podría usarla a ella?

—Muchas gracias, Dev —dijo Elizabeth—. Es que me molesta tener que hacerme cargo de ella. Ya sabes lo apurados que estamos desde hace un par de años. Ha sido una cosa tras otra. No podemos permitirnos presentarla en sociedad debidamente, Dev, y no hay más que hablar.

Devlin asintió con la cabeza. No sentía remordimientos. Siguió reflexionando y de pronto se le hizo evidente lo que debía hacer.

Tal vez Eastleigh no quisiera a la muchacha, pero querría a toda costa evitar un escándalo. ¡Ah, cómo disfrutaría atormentando de nuevo al orondo conde! Apresaría el barco, se llevaría a la chica y obligaría a Eastleigh a pagar un rescate que no podía permitirse por una joven a la que ni siquiera quería.

Devlin comenzó a sonreír. Su corazón se aceleró, lleno de excitación. Aquél era un golpe de fortuna demasiado bueno para ser cierto... y para quedar ignorado.

Fines de mayo de 1812
Alta mar

¡Estaban siendo atacados!

Arrodillada sobre su camastro, Virginia miraba fijamente por la única portilla del camarote y se agarraba con fuerza para no perder el equilibrio mientras el barco corcoveaba salvajemente en respuesta al estruendo de incontables cañones. Estaba paralizada por el asombro.

Todo había empezado hacía un par de horas. Le habían dicho que sólo quedaba un día para llegar a las costas inglesas y que en cualquier momento vería una gaviota planeando en el cielo azul y nublado. Poco después, un barco había aparecido en el horizonte, como una mancha oscura y de mal agüero.

Aquella mancha se había ido haciendo más grande. Corría empujada a favor del viento –el Americana se deslizaba lentamente de cara a él–, y parecía que los caminos de ambos barcos pronto se cruzarían.

Virginia estaba tomando el sol en la única cubierta del barco y enseguida había percibido el nerviosismo de la tripulación. El comandante del barco, un hombre mayor que antaño había sido capitán de la Marina, vigilaba con sus prismáticos el avance del velero. Virginia no había tardado en comprender que los preocupaba la nacionalidad del barco que se acercaba.

—Izad las banderas azules y blancas —había dicho con firmeza el capitán Horatio.

—¿Señor? Lleva las barras y las estrellas —dijo el primer oficial, un muchacho muy joven.

—Bien —masculló el capitán—. Es de los nuestros, entonces.

Pero no lo era. La fragata se había aproximado hasta quedar a cincuenta yardas del Americana y había maniobrado a sotavento hasta colocarse en línea con el barco cuando, de pronto, la enseña roja, azul y blanca desapareció sin que fuera reemplazada por otra. A Virginia le ordenaron que bajara a su camarote. La tripulación corrió a los diez cañones del barco. Pero Virginia no había llegado aún a la escalera cuando retumbó un cañonazo. Se oyó un gran estruendo, pero no hubo daños: la bala se perdió más allá del costado de popa.

—Americana —resonó una voz por encima del sonido de la bocina—. Cierren las portañolas y prepárense para ser abordados. Les habla el Desafío.

Virginia se quedó paralizada, agarrada a la escotilla que la llevaría abajo, y volvió la mirada hacia el otro barco, un navío enorme, oscuro y erizado de mástiles. Su mirada descubrió enseguida al traicionero capitán. Estaba de pie en una cubierta más alta y reducida; sostenía la bocina y su cabello era claro y deslumbrante, dorado como el sol. Su figura era alta y fornida. Llevaba calzas blancas, botas de Hesse y una camisa blanca y suelta. Virginia clavó la mirada en él, hipnotizada por un instante, incapaz de apartar los ojos, y por un momento experimentó una sensación muy extraña.

Una sensación indescriptible. Como si nada pudiera volver a tener sentido.

El tiempo quedó suspendido. Ella contempló al capitán, una criatura marina, y luego parpadeó y sólo quedó su corazón, que palpitaba desbocado, presa del pánico y la ansiedad.

—¡Alto el fuego! —gritó el capitán Horatio—. ¡No cierren las portañolas!

—¡Capitán! —gritó el primer oficial, asustado—. Es O'Neill, el azote de los mares. ¡No podemos enfrentarnos a él!

—Pienso intentarlo —replicó Horatio.

Virginia comprendió que no habría rendición. Necesitaba una pistola.

Miró frenéticamente a su alrededor mientras el capitán del Desafío exigía de nuevo que se rindieran. Siguió un momento interminable durante el cual la tripulación del Americana se aprestó a disparar. Y, de pronto, el mar cambió. Retumbó el espantoso estruendo de un sinnúmero de cañones. El Desafío estaba disparando contra ellos. El plácido mar se hinchó violentamente y el barco osciló y corcoveó, golpeado una o muchas veces por el fuego enemigo, y, mientras alguien gritaba, ella oyó un terrible gruñido por encima de su cabeza.

Se volvió, levantó la mirada y dejó escapar un grito.

Horatio gritaba «¡Fuego!», pero Virginia contempló cómo caía lentamente uno de los tres mástiles del Americana, aplastando en su camino a varios artilleros. Algunos cañones dispararon de nuevo desde el Desafío, pero no al unísono. Virginia no vaciló. Se levantó las faldas y corrió hacia los hombres caídos. Tres estaban aplastados por el mástil, pero vivos; uno, sin embargo, parecía muerto. Ella intentó mover el mástil, pero no sirvió de nada. Agarró la pistola del marinero muerto y volvió corriendo a la escotilla que llevaba abajo.

No podía respirar. Bajó a toda prisa y entró en el pequeño camarote que compartía con los únicos pasajeros del mercante, una pareja de mediana edad. En el reducido y agobiante espacio del camarote, la señora Davies se aferraba a su Biblia y rezaba en silencio, con la cara descompuesta por el terror. Virginia había divisado al señor Davies en la cubierta, intentando ayudar a los heridos.

Agarró del brazo a la señora.

—¿Se encuentra bien? —preguntó.

La mujer la miró, despavorida. No parecía capaz de oírla, ni de responder.

Los cañones retumbaron de nuevo y Virginia oyó el crujido de la madera al rajarse. Habían vuelto a darles. Se subió de un salto a su estrecho camastro, se agarró a una cuerda que colgaba para no caerse y miró el barco atacante por la portilla. El Americana oscilaba sin control, y estuvo a punto de caerse del catre.

¿Cómo era posible que sucediera aquello?, se preguntaba, frenética y aturdida. ¿Quién atacaría a un barco neutral y apenas armado?

La señora Davies comenzó a sollozar. Virginia oyó sus plegarias y deseó que guardara silencio.

¿Qué iba a ocurrir? ¿Qué quería aquel horrible capitán? ¿Pensaba hundir el barco? ¡Pero eso era absurdo!

Su mirada se volvió de nuevo, instintivamente, hacia la cubierta en la que el capitán permanecía tan inmóvil que podría haber sido una estatua. Sabía que miraba al Americana con la intensidad de un halcón. ¿Qué clase de hombre podía ser tan despiadado, tan cruel? Virginia se estremeció. El oficial Grier se había referido a él como «el azote de los mares».

En el Americana se había hecho de pronto un silencio sobrecogedor. Virginia creía que el capitán Horatio no se rendiría, y ella tampoco lo haría, si estuviera al mando del navío. Examinó la pistola para comprobar que estaba cargada y lista para disparar.

—Padre Nuestro que estás en los cielos —gimió de pronto al señora Davies—, ¡apiádate de nosotros!

Virginia no pudo soportarlo. Se volvió, la agarró de los brazos y la zarandeó con fuerza.

—¡Dios no está aquí hoy! —gritó—. ¡Y no va a ayudarnos! Van a abordarnos. Deben de ser piratas. Vamos a perder esta batalla, señora Davies, y será mejor que nos escondamos.

La señora Davies apretó la Biblia contra su pecho, paralizada por el miedo. Su boca se movía incontrolablemente, formando palabras sin emitir ningún sonido.

—Venga —dijo Virginia con más suavidad—, nos esconderemos abajo —confiaba en encontrar algún recoveco donde esconderse. Tiró de la otra mujer. Pero no sirvió de nada.

Virginia se dio por vencida. Pistola en mano, subió a la cubierta principal y vio acercarse los primeros botes. O'Neill estaba de pie en la proa de uno de ellos, con las piernas separadas para soportar las sacudidas del mar. Virginia vaciló. ¿Por qué nadie le disparaba? Si ella tuviera un mosquete, aquel hombre ya estaría muerto.

Los dedos le cosquilleaban, las palmas de sus manos comenzaban a estar pegajosas. No sabía qué alcance tenía la pistola que llevaba, pero estaba segura de que no era mucho. Aun así, aquel hombre se acercaba cada vez más. ¿Por qué no le disparaba Horatio?

Virginia no podía soportarlo. Corrió a la barandilla y apuntó con mucho cuidado.

Él volvió de pronto la cabeza, como si su instinto lo avisara del peligro, y la miró fijamente.

Bien, pensó Virginia ferozmente, y disparó.

El tiro erró por poco, hundiéndose en el mar, justo delante del casco del bote. Virginia comprendió que, si hubiera esperado un minuto o dos más, le habría dado.

El capitán tenía la mirada clavada en ella.

Virginia dio media vuelta, rodeó la escotilla principal y corrió hacia la que usaban los marineros. Bajó a trompicones por la escalerilla y comprendió que se hallaba en los malolientes aposentos de los marineros. Por un instante la sorprendió lo horribles que eran; luego, vio otra escotilla al fondo de la estancia. La levantó y se halló adentrándose más aún bajo el mar.

No le gustaba hallarse bajo el océano. No podía respirar y empezaba a sentir pánico, pero procuró refrenarlo y se esforzó por respirar. No muy lejos del final de la escalerilla había una puerta abierta más allá de la cual la oscuridad era completa. Virginia lamentó no haber tenido la precaución de llevar una vela. Avanzó con cuidado y se halló en un pequeño almacén lleno de barriles y banastas. Se agachó al fondo y cayó en la cuenta de que aún llevaba consigo la pistola, ahora inservible, pues, en el fragor de la batalla, no había pensado en buscar pólvora para volver a disparar.

No tiró la pistola. Mientras sus ojos se acostumbraban a la oscuridad, la sujetaba en la mano derecha.

Luego sus rodillas cedieron. Aquel hombre la había visto dispararle. Estaba segura de ello. Estaba segura de que su rostro había reflejado una expresión de perplejidad.

¿Qué sucedería a continuación?

Justo cuando reparó en que el charco de agua en el que se hallaba parada era ligeramente más alto, oyó los primeros disparos. Se le revolvió el estómago. Los piratas habían abordado el barco. ¿Irían a matar a la tripulación? ¿Qué sería de ella? Tembló y se dio cuenta de que el agua le llegaba ya a los tobillos.

Luego se puso rígida. Los disparos y el ruido de sables habían cesado. Por encima de ella, las cubiertas parecían en silencio. Santo cielo, ¿habría acabado ya la batalla? ¿Tan rápidamente habrían tomado aquellos hombres el navío americano? Virginia calculaba que en el Americana había un centenar de marineros. Aquel silencio mortal se prolongaba.

Si él no la había visto, tal vez saqueara el barco y regresara como alma que llevara al diablo a su guarida. Pero, ¿qué haría si la había visto dispararle? ¿La mataría?

Se dijo que asesinar a una inocente muchacha no tenía sentido. De modo que quizás hubiera esperanzas. Por una vez, Virginia se alegró de ser tan delgada que a menudo la confundían con una muchacha de catorce años, y de que su cara fuera tan menuda y pálida y su cabello tan rebelde. Afortunadamente, no se parecía a Sarah Lewis.

Se quedó paralizada.

Por encima de ella y a la derecha se oían pasos. Virginia empezó a temblar. Alguien estaba atravesando la estancia en la que dormían los marineros, como había hecho ella para encontrar aquel escondite. Sin dejar de temblar, miró la escotilla por la que había entrado. Sus ojos se habían acostumbrado a la oscuridad, pero no veía nada al otro lado, donde se hallaba la escalerilla que bajaba desde la cubierta superior.

La madera crujía.

Virginia cerró los ojos. Enseguida comprendió que alguien estaba bajando por la escalerilla. Asió la pistola con más fuerza, sujetándola entre los pliegues de su falda.

Aquel hombre estaba bajando la escalerilla, lo sabía.

Al otro lado de la escotilla, brilló un momento la luz de una vela.

Virginia parpadeó. El sudor nublaba su visión. Distinguió una forma blanca al otro lado de la escotilla. El hombre sostenía una vela y se volvía lentamente mientras escudriñaba con minuciosidad el lugar. Ella no podía respirar y temía asfixiarse.

Él atravesó la escotilla.

Virginia no se movió. Él levantó la vela, la vio al instante y sus miradas se encontraron.

Virginia no pudo apartar los ojos. Aquel hombre era un monstruo despiadado, responsable de numerosas muertes; ella no estaba preparada para encontrárselo cara a cara. Tenía el rostro de un dios griego bajado del Olimpo, un rostro turbadoramente bello, de altos pómulos, facciones firmes y penetrantes ojos grises. Pero aquella cara —la cara de un ángel— estaba labrada en granito... y era la cara de un demonio del mar.

Era mucho más alto de lo que esperaba —sabía que su cabeza apenas le llegaría al pecho—, de anchos hombros y caderas estrechas. Unas calzas ensangrentadas cubrían sus piernas, fortalecidas por los largos días pasados en alta mar. La sangre cubría también su camisa de hilo blanco. Llevaba una espada envainada y una daga en el cinturón, pero Virginia no vio ninguna otra arma.

Se mordió el labio y respiró al fin. Su respiración sonó alta y áspera en el pequeño espacio que compartían. Ella no necesitaba saber nada más sobre aquel hombre para comprender que era cruel, despiadado, inasequible a la bondad o la compasión.

Él rompió el tenso silencio.

—Venga aquí.

Ella permaneció junto a unos canastos apilados. Ignoraba si podría obedecer, aunque quisiera hacerlo. No sabía si podría moverse. Por fin entendía el miedo paralizante de la señora Davies.

—No voy a hacerle daño. Salga de ahí.

Su tono era autoritario. Virginia intuyó que nunca nadie le desobedecía. Siguió mirando sus fríos ojos como si estuviera hipnotizada. Parecía enfadado. Virginia lo notó de pronto, porque él la estaba mirando de arriba abajo —su boca, su cabello, su estrecho talle, sus faldas empapadas– y sus ojos se iban volviendo de un gris tormentoso, su mandíbula se flexionaba y sus sienes vibraban visiblemente. Saltaba a la vista que no le agradaba lo que veía.

Ella respiró hondo, intentando armarse de valor. Sujetaba la pistola detrás de la espalda, entre los pliegues de su falda azul marino. Se humedeció los labios.

–¿Qué... qué quiere?

–Quiero que venga aquí. Nunca doy una orden dos veces y ésta es ya la tercera –la impaciencia afilaba su voz.

Virginia se dio cuenta de que no tenía elección.

–¿Qué va a hacer conmigo? –preguntó con voz ronca.

–Voy a llevarla a mi barco –contestó él lisa y llanamente.

Iba a abusar de ella... a violarla. Virginia procuró dejar de temblar, pero no lo consiguió.

–Acaba de atacar un barco inocente –logró decir con aspereza–. Pero yo soy una muchacha indefensa y le suplico piedad.

La boca de él se curvó en una sonrisa al mismo tiempo divertida y cruel.

–No sufrirá ningún daño –dijo.

Ella se sobresaltó.

–¿Qué?

–¿Decepcionada? –preguntó él.

Ella lo miró fijamente, perpleja, e intentó decidir si debía creerlo o no. Luego se dio cuenta de que no podía confiar en él.

–No voy a ir a su barco por voluntad propia –se oyó decir.

Los ojos de él se agrandaron, llenos de sorpresa.

–¿Cómo ha dicho?

Ella intentó retroceder, pero no había sitio donde ir, y las cajas de madera se le clavaban en la espalda y en la mano con la que sujetaba la pistola.

Él se echó a reír bruscamente. Su risa era áspera, como si costara reír.

—¿Se atreve a desobedecerme a mí, el capitán de este barco?

—Usted no es... —comenzó a decir ella, y se mordió el labio con fuerza. «Cállate», se dijo.

La sonrisa de él era dura; sus ojos, más fríos que un bloque de hielo.

—Lamento llevarle la contraria. Soy el capitán del Americana, puesto que he tomado el barco y su tripulación se ha rendido —luego echó a andar hacia ella—. Además, no tengo paciencia. Tenemos un excelente viento del noreste —dijo, como si eso lo explicara todo.

Virginia no se movió. Pensaba golpearlo en la cabeza con la pistola cuando se acercase. Pero era tan alto que no lo conseguiría. Miró entre sus piernas y decidió golpearlo allí.

El almacén era tan reducido que en dos pasos él salvó la distancia que los separaba. El corazón de Virginia latía tan deprisa que le dolía. Se puso rígida al ver que él alargaba el brazo hacia ella y que su mano se cerraba sobre su brazo. Entonces lanzó la pistola hacia él.

Él tenía los reflejos de una bestia salvaje. Saltó a un lado y la culata de la pistola rozó su muslo, duro como una roca, y rebotó. La apretó con más fuerza del brazo y ella gritó.

—Eso, *mademoiselle*, ha sido muy poco propio de una dama.

Las lágrimas inundaron al instante los ojos de Virginia.

—Pero, ¿qué podía esperar de una arpía a la que se le ocurre dispararme? —añadió él.

Ella parpadeó y miró sus ojos pálidos y opacos. Así que lo sabía. Se decía que los ojos eran un espejo del alma. Si así era, aquel hombre no tenía alma.

—¿Qué va a hacer conmigo? —murmuró con voz áspera.

—Ya se lo he dicho. Será conducida a mi barco —le quitó la pistola y la arrojó a un lado. Luego le indicó la escalerilla sin soltarla del brazo.

Virginia no se movió.

—¿Por qué? No soy bonita.

Él se sobresaltó. Luego, sus ojos se entornaron, como si comprendiera al fin.

—¿Que por qué? Porque será usted mi invitada, señorita Hughes.

Ella se quedó boquiabierta al oír su nombre. El temor se apoderó de ella. Un instante después, su agudo ingenio la salvó. Sin duda aquel hombre conocía su nombre por habérselo dicho el capitán o la tripulación del barco.

—¿Su invitada? ¿O su víctima? —susurró.

—¡Santo Dios, es usted muy desafiante para ser tan poca cosa! —él la empujó y los pies de Virginia no tuvieron más remedio que moverse, un paso tras otro. Sus faldas empapadas se enredaron y le costó mantener el equilibrio—. ¿Puede subir la escalera o tengo que cargarla sobre mi hombro? —preguntó él.

Ella no tenía intención de dejarse avasallar. Aun así, se oyó decir:

—Capitán, señor, voy de camino a Londres. El asunto que me lleva allí es extremadamente urgente. Debe usted permitirme continuar.

Él alargó los brazos con intención de levantarla en brazos. Saltaba a la vista que se le había agotado la paciencia.

Virginia se volvió bruscamente, se agarró a la escalerilla, se recogió las faldas y comenzó a subir. Pero no oyó movimiento detrás de ella y de pronto se le ocurrió una idea espantosa. Cuando casi estaba arriba, se detuvo y miró hacia abajo.

Él estaba mirando sus pantorrillas y sus tobillos, que los pololos dejaban al descubierto. Había en sus ojos una mirada extraña, y Virginia, asustada, sintió que el corazón le daba un vuelco.

Él alzó la mirada.

—Hacía años que no veía a una mujer con pololos.

Ella se sonrojó y recordó de pronto un comentario cruel de Sarah Lewis cuando estaba en el colegio, en Richmond: «Virginia, siento tener que ser yo quien te lo diga, pero esas cosas ya no se llevan».

Sus mejillas enrojecieron aún más. Se dio cuenta de que él había empezado a subir la escalerilla y salió rápidamente por la escotilla hacia la estancia donde dormía la tripulación del barco.

Sintió arcadas mientras atravesaba a toda prisa aquel lugar. Era agudamente consciente de la presencia de su captor, que la seguía muy de cerca, sin dejarle ocasión de escapar. Pero tendría que escapar, y pronto, ¿verdad? O eso o verse reducida a ser la ramera de aquel hombre.

Llegaron ante otra escalerilla. Virginia no quería subir primero. El pirata la empujó ligeramente.

—Suba, señorita Hughes.

Ella se atrevió a mirarlo cara a cara.

—Está claro que no es usted un caballero, señor, pero procure no mirar.

Una expresión de incredulidad cruzó su semblante, seguida por otra de regocijo y, por un instante, Virginia temió que se echara a reír.

—Señorita Hughes, no me interesan sus encantos.

—Me alegro —replicó ella, envalentonada de pronto—. Entonces, déjeme en este barco y permítame continuar mi viaje mientras viola a otra.

Él se quedó mirándola un momento.

—Le he dicho que sería mi invitada.

—¿Y he de creer a un asesino?

La mandíbula de él se tensó.

—Puede creer lo que quiera, pero no tengo costumbre de violar a mis invitadas. Francamente, no tengo costumbre de violar a nadie. Suba la escalera.

—Entonces, ¿a qué viene todo esto? —preguntó, confusa.

—Empiezo a cansarme de su insolencia, señorita Hughes.

Virginia comprendió que aquello, al menos, era cierto. Se recogió las faldas y subió por la escalera, y esta vez se aseguró de no mirar hacia abajo.

Arriba, las nubes empezaban a cubrir el cielo azul y el olor de la muerte estaba por todas partes. Virginia se sintió enferma al ver cinco cadáveres de marineros americanos dispuestos pulcramente en una hilera. Era evidente que se disponían a arrojarlos al mar. Uno de ellos era el querido capitán Horatio. Virginia procuró contener las lágrimas. Aquel hombre había sido muy bueno con ella. En cierto modo, le recordaba a su padre.

Los demás miembros de la tripulación estaban maniatados. Virginia vio a los señores Davies, que se abrazaban el uno al otro. Se volvió bruscamente, encolerizada.

—¿Qué va a hacer con el señor y la señora Davies? ¿Ellos también van a ser sus invitados? —su tono estaba cargado de sarcasmo y repugnancia.

—No —él ni siquiera la miraba—. ¡Mac! ¡Gus!

Un marinero pelirrojo, armado con dos pistolas, dos dagas y una espada, se adelantó seguido por un muchacho delgado y rubio, también fuertemente armado. Ambos iban manchados de sangre que no era suya.

—¿Capitán? —preguntó rápidamente el pelirrojo.

—Gus, lleva a la señorita Hughes al Desafío. Ocupaos de que sus maletas la acompañen. Da la siguiente orden: na-

die hablará con ella, la mirará o reparará en ella de ninguna otra manera. Es de mi propiedad y, en lo que a la tripulación se refiere, es como si no existiera. ¿Está claro?
Mac asintió con la cabeza.
—Sí, señor.
Gus asintió también, muy serio. Ninguno de ellos miró a Virginia, ni siquiera una vez.
Ella estaba boquiabierta de asombro. ¿De su propiedad personal?
—¡Creía que era una invitada! —exclamó.
El capitán no le hizo caso, lo mismo que Mac y Gus.
—Mac, tú gobernarás el barco —dijo el pirata de cabello dorado—. Dirigíos a Portsmouth. El agente del gobierno nos dará allí nuestro botín. Drogo, Gardener y Smith se quedarán a bordo contigo. Elige otros diez más. Yo os seguiré —dijo él.
Mac parpadeó.
—¿Va con nosotros a Portsmouth?
Él le dio una palmada en el hombro.
—Nuestros planes han cambiado —dijo con firmeza—. En Portsmouth volveréis a uniros al Desafío.
—Sí, señor.
Virginia, que escuchaba atentamente y no perdía detalle, sintió que su corazón daba un vuelco. ¿Por qué habían cambiado sus planes? Rezaba para que no tuviera nada que ver con ella.
¿Qué pensaba hacer aquel hombre con ella? Se le pasó por la cabeza que iba lo bastante bien vestida como para que a aquel pirata se le ocurriera pedir un rescate por ella. Aunque, por otro lado, era la señora Davies la que llevaba un collar de perlas, anillos de diamantes y ropas lujosas.
El pirata dijo:
—Señor y señora Davies, les sugiero que bajen a su ca-

marote. Debemos ponernos en camino inmediatamente. Se les permitirá desembarcar en Portsmouth.

Aterrorizados, los Davies pasaron a toda prisa junto al pirata y desaparecieron en la cubierta inferior.

El pirata comenzó a alejarse.

—Capitán O'Neill, señor... —Gus se apresuró a ir tras él.

O'Neill no se detuvo.

—Puedes dirigirte a la señorita Hughes con el único propósito de encontrar sus maletas y escoltarla a mi camarote, Gus —no miró a Virginia ni una sola vez. Saltó a la parte más elevada de la cubierta, donde sus cañones habían causado grandes daños en el mástil central y las velas. Varios piratas parecían disponerse a reparar las jarcias.

—Amarrad el mástil principal —ordenó—. Hay buena lona ahí abajo. Cambiad la vela de estay. El resto puede remendarse. Que todo el mundo se ponga manos a la obra. Tenéis una hora. Luego, zarpamos. No quiero perder el viento.

Virginia miró fijamente su figura alta y arrogante, hasta que se dio cuenta de que alguien le estaba hablando.

—Señorita Hughes, por aquí, por favor, señorita, ejem, Hughes.

Virginia se volvió y miró al hombre rubio, que parecía más joven que ella. Tenía las mejillas coloradas y no la miraba. Saltaba a la vista que se tomaba muy a pecho las órdenes de su capitán.

—¿Adónde vamos?

Sin dejar de mirar más allá de su hombro, él contestó:

—Al Desafío. ¿Dónde están sus maletas?

—Abajo, en el camarote —dijo ella, aunque su equipaje le importaba muy poco.

Gus dio media vuelta, agarró a otro joven marinero y lo mandó abajo en busca de su equipaje. Virginia se descubrió junto a la barandilla, donde un bote la esperaba mecido por las olas. Vaciló, llena de desesperación.

El capitán había dicho que no le haría daño. Ella no lo creía. Sería una estupidez creerlo. Desdeñó la idea de que tal vez quisiera pedir rescate por ella, dado que O'Neill no había reparado siquiera en los Davies. ¿Qué pretendía aquel hombre? ¿Qué podía querer?

El océano Atlántico era gris plateado, mucho más oscuro que los ojos de O'Neill, y parecía inmensamente aterrador. Un paso en falso y se hundiría en sus profundidades heladas. Por su cabeza cruzó la idea de que otra mujer saltaría al agua, buscando la muerte, para salvarse de los abusos que quizá la esperaran.

Ella se agarró con fuerza a la barandilla. No sentía deseos de morir y sólo una necia elegiría el suicidio a la vida... a cualquier clase de vida.

—Ni se le ocurra —dijo él, aterrizando como un gato a su lado.

Virginia se sobresaltó y miró sus ojos grises y brillantes.

Él le devolvió la mirada. Parecía muy enfadado.

Virginia pensó que no debía olvidar que aquel hombre tenía los sentidos muy afilados, que no pasaba nada por alto, que casi parecía tener ojos en la nuca. Con voz baja y perversa, casi tan furiosa como la de él, dijo:

—Si quiero saltar, llegará el momento en que no podrá impedírmelo.

Él sonrió.

—¿Eso es un desafío o una amenaza?

Ella tomó aire, turbada por su mirada, por su tono de voz, por sus palabras. Entonces ocurrió algo extraño. Él estaba tan cerca; era alto, viril, autoritario. Virginia comprendió que no permitiría que ella muriera y ello la dejó casi sin aliento y le causó un intenso estremecimiento nervioso. Se apartó de él al instante, llena de nerviosismo y confusión.

—Llévala al Desafío. Y, si se le ocurre siquiera mirar el agua, véndale los ojos —le dijo él a Gus.

Virginia lo miró con fijeza. Él le sostuvo la mirada. En ese momento, ella comprendió que, en cualquier batalla que librara con aquel hombre, llevaría las de perder.

Unos brazos masculinos la cargaron sobre unas espaldas fuertes y duras. Ella dejó escapar un grito, pero era demasiado tarde: Gus estaba bajando por la escalerilla de cuerda que llevaba al bote y la sujetaba como si fuera un fardo lleno de oro. Cabeza abajo, ella se encontró con los ojos del pirata. Costaba ver con claridad en aquella postura humillante, pero habría jurado que él la miraba severamente con el ceño fruncido.

Pero, cuando se halló de nuevo cabeza arriba y sentada en el bote, él había desaparecido.

Desde las cubiertas del Americana el mar parecía bastante plácido. En el momento en que el bote quedó desamarrado, la pequeña embarcación comenzó a brincar y a oscilar bruscamente sobre las olas, mientras dos marineros remaban hacia el Desafío. Virginia se agarró al borde del bote. Las salpicaduras de las olas la empaparon. Un minuto antes, el Desafío parecía muy cerca. De pronto, sin embargo, parecía hallarse a gran distancia.

Una ola enorme levantó el bote de remos hacia el cielo. Virginia se mordió el labio para no echarse a llorar. Luego, fueron lanzados a velocidad vertiginosa hacia el fondo del mar.

Pero no llegaron a hundirse. Otra ola espumosa volvió a levantarlos. Virginia no había comido nada desde esa mañana, pero notó que corría el riesgo de vomitar. Consiguió apartar la mirada de la violencia del océano y vio que ninguno de los marineros parecía preocupado. Intentó respirar con más naturalidad, pero le fue imposible. Entonces su mirada se encontró con la de Gus.

Él desvió los ojos inmediatamente hacia el barco, con las mejillas encarnadas.

Qué tontería, pensó ella con enfado, prohibir a los hombres que la miraran.

—¡Gus! ¿Cómo vamos a desembarcar? —le gritó. Intentar desembarcar con aquella marejada parecía un suicidio.

Otra ola enorme la empapó por completo. Gus actuaba como si no la hubiera oído. El mar estaba muy picado, sin embargo, y Virginia repitió su pregunta gritando a pleno pulmón. El muchacho cuadró los hombros y rehusó mirarla.

Por fin alcanzaron el otro barco. Un marinero les arrojó unos cabos e hicieron descender una pasarela unida al barco, lo cual respondió a la pregunta de Virginia. Ella estaba deseando abandonar la frágil barca.

Los marineros del barco la observaban con interés. Sus miradas groseras le causaron una feroz satisfacción. Gus dijo con aspereza:

—Es del capitán. Nadie puede hablar con ella, ni mirarla. Órdenes del capitán.

Cuatro miradas lujuriosas se desviaron.

Mientras Gus la ayudaba a subir a la pasarela, Virginia pensaba, maravillada, en la autoridad que O'Neill ejercía sobre sus hombres. ¿Cómo lograba incitar en ellos aquel sometimiento instantáneo, aquella obediencia? Sin duda era un capitán cruel y agresivo.

—Por aquí —dijo Gus sin mirarla. Le había soltado el brazo ahora que estaban en la espaciosa cubierta principal de la fragata, donde el balanceo del mar se percibía mucho menos que en el bote e incluso que en el *Americana*.

Virginia comenzó a sentirse enferma. Paseó la mirada por el enorme barco pirata y deseó poder conocer su destino. Fue conducida a través de la cubierta, por la que obviamente se habían difundido ya las órdenes del capitán, pues todos la evitaban cuidadosamente. Un momento después estaba en un pequeño camarote con su única maleta y la puerta se cerró tras ella.

Virginia se rodeó con los brazos. Había ocurrido. Era la prisionera del capitán pirata, en cuyo camarote se hallaba.

Se estremeció, consciente de que temblaba a causa del frío —estaba empapada de los pies a la cabeza—, parpadeó y recorrió con la mirada su nuevo alojamiento. El camarote era cuatro veces más grande que el cuartucho que había compartido con los Davies. Estaba lujosamente amueblado. Pasada la puerta había una cama de caoba, baja y de cuatro postes, atornillada al suelo y cubierta con colchas de seda con estampado de cachemira en color rojo y negro, con cenefas doradas. Sobre la cabecera de la cama se amontonaban varios cojines de terciopelo rojo, con bordados dorados, que parecían orientales. En la pared, sobre la cama, había dos filas de estanterías, y dos alfombras persas de color rojo cubrían el suelo. Un escritorio repleto de libros, mapas y cartas marítimas ocupaba un rincón del camarote.

Había también una mesa de comedor, pequeña y delicada, rodeada por cuatro sillas altas y de elegante tapicería. Un biombo chino de color negro, taraceado con madreperla, se erguía contra la pared del otro lado. En la pared parecía haber empotrado un armario. En aquel lado de la habitación había también una bañera de porcelana.

Virginia hizo una mueca. Se sentía terriblemente intranquila. Odiaba hallarse en los aposentos de O'Neill, rodeada por sus efectos personales, y la molestaba en grado sumo que aquellos aposentos fueran mucho más lujosos que los de su propia casa. Se acercó a la cama y se preguntó, intrigada, dónde iba a dormir. Sobre un estante había algunas prendas dobladas. Le pareció distinguir unas medias y unos calzones. Había también un espejo, una navaja, una gruesa brocha de afeitar, un cepillo de dientes y un cuenco de porcelana grabado con oro. Había también varias velas en candelabros de plata de ley.

El desaliento se sumó al desasosiego.

En la estantería de arriba había numerosos libros. ¿Era su captor un hombre cultivado? Tenía un fuerte acento irlandés, pero poseía también aires de aristócrata. De hecho, no se asemejaba en absoluto a la imagen que ella tenía de un pirata; no estaba desdentado, ni sucio, ni olía mal. De pronto recordó que, además, iba perfectamente afeitado.

No podía soportarlo. El camarote, lleno de su presencia, amenazaba con asfixiarla. Se acercó a la puerta e intentó abrirla, esperando encontrarla cerrada. Para su sorpresa, se abrió al instante.

Miró fuera y vio que en el Americana casi habían concluido los preparativos para zarpar. Se estaba desplegando una nueva vela mayor, lo cual sólo podía significar una cosa: que el barco partiría muy pronto. Ojalá pudiera volver a bordo, pensó ella.

Salió del camarote. Estaba atardeciendo y se había levantado una brisa veloz que la heló aún más. Se estremeció, se hizo sombra con la mano y miró al Americana. No había ya ningún bote amarrado al costado del barco, así que, aunque se le hubiera ocurrido algún modo de volver al otro barco, era ya demasiado tarde. Los barcos empezaban a alejarse.

Virginia miró a su alrededor precavidamente. Algunos marineros trepaban a los mástiles, desplegando unas velas y arriando otras, mientras otros izaban un ancla inmensa. Nadie parecía haberse percatado de su presencia.

Ella vaciló; luego lo vio en el alcázar y se quedó inmóvil. Él estaba dando órdenes. El fuerte viento agitaba mechones de su pelo, a pesar de que lo llevaba atado, y pegaba a su pecho la camisa amplia y todavía ensangrentada, que definía cada prominencia y cada plano de su musculatura. Su presencia era imponente. Demasiado, para ser un granjero convertido en pirata. Aquel hombre era un aristócrata, pensó Virginia al instante, un aristócrata venido a menos.

Él la vio y la miró fijamente desde una gran distancia. A Virginia le costó de pronto respirar.

Un momento después, él le dio la espalda. El Desafío saltó de pronto, como un caballo en la puerta de salida de una pista de carreras. Virginia se vio impulsada hacia atrás y se golpeó contra la pared exterior del camarote.

Gus apareció a su lado.

—El capitán ordena que permanezca usted abajo, señorita Hughes —dijo, evitando mirarla.

—Entonces, ¿por qué no cierra la puerta? —preguntó ella con aspereza.

—Entre, por favor, señorita Hughes. Órdenes del capitán —insistió él, sonrojado de nuevo.

—¡Gus! —ella lo agarró de la muñeca—. Me importa un bledo lo que ordene. ¡No es mi capitán!

Gus parpadeó y, por un momento, la miró con estupor. Ella sintió un leve arrebato de euforia.

—Por favor, mírame cuando te dirijas a mí. No soy una puerta, ni un poste.

Él se sonrojó y apartó la mirada.

—Órdenes del capitán, señorita.

—¡Maldito sea tu capitán, ese asesino! Que se vaya al infierno, que es donde sin duda acabará un día no muy lejano —exclamó ella.

Gus se atrevió a mirarla otra vez.

—Se acerca una tormenta. Por favor, entre o tendré que llevarla a la fuerza.

Virginia profirió un sonido muy poco propio de una dama y entró hecha una furia en el camarote, cerrando la puerta de golpe tras ella. Esperaba oír a Gus echar el candado, pero no oyó nada. Pero estaban en medio del océano Atlántico y no había ningún sitio donde pudiera ir.

Escaparía en Portsmouth.

Virginia se dejó caer en una de las sillas. De pronto se sentía llena de excitación. Estaban a un día de camino de Portsmouth, si no había entendido mal. Sin duda podría mantener a raya a aquel libidinoso capitán un día entero... y, entre tanto, se le ocurriría algún plan.

Portsmouth estaba en Inglaterra. Encontraría algún modo de viajar desde allí a Londres, donde sin duda su tío la estaba esperando.

La esperanza se apoderó de ella. Y, con ella, el alivio.

Finalmente afrontó el hecho de que no tenía nada que hacer, excepto trazar planes. Pero se estaba quedando helada y miró su maleta. Temía cambiarse. Le daba miedo que el capitán la sorprendiera medio desnuda. Se frotó las manos y decidió concentrarse en idear su escapada.

Unos minutos después, sus pensamientos se hicieron más lentos y difusos y los ojos comenzaron a pesarle, negándose a permanecer abiertos. Por fin apoyó la cabeza sobre los brazos y se quedó dormida.

—Señor, se ha ido abajo —dijo Gus.

Devlin dejaba manejar el timón a su primero de a bordo, pero permanecía a su lado, vigilando las nubes, que cruzaban veloces el cielo, y la luz cada vez más grisácea. Notaba claramente el súbito descenso de la temperatura. Se estaba preparando una tormenta y su instinto, afinado por once años en el mar, le decía que sería de temer.

Aún había tiempo, sin embargo, antes de que se vieran obligados a arriar las velas. Confiaba en dejar atrás la tormenta, aunque ello supusiera desviarse de rumbo.

Y la chica estaba en su camarote. Unos enormes ojos violetas, indignados y furiosos, asaltaban su imaginación. Aquellos ojos estaban engarzados en una cara menuda y de finas facciones. Devlin desdeñó aquellas imágenes inoportunas y miró a Gus, que se había sonrojado.

—Te ha hecho pasar un mal rato, ¿eh? —no podía evitar que el malestar de Gus le hiciera gracia.

Gus titubeó.

—Es muy valiente para ser tan poca cosa, señor.

Devlin se apartó con un bufido. ¿Valiente? Eso era poco. Sus grandes ojos violetas no dejaban de inquietarle desde que había tenido la mala fortuna de encontrar al fin a la sobrina americana del conde de Eastleigh. Ignoraba si sus rabietas le divertían o si le enfurecían su falta de respeto y subordinación. Aquella muchacha era menuda como una niña de trece años, pero él sabía juzgar un carácter y se daba cuenta de que poseía el coraje de diez hombres crecidos. En todo caso, a él no le importaba. Aquella joven era una rehén y un medio para conseguir un fin.

Esperaba encontrarse con una señorita refinada y engreída, con una mujer adulta y mundana como Elizabeth. No esperaba un demonio del tamaño de una pinta de cerveza que intentaría asesinarlo de un disparo y se atrevería luego a atacarlo de nuevo con la culata de una pistola.

Aquello no tenía gracia. Devlin se acercó a un lateral del alcázar y se acercó el catalejo a los ojos. Una sensación intensa bullía en sus entrañas, peligrosa y ardiente: el germen de un deseo inmenso y terrible.

Su boca se tensó sin alegría al mirar a través del catalejo. La sobrina de Eastleigh era una tremenda tentación. La sed de sangre que ardía dentro de él parecía mucho más intensa que cualquier deseo que hubiera experimentado antes, quizá porque la chica era sólo eso, más una niña que una mujer, y el acto parecía aún más despiadado y brutal. Sabía que intensificaría la euforia de su venganza. Pero no había mentido al decir que no tenía costumbre de violar a nadie, como no la tenían sus hombres. La violación no estaba permitida. Él era un hombre, no un monstruo. De hecho, su madre, su padre y su hermanastro lo habían educado para ser un caballero. Y suponía que, cuando en alguna rara ocasión asistía a un baile o a una ceremonia de estado, se lo consideraba precisamente eso. Pero no lo era. Ningún caballero podía triunfar en alta mar, ni en tiempo de paz, ni en tiempo de guerra. Ningún caballero podía amasar una auténtica fortuna apresando barco tras barco. Su tripulación jamás obedecería a un caballero. Aun así, deshonrar a una virgen de dieciocho años quedaba sencillamente descartado, aunque la curiosidad lo moviera a pensar en ello.

Bajó el catalejo. La reputación de la chica habría quedado seriamente dañada cuando por fin la entregara a Eastleigh. No le importaba. ¿Por qué iba a importarle? Aquella joven no significaba nada para él. Y, si llegaba a descubrir que Eastleigh le tenía algún afecto, le complacería aún más dañar su reputación. En cuanto a la suya propia, todo era muy sencillo: le traía y siempre le había traído sin cuidado.

Durante la mayor parte de su vida había sido objeto de habladurías. De pequeño, antes del asesinato de su padre, sus vecinos solían murmurar con una mezcla de piedad y respeto, diciendo que él debería haber sido algún día el jefe del clan de los O'Neill. Luego cuchicheaban acerca de la precaria situación de su familia... o acerca de los amoríos de su padre. Gerald había sido un buen marido, pero, como muchos hombres, no había sido del todo fiel a su esposa. Y las habladurías no habían cesado con su muerte. Después hubo más rumores y más miradas, la mayoría de ellas desagradables y acusatorias. La gente murmuraba acerca de la conversión de su familia al protestantismo, acerca del amor de su madre por su nuevo marido, y, después, incluso se atrevió a murmurar acerca de la verdadera paternidad de Devlin. Devlin había ignorado todos aquellos chismes con los hombros erguidos y las mejillas encendidas.

Ahora, las habladurías las difundían los señores y las damas de la alta sociedad. Aquellas personas se inclinaban ante él con la mayor deferencia y, pese a todo, los rumores apenas habían cambiado. Cara a cara, decían de él que era un héroe y, a sus espaldas, lo tildaban de canalla, de libertino y de pirata, y mientras tanto no dejaban de exhibir a sus lindas y ricas hijas casaderas ante él en los bailes a los que lo invitaban.

Tampoco su carrera en la Marina le importaba. Su profesión le había sido muy útil, pero tenía hacia ella sentimientos encontrados. Su vida eran el viento y el mar, su barco y su tripulación. De eso, no había duda. Si su carrera militar acababa prematuramente, seguiría surcando los mares, sólo que de forma distinta. No sentía lealtad alguna ni amor por sus patrones británicos, pero era un patriota. Haría cualquier cosa por su país, Irlanda.

Era consciente de que había incumplido las órdenes que había recibido. En realidad, no sólo las había incumplido, sino que las había violado de manera flagrante. Pero el Almirantazgo lo necesitaba, más que querer su cabeza; además, se ocuparía de que su nuevo enfrentamiento con Eastleigh se desarrollara discretamente y con apariencias de honorabilidad. Eastleigh no tenía deseo alguno de provocar un escándalo, y Devlin sabía que procuraría evitar que el secuestro y rescate de su sobrina se hiciera público. Tenía intención de concluir aquel asunto lo antes posible, tras jugar un poco con Eastleigh.

Devlin sonrió al cielo oscurecido.

Virginia ignoraba cuánto tiempo había pasado o cuánto tiempo llevaba él allí parado, en medio de la penumbra, mirándola dormir. Se había despertado de pronto y, al alzar la cabeza, él fue lo primero que vio.

Dejó escapar un gemido de sorpresa y se irguió. Él la observaba con un extraño brillo en la mirada. Devlin no se movió. Permanecía frente a la puerta cerrada, como si acabara de entrar en el camarote.

Virginia se levantó de un salto. Su ropa seguía empapada. Comprendió que había dormido poco tiempo.

—¿Cuánto tiempo lleva ahí? —preguntó.

La mirada de él se deslizó desde sus ojos a sus pechos. Volvió a mirar sus ojos y a continuación cruzó el camarote, pasando a su lado.

—No mucho —contestó en tono frío e indiferente.

Virginia se abrazó, sonrojándose. ¿Acababa él de mirarle el pecho con lascivia? Ella apenas tenía pecho, y el camarote era muy pequeño para los dos.

—Creía que éste era ahora mi camarote.

Él estaba abriendo la puerta del armario. Se volvió hacia ella con expresión inescrutable.

—Lo es.

—Entonces debería irse.

Él se volvió para mirarla de frente.

—¿Le ha dicho alguien alguna vez que tiene lengua de arpía?

—Y usted es un grosero. Este camarote es muy pequeño para los dos y... —titubeó y por fin miró la camisa mojada y ensangrentada de O'Neill, que se le ceñía a los interesantes ángulos y planos del pecho–... huele usted mal.

–Para su información, señorita Hughes, éste es mi camarote y está usted aquí como invitada mía. No se ha cambiado de ropa. ¿Por qué?

Ella parpadeó. Su repentino cambio de tema la había pillado por sorpresa.

–No deseo cambiarme –dijo con desconfianza.

–¿Le gusta parecer un gato ahogado? –sus cejas oscuras se alzaron–. ¿O acaso le gusta pasar frío?

–Gracias por el halago... y por el sarcasmo.

Él suspiró.

–Señorita Hughes, agarrará usted una neumonía si no se quita esa ropa. Y no tengo intención de dejarla morir.

Ella aprovechó la ocasión para preguntar:

–¿Y cuáles son sus intenciones?

La expresión de Devlin cambió; de pronto parecía visiblemente irritado. Se volvió a medias y, antes de que ella pudiera decir nada, se sacó la camisa ensangrentada por la cabeza y la dejó caer al suelo. Ella retrocedió hasta chocar con la puerta.

–Por el amor de Dios, ¿qué está haciendo? –exclamó, con la mirada fija en su espalda ancha y desnuda y en el vislumbre de su pecho, igualmente ancho y duro como una roca.

Miró más abajo. Su tripa era plana y tensa, cruzada por líneas interesantes. Luego, comenzaba a ondularse. Virginia apartó rápidamente la mirada, pero sus mejillas se sonrojaron.

–Soy lo bastante sensato como para cambiarme de ropa –replicó él tranquilamente.

Virginia se encontró con unos ojos grises y claros y comprendió que no debería haber mirado. El desánimo se apoderó de ella. La cara de un dios, el cuerpo de un guerrero. Había visto a algunos hombres descamisados en Sweet Briar, pero, por algún motivo, ver a Frank con el pecho desnudo nunca la había turbado de aquella forma.

—El camarote es demasiado pequeño para los dos —repitió, consciente de que se le había acelerado el corazón.

Él tenía en las manos una camisa limpia, pero no se movió. Virginia dejó de temblar repentinamente cuando sus miradas se encontraron. En el camarote hacía de pronto mucho calor. Parecía faltar el aire. Él tenía el rostro crispado.

—Me está mirando fijamente otra vez.

Ella apartó la vista.

—Podría haberme dicho que saliera —logró decir, con la mirada fija en el suelo.

—No imaginaba que el pecho de un hombre pudiera ser tan fascinante para usted —contestó él con aspereza.

Ella levantó la mirada bruscamente. Él estaba de espaldas, cubierto con fina batista blanca. Se quitó una bota y luego la otra. Cuando metió la mano en el armario, Virginia alcanzó a atisbar un destello dorado. Después, unas calzas limpias, de color crema, aparecieron en las manos de O'Neill.

Ella no dijo nada. Se volvió, dispuesta a salir de la habitación.

Él cruzó el camarote en un instante y puso una mano sobre la puerta, impidiendo que la abriera.

—No puede salir a cubierta así.

Su brazo quedaba por encima del hombro de Virginia y ella notaba la proximidad de su cuerpo tras ella. No podía volverse para mirarlo porque, si lo hacía, se hallaría en sus brazos.

—No voy a ver cómo se desviste —dijo, y su timbre de voz sonó extraño y áspero.

—No le pido que mire, señorita Hughes. Discúlpeme.

He olvidado lo inocente que es una mujer de dieciocho años.

Virginia se quedó paralizada. ¿Estaba de pronto representando el papel de un caballero? La incredulidad batallaba con una enorme confusión.

En aquel momento inacabable, cobró conciencia del calor que irradiaba del cuerpo de O'Neill, del que sólo unos centímetros la separaban. Él bajó bruscamente la mano y retrocedió.

Virginia se volvió lentamente.

Él llevaba aún las calzas limpias en la mano. Rompió el silencio. Dijo con voz tersa:

—Mire para otro lado. Acabaré enseguida y podrá cambiarse de vestido.

—Prefiero salir... —comenzó a decir ella.

—¡Santo cielo, mujer! ¿Tiene que contradecir cada palabra que digo? Ese vestido es indecente —deslizó la mirada sobre su pecho y se apartó, desabrochándose las calzas al mismo tiempo.

Virginia tardó un momento en comprender sus palabras. Bajó la mirada y se quedó atónita. La seda mojada del vestido y la camisa se amoldaba a sus pequeños pechos, que realzaba el corsé, y definían con toda claridad los pezones erectos. El efecto resultaba tan revelador que nadie podría tener ninguna duda acerca del tamaño y la forma de su anatomía. Con razón la había mirado él. Podría haber estado desnuda. Se sintió avergonzada.

Oyó un susurro de tela.

Miró, vislumbró más de lo que debería —unos glúteos erguidos y duros, unas pantorrillas y unos muslos musculosos— y se dio la vuelta. De cara a la puerta, respiró trabajosamente contra la madera. De pronto sentía ganas de llorar.

Había sido muy valiente durante un tiempo que parecía interminable, pero su coraje comenzaba a flaquear. Tenía que llegar a Londres, tenía que suplicar a su tío que se compadeciera de ella y pagara sus deudas. Pero estaba a bordo de un barco pirata, en el camarote de un pirata, un pirata que a ratos hablaba como un aristócrata, un pirata que irradiaba una virilidad tan seductora que, por primera vez en su vida, ella tenía conciencia de su propio cuerpo como nunca antes. ¿Cómo había ocurrido aquello? ¿Cómo?

Él era su enemigo. Se interponía entre ella y Sweet Briar. Lo odiaba apasionadamente... y no debía encontrar nada en él de interesante, de cautivador, nada que avivara su curiosidad.

—Esperaré fuera —dijo él. De pronto se hallaba otra vez tras ella.

Virginia contuvo las lágrimas, asintió con la cabeza y se apartó sin atreverse a mirarlo. Notó que él vacilaba y la miraba con fijeza. Se acercó a su maleta y se puso a buscar ropa limpia con mucho empeño, mientras rezaba por que él no hubiera visto una sola lágrima. Por fin oyó cerrarse la puerta.

Se dejó caer al suelo, junto a su maleta, y lloró.

El viento soplaba con fuerza tras ellos. Devlin había tomado el timón, como si de ese modo todo pudiese arreglarse. Lo sujetaba con la tranquilidad de quien podía gobernar un barco gigantesco con los ojos cerrados, concentrado en la tarea que tenía entre manos: dejar atrás la tormenta que los perseguía.

—¿Lo conseguiremos? —preguntó una voz queda tras él, al tiempo que unos ojos violetas invadían su recuerdo.

Devlin se relajó, aliviado por la interrupción. Miró al cirujano del barco, un hombre bajo y robusto, con grandes patillas y cabello rizado y gris.

—Hay un cincuenta por ciento de posibilidades —respondió—. Lo sabré dentro de quince minutos.

Jack Harvey cruzó los brazos sobre el pecho y levantó la mirada hacia el cielo negro y sin estrellas.

—¿Qué es eso de tomar rehenes, Devlin?

Devlin miró el horizonte gris.

—Una de mis locuras, me temo.

—¿Quién es ella?

—¿Importa acaso?

—La vi un momento a bordo del Americana. Es muy joven. Huelo a rescate. No sé por qué. Nunca antes habías pedido rescate por una mujer.

—Siempre hay una primera vez para todo —repuso Devlin, que no tenía intención de decirle al buen doctor nada en absoluto—. ¿Cómo están los heridos?

—Brinkley se está muriendo, pero le he dado láudano y no lo sabe. Buehler y Swenson saldrán adelante. ¿Necesita ella atención médica?

Devlin empezó a irritarse.

—Necesita una mordaza, pero no, no necesita atención médica.

Jack Harvey levantó las cejas, sorprendido. Luego dijo:

—Es bonita... y salvaje, ¿eh? Santo Dios, los hombres no paran de hablar de que intentó dispararte. Es...

—¡Bobadas! —exclamó Devlin—. Toma el timón. Mantén el rumbo —tocó con un dedo la brújula y cruzó el alcázar. Ignoraba por qué de pronto se sentía irritado y rabioso.

—Supongo que no vas a invitarme a tomar contigo un bocado antes de que afrontemos esos vientos del demonio —dijo Harvey alzando la voz tras él.

Devlin no se molestó en contestar. Pero era ahora o nunca. Necesitaba tener la tripa llena y disponer de todas sus fuerzas, por si les alcanzaba la tormenta.

¿Estaba ella llorando cuando salió del camarote?

A él poco le importaba, en realidad. Las mujeres solían llorar con el solo propósito de engatusar a los hombres. Eso lo sabía desde hacía mucho tiempo. Pero como, por de pronto, a él no le importaba ninguna mujer, las lágrimas no surtían efecto sobre él.

Abrió la puerta del camarote y vio a Virginia sentada a la mesa, que estaba puesta con cubiertos de plata y cristalería fina. Había en ella una bandeja tapada que expedía un aroma delicioso. Ella estaba terriblemente erguida, con las manos unidas sobre el regazo. En sus mejillas había dos manchas de un intenso color rosa. Su mirada, que parecía enfebrecida, chocó con la de él.

Devlin se irguió y cerró la puerta. Ella esbozó una sonrisa fría como el hielo.

—Me preguntaba cuándo regresaría, capitán.

El placer hormigueó en las venas de Devlin. ¡Cuánto le agradaba una buena contienda!

—Ignoraba que ansiara mi compañía —replicó al tiempo que inclinaba galantemente la cabeza.

—Sólo ansío su cabeza... en esa bandeja de plata —dijo ella con la majestuosidad de una reina.

A él le dieron ganas de sonreír. Se acercó a la mesa precavidamente y vio furia en sus ojos.

—Lamento decepcionarla. Mi cocinero es francés. En esa bandeja se sirven bocados mucho más exquisitos.

—Entonces esperaré con paciencia un día más propicio, en el que se sirva la cena que deseo verdaderamente —replicó ella.

Él rehusó reírse.

—No me parece usted una mujer paciente, señorita Hughes, y, como creo que ese día que tanto ansía tardará muchos años en llegar, ¿qué hará en lugar de esperar?

—Tiene usted razón. No tengo paciencia. ¡Es usted un canalla! —gritó.

Él casi se echó a reír. Un malnacido, más bien.

–¿La he ofendido de algún modo, señorita Hughes?

La risa de Virginia sonó quebradiza.

–Mata a americanos inocentes, me secuestra, me toma prisionera, se desnuda delante de mí, me mira los pechos, ¿y todavía me pregunta si me ha ofendido? ¡Ja! –repuso ella.

Él tomó la botella de vino tinto.

–¿Me permite? –preguntó, dispuesto a servirle una copa.

Ella se levantó de un salto.

–¡Es usted un oficial! –gritó, y él se tensó, creyendo que iba a golpearlo. Pero Virginia se limitó a vociferar–: ¡De la Marina británica!

Él dejó la botella y le hizo una reverencia burlona.

–Capitán sir Devlin O'Neill, a su servicio, señorita Hughes.

Vio que ella temblaba de rabia. Decidió ceder a la tentación y mirar sus pechos perfectos.

–Deje de mirarme –siseó ella–. Ha cometido actos criminales. ¡Actos criminales atroces! ¡Explíquese, capitán!

Él se dio por vencido. Aquella mujer se atrevía a darle órdenes a él. Aquello le resultaba realmente divertido. Ella estaba en su barco, a su cargo, y le daba órdenes. Devlin se echó a reír.

Virginia se quedó inmóvil, sobresaltada por la breve erupción de aquella risa áspera y de tono extrañamente desabrido. Luego, todavía furiosa por su traición y, lo que era peor aún, por hallarse en una situación que no era la que esperaba, le espetó:

–Estoy esperando una explicación, capitán.

Él sacudió la cabeza y la miró. Muy suavemente, preguntó:

–¿No me tiene miedo? –ella titubeó. ¿Qué clase de

pregunta era aquélla?–. Sea sincera –dijo él como si hablara en serio.

–Me aterroriza usted –se oyó decir ella con el pulso acelerado. Luego se corrigió–. Me ha aterrorizado y todo por nada, maldita sea.

Él levantó las cejas.

–Las damas no maldicen.

–Me da igual. Además, tampoco me han tratado como a una dama, ¿no es cierto?

Él le dedicó una mirada muy larga y extraña.

–Otro hombre la habría puesto ya en su sitio... en esa cama. Pero no está ahí, ¿no?

Ella se quedó callada. Su corazón latía tan fuerte que apenas podía respirar.

–¡Mi sitio no es... no es su cama! –balbució. Terribles imágenes en las que se veía a sí misma con él, en sus brazos fornidos, la asaltaban.

–Ha sido un lapsus –sus cejas, más oscuras que su pelo, se alzaron–. Tiene razón. Las mujeres flacas son muy incómodas.

Ella lo miró casi boquiabierta. Luego exclamó:

–¡Sólo tengo catorce años, señor! ¿Llevaría a una chiquilla a su cama?

Él la miró con fijeza. Virginia se humedeció los labios. Estaba sudando y necesitaba desesperadamente que él la creyera. La mandíbula de él se tensó. Sus ojos se entornaron meditativamente, y el corazón de Virginia dio un vuelco.

–Ese juego al que juega es peligroso, señorita Hughes –dijo con suavidad.

–¡No es ningún juego!

–¿De veras? Entonces, explíqueme por qué iba en el Americana sola y sin una dama de compañía?

La mente de Virginia trabajaba a marchas forzadas.

—Tuve que mentirle al capitán Horatio para conseguir el pasaje —dijo, y su explicación le pareció brillante—. Naturalmente, no hubiera permitido que una niña viajara sola hasta Inglaterra. Le dije que tenía dieciocho años...

Él la interrumpió con mirada fría.

—Con el vestido mojado no parecía tener catorce años, señorita Hughes.

Ella se envaró.

La sonrisa de Devlin era una mera tensión de los labios.

—Siéntese. Por interesante que sea esta conversación, he venido aquí a cenar. Una tormenta amenaza con alcanzarnos y, si es así, me espera una noche muy larga —se acercó rápidamente a la mesa y le ofreció una silla.

A Virginia le costó sentarse. De pronto odiaba su engañifa. No quería que él creyera de verdad que era una niña. Pero, ¿la creía, acaso? Tenía la impresión de que no. Y aquel hombre no era un pirata, oh, no. El miedo a sufrir un engaño volvió a asaltarla.

—¿Por qué no me dijo que es capitán de la Marina Real?

Él se encogió de hombros.

—¿Le importa, acaso?

—¡Por supuesto que sí! —exclamó ella, mirándolo muy seria—. Porque creía que estaba prisionera, aunque no entendía por qué. Ahora sé que no es así, aunque sigo sin entender por qué estoy en su barco y no en el *Americana*. Sé que la Marina británica apresa barcos americanos por las buenas, como ha hecho usted. Su país no siente ningún respeto por nuestros derechos. Pero no estamos en guerra y usted no es un pirata. En ciertos aspectos, somos aliados. Es evidente que me liberará usted en Portsmouth —ésa era la conclusión a la que había llegado tras encontrar su uniforme en el armario. Un oficial de la Marina británica no podía pedir rescate por una ciudadana americana. Pero, ¿qué se proponía aquel hombre?

—No somos aliados —contestó él con aspereza.

Aquélla no era la respuesta que Virginia esperaba y no le gustó la expresión de su cara, ni de sus ojos.

—Y no voy a liberarla en Portsmouth.

—¿Qué? —Virginia estaba atónita—. Pero...

—A decir verdad, voy a llevarla a Askeaton. ¿Ha estado alguna vez en Irlanda, señorita Hughes?

Virginia no podía creer lo que acababa de oír.

—¿Irlanda? ¿Piensa llevarme a Irlanda?

—No es que lo piense —murmuró él—, es que voy a hacerlo. Ahora, siéntese, puesto que también tengo intención de cenar —le ofreció de nuevo la silla.

El desconcierto se apoderó de ella.

—No estoy segura de haberle entendido.

—¡Santo Dios! —exclamó él—. ¿Qué hay que entender? Voy a llevarla a Irlanda, señorita Hughes, en calidad de invitada.

Ella se esforzaba sinceramente por entenderlo.

—Así que soy su prisionera —logró decir con voz ronca.

—Prefiero considerarla una invitada —se puso serio—. No le haré ningún daño.

—¿Por qué?

—Eso no importa. Ahora, siéntese.

Virginia había creído que aquel terrible aprieto había pasado. Sacudió la cabeza, negándose a aceptar la silla que le ofrecía.

—No tengo apetito. ¿Es un rescate lo que busca?

—Es usted muy perspicaz —su sonrisa era fría.

—Yo no tengo dinero. Mi herencia va a ser vendida a

pedazos lo antes posible y los beneficios servirán para saldar las deudas de mi padre.

Él se encogió de hombros como si no le importara.

Virginia empezó a asustarse, pero logró respirar despacio y con calma.

—Dejó ir a la señora Davies. Ella era mucho más rica que yo.

—Si piensa morirse de hambre, allá usted —Devlin se sentó y comenzó a servirse comida de la bandeja, que, al quedar descubierta, reveló un sabroso estofado de cordero.

Por desgracia, la vista y el olor del estofado hicieron que a Virginia le sonaran ruidosamente las tripas, pero él no pareció notarlo. Devlin comenzó a comer con rapidez, como si comer fuera una misión y tuviera prisa por cumplirla. Por fin bebió un sorbo de vino y la saludó con la copa.

—Un contrabando excelente, se lo aseguro.

Virginia no contestó. Una terrible sospecha empezaba a cobrar forma en su cabeza. Aquel hombre pretendía pedir un rescate por ella, y le importaba un bledo su herencia.

Conocía ya su nombre la primera vez que se vieron.

Debía de conocer a su tío, el conde.

Virginia se dejó caer en la silla que él había retirado de la mesa. Devlin levantó la mirada, pero no dejó de comer.

Ahora, sin embargo, ella estaba a salvo, ¿no? O'Neill pertenecía a la Marina, aunque estuviera a punto de ser relevado del mando o algo peor. Ella confiaba en que lo colgaran del patíbulo más cercano. No era un forajido corriente. Quería un rescate, un rescate que sin duda obtendría, y, dadas las circunstancias, ella dudaba que la devolviera a su tío maltratada en algún sentido.

Se preguntó cuál sería el rescate y si su tío era lo bastante rico como para pagarlo y saldar las deudas de su padre. Su desaliento era infinito.

—Parece angustiada —comentó él, recostándose en su silla. Por lo visto, había acabado de cenar.

—No tiene usted principios, señor —dijo ella con crispación—. Eso está claro.

—Nunca he dicho que los tuviera —Devlin la miró con fijeza—. Los principios son para los necios, señorita Hughes.

Ella lo miró cara a cara. Llevada por un impulso, se inclinó hacia delante.

—¿Cómo puedo hacerle cambiar de idea? —apenas podía creer lo que se oía decir—. Mi tío no puede pagar un rescate, capitán O'Neill. Tengo dieciocho años, no catorce —el semblante de Devlin no se alteró—. Haré lo que sea con tal de que me deje libre.

Él se quedó mirándola largo rato.

—¿Me está ofreciendo lo que creo?

Ella se sintió enferma... asfixiada... avergonzada... resignada.

—Sí, así es —dijo con voz rasposa.

Él se levantó.

—La tormenta está sobre nosotros. Me temo que he de irme. No salga del camarote. Un mujer tan menuda como usted se caería al agua inmediatamente —arrojó a un lado su servilleta y caminó sobre el suelo del camarote, que había empezado a oscilar, como si estuviera inmóvil.

¿Ésa era su respuesta? Virginia estaba anonadada.

Él se detuvo en la puerta.

—Y mi respuesta es no —salió del camarote.

Virginia se derrumbó sobre la mesa, llorando de desesperación. Sabía que a su tío le importaba un comino. Jamás pagaría su rescate y las deudas de su padre.

Por culpa de aquel maldito irlandés, iba a perder Sweet Briar.

La rabia se apoderó de ella. Se levantó de un salto y cruzó el camarote. En cuanto abrió la puerta, una ráfaga de viento la empujó hasta el otro extremo de la cubierta. Nunca había sentido una fuerza tan intensa. Vio las olas furiosas del mar más allá de la barandilla. Parecían precipitarse hacia ella. Ni siquiera pudo gritar. Se estrelló violentamente contra la madera y las cuerdas. El dolor la cegó. Las olas la salpicaron y el viento luchaba por arrojarla al mar. El pánico la consumía. ¡No quería morir!

—Será cabezota —siseó O'Neill al tiempo que sus fuertes brazos la enlazaban. Virginia se sintió de pronto envuelta por su cuerpo duro y poderoso mientras el mar y el viento los laceraban a ambos.

Respiró hondo, incapaz de levantar la mirada, con la cara apretada contra su pecho. Él la sujetó con fuerza y la arrastró con él, de cara al viento. Caminaba con determinación. Un solo hombre contra los elementos. La empujó hacia el interior del camarote y permaneció un momento en la puerta, golpeado por el viento.

—¡Quédese dentro! —gritó para hacerse oír.

—¡Tiene que dejarme marchar! —vociferó ella. Cosa extraña, deseaba darle las gracias por haberle salvado la vida.

Él sacudió la cabeza, le lanzó una mirada furiosa y cruzó corriendo la cubierta. Luego, por fin, saltó al alcázar. Había empezado a llover furiosamente.

Virginia permaneció refugiada en el camarote, fuera del alcance de la tormenta, pero no cerró la puerta, que el viento mantenía abierta. Había comprendido por fin lo fuerte que era el temporal. El barco remontaba olas inmensas, como las había remontado antes el pequeño bote, alzándose sobre sus crestas y precipitándose luego hacia abajo. Virginia miraba a su alrededor y veía por todas partes marineros que luchaban con las jarcias o trepaban por los mástiles. Algunos pendían de ellos.

Levantó la vista y dejó escapar un grito de horror. Un hombre colgaba de un peñol de verga. Virginia comprendió que había resbalado y estaba a punto de precipitarse hacia la muerte.

Tenía que hacer algo, pero no sabía qué.

Miró hacia el alcázar. Era demasiado menuda para cruzar siquiera el espacio que separaba el camarote de O'Neill del lugar donde se hallaba el capitán y avisarlo de lo que ocurría. Levantó la mirada. El hombre había desaparecido.

Se había esfumado... se había ahogado.

Sus entrañas se retorcieron dolorosamente. Aquel hombre había desaparecido y ella ni siquiera lo había oído gritar.

Mientras el barco se zarandeaba violentamente, vio que todas las velas estaban recogidas, menos una. Comprendió enseguida que el marinero que había caído al mar había recibido la orden de trepar al palo mayor para arriar la única vela que seguía desplegada y tensa.

El enorme navío comenzó a escorarse de inmediato.

Virginia cayó al suelo y fue empujada hacia el otro lado del camarote, hasta estrellarse con la pared, golpeándose el hombro y la cabeza. Por un momento, mientras el barco permanecía de costado —o casi— se quedó allí, incapaz de moverse, llena de aturdimiento.

Luego se dio cuenta de que el barco volcaría si no se enderezaba enseguida. Miró la puerta, que seguía abierta de par en par y que de pronto parecía hallarse por encima de ella, como la cresta de una colina, en ángulo pronunciado, quizá de cuarenta y cinco grados o más. El cielo negro relumbraba por la escotilla abierta.

Iban a morir todos, pensó, frenética.

Comenzó a arrastrarse por el suelo, agarrándose a las patas de la mesa volcada y luego a la cama. Una vez allí, logró estirarse del todo y se agarró al borde del umbral.

Sus brazos protestaron, las articulaciones de sus hombros crujieron. Se arrastró lentamente hasta la puerta y, una vez allí, apoyó la espalda en una pared y los pies en otra y miró enloquecida a su alrededor.

Los marineros de cubierta luchaban contra la inclinación del barco, cuya parte más baja, aunque todavía no sumergida, batía las olas blancas. Virginia levantó la mirada hacia los mástiles y se quedó paralizada.

No había duda. Devlin O'Neill, con una daga entre los dientes, estaba trepando por el palo mayor. Otro hombre lo seguía. Por encima de él, el inmenso trinquete se hinchaba como si suplicara a la tormenta que hiciera zozobrar el barco.

O'Neill iba a morir, pensó ella, hipnotizada, como había muerto el otro hombre. Mientas trepaba por el mástil, usando sólo su fuerza y su voluntad para sobreponerse a la inclinación del barco, al vendaval y a la lluvia, la fragata basculaba precariamente hacia su costado.

Virginia contemplaba la escena, horrorizada. Aunque O'Neill no muriera, estaban sin duda sentenciados. Ningún hombre podría sobreponerse al viento y al escoramiento del barco para cortar la vela.

Vio que O'Neill se detenía, como si estuviera exhausto, y que el hombre que iba tras él hacía lo mismo. No podía apartar los ojos. Rezaba mientras los dos hombres se tomaban un breve descanso, aferrados al mástil inclinado.

Él siguió trepando. Alcanzó el trinquete desde el que había caído el marinero y comenzó a cortar las jarcias. El otro hombre se unió a él. Virginia los observaba ansiosamente. Los segundos se hicieron eternos. Luego, de pronto, la enorme vela de lona se desprendió de los cabos y se perdió flotando furiosamente en la oscuridad.

El inmenso barco gruñó y se enderezó sobre el agua.

—Dios mío —musitó ella mientras veía descender precariamente a O'Neill por el mástil. Estaba claro que acababa de salvar el barco y a la tripulación, y también que se había atrevido a hacer lo que muy pocos hubieran hecho.

Virginia comenzó a temblar. Aquel hombre desconocía el miedo.

Ella comprendió que nunca, en toda su vida, había estado tan asustada.

Ignoraba cuánto tiempo llevaba allí sentada cuando un marinero acercó su cara a la de ella.

—Entre. Órdenes del capitán.

Virginia no tuvo tiempo para reaccionar. Fue empujada al interior del camarote y el marinero tuvo que emplear toda su fuerza para separar la puerta de la pared exterior contra el viento y cerrarla en su cara.

Esta vez, Virginia oyó el chasquido de la cerradura.

Llegó a trompicones hasta la cama, se dejó caer en ella y perdió el sentido.

Cuando despertó, la luz del sol entraba, radiante, por las portillas del camarote. Le dolía todo el cuerpo y la cabeza le estallaba. Sentía los ojos tan pesados que ni siquiera podía abrirlos. Nunca se había sentido tan cansada. Se acurrucó bajo las mantas, envuelta en su calor. Luego comenzó a sentir un leve malestar. Sólo la parte posterior de su cuerpo parecía estar cubierta.

Buscó a tientas la manta... y se dio cuenta de que no estaba sola.

Se puso rígida.

Junto a ella descansaba un cuerpo alargado y recio, un cuerpo que le daba calor desde los hombros a los dedos de los pies. Sintió que un aliento suave acariciaba su mandíbula y que un brazo enlazaba su cintura.

«Dios mío», pensó, y abrió los ojos, parpadeando, al sol

de mediodía. Temblorosa y envarada, miró la mano que descansaba sobre su talle.

Sabía ya quién yacía en la cama a su lado y miró con fijeza la mano de O'Neill, grande, fuerte y tostada por el sol. Tragó saliva y un extraño y denso calor comenzó a difundirse por las profundidades de su ser.

«¿Cómo ha ocurrido esto?», pensó, llena de pánico. Naturalmente, la explicación era sencilla y la adivinó de inmediato: poco después de disiparse la tormenta, él se había metido en la cama igual que ella, demasiado cansado para reparar siquiera en que ella estaba allí. Aquella idea, aunque probable, no alivió su inquietud. De hecho, su agitación se acrecentó.

Luego una certeza terrible se apoderó de ella.

La mano de O'Neill reposaba cuidadosamente sobre su cintura.

No floja, ni relajada por el sueño, sino colocada con todo cuidado.

Su corazón comenzó a latir con violencia. No estaba dormido. Habría apostado su vida por ello.

Pensó en fingirse dormida hasta que él abandonara la cama. Pero el corazón le latía tan fuerte que le resultó imposible; sobre todo, cuando notó que la mano de él se tensaba sobre su cintura. Se volvió bruscamente y se encontró con unos ojos plateados y brillantes y con la cara de un arcángel. Se sostuvieron la mirada.

Ella no se movió, no respiró, no supo dar con algo inteligente que decir.

Luego la mirada de O'Neill se deslizó hasta su sien, que a Virginia le dolía ahora intensamente.

—¿Te encuentras bien? —preguntó él sin moverse. Sus ojos resbalaron lentamente hasta su boca, donde se detuvieron un instante antes de volver a fijarse en los de ella.

Su mirada era como una caricia de seda.

—Yo... —Virginia se interrumpió, incapaz de hablar. No podía evitar mirarlo con fijeza. Su cara estaba terriblemente cerca de la suya. Sus labios firmes no se movían. Ella volvió a mirar sus ojos. Su cara carecía de expresión; parecía labrada en piedra, imposible de interpretar, pero sus ojos parecían brillar.

Ella se preguntó qué sentiría si aquella boca firme se suavizaba y cubría la suya.

—Me salvó la vida —musitó, nerviosa—. Gracias.

La mandíbula de él se crispó. Empezó a levantarse.

Ella lo agarró de la mano que él había tenido posada sobre su cintura.

—Salvó el barco, la tripulación. Vi lo que hizo. Lo vi allá arriba.

—Estás en mi cama, Virginia, y, a menos que quieras quedarte aquí conmigo una hora más, por lo menos, y dejar atrás lo que te queda de inocencia, te sugiero que dejes que me levante.

Ella se quedó quieta. Su mente trabajaba a toda prisa. Su cuerpo ansiaba ardientemente el contacto de O'Neill y lo sabía. Sería una estupidez negarlo. De algún modo, su heroísmo de la noche anterior lo había cambiado todo. Él, de todos modos, era perfectamente capaz de levantarse, aunque le sujetara la muñeca. Se descubrió mirándole la boca de nuevo. Nunca la habían besado.

Él se bajó bruscamente de la cama y, antes de que ella pudiera decir nada, se marchó.

Virginia se sentó lentamente, aturdida.

No hubo alivio para ella. Sólo un cenagal de confusión y desconcierto. Y, también, de desilusión.

Virginia permaneció sentada en la cama. Comenzaba a darse cuenta de lo que había estado a punto de hacer.

Había estado a punto de besar a su captor. Había deseado besarlo.

La incredulidad se apoderó de ella y se levantó de un salto al oír que llamaban a la puerta. O'Neill nunca llamaba.

—¿Quién es? —preguntó con brusquedad.

—Gus. El capitán me ha pedido que le traiga agua para el baño.

—Pase —contestó ella con voz estrangulada, y se volvió. O'Neill era el enemigo. La había sacado contra su voluntad del Americana, movido únicamente por la codicia. Seguía aún reteniéndola contra su voluntad. Se interponía entre Sweet Briar y ella. ¿Cómo podía haber deseado, aunque fuera un instante, sus besos, sus caricias?

Gus entró, seguido por dos marineros que llevaban baldes de agua caliente. Gus puso una jarra de agua fresca sobre la mesa, sin mirar a Virginia. Los dos marineros fingieron también que era invisible y llenaron la bañera.

«Qué amable», pensó ella, furiosa de pronto con O'Neill... y consigo misma. Nunca, hasta ese momento, había deseado besar a ningún hombre. Aquello tenía que ser culpa del capitán. Ella estaba aturdida por el secuestro, por la tormenta, por él. O'Neill había logrado de algún modo aprovecharse de su confusión, de sus nervios. En cualquier caso, todo aquel episodio era inaceptable. Él era el enemigo y seguiría siéndolo hasta que la soltara. Y no podía besarse al enemigo, desde luego que no.

Además, besarse la llevaría sin duda a un destino nada incierto: ¡a convertirse en su querida!

—¿Necesita algo más, señorita Hughes? —preguntó Gus, sacándola de sus cavilaciones.

—No, gracias —dijo ella con excesiva sequedad. Tenía las mejillas en llamas. Estaba en llamas. Y tenía miedo.

Gus se volvió. Los otros marineros ya se habían ido.

Virginia luchó por dominar su temor, su desesperación. Se recordó que debía escapar. Tenía que convencer a su tío de que salvara Sweet Briar. Pronto, aquella pesadilla sería sólo eso, un mal sueño pasajero, un recuerdo distante.

—¡Gus! ¿Dónde estamos? ¿Cerca de la costa?

Él vaciló, pero no se volvió a mirarla.

—El viento ha desviado nuestro curso. Estamos muy al norte de Inglaterra, señorita Hughes.

Ella se quedó boquiabierta mientras él se marchaba antes de que pudiera preguntarle hasta qué punto se habían desviado hacia el norte. Sus nociones de geografía estaban algo oxidadas, pero recordaba vagamente que Irlanda estaba al norte de Inglaterra. Ser conducida a Portsmouth era mucho mejor que acabar en Irlanda. Irónicamente, de pronto le daba miedo que O'Neill hubiera cambiado de idea y no condujera al Desafío a Portsmouth en primer lugar.

Corrió al escritorio de O'Neill y miró el mapa que había allí. Tardó un momento en confirmar sus temores. Irlanda quedaba al noroeste de Inglaterra y, si el viento los había llevado muy al norte, Irlanda quedaba justo en su trayectoria. Pero, ¿tanto podía haberlos desviado una tormenta? Aunque no entendía de aquellas cosas, le parecía que tendrían que haber recorrido doscientas millas o más para hallarse en línea recta respecto al otro país.

Miró el mapa de Inglaterra. Portsmouth no parecía estar lejos de Londres. Intentó calcular la distancia y llegó a la conclusión de que no requeriría más que una jornada de viaje en carruaje. Al menos eso tenía a favor, pensó agriamente.

Pero, ¿y ahora qué? Su mirada cayó sobre la bañera humeante. Resolvió enseguida no desperdiciar el agua caliente. Se bañó deprisa, temiendo que la interrumpieran, y se frotó con fuerza la piel para borrar el contacto de O'Neill. Salió de la bañera y se secó apenas con una toalla por miedo a que entrara alguien y la sorprendiera desnuda. Se recogió el pelo en una trenza, todavía mojado, y se puso la ropa a toda prisa. Al echar una ojeada al espejo vio que estaba espantosamente pálida, lo cual hacía que sus ojos parecieron aún más grandes. Tenía el vestido arrugado y rasgado por el dobladillo. Pero lo peor de todo era la herida de su sien. Parecía muy profunda y, al tocarla, sintió dolor.

Parecía una lavandera que, vestida con las ropas de una señora, hubiera participado en una pelea a puñetazos o en una batalla campal.

Claro, que había estado en una batalla constante desde el momento en que O'Neill atacó el Americana.

Se acercó a la portilla y la abrió. Hacía un hermoso día de primavera, el cielo estaba azul y despejado y el mar casi liso. Le asombró que reinara aquella calma después de la horrenda tormenta de la víspera. Se esforzó por ver algún atisbo de tierra firme o alguna gaviota, pero no vio nada. Se apartó de la portilla abierta y salió a cubierta.

Enseguida divisó a O'Neill. Estaba de espaldas a ella, junto al oficial que manejaba el timón. Tenía las piernas separadas y los brazos aparentemente cruzados sobre el pecho. Virginia sintió un extraño sofoco al mirarlo y aquella sensación le desagradó. Él se volvió levemente —parecía tener los sentidos de un tigre de la selva— y sus miradas se encontraron.

Él inclinó la cabeza.

Ella ignoró el gesto y se acercó a la barandilla. Sólo entonces se dio cuenta de que estaba muy cerca del lugar desde donde, de no haberla rescatado él, podría haber caído al agua.

Se agarró a la barandilla, cerró los ojos y levantó la cara

al cálido sol de mayo. Pero, en el fondo, se sentía temblar hasta la médula de los huesos. La noche anterior, había estado al borde de la muerte. Confiaba en que aquella experiencia no volviera a repetirse.

El nítido recuerdo de los fuertes brazos de O'Neill rodeándola y la sensación de verse apretaba contra su cuerpo se apoderaron de ella. Se quedó muy quieta y dejó que sus ojos se abrieran mientras se decía que O'Neill era el enemigo y que eso nunca cambiaría... al menos, hasta que la dejara en libertad.

—Un hermoso día de primavera —dijo alegremente una voz desconocida tras ella.

Virginia se sobresaltó y dio media vuelta.

Un hombre grueso, con el cabello rizado y gris y ojos marrones y vivos le sonreía. Vestía una levita de lana marrón, calzas y medias. Podría haber estado paseando por las calles de Richmond, de no ser porque le faltaban el sombrero, el bastón y los guantes.

—Soy Jack Harvey, el cirujano del barco —dijo, haciéndole una breve reverencia.

Ella sonrió, indecisa. Tenía la impresión de que Jack Harvey era un buen hombre..., a diferencia de su capitán.

—Virginia Hughes —dijo.

—Lo sé —la sonrisa de Harvey era amplia—. Todo el mundo sabe quién es, señorita Hughes. No hay secretos a bordo de un barco.

Virginia encajó aquella información y, sin poder remediarlo, lanzó una mirada a O'Neill. Él seguía en cubierta, de espaldas a ellos, y parecía ajeno a su presencia.

—¿Cómo se encuentra? —preguntó Harvey—. ¿Me permite que eche un vistazo a su sien?

—Me duele un poco —reconoció ella, mirándolo a los ojos—. Me encuentro todo lo bien que cabe esperar, creo. Nunca antes me habían raptado.

Harvey hizo una mueca mientras la miraba a los ojos.

—Bueno, ha usted de saber que, en lo que a Devlin se refiere, también para él es la primera vez. Ha tomado rehenes otras veces, pero nunca mujeres y niños. Siempre libera a las mujeres y los niños.

—Qué maravilla, ser una excepción —repuso ella con acritud.

—¿Le ha hecho daño? —preguntó Harvey bruscamente.

Ella se sobresaltó y lo miró con fijeza. El recuerdo de la mirada gris de O'Neill al volverse en la cama asaltó su imaginación. Titubeó.

—Es usted muy bonita —dijo el cirujano en el intervalo que siguió—. Nunca había visto unos ojos tan extraordinarios. No apruebo que Devlin comparta ese camarote con usted.

¿Tenía acaso un aliado en el cirujano del barco? Virginia respiró hondo. Su mente se aceleró. Luego, cuidadosamente, se provocó el llanto, cosa que nunca antes había logrado hacer.

—Le supliqué piedad —susurró—. Le dije que era joven, inocente, que estaba indefensa —se detuvo como si no pudiera continuar.

Los ojos de Harvey se agrandaron, llenos de estupor.

—No puedo creerlo. El muy bastardo... ¿la sedujo?

Virginia sintió que aquel hombre sería un aliado.

—¿Seducirme? No creo que ésa sea la palabra adecuada.

Él parecía haber palidecido bajo su piel morena.

—Me aseguraré de que se acomode en otra parte —dijo escuetamente. Volvió la cabeza para mirar a O'Neill, que seguía de espaldas a ellos, mirando hacia la proa del barco—. Aunque eso no cambiará lo que ha hecho —dijo, visiblemente alterado—. Señorita Hughes, lo siento muchísimo. Salta a la vista que es usted una dama y, francamente, esto es muy poco propio de Devlin.

Virginia estaba segura de que había ganado al cirujano para su causa. Fingió enjugarse los ojos y se aseguró de que le temblaran las manos.

—Yo también lo siento. Verá, es muy urgente que llegue a Londres cuanto antes, mi vida entera está en juego y ahora... ahora dudo de que sea capaz de resolver el apuro en el que me encuentro. ¿Es usted amigo suyo? —preguntó sin detenerse y sin premeditación.

Harvey se sobresaltó y quedó pensativo un momento.

—Devlin es un hombre extraño. Se mantiene apartado de todo el mundo. Nunca sabe uno lo que está pensando, lo que se propone. Llevó tres años sirviendo a sus órdenes y eso debería convertirnos en amigos. Pero lo cierto es que sé muy poco de él. No más que el resto del mundo. Todos conocemos sus hazañas, su reputación. Yo me considero su amigo. Devlin me salvó la vida en Cádiz. Pero, francamente, si somos amigos, nunca había tenido una amistad como ésta.

Era casi triste, pero Virginia no estaba dispuesta a dejarse llevar por la compasión. La curiosidad la consumía.

—¿Qué hazañas? ¿Qué reputación?

—Lo llaman «el corsario de Su Majestad», señorita Hughes —dijo Harvey, sonriendo como si se sintiera en terreno más firme—. Antepone la presa a cualquier otra cosa, y sospecho que se ha convertido en un hombre muy rico. Sus métodos de batalla son poco ortodoxos, al igual que sus estrategias... y sus maniobras políticas. La mayoría de los miembros del Almirantazgo lo desprecian, pues rara vez sigue las órdenes y le traen sin cuidado esos viejos carcamales vestidos de azul. Ni siquiera le importa que lo sepan. Los diarios llenan páginas relatando sus hazañas en el mar. Incluso escriben sobre sus hazañas en tierra firme. Las páginas de sociedad siempre lo mencionan cuando está en casa y asiste a tal o cual baile o visita algún club.

Tenía sólo dieciocho años en Trafalgar. Se hizo cargo del gobierno de su barco y destruyó dos buques mucho más grandes. Enseguida se le concedió su propio barco, y eso fue sólo el principio. Pero nunca aceptará un buque de guerra. Oh, no, Devlin no —por fin, Harvey hizo una pausa para tomar aire.

—¿Por qué no? ¿Por qué no un buque de guerra? —preguntó Virginia, mirando de nuevo a su captor. La luz del día relucía vivamente sobre su cabello aclarado por el sol. Aquel hombre asistía a bailes y frecuentaba clubes. Virginia no lograba imaginárselo. ¿O sí?

Se lo imaginó fugazmente con un chaqué negro y una copa de champán en la mano grande y elegante, y no dudó ni por un instante de que las damas presentes rivalizarían desesperadamente por llamar su atención.

Curiosamente, aquella imagen no le gustó ni un ápice.

—Los buques de guerra navegan y combaten en formación tradicional. Devlin es demasiado independiente para eso. Le gusta navegar a su aire, sorprender a los incautos... o engañar a los precavidos. Nunca pierde, señorita Hughes, porque rara vez maniobra dos veces del mismo modo. Los marineros le confían sus vidas. Yo lo he visto dar órdenes que parecían suicidas y no lo eran. Conducían, por el contrario, a la victoria. La mayoría de los comandantes de navío huyen —o lo intentan— cuando divisan al Desafío en el horizonte. O'Neill es el mejor capitán que surca ahora mismo los mares, recuerde lo que le digo —Harvey sonreía—. Y no soy el único que lo piensa.

—Usted admira a ese hombre —dijo ella con tono de reproche. Pero, a pesar de la animosidad a la que se aferraba, estaba también impresionada... por las hazañas de O'Neill, no por el hombre mismo.

Harvey levantó ambas cejas.

—Sí, lo admiro. Lo admiro profundamente. Es imposible no admirarlo, si uno está a sus órdenes.

—Anoche salvó el barco —comentó ella—. ¿Por qué no mandó a otro a trepar al mástil?

Harvey sacudió la cabeza.

—Porque sabía que él podía llevar a cabo la misión. Por eso lo admiramos, señorita Hughes, porque es un auténtico líder. Así pues, ¿cómo no íbamos a seguirlo?

Ella titubeó. Tenía el corazón acelerado.

—¿Está... casado?

Harvey se sorprendió. Luego se echó a reír.

—¡No! No me malinterprete, le gustan las mujeres y hay muchas damas en Londres a las que les gustaría llevarlo al altar, pero no me imagino a Devlin casado. Su esposa tendría que ser una mujer muy fuerte para estar a su altura —se quedó pensativo—. No creo que haya pensado nunca en casarse, si quiere que le diga la verdad. Pero es joven. Sólo tiene veinticuatro años. Su vida, creo, es el mar. Pero supongo que eso podría cambiar algún día —su voz sonaba dubitativa.

O'Neill parecía tan duro y correoso como heroico... y también parecía estar muy solo. Virginia se sorprendió mirándolo fijamente otra vez. Allí de pie, gobernando la enorme fragata con su omnímoda presencia, el aura de poder que lo rodeaba era casi palpable. Virginia rectificó de inmediato sus pensamientos. O'Neill no daba la impresión de sentirse solo. En realidad, parecía una isla, y sólo una necia se atrevería a creerlo solitario y frágil en algún sentido.

—No es mal hombre —dijo Harvey suavemente—. Por eso no entiendo lo que ha hecho y lo que se propone. Ciertamente, no necesita este rescate.

Virginia se sobresaltó.

—¿Está seguro?

—Como capitán, recibe tres octavas partes del botín que conseguimos. Sé a qué se ha dedicado estos tres últimos años. Es un hombre rico.

Virginia se estremeció mientras miraba a O'Neill con temor y desaliento. Si aquel hombre no andaba tras su rescate, ¿qué era lo que se proponía, cielo santo?

Entonces resolvió que aquél era el momento adecuado. Tocó la mano del cirujano.

—Señor Harvey, necesito su ayuda —dijo lastimeramente.

Ya había tenido suficiente. Le ardían las orejas como si fuera un niño en la escuela. Sabía que estaban hablando de él.

—Martin, toma el mando del barco —dijo. Al acercarse el oficial, Devlin dio media vuelta y se bajó de un salto del alcázar.

Sus ojos se agrandaron al ver a su pequeña rehén dándole la mano a Harvey. Ella tenía una expresión implorante en sus ojos enormes y su tierna boca temblaba. Devlin comenzó a sospechar. La muchacha actuaba como una coqueta necia y llorosa... y la señorita Virginia Hughes no tenía nada de necia, ni de coqueta, ni de llorosa. ¿Qué estaba tramando?

Su irritación había menguado y el regocijo había ocupado su lugar. Si algo era Virginia Hughes, era divertida.

Devlin casi sonrió, hasta que recordó que la noche anterior la había abrazado contra su cuerpo rígido y excitado. Hizo una mueca. Ni siquiera sabía que Virginia estaba en la cama cuando se dejó caer en ella, exhausto tras la tormenta. Pero había sentido su presencia mientras dormía, porque, al despertarse, su cuerpo lo urgía a aprovecharse de ella. Por suerte, se enorgullecía del dominio que ejercía sobre sí mismo. Ejercía la autodisciplina desde que era un niño de diez años. Ignorar sus necesidades físicas no era tarea fácil, pero no había duda de que debía cumplirla.

Curiosamente, ella no le había parecido en absoluto un saco de huesos al abrazarla.

Le había parecido suave y cálida, menuda, pero no frágil.

—Buenos días —saludó secamente con la cabeza a Harvey y a Virginia, desdeñando sus pensamientos.

Virginia apartó la mano de la de Harvey. Tenía las mejillas coloradas, como si la hubieran sorprendido a medianoche robando una caja fuerte. Parecía sentirse culpable.

Por Dios, estaban conspirando contra él, pensó Devlin con asombro. Aquella pequeña arpía había engatusado a Harvey para que se pusiera de su parte, para que se insubordinara. No era una conjetura. Olía la conspiración en el aire, del mismo modo que la noche anterior había olido la tormenta.

—Buenos días, Devlin. Espero que no te moleste que haya salido a tomar el aire con nuestra invitada —Harvey le sonrió alegremente.

—Por fortuna, mis órdenes no te incluían a ti —respondió Devlin con calma.

—Claro que no. Soy el cirujano del barco —dijo Harvey con buen humor.

Los ojos de Virginia se agrandaron al comprender.

—Confío en que esas ridículas órdenes no sigan en pie.

Él la miró cara a cara. Virginia era tan menuda que tenía la impresión de que O'Neill era alto como un gigante mitológico.

—Mis órdenes siguen en pie, señorita Hughes —no le gustaba el aspecto de la herida de su sien—. Harvey, quiero que te ocupes inmediatamente de eso.

—Traeré mi maletín —dijo el cirujano, y se alejó.

Devlin y Virginia se quedaron solos. Él la miraba con fijeza. Ella, sin embargo, rehusaba mirarlo a los ojos. ¿Qué era aquello? ¿Un efecto de su mala conciencia? Esa mañana, en la cama, había estado a punto de suplicarle que la besara. Devlin no era tonto. El deseo había brillado claramente en sus ansiosos ojos violetas.

—¿Te sientes culpable? —ronroneó él. Había decidido disfrutar de la conversación que seguiría a continuación.

Ella dio un respingo.

—¿Por qué tendría que sentirme culpable? Es usted a quien deberían atormentar los remordimientos. Claro que, para sentir algo, primero hay que tener un corazón.

—Confieso —dijo él con una sonrisa— carecer por completo de corazón.

—¿Cuánto nos hemos desviado de rumbo? —dijo ella, en tono más de exigencia que de pregunta.

—Unas ciento cincuenta millas —respondió él, y la vio palidecer—. ¿Eso te preocupa?

Ella lo miró fijamente y por fin asintió.

—¿Adónde nos dirigimos? —preguntó, muy seria.

Era muy lista. Devlin admiraba su agudeza y resolvió no volver a subestimarla.

—Es absurdo dirigirse a Portsmouth. Además... —sintió una opresión en el pecho que demostraba que, a fin de cuentas, era capaz de sentir—, dudo que el *Americana* llegue a atracar allí.

Los ojos de Virginia se agrandaron.

—¿No creerá que...?

—Dudo que sobreviviera a la tormenta. Nosotros logramos a duras penas sobrepasarla. El *Americana* no podía dejarla atrás. Mac es un marinero excelente, pero navegaba sin apenas tripulación —una suave pena se apoderó de él. No intentó ahuyentarla. Así era el mar y lo sabía muy bien; se cobraba más vidas de las que dejaba indemnes. Con los años, había aprendido que era preferible llorar la pérdida de sus hombres y acabar de una vez.

—A usted no le importa —dijo ella, atónita—. Tiene el corazón de piedra... si es que tiene corazón —le reprochó—. Esos hombres... ese barco... yacen en el fondo del mar por su culpa.

Devlin se enfadó. La agarró de la muñeca tan rápidamente que ella dejó escapar un gemido, pero él no la soltó.

—Yacen en una tumba de agua por culpa del temporal, señorita Hughes, y, dado que no soy Poseidón, tuve poco que ver en el origen de la tormenta de anoche.

Ella se atrevió a sacudir la cabeza, sin dejar de mirarlo.

—¡No! Si no hubiera atacado el barco, si no lo hubiera destrozado para secuestrarme, ¡esas personas estarían vivas!

Aquella mujer parecía tener la capacidad de provocar su ira como ninguna otra persona. Él le soltó la muñeca bruscamente y se avergonzó al ver que estaba enrojecida.

—Si no hubiera atacado el barco, si no lo hubiera destrozado y no la hubiera secuestrado, usted estaría en el fondo del mar, con ellos —se disponía a alejarse. Se le pasó por la cabeza que, si la llevaba a su cama, quizá pudiera enseñarle el respeto que sin duda le faltaba. Eso y mucho más.

Pero sus cavilaciones de poco antes seguían inquietándolo y se dio de nuevo la vuelta para mirarla.

—No conspire con Harvey contra mí —le advirtió.

—¡Yo... no he hecho nada de eso! —gritó ella, visiblemente asustada.

—Embustera —susurró él, y se inclinó tanto hacia su cara que casi se tocaron—. Reconozco una conspiración cuando se está formando delante de mis narices. ¿Sabe usted qué suerte corren los amotinados, señorita Hughes?

—Aquí no hay ningún motín —dijo ella.

Él sonrió con frialdad.

—Si engatusara a Harvey con sus argucias, eso sería un motín, querida mía. Y a los amotinados los colgamos —añadió con delectación, y no era del todo mentira. No colgaría a Harvey, pero perdería a un cirujano excelente, y los buenos cirujanos eran más difíciles de encontrar que un rubí de la India.

Ella se apartó y se pegó a la pared.

—Tengo algo que decirle —dijo con ferocidad.

Él estaba a punto de marcharse. No le gustó su tono y se volvió, esperando un golpe.

—Lo desprecio —dijo ella con voz pastosa.

Curiosamente, Devlin dio un respingo, no visiblemente, pero sí en el fondo de su ser. Sintió que sus labios se tensaban en una sonrisa carente de alegría.

—¿Eso es lo mejor que sabe hacer? —ella pareció a punto de golpearlo—. No lo haga —la advirtió él suavemente.

Ella cerró con fuerza los puños.

—Lamento haber errado el tiro —dijo de pronto—. Tengo buena puntería. Si hubiera esperado un poco más, ahora estaría muerto.

—Pero no lo estoy —repuso él en tono burlón. Las palabras de Virginia tenían un filo cortante que se negaba a sentir—. La paciencia, señorita Hughes, es una virtud. Y usted carece de ella por completo —se alejó.

—¿Por qué hace esto? ¡O'Neill! —gritó ella a su espalda—. ¡Harvey dice que es usted rico!

Él fingió no oírla.

—Canalla —dijo ella.

Jack Harvey subió los tres escalones del alcázar. Aunque su apariencia seguía siendo jovial, seguía perplejo porque Devlin hubiera abusado de su rehén. Había renunciado, no obstante, a su empeño de llegar a comprender al capitán. Devlin estaba al timón y se volvió al oír los pasos cortos y sorprendentemente ligeros del cirujano.

—¿Cómo está? —preguntó.

—A la herida le habría ido bien un punto o dos anoche, pero ahora ya está bastante curada.

Devlin le hizo una señal con la cabeza a su contramaestre.

—Toma el timón —dijo. Se apartó y Harvey y él se encaminaron hacia el costado de babor de la cubierta—. Me miras de forma extraña —comentó con calma.

Harvey ya no sonreía.

—Maldita sea, Devlin, espero que la chica se hiciera esa herida como dice, al caerse, y no por otros medios.

Devlin comprendió de inmediato lo que insinuaba y lo miró con fijeza.

—Por Dios, ¿crees que la golpeé?

—No sé qué pensar —Harvey hizo una mueca—. Ya no.

Devlin comenzaba a tener una oscura sospecha.

—¿De veras? —agarró a Harvey del brazo y bajaron a la cubierta principal—. Eres un necio, Jack, por permitir que una arpía como la señorita Hughes te engatuse con sus zalamerías.

Harvey pareció azorado.

—¿Qué quieres decir con eso?

—Quiero decir —dijo Devlin con voz crispada— que te ha engatusado para que me desobedezcas, ¿no es cierto?

—Devlin... —balbució Harvey, palideciendo.

—¿Qué os traéis entre manos? Y, dime, ¿cómo justificas el intentar frustrar mis planes, el desafiarme, siendo yo tu capitán?

Harvey se envaró.

—Maldita sea, la sedujiste.

Por un momento, Devlin se sintió como si Harvey le hubiera hablado en un idioma extranjero que no había oído nunca.

—¿Qué?

Harvey parpadeó otra vez. Parecía de pronto preocupado e incómodo.

—La sedujiste —dijo con menos certidumbre.

Devlin lo miró fijamente mientras la furia se apoderaba de él.

—¿Eso te ha dicho? —preguntó con aparente calma.

—Ejem —titubeó Harvey—. Sí.

—¿Sabes?, tienes suerte de que tú y yo estemos en buenos términos. De lo contrario, no tendrías la nariz tan recta. Yo no seduzco a vírgenes. La inocencia no me tienta —mientras hablaba, se dio cuenta de que aquello había cambiado.

Harvey palideció.

—Ay, Señor —dijo.

—Siempre te has dejado embelesar por una cara bonita —dijo Devlin.

Harvey hizo una mueca.

—Devlin, te pido disculpas, lo siento muchísimo.

Devlin no sabía con quién estaba más ofendido, si con Jack Harvey o con Virginia Hughes. Ciertamente, le daban ganas de estrangular a ésta última.

—¿Qué estabais planeando?

Harvey seguía estando blanco. Sacudió la cabeza.

—Iba a llevarle ropas de marinero, de alguno de los chicos de abajo. Luego, cuando llegáramos a puerto, tenía que distraerte mientras ella se iba en el bote, con los demás.

—Cuánta astucia —dijo Devlin sinceramente.

—Devlin, lo siento muchísimo. Sabía que no era propio de ti. Pero todo este asunto es absurdo. Tú nunca habías secuestrado a una mujer. Por favor, perdóname. ¡Ella fue tan convincente...! Estaba llorando, por el amor de Dios —exclamó Harvey con una mirada llena de ansiedad.

No habría perdón para ninguno de los dos. Devlin dijo:

—Cuando lleguemos a Limerick, tendrás que buscarte otro barco. A partir de este instante, quedas relevado de tus deberes.

Harvey abrió la boca como si quisiera protestar. Devlin lo miró fijamente, retándolo en silencio a proferir un solo sonido. Harvey se lo pensó mejor.

—Lo siento —dijo.

Devlin se alejó. Ya no le importaba lo que Harvey dijera, pensara o hiciera. Su relación había terminado.

Virginia sonreía mientras paseaba por la cubierta, disfrutando del sol fuerte y radiante. Era delicioso sentirlo en la cara. Era delicioso estar viva. La tarde siguiente llegarían a Limerick y Jack Harvey la ayudaría a escapar.

Se rió en voz alta, echando la cabeza hacia atrás, y pensó en cuánto le gustaría ver la cara de Devlin O'Neill cuando descubriera que había huido. Se había equivocado al pensar que jamás lograría ganarle una batalla. Al día siguiente, saldría victoriosa.

Comprendió que aquel deseo era sincero y se quedó pensativa. ¿Cómo había surgido en ella el deseo de derrotar a Devlin O'Neill? ¿Por qué la idea de vencerlo le producía un placer tan intenso? ¿Era acaso porque recordaba aún el instante terrible en que había deseado desesperadamente que la besara? No quería volver a sentir aquel deseo, pero su recuerdo había quedado grabado a fuego en su memoria.

Se volvió para recostarse en la barandilla, todavía pensativa. Miró hacia el alcázar y se sorprendió al no ver allí a O'Neill. ¿Por qué no la había besado?

Se sobresaltó y deseó no haberse hecho nunca esa pregunta. Pero sabía el motivo. Ella era flacucha, tenía los pechos pequeños, la cara afilada y angulosa y el pelo crespo y enmarañado. De pronto se sintió desanimada. Había comprendido repentinamente que ansiaba que su apuesto captor la encontrara bella. ¿Cómo podía ser tan necia?

Se irguió cuando el barco osciló mecido por una ola, y se dijo que pronto sería libre otra vez y que, con el tiempo, volvería a Sweet Briar. Luego ya no volvería a acordarse de Devlin O'Neill. Aquel hombre no sería ni siquiera un recuerdo lejano. Pero, por alguna razón, aquella idea no la reconfortó. De pronto vio que Jack Harvey cruzaba la cubierta. Su corazón dio un brinco, y lo saludó con la mano.

Él se sobresaltó y cambió de dirección. No le devolvió el saludo, ni dio señales de reconocerla.

Virginia se quedó paralizada. ¿Qué ocurría? Llena de inquietud, no vaciló en correr hacia él.

—¡Señor Harvey! —exclamó—. ¡Señor Harvey, espere!

—sin duda no la había visto. Harvey aflojó el paso y Virginia lo alcanzó—. Hola —dijo con viveza, pero él no respondió a su sonrisa—. Qué día tan hermoso. ¿No me ha visto saludarlo?

Él se detuvo y la miró cara a cara.

—Sí, la he visto, señorita Hughes.

—Pero no me ha respondido, ni siquiera ha inclinado la cabeza —dijo lentamente, llena de temor.

—Estoy tremendamente disgustado —dijo él sin rodeos—. Verá, he sido relevado de mi puesto y, cuando lleguemos a Limerick, seré expulsado del barco.

—Oh —logró decir ella con el corazón desbocado.

—Me mintió usted, señorita Hughes. Acusó a Devlin de un terrible delito.

Ella mantuvo la cabeza alta.

—Ha cometido un delito terrible. Yo no he hecho nada malo y él me ha tomado prisionera contra mi voluntad.

—¡Dijo que la había seducido! —exclamó Harvey—. Para que yo lo desafiara y la ayudara a escapar.

Había sido derrotada después de todo, pensó ella con tristeza. Sentía ganas de llorar. Pero no lo hizo. Mantuvo el mentón bien alto y dijo:

—Ha abusado de mí, señor Harvey.

—Pero no como usted dijo. Nunca, y le ruego me disculpe, ha estado usted en su cama.

—Yo no dije tal cosa. Fue una conclusión a la que llegó usted solo. Ésas no fueron mis palabras.

Él parpadeó.

—¿Acaso importa? Usted sabía perfectamente a qué conclusión había llegado... ¡y la alentó!

—Ese hombre es un criminal —dijo ella.

—Es... era... mi capitán. Ahora, por culpa suya, tendré que buscarme otro barco. Señorita Hughes, le deseo lo mejor. Buenos días —se volvió y se alejó de ella.

Virginia comenzó a temblar. Quizás hubiera sido un error dejar que Harvey creyera lo peor, pero estaba desesperada. Tenía que escapar, tenía que llegar hasta su tío, tenía que salvar Sweet Briar. Sucumbió a la culpa, pero sólo porque Harvey era un hombre decente y parecía disgustado por haber perdido su puesto en el Desafío.

Aquello no estaba bien. Si alguien tenía la culpa, era ella. Miró de nuevo hacia el alcázar, pero O'Neill no estaba allí, gobernando el sol, el cielo, el mar. Corrió a su camarote.

Al irrumpir en él, lo vio sentado a la mesa. Delante de él había un plato con queso y más galletas. No levantó la mirada mientras ella lo observaba con reproche. Virginia luchó por recuperar el aliento y la compostura; luego cerró la puerta y se acercó a él. Devlin levantó por fin los ojos, pero no se puso en pie.

—¿Le apetece sentarse conmigo a la mesa y comer algo? —preguntó.

Ella movió la cabeza de un lado a otro.

—Fue culpa mía —dijo—. Si quiere castigar a alguien, castígueme a mí, no a Jack Harvey.

Devlin se recostó en la silla y se levantó, cerniéndose sobre ella.

—Nada me gustaría más que castigarla —murmuró—. ¿Se le ocurre alguna idea? —a ella le latía el corazón salvajemente. No pudo decir nada—. Permanecerá confinada en este camarote hasta que desembarquemos —dijo él—. Ésas son mis órdenes, señorita Hughes.

—¡No despida al señor Harvey! ¡Es su amigo!

Devlin estaba a punto de marcharse; se volvió hacia ella.

—¿Mi amigo? Yo no lo creo —dijo con excesiva suavidad.

—No, se equivoca usted. El señor Harvey le tiene mucho afecto. Lo admira enormemente, él mismo me lo dijo. Era, y es, su amigo —exclamó Virginia.

—Yo no tengo amigos, ni a bordo de este barco, ni en ningún otro —Devlin se acercó a la puerta.

—Entonces, lo compadezco.

Él se volvió bruscamente.

—Cree que me compadece.

Virginia se dio cuenta de que había puesto el dedo en la llaga, aunque hasta ese momento no se hubiera percatado de que O'Neill tuviera un punto flaco.

—¿Hay alguien en el mundo a quien pueda llamar su amigo, capitán? —se atrevió a preguntar.

Los ojos de Devlin brillaron, volviéndose negros como el cielo tormentoso.

—¿Se atreve a inmiscuirse en mi vida privada? —preguntó muy suavemente.

—No sabía que tuviera vida privada —replicó ella, enojada. Devlin se acercó a ella despacio.

—Tal vez se lo piense usted dos veces antes de involucrar a otros en sus argucias y sus mentiras, señorita Hughes. Tal vez la próxima vez pensará en las consecuencias de sus actos.

—Puede que sí —repuso ella—, pero no se trata ya de mí. No puedo permitir que, por culpa de mi necedad, despida a un hombre que lo considera a usted el mejor capitán de todos los mares. El señor Harvey es su amigo, capitán O'Neill. Un amigo leal.

—Era el cirujano de mi barco y me ha traicionado. Eso no es amistad, ni lealtad. Tiene suerte de que no lo encadene y lo arroje al calabozo —se acercó a la puerta, pero se detuvo allí—. ¿Por qué? ¿Por qué intentar escapar? En Irlanda estaría perdida. ¿Pensó siquiera en lo que se proponía hacer? No le he hecho daño. Ni siquiera la he tocado. Dentro de poco se reunirá con su querido tío. ¿Para qué arriesgarse a escapar? ¿Por qué osar desafiarme?

Virginia lo miró con impotencia.

—Porque —logró decir— mi vida entera está en juego.

Él se sobresaltó. Ella lo miró un momento, luego se volvió y se sentó a la mesa. Sintió que el abatimiento la envolvía como un manto enorme y pesado, y lo oyó acercarse a la mesa, donde también se sentó.

—Explíquese —ella sacudió la cabeza. Devlin la agarró de la cara y la obligó a levantarla hasta que sus miradas chocaron—. Hablo en serio.

—¿Qué le importa a usted? —dijo ella débilmente, temblando.

Él le soltó la mandíbula.

—No me importa. Pero se halla usted bajo mi custodia y todo lo que le afecte es asunto mío.

Virginia exhaló un profundo suspiro, pensó en sus padres y sintió una oleada de tristeza.

—Nací en Sweet Briar —dijo en voz baja, sin mirarlo—, una plantación cerca de Norfolk, Virginia. Un auténtico paraíso terrenal —sonrió un poco—. Mi padre construyó nuestra casa con sus propias manos, plantó solo la primera cosecha —levantó los ojos y sonrió tristemente a Devlin—. Quería mucho a mis padres. Murieron el año pasado, en un absurdo accidente de carruaje —él no dijo nada. Si su relato lo había conmovido en algún sentido, ella no lo notó en su semblante. Ni un solo músculo de su cara parecía haberse alterado—. Soy hija única. Sweet Briar es mío. Pero mi tutor, el conde, va a venderlo para saldar las deudas de mi padre —apoyó las manos sobre la mesa, agarrándose a la suave madera—. No lo permitiré.

Él la miró con fijeza y tardó un momento en hablar.

—Comprendo —dijo inexpresivamente—. Piensa volver loco al conde hasta que acepte saldar las deudas de su padre y le entregue las llaves de la plantación.

Aquélla era su última oportunidad. Virginia agarró las

manos de Devlin, levantó la vista y dijo con voz rauda y ronca:

—Si mi tío tiene que pagar un rescate por mí, jamás aceptará saldar las deudas de mi padre. Decidió vender la plantación sin contar siquiera conmigo, y sería muy difícil persuadirlo para que cambie de idea, aunque no haya rescate. ¿Es que no lo ve, capitán? No puedo sobrevivir sin Sweet Briar. Tengo que llegar hasta el conde. ¡No puede haber rescate! Por favor, el señor Harvey dijo que es usted un hombre rico. Déjeme marchar. Lléveme a Londres, donde confío en que me estén esperando. Por favor, se lo suplico.

Devlin apartó las manos y se levantó.

—Siento —dijo tajantemente— que pierda usted su herencia, pero mis planes son inflexibles.

Ella se levantó con un gemido.

—¡Soy huérfana! ¡Sweet Briar es todo lo que tengo! —sollozó.

Él se acercó a la puerta.

—Voy a perder Sweet Briar por culpa suya y de su maldito plan de secuestrarme —gritó.

Él no se volvió. Al salir, dijo:

—No, señorita Hughes, va a perder Sweet Briar porque, por lo visto, su padre era muy mal hombre de negocios.

Virginia se quedó sin aliento al oír aquella ofensa, pero, antes de que pudiera lanzarle un dardo igual de hiriente, él se marchó y la puerta se cerró sobre el cielo gris del atardecer.

Virginia había resuelto que quedaba aún un medio de frustrar los planes de O'Neill.

De pie junto a la portilla del camarote, miraba pasar los acantilados de Irlanda. Había decidido no enfrentarse más a O'Neill y había permanecido en su camarote desde la víspera. Pero, hacía unas horas, cuando las primeras gaviotas aparecieron en el cielo, había abierto la puerta el ancho de una rendija y había oído decir que estaban remontando el río que los conduciría a Limerick en cuestión de horas.

Pues bien, habían pasado varias horas. La fragata avanzaba velozmente por el río Shannon. Aquí y allá, Virginia distinguía una casa o un grupo de chozas. La campiña irlandesa estaba verde y exuberante, y a ratos las colinas parecían salpicadas de ovejas. ¿Cuánto tiempo tardarían en remontar el río y llegar al puerto de Limerick? No tenía ni idea, pero temía demorarse más y que su nuevo plan fracasara. Se acercó a la puerta del camarote. No había ni rastro de Gus, el muchacho de cabello rubio. Pero vio a Jack Harvey, que tenía un aspecto abatido y severo, de pie bajo el alcázar.

—¡Señor Harvey! Por favor, señor, quisiera hablar con usted.

Harvey la miró con incredulidad. Por encima de él, Devlin se volvió a medias, inclinó la cabeza y le dijo algo a Harvey que Virginia no pudo oír. Harvey se acercó tan despacio que ella comenzó a morderse el labio inferior. Luego le sonrió alegremente.

—He de suplicarle que me haga un favor —dijo.

—No voy a participar en ningún otro plan —comenzó a decir él.

—¿Podría decirle a Gus que venga? Sólo quiero pedirle que me traiga agua para lavarme.

Harvey pareció aliviado. Asintió con la cabeza y se alejó. Virginia cerró la puerta del camarote y deseó que hubiera otro modo de escapar. Pero Gus era muy delgado y, aunque pesaba unos cuantos kilos más que ella y era algo más alto, tendría que servirle. Agarró uno de los candelabros de plata de O'Neill y se colocó de tal modo que, cuando el muchacho entrara, ella quedara oculta por la puerta. Rezaba por que Gus llegara solo.

Al oír que llamaban, le dijo que entrara y vio enseguida que había con él otro marinero. Se apartó de la pared, ocultando el candelabro a su espalda, y sonrió mientras llenaban la bañera con agua caliente. Cuando se disponían a marcharse, dijo:

—Gus, espera, por favor. Nunca he estado en Irlanda y debo hacerte unas preguntas —él, como de costumbre, evitó mirarla mientras le decía al otro marinero que se fuera. El otro se marchó. Virginia, con el corazón acelerado, se acercó a él—. Tengo entendido que el país es, en su mayor parte, católico. ¿Cómo podré encontrar un pastor baptista?

Gus pareció desconcertado por la pregunta. Titubeó. Virginia se colocó tras él.

—Estoy seguro de que el capitán... —dijo

Haciendo una mueca, Virginia lo golpeó con el candelabro en la parte de atrás de la cabeza. El muchacho cayó de inmediato al suelo. Ella se quedó inmóvil. Le aterrorizaba haberlo golpeado demasiado fuerte y que estuviera muerto. Cayó de rodillas y vio que respiraba. La sangre, sin embargo, manchaba la parte de atrás de su pelo rubio.

—Lo siento mucho —musitó, echando mano de la hebilla de su cinturón. La desabrochó y tiró hacia abajo de sus pantalones. La visión de sus piernas delgadas no la turbó en absoluto. Decidió llevarse su daga, porque quizá le fuera útil. Procedió, con más dificultad, a quitarle la camisa. Sacó luego de debajo de la cama un cabo de cuerda. Le ató los tobillos y las muñecas. A continuación lo amordazó con una media.

—Por favor, no me odies —dijo mientras lo introducía rodando bajo la cama. Al vislumbrar un instante su cara pálida, se preguntó si escapar merecía la pena. Aquel muchacho sólo le había mostrado respeto.

Virginia se quitó el corsé, el vestido y la chaqueta y quedó en camisa y pololos. Se despojó después de los zapatos y lo metió todo bajo la cama. Se puso los pantalones de Gus y, finalmente, remetió su trenza bajo el gorro de lana del muchacho. Luego se echó un vistazo y frunció el ceño al notar que sus pies desnudos parecían demasiado femeninos. Vio entonces que el borde de sus pololos de encaje asomaba por debajo de los anchos pantalones.

—Maldita sea —masculló, y se remetió los pololos. Corrió a la portilla y quedó boquiabierta. Se divisaba desde allí una extensa ciudad. Una docena de barcos de diverso tamaño ocupaba el puerto.

Entonces advirtió que empezaba a formarse un gentío. Los niños salían de la ciudad y corrían a lo largo del río, gritando alegremente, camino del barco que se acercaba. Sus gritos se fueron haciendo más nítidos y convirtiéndose en vítores y exclamaciones de júbilo. Al acercarse el barco, Virginia vio que los niños empezaban a saludar con la mano y a sonreír. El barco pasó junto a ellos y Virginia miró hacia atrás y vio que lo seguían. Luego miró hacia delante.

Numerosas personas corrían hacia los muelles. Empezó a inquietarse. Algunas de aquellas personas parecían ser campesinos, con sus túnicas raídas; otros parecían mercaderes bien vestidos, con levitas de lana y calzas. También comenzaban a congregarse mujeres.

Virginia estaba intranquila. Oyó a O'Neill repartir órdenes a gritos mientras la velocidad del barco disminuía. Vio que una mujer de cabello anaranjado comenzaba a arrojar flores al barco. No había duda de lo que gritaba la multitud. «¡O'Neill! ¡O'Neill!», vociferaban.

Virginia no entendía nada. El navío se movía de costado, y oyó que una enorme ancla era arrojada al río. ¿Por qué se alegraba tanto aquella gente de la aparición de O'Neill? Se dijo que aquello no importaba. Debía prepararse para escapar enseguida. Pero, al entornar la puerta, comprendió que sí importaba... y mucho.

O'Neill estaba de pie en el alcázar, contemplando la ciudad y el gentío que había salido a recibirlo como si fuera un rey. No sonreía. Pero, pensó Virginia, parecía completamente absorto. Su expresión era extraña, al mismo tiempo intensa y crispada. Ella no pudo remediar preguntarse por sus sentimientos.

Entonces la joven del cabello anaranjado cruzó la cubierta y subió al alcázar. Virginia vio que tendía los brazos, con un ramo de rosas en las manos. O'Neill pareció reparar bruscamente en su presencia, se sobresaltó y se dio la vuelta. La joven tiró el ramo a un lado, dio un salto hacia delante, se agarró a sus hombros y lo besó en la boca. Virginia parpadeó, atónita. O'Neill abrazó rápidamente a la muchacha y la besó. La multitud gritaba su nombre una y otra vez.

Virginia no podía apartar la mirada. Luego su sentido común acudió en su rescate. Salió corriendo del camarote y se unió a varios marineros que bajaban aprisa por la pasarela mientras la gente de la ciudad subía a bordo a todo correr.

Al llegar al muelle, miró hacia atrás. O'Neill había apartado a la mujer, pero alguien, un funcionario de la ciudad, quizá, le tendía la mano. O'Neill se la estrechó.

Virginia avanzó por el muelle, llegó a la calle, dejó atrás varios carros y tomó un callejón abarrotado de gente y lleno de tiendas por abajo y de viviendas por arriba. Luego echó a correr.

Devlin se encaminó lentamente hacia el camarote del capitán. Los vecinos de la ciudad habían abandonado por fin las cubiertas y todos sus marineros se habían ido de permiso. Se sentía desanimado. Parecía que hacía una eternidad desde que, de niño, recorría aquellas calles con su padre y todo el mundo se inclinaba respetuosamente a su paso. Parecía haber pasado una vida entera desde que correteaba por aquellas mismas calles, medio asilvestrado, tras el asesinato de Gerald, y los tenderos y mercaderes lo miraban pasar y susurraban algo acerca de «ese pobre chiquillo» o «ese asunto en la colina», en referencia a la boda de su madre con Adare.

Había estado una sola vez en casa desde que se uniera a la Marina a la edad de trece años. De eso hacía ya seis años, y entonces era un muchacho de dieciocho, fornido y de mirada fría, que acababa de recibir el mando de su primer navío tras la batalla de Trafalgar. Nadie había arrojado rosas a sus pies ese día, al entrar con su goleta en el puerto, ni se había reunido un gentío en los muelles para vitorearlo. Pero todo el mundo, en tiendas y casas, había asomado la cabeza para verlos pasar camino de Askeaton. Había habido rumores, pero él se había negado a escucharlos. Devlin se dio cuenta de que no estaba solo. Jack Harvey estaba junto al camarote, fumando una pipa.

—Y el hijo pródigo vuelve —dijo.

Devlin se detuvo. Ya no estaba enojado con Harvey. No sentía nada, excepto indiferencia.

—Yo no soy el hijo pródigo de nadie.

—Lo eres de esta ciudad.

—Esa gente necesita desesperadamente un héroe, uno cualquiera, siempre y cuando sea irlandés y católico, aunque sólo sea un engendro de alguna imaginación demasiado vívida.

—Tiene gracia que en la flota todo el mundo te considere un arrogante. Yo, en cambio, conozco la verdad. Eres uno de los hombres más modestos que he tenido la fortuna de conocer.

—¿Estás aquí por algo en particular, Jack? Hace seis años que no voy a casa y quiero llegar a Askeaton antes de que anochezca.

—Entonces supongo que deberías darte prisa —dijo Harvey.

Devlin sabía que Harvey deseaba prolongar la conversación, pero él no. Entró en el camarote. Se sobresaltó al ver enseguida que Virginia no estaba. Quedó un momento perplejo y, luego, al comprender que había escapado de algún modo, sintió una punzada de admiración por ella.

—Qué brujita tan astuta —masculló.

Un extraño ruido estrangulado surgió de debajo de la cama. Devlin se acercó y sacó a Gus Pierson, desnudo, atado y amordazado. Desató los nudos y le quitó la mordaza.

—Señor, fue culpa mía —dijo el muchacho, muy pálido—. Acepto por completo la responsabilidad de la huida de la prisionera, señor —exclamó, poniéndose en pie.

A Devlin le dieron ganas de abofetearlo, pero no lo hizo. Oyó que Harvey murmuraba:

—Vaya, vaya, así que lo ha hecho de todos modos. ¿También vas a despedir a Gus o sólo lo pasarás por la quilla?

—Dime exactamente qué ocurrió —dijo Devlin, ignorando la pulla del cirujano y arrojándole a Gus una camisa y unas calzas suyas. Gus se puso la ropa y fue poniéndose rojo a medida que hablaba. Cuando concluyó, Devlin dijo—: Me ayudarás a encontrar a la señorita Hughes, Gus, y, cuando vuelva a estar en mi poder, abandonarás la guardia de este barco. Tu permiso queda suspendido hasta que ordene lo contrario.

—Sí, señor —masculló Gus, pero parecía aliviado, como si hubiera esperado algo mucho peor.

Pero Gus era un buen marinero y un muchacho muy valiente. Devlin no lo culpaba, en realidad, de la huida de Virginia. No había allí deslealtad alguna. Virginia Hughes era, sencillamente, mucho más lista que el muchacho.

—¿Y cómo vas a encontrarla? —preguntó Harvey—. Seguramente ya estará a medio camino de la aldea más cercana.

Devlin sonrió fríamente.

—Te equivocas. Sólo hay un modo sensato de que la señorita Hughes pueda llegar a Londres, y es en otro barco —Harvey levantó las cejas—. ¿Y acaso no me ha invitado el capitán del Mystere a cenar con él esta noche?

—Empiezo a comprender —murmuró Harvey.

—Esta partida es cosa de dos —dijo Devlin, volviéndose hacia Gus—. Haz correr la voz por los muelles. Mi prometida intenta conseguir un pasaje hacia Londres y su devolución a mí, su desconsolado novio, será generosamente recompensada. Yo mismo hablaré con el alcalde y con el concejo de la ciudad.

Gus se apresuró a obedecer.

Devlin salió del camarote. Harvey lo siguió más despacio, mascullando:

—Pobre muchacha. No tiene nada que hacer.

Algo no encajaba.

Agachada de rodillas en el henar de un establo, Virginia miraba por la ventana que daba a la calle estrecha y sinuosa. Había caído la noche y la calle estaba completamente desierta. Llevaba varias horas escondida en el establo, que estaba en el centro de la ciudad, detrás de una carpintería. En todo ese tiempo, sólo había visto a alguien que pasaba por la callejuela, a un par de marineros y un carro o dos. ¿Por qué no se había organizado una gran partida de búsqueda para encontrarla?

Sin duda su astuto captor había descubierto su desaparición poco después de que ella escapara. Seguramente había organizado a sus hombres en varios grupos, para registrar minuciosamente la ciudad. Pero ella no había oído ninguna partida de búsqueda y, desde su escondite, oía las risas y la música de las fondas y las tabernas del puerto. De vez en cuanto, oía alguna conversación entre borrachos en las calles, más allá del callejón donde se hallaba situado el establo. ¿Qué podía significar aquello?

Se levantó. A pesar de que estaba preocupada y recelaba, sabía que debía continuar adelante. Tenía que encontrar un barco que zarpara hacia Londres.

Bajó la escalerilla y salió del establo. Echó a andar con paso vivo hacia el puerto, segura de que, en cualquier momento, su captor doblaría una esquina y aparecería ante ella. Pero ni O'Neill ni ninguna partida de búsqueda aparecieron en los recodos de la calle. Aquello era muy extraño.

Su inquietud se acrecentó cuando llegó a los muelles. Virginia vio al instante la oscura silueta del Desafío, que se mecía suavemente en su amarradero, enorme y sombrío. Las velas arriadas se destacaban vivamente contra el cielo negro. Ninguna lámpara ardía en el camarote del capitán, aunque una linterna señalaba la presencia del vigía. Virginia esperaba a medias que Devlin apareciese repentinamente en el alcázar, como una figura fantasmal, con su camisa y sus calzas blancas, pero no apareció.

Su corazón latía con excesiva fuerza. ¿Por qué no la buscaba O'Neill? ¿Habría surtido efecto su súplica, a fin de cuentas?

Dio un respingo al oír voces tras ella. Agachó la cabeza, se pegó a la puerta de una tienda e intentó mirar a los dos hombres que pasaban.

Eran marineros y saltaba a la vista que estaban borrachos. Virginia no los reconoció. Claro, que no podía conocer a toda la tripulación de O'Neill. Corrió hacia ellos y bajó la voz al hablar.

—Eh, compañeros, estoy buscando un barco para volver a Londres. ¿Sabéis cuál va hacia allí?

Los hombres se detuvieron. Uno de ellos bebía de una jarra. El más grueso de los dos habló.

—El Mystere zarpa con la primera marea, muchacho. Además, he oído decir que el capitán anda escaso de tripulación y que acepta a cualquiera capaz de andar.

Virginia no podía creer que tuviera tanta suerte. Sonrió, radiante.

—¡Vaya, gracias!

El hombre acercó de pronto la cara y la miró atentamente.

—Oye, tu cara me suena, chico. ¿Has navegado en el Desafío?

Virginia se volvió y salió corriendo sin responder, consciente de lo afortunada que era porque los dos marineros estuvieran tan borrachos. El Mystere era una balandra la mitad de grande que el Desafío, muy cerca del cual se hallaba atracada. Virginia subió corriendo la pasarela. Un instante después, el vigía le dio el alto.

—Me llamo Robbie —dijo—. Quiero zarpar mañana con vosotros, si el capitán me acepta.

Un marinero larguirucho se aproximó y le acercó una linterna.

—El capitán está cenando —dijo—. Pero andaba muy escaso de hombres. Ven, Rob. Seguro que querrá hablar contigo.

Virginia siguió al otro joven. Su corazón seguía desbocado.

—¿Cuántos años tienes? —preguntó el vigía.

—Quince —dijo ella tras un titubeo.

—Aparentas doce —rió el muchacho—. Pero no te preocupes, al capitán Rodrigo no le importará.

Se detuvieron ante el pequeño camarote, que se hallaba justo debajo del alcázar. El vigía llamó a la puerta, le dijeron que entrara y Virginia lo siguió.

—Hay aquí un chico que quiere zarpar con nosotros, capitán.

Un hombre de pecho grande como un barril, barba cana y ojos penetrantes se hallaba sentado a una mesita, tomando, al parecer, una cena a base de queso, pan, cordero y cerveza. Miró fijamente a Virginia, que se había quedado junto a la puerta.

—Acércate, chico —dijo ásperamente el capitán—. ¿Has navegado alguna vez?

Virginia se adelantó y esquivó su mirada.

—Sí, señor. Estoy en el mar desde los, eh, ocho años.

—¿De veras? —el capitán del barco se limpió las manos en los muslos y eructó—. ¿En qué barcos has navegado?

Virginia se sintió palidecer. Luego se le ocurrió una idea brillante y dijo:

—En el Americana, capitán.

—Nunca he oído hablar de él.

—Nos apresó el Desafío, señor. Hace un par de días. Seguramente el Americana está ahora en el fondo del mar. No creo que pudiera superar la tormenta que cayó sobre nosotros. Yo tuve suerte, me llevaron a bordo del Desafío —dijo, y sonrió al capitán.

—¿Y por qué dejas el barco? —Rodrigo la miraba con mucha atención—. Muchos de mis hombres darían un brazo por navegar con O'Neill.

Virginia titubeó.

—Yo no, señor. Le gustan los muchachos, usted ya me entiende, capitán.

La ancha cara del capitán no cambió de expresión.

—El gusto de O'Neill por las mujeres bonitas es bien conocido. Préndela, Carlos.

Virginia se volvió en el instante en que Carlos, el muchacho larguirucho, se abalanzaba hacia ella. Pasó por debajo de su brazo y salió a todo correr por la puerta.

—¡No la dejes escapar! —gritó Rodrigo—. ¡Es la novia de O'Neill, maldita sea! ¡Y ofrecen una buena recompensa por ella!

Todo encajó de pronto, mientras Virginia corría por la cubierta. O'Neill no se había molestado en buscarla, consciente de que ella intentaría llegar por barco a Londres. Sintió odio por él mientras corría hacia la pasarela.

Un grupo de hombres que llegaba de los muelles acababa de poner pie en la pasarela. Tras ella, Carlos gritó:

—¡Atrapad a esa mujer! ¡Es la novia de O'Neill!

Virginia vaciló mientras los hombres de abajo se detenían un momento, sin saber qué hacer, y luego echaban a correr hacia ella. Miró hacia atrás. Carlos estaba a unos pocos pasos a su espalda y sonreía. Virginia miró a su derecha mientras los cuatro marineros corrían hacia ella.

El agua parecía negra e iridiscente a la luz de las estrellas. Reinaba la calma. Y ella era una buena nadadora. Se abalanzó hacia la barandilla y se encaramó a ella.

—¡Atrapadla antes de que salte! —gritó Carlos.

Virginia se detuvo un momento en lo alto de la barandilla, sacó la daga del cinturón y levantó los brazos por encima de la cabeza. Luego saltó.

Devlin caminaba hacia los muelles, dejando atrás las fondas y tabernas del puerto. Estaba de un humor sombrío. Desde que había pisado suelo irlandés, cada vez que doblaba una esquina, casi esperaba ver a Gerald O'Neill allí parado, dispuesto a decirle algo. Pero eran sólo imaginaciones suyas, naturalmente. Gerald estaba muerto y, a diferencia de la mayoría de la gente, Devlin no creía en fantasmas. Además, ¿qué podía querer decirle su padre? Eastleigh estaba casi arruinado. Devlin había resuelto que verse condenado a una existencia mísera sería para él un castigo mucho más duro que la muerte, ¿y acaso no era ésa suficiente venganza?

Unos ojos ciegos lo miraban fijamente desde la cabeza cercenada de su padre.

Aquel recuerdo lo ponía furioso. No había vuelto a atormentarlo desde su marcha de Londres, y su ausencia había sido un gran alivio. Pero, ¿acaso ignoraba que regresar a su hogar desbarataría su aplomo? El niño había vuelto, asustado e inquieto, débil e inseguro. Devlin lo odiaba —siempre lo había odiado— y maldijo en voz baja.

No necesitaba verse perseguido por recuerdos del pasado, habiendo desaparecido su prisionera. Y no podría descansar hasta que volviera a tenerla en su poder. Se recordó que no importaría si Virginia lograba escapar; sólo era un poco de sal que echar despiadadamente en la herida abierta de Eastleigh. Pero aquel argumento no aliviaba su enojo. Virginia Hughes era mucho más que una mocosa engreída. Era un reto que él no podía dejar pasar.

Unos enormes ojos violetas lo miraban, implorantes. «No puedo sobrevivir sin Sweet Briar. Por favor, déjeme marchar. Por favor. Se lo suplico...». Se negaba a sentir lástima por ella. No le deseaba ningún mal, desde luego, pero se apellidaba Hughes y podía serle útil. Sin embargo, y a su pesar, tenía que reconocer que era una víctima inocente de sus planes.

Sus pasos se hicieron más lentos cuando se dio cuenta de que, después de todo, se compadecía de ella. No sentía nada por Elizabeth, pero se compadecía de su cautiva, quizá por su juventud y su inocencia, o quizá porque aquella muchacha ignoraba que Eastleigh no tenía fondos para salvar su amada plantación. Sus ojos violetas volvieron a mirarlo, abrasadores, esta vez enternecidos por el amor.

La furia afloró de nuevo y su fuerza le produjo asombro. La piedad era una flaqueza. Y, si Virginia Hughes seguía desafiando su autoridad, él podría con toda facilidad volver sus ojos suaves y nebulosos. Si la doblegaba en la cama, no habría más desafíos, más intentos de escapar. Después, ella ya no pensaría en huir.

En los muelles resonaron de pronto unos gritos. Devlin se sobresaltó, sus ensoñaciones eróticas se disiparon y notó que había cierto revuelo a bordo del Mystere. Un grupo de hombres estaba subiendo a bordo. Alguien en la cubierta sujetaba una linterna y gritaba. Devlin creyó oír su nombre. Luego su mirada atónita cayó sobre la barandilla y al instante se dio cuenta de lo que ocurría. Virginia estaba de pie sobre la barandilla, dispuesta a lanzarse de cabeza a las gélidas aguas del río. ¿Qué demonios pretendía?

El corazón de Devlin pareció detenerse de pronto. Al saltar ella de la barandilla, echó a correr hacia el muelle. La vio entrar en el agua y, justo antes de que se lanzara tras ella, con el corazón acelerado por la inquietud, se preguntó si aquella muchacha sabría siquiera nadar.

Al penetrar en el agua, sintió una punzada de temor. El agua estaba negra como la pez. Tras sumergirse, braceó hacia ella, pero no tocó nada. Siguió hundiéndose hasta que las algas se le enredaron en las manos, los brazos y las piernas. Si Virginia quedaba atrapada en la vegetación del fondo del río, no podría liberarse. Devlin siguió buscándola a tientas, pero sólo encontraba de cuando en cuando un trozo de madera o una piedra.

Con los pulmones a punto de estallar, no tuvo más remedio que volver a emerger a la superficie. Al sacar la cabeza, respiró con fuerza y el aire le pareció frío y dulce. Entonces sus miradas se encontraron.

Ella se mantenía a flote y jadeaba a unos metros de Devlin. En la barandilla del Mystere había ahora más linternas que iluminaban el agua en torno a ellos. Ella parecía tan sorprendida de verlo como él de verla a ella.

—¿Se encuentra bien? —preguntó Devlin mientras se acercaba a ella y le tendía los brazos.

Ella contestó violentamente. Al agarrarla por la muñeca, Devlin sintió que la hoja afilada de un cuchillo le hacía un corte en el brazo. Se quedó estupefacto al comprender que ella tenía un arma y que lo estaba atacando.

Por un instante, sólo pudo retroceder. Los ojos de Virginia parecían llenos de una feroz determinación. Mientras se mantenía a flote, le lanzó otra cuchillada de nuevo, esta vez a la cara. Él la asió de la muñeca, frustrando el golpe.

—Tire el cuchillo —la advirtió, enfurecido.

Los ojos de Virginia se agrandaron, alarmados.

—No.

Devlin apretó su muñeca sin compasión. Ella gimió y soltó el cuchillo. Devlin la atrajo hacia sí.

—He estado a punto de ganar —susurró ella, y él se dio cuenta de que en sus ojos brillaban las lágrimas.

La punzada de la piedad surgió de nuevo. Devlin la ahuyentó.

—Ni siquiera se ha acercado a la victoria, señorita Hughes. Y nunca lo hará. No, si ha de batallar conmigo.

Una lágrima rodó por la mejilla mojada de Virginia.

—Algún día bailaré alegremente sobre su tumba, maldito canalla.

—No lo dudo —repuso él, súbitamente consciente de que ella había entrelazado sus piernas alrededor de una de las suyas. Entonces la ira se disipó. Y en su lugar apareció el deseo.

—¡O'Neill! ¡Agarre la soga!

Devlin se dio cuenta de que los hombres del Mystere iban a arrojarle un cabo. Se volvió y un pecho suave se aplastó contra su costado. Aquel súbito arrebato de deseo lo dejó asombrado. Sujetando a Virginia con un brazo, agarró la soga. Mientras los acercaban al barco, le pareció que Virginia empezaba a llorar, pero no estaba seguro. Sus jadeos extraños y ásperos podían deberse al frío.

Ella no estaba llorando cuando llegaron al camarote. Tiritaba violentamente mientras caminaba delante de él. Devlin se acercó a Gus.

—Calienta algo de agua para ella, antes de que se muera de fiebre.
—Sí, señor —dijo Gus, lanzándole a Virginia una mirada preocupada. Ella se mantenía de espaldas, con los brazos cruzados. Temblaba y sus dientes castañeteaban con ruido.

Devlin cerró la puerta al salir Gus y encendió varias velas.

—Será mejor que se quite esa ropa —dijo, y pasó a su lado para acercarse al armario. Sacó una camisa de dormir que nunca se había puesto.

—Váyase al infierno —respondió ella con voz temblorosa.

Él la miró y se quedó de una pieza. La ropa empapada de Gus se pegaba a su piel, y veía cada línea de su cuerpo, desde las puntas de sus pezones endurecidos hasta su estrecho talle y el valle que delineaba su sexo. Se quedó mirándola un instante mientras imaginaba sus rizos negros y su carne húmeda. Le pareció de pronto que en el camarote había un calor húmedo y sofocante. Su visión se tiñó de rojo; su sexo se endureció de manera imposible, produciéndole un dolor agudo.

—¿O'Neill? —susurró ella con aspereza.

Él se sobresaltó, sacudido todavía por el deseo más intenso que había experimentado nunca. Después encontró un ápice de cordura y le arrojó el camisón. Se alejó, manteniéndose apartado de ella. Su corazón latía con fuerza. ¿Por qué proteger su virginidad? Ella era el enemigo. Podía poseerla en ese mismo momento y satisfacer su deseo. ¿De veras tenía importancia? ¿Qué le importaba a nadie? Ella era huérfana, americana, y para Eastleigh era una carga. A nadie le importaría que la devolviera sin su doncellez.

Pero le importaba a él. Le importaba, porque era el hijo de Gerald y Mary O'Neill, y había sido educado para respetar a las mujeres, para distinguir entre el bien y el mal... y para odiar a los ingleses. Dios, su cautiva ni siquiera era inglesa, pensó con acritud.

Se sirvió un whisky escocés y notó que le temblaban las manos. Y no sólo eso: la sangre continuaba agolpándose en su sexo con presión creciente. Apuró el whisky de un trago y se sirvió otro. Pero no encontró ningún calor, ningún bienestar.

Sintió que en el camarote reinaba un terrible silencio. Se volvió. Ella seguía donde la había dejado, pero lo miraba con los ojos dilatados y fijos. Ya no temblaba. No se había puesto el camisón y, en cuanto la miró, Devlin comprendió que percibía su deseo. Ella deslizó lentamente su mirada por la protuberancia alargada y dura que latía visiblemente bajo la tela tensa de las calzas de Devlin. Luego volvió a mirarlo a la cara. No dijo nada, pero sus mejillas tenían un intenso color rosado.

—Soy un hombre —dijo él— y usted una mujer. Es así de sencillo —cuán suavemente mentía.

Ella se humedeció los labios. Pasó un momento antes de que hablara.

—¿Va a...? —titubeó—. ¿Qué va a hacer?

—¿Qué quiere que haga? —se oyó preguntar él.

Los ojos de Virginia se agrandaron por la sorpresa.

—No lo sé —musitó.

Él se oyó reír, incrédulo. Los pezones de Virginia seguían estando tensos y duros.

—Creo que miente, señorita Hughes. Creo que hoy arde por mis caricias como ardía ayer.

Ella se envaró.

—No es cierto.

—Lo que usted desee no importa —Devlin se sirvió otro whisky. Empezaba a divertirse. Se acercó a ella y le alargó el vaso—. Perdió todos sus derechos cuando se atrevió a desafiarme.

—Nunca he tenido ningún derecho.
—Tenía muchos, pero ha ido perdiéndolos uno a uno. Beba. La ayudará a entrar en calor.
—Ya no tengo frío.

Él casi aspiró bruscamente, porque sus palabras, pronunciadas con tanta inocencia, lo inflamaron aún más. Le levantó la barbilla con la punta de los dedos.

—Beba —dijo con suavidad, y entonces decidió tocarla. Acarició lentamente su labio inferior con el pulgar.

Ella inhaló y empezó a respirar con excesiva rapidez. El calor y la humedad se espesaron, si cabía, en la habitación. El labio inferior de Virginia era carnoso, firme, húmedo. Su boca se había entreabierto para él. Una neblina roja enturbió de nuevo la visión de Devlin. Un beso, pensó, un solo beso largo, lento, premeditado. ¿Qué mal podía hacer? Pero asió la mano de Virginia, se la levantó y le acercó el vaso a la boca.

—Fíese de mí, al menos en esto —murmuró con voz densa. Ella bebió no un sorbo, sino varios—. No es la primera vez que prueba el whisky —dijo él, sorprendido.

Ella apretó con fuerza el vaso contra su pecho, entre sus pequeños senos.

—A mi padre le gustaba mucho y a menudo me dejaba probarlo, cuando mi madre no miraba.

Algo se retorció dentro de él como un cuchillo. Gerald le había enseñado a cargar un mosquete a la tierna edad de seis años; sonreía y le susurraba: «Mamá me matará si se entera, así que ni una palabra de esto, ¿me oyes?».

—Querías mucho a tus padres —se oyó decir.

—Sí —susurró ella, y bajó la mirada hacia la bebida. Sus ojos se agrandaron y sus mejillas se sonrojaron al advertir su apariencia—. Oh —levantó la vista, perpleja y atemorizada.

—Yo estoy disfrutando inmensamente —repuso él. Ella

bebió un poco más de whisky, le dio el vaso vacío y se volvió–. ¿Sabes, Virginia? –comentó Devlin con aire despreocupado–, tengo la impresión de que no eres ninguna mojigata.

Ella no contestó, pero se inclinó despacio para recoger el camisón. La mente de Devlin corría, rauda. ¿Qué estaba tramando ahora?, se preguntó, y, al apurar el whisky de Virginia, notó que al fin se relajaba. Ansiaba descubrir lo que se proponía ella, fuera lo que fuese, y decidió no intentar siquiera adivinarlo. Ella lo miró de soslayo un momento. El corazón de Devlin latió con fuerza; aquélla era la mirada de una cortesana, no de una huérfana de dieciocho años.

Entonces, Virginia se quitó la camisa de Gus. Bajo ella llevaba su camisa, pero podría haber estado desnuda. Se había vuelto a medias hacia él, de modo que Devlin veía cuanto quería. Luego su corazón se detuvo cuando ella se quitó también la camisa mojada. Se quedó inmóvil.

Tenía frente a él un perfil perfecto, una nariz delicada y unos labios carnosos, unos pechos pequeños y erguidos, un torso esbelto y un vientre plano y terso.

Consciente de que Devlin la miraba fijamente, Virginia se pasó el camisón por la cabeza. Por un momento, sus brazos desnudos y esbeltos quedaron estirados, sus pequeños senos se tensaron hacia delante, su espalda se arqueó y su ombligo apareció por encima de los pantalones de Gus. La determinación de Devlin se desvaneció. Su camisón suave y limpio resbaló sobre la cabeza y el pecho de Virginia. Luego, ella introdujo las manos debajo y se quitó los pantalones de Gus y sus pololos con un solo movimiento. La sangre palpitaba en el sexo de Devlin, en su cerebro.

–Gracias por el camisón limpio, capitán –dijo ella, sonriendo, y se acercó a él.

Devlin se hallaba presa de un estupor inducido por el deseo. Pero, aun así, se preguntó si se hallaba en medio de un sueño, pues aquello se había vuelto demasiado irreal. Virginia se había transformado de pronto en una seductora. Sonreía suavemente y se detuvo ante él, desnuda bajo su camisón.

—¿Le gustó besarla? —preguntó ella—. A esa mujer del muelle.

—¿Qué? —preguntó él, dándose por vencido. Posó las manos sobre su cintura y la apretó contra su sexo, exactamente el lugar que le correspondía.

Ella dejó escapar un gemido de sorpresa y sus ojos se dilataron. Devlin sonrió ferozmente y deslizó las manos por sus nalgas. Las asió con fuerza y la levantó en vilo. Virginia se agarró a sus hombros, cerró los ojos y dejó escapar un profundo gemido. Tenía la cara de un ángel, y él no podía ya negar que se hallaba al borde de un clímax arrebatador. Era la mujer más bella que había contemplado; lo había pensado desde el instante en que la vio en la cubierta del Americana, apuntándolo con aquella pistola ridícula e inservible.

Devlin la agarró de la nuca, deseando que tuviera el cabello suelto, e hizo lo que deseaba hacer más que cualquier otra cosa. Se apoderó de su boca. Ella gimió de nuevo cuando él cubrió su boca y la abrió. Devlin no esperó; su paciencia se había desintegrado. La besó con ansia, profundamente. Ella gemía mientras la inclinaba hasta que estuvo tumbada en la cama. Devlin se tendió sobre ella y siguió besándola, intentando tocar y saborear todos sus recovecos. Las manos de Virginia se cerraron sobre su cabello húmedo, sus muslos ciñeron las piernas de Devlin. Él comenzó a frotar su sexo con su miembro erecto.

Virginia intentó apartar los labios de su boca desesperadamente. Sorprendido, él se dio cuenta de que ella estaba al borde del clímax. Soltó sus labios y la miró. Ella levantó los ojos hacia él con una mirada salvaje y difusa.

–Por favor... –gimió, retorciéndose bajo su verga.

–Será un placer –dijo él, y, erguido sobre ella, se restregó contra su cuerpo una, dos, tres veces, rozando su carne hinchada, mientras ella se aferraba a su espalda y a sus hombros y los arañaba. Devlin la miraba con fijeza, incapaz de hacer otra cosa que contemplar la expresión de su cara. Cuando vio que sus ojos se abrían de pronto, cuando notó que el ardor afloraba a sus ojos violetas, cuando ella se arqueó hacia arriba, gimiendo, indefensa, la tensión se hizo imposible de resistir. El dique se rompió. Aferrada a él, Virginia gemía impúdicamente mientras él se estremecía, poseído por unos espasmos tan repentinos e incontrolables como los suyos.

Los gemidos de Virginia se disiparon. Devlin yacía sobre ella. Respiraba con aspereza, absolutamente perplejo. Acababa de dar un terrible paso en falso y su pequeña cautiva había alcanzado el clímax sin apenas esfuerzo por su parte. Todavía asombrado, se apartó de ella y se sentó bruscamente. No se atrevía a mirarla. Ni a pensar. Se puso en pie de un salto, sacó ropa limpia del armario y se desvistió con rapidez.

Bloqueó implacablemente cualquier pensamiento y se concentró en la tarea que tenía entre manos. Se abrochó los pantalones, pero sentía la mirada de Virginia fija en él. Se enojo aún más, estaba casi furioso, y sabía que no debía mirarla. Pero finalmente una idea se introdujo en su conciencia. Probablemente, aquél había sido su primer clímax...

Se volvió, descamisado, y sus miradas chocaron.

–¿Ha sido tu primera vez?

Ella estaba sentada contra las almohadas. Los mechones de su cabello negro se rizaban alrededor de su rostro delicado. Sus ojos enormes estaban clavados en él. Con su largo camisón, parecía terriblemente ingenua.

—¿Q-qué? —sus mejillas empezaban a sonrojarse.

—¿Ha sido la primera vez que te has corrido?

—¿Co-correrme? —parecía aturdida.

—Alcanzar el clímax —añadió él, furioso con ella y consigo mismo, con Eastleigh, con el mundo. Se acercó—. Alcanzar el clímax... *la petite mort*, lo llaman los franceses. Significa tener un orgasmo, si uno quiere ponerse clínico.

—¿Te refieres a... lo que ha pasado al final? —ella no apartó la mirada.

Él asintió con la cabeza. Sentía de pronto el deseo de echarla a patadas de su vida.

—Cuando empezaste a gritar como una puta —dijo con frialdad, y se odió a sí mismo por ser tan cruel, al tiempo que deseaba, impotente, serlo aún más.

Ella tragó saliva.

—Sí.

El alivio se apoderó de Devlin... y sólo logró aumentar su furia.

—Recuérdame que nunca vuelva a ofrecerte un whisky —dijo.

—Esto no ha tenido nada que ver con el whisky —dijo, temblorosa—. Sino contigo.

Él se alejó. No quería oír ni una sola palabra más.

—Nunca me habían besado, Devlin —dijo ella.

Virginia llegó a la conclusión de que odiaba su vestido de seda azul oscuro y la chaqueta negra que lo acompañaba casi tanto como lo odiaba a él. Miraba su pálido reflejo en el espejo de Devlin. Era la mañana siguiente. Tembló y deseó que él estuviera muerto.

Pero, ¿qué habría resuelto eso exactamente? Ella sería libre, sí, para ser infeliz a su modo, pero no se libraría de su recuerdo.

Se sonrojó. Le pasaba algo espantoso. Eso, al menos, estaba claro. Porque, aunque ninguna mujer podía ser inmune a un hombre como Devlin O'Neill, sólo a una necia, después de que la retuviera contra su voluntad, se le habría ocurrido provocarle para que la besara.

—¿Estás lista? —preguntó él desde fuera del camarote. La noche anterior no había dormido en el camarote. Y había cerrado con llave la puerta al marcharse.

Lo peor de todo era, pensó Virginia mientras se preguntaba quién era realmente la mujer lasciva que la miraba desde el espejo, que ansiaba aún sus caricias. Quería saber si había imaginado lo ocurrido. Sin duda así era. Sin duda la agitación de hallarse en sus brazos, de sentir su boca y su cuerpo sobre ella, no había sido tan viva como recordaba. Aquello tenía que ser un terrible error.

Él entró, vestido con una levita gris pálida que armonizaba con sus ojos, calzas de montar y unas botas muy gastadas. Parecía lleno de impaciencia. Sus miradas se encontraron de inmediato en el espejo. Virginia no pudo respirar. Él la miró de arriba abajo.

—Haremos planchar tu ropa en Askeaton. Ven. El carruaje espera.

Virginia se mordió el labio, se volvió y pasó a su lado con toda cautela, como si temiera que la abrazara... o abrazarlo ella a él. Los ojos de Devlin se entornaron mientras la miraba.

—Olvida lo de anoche —le espetó de pronto—. Fue un error y no volverá a ocurrir.

Ella se volvió bruscamente.

—¿Por qué no?

—Así que, ¿estás ansiosa por calentar mi cama? ¿Un breve encuentro y has cambiado de idea?

—No me importaría que compartieras mi cama —y era la terrible verdad.

Los ojos de Devlin se agrandaron.

—¿No quieres ser virgen y casta en tu noche de bodas? —preguntó por fin gravemente.

—Nunca he pensado en eso —dijo ella con sinceridad.

Él se sobresaltó.

—Es lo único en lo que piensan las mujeres, con lo que sueñan, para lo que viven...

—¡Yo no! —replicó ella, enojada—. No tengo intención de casarme, a menos que encuentre el amor que compartieron mis padres.

Él la miraba con estupor. Luego se atrevió a echarse a reír.

—Nadie se casa por amor —dijo tajantemente—. Si es que esa emoción existe.

Ella sintió ganas de darle una patada en la espinilla.

—Mis padres se querían y se casaron por amor. Lamento que tus padres no se quisieran —dijo, enfadada—. Puede que eso explique tu crueldad y tu falta de compasión.

Él se acercó bruscamente y se cernió sobre ella.

—No vuelvas a mencionar a mis padres. No son asunto tuyo. ¿Me has entendido?

Ella reculó. ¿Cómo era posible que aquello lo hubiera enfurecido tanto?

—Podrías ser más sincero.

—¿Y he de recordarte que, desde que te traje a bordo de mi barco, nadie, yo incluido, ha sido cruel contigo en lo más mínimo? A menos que consideres una crueldad la dulce muerte que experimentaste anoche...

—Dejarme con la intriga de saber cómo se siente una mujer cuando el acto se culmina de verdad, eso sí que es cruel —se oyó decir Virginia. Él pareció atónito. Virginia comprendió que se había sonrojado—. No dejo de preguntarme cómo será...

Devlin la agarró del brazo y la sacó a rastras del camarote.

—Lamento que no puedas controlar tus pensamientos —dijo lacónicamente.

—¡No puede enfadarte ahora que tengo curiosidad, cuando es todo culpa tuya! —gritó ella.

—¿Culpa mía? —Devlin la llevó por la pasarela—. Creo que fue usted quien me sedujo, señorita Hughes.

—Tengo dieciocho años. Nunca había besado a nadie. ¿Cómo iba a seducirte? —delante de ellos vio un carruaje y a un cochero con librea. Un gran caballo gris estaba atado a la parte de atrás del coche y ensillado. Virginia comprendió que el carruaje era para ella y el caballo para él.

Qué delicioso sería volver a montar, pensó. Pero al instante supo que no le diría a Devlin que era una magnífica amazona, sólo por si acaso se le presentaba de nuevo la ocasión de escapar.

Devlin la ayudó a subir al coche. Ella se atrevió a mirar sus ojos grises y fríos. Él seguía enfadado con ella. Aquello era simplemente ridículo.

—Espera —dijo suavemente, antes de que él pudiera alejarse. Él se detuvo, lleno de impaciencia, con la mandíbula endurecida por la tensión—. ¿Por qué es tan terrible lo que pasó anoche? ¿Acaso no disfrutaste? Me pareció que sí. Claro, que yo no tengo experiencia, así que...

Él le cerró la puerta de golpe en las narices.

—Buenos días, señorita Hughes.

Virginia miraba con avidez por la ventanilla del carruaje. Aunque el día era gris y amenazaba lluvia, el campo era una sucesión de hermosas y fértiles colinas verdes, pastos y campos de labor. Pasaron junto a algunas granjas pequeñas, donde todas las casitas parecían idénticas. Delante de ellos, Virginia divisó una iglesia de piedra y, más allá, algunos otros edificios de aspecto imponente que no pudo distinguir.

De pronto Devlin se acercó a la ventanilla, que estaba abierta a pesar de que el día era frío.

—Esto es Askeaton —dijo con orgullo—. Todas estas tierras, hasta donde alcanza la vista, me pertenecen.

—Es precioso —ella le sonrió—. Me recuerda a Sweet Briar, Devlin.

Él la miró con fijeza y luego, bruscamente, se adelantó galopando al carruaje.

Ahora se enfurecía más fácilmente aún que cuando se vieron por vez primera, pensó ella, y asomó la cabeza por la ventanilla para mirarlo. Vio entonces que los edificios de más adelante pertenecían a una casa señorial. Distinguió varios establos, algunas casitas, una hermosa mansión rodeada de jardines en flor, y una vieja torre o castillo en la distancia. Se le aceleró el corazón. Sentía curiosidad por ver el hogar de Devlin y por conocer a su familia... si tenía familia, claro.

El carruaje se detuvo delante de la casa señorial. Virginia no aguardó al cochero y se apeó de un salto. Devlin estaba de pie, con los brazos en jarras. Miró la casa, los prados que la rodeaban, los edificios por los que acababan de pasar, y volvió luego a fijar la vista en la casa. Virginia no lograba adivinar qué estaba pensando. La casa, que tenía tres plantas, parecía muy nueva, excepción hecha de las dos chimeneas y de una pared exterior. Las enredaderas trepaban por los muros y a un lado había un cenador.

La puerta se abrió y un hombre salió fuera, alto, moreno y fibroso.

—¡Dev!

Su captor se volvió. Virginia vio su expresión y se quedó sin aliento, pues su semblante reflejaba una alegría pura y radiante. Se quedó muy quieta mientras el más joven de los dos hombres bajaba corriendo por el camino empedrado.

—¡Sean! —dijo Devlin con voz ronca.

Los dos hombres se abrazaron con fuerza. Virginia se acercó un poco. Aquél tenía que ser su hermano. Eran de edades muy parecidas y Sean era también muy guapo, con aquellos mismos ojos grises y plateados, inconfundibles, si bien su pelo era casi negro. Ellos se separaron.

—¡Ya era hora, por Dios! —exclamó Sean con una sonrisa.

—Sí, ya era hora —dijo Devlin—. La casa tiene muy buen aspecto, Sean. Está claro que está bien construida, y me gusta la puerta nueva.

—Pues espera a ver el vestíbulo. Creo que te gustará —se detuvo de pronto y sus ojos se agrandaron al ver a Virginia—. ¿Tenemos una invitada?

Devlin se volvió y Virginia recibió el calor de su sonrisa. Aquello hizo que un terrible anhelo surgiera dentro de ella.

—Sí, tenemos una invitada —dijo él, tendiendo la mano—. Ven, Virginia. Quiero que conozcas a mi hermano, Sean —dijo él, y su bella sonrisa se disipó. Pero su tono conservaba aún una ligereza que ella no había percibido antes.

Virginia compuso una sonrisa y se acercó.

—Hola —dijo.

—Ojalá hubiera sabido que íbamos a tener compañía —dijo Sean con preocupación. Su mirada, sorprendida, basculaba entre Virginia y Devlin—. Pero creo que Fiona podrá preparar enseguida el cuarto amarillo.

—Ésta es la señorita Hughes, Sean. La señorita Virginia Hughes, de Sweet Briar, Virginia.

Virginia notó que Sean se sobresaltaba.

—¿La señorita Hughes? —repitió él.

¿Por qué le sorprendía tanto su nombre?, se preguntó Virginia, desconcertada.

—Vamos a tomar una copa. Tenemos muchas cosas de que hablar —dijo Devlin, y le dio una palmada en la espalda a su hermano. Pero Sean seguía mirando fijamente a Virginia... y no parecía complacido.

De pronto sonó un grito femenino. Virginia se asustó y vio que una mujer de cabello negro salía corriendo de la casa. Por un instante, sólo distinguió un cabello denso y liso, muy negro, una figura voluptuosa y una enorme sonrisa, mientras sonaban nuevos gritos de alborozo. Se envaró al ver que la mujer se paraba en seco frente a Devlin. Su blusa escotada casi dejaba al descubierto sus pechos. Era tan morena y sensual que casi parecía española o gitana.

—¡Milord! ¡Bienvenido a casa! ¡Oh, capitán O'Neill! ¡Bienvenido! —gritó, como si estuviera a punto de saltar en sus brazos... y en su cama.

Virginia cruzó los brazos y frunció el ceño. Una mirada de sorpresa cruzó el rostro de Devlin.

—¿Fiona?

—¡Sí, milord, soy yo! —gritó la joven, juntando las manos—. ¡Cuánto tiempo, milord! ¡Qué contenta estoy de que haya vuelto! ¡Todos lo estamos, mi señor capitán! ¡El héroe de Askeaton ha vuelto! ¡Estamos tan orgullosos de usted...!

—Gracias —dijo Devlin cortésmente.

—¿Qué puedo hacer por usted, milord? —preguntó ella, y su tono no dejaba lugar a dudas. De hecho, Virginia se convenció de que aquella mujer había disfrutado ya del amor de Devlin en el pasado y pensaba volver a disfrutar de él muy pronto.

—Por favor, acompaña a la señorita Hughes a la habitación de invitados —dijo Devlin—, y llévale una bandeja con un tentempié cuando esté instalada.

Fiona parpadeó y miró a Virginia por primera vez. Su mirada se deslizó por la figura de la recién llegada, volvió a subir y al instante se tornó desdeñosa. Volviéndose hacia Devlin, sonrió.

—Por supuesto, milord. Me alegro tanto de volver a verlo... —hizo una reverencia y Virginia pensó que los pechos iban a salírsele de la blusa, pero no fue así.

—Yo también me alegro mucho de estar en casa —dijo Devlin. Miraba la casa como si inspeccionara cada palmo de ella. Su expresión era un poco más suave que de costumbre. Le hacía parecer humano.

Virginia casi se relajó. Devlin no parecía haber notado que Fiona era muy bonita y voluptuosa, y que estaba ansiosa por hallarse en su cama. Pero, ¿por qué iba a preocuparle eso a ella? La noche anterior, ella lo había seducido. No necesitaba tener más experiencias con hombres para saber que Devlin O'Neill se había sentido tan arrebatado como ella.

—Connor, las maletas de la señorita Hughes —ordenó Sean a otro sirviente—. Fiona, por favor, acompaña a la señorita Hughes al cuarto amarillo. Y trae flores —añadió.

Fiona asintió con la cabeza, sin mirarlo. Sólo tenía ojos para Devlin. Él se volvió de pronto y se acercó a Virginia. Ella no se movió.

—No hay donde ir. Hasta donde alcanza la vista, estas tierras nos pertenecen a mí y a mi padrastro, el conde de Adare. ¿Me has entendido, Virginia? —preguntó en tono amenazante.

Ella recordó lo fácilmente que había frustrado su intento de escapar en Limerick. No le cabía duda de que intentar escapar de él en el corazón de sus posesiones sería inútil. Le sonrió.

—No intentaré escapar otra vez —dijo con la misma suavidad. Sentía demasiada curiosidad para intentar huir de nuevo. Él se sorprendió—. Te doy mi palabra —añadió ella.

Devlin la miró fijamente un momento.

—Sea lo que sea lo que te propones, te ruego que recapacites —dijo secamente.

—¿Cómo sabes que me propongo algo? —preguntó ella con dulzura. Pero era cierto que se proponía algo. Antes de abandonar Askeaton e Irlanda, deseaba experimentar todo cuando había descubierto entre los brazos poderosos de su captor... y aún más. El ansia que Devlin había despertado en ella era demasiado grande como para quedar ignorada, o para resistirse a ella.

—Eres demasiado lista y terca como para doblegarte sin más a mis órdenes —contestó él despacio.

—Puede que eso fuera antes... y esto es ahora —murmuró ella tras vacilar un momento–. Puede que aguarde sus órdenes, sir Devlin.

Devlin se inclinó hacia ella.

–Ni se te ocurra volver a tentarme.

–¿Por qué no? –replicó ella en un susurro.

Él pareció completamente sorprendido.

–Porque soy mucho más fuerte que tú, Virginia, y te sugiero que no lo olvides –le lanzó una mirada dura y echó a andar hacia su hermano, que los escuchaba, absorto.

Pero Virginia empezaba a comprender a su captor. Sonrió tan dulcemente como antes.

–Nunca he dicho que no lo fueras –murmuró.

Él dio un respingo, pero no se detuvo. Sean parecía muy inquieto. Finalmente, siguió a su hermano al interior de la casa. Virginia comenzó a sonreír. De algún modo, parecía haber ganado aquel último encuentro. Luego levantó la vista y se encontró con los ojos negros y hostiles de Fiona.

Se veía con toda claridad que el «cuarto amarillo» no se usaba desde hacía años. De pie junto a la puerta de un espacioso dormitorio con las paredes pintadas de un tenue tono dorado, Virginia observaba cómo Fiona sacudía con rabia las almohadas, de las que salía polvo.

Miró a su alrededor. Aquella habitación era mucho más lujosa que la suya en Sweet Briar. La cama, cubierta con dosel, tenía una colcha de terciopelo dorado y cortinas a juego, recogidas con cordones de color oro, y una alfombra Aubusson, amarilla y marrón, cubría gran parte de la tarima del suelo, algo arañada pero brillante. La chimenea tenía una repisa de ébano labrado. Junto a ella había un diván mullido y una butaca, y varios retratos antiguos y paisajes adornaban las paredes. Virginia se acercó a una ventana y dejó escapar una exclamación de placer. La vista era asombrosa. Sus ojos recorrieron los campos ondulados, la serie infinita de pastos verdes y colinas y, finalmente, llegaron hasta la ribera desnuda del río. A su izquierda se hallaban las ruinas de un castillo de piedra.

Virginia se agarró al alféizar. Irlanda la atraía de algún modo tanto como su hogar, aunque el paisaje fuera muy distinto. Se preguntó cómo se sentiría de hallarse en Askeaton en otras circunstancias. Quizá no quisiera marcharse.

Fiona había dejado de atarearse con la cama. Virginia se apartó de la ventana y se la encontró mirándola con hostilidad. Tenía, pensó Virginia, unos veinticinco años.

—Me gustaría tomar unos emparedados y té —dijo Virginia como si fuera Sarah Lewis y volviera a estar en el Colegio Marmott para señoritas.

Fiona se puso rígida.

—Enseguida se los subo —dijo, pero no se movió.

—Y me gustaría tener unas rosas del jardín —añadió Virginia exagerando su tono—. ¡Ah, y el vestido! Ayúdame a quitármelo. Hay que plancharlo enseguida.

Fiona parecía dispuesta a sacarle los ojos.

—¿Va a ser su esposa? —preguntó con rabia.

Virginia se sobresaltó, pero luego se encogió de hombros con indiferencia. Su esposa. Algún día, Devlin O'Neill sentaría la cabeza, tendría esposa, hijos. ¿Por qué aquella idea la cautivaba? Cuando ese día llegara, ella estaría en casa, en Sweet Briar, y quizás incluso fuera vieja y tuviera el pelo blanco. La turbación que experimentaba desde hacía poco tiempo y que parecía brotar cada vez que pensaba en su captor se apoderó de ella con fuerza. Finalmente levantó la mirada.

—Quizá —logró decir con ligereza. Fiona dio un respingo, ceñuda—. ¿Y tú? ¿Eras su amante? Eso me pareció al principio, pero él no te reconoció, así que ya no estoy segura.

Fiona se acercó a ella despacio.

—Hacía seis años que no venía a casa —siseó—. Yo era una niña en aquel entonces, sólo tenía quince años y le entregué mi virginidad. Ahora soy una mujer y conozco un par de trucos que le gustarán, estoy segura. Estoy deseando que llegue esta noche, señora. Me muero de ganas de hacerle gozar. Mañana ni se acordará de su nombre.

Virginia se envaró. Temía que Fiona tuviera razón. Odiaba pensar que Devlin hubiera sido el primer amante de la criada. Quizás él sintiera nostalgia de su aventura amorosa.

—¿Cuántos años tiene? —preguntó Fiona con desdén.

—Veinte —mintió Virginia.

Fiona hizo girar los ojos.

—Apuesto a que tiene dieciséis. Permítame decirle algo, señora. Nunca la mirará a usted como me mira a mí. Es demasiado flaca. A los hombres les gustan las mujeres con carne en los huesos. Por lo menos, a un hombre como él —se agarró los grandes pechos, sonrió y suspiró.

Virginia le dio la espalda. Su confianza en sí misma se disipó por completo. ¿A quién pretendía engañar? Si Devlin podía elegir, buscaría a Fiona. No le cabía ninguna duda.

Debía alegrarse de ello. Pero no se alegraba. Estaba confusa y dolida. Fiona se rió de ella.

—Así que búsquese a otro, señorita —siseó—. Aquí, en Askeaton, no nos gustan los ingleses ni sus aires de grandeza. Aquí no hay sitio para usted y los de su ralea. Vuelva al lugar de donde vino —Fiona se marchó de la habitación triunfalmente.

Virginia corrió tras ella.

—¡Soy americana! ¡Americana, no inglesa!

Pero, si a Fiona le importó, no dio muestras de ello. Su paso no vaciló mientras recorría apresuradamente el pasillo. Virginia volvió a entrar en su cuarto y cerró la puerta. Se dio cuenta demasiado tarde de que Fiona no la había ayudado a desvestirse, ni se había llevado el vestido manchado, ni pensaba llevarle agua, comida, flores o cualquier otra cosa.

Tomó una pequeña silla y la acercó a la ventana. Allí permaneció sentada, en silencio, contemplando con desánimo el paisaje y pensando en su captor.

Devlin sirvió dos copas de whisky. Sean lo observaba con mirada sombría y enojada. Devlin le dio una copa sin prestarle atención. Su mirada recorrió la biblioteca y se dirigió luego a las puertas francesas y a la terraza que se extendía al otro lado. Qué agradable era estar en casa.

Gerald le sonreía con aire cómplice. «Ni una palabra de esto a tu madre, ¿me oyes?».

Devlin se acercó a las puertas de la terraza. En lugar de sonreír, bebía.

Los ojos de su padre, grandes y furiosos, lo miraban desde el bulto sanguinolento que había sido su cabeza.

—¿Vas a explicarte? ¿Es la hija de Eastleigh? ¿Es que no te basta con acostarte con su mujer? —preguntó Sean, enfurecido.

Devlin hizo a un lado aquel espantoso recuerdo y levantó la copa hacia Sean.

—Es su sobrina. Es americana y huérfana.

—Eso lo explica todo. ¿Qué demonios pretendes? —gritó Sean—. ¿Y cuántos años tiene? ¿Has seducido a una muchacha? —parecía incrédulo.

Devlin estudió el contenido de su copa con aparente indiferencia.

—Tiene dieciocho años y no, no la he seducido —dijo, y se preguntó qué diría su hermano si le dijera que tal vez fuera ella quien decidiera seducirlo a él—. Voy a pedir un rescate por ella, Sean —sonrió—. Eastleigh está a punto de ir a la cárcel por sus deudas. No puede permitirse pagar un rescate, y menos aún el rescate que pienso pedir —rió—. Es muy posible que, para liberar a su sobrina, tenga que vender Eastleigh. Éste puede ser el momento que estábamos esperando.

—Y la venganza es mía, dijo el Señor —repuso Sean con aspereza—. La venganza pertenece a Dios, no a ti, y éste es el momento que esperabas tú, no yo —dejó la copa sin haberla probado.

—Puede que no compartas mi entusiasmo, pero esto lo hago tanto por mí como por ti —dijo Devlin. Abrió la puerta y respiró el aire limpio de la primavera. No quería discutir con Sean por culpa de su venganza del conde de Eastleigh. Aquel asunto era viejo ya, y fatigoso. Salía a relucir cada vez que veía a su hermano, una o dos veces al año, dependiendo de cuán a menudo se encontraran en Londres o en Dublín.

—Lo haces sólo por ti mismo. Dios, ¿cuándo dejarás descansar en paz a nuestro padre? —dijo Sean. Luego añadió—: Gracias a Dios, mamá y Adare están en Londres.

Devlin se volvió, enfadado.

—Gerald nunca descansará en paz y lo sabes. En cuanto a nuestra madre, no tiene por qué enterarse de esto.

Sean lo miró con enojo.

—Si el espíritu de nuestro padre vaga por la tierra es porque tú no lo dejas descansar en paz. Santo Dios, has dejado a ese hombre en la ruina, ¿cuándo te detendrás? ¿Cuándo te desharás de esa obsesión y encontrarás un poco de paz?

—Tal vez, si tuvieras tan buena memoria como yo, tú también querrías vengarte —repuso Devlin.

La mirada gris de Sean se heló.

—¿Crees que no desearía recordar ese día? Hablas como si hubiera perdido la memoria adrede. No sé por qué me falló así la mente, pero no me acuses de complacencia por no recordar el día terrible en que nuestro padre fue asesinado.

—Lo siento —dijo Devlin, pero a veces sentía resquemor por ser el único al que perseguía el fantasma de Gerald, pues ni su hermano ni su madre parecían sufrir como sufría él.

—¿Y qué hay de la Marina? ¿Va a permitir el Almirantazgo que te salgas con la tuya, que secuestres a una americana y que ataques a la aristocracia inglesa? —preguntó Sean.

—Eastleigh no permitirá que se haga público el secuestro. Su orgullo lo obligará a pagar por la libertad de Virginia. Estoy seguro de que nadie se enterará de este pequeño juego.

—¿Pequeño juego? ¿Abusar de una muchacha inocente es un pequeño juego? Nuestro padre estará revolviéndose en su tumba en este preciso momento. ¡Has ido demasiado lejos! —exclamó Sean—. ¿Y qué me dices de la señorita Hughes? Si acude a las autoridades, podrías perder la cabeza. Y no lo digo metafóricamente.

Devlin puso la mano sobre el hombro rígido de Sean.

—No tengo intención de perder la cabeza, Sean —dijo con suavidad.

—Te crees invencible. Pero no lo eres.

—Confía en mí. Eastleigh querrá saldar este asunto enseguida. Su orgullo es lo único que le queda.

Sean lo miró con expresión áspera y angustiada.

—No apruebo tu conducta, Devlin. Dios, ni siquiera sé quién eres —Sean se desesperó de pronto.

—Soy tu hermano.

—Sí, mi hermano. Un extraño al que nunca veo, puesto que está claro que aborreces estas tierras. Se diría que no puedes pasar aquí ni dos semanas. Eres poco más que un desconocido obsesionado por la venganza. Me compadezco de ti, Devlin.

Devlin profirió un sonido burlón, a pesar de que se sentía incómodo.

—Deberías reservar tu compasión para quien la necesite. ¿Quizá para la bella señorita Hughes?

Sean no se inmutó.

—No negaré que la encuentro extraordinariamente atractiva. Sólo espero que nunca necesite de mi compasión, Dev.

—Cuando llegues a conocerla mejor, descubrirás que no es la clase de mujer de la que uno se compadece —casi sonrió al pensar en el coraje de Virginia.

Se hizo el silencio. Devlin se volvió y encontró a Sean mirándolo con fijeza, con los ojos agrandados y escrutadores.

—Casi pareces tenerle afecto —dijo.

Devlin vaciló.

—No le tengo afecto, Sean, pero, francamente, su coraje es asombroso, aunque sea temerario.

—Entonces, la admiras —dijo Sean en voz baja.

Devlin empezó a impacientarse.

—¡Ya basta de hablar de la señorita Hughes! Ese asunto me cansa. Cuando Eastleigh pague su rescate, se marchará. Hasta entonces, es nuestra invitada —enfatizó el plural deliberadamente y lo miró con fijeza. Añadió suavemente—: Tu lealtad hacia mí está por encima de tu noble sentido del honor y de tu desaprobación, ¿no es cierto? —Sean cruzó los brazos sobre el pecho, visiblemente molesto—. ¿Sean?

Su hermano habló con aspereza.

—Sabes que jamás te traicionaría, aunque me indigne lo que piensas hacer.

Satisfecho, Devlin se acercó a la bandeja de plata con las botellas y los vasos que había encima del aparador y se sirvió otra copa. El silencio se prolongó.

—Está bien —dijo por fin con un suspiro—. ¿Qué ocurre? ¿Qué es lo que deseas decirme?

—Si Eastleigh está tan empobrecido, ¿qué te hace pensar que querrá pagar un rescate por su sobrina americana, a la que probablemente no ha visto nunca?

Devlin lo miró con fijeza.

—Pagará.

—¿Y si no paga? —insistió Sean.

Devlin sintió que todo su ser se tensaba.

—Entonces, tendré que provocarlo públicamente hasta que no tenga más remedio que rescatar a nuestra pequeña invitada. Hasta que se convierta en una cuestión de honor.

—Para destruir a Eastleigh, tendrás que destruirla a ella también, ¿no es cierto? ¿Cómo puedes vivir en tu pellejo? —exclamó Sean.

—Muy fácilmente —dijo Devlin, pero hasta él sabía que su respuesta era falsa.

—Eres un canalla —dijo Sean.

La casa parecía terriblemente silenciosa, pensó Virginia al detenerse en el grandioso vestíbulo. Había pasado la tarde recorriendo los jardines y visitando los establos, donde Devlin tenía algunos caballos excelentes. Sobre todo, una hermosa yegua baya. Ahora, el anochecer se acercaba rápidamente. Virginia se había bañado en agua perfumada y se había puesto uno de los trajes de noche de su madre que Tillie le había arreglado a toda prisa antes de su partida de Sweet Briar. El vestido era de seda rosa brillante, con pequeñas mangas abullonadas y escote bajo. Virginia se había tomado muchas molestias para recogerse la pesada melena. Si tenía suerte, las horquillas permanecerían en su lugar hasta que se retirara, esa noche.

Se preguntaba dónde estaba su captor.

Atravesó el vestíbulo y se detuvo ante dos puertas abiertas que conducían a otra estancia, ésta más pequeña y más íntima, con paredes color verde musgo. Un hombre se levantó de un sofá de brocado oscuro. Era Sean.

—Oh, no sabía que había alguien en la habitación —dijo Virginia—. Espero no molestar.

Él se adelantó. Iba vestido con una levita de noche

azul, calzas de color claro y medias. Su mirada era de franca admiración mientras le sonreía.

—No molesta, señorita Hughes. Después de todo, ya casi es la hora de la cena. ¿Le apetece un jerez o prefiere un poco de champán?

Ella también tuvo que admirarlo. Con su cabello negro y sus claros ojos grises, era tan guapo como su hermano mayor. Al igual que Devlin, era alto, ancho de espaldas, de piernas largas y caderas estrechas. Su cuerpo parecía tan musculoso como el de su hermano.

—Me encantaría una copa de champán —dijo ella.

Sean sirvió rápidamente dos copas de la botella que había sobre el aparador y le dio una.

—Está arrebatadora con ese vestido, señorita Hughes —dijo.

A ella le pareció que Sean se sonrojaba.

—Debe llamarme Virginia, señor O'Neill, y muchísimas gracias —titubeó—. Este vestido pertenecía a mi madre.

—Siento mucho lo de sus padres —dijo él al instante—. Y, por favor, llámeme Sean.

Ella se sorprendió y miró sus ojos grises, amables y preocupados.

—¿Sabe lo de mis padres? —preguntó.

—Dev mencionó que era usted huérfana.

Ella asintió con la cabeza.

—Fue un accidente de carruaje, el pasado otoño.

—A veces no hay modo de comprender los designios de Dios.

—No estoy segura de creer en Dios —repuso ella.

Los ojos de Sean se agrandaron.

—Pues es una lástima. Pero confieso que ha habido momentos en que yo también he tenido mis dudas.

—Entonces debemos ser los dos inteligentes y humanos —repuso ella con una sonrisa.

Él se rió. A Virginia le gustó su risa, que era cálida y agradable, muy distinta al sonido extraño y chirriante que hacía Devlin en las raras ocasiones en que parecía intentar reír.

—Usted y él no se parecen en nada ¿verdad?

—No —Sean la estudió detenidamente.

—¿Cómo es posible? ¿No son casi de la misma edad?

—Yo soy dos años más joven —contestó Sean—. Devlin se hizo cargo de mí cuando murió nuestro padre. Ésa es una de las razones que explican nuestras diferencias.

—¿Y las otras? —preguntó ella, decidida a averiguar cuanto pudiera acerca de su captor. Él sonrió irónicamente y se encogió de hombros—. No entiendo a Devlin —prosiguió ella—. Es muy valiente, eso está claro, casi temerario, creo... —recordó cómo había desafiado el temporal para salvar su barco—... y eso no es muy humano, ¿no cree?

—No tiene miedo —convino Sean—. Creo que no le importa vivir o morir.

Virginia lo miró extrañada.

—Pero nadie desea morir.

—No he dicho que desee morir, sólo que la idea no le asusta como a otros simples mortales.

Virginia consideró aquella idea y al instante comprendió que Sean tenía razón.

—Pero, ¿por qué? ¿Qué clase de hombre muestra indiferencia por su propia vida?

Sean guardó silencio. Virginia comprendió de pronto la única respuesta posible: sólo un hombre profundamente herido o amargado sería tan indiferente. Se estremeció y bebió rápidamente de su champán. Cuán complejo era Devlin O'Neill.

—Sus hombres lo respetan y admiran —dijo casi para sí misma—, y en la ciudad parecen considerarlo un héroe. Yo misma he visto lo hábil que es en el mar, así que entiendo que sus hombres lo admiren. Pero, ¿y la ciudad?

—Siente usted mucha curiosidad por mi hermano —comentó Sean.

—Sí, es cierto. A fin de cuentas, apresó mi barco y luego me apresó a mí. Sencillamente, no entiendo por qué quiere pedir un rescate cuando salta a la vista que no necesita el dinero.

—Quizá debería preguntárselo a él —dijo Sean.

—Puede que lo haga —repuso Virginia, pensativa—, aunque estoy segura de que no hará más que enfadarse. Es un hombre colérico. ¿Por qué es así? Usted no lo es. Veo bondad en sus ojos.

—Yo no soy capitán de barco, ni vivo en el mar, donde es crucial mantener una disciplina que, una vez perdida, resulta imposible de recuperar —Sean suspiró entonces—. Hay una diferencia fundamental entre nosotros. Cuando éramos niños pequeños, vimos cómo nuestro padre era brutalmente asesinado por un soldado inglés. Devlin nunca ha olvidado ese día. Yo, en cambio, no recuerdo ni un solo segundo de él.

Ella lo miró aturdida, intentando comprender.

—¿Cuántos años tenía él?

—Diez, y yo ocho. Desde entonces, Devlin ha sido para mí como un padre. Siempre ha tenido muy presentes sus responsabilidades como jefe del clan de los O'Neill aquí, en el sur de Irlanda.

—Qué horror —dijo Virginia en voz baja—. Y qué afortunado es usted por no recordar. No puedo imaginar cómo me sentiría yo si hubiera visto asesinar a mi padre. Supongo que intentaría matar al asesino —de pronto, la personalidad de su captor comenzaba a cobrar sentido. Era lógico que fuera un hombre duro y frío. Había aprendido una lección brutal de muy niño, una lección que, obviamente, había afectado a su carácter. Tal vez por eso había escogido la vida dura y despiadada del marino.

—Entonces, puede que usted y yo tengamos más cosas en común de lo que creemos —murmuró Devlin.

Virginia se volvió y lo vio de pie en la puerta, con aire despreocupado y tan espléndidamente vestido como su hermano, aunque llevaba su uniforme naval. Con su chaqueta azul marino, llena de botones y galones dorados, sus calzas blanquísimas y sus medias, componía una figura abrumadoramente atractiva, tanto que el corazón de Virginia pareció detenerse. No había ya comparación posible entre los dos hermanos. Sean podía poseer una honestidad y una bondad esenciales que Virginia dudaba de que Devlin tuviera alguna vez, pero Devlin ejercía sobre ella una fascinación imposible, como si ella fuera una polilla y él una llama fatal. Se estremeció y confió en que aquel símil no fuera en modo alguno una premonición.

—Lamento lo del asesinato de su padre —se oyó decir.

Él se encogió de hombros, se acercó y le lanzó una mirada fría e indiferente.

—La vida está llena de sorpresas, ¿no? —su mirada se deslizó lentamente sobre su cara, su cabello, sus hombros desnudos y, finalmente, sobre su escote.

Aquella mirada enardeció a Virginia como lo habían hecho sus caricias la noche anterior. Ella abrió la boca para hablar, pero de ella no salió ningún sonido.

—Sean, acompaña a Virginia —dijo Devlin.

Virginia se sobresaltó, sorprendida y decepcionada, y, cuando se dio la vuelta, Sean le ofreció el brazo con expresión resignada. Ella se apresuró a sonreír, pero su mirada siguió a Devlin, que había pasado a su lado y les daba la espalda mientras se servía una copa de champán.

—No hace falta que se finja complacida —dijo Sean—. Sus sentimientos están claros, Virginia.

Ella fijó rápidamente su atención en él.

—No sé a qué se refiere.

—Virginia, confío en que llegue la hora en que pueda hablar con usted francamente, porque temo que haya algo que debo decirle.

A ella no le gustaron ni su tono ni su expresión, y murmuró un vago asentimiento. No quería seguir hablando de ese asunto.

—Algunos cultivadores protegen los retoños con una red fina de algodón —dijo Virginia alegremente, con los ojos centelleantes—. Pero es muy caro y, en realidad, en Sweet Briar no es necesario, pues no hace tanto frío. Nosotros usamos una capa fina de paja y hierba cortada. El verdadero problema es trasplantar los renuevos. Hay que pulverizar el suelo, nivelarlo, sanearlo (para eso quemamos los campos cada primavera), y mantenerlo bien húmedo. Es crucial que las semillas se distribuyan uniformemente, y por eso lo hacemos a mano.

Sean sacudió la cabeza con admiración.

—¿Hay algo que no sepas sobre el cultivo del tabaco, Virginia? —sus ojos danzaban.

—Estoy segura de que algo habrá —Virginia le sonrió.

Sean le devolvió la sonrisa. Devlin se mecía en su silla, a la cabecera de la larga mesa, completamente callado. Y aunque su expresión y su actitud seguían aparentando indiferencia, estaba irritado con sus dos acompañantes. Su mirada se movía lentamente sobre Virginia, que parecía haberse olvidado de su presencia durante la cena. Claro que su hermano mostraba abiertamente su admiración, de una manera caballerosa y atenta, y era posiblemente el interlocutor más cautivado que ella había tenido nunca. Virginia parecía codiciar atenciones como un jugador codiciaba una jugada ganadora, pensó él con acritud.

Su mirada se posó en la pequeña y respingona nariz de

Virginia, en su boca carnosa, en el escote amplio de su vestido y en los pequeños senos que se apretaban contra el corsé. Estiró las largas piernas bajo la mesa y procuró ignorar la ardiente presión de su entrepierna. Sólo él sabía lo fogosa que era, lo fácilmente que se avivaba su pasión.

«Nunca me habían besado, Devlin».

La presión se hizo de pronto explosiva. Devlin se removió en el asiento. La alcoba de Virginia estaba al otro lado de la casa, lo cual era para él una suerte. Porque, a pesar de su resolución de no repetir lo ocurrido la noche anterior, se sentía muy tentado. Una caricia y ella no volvería a pensar en su hermano.

Devlin hizo una mueca. Sean y ella llevaban toda la velada obsequiándose con historias acerca de Askeaton y Sweet Briar. Tenía que admitir que las cosas que contaba Virginia eran interesantes en cierto modo, y hasta refrescantes. Ahora que la conocía, aunque fuera poco, ni una sola de sus anécdotas le sorprendía.

—Todavía no puedo creer que tu padre te enseñara a disparar un mosquete cuando tenías siete años —comentó Sean.

Virginia se rió por enésima vez esa noche.

—Mi madre se puso furiosa cuando se enteró. Después de eso, mi padre tuvo que llevarle flores y baratijas durante un mes para congraciarse con ella.

Sean también se rió. Virginia se puso seria.

—Les echo de menos —dijo.

Devlin se sobresaltó cuando Sean alargó el brazo por encima de la mesa para cubrir la mano de Virginia. Se puso rígido mientras su hermano decía:

—Es un tópico terrible, pero con el paso del tiempo será más fácil.

Ella sonrió levemente.

—Ya es algo más fácil, pero creo que les echaré de menos hasta que me muera. Sin ellos, Sweet Briar nunca será lo mismo.

Sean apartó la mano.

—¿Echas mucho de menos la plantación?

—A veces —dijo ella—, sobre todo de madrugada. Pero... —se animó— ¡me gusta Irlanda! Hay algo en ella que me recuerda a casa, aunque el clima sea tan distinto. Puede que sea su verdor. Aquí todo está tan lleno de vida... En casa también es así.

—Me gustaría visitar Sweet Briar algún día —dijo Sean.

—Y a mí me encantaría que vinieras —repuso Virginia, visiblemente complacida.

Ya estaba bien, ya había tenido suficiente. ¿Acaso su pequeña rehén encontraba atractivo a su hermano? La noche anterior había estado en su cama, en sus brazos. ¿Se estaba desarrollando un nuevo idilio ante sus ojos? Devlin se levantó bruscamente, empujando hacia atrás la silla.

—Voy a fumar —anunció, y procuró no mirar a ninguno de los dos.

—Espero que su tabaco sea de Virginia —dijo ella dulcemente.

Él se envaró. Y, por el rabillo del ojo, vio que Sean contenía la risa y que entre ellos pasaba una mirada. Dio media vuelta.

—No lo es. Es cubano. Buenas noches —le agradó ver que ella ponía mala cara al oír sus últimas palabras; luego miró sombríamente a su hermano—. Acompáñame —ordenó.

Cuando salía, oyó decir a Sean:

—Su señoría ha hablado.

Virginia soltó una risilla.

—Esta noche está de muy mal humor.

—Siempre está de mal humor —repuso Sean.

Devlin decidió fingir que no los oía. Los dos habían

bebido champán suficiente para hundir un barco. Pero, aun así, Sean parecía demasiado interesado y eso era sencillamente inaceptable.

Al llegar al despacho, sacó un cigarro, se sirvió un coñac y se puso a fumar. Pero exhalar profundamente no alivió su tensión.

—Capitán, señor —susurró una mujer.

La irritación de Devlin se disipó al darse la vuelta y encontrarse cara a cara con Fiona.

Ella le sonrió. Iba vestida con una blusa blanca ceñida y una falda oscura. La blusa mostraba la forma de sus pechos y dejaba traslucir bajo la tela las grandes areolas de sus pezones. Devlin la miró detenidamente por primera vez desde su regreso. Era muy bonita y voluptuosa. Devlin recordaba vagamente un par de noches tórridas pasadas en el lecho con ella, hacía muchos años. Y, aunque no la deseaba, ciertamente Fiona presentaba una solución para el problema de evitar a Virginia durante las largas y oscuras horas de la noche.

—La cocina está recogida y su habitación preparada —dijo ella con la mirada fija en él—. ¿Puedo hacer algo más por usted, señor, antes de irme a la cama?

Él tomó la decisión al instante.

—Sí, puedes ir a mi alcoba. Enseguida subo.

Ella se limitó a sonreír y ronroneó:

—Por supuesto, capitán —le lanzó una mirada prometedora y se alejó contoneando las caderas.

Devlin quiso comparar la anchura de aquellas caderas con las de cierta mocosa, pero se negó a hacerlo. Esa noche satisfaría su lujuria como los señores de la casa lo habían hecho durante siglos: con una criada bonita, bien dispuesta e insignificante.

Sean, que al parecer llevaba un rato en la puerta, soltó un bufido burlón. Devlin no hizo caso. Le dio un cigarro y lo encendió. Mientras su hermano exhalaba el humo, le sirvió un coñac.

—Pareces prendado de nuestra pequeña invitada —dijo.

Sean exhaló y contestó:

—Casi lo estoy.

—No te encariñes demasiado. Va a perder su querido Sweet Briar y me culpará por ello, no me cabe ninguna duda.

—Es cierto. Te culpará, y con toda razón, creo yo. Pero, ciertamente, no me culpará a mí.

Devlin se sentó al borde del escritorio.

—Voy a encontrarte una heredera —advirtió a su hermano.

—No necesito una heredera. Tú jamás te quedarás en casa para dirigir Askeaton. Algún día necesitaré una esposa que me ayude aquí.

—¿Te refieres a una mujer que entienda de cosechas, de mercados y cargamentos? —Devlin empezaba a enfadarse.

—Tal vez —Sean se acercó—. Mira, Dev, la encuentro atractiva y, a diferencia de ti, no la estoy utilizando para un fin espantoso... para cobrarme una venganza personal. Después de conocerla un poco mejor, creo que deberías poner fin a ese plan miserable y ayudarla a llegar hasta Eastleigh. ¿Quién sabe? Puede que él también quede prendado y salve su hogar.

Devlin estaba furioso. Si no había entendido mal, su hermano se estaba enamorando de ella.

—No, nada ha cambiado. Guárdate tu corazón y ten cuidado. Ella no es para ti. Es una herramienta, una herramienta que estoy usando mientras hablamos. Sólo eso. ¿Entendido?

Sean también estaba furioso.

—Te lo dije esta tarde: ni siquiera te conozco, así que, ¿cómo voy a entenderte? Pero me he cansado de tus órdenes. ¡No soy un marinero de tu barco! Si se me antoja admirar a la señorita Hughes, es asunto mío, no tuyo.

—Vas demasiado lejos —Devlin se levantó y quedaron ambos cara a cara. Eran los dos de la misma estatura—. ¿Desde cuándo te doy órdenes? Llevaba seis años fuera de casa. Te veo quizás una vez al año en Londres. Nunca te he dado órdenes, hermanito, hasta ayer, y, ¿he de recordarte que esta casa es mía? ¿Que las tierras me pertenecen? Todo esto es mío hasta que muera sin herederos. Sólo entonces será tuyo.

—¿Amenazas con echarme? —Sean estaba atónito—. Puede que le compraras las tierras a Adare con tu maldito dinero, pero sin mí Askeaton no sería nada. Yo tomé esta tierra y la hice fértil. Tú no tendrías aquí nada sin mí y lo sabes muy bien.

Devlin inhaló con fuerza, asombrado por la intensidad de la ira de Sean y de su propia rabia. ¿Cómo habían llegado a aquella terrible discusión? La imagen de Virginia abrasaba su recuerdo.

—Sean —lo agarró del brazo y su hermano dio un respingo, pero no se apartó—, tienes razón. Sin ti, esta casa sería un cascarón quemado, los campos estarían yermos y sin vida, y no habría más que ciénagas. Lo sé. Valoro cada día que has pasado aquí, en mi lugar, plantando nuestras cosechas y recogiéndolas, recaudando nuestras rentas, alimentando nuestro ganado. Aprecio cuanto has hecho. Eres mi hermano. No deberíamos pelearnos.

Sean asintió con la cabeza, pálido.

—Sé cuánto has trabajado para poder comprar Askeaton y la casa de Greenwich, y todos los tesoros que tenemos aquí y allí. Sé que eres el señor de esta casa, Dev. No quiero ocupar tu lugar. Dios, quiero que tengas una esposa maravillosa y hermosos hijos que hereden todo lo que has ganado... y todo lo que te pertenece por derecho como hijo mayor de nuestro padre.

—Eso también lo sé —dijo Devlin, relajándose sólo un poco.

Sean le sostuvo la mirada. Con mucha precaución, dijo:

—Pero volveremos a pelearnos, porque jamás aprobaré lo que estás haciendo y la crueldad con la que estás utilizando a Virginia.

—No te enamores de ella —se oyó decir Devlin.

—Puede que sea demasiado tarde —respondió Sean tras un titubeo. Devlin quedó aturdido, como si hubiera sufrido físicamente un disparo—. Me voy a la cama —dijo Sean, apagando su cigarro. Sonrió un poco, pero su sonrisa era forzada, y salió de la habitación.

Un silencio profundo se adueñó del despacho. Devlin sentía amargura. Hasta esa noche, Virginia no había sido más que un peón en su partida con Eastleigh. Ahora tenía la impresión de que se había convertido en una víbora temible, agazapada entre sus filas.

Pero no podía cambiar sus planes.

Se tapó los ojos un momento. Le dolía la cabeza. Se paseó ansiosamente por la habitación, dejó entrar a la ira, le dio la bienvenida. Esa noche, Virginia había estado peligrosamente cerca de coquetear con Sean. Sus atenciones, su bella risa, su ávida conversación habían hechizado por completo a su hermano. Se había convertido en un problema, en un problema que él debía resolver enseguida. Cuanto antes se librara de ella, tanto mejor para todos.

De pronto Virginia apareció en la puerta. Devlin se tensó. Ella no sonrió, pero dijo en voz baja:

—Hace una noche preciosa. ¿Quieres que demos un paseo, Devlin?

—No —contestó él con aspereza. Ella dio un respingo—. Entra —dijo él, seguro ya de lo que debía hacer para frustrar cualquier coqueteo entre su hermano y ella. Mientras ella entraba, con los ojos dilatados y recelosos, él pasó rápidamente a su lado y cerró la puerta.

—¿Qué sucede? —preguntó Virginia con cautela.

—No te acerques a Sean.

—¿Qué? —exclamó ella, sorprendida.

Devlin se descubrió agarrándola por los hombros. Su ira se había convertido en algo totalmente distinto. Su sangre, roja y caliente, palpitaba.

—Permíteme que lo repita. No te acerques a Sean.

—¡Sea lo que sea lo que estás pensando, te equivocas! —exclamó ella, con los ojos muy abiertos.

—¿De veras? Lo último que necesito es que mi hermano se enamore de ti. ¿Me he explicado con claridad? —descubrió que cada vez la asía con más fuerza, pero era ya demasiado tarde. De algún modo sus manos cobraron voluntad propia y la apretaron contra su cuerpo duro y excitado.

—Devlin... —susurró ella con voz gutural y cargada de deseo.

Él sintió una oleada de euforia. Ahora ya no pensaría en su hermano.

—¿Quieres saber algo, un hecho interesante? —preguntó con aspereza mientras le daba una palmada en el trasero y la apretaba contra su erección, contra la que ella comenzó a frotarse—. No creo que me resultara muy difícil hacerte olvidar por completo a Sean... querida.

Los ojos de Virginia comenzaban a empañarse. Se aferró a sus hombros. Respiraba trabajosamente. Tenía las mejillas acaloradas.

—No deseo a Sean —dijo con voz ronca—. Te deseo a ti.

Devlin la apretó contra su pecho, se apoderó de su boca y la obligó a abrirla. Mientras hundía en ella la lengua, la de Virginia salió a su encuentro. Luego, sintió que las manos pequeñas de Virginia se deslizaban sobre su cintura. El deseo lo cegaba por completo.

—No, aquí —dijo y, tomando una de las manos de Virginia, la condujo hasta el duro abultamiento de su miembro excitado. Ella dejó escapar un gemido de sorpresa y él casi se echó a reír, pero el dolor y la presión eran tan intensos que no pudo emitir ningún sonido. Con la garganta constreñida, movió la mano de Virginia a lo largo de su miembro y, cuando ella cerró los dedos alrededor de su sexo, la hizo tumbarse en el suelo, se colocó sobre ella y volvió a apoderarse de su boca. Y, por un instante, no hubo nada más en que pensar.

Ella se agarraba a sus hombros y gemía. Él besó su garganta, le bajó el corpiño y desnudó sus pechos perfectos. Y, mientras miraba uno de sus pezones erectos, dos imágenes asaltaron su mente: Eastleigh, gordo y cano, y Sean, moreno y furioso.

¿Qué estaba haciendo?

Estaba tan lleno de ira que ni siquiera podía pensar con claridad, y aquello había sucedido tan rápido, tan furiosamente, que ni siquiera era seducción. Por culpa de ella y de Sean, estaba a punto de poseerla violentamente. Había jurado devolverla ilesa a Eastleigh y, no obstante, había perdido los estribos.

Ella tomó su cara entre las manos mientras se retorcía bajo él

—Date prisa —suplicó.

Devlin miró de nuevo su pezón erecto, su pecho pequeño y lleno, y luchó desesperadamente contra la presión creciente de su sexo, contra la neblina roja que crecía en su cabeza, contra aquella ansia frenética. Estaba fuera de sí. Perplejo, le subió el vestido, cubrió sus senos y de alguna forma logró levantarse.

¿Qué demonios acababa de ocurrir? Aquella mujer lo

había llevado a un punto que nunca antes había alcanzado. Había desbaratado por completo el dominio que tenía sobre sí mismo.

Sin atreverse a mirarla, se dispuso a salir de la habitación. La oyó sentarse en el suelo.

—¡Devlin! —exclamó ella—. Vuelve. Por favor.

Él apretó la mandíbula y no titubeó.

—¡No puedes dejarme así! —gritó ella.

Él subió de dos en dos los peldaños de las escaleras, a toda prisa. Luego recorrió el pasillo. Cuando llegó a la puerta de su alcoba, tenía la impresión de haber recuperado el control sobre sí mismo, al menos en apariencia... pero no del todo.

No quería que nadie tuviera poder sobre él, en ningún sentido, y menos aún su prisionera. Entró en su cuarto, cerró la puerta rápidamente y se quitó la levita azul. Estaba aún excitado y se tiró en vano de las calzas, pero no encontró alivio.

—Deja que yo te ayude con eso —Fiona se acercó a él, resplandecientemente desnuda.

Devlin se paró en seco y la miró con sorpresa. Se había olvidado por completo de ella.

Ella le sonreía mientras se acercaba. Sus pechos pesados se mecían. Antes de que Devlin pudiera recordar que estaba allí porque él mismo se lo había pedido, ella cayó de rodillas y le desabrochó hábilmente los pantalones.

Él inhaló bruscamente cuando ella liberó su miembro, y volvió a inhalar cuando se lo introdujo en la boca, hasta la garganta.

Unos enormes ojos violetas, desenfocados y velados por el deseo, llenaron su mente cuando cerró los ojos. Agarró con fuerza la cabeza de Fiona y, mientras ella chupaba su verga hinchada como si quisiera tragársela entera, su mente traicionera imaginaba a otra mujer de rodillas, ejecutando aquel mismo acto, una mujer menuda y delicada, de una belleza imposible y desafiante. El pelo liso y espeso que tenía en la mano se volvió suave, rizado y sedoso. La lengua grande se hizo pequeña y puntiaguda. Unos labios carnosos y tiernos como capullos de rosa se ciñeron alrededor de su miembro. Con las manos, urgió a Virginia a darse prisa y acabar de una vez.

El dique se rompió. Él dejó escapar un grito y, cuando acabó, se acercó a la cama, donde se sentó, respirando con dificultad, asombrado por la intensidad de su orgasmo. Ella se acercó a él por detrás. De pronto, Devlin notó sus pechos enormes en la espalda y se tensó al darse cuenta de que Fiona estaba en su cama, de que era Fiona quien acababa de hacerle una felación, y no Virginia Hughes. Ella comenzó a restregarse contra él seductoramente.

—La noche no ha hecho más que empezar, milord —ronroneó.

Él se quedó allí sentado, casi riéndose de sí mismo. ¿Cómo podía haber pensado, aunque fuera por un instante, que Virginia podía ejecutar tal acto? No era siquiera una cuestión de inocencia, sino de tamaño... del de ella y del de él.

Pero aquel regocijo incipiente se desvaneció. Nunca antes había experimentado tal placer. Y, al recordarlo, el recuerdo de Virginia volvió a asaltarlo con toda su fuerza y al instante su miembro se levantó para la ocasión.

—Sabía que volverías a mí, mi señor —dijo Fiona.

Devlin se volvió y la empujó contra la cama, de espaldas. Y, cerrando los ojos, la montó.

Devlin se paseaba por la casa, alterado.
Los sucesos de las últimas horas lo atormentaban.

Y parecía perseguirlo un fantasma cuya presencia era tan turbadora como toda aquella noche.

Era como si Gerald lo hubiera seguido desde los muelles de Limerick y se negara a dejarlo.

Con una botella de buen coñac francés en la mano, Devlin miró con fijeza el armero montado sobre la pared. Una vez, hacía siglos, había encontrado vacío el armero de su padre en un terrible momento de necesidad.

«¿Cuándo dejarás descansar en paz a tu padre?».

Devlin bebió. La botella estaba ya medio vacía, y al día siguiente lo pagaría caro. Odiaba pensar en Gerald, odiaba todos y cada uno de aquellos recuerdos, los buenos eran incluso peores que los malos... por eso nunca iba a casa.

Los ojos ciegos, llenos de furia, se volvieron burlones.

—Vete —murmuró Devlin—. Tu hora llegará —se detuvo, borracho, ante el enorme fuego que bramaba en la gran chimenea.

El salón pareció brillar con un fulgor trémulo entre la penumbra, pero nadie le respondió. No esperaba respuesta, desde luego, y, además, no creía en fantasmas. Pero, aun así, la sala le parecía atestada y agobiante. No se sentía solo.

«La venganza pertenece a Dios, no a ti. ¿Cómo puedes vivir en tu pellejo? ¿Cómo?».

Devlin caminaba por el gran salón, preguntándose si su conciencia había decidido, finalmente, hacer acto de aparición. El salón había sido amueblado con dinero ensangrentado. Decorado con elegancia, era un testimonio de los cientos de barcos que había atacado, apresado y destruido en el mar, de los miles de marineros a los que había tomado prisioneros, de los cientos dejados atrás, muertos y sepultados por el mar. Su casa era tan lujosa como la de cualquier lord almirante. Tenía intención de emprender la reconstrucción del viejo castillo en ruinas que había detrás de la casa. Ahora, tenía los fondos necesarios. Su última presa, cargada de oro, lo había convertido en un hombre muy rico.

«¡Ya basta! ¡Déjalo!».

Devlin se irguió como si hubiera recibido un disparo. Habría jurado que acababa de oír la voz colérica de su padre retumbar en la habitación. Paseó lentamente la mirada por el enorme salón, pero la estancia estaba vacía y en silencio. A través de uno de los altos ventanales, vio la noche y las estrellas. Estaba solo. Su imaginación le estaba jugando malas pasadas. O eso, o tenía conciencia, después de todo.

Pero la extraña sensación de no estar solo persistía.

«Déjalo».

Devlin dio un respingo. ¿Había oído en realidad aquella voz o era su imaginación ebria y nada más? Aun así, era un buen consejo. Vagar por la casa de madrugada era tan inútil como navegar contra el viento. Se dirigió hacia las escaleras. Seguía experimentando, sin embargo, aquella sensación. La sensación de que alguien lo vigilaba. Se negó a mirar hacia atrás.

Y lo último que pensó antes de dormirse fue que no cejaría nunca hasta que Eastleigh estuviera muerto.

Virginia se dio cuenta de que estaba muerta de hambre. Le dio otra palmada a la pequeña y hermosa yegua baya, salió de la caballeriza y abandonó los establos. Hacía una mañana preciosa. El cielo era de un color azul profundo y sin nubes, y el sol brillaba. Se había levantado al amanecer y había salido a pasear por el campo y a explorar las ruinas del viejo castillo que había detrás de la casa. El hogar de Devlin era muy hermoso, y las ruinas habían despertado su curiosidad. Había en ellas algo de romántico y de conmovedor.

Echó a andar por el prado, camino de la casa, consciente de que un nuevo temblor se había despertado en ella. Había visto a Devlin una sola vez, fugazmente. Iba galopando en su caballo gris por una colina lejana. Al parecer, había salido temprano a dar un paseo. A horcajadas sobre su montura, componía la misma irresistible figura que en lo alto del alcázar de su barco. Seguía siendo un enigma, sencillamente imposible de comprender. ¿La había acusado de algún modo de mostrarse demasiado cordial con Sean? Todo había pasado tan deprisa en el despacho, cuando se atrevió a pedirle que fuera a dar un paseo con ella a la luz de la luna... Él se había enfurecido, pero,

¿por qué? Sean era un joven muy amable y a ella le agradaba sinceramente. Había disfrutado de la cena con él. Confiaba en que algún día la visitara en Sweet Briar. Pero Devlin no sólo no sea había sumado a su conversación, sino que parecía creer que ella tenía algún interés romántico en su hermano. ¡Aquello era absurdo! ¿Cómo podía pensar eso, dada la intimidad que habían compartido? Tal vez temiera que embaucara a Sean para que la ayudara a escapar, como había hecho con Jack Harvey.

Aflojó el paso, pensativa. Era imposible no recordar todo lo que había pasado la noche anterior. Sus mejillas comenzaron a arder lentamente. Cuando él la había estrechado entre sus brazos, cuando había empezado a besarla, su cordura se había desvanecido de un plumazo, exactamente como aquella otra noche, en el barco. La fiebre y el frenesí que Devlin despertaba en ella eran sencillamente asombrosos. Y, en cierto modo, también eran temibles. Porque, cuando él la besaba y la excitaba, todo lo demás carecía de importancia. ¿Por qué surtía Devlin aquel efecto sobre ella?

Era un hombre cautivador y apuesto, poderoso y terrible, pero ella era su prisionera, no su invitada. Devlin se interponía entre ella y Sweet Briar y ella estaba empezando a olvidarlo, como si tuviera todo el tiempo del mundo para disfrutar del interludio de su cautiverio antes de salvar la plantación. Tenía que ser más fuerte, más firme, más resuelta.

Aun así, Devlin no era un pirata ni un loco. No la había hecho daño ni una sola vez, y resultaba evidente que intentaba respetarla. Pero había quebrantado la ley al secuestrarla y al avasallar con toda arrogancia al Americana. Había cometido al menos dos delitos, y Virginia llegaba siempre a la misma conclusión. El Americana yacía en el fondo del mar, ella era su prisionera y no tenía derecho a codiciar sus abrazos.

Probablemente era una suerte que él hubiera decidido poner fin a lo sucedido entre ellos la noche anterior. Su apresurada salida resultaba casi cómica a la luz de la mañana, y Virginia sonrió al recordarlo. Pero la víspera no le había hecho gracia. La víspera, se había sentido desesperada y abatida, y más confusa que nunca.

Entró en la casa. Empezaba a sentir amargura. Necesitaba saber por qué Devlin arriesgaba su carrera por un rescate que no necesitaba. Y, a pesar de que estaba disfrutando de su estancia en Askeaton, tenía que llegar hasta el conde de Eastleigh. Si quería tener un hogar al que volver, debía concentrarse, armarse de resolución y olvidar la apasionada atracción que Devlin y ella parecían compartir.

Atravesó el vestíbulo y se preguntó si Devlin habría vuelto ya de su paseo. Había visto a Sean a caballo un rato antes, por el mismo camino que había tomado Devlin. Se asomó al comedor y descubrió que en la mesa había un solo cubierto. Suspiró, dividida entre la desilusión y el alivio.

Saqueó el cesto del pan, cediendo al hambre. Con un pastelillo de arándanos en la mano, comenzó a comer una rebanada de pan con pasas, fresco y recién salido del horno, mientras subía las escaleras. Decidió dejar de pensar en Devlin O'Neill. Lo que haría sería ponerse los pantalones de montar que había llevado consigo y dar un largo paseo a caballo por las tierras de los O'Neill.

Acabó el pan y estaba empezando con el pastelillo cuando entró en su alcoba. Fiona estaba haciendo la cama, canturreando. Había abierto todas las ventanas para que entrara el cálido aire de primavera. Virginia no le hizo caso y se acercó al armario pasa sacar su maleta.

—Buenos días —dijo Fiona alegremente.

Virginia se sobresaltó. Lentamente, con los pantalones

en la mano y las botas de montar en el suelo, se dio la vuelta. Fiona le sonrió.

—Le he traído rosas del jardín —dijo, y señaló un ramo de rosas que había en un jarrón.

La inquietud de Virginia se convirtió en temor.

—Gracias —dijo con precaución—. ¿Me ayudas a quitarme el vestido?

—¡Claro! —Fiona cruzó prácticamente corriendo la habitación y Virginia vislumbró su expresión beatífica justo antes de volverse. Mientras la otra le desabrochaba los botones y la ayudaba a quitarse el vestido, dijo:

—Estás muy contenta esta mañana.

Fiona se rió.

—Hace buen día, ¿no?

Virginia tuvo un mal presentimiento. Se puso los pantalones de chico, las botas de montar, altas y gastadas, y una camisa de algodón sencilla, que se remetió distraídamente.

—¿Has recibido buenas noticias? —preguntó mientras se ataba las botas.

—Creo que estoy enamorada —confesó Fiona, riendo llena de felicidad.

Virginia se incorporó, sobresaltada, y la miró con estupor.

—¿Enamorada?

Fiona asintió con la cabeza, ansiosamente, y juntó las manos.

—Fue como había soñado. Quiero decir que él fue como había soñado. Oh, Dios, fue maravilloso, ¡qué hombre!, tan fuerte, tan incansable... —titubeó al fin. Tenía las mejillas acaloradas y una mirada nebulosa.

—¿Tú... tú y Devlin...? —logró decir Virginia mientras el contenido de su estómago se revolvía.

—Sí —dijo Fiona—. Me hizo el amor toda la noche, ese

hombre es un semental. Nunca, nunca había estado con un hombre como él, y no sé cómo me las voy a apañar para esperar hasta esta noche.

Devlin se había acostado con Fiona. Virginia se sentó al borde de la cama, atónita.

—La tiene tan grande —le susurró Fiona— que casi no me cabe en la mano.

La noche anterior, Devlin la había besado y abrazado y luego había acudido a Fiona.

Virginia estaba a punto de vomitar. Su corazón empezaba a romperse. De algún modo logró sonreír mientras se levantaba.

—Me alegro por ti, Fiona. Hacéis muy buena pareja.

—¿Verdad que sí? Él tan rubio y yo tan morena... —dijo la otra con las manos enlazadas.

Virginia salió de la habitación tan rápido como le permitieron sus piernas sin echar a correr. Rompió a correr en cuanto llegó a las escaleras. No podía respirar y su corazón se desgarraba horriblemente. Las suelas suaves de sus botas resbalaron y cayó al suelo, deslizándose sobre la mitad de los escalones. Se detuvo al llegar abajo, jadeando ásperamente, estupefacta. Luego logró levantarse, salió corriendo por la puerta y vomitó en el rosal más cercano.

Cuando hubo acabado, dobló la esquina de la casa a trompicones y se sentó allí. Estaba temblando. Pasó algún tiempo antes de que pudiera dominar sus emociones y sólo entonces comenzó a enfurecerse. ¡Devlin y Fiona se merecían el uno al otro! Ella era una ramera... y él su digno cliente. A ella no le importaba. Tenía su virginidad intacta, gracias a Dios. No, gracias a Fiona.

Los odiaba a ambos. ¿Cómo había podido él recurrir a Fiona tras estar con ella? ¿Cómo?

Logró levantarse a duras penas. Aquello era lo mejor.

Pronto volvería a Sweet Briar y nunca más tendría que ver a Devlin O'Neill.

¿Cómo, cómo, cómo había sido capaz?

—Porque ella es guapa y yo soy fea, por eso —dijo, rabiosa. Dejó atrás la casa, hecha una furia, y entró en los establos. Encontró una silla que parecía algo más pequeña que las otras, agarró una brida y una manta y ensilló rápidamente a la pequeña yegua baya. Comenzó a llover. Sujetó las riendas de la yegua y al acariciarle el cuello le cayó una gota en las manos.

—Qué dulce eres —dijo. Luego llevó a la yegua fuera, donde el cielo era azul. Aquello la desconcertó.

Naturalmente, no estaba lloviendo. Eran sólo sus lágrimas, que no cesaban de caer.

Se preguntó vagamente si se habría enamorado de Devlin O'Neill, de aquel monstruo.

Montó en la yegua y dejó flojas las riendas. Un momento después, se alejó de Askeaton galopando por la campiña irlandesa.

La yegua la llevó por una senda sinuosa que cruzaba una arboleda moteada por el sol. Virginia había recuperado el dominio de sí misma y se sentía aliviada por ello. Ella era una mujer independiente, a la que los hombres traían sin cuidado y a la que sólo interesaban su plantación y su hogar. Había pasado la media hora anterior ideando nuevas formas de escapar. Cruzaría Irlanda a caballo y se embarcaría luego en alguna ciudad costera del este. En cuanto tuviera ocasión entraría a escondidas en la biblioteca y buscaría mapas que pudieran serle de ayuda.

De pronto la yegua relinchó.

Virginia se sobresaltó. Estaba tan ensimismada que no se había dado cuenta de que habían salido del bosque.

Detuvo la yegua al instante, recelosa y alerta. Se hallaba en un cerro que se asomaba a una pequeña granja. Una casa de labranza ocupaba el centro de la finca. Junto a ella había varios graneros, un huerto, algunos campos de labor y un prado abierto donde pastaba una docena de vacas. Virginia divisó al instante el caballo gris de Devlin.

Se irguió, alarmada, y una nueva oleada de ira la invadió. El caballo estaba atado delante de la casa, junto a otras cuatro bestias de labor muy corpulentas. Delante de la casa había también tres calesas. ¿Qué estaba sucediendo? No creía que el granjero estuviera celebrando una fiesta.

Se recordó que no le importaba lo que hiciera Devlin ni con quién lo hiciera. Se disponía a dar media vuelta para regresar al bosque cuando miró las otras monturas atadas frente a la casa. ¿Aquel alazán no era el de Sean? ¿Qué estaba pasando allí?

Virginia dudó. Sabía instintivamente que estaba sucediendo algo extraño. Desmontó, ató la yegua a un árbol y la dejó pastar. Bajó del cerro y cruzó corriendo el claro hasta llegar a los muros de la casa de labranza. Se acercó a hurtadillas a una ventana. Su corazón latía con fuerza insoportable. La ventana no tenía cristal y los postigos estaban abiertos de par en par.

Dentro, muchos hombres gritaban, formando una gran barahúnda. ¿Qué podía ser aquello? Se incorporó hasta que su barbilla quedó al nivel del alféizar y pudo mirar dentro.

Al instante vio a una veintena de hombres. La mayoría eran campesinos y granjeros. Lo segundo que vio fue a Sean, de pie en una tarima, junto a un cura católico. Levantaba las manos y pedía silencio. Enseguida divisó a Devlin, sentado en la primera fila del gentío. Desconcertada, no lograba imaginar qué clase de reunión era aquella.

—Por favor, cada uno tiene un turno —decía Sean con autoridad.

Las voces se convirtieron en murmullos y balbuceos malhumorados.

—Tim McCarthy —dijo Sean—, ¿deseas dar tu opinión?

Un hombre fornido, con el pelo cano y desordenado, se adelantó.

—No son más que más mentiras, siempre lo han sido, los ingleses sólo sirven para mentir, para eso y para robar nuestras tierras.

—¡Eso, eso! —bramaron todos.

Virginia se levantó, atónita. ¿Era acaso una reunión política?

—Nos prometieron nuestros derechos, los mismos derechos que a cualquier protestante, en 1800, con la Unión. ¿Y qué nos han dado? ¿Se sienta algún católico en la Cámara de los Comunes? ¿Sirve algún católico al rey? Y yo todavía tengo que hacer ese maldito juramento si quiero comprar mi tierra... ¡tierra que es mía en realidad! —gritó Tim McCarthy.

Todos empezaron a hablar al mismo tiempo. Sean levantó las manos otra vez.

—Uno a uno.

—Llevamos ya dos años reuniéndonos —prosiguió Tim—, ¿y para qué? ¡Tenemos que echar a esos malditos ingleses de Irlanda! ¡Y éste es el momento! ¡Porque nada cambiará a menos que les enseñemos que no pueden seguir pisoteando los derechos de los católicos!

Resonó un estruendo de vítores.

Virginia se mordió el labio para no hacer ningún ruido. Aquello parecía muy peligroso. Sonaba a traición. ¿Y qué hacían allí Devlin y Sean, por el amor de Dios? Ignoraba a qué derechos en concreto se refería Tim McCarthy, pero sabía que Irlanda formaba parte de la Gran

Bretaña, y que un irlandés no debería hablar de librarse de los ingleses.

Devlin se levantó de pronto. Antes de que pudiera acercarse a Sean, comenzaron a oírse vítores.

—¡O'Neill! ¡O'Neill! ¡Hurra! —gritaban todos.

Virginia se pegó a la pared, temblorosa y expectante. ¿Estaba Devlin implicado en aquella conspiración contra el gobierno y los ingleses? Pero, ¿cómo podía ser? ¡Era capitán de la Marina británica!

Devlin se había unido a Sean en la tarima. La estancia había quedado en silencio. Virginia se agarró al alféizar y miró dentro, cautivada.

—Entiendo vuestra impaciencia —dijo Devlin lentamente mientras recorría la habitación con la mirada, clavando los ojos en todos y cada uno de los presentes—. Pero una rebelión sólo traería muerte y dolor. Mi familia lo sabe por experiencia.

Se oyeron algunos murmullos de asentimiento... y también de rabia.

—Pero, ¿qué podemos hacer? —gritó alguien—. Yo no puedo pagar mi renta, que se ha triplicado desde el año pasado.

Sonó un coro de asentimientos. Sean levantó las manos para pedir silencio y los demás callaron de inmediato. Devlin comenzó a hablar mientras seguía recorriendo con la mirada a aquellos hombres... y entonces fue cuando descubrió a Virginia. Sus ojos se agrandaron.

Ella se apartó de un salto de la ventana y se pegó a la pared. ¡Maldición!

Después, no tuvo tiempo de pensar nada. Mientras se alejaba corriendo de la casa, oyó que Sean disolvía la reunión. Atravesó el claro, tropezó y cayó. Al levantarse, miró hacia atrás.

Devlin estaba tras ella, muy cerca. Algunos hombres

habían salido de la casa y comenzaba a oírse una temible algarabía.

—¡Un espía! ¡Es un espía! ¡Un espía inglés!

Virginia se asustó. Aterrorizada, iba a dar otro paso cuando Devlin saltó sobre ella desde atrás. Ambos cayeron. Devlin se ladeó y ella aterrizó en sus brazos. Un momento después, estaba tumbada de espaldas y Devlin se cernía sobre ella.

—¿Me has seguido hasta aquí? —preguntó. Ella vio rabia en sus ojos y, por primera vez desde la captura del Americana, sintió verdadero miedo.

—¡No! Salí a montar, vi tu caballo... ¡Pensé que era una fiesta! —gritó ella.

—¡Idiota! —dijo él entre dientes.

Virginia miró más allá de sus ojos grises. Estaban rodeados por numerosos hombres enfurecidos. Algunos de ellos portaban mosquetes; otros, picas. Todos ellos parecían dispuestos a usar sus armas contra ella. Sean se abrió paso entre el corro.

—No pasa nada, muchachos —dijo, sonriendo—. No es más que un pequeño malentendido.

El miedo de Virginia no conocía límites. Sabía lo que había presenciado. Aquellos hombres querían levantarse contra el gobierno inglés y arrojarlo de Irlanda. Eso era traición. Sabía también lo que acababa de ver en sus semblantes. Había visto mucho más que ira. Había visto temor. Estaban furiosos y desesperados y temían lo que ella pudiera saber.

—¡Es un espía! —gritó alguno.

Se oyó un coro de asentimientos.

Virginia miró a los ojos a Devlin, intentando no dejarse dominar por el pánico. Devlin le lanzó una mirada rabiosa. Luego se levantó y tiró de ella para que se pusiera en pie.

—¡Es una muchacha! —gritó uno de los hombres.
—¡El espía es una mujer! —añadió otro.
—La señorita Hughes es nuestra invitada, no una espía —dijo Sean.

Virginia asintió con la cabeza y se humedeció los labios resecos.

—No soy una espía —dijo—. Vi el caballo de Devlin y...

Devlin tiró de ella tan fuerte que le hizo daño. Parecía querer decirle que guardara silencio.

—¡Es inglesa! ¡La muchacha es inglesa! —exclamó alguien.

Virginia se sobresaltó.

—¡Colgadla! —Tim McCarthy se adelantó—. Sabe demasiado.

Virginia miró a Devlin, aturdida, pero él no hizo caso y dio un paso al frente.

—Hoy no se va a colgar a nadie —dijo autoritariamente—. La señorita Hughes es americana, no inglesa, y es mi prometida.

Los hombres quedaron en silencio, pero docenas de ojos se agrandaron, llenos de sorpresa.

Virginia se aferró a la esperanza que él le ofrecía.

—Sí —dijo, dando un paso adelante—, Devlin es mi prometido y sólo vine a...

De pronto, Devlin la agarró de la muñeca, tiró de ella y sofocó sus palabras con un beso.

Virginia dejó escapar un gemido de sorpresa. La boca de Devlin era dura, furiosa, le hacía daño. Sus brazos eran como los barrotes de hierro de una jaula. Oyó vagamente algunos murmullos a su espalda. Intentó apartar a Devlin, pero él la agarró con más fuerza. Entonces fue cuando ella notó su deseo, un deseo ardiente, que no dejaba duda alguna respecto al estado de su cuerpo. Virginia olvidó al instante la terrible reunión que acababa de presenciar.

Mientras la boca de Devlin empezaba a suavizarse, haciendo que sus labios se abrieran instintivamente, pensó en Fiona. Él introdujo la lengua dentro de su boca. Fiona...

La noche anterior, Devlin había estado en la cama con la criada.

Virginia le mordió la lengua.

Él se apartó con un respingo, pero no gritó, ni la soltó. Virginia lo miró con furia... y él le correspondió de la misma forma.

—Suéltame —murmuró ella en voz baja y amenazadora.

—Ni lo sueñes, mi dulce y pequeña prometida —él sonrió y volvió a inclinarse sobre ella. Pero esta vez, antes de besarla, susurró—: Finge que me quieres, *chérie*. Tu vida podría muy bien depender de ello.

Virginia sintió verdadera desesperación mientras los labios de Devlin rozaban su boca y sus manos se deslizaban sobre su espalda y aún más abajo. Pero él tenía razón. Estaba atrapada.

—Bésame —ordenó él de modo que sólo ella pudiera oírlo.

Todo el dolor que ella había creído encerrado en un lugar lejano del que jamás saldría volvió a abatirse sobre ella de pronto. Sabía que debía besar a Devlin para que sus espectadores creyeran que su compromiso era cierto. Pero no podía. Le resultaba imposible besar a un hombre mientras lloraba.

Y él lo sabía. Su cuerpo se tensó, sus hombros y su espalda se irguieron. Sus manos se quedaron quietas. Virginia logró por fin darle un beso débil y penoso con la boca cerrada. Él se apartó y la miró atentamente. Ella quiso mandarlo al infierno, pero no se atrevió. Los hombres que los rodeaban guardaban silencio. Virginia compuso una sonrisa frágil y patética. La mirada fija de Devlin se avivó. Alguien gritó alegremente:

—¡El capitán O'Neill tiene novia!
Los demás repitieron el grito.
Devlin sonrió con frialdad. Rodeó a Virginia con un brazo de tal modo que no pudiera moverse ni un centímetro si él no se lo permitía. Miró al gentío, que ya no parecía desconfiar de ella.
—Mi pequeña prometida no podía esperar a que volviera a casa —dijo con acento burlón.
Sonaron risas masculinas y broncas.
—¿Jurará ella guardar el secreto, capitán? —preguntó McCarthy.
Devlin le sonrió fríamente, lanzándole una advertencia.
—Ella jamás me traicionaría, Tim.
El otro asintió con la cabeza lentamente, sin mirar siquiera a Virginia. Su mirada, fija en su Devlin, parecía cargada de esperanzas.
—Vamos —dijo Sean, que acababa de aparecer con su caballo y el de Devlin. Sonreía plácidamente, pero Virginia advirtió una expresión de recelo en sus ojos grises. Por un momento, mientras la miraba, vio lo mucho que se parecía a Devlin. Su mirada era igual de fría, igual de controlada. Virginia percibió una nueva desconfianza y cierta hostilidad. ¿Sospechaba de ella?, se preguntaba, sorprendida. ¿O era de los hombres de la reunión de los que no se fiaba?
Las manos de Devlin se cerraron alrededor de su cintura y antes de que pudiera protestar estaba sentada sobre su caballo. Él montó tras ella y espoleó al caballo.
—¿Cómo has llegado aquí? —preguntó con voz crispada.
Así que estaba enfadado, pensó ella con satisfacción, y recordó de nuevo a Fiona.
—A caballo.
—¿De veras? ¿Y quién te dio permiso para hacerlo?

—Nadie —contestó ella con acritud.
Devlin se quedó callado. Virginia comprendió que acababa de ver la yegua baya, que seguía pastando en lo alto de la colina.
—¿Qué te propones, Virginia? —preguntó él.
—Nada.
—Me alegro, porque hoy no tengo paciencia para ti —él se detuvo bruscamente junto a la yegua.
Virginia hizo ademán de apearse, pero él no se lo permitió.
—Tú vienes conmigo —dijo. Luego desmontó y desató a la yegua.
—¡Ni lo sueñes! —gritó ella.
Él la miró con el ceño fruncido. Dijo lentamente:
—Soy yo quien está enfadado, Virginia. Me estabas espiando. ¿Qué has oído?
—Todo —contestó ella levantando la barbilla.
Devlin sonrió tan cruelmente que ella se estremeció.
—Entonces puede que nunca abandones Askeaton, querida mía.
Ella se quedó boquiabierta.
—¡No lo dirás en serio!
—Pues sí.
—Pero, ¿y mi rescate?
—Tu rescate tiene muy poca importancia comparado con esto —contestó él—. Y es mi deber proteger a Sean y a los otros.
La mente de Virginia trabajaba a toda prisa.
—No he oído nada.
Él montó tras ella.
—No es eso lo que acabas de decir.
—Mentí. No he oído nada, de verdad.
—Embustera. Pequeña y linda embustera —aún no había arreado al caballo—. ¿Por qué no me besaste cuando te lo

dije? Tu vida pendía de un hilo y era una orden, no una petición.

—Yo no recibo órdenes de ti —logró decir ella.

—¿Y por qué llorabas? —preguntó él al cabo de un momento, muy irritado.

—Tenía arena en los ojos —replicó ella.

Devlin la miró inquisitivamente.

—Eres una pésima embustera, Virginia.

—Entonces, ¿por qué crees que estoy enfadada? —preguntó ella con falsa dulzura.

La mirada penetrante de Devlin no vaciló.

—No lo sé. Pero lo averiguaré —espoleó bruscamente al caballo y sujetó con fuerza a Virginia cuando el caballo partió al galope.

Ella contuvo las lágrimas. Hicieron el resto del camino en medio de un tenso e incómodo silencio.

Sean estaba esperando a Devlin cuando este entró en la biblioteca. Tenía la cadera apoyada en el borde del escritorio y los brazos cruzados sobre el pecho. Casi fruncía el ceño.

—¿Qué has hecho con ella?

—Está en su habitación. Connor tiene órdenes de vigilar cada uno de sus movimientos.

—Tal vez debería estar encerrada con llave —dijo Sean secamente.

Devlin casi se rió. Se sirvió un coñac y le ofreció uno, pero Sean lo rehusó.

—Creía que eras su adalid.

—¿Qué ha oído? —preguntó Sean con aspereza y sin sonreír.

—No lo sé exactamente, pero pienso averiguarlo... de un modo u otro.

—¡Maldita sea! —estalló Sean de pronto y, apartándose del escritorio, comenzó a pasearse por la habitación—. ¿Qué demonios estaba haciendo en la granja de Canaby?

—Probablemente nos siguió —dijo Devlin.

—¿Y qué vas a hacer ahora? Por el amor de Dios, no puedes devolvérsela a Eastleigh.

Devlin se sentó en una gran butaca de cuero y estiró las piernas con la copa en la mano.

—Tendré que devolverla tarde o temprano.

Sean lo miraba con sorpresa y el ceño fruncido.

—Esa reunión era un acto de traición y tú lo sabes, aunque aún no haya nada planeado. Podríamos perderlo todo. Y tú, un oficial de la Marina, podrías acabar colgado del palo mayor por esto, y no digamos por ese maldito rescate.

—Es más probable que te corten a ti la cabeza y la ensarten en una pica. Tú eres el jefe.

—¿Te parece divertido? —Sean estaba atónito—. Esos hombres buscan esperanza, Devlin, y yo intento dársela. Estás reteniendo a Virginia contra su voluntad, Devlin. Y ahora tiene información muy grave que podría utilizar para hundirnos a ambos.

—¿Y qué sugieres? ¿Que la arroje al fondo del mar? —Pero Sean tenía razón. Virginia tenía que mantener la boca cerrada, aunque lo que había presenciado pareciera mucho peor de lo que era en realidad. Él sabía por las cartas de Sean lo furiosa y desesperada que estaba su gente y que, una o dos veces al año, celebraban una reunión. Su llegada a casa había precipitado aquélla. Pero aquellos hombres no estaban planeando una insurrección. Eran granjeros y campesinos, más interesados en dar de comer a sus familias que en perder la vida. Sólo querían oír lo que Devlin tuviera que decir. Tal y como decía Sean, necesitaban abrigar alguna esperanza.

—No te preocupes, Sean —dijo, intentando apaciguar a su hermano—. No permitiré que Virginia lance a los británicos contra vosotros. Si es necesario, le diré la verdad. Que nuestra gente está furiosa y hambrienta, pero que no permitiremos que estalle una rebelión.

Sean no parecía convencido.

—No creo que Virginia esté de humor para escuchar nada de lo que le digas.

—Escuchará —dijo él, y se puso serio. ¿Qué le pasaba a Virginia? ¿Por qué había llorado?

Sean vaciló.

—Devlin, creo que tengo la solución en lo que a Virginia se refiere.

—Dímela, te lo ruego.

—Uno de nosotros debería casarse con ella —Devlin derramó su bebida—. Hablo muy en serio.

Devlin dejó la copa sobre una mesita y se limpió la mano en las calzas.

—¿Y quién va a tener el honor de hacer de ella una feliz, amorosa y leal esposa? Oh, déjame adivinar. Tú, supongo.

—Me casaría con ella si estuviera dispuesta. Pero no es a mí a quien desea.

—No voy a casarme con una huérfana americana sin blanca, Sean —replicó Devlin. Su corazón palpitaba con velocidad alarmante.

—¿Por qué no? Eres tú quien la está maltratando. Sólo tú puedes arreglar las cosas.

—¿Hablas en serio? —Devlin no lograba entender la sugerencia de su hermano. Era absurda. Virginia se iría con Eastleigh en cuanto él cobrara su rescate, y, si se vendía su plantación, sin duda se quedaría a vivir en Inglaterra, con su familia.

—Ya te he dicho que sí. No deseo abandonar Askeaton,

y tú, ciertamente, no querrás perder tu cabeza —Sean le lanzó una mirada agria y siguió paseándose por la habitación.

—La única cosa a la que no estoy dispuesto es a perder mi cabeza —dijo Devlin con ironía—. Deja de preocuparte. La señorita Hughes no nos acusará de nada —Sean lo miró directamente. A Devlin no le agradó aquella mirada fija—. ¿Qué pasa ahora?

—Si no vas a casarte con ella, quiero que me des permiso para cortejarla —Devlin se sobresaltó. Sean comenzó a sonrojarse—. Sé que la has tenido en tu cama. Podría mentir y decir que no me importa, pero me importa. Sin embargo, si no vuelve a repetirse, puedo olvidarlo. Dame permiso para cortejarla, para ganarme su amor, para casarme con ella.

—No.

Sean dio un respingo. Devlin había contestado sin reflexionar. Pero, pese a su rabia, empezaba a pensar que la idea de Sean no era tan mala. Primero podía pedir rescate por ella y arruinar a Eastleigh, y luego Sean podía casarse con ella, ganándose sin duda su amor y su lealtad. Pero Sean podía encontrar mejores partidos, y Devlin confiaba en que así fuera.

—¿De modo que antepones tu deseo de utilizarla como un juguete a mi felicidad? —preguntó Sean con frialdad.

—Mi deseo es que te cases con una rica heredera —contestó Devlin sin vacilar.

Sean se acercó a él.

—¿Ah, sí? ¿De veras? Pues yo no lo creo. Creo que hablas por tus bajos instintos. Piénsalo. Piénsalo de verdad y luego dame una respuesta —salió del salón.

Devlin lo vio alejarse, pensativo. Su arrebato de ira iba remitiendo. Sean se equivocaba, no pretendía que Virginia fuera un juguete en sus manos. A decir verdad, la idea de su hermano era excelente y él sabía que merecía la pena considerarla despacio. Levantó la copa y se quedó mirando su contenido. Intentaba no pensar en Virginia retorciéndose frenéticamente en su cama, no recordar el tacto de su cuerpo pequeño y esbelto. ¿Por qué no cedérsela a Sean? Al menos las intenciones de su hermano eran nobles. Y Virginia se merecía un buen hombre como su hermano. Ciertamente, no se merecía lo que él le estaba haciendo.

Una boda entre Virginia y Sean resolvería muchos problemas. De hecho, incluso encubriría los delitos que había cometido, y él podría seguir llevando la misma vida indefinidamente.

Su vida parecía extenderse ante él infinitamente, como la línea sombría y gris de una de aquellas viejas calzadas romanas, una franja de nada, nunca usada, insoportablemente lúgubre, insignificante, triste y plana, sin fin a la vista.

Angustiado, se acercó a la ventana. Prefería morir al día siguiente, degollado por un asesino, a seguir llevando una existencia que era, en realidad, una interminable farsa.

A Virginia no se le permitió salir de su habitación en todo el día, ni siquiera para bajar a cenar. Le enviaron la cena en una bandeja de plata. La injusticia de aquel castigo la hizo arder de rabia toda la tarde. Sólo había salido a dar un paseo a caballo. De haber sabido lo que sucedía en aquella granja, se habría mantenido alejada de ella. Toda la culpa era de O'-Neill, por acostarse con Fiona. Si él no fuera tan canalla, ella no habría ido cabalgando hasta tan lejos, ni por tanto tiempo.

¿Habría dicho en serio Devlin que no la dejaría abandonar Askeaton si había visto todo lo que, en efecto, había visto? Virginia se estremeció. Devlin se había tomado muchas molestias para raptarla y poder pedir un rescate, y ella dudaba que estuviera dispuesto a renunciar a él.

Pero también había dicho que tenía que proteger a Sean y a los demás. ¿Protegerles de qué? ¿De que los apresaran por traición a su país?

Virginia se hallaba de pie junto a una ventana abierta, vestida con un camisón de algodón. Sabía que miraba hacia el río, aunque no pudiera verlo, y que más allá se hallaban el océano Atlántico y su hogar. Una terrible congoja se apoderó de ella. Quería volver a casa. La nostalgia de su hogar la había sorprendido desprevenida. Era tan vasta e intensa como cuando se hallaba encerrada en el colegio Marmott, en Richmond.

Alguien llamó a la puerta. Virginia no tuvo ocasión de responder. Devlin entró en el dormitorio.

Ella se quedó paralizada un instante.

—¡Fuera de aquí! —gritó, furiosa.

Él le dirigió una mirada inescrutable.

—Tenemos que hablar de ciertos asuntos —dijo cuidadosamente.

Ella se acercó a la cama, agarró la jarra de agua que había sobre la mesilla de noche, la levantó y se volvió para arrojársela a Devlin. Confiaba en darle en la cabeza y, si tenía un poco de suerte, en matarlo en el acto. Él se adelantó de un salto y la agarró de la cintura.

—Suelta eso —la advirtió.

—La soltaré —ella le enseñó los dientes—. La soltaré sobre tu cabeza —intentó desasirse. El recuerdo de Fiona y de él, desnudos y entrelazados en un abrazo apasionado, alimentaba su ira como ninguna otra cosa podía hacerlo.

—Basta ya, Virginia —dijo él con calma, y le apretó aún más la muñeca.

Virginia lo miró con rabia. Temía echarse a llorar y dijo:

—Está bien —soltó la jarra, pero ésta no se rompió. El asa se desconchó y el agua salpicó los pies desnudos de ella y las botas de Devlin.

—Deduzco que sigues enfadada —dijo él, y aflojó la mano, sin soltarla.

—Qué listo eres, capitán —bufó ella con sorna—. Ahora, suéltame, me estás haciendo daño.

—También pareces amargada —comentó él, y Virginia vio que su mirada se posaba un instante en el escote de su camisón. Intentó desasir el brazo de un tirón, pero no lo consiguió.

—¿Por qué iba a estar amargada? Iba de camino a Londres para ocuparme de asuntos personales de suma importancia, cuando fui secuestrada y sacada a la fuerza de mi barco. Luego estuve encerrada en tu camarote, a tu merced, y ahora estoy encerrada con llave en esta habitación. ¿Amargada? Oh, no.

—Quiero hablar contigo. Si vuelves a atacarme, estarás encerrada toda la semana.

—Eres tan canalla como dice todo el mundo —replicó ella con una mirada gélida.

Él se encogió de hombros y la soltó. Virginia se apartó bruscamente.

—Estás más enfadada conmigo ahora que cuando apresé el Americana. Esta tarde estabas llorando y ahora otra vez. ¿Por qué? Y no me digas que tienes arena en los ojos.

—No, esta vez es polvo lo que tengo —dijo ella con falsa dulzura—. ¡Ahora, sal de mi habitación!

—Creo que no —Devlin la observó sin sonreír.

—Pero Fiona estará esperando —en cuanto aquellas palabras cáusticas salieron de su boca, Virginia se arrepintió de haberlas pronunciado.

Él se quedó callado, pero ella advirtió un destello de sorpresa en sus ojos. Se sonrojó y se alejó de la cama y de él. Se acercó a la chimenea y fingió contemplar las llamas. ¿Por qué había dicho aquello? Ahora, él creería que estaba celosa, cuando no era cierto.

—¿Qué acabas de decir? —preguntó él.

Ella cruzó los brazos con fuerza y siguió mirando las llamas. Las lágrimas velaban sus ojos. «¿Por qué? Dime sólo por qué. ¿No me debes al menos eso?».

No oyó a Devlin acercarse a ella y se sobresaltó cuando la asió del codo.

—¿Qué has dicho? —preguntó él de nuevo.

—Nada —ella apretó con firmeza los labios. Su corazón latía desbocado.

—No. Has dicho que Fiona estará esperando. ¿Esperando dónde? ¿Y a quién?

Ella se volvió para mirarlo. Dentro de su cabeza, una vocecilla la advertía de que no dijera lo que ansiaba decir, pero ella no hizo caso.

—No me importa si está en tu cama, Devlin. De hecho, me alegro. «¡Oh, la tiene tan grande que casi no me cabe en la mano!» —dijo, imitando la voz de la criada. Los ojos de Devlin se abrieron de par en par, llenos de sorpresa—. «¡Oh, es tan incansable como un semental!» —le espetó ella, a sabiendas de que le ardían las mejillas—. «¡Oh, estoy taaan enamorada!» —lo miró con furia.

Él guardó silencio. Virginia tuvo de pronto una terrible sospecha y lo miró más atentamente. Entonces advirtió un destello de regocijo en sus ojos.

—¿Estás enfadada conmigo porque me he acostado con una criada? —preguntó él con calma—. ¿Estás celosa de Fiona?

—¡Yo no estoy celosa! —replicó ella—. Estoy aliviada. Y creo que te has equivocado de habitación —sonrió amplia y falsamente. Él se quedó mirándola un momento—. ¡Di algo! —gritó ella.

—He intentado tratarte como trataría a cualquier invitada, Virginia, pero los dos sabemos que estás aquí contra tu voluntad. Debería alegrarte que me entretenga con una criada.

Virginia sabía que debía tener cuidado, pero no pudo refrenarse.

—¡Me alegro, ya te lo he dicho, y creo que deberías volver con ella ahora mismo! —gritó, y notó con horror que se le saltaban las lágrimas. Él no decía nada—. ¿Por qué me miras como si estuviera loca? —preguntó con un sollozo estrangulado, y se sintió aún más avergonzada.

—No te entiendo —dijo Devlin suavemente—. Eres mi

prisionera. ¿Cómo puedes estar celosa? Eso significaría que sientes algo por mí.

—No estoy celosa —Virginia se apartó. Estaba al borde del llanto.

Él la asió del brazo y la hizo volverse.

—Estás llorando otra vez.

—¡No es cierto! ¡No me importas tú, ni me importa si prefieres a Fiona! —gritó ella.

Devlin la agarró de la barbilla.

—Sólo un tonto preferiría a esa criada antes que a ti.

Ella estaba segura de que no había oído bien.

—¿Qué?

—No la prefiero. De hecho, la había olvidado por completo —titubeó—. Lamento que te haya hablado tan desvergonzadamente, Virginia. También había olvidado que te di tu primer beso.

Nunca antes habían hablado con tanta sinceridad. Virginia se mordió el labio y luego dijo:

—Pero yo no lo he olvidado.

La mandíbula de Devlin se tensó.

—Quería hablarte de un asunto importante, pero está claro que éste no es el mejor momento.

Ella sacudió la cabeza y le tocó la manga.

—Creía que te gustaba —se oyó decir con voz implorante.

Él se quedó tan inmóvil que ni siquiera parecía respirar. Con mucha suavidad, tras una larga pausa, dijo:

—Los hombres utilizan constantemente a las mujeres. No significa nada. Es un medio para un fin. Fiona está ansiosa por complacerme. No fui yo quien recurrió a ella. No fui yo quien la buscó, pero necesitaba una descarga física. Lamento que hayas sentido celos, no era ésa mi intención. Para serte sincero, había olvidado por completo el incidente.

Ella sacudió la cabeza, incapaz de comprender. Tenía las mejillas humedecidas por las lágrimas.

—Creía que te gustaba.

Dos manchas rosadas y pálidas aparecieron un instante en los pómulos de Devlin.

—Eres una mujer preciosa. No soy inmune a eso y los dos lo sabemos.

Ella levantó la mirada. De pronto había cobrado conciencia del latido de su corazón, lento y profundo, de lo tarde que era, de lo oscuro y silencioso que estaba todo, y del deseo que nunca se había extinguido. Estaba a solas con Devlin en su habitación, que sólo iluminaban unas cuantas velas y el fuego del hogar, y él acababa de reconocer que la encontraba preciosa.

—¿Todavía me deseas? —musitó, aunque de alguna forma conocía la respuesta.

Él le sostuvo la mirada sin vacilar.

—Sí.

Virginia se inclinó hacia delante.

—No lo entiendo, Devlin. ¿Por qué me dejaste y te fuiste con ella? Me tenías en tus brazos...

—No me fui con ella. Estaba esperándome en mi habitación, Virginia, y yo había olvidado que estaba allí.

—¿Por qué me dejaste? —sollozó ella con las manos sobre su pecho.

Él sonrió finalmente, aunque su sonrisa era leve y parecía llena de mala conciencia.

—Soy el hijo de Mary y Gerald O'Neill —dijo, como si eso lo explicara todo. Pero no se apartó de ella. Virginia sintió que su pecho subía y bajaba más rápidamente de lo normal.

—Eso no explica nada.

—Una vez tuve una hermana —dijo él, y su mandíbula se tensó con fuerza—. De haber sobrevivido, podría haber sido como tú, la hija de un terrateniente, una mujer decidida, valiente y hermosa.

Y Virginia comprendió por fin.

—Intentas respetarme a mí y la memoria de tu hermana y las enseñanzas de tus padres —él no dijo nada—. Por eso me dejaste. Para preservar mi inocencia. Fiona estaba en tu habitación cuando subiste... Ella no significa nada —jadeó.

—Veo que te estás convirtiendo en una mujer de mundo —repuso él, y apartó las manos de Virginia de su cuerpo—. Nada ha cambiado. Mi resolución sigue en pie. No voy a seducirte y no seré tu primer amante. Buenas noches —cruzó la habitación y se dirigió a la puerta.

A Virginia se le pasó por la cabeza que Fiona visitaría su cama una vez más, sino estaba ya allí. No podía soportar aquella idea..., como no podía soportar que Devlin la dejase en ese instante.

—No quiero tu respeto —se oyó decir. Él vaciló, pero no se volvió—. Quiero saber cómo es, Devlin —añadió suavemente. Su corazón latía enloquecido. Él profirió un sonido áspero y asió el pomo de la puerta. Ella tragó saliva y añadió—: Enséñame. Enséñame todo lo que puedas, ahora, esta noche... Enséñame a mí, no a ella.

Él se volvió con la cara crispada y los ojos dilatados.

—¿Es que no puedes dominarte? —preguntó con aspereza.

—¿Por qué iba a luchar contra esto? —entonces vio lo que esperaba ver. Se acercó a él, lo agarró de los hombros y se inclinó hacia su cuerpo duro y excitado—. Sólo las damas como Sarah Lewis saben dominarse —musitó.

Vio por un momento la indecisión en sus ojos. Por un momento, vio la batalla que libraba. Sonrió un poco y acarició su mejilla. Su corazón latía frenéticamente, como las alas de un pájaro enjaulado.

—Devlin...

Devlin la abrazó y se apoderó de su boca. Virginia dejó escapar un leve grito y, al sentir su miembro erecto, comenzó a gemir. Él bajó las manos, grandes y atrevidas. Su cuerpo poderoso estaba rígido por la tensión.

—Date prisa —logró decir ella mientras la neblina del deseo se alzaba y crecía—. ¡Date prisa, Devlin!

De pronto se halló en sus brazos y Devlin la depositó sobre la cama.

—Nunca he conocido a una mujer como tú —dijo con la mirada fija en la de ella.

Virginia intentó sonreír y fracasó.

—Bien.

Devlin tampoco sonrió. Sus ojos llameaban. Le abrió los muslos con las rodillas y dijo:

—Anoche deseaba esto.

Ella se acordó al instante y exclamó:

—Sí.

Él le soltó las manos y bruscamente rasgó su camisón en dos.

Sorprendida, Virginia se quedo inmóvil, casi asustada, y vio que él recorría con la mirada cada palmo de su cuerpo desnudo, desde las pequeñas esferas de sus pechos, con los pezones duros y crespos, hasta el delta de sus muslos abiertos. Allí, sus ojos se detuvieron.

Ella comenzó a sonrojarse. Nunca había estado tan expuesta. Se sentía a su merced, y le costaba respirar. Sólo sentía anhelo y un deseo que creía de manera imposible.

—Eres tan hermosa, tan pequeña... —murmuró él con voz pastosa, levantando finalmente los ojos—. No te haré daño.

Virginia sabía que nunca olvidaría aquellos ojos. Sabía que había sido una tonta por preocuparse por Fiona. Sabía de algún modo, instintivamente y sin asomo de duda, que aquel hombre la deseaba como nunca desearía a otra mujer. Él esbozó una sonrisa y Virginia dejó escapar un gemido de sorpresa cuando sintió que tocaba su sexo.

—Esto me pertenece —dijo él suavemente, en tono de advertencia.

Ella sólo pudo asentir con la cabeza, asombrada. Luego sintió que los dedos de Devlin se deslizaban sobre sus labios carnosos y por el interior de la hendidura que se abría entre ellos. Dejó escapar un leve grito, cerró los ojos y se arqueó, indefensa, contra él.

—Devlin... —musitó—. Oh, Devlin, ¡ayúdame!

Él abrió su sexo, deslizó los dedos por sus tersos recovecos y sus pliegues resbaladizos, hasta que Virginia se convenció de que no podría soportarlo más. Entonces sintió su boca.

Al principio, creyó que estaba en un error y se tensó, paralizada. Abrió los ojos. Estaba segura de que Devlin no la estaba besando ahí. Se sentó a medias y vio, asombrada, que él tenía la cabeza entre sus muslos. No había duda de que eran sus labios los que la acariciaban.

Entonces sintió su lengua. Una caricia tras otra. Su visión se oscureció.

Aquella lengua se movía con seguridad, profundamente, acariciaba el botoncillo de carne turgente escondido entre sus pliegues más gruesos. Virginia comenzó a desfallecer. El deseo era tan intenso que ahogaba sus sentidos y le impedía respirar.

—Déjate ir para mí, pequeña —murmuró él. Su lengua se movía sobre su carne hinchada como un látigo de seda, insistente, brutal y suave.

La oscuridad se prolongó. Luego, Virginia se vio arrojada fuera de ella, hacia la luz brillante. Se abrazó a él, sollozando de placer, asombrada, poseída por un éxtasis definitivo. Sollozaba y sollozaba mientras él seguía lamiendo, hasta que, finalmente, comenzó a flotar.

No sabía cuánto tiempo pasó flotando fuera de su cuerpo, en las nubes, pero poco a poco cobró conciencia de sí misma. Cada centímetro su sexo seguía hinchado e inflamado, la lengua de Devlin seguía acariciando su carne, sus labios se movían sin cesar, en un frenesí salvaje, como si le estuviera besando la boca. Ahora, con el placer, había también dolor.

Ella no sabía si podría soportarlo otra vez.

—Devlin... —jadeó.

Él no se detuvo. Su lengua se movía arriba y abajo, como la de un perro sediento.

—Devlin... —suplicó ella. Intentó apartarlo, pero su lengua se hundió aún más profundamente. Quiso atraerlo hacia sí, pero él se limitó a morderla, una advertencia que ella entendió.

—No puedo —jadeó mientras el placer y el dolor se mezclaban tan estrechamente que ya no sabía si vivía o moría, ni dónde empezaba una cosa y acababa la otra.

—Puedes, cariño, claro que puedes —dijo él, y, pinzando sus gruesos labios con los dedos, pasó la lengua en círculos alrededor de su túrgido botoncillo, distendiéndolo, y ella gritó.

Él suavizó su caricia y ella estalló. Su cuerpo giró fuera de control y voló en las alturas. Y aún seguía allí cuando la boca de Devlin encontró la suya y su cuerpo la aplastó contra el colchón.

—Virginia... —jadeó él.

Al instante, ella sintió la enorme punta de su miembro en la entrada de su sexo y dio un respingo. Abrió los ojos de par en par y lo miró. Vio la bestia de la lujuria y nada más en aquella mirada ardiente. No vio amor.

—Virginia... —Devlin la besó, y ella probó por primera vez el sabor de su propio sexo. Los recios muslos de Devlin la inmovilizaban. De pronto, sintió la presión insistente de su miembro.

El pánico se apoderó de ella. Su verga era demasiado grande. Ella sólo tenía dieciocho años. Él era su secuestrador. Ella tenía miedo y no estaba preparada. ¿Y si Devlin no la amaba?

Pero el ardor de Devlin inflamaba su cuerpo y su mente.

—No, Devlin —dijo.

Pero era sencillamente demasiado tarde. Él dejó escapar un gemido y la penetró, rompiendo la barrera de su virginidad y causándole un dolor breve y ardiente. Luego, Virginia sintió su verga enorme y dura dentro de sí, llenándola, haciéndole daño. Se tensó, cerró los ojos, parpadeó para contener las lágrimas de una desesperación repentina.

Él jadeaba, sin moverse. Todo su cuerpo temblaba. Virginia seguía paralizada por el estupor, capaz sólo de sentir cómo su miembro distendía sus entrañas. Devlin continuaba quieto pero temblaba cuando, de pronto, besó su sien. Ella abrió los ojos de par en par.

—Devlin... —musitó, y se preguntó si había imaginado aquel beso tierno.

Su sola respuesta fue abrazarla con más fuerza. Ella cobró conciencia de que se hallaba envuelta en sus brazos fornidos, inmersa en ellos; después sintió el pálpito insistente dentro de su cuerpo, enorme y duro, pero el dolor se iba disipando. El ardor comenzaba a difundirse lentamente dentro de ella. Sintió que la boca de Devlin se movía de nuevo, estaba vez sobre su mejilla. Luego, él se movió. Se apartó muy despacio y, con la misma lentitud, volvió a penetrarla. El cuerpo de Virginia comenzó a esponjarse, a calentarse, a tensarse intensamente.

—Ah —jadeó ella, sorprendida, mientras Devlin volvía a penetrarla.

Le pareció sentir que él sonreía contra su cara.

—Respira, pequeña —susurró, y volvió a hundirse en ella no tan despacio.

Y, mientras aquel hombre la llenaba por completo, una oleada de intenso placer embargó a Virginia. Perpleja, mientras el placer amenazaba con ahogarla en su negrura, deslizó las manos por la espalda estremecida de Devlin.

Él dejó escapar un sonido ahogado, ronco, viril. Las caderas de Virginia comenzaron a moverse con un ritmo que respondía al suyo. Quería que Devlin se hundiera más dentro de ella, más rápido, más fuerte. Lo urgía a seguir. Y él lo sabía, jadeaba su nombre, la penetraba con fuerza. Los espasmos comenzaron y la fiebre del deseo se convirtió en un ansia abrumadora. Virginia gritó, se aferró a sus hombros y buscó su boca.

—¡Aprisa, Devlin, aprisa! —gimió.

Él volvió la cabeza para apoderarse de su boca en una cópula tan urgente y frenética como la otra. Virginia sintió que su cuerpo se rompía en mil pedazos. Aun así, fue consciente del momento preciso en que él le brindó su semilla: sintió que su miembro se expandía de manera imposible y luego notó que Devlin se convulsionaba entre sus brazos, y lo abrazó con fuerza, acariciando su espalda mientras él seguía gozando.

Cuando hubo acabado, ella se quedó muy quieta, asombrada, consciente del hombre que yacía pesadamente sobre ella, que seguía dentro de ella, ya no tan duro ni tan enorme, y lo estrechó entre sus brazos, conmovida como nunca había soñado.

Aquello era lo correcto, se dijo, todavía atónita. Con razón lo había deseado tanto. Nada podía haber más lícito que aquel instante, allí tendida, entre sus brazos, saciada y repleta, unidos todavía como un solo ser. Advirtió el instante en que él volvía a ser dueño de sí mismo. Su cuerpo se tensó. Se movió y se apartó de ella, rompiendo la unión de sus cuerpos.

Ella permaneció inmóvil y, sin poder remediarlo, volvió sólo la cabeza para mirarlo.

Devlin yacía de espaldas, con los ojos cerrados, todavía completamente vestido, aunque sus calzas estaban abiertas y su camisa torcida. Su pecho subía y bajaba trabajosamente. Ella contempló su perfil perfecto, tensado ya por emociones que no se atrevía a adivinar. Pero sabía que Devlin ya estaba pensando.

—Devlin... —susurró, preocupada de pronto. Estaba al borde de una felicidad intensa y no debía preocuparse. No, después de lo que acababa de ocurrir, de la belleza de lo que habían compartido un momento antes. Sin duda él sentía lo mismo.

Pero él no contestó ni abrió los ojos. Virginia sabía que no estaba dormido. Repentinamente deseó que le acariciara el brazo, el cabello, que sonriera un poco y la tranquilizara, diciéndole que él también se sentía sencillamente en el paraíso.

La cama se hundió al sentarse él. Ella también se incorporó. Esperaba que Devlin se volviera hacia ella, que dijera algo, y aguardó, pero él se levantó sin mirarla. Ella creyó ver sus facciones rígidas y desencajadas por la irritación y, tal vez, por la ira.

—¿Devlin? —susurró de nuevo con voz frágil y suplicante.

Oyó el susurro de la tela mientras él se abrochaba las calzas y se remetía la camisa. Devlin la miró. Su cara era suave e inexpresiva.

—Duérmete, Virginia —dijo. Ella lo miró con fijeza. Sus palabras desapasionadas eran para ella tan dolorosas como una puñalada—. Es tarde —añadió él con una sonrisa forzada.

Oh, Dios, ¿por qué se comportaba como si nada hubiera ocurrido? ¿Por qué no era feliz?

—Devlin... —comenzó a decir ella, aterrorizada de pronto. Pero él ya estaba cruzando la habitación. Se iba—. ¿Devlin? —Virginia no podía creer que la dejara sin una palabra amable, sin un beso, sin siquiera una mirada.

Él se detuvo en la puerta, pero no se volvió para mirarla.

—Siento haberte hecho daño —dijo, y se marchó.

Devlin atravesó la casa con paso vigoroso y decidido, negándose a pensar. Había fracasado a la hora de cumplir la promesa que había hecho, a ella y a sí mismo, y había fallado a sus padres, a su madre viva y a su padre muerto. Había fracasado. Al final, había caído presa de un ansia imposible de controlar. Nunca antes había sentido aquella urgencia y jamás volvería a sentirla.

Se detuvo ante la puerta cerrada de la alcoba de Sean. No veía la madera, veía solamente unos ojos violetas, grandes y vidriosos, y oía sólo los gritos frenéticos de placer de Virginia y sus súplicas. ¿Qué le sucedía? Algo había empezado a resquebrajarse dentro de él mientras se hallaba dentro de Virginia; algo se había quebrado, casi como si un moribundo en un infinito túnel de negrura atisbara finalmente una luz distante.

No le gustaba aquello. No le gustaba ni un ápice.

Se dio cuenta de que seguía ante la puerta de su hermano. Aún oía los gemidos de Virginia, aún podía saborearla, incluso olerla por todo su cuerpo. Si se atreviera, cruzaría la negrura y se apoderaría de aquella luz lejana.

Aquella idea centelleaba y parecía llamarlo. Devlin hizo a un lado sus terribles pensamientos y se concentró en un asunto mucho más importante. ¿Y si la había dejado embarazada?

Se recordó que no estaría cerca para averiguarlo.

Tomó la decisión despiadadamente. En todo caso, la posibilidad de que pudiera estar embarazada confirmaba su resolución. Llamó a la puerta dos veces.

Abrió Sean, vestido únicamente con unos calzones. Daba la impresión de haber estado profundamente dormido. Pero al echar un vistazo a Devlin sus ojos se agrandaron.

Devlin intentó sonreírle, pero no pudo.

—Está bien —dijo.

—¿Qué? —preguntó Sean. Saltaba a la vista que sabía lo que su hermano acababa de hacer.

—Tienes mi permiso para cortejar a Virginia. Cortéjala, sedúcela, gánate su amor, a mí me da lo mismo... pero, al final, te casarás con ella.

Sean se quedó boquiabierto.

Devlin cerró la puerta de golpe.

Virginia estuvo a punto de llorar.

No sentía que tuviera dieciocho años, por más que fuera ya una mujer: la niña pequeña que había sido en otro tiempo había regresado, confusa y herida. Tumbada en la cama, se esforzaba por comprender lo que acababa de suceder. Había dejado que Devlin O'Neill le hiciera el amor. Había permitido que el hombre que la había secuestrado y la retenía prisionera le hiciera el amor, y aquello había sido todo cuanto esperaba y más. Pero Devlin se había marchado hacía un momento, como si su encuentro amoroso no significara nada para él.

Se negaba a llorar. Intentaba comprender a Devlin, se esforzaba por excusarlo. Era tarde. Estaba cansado. Según tenía entendido, el acto amoroso dejaba a los hombres exhaustos. Al día siguiente él le sonreiría, la llevaría a un aparte para besarla y abrazarla y le diría que se estaba enamorando de ella.

Virginia dejó escapar un gemido. Se sentó, presa del miedo. ¿A quién pretendía engañar? Ni siquiera conocía al extraño al que había consentido una posesión tan completa de su cuerpo. Y lo que sabía de él no permitía abrigar muchas esperanzas. Devlin era un hombre valiente, pero duro y frío. Acababa de abandonar su cama sin un solo gesto o una palabra de afecto. Y la noche anterior había estado con otra mujer.

¿Qué había hecho? ¿Por qué lo había atraído a su cama? Sabía muy bien que lo había seducido, a pesar de su inexperiencia. Ahora, sencillamente, no alcanzaba a entender cómo podía haber hecho tal cosa. Devlin era su captor, un hombre con el corazón de hierro. Pero, santo cielo, aquello había sido más que maravilloso, había sido lo correcto. Estaba, sin embargo, confusa y acongojada. Nunca se había sentido tan perdida y sola.

Si él le hubiera dicho solamente una palabra amable antes de irse tan intempestivamente...

Si sólo la hubiera besado o abrazado, si hubiera habido una sola caricia tierna...

Finalmente, una lágrima resbaló por su mejilla. Se la enjugó con rabia. Ella era fuerte y no lloraría por algo que había deseado tanto. Además, quizás al día siguiente Devlin le sonriera de verdad, y con eso bastaría. Una sonrisa para mostrarle que le importaba un poco, después de todo lo ocurrido.

Se dio cuenta de que le daba pavor volver a verlo cara a cara. La aterrorizaba que no fuera amable o, peor, que se mostrara indiferente.

Volvió a tumbarse de espaldas. En medio de su confusión, sólo una cosa le parecía clara. Debía irse a casa. Si se marchaba, todo volvería a su arreglarse. ¿Verdad?

Pero ni siquiera sabía si aún tenía un hogar y, si conseguía marcharse de Irlanda de algún modo, ¿qué ocurriría con Devlin O'Neill? Cerró los ojos. ¿Y si no volvía a verlo?

Comprendió entonces que no soportaba aquella idea.

No la sorprendió descubrir que su puerta no estaba cerrada con llave y que fuera no había nadie. Miró por el pasillo desierto y aguzó el oído. El día anterior, Devlin había ordenado a Connor que montara guardia ante su puerta. Era evidente que su castigo había terminado, pero era lógico, después de lo ocurrido esa noche.

Era mediodía. No había podido conciliar el sueño hasta el amanecer y se había quedado dormida hasta muy tarde. Cuidadosamente ataviada con un vestido gris de cuello alto, bajó las escaleras, llena de tensión. ¿Eran Devlin y ella amantes? ¿Era acaso la querida de Devlin O'Neill?

¿Qué diría, qué haría él cuando se encontraran cara a cara? La aterrorizaba su primer encuentro. Se recordó que debía mirarlo a los ojos, sonreír alegremente y saludarlo como si nada hubiera sucedido, como si no le diera pavor lo que él pudiera hacer o decir. Se dijo que debía sondearlo con cuidado, sin ofrecerle ningún indicio acerca de sus propios sentimientos. Porque, si él no se mostraba amable, no quería que supiera cuánto la había afectado su encuentro amoroso. No quería que adivinara el alcance de sus emociones. De hecho, a ella misma le daba miedo reconocer lo que escondía su corazón.

La casa estaba en silencio. Virginia se asomó al comedor y vio que el bufé del desayuno había sido retirado hacía tiempo. Tenía mucha hambre, pero intentaría olvidarse de ella.

El despacho de Devlin estaba al fondo del pasillo. Apretó el paso hasta que tuvo que recordarse que no debía correr, que debía aflojar el ritmo y respirar. Para su sorpresa, la puerta del despacho estaba abierta de par en par y la habitación vacía.

Desanimada, se quedó mirando la gran mesa en la que había visto trabajar a Devlin. Entró luego en el salón contiguo, pero también estaba vacío. Corrió a las puertas que daban a la terraza de ladrillo y miró los prados ondulados. Vio un caballo y un jinete que se acercaban. Salió de la casa a través de la terraza. Su corazón volaba, lleno de una emoción que no lograba dominar.

El jinete estaba aún tan lejos que no lograba distinguir sus rasgos. Se detuvo ante los establos y esperó, retorciéndose las manos. Luego vio un destello de gris y blanco por el rabillo del ojo y se asomó al establo. Comprobó, sorprendida, que el caballo gris de Devlin estaba en su cuadra.

Si no había salido a montar, ¿dónde estaba? Su corazón repicaba ahora como un tambor. Quizá se hubiera llevado otro caballo, pensó, preocupada de pronto sin saber por qué. Salió del establo y vaciló. Era Sean quien estaba desmontando en el patio, no Devlin.

Logró respirar hondo para calmarse y componer una sonrisa antes de acercarse a él.

—Buenos días, Sean —dijo alegremente.

—Buenas tardes —contestó él sin mirarla. Le dio las riendas del alazán a un joven mozo—. Llévalo a dar un paseo hasta que se refresque, Brian.

—Sí, señor —dijo el chico, y se llevó al caballo sudoroso.

Virginia siguió sonriendo mientras su pulso saltaba tan frenéticamente.

—¿Has disfrutado del paseo? —preguntó.

—Sí —dijo él, caminando hacia ella con la vista fija en la casa.

Virginia comenzó a alarmarse. Echó a andar a su lado. Observaba su perfil duro, tan parecido al de Devlin. Sean parecía quemado por el sol. O eso o se había sonrojado. Y era evidente que no quería mirarla.

Ella tragó saliva. Lo primero que pensó fue que Sean sabía de algún modo lo que había sucedido esa noche. Pero rápidamente descartó aquella idea.

—¿Va todo bien? —preguntó con cautela.

—Sí —Sean la miró por fin. Luego se fijó en su boca y apartó la mirada.

Virginia tenía los labios hinchados, y estaba segura de que Sean no sólo lo notaba, sino que entendía perfectamente a qué se debía.

—¿Has visto a Devlin? —preguntó con voz aguda, al borde de la histeria.

—Sí —Sean parecía de pronto enfadado. Apretó el paso y la dejó atrás.

Ella tuvo que correr para alcanzarlo.

—No parece estar en la casa y...

—No está.

Ella se detuvo.

—¿Qué?

Sean no se paró.

—Se ha ido.

La mente de Virginia se heló.

—¿Ido? —graznó.

Sean se volvió de pronto, con violencia.

—Se ha marchado. No está aquí —dijo. Tenía la cara enrojecida.

Ella tragó saliva con esfuerzo.

—¿Qué quieres decir, Sean?

La mirada furiosa de Sean chocó con la suya.

—Se fue a Londres esta mañana.

Virginia dejó escapar un grito. Y, por un instante, el mundo se volvió gris, se oscureció, se tornó negro. Cuando su visión se aclaró, estaba en brazos de Sean y él la miraba con preocupación. Ella hizo un débil amago de apartarlo. Sean no lo permitió. La sujetaba de pie con firmeza, enlazándole la espalda con su fuerte brazo.

—Has estado a punto de desmayarte.

Ella lo miró a los ojos, consciente de que los suyos estaban llenos de lágrimas.

—¿Se ha ido a Londres?

Sean asintió con expresión severa y acongojada. El corazón de Virginia se resquebrajó. Devlin se había ido. No le había dicho adiós. No le importaba lo suficiente para despedirse de ella. Se había ido.

—¿Va a volver? —musitó.

—No lo sé —dijo Sean—. Dijo que enviaría recado.

Ella lo miró con fijeza. Su cuerpo se estremecía y su boca temblaba. La mujer de dieciocho años había desaparecido. Una niña pequeña quedaba en su lugar, rota y confundida, abandonada y sola, llena de temor.

—Lo siento —dijo Sean —. Podría matarlo con mis propias manos. A mi propio hermano, a ese monstruo al que no entiendo.

Ella dejó escapar un gemido. Luchaba contra las lágrimas, se resistía a llorar. A Devlin no le importaba que hubieran hecho el amor. Se había marchado.

—Sé lo que te ha hecho, Virginia. Lo siento mucho.

Ella miró sus ojos grises, tan parecidos a los de su hermano excepto porque reflejaban compasión y dolor. Sean la agarraba de las manos fuertemente.

—¿Lo sabes? —susurró ella mientras empezaba a llorar.

—Vi a Devlin anoche —contestó él—. Era evidente. Pero tu secreto está a salvo conmigo.

Ella cerró los ojos y se encogió de hombros.

—No me importa. Es mejor así. Si Eastleigh piensa casarme con algún desconocido, podré decir simplemente la verdad sobre lo ocurrido y nadie querrá desposarme —pero sí le importaba. Sentía un dolor espantoso. Tenía que marcharse, tenía que estar sola.

—No te atormentes. No fue culpa tuya. Eres joven e inexperta, una presa perfecta para alguien como Devlin. ¿Cómo iba a resistirse una muchacha como tú al encanto de mi hermano? —su risa era áspera—. Es en momentos como éste cuando lo detesto. Es mejor que se haya ido. Deberíamos confiar en que no regrese nunca.

—No dices eso de corazón —logró decir ella.

—Ahora mismo lo siento. La verdad es que es mi hermano, daría su vida por mí, y lo quiero. Pero nunca lo perdonaré por esto —los ojos de Sean eran negros como el mar tormentoso.

Virginia volvió a sentir el golpe de aquella inmensa traición. Devlin se había ido. Se había llevado su inocencia y se había ido. No le importaba ella. Era un monstruo, no un hombre.

—Tengo que sentarme —dijo con voz estrangulada—. No veo bien.

—Otra vez parece que vas a desmayarte —dijo Sean con amargura, y, tomándola en brazos, la llevó a la casa.

Virginia no tuvo fuerzas para resistirse. Era demasiado tarde para hacer algo al respecto. Tenía el corazón roto porque había cometido la necedad de enamorarse de un hombre cruel.

Virginia perdió la cuenta de los días. Ahora llovía casi todo el tiempo. Sean la dejaba a su aire y ella pasaba las mañanas a caballo cuando el cielo estaba despejado. Las tardes las pasaba vagando por la casa o leyendo alguno de los muchos libros que había en la biblioteca. Sean se esforzaba por evitarla, a pesar de que antes se había mostrado galante, amigable y afectuoso. Virginia cenaba en una bandeja, en su alcoba. Pensaba en escapar y lo intentó una sola vez. Encontró algunas monedas en la habitación de Sean, donde se atrevió a entrar sin permiso. Vestida como un muchacho, se llevó la yegua baya y puso camino a Wexford, a unos cientos de millas al este. Era otro día gris y lluvioso. Esperaba encontrar fácilmente el camino, pero en el primer cruce de carreteras se encontró desorientada, pues no había ninguna señal. Podía escoger entre norte y sur, y Wexford quedaba al este en línea recta. Dedujo que debía ir hacia la derecha, o sea al norte. Muchas horas después se dio cuenta de que iba directamente hacia el norte, adentrándose en el corazón de Irlanda, y de que se había perdido. Estaba empapada y tenía frío, tanto que pensó en dar la vuelta y regresar. Y la pequeña yegua estaba cansada y empezaba a flaquear. Pero no tuvo que dar la vuelta. Esa tarde, ya a última hora, se detuvo en una fonda del camino para pedir indicaciones que sólo confirmaron su sospecha de que se había extraviado. Fue entonces cuando apareció Sean en un caballo negro, furioso y frenético. Pero, en lugar de gritarle, no dijo una palabra. Reservó dos habitaciones y al día siguiente regresaron a Askeaton a caballo, en medio de un tenso silencio.

Cuando la casa se hizo visible, Sean detuvo su montura. Virginia se paró también y sus miradas se encontraron.

—Quiero tu palabra —dijo él con vehemencia— de que no intentarás escapar otra vez. Si no, tendré que volver a encerrarte bajo llave.

Aquélla era su primera conversación auténtica desde el día de la marcha de Devlin.

—No te entiendo —dijo Virginia lentamente—. Has dicho una y otra vez que desaprobabas lo que está haciendo tu hermano, ¿y aún así no vas a mirar para otro lado para que pueda escapar?

Él estaba muy serio.

—Le juré a Devlin que te guardaría a salvo en Askeaton y lo haré.

—No tienes valor para enfrentarte a él —dijo ella.

La expresión de Sean se endureció y sus ojos centellearon.

—Devlin quiere que nos casemos.

Virginia quedó atónita. Sin duda había oído mal, ¿verdad? Pero las paredes del mundo, ya frágiles, comenzaron a derrumbarse.

—¡Qué!

—Cree que lo mejor sería que, al final, después del rescate, nos casáramos —dijo él.

Virginia no podía absorber aquellas palabras, aquella idea. Aturdida por el golpe, espoleó a la yegua, que partió al galope hacia la casa. Iba a ser entregada al hermano menor. Devlin la había utilizado una vez y ahora pensaba dejársela a Sean.

Al llegar a la casa desmontó y le entregó la yegua a un mozo. Sean llegó al galope tras ella y se apeó del caballo.

—Lo sé, es inexplicable.

—Apártate de mí —lo advirtió ella mientras caminaba con decidido hacia la casa. No podía respirar y una niebla rojiza se había formado sobre sus ojos. El dolor y la rabia se mezclaban, imposibles de separar. Si no había odiado antes a Devlin, lo odiaba ahora.

El recuerdo de aquella noche, tórrido y lujurioso, la embargó y deseó que aquellas imágenes fueran fruto de su imaginación y no de un pasado muy real.

Estaba deseando que la rescataran.

Esa noche, Sean fue a su habitación. Se quedó en el pasillo y le preguntó cortésmente si podía bajar a cenar. Virginia lo miró desde el refugio de su alcoba, aferrada a la puerta abierta. Él parecía preocupado, una expresión ya característica en él, y también indeciso.

—No hagas esto —dijo ella.

—No estoy haciendo nada. Pero, después de lo que hizo Devlin, te traté de manera intolerable. Quiero empezar desde cero. Yo no soy el enemigo, Virginia. La verdad es que soy tu amigo.

Ella se abrazó. Sus miradas se encontraron.

—¿Por qué me diste la espalda cuando estaba destrozada, cuando necesitaba un amigo? —susurró.

—Porque yo también sufría —contestó él tras un titubeo.

Virginia tardó un momento en comprender. ¿Insinuaba Sean que sentía algo por ella y que el hecho de que Devlin la hubiera seducido había acabado con sus esperanzas?

Él sonrió amablemente.

—Creo que es hora de que firmemos una tregua. Además, se está muy solo en el comedor, noche tras noche. Echo de menos tus historias, tan divertidas.

Ella se sintió conmovida. Posó la mano sobre su manga.

—Yo también lo siento. No es a ti a quien odio.

—Lo sé.

Las semanas se convirtieron en un mes y luego en dos. Virginia cenaba con Sean cada noche y, al cabo de un par de semanas, la tensión había desaparecido. Ella comenzó a ansiar la caída de la tarde para compartir con él una cena deliciosa y una conversación que nunca se agotaba. Sean trabajaba con denuedo para sacar adelante la finca y, durante aquellas veladas, hablaba de los problemas que encaraba y de sus éxitos, grandes o pequeños. A menudo su conversación tomaba un sesgo político. Liverpool, hombre al que Sean parecía tener en alta estima, había formado un nuevo gabinete y era ahora primer ministro. A mediados de agosto, se enteraron por el *Dublin Times* de que los Estados Unidos habían declarado la guerra a Gran Bretaña. Fuerzas británicas habían tomado un pequeño asentamiento en el noroeste, y un escuadrón británico había apresado el Nautilus, un navío de la Marina estadounidense.

Virginia no salía de su asombro.

—¿Cómo puede pensar tu país en reducirnos de nuevo al estado de colonia? —exclamó.

—No pensamos convertir de nuevo a los Estados Unidos en una de nuestras colonias —contestó Sean—. Nosotros no queríamos esta guerra. Ya tenemos suficiente con lo que sucede en Europa. Los responsables de esto son vuestros halcones de la guerra, Virginia.

Virginia sabía algo sobre la política estadounidense, pero poco sobre halcones de guerra.

—Mi padre era un hombre muy inteligente y repetía a menudo que Gran Bretaña no sentía respeto por nuestros derechos, que desea recuperar su estatus como madre patria y que nunca nos permitirá el libre comercio. ¿Cuántos barcos americanos han sido apresados por vuestra Marina? ¿Cuántos americanos como yo misma han sido secuestrados en esos barcos... y rescatados? ¿Tienes idea de cuánto dinero nos ha costado la política de restricciones comerciales de tu país? —replicó ella.

—Por desgracia, deseáis alimentar y vestir a Napoleón y a sus ejércitos, Virginia —dijo Sean con calma—. Y eso no puede permitirse.

Al final, ninguno de los dos ganó el debate y se estableció una tregua, pero desde entonces ambos siguieron con avidez las noticias de la guerra. Poco después tuvo lugar una masacre de indios en el fuerte americano de Dearborn y se produjo la captura británica de Detroit. Aquella nueva guerra, tan insignificante para Gran Bretaña y tan importante para los Estados Unidos, no iba bien para los americanos.

No hubo noticias de Devlin, ni una sola carta. Si el rescate progresaba, no los mantenía informados.

Virginia comenzó a acompañar a Sean a los campos cada día, y casi llegó a olvidar que su amigo tenía un hermano. Parecía ser cierto, a fin de cuentas, que el tiempo curaba todas las heridas. De alguna forma parecía haber enterrado el recuerdo de Devlin en un lugar oscuro y remoto. Sin embargo, en el fondo de su corazón, sabía que era el único hombre al que nunca podría olvidar.

Una noche, a mediados de septiembre, Virginia bajó a

cenar y oyó voces desconocidas en el salón principal. Aflojó el paso al darse cuenta de que había allí una mujer y un hombre que charlaban amigablemente con Sean. Intrigada por quiénes podían ser aquellas visitas, se detuvo antes de entrar. Sus ojos se vieron atraídos de inmediato por un hombre alto y moreno, de piel atezada y majestuoso porte. Su mirada se fijó entonces en una mujer alta, con el pelo muy rubio, figura voluptuosa y elegante atuendo. Su corazón dio un vuelco, pues la reconoció al instante. Devlin O'Neill se parecía tanto a ella que no cabía duda alguna de que era su madre. Lo cual significaba que el hombre alto y moreno que la acompañaba tenía que ser Edward de Warenne, conde de Adare.

Virginia pensó en huir antes de que la vieran y alegar luego una jaqueca, pues estaba segura de que habían ido a cenar. Pero era ya demasiado tarde.

—Virginia... —Sean la había visto y sonreía ampliamente. Sus ojos grises brillaban—. Ven a conocer a mis padres, lady Mary de Warenne y mi padrastro, lord Adare.

La pareja se volvió simultáneamente y Virginia se encontró ante sus miradas penetrantes. Por un momento, estuvo segura de que la escudriñaban minuciosamente. Se adelantó despacio, llena de inquietud y temor. Pero Mary sonrió.

—Hola, criatura. Regresamos ayer de Londres y, tan pronto oímos la noticia, nos apresuramos a venir.

—Milady... —dijo Virginia haciendo una reverencia.

—Típico de Devlin no decir ni una palabra —dijo Adare mientras la miraba con atención.

Virginia miró a Sean, confundida. Él también parecía desconcertado.

—¿Cómo está Devlin? —preguntó secamente.

—Metido hasta el cuello en un lío que él mismo ha causado —dijo Adare con severidad—. Lo volvieron a acusar de desobedecer órdenes directas. Corrió el rumor de que había atacado un barco americano.

—¿Qué ocurrió? —preguntó Sean, muy serio.

—Hubo una vista preparada por el almirante Farnham, con la ayuda de Tom Hughes. Devlin alegó haber acudido en ayuda de un mercante americano que se iba a pique, insistió en que no había atacado ningún barco americano. Varios de sus hombres testificaron que era cierto. El barco, el Americana, naufragó al parecer en una tormenta y no hubo supervivientes. Farnham fue vencido por dos votos a uno, y la moción para que se celebrara un consejo de guerra fue rechazada.

—Dios mío —musitó Sean, muy pálido.

Adare levantó la mano.

—Está bajo prueba y ha sido enviado a escoltar un convoy a España. Mi hijo tiene nueve vidas... y ya ha usado diez.

Virginia sudaba profusamente. Había ya una explicación para la prolongada ausencia de Devlin. Ella no iba a excusar su comportamiento, pero en un rinconcito de su corazón se alegraba de que, aunque hubiera querido regresar a Askeaton, no hubiera podido.

—¿Volverá pronto? —preguntó con nerviosismo.

—No sabría decirle —dijo el conde con amabilidad.

Mary le sonrió.

—Bueno, eso espero. ¿O acaso espera que su hermano te haga compañía mientras él navega por el mundo? —Virginia estaba cada vez más inquieta—. Felicidades, querida mía —dijo Mary, agarrándola de las manos—. Me alegro muchísimo por los dos.

—¿Q-qué?

Sean dijo lo mismo. Adare sonrió.

—Estamos muy contentos... y aliviados, he de añadir, pues es lo último que esperábamos.

Virginia tenía un mal presentimiento. Miró a Sean en busca de ayuda.

Él carraspeó.

—¿Cómo os conocisteis, si puede saberse? —preguntó Mary mientras le daba el brazo a Virginia.

A ella no se le ocurrió una respuesta inteligente. Y Mary se refería a Devlin... ¿no?

Adare palmeó el hombro de Sean.

—Ya que Devlin no ha tenido la amabilidad de informarnos de que se casaba, te lo preguntaré a ti. ¿Cuándo es la boda? ¿Hay algo planeado? Ya sabes que a tu madre le encantaría ayudar a organizar los festejos.

—La boda... —dijo Sean con precaución, muy colorado.

—Sí, la boda de Devlin. Lo primero que oímos cuando llegamos a casa fue que Devlin está prometido. En cuanto nos bajamos del barco en Limerick, el alcalde fue a darnos la enhorabuena... igual que todos los caballeros y los comerciantes —Adare miraba fijamente a Sean—. ¿Qué sucede, Sean? Pareces nervioso.

Sean y Virginia se miraron, impotentes. Mary dejó de sonreír.

—¿Ocurre algo? —se volvió hacia su hijo—. ¿Sean?

Virginia habló, dado que Sean parecía incapaz de articular palabra.

—Lo siento, no soy la prometida de Devlin. Ha habido un terrible malentendido.

—No entiendo —Mary estaba pálida.

—Bueno, eso explica por qué Devlin no dijo ni una palabra cuando lo vimos en Londres —Adare estaba serio y contrariado—. Temo preguntar, entonces, qué está sucediendo. ¿Es usted la invitada de Devlin? —su mirada se entornó—. No nos han presentado adecuadamente.

Virginia no quería disgustar a Mary de Warenne, pero no tenía más remedio.

—No soy una invitada —dijo.
—No entiendo —musitó Mary.
—No es una invitada —dijo Adare lentamente. Se volvió hacia Sean—. ¿Es tu esposa, entonces?
—No —contestó Sean, ruborizándose—. Padre, quizá será mejor que os sentéis.
—Tengo un mal presentimiento —dijo Adare.
—Virginia es la sobrina del conde de Eastleigh —murmuró Sean.
Un terrible silencio se adueñó de la habitación.

Virginia miró por las puertas de la terraza y vio al conde abrazar a su esposa. Mary lloraba. Virginia notó que Sean se acercaba a ella por la espalda y, un momento después, sintió su mano sobre el hombro. Se volvió para mirarlo.
—Ahora sabemos por qué Devlin no ha pedido rescate por ti —dijo él suavemente—. Estaba muy ocupado defendiéndose contra un consejo de guerra.
—Eastleigh cree probablemente que estoy muerta. Sin duda piensa que estoy en el fondo del mar, con el Americana —dijo Virginia, inquieta.
—Seguramente —convino Sean.
—¿Por qué está tan disgustada tu madre? —preguntó—. Nadie le ha hablado del rescate.
Sean titubeó.
—Tiene que ver, en parte, con lo mucho que desea que Devlin encuentre la felicidad.
—A Devlin no le interesa la felicidad —contestó ella, crispada.
—Tienes razón —repuso él—. Pero es su madre, y quiere que sus hijos sean felices.
—Me ha parecido que los dos se quedaban atónitos al

saber que soy la sobrina de Eastleigh —dijo Virginia —Sean se encogió de hombros—. Te he preguntado una docena de veces por qué hace esto Devlin y tú te niegas a contestar. Ahora te lo pregunto otra vez. ¿Por qué está lady Warenne tan angustiada? ¿Por qué casi se desmayó al oír el nombre de Eastleigh? ¿Tiene todo esto algo que ver con mi tío? —preguntó.

—Sí.

—No entiendo —dijo Virginia, dando un respingo.

—Eastleigh no siempre ha sido conde. Harold Hughes era en realidad el hijo mediano del último conde. Era capitán del ejército, una profesión muy común entre los segundones —explicó Sean lacónicamente.

Ella seguía sin entender qué quería decir.

—¿Qué tiene todo eso que ver conmigo... y con tu hermano?

Él hizo una mueca.

—Harold Hughes sirvió en Irlanda, Virginia. Fue él quien asesinó a nuestro padre.

Virginia dejó escapar un grito leve, aturdida. Sean la sujetó. Ella se aferró a sus brazos.

—¿Se trata entonces de la muerte de tu padre? —entonces lo entendió todo—. Dios mío, no se trata del rescate, sino de una venganza.

Él asintió con la cabeza. Y la magnitud de todo aquello, su absoluta ironía, se hizo evidente para Virginia. Se echó a reír. Se reía frenéticamente porque Devlin era un necio, ¡oh, sí!

—Virginia, te estás poniendo histérica —dijo Sean con cautela mientras intentaba llevarla al sofá.

—¡Yo creo que no! —gritó ella, pero dejó que la llevara—. Tu hermano es un tonto, porque a Eastleigh yo le importo un bledo, y menos aún le importaría que fuera rehén de nadie.

Sean la obligó a sentarse y se alejó. Virginia siguió riendo, pues ahora era ella quien reía la última. A Devlin, el tiro le había salido por la culata. Sean regresó. Parecía muy preocupado. Le dio una copa. Virginia la rechazó.

—¿Es que no lo ves? No hay venganza. Si Devlin quiere herir al conde de Eastleigh, no puede hacerlo a través de mí.

Sean se sentó a su lado y tomó sus pequeñas manos entre las suyas, grandes y fuertes. Virginia pensó en las manos de Devlin y se envaró. Lentamente miró a los ojos a Sean.

—No. Devlin lleva años destruyendo metódicamente al conde de Eastleigh. A ese hombre no le queda ya más que una sola finca, con una renta muy pequeña. No puede permitirse pagar tu rescate y, si lo paga, tendrá que vender todo lo que le queda. Estará acabado, y mi hermano habrá vencido.

Ella lo miró con asombro y luego apartó las manos.

—¿Y el conde tendrá que pagar?

—Se convertirá en una cuestión de honor.

—¿Qué clase de hombre destruye a una mujer inocente para vengar a su padre? —preguntó, aturdida.

—Mi hermano —repuso Sean. Volvió a tomarla de la mano y se la apretó con firmeza—. A ti no te ha destruido. No estás embarazada —hablaba en voz baja—. No volverá a tocarte, te lo prometo. Muy pronto todo esto habrá acabado. Un día será sólo un vago recuerdo.

Virginia seguía mirándolo, pero no veía ya a Sean, sino a Devlin, y empezaba a comprender que sus ojos pudieran ser tan fríos, que pudiera mostrar una falta total de compasión o bondad. No era un hombre corriente. Estaba obsesionado con la venganza y cualquier medio le parecía válido para conseguir sus fines.

—¿Y qué hay de su carrera? Sin duda se enfrentará a una corte marcial por secuestrarme.

—Eastleigh ha quedado ya en ridículo muchas veces por culpa de Devlin —contestó Sean—. Es demasiado orgulloso para acudir a las autoridades, Virginia.

Ella se quedó quieta. Comprendió entonces que tenía en sus manos la posibilidad de hundir a Devlin O'Neill. Sean le sostuvo la mirada. Sin duda él también lo sabía.

Mary y el conde entraron repentinamente en la habitación. Mary ya no lloraba. Los dos estaban terriblemente serios. Mientras la miraban, ella apartó la mano de Sean y se levantó despacio.

Mary esbozó una sonrisa.

—Por favor, pequeña, ven fuera a sentarte conmigo. Hace una noche muy agradable.

Virginia deseó poder excusarse, pues estaba segura de que Mary quería mantener con ella una conversación demasiado íntima. Dirigió a Sean una mirada suplicante, pero él se encogió de hombros. Como no le quedaba más remedio, salió a la terraza con Mary. La otra mujer se detuvo junto a la balaustrada y la miró de frente. Virginia levantó la vista hacia las estrellas, en lugar de mirarla. Pero resultaba imposible sustraerse a la bondad y la compasión que fluían de ella como de un ángel terrenal.

—Niña —dijo suavemente la condesa—, ¿cómo puedo pedirte perdón por lo que ha hecho mi hijo?

Virginia tuvo que mirarla a los ojos. La compasión de Mary ponía en peligro su compostura.

—No es culpa suya.

Mary no pudo hablar durante un momento.

—Quiero a mis dos hijos con todo mi corazón. Deseo que vivan en paz y que sean felices. Es muy difícil, aquí, en Irlanda, conseguir una vida así. Sean, creo, se ha acercado bastante. Pero Devlin... Devlin se echó al mar siendo un muchacho. Desde entonces rara vez lo veo. Ha escogido una vida sin alegría, una vida en alta mar, una vida de guerra, destrucción y muerte. Vive con su dolor, ajeno al mundo, a la gente, como si fuera una isla, como si no necesitara la compañía de los hombres, ni el amor, ni la dicha —Mary cerró los ojos y las lágrimas resbalaron por sus mejillas—. He rezado tanto por él...

Virginia sintió también ganas de llorar.

—Quizá no necesite ni compañía ni amor —dijo escuetamente.

—Puede ser frío —dijo Mary, mirándola a los ojos—, pero es un hombre. Un corazón palpita en su pecho. Claro que necesita compañía y amor. Todos necesitamos esas cosas —Virginia no estaba segura de que Mary de Warenne tuviera razón—. Me despierto de madrugada, angustiada por él. Cien veces he vuelto a dormirme llorando. Mi esposo me dice que es un hombre adulto y que, en muchos sentidos, deberíamos estar orgullosos de él. Creció sin nada. Éramos muy pobres, entonces. Ahora tiene esta casa tan bella, las tierras que durante generaciones pertenecieron a los O'Neill y a los FitzGerald, y posee muchos barcos excelentes, su propia flota, en realidad, además de una casa maravillosa en Greenwich. Hace poco fue ascendido a la nobleza —sonrió entre lágrimas—. Ahora es sir Devlin O'Neill.

—Es un hombre muy poderoso —dijo Virginia con la voz enronquecida.

—Sí, lo es —Mary la agarró de las manos—. Pero no es cruel. ¿Verdad? —preguntó, implorante.

Virginia la miró con fijeza, incapaz de responder durante un instante. Por fin susurró:

—No en el sentido al que se refiere.

—Ay, Jesús bendito, ¿qué ha hecho? —sollozó Mary.

—Estoy bien —mintió ella, acongojada.

Mary la observó detenidamente, angustiada.

—Eduqué a mis hijos para que respetaran a las mujeres —dijo—. ¿Te ha respetado?

Virginia no sabía cómo responder. De haberle hecho Mary aquella pregunta la víspera de la partida de Devlin, habría dicho que sí sin titubeos. Pero ahora el dolor volvía de golpe, atronaba sus oídos, la ensordecía, y una neblina se levantó ante sus ojos y la cegó por un instante. Él se había ido sin decirle siquiera adiós. Aquello seguía doliéndole y, si eso no era cruel, ¿qué lo era?

Mary comprendió. Se llevó la mano al pecho, trémula, y se dio la vuelta.

—Si no lo quisiera tanto, lo repudiaría... a mi propio hijo, sangre de mi sangre —se volvió hacia ella—. ¿Estás embarazada? —Virginia negó con la cabeza. Mary se acercó a ella y posó la mano sobre su mejilla—. Eres una joven preciosa —susurró—. ¿Lo quieres?

Virginia se sobresaltó. Luego dijo:

—Por favor, no puedo contestar a más preguntas —se apartó bruscamente, pero luego se dio la vuelta—. Lady de Warenne, Devlin no me hizo daño, de veras. Creo que intentó ser el hombre que usted quiere que sea. Pero... sencillamente ocurrió —sabía que estaba defendiendo a Devlin. Sacudió la cabeza con vehemencia, llena de angustia, porque su defensa seguía siendo inexplicable—. Ya no sé nada. Sólo sé que debo irme a casa —se volvió, entró en la casa y corrió a refugiarse en su habitación.

En el carruaje, Edward rodeó a su esposa con el brazo y la atrajo hacia sí. Mary se volvió hacia él, apoyó la mejilla en su ancho pecho y cerró los ojos. Él podía sentir su angustia y, aunque quería a Devlin como si fuera su hijo, odiaba el dolor que le causaba a su esposa y deseaba que estuviera en su mano el remediarlo. Aquélla era la ironía irreductible a la que se enfrentaban muchos hombres poderosos: podían gobernar un reino y a sus súbditos, pero no a un hijo díscolo.

—No te preocupes más esta noche —susurró—. Mañana hablaremos de esto y decidiremos lo que ha de hacerse.

Mary no contestó. Él la sintió temblar y comprendió que estaba llorando otra vez. Se inclinó y le besó la sien. Ella buscó su mano y se la apretó.

—¿Qué haría yo sin ti? Te quiero, Edward. Te quiero muchísimo.

Una vieja emoción se apoderó de él. Se había enamorado de Mary en el preciso instante en que la conoció, cuando Gerald, su arrendatario, llevó a casa a su prometida, que por entonces contaba diecisiete años. En aquella época, él estaba también a punto de casarse. Pasó once años admirando a Mary desde la distancia, sin hacer nunca un comentario o un gesto inapropiado, mientras ella le daba tres hijos a su marido y su propia esposa le daba a él tres hermosos hijos varones y una hija. En aquellos años, había desarrollado respeto y admiración por su arrendatario, además de una cautela recelosa. Oía rumores de que los Defensores habían llegado a Wexford, de que su poder y su entusiasmo iban en aumento. Siempre había favorecido la emancipación plena de los católicos, pues tenía el convencimiento de que permitiría que Irlanda se fortaleciera económica y políticamente. Otros disentían. Algunos temían perder poder y tierras si, una vez legitimados en sus derechos, los católicos buscaban restaurar sus antiguos privilegios.

De vez en cuando cenaba con Gerald, y Mary se excusaba amablemente para que ellos pudieran hablar. Gerald nunca había sospechado que estaba enamorado de su mujer. Mary, en cambio, lo sabía. Lo había sentido desde el principio y, desde ese momento, había mantenido los ojos bajos cada vez que él estaba presente, como si temiera que una sola mirada compartida pudiera conducir a un terrible error.

Algún tiempo antes de la insurrección de Wexford, Edward descubrió la implicación de Gerald en la conspiración. Discutieron ferozmente, llegaron casi hasta las manos, y Edward le exigió que se mantuviera al margen del conflicto. Días antes de que los rebeldes tomaran la ciudad de Wexford, Gerald llegó al galope a la casa de Adare. Parecía enloquecido.

Adare salió a recibirlo al patio, aterrorizado ante la idea de que algo espantoso le hubiera ocurrido a Mary o a los niños. Gerald saltó de su caballo y lo asió por las solapas de la chaqueta.

—Necesito que me jures que cuidarás de mi mujer y mis hijos, Edward.

—¿Qué? —Edward estaba atónito.

—Sólo por si acaso... —Gerald lo miraba con salvaje fijeza—. Sólo podrán recurrir a ti. Promételo, júrame que velarás por su bienestar, que no permitirás que mueran de hambre. Y... —titubeó— que encontrarás otro marido para ella, un hombre bueno y decente.

La esposa de Edward había muerto hacía unos años, al dar a luz a su segunda hija, que tampoco había sobrevivido. Él lloraba aún su muerte y no soñaba siquiera con lo que le deparaba el futuro.

—Mantente alejado de la rebelión —le ordenó—. Tienes una familia maravillosa, una buena esposa, y te necesitan vivo.

—Mi país me necesita —replicó Gerald—. ¡Prométemelo, Edward!

Él prometió, pero no era necesario, porque de todos modos habría movido cielo y tierra para proteger a Mary y a los niños.

Todo aquello había sido un vuelco terrible del destino: primero la muerte de su esposa y, más tarde, el asesinato de Gerald por los británicos. Pero ahora, casi quince años después, habiendo conseguido una felicidad personal y una alegría que nunca había creído posible, no lograba imaginar su vida sin Mary. Acarició de nuevo su pelo y murmuró:

—La enviaremos con Eastleigh. Mañana me ocuparé de todo.

—¡No! —Mary se incorporó bruscamente, con los ojos muy abiertos.

—¿No? Cariño, Devlin la ha retenido contra su voluntad —dijo él con suavidad.

—Devlin la secuestró y la retiene como rehén —dijo Mary con firmeza—. ¡No hace falta que te andes con rodeos conmigo!

Él sonrió, compungido, y le apretó la mano.

—Sólo quiero evitarte más sufrimiento —dijo.

—Lo sé —sollozó ella—. Pero ¿y Virginia? ¿Nadie va a ahorrarle a ella sufrimiento? ¿No va a obtener justicia?

Él escrutó sus ojos azules.

—¿Qué te ronda por la cabeza?

—Devlin hará lo correcto —dijo ella con firmeza—. Arreglará este asunto del único modo posible.

Devlin contemplaba el día gris con los ojos entornados.

Delante de él, el camino que partía de Limerick serpeaba entre campos de labor recién segados y suaves colinas en las que se entrecruzaban los muros de piedra. Quedó un momento con la mirada fija y, mientras permanecía sentado sobre su montura, tuvo buen cuidado de no permitir que ningún sentimiento lo embargara. Y lo consiguió. Esta vez, no se sentía reconfortado por volver a casa. Era simplemente otra misión que debía cumplir.

Espoleó al caballo hasta ponerlo al trote. Sabía que, al doblar el siguiente recodo del camino, vería sus tierras. Pero ello no importaba. Se dominaba con mano férrea. Nunca antes se había sentido tan dueño de sí mismo.

Dobló el recodo y por fin se permitió sentir un placer leve y ocioso al ver los campos segados que se extendían, desnudos y pardos, frente a él. Un muro de piedra cortaba el campo. Devlin condujo a su montura hacia él y, cuando el animal vaciló, lo espoleó a seguir adelante, apretándolo con fuerza con ambas piernas. El caballo saltó el muro y tomó tierra bruscamente. Cuando hubo recuperado su paso, Devlin le dio una palmada por su coraje.

Delante de él se extendía un campo de labor con la tierra removida. Vio dos caballos que pastaban en su linde y al instante escudriñó los alrededores en busca de los jinetes. Al ver dos figuras de pie junto al borde de un arroyo, al parecer enfrascadas en una conversación, se detuvo bruscamente con el corazón acelerado. Una de las figuras era lo bastante alta para ser un niño, y Devlin supo sin asomo de duda de quién se trataba. Su ánimo se ensombreció. Tensó con tanta fuerza las piernas que el caballo partió al galope. Tiró de las riendas para detenerlo y el animal reculó. No podía apartar los ojos de Virginia y su hermano.

Se recordó que era capaz de dominar a sus hombres, a su barco, al enemigo. Que llevaba haciéndolo más de diez años, y nunca de manera más efectiva que el verano y el otoño anteriores, mientras patrullaba las costas de España, vigilando los estrechos. Su corazón, que latía desbocadamente, se mofaba de él.

También había dominado sus pensamientos. Durante los cinco meses anteriores, no había pensado en nada más que en su misión. Con puño de hierro había sofocado cualquier pensamiento inoportuno y lo había relegado a las sombras del pasado, a donde pertenecía.

Había regresado por una única razón, y lo había hecho a sabiendas de que era plenamente dueño de sí mismo.

Se dijo con firmeza que no le importaba de qué estuvieran hablando. Refrenó al caballo y siguió observándolos. Estaban demasiado lejos para que distinguiera sus rasgos o su expresión. Sólo veía que Virginia llevaba también calzas claras y botas de montar de caña alta, hasta la rodilla. Parecía tener el pelo hacia atrás, no sabía si suelto o recogido en una trenza. Se tensó y buscó algún indicio aparente de preñez, pero desde tan lejos era imposible notarlo.

Su boca se torció agriamente. Aquella absurda atracción formaba parte del pasado, estaba seguro. Cuando se encontraran cara a cara, sentiría por ella lo mismo que por Elizabeth o Fiona.

Estaba harto de pensar. Hizo volver grupas al caballo y galopó hacia Askeaton.

—Es una receta secreta —dijo Virginia cuando entraron en la casa— de la bisabuela de Tillie.

—¿Tillie, tu mejor amiga, la esclava? —preguntó Sean, que iba tras ella. Llevaba en las manos una docena de panochas de maíz.

Virginia asintió con la cabeza, acalorada por la reciente galopada.

—Yo supervisaré los preparativos de la comida —dijo Virginia. Se le hacía la boca agua con sólo pensar en el pudín de maíz que comerían esa noche—. Qué suerte que aún quedara algo de maíz.

Sean sonrió y dijo algo, pero Virginia, que acababa de doblar la esquina, no lo oyó. De pie, en el pasillo, estaba Devlin.

Ella se detuvo y Sean chocó con su espalda. Ella apenas se dio cuenta. Su corazón se había detenido y apenas podía respirar. Devlin permanecía tranquilamente allí parado y la miraba sin prisas. Era evidente que estaba esperándola. Tenía separados los recios muslos, como si estuviera gobernando su barco. Su mirada no vaciló ni se apartó de su cara.

Virginia tomó aire con dificultad y sintió que le ardían los pulmones. Su corazón latía ahora con fuerza, le causaba una nueva quemazón, un nuevo dolor. Empezó a temblar. Se volvió y vio que Sean había dejado caer las mazorcas. Se inclinó para recogerlas, inhaló con fuerza y vio lo mucho que le temblaban las manos. Intentaba pensar, pero sus pensamientos eran incoherentes y frenéticos. Oh, Dios, ¿qué iba a hacer ahora?

—Devlin —dijo Sean en voz baja, pero mientras hablaba se inclinó y asió el brazo de Virginia para que se incorporara—, no sabíamos que habías vuelto —no la soltó.

No hubo respuesta a su comentario. Virginia se volvió a medias, presa de la angustia, y vio que él les sonreía. Sus miradas se encontraron. Él no había cambiado. Era seductor, poderoso y magnético. Seguía siendo cautivador. Ojalá hubiera cambiado...

—No enviaste recado —dijo Sean, que seguía mirándolo como hipnotizado.

—No sabía que tuviera que advertirte de mi regreso —contestó Devlin con calma.

Virginia no podía apartar los ojos de él. Todos los momentos que había pasado a solas con él volvieron a asaltarla.

—Hola, Virginia —dijo Devlin. Ella no podía hablar, así que intentó asentir con la cabeza—. Sean —añadió él con una inclinación de cabeza.

Sean se movió por fin, acercándose a él lentamente.

—Nuestro padre estuvo aquí el otro día. Me enteré de lo de tu travesía... y de lo de la vista. Me alegra que hayas vuelto.

—¿De veras? —preguntó Devlin con acusada frialdad.

Sean se envaró.

—Sí, así es —miró hacia atrás y hacia delante, entre Virginia y su hermano. Virginia era consciente de que seguía paralizada. Aunque seguía atónita, su mente comenzaba a funcionar de nuevo. No esperaba volver a ver a Devlin. Y se había conformado. Él la había lastimado hasta lo indecible, pero estaba segura de haberse recuperado, de que el tiempo curaba todas las heridas. Pero ahora que él había vuelto, que estaba a sólo unos pasos de ella, se daba cuenta de que nada había cambiado. Era como si los meses no hubieran transcurrido. Sus heridas, sólo cicatrizadas en la superficie, se abrieron de nuevo. ¿Cómo podía haberla dejado así? ¿Cómo?

Sean resopló de pronto y se marchó, dejándolos allí, con la vista clavada el uno en el otro.

—Tienes buen aspecto —comentó Devlin, con tono ni indiferente ni interesado.

Ella inhaló. ¿Recordaba él algo, lo más mínimo? Pero ¡cómo podía haberlo olvidado!

Devlin se acercó.

—Deduzco que Sean y tú os lleváis bien.

Ella se puso rígida.

—Se ha convertido en un buen amigo —dijo. A él no pareció importarle y se encogió de hombros. Ella se humedeció los labios—. ¿De veras... de veras le dijiste que debíamos casarnos?

—Pues sí, así es.

—¿Es que no tienes corazón? —musitó ella.

—Creo que los dos sabemos la respuesta a esa pregunta.

—Entonces, ¿no puedes mostrarme un poco de compasión?

—Apenas sé lo que deseas de mí, Virginia. Lamento que hayas pasado tanto tiempo al cuidado de mi hermano, pero la guerra retrasó mi regreso —dijo desapasionadamente.

Ella se sintió aturdida. No se acordaba, ¿verdad? ¿Era posible que ella fuera tan insignificante, tan poco digna de recordarse?

—¿Qué estabais haciendo Sean y tú? —preguntó él con despreocupación.

—Yo... ¿qué? —parpadeó—. Íbamos a hacer pudín de maíz. Quiero decir que... que iba a enseñar a la cocinera a hacer una receta.

Una ceja rubicunda se alzó y él no dijo nada. Virginia no se movió. ¿Era posible, se preguntaba, abatida, que aún sintiera algo por aquel hombre? Hacía cinco meses que no lo veía. Él la había abandonado cruelmente después del momento más significativo de su vida. Desde su llegada no le había mostrado ningún indicio de afecto, ni siquiera un saludo dirigido únicamente a ella. Pero ella sentía en su interior una tensión desesperada y sabía, por desgracia, lo que significaba.

Significaba que quería que Devlin dijera que le importaba, que recordaba cada instante de su encuentro amoroso —igual que ella— y que quería implorarle perdón.

—Pudín de maíz —murmuró él—. Qué interesante.

Ella se envaró, a la defensiva, y mantuvo la cabeza alta. Pero él no iba a decir nada sobre su pasado. Ella ya lo sabía.

—Da la casualidad de que está delicioso. Si piensas quedarte a cenar, sin duda te gustará —cuán difícil era mantener la voz firme y hacer acopio de orgullo.

Las dos cejas se alzaron. Él parecía divertido y levemente incrédulo.

—Ésta es mi casa. Tenía intención de cenar antes de irme mañana.

El corazón de Virginia se detuvo de golpe.

—¿Te... te vas mañana?

—Nos vamos mañana —dijo él, y por fin su miradas gris se deslizó sobre ella, desde sus ojos a su boca, donde se detuvo un momento, para resbalar luego por la camisa de algodón blanca que cubría su pecho, pasar por encima del grueso cinturón marrón, atado y sin hebilla, por las calzas que ceñían sus piernas delgadas—. Me sorprende mucho que Sean te deje corretear por ahí así vestida.

Si sentía alguna atracción, no dejaba traslucir nada, ni

en su tono de voz, ni en su expresión, ni, sobre todo, en sus ojos, que parecían planos y opacos, sin vida.

—¿Nos vamos mañana? —preguntó Virginia, atónita.

—Sí —Devlin se volvió y se acercó a los altos ventanales, donde se detuvo de espaldas a ella y contempló, aparentemente, los prados y las colinas distantes—. Eastleigh duda de tu existencia.

A ella le daba vueltas la cabeza.

—¿Qué?

Él no se volvió. Siguió mirando por la ventana y su voz carecía de inflexión cuando volvió a hablar.

—Mandé la nota de rescate desde Cádiz. Eastleigh asegura que te ahogaste, como todos los demás, a bordo del Americana. Vamos a ir a Southampton para demostrarle de una vez por todas que estás vivita y coleando.

Así pues, el momento de su rescate había llegado. Virginia estaba tan embargada por la pena y la confusión que no podía enfrentarse a aquel asunto, a pesar de que significaba que estaría mucho más cerca de volver a casa. Curiosamente, en ciertos sentidos, Askeaton se había convertido en su hogar.

Pero aquél no era su hogar. Su hogar era Sweet Briar, y todavía cabía la posibilidad de que no hubiera sido vendido, lo cual suponía que quizá pudiera encontrar un modo de salvarlo. Ya no confiaba en la ayuda de su tío. Y, evidentemente, los planes de Devlin, aunque postergados por la guerra, no se habían alterado. Ella no sabía qué decir, porque no deseaba hablar del rescate.

—¿Vendrá Sean con nosotros? —preguntó por fin, afligida.

—¿Quieres que vaya?

¿Había una nota extraña en su voz?

—Claro que sí —dijo mientras escrutaba su mirada, pero él se volvió.

—Lo necesito aquí —contestó—. Prepárate para después del desayuno —se alejó.

Ella se quedó mirándolo, estupefacta. Y luego la magnitud de lo que había ocurrido se abatió sobre ella de golpe. Devlin había vuelto y no había pronunciado ni una sola palabra sobre lo sucedido entre ellos. Y, con la comprensión, llegó la rabia.

Echó a andar tras él.

Lo encontró sirviéndose un whisky en el salón. Sin levantar la mirada, él levantó un vaso vacío.

—¿Te apetece una copa? —dijo con ligereza.

Virginia no se detuvo hasta que estuvo frente a él y lo obligó a mirarla.

—No, no me apetece una copa. E insisto en que Sean venga con nosotros.

Él dejó lentamente su vaso y levantó la vista.

—No estás en situación de insistir en nada.

—Será mi carabina —dijo ella con voz crispada—. Me niego a pasar un solo minuto a solas contigo.

Él se levantó despacio y, naturalmente, la empequeñeció, haciendo que se sintiera menuda y vulnerable.

—No tienes de qué preocuparte.

—Tengo mucho de qué preocuparme —gritó ella, y se dio cuenta de que estaba jadeando. Pero lo cierto era que dudaba que tuviera algo de qué preocuparse, puesto que aquel hombre no parecía recordar siquiera haberla tocado, y mucho menos haberle hecho el amor.

Él le sostuvo la mirada.

—Sean se queda aquí.

—Entonces yo no voy —gritó ella, tan tontamente como una niña.

—No te preocupes —masculló él, y levantó su vaso y bebió—. Volveréis a reuniros... cuando yo haya acabado.

—No te acuerdas, ¿verdad? —preguntó ella, y sus dientes

empezaron a castañetear. En el salón hacía de pronto mucho frío. Tenía frío. Estaba helada, de hecho.

Él bebió de su whisky como si no la hubiera oído.

Virginia lo agarró del brazo, para su propia sorpresa, y el whisky se derramó sobre los dos.

—La noche que pasamos juntos en la cama, la noche que me hiciste el amor... —dijo, frenética.

La mandíbula de Devlin se tensó y apartó la mano de su brazo.

—¿Quieres decirme algo?

—¿Te acuerdas o no?

—Apenas —murmuró él.

Ella lo abofeteó con todas sus fuerzas.

La bofetada resonó en el silencio hueco del salón.

Virginia retrocedió, sorprendida por lo que había hecho. Pero por fin una luz había aparecido en los ojos de Devlin, a pesar de que no era la luz que ella deseaba ver. Su mirada ardía, llena de furia. Al menos, pensó Virginia, sus ojos no eran ya opacos e inermes.

Ella dio un respingo. Jadeaba pesadamente, esperando que le devolviera el golpe.

Pero él se limitó a decir con dureza:

—El sexo no es amor.

Ella dejó escapar un gemido. Sus palabras eran mucho más brutales que cualquier golpe.

—Supongo que te debo una disculpa —dijo él lacónicamente.

Era demasiado tarde. Virginia sacudió la cabeza, se le saltaron las lágrimas y se volvió para huir de allí. Pero él la agarró de la muñeca y la obligó a mirarlo de nuevo.

—Suéltame —lo advirtió ella con un sollozo.

La mandíbula de Devlin se flexionaba una y otra vez.

—Lo siento —dijo—. Creo que ya te lo dije. Ahora vuelvo a decírtelo.

—¡Qué necia fui, creer que el sexo significaba algo para ti!

La mirada de Devlin vaciló.

—Merezco tu desprecio. No tenía derecho a adentrarme en terreno que ningún otro hombre había hollado. Ahora —añadió con firmeza—, ¿sería posible que el pasado permanezca en el lugar que le pertenece? ¿En el pasado?

—¡Sí, por favor, que así sea! —gritó ella, trémula, con los puños cerrados junto a los costados. Su ira era tan intensa que se parecía sospechosamente al odio. Pero el dolor seguía desgarrándola por dentro. Sólo sabía ya que tenía que alejarse de él.

La tensión se adueñó del semblante de Devlin. Cuando se disponía a salir de la habitación, dijo:

—Mañana después del desayuno, Virginia —y era una advertencia para que estuviera lista.

Ella se quedó mirándolo, pero sólo un instante.

—¿Y si estoy embarazada? —sabía muy bien que no lo estaba, pero ansiaba lastimarlo, aunque fuera sólo un poco, por el mucho daño que él le había hecho.

Devlin se quedó paralizado y, lentamente, se dio la vuelta.

—¿Lo estás? —preguntó. Los músculos de su mandíbula mostraron un leve espasmo. Sus ojos eran ahora de un tono de gris tormentoso y amenazador, señal de que, a fin de cuentas, algo sentía.

—No —replicó ella entre dientes. Y, luego perdido el orgullo, gritó—: ¡Te fuiste sin decirme siquiera adiós!

El cuerpo de Devlin se tensó, presa de la ira. Una ira que parecía decidido a refrenar.

—¿Por qué haces esto? —preguntó—. ¿Es que no tienes orgullo? Soy un canalla, es así de sencillo, en realidad. Hay un dicho, Virginia, que deberías tener en cuenta: al perro que duerme, no le despiertes.

—Yo no soy un perro y lo que hicimos no fue dormir.

—Voy a llevarte a mi casa, cerca de Southampton. Las tierras de Eastleigh quedan a unas cinco millas al norte. Le demostraré que existes, recogeré tu rescate y te dejaré marchar. ¿No te basta con eso? Recuperarás tu libertad —dijo con los dientes apretados.

—No es suficiente —se oyó decir Virginia. Y su orgullo se mofó de ella.

Devlin dio un respingo.

—Entonces lo siento mucho, porque eso es lo único que voy a ofrecerte —se marchó con paso largo y decidido y Virginia se dejó caer en un diván.

Se cubrió la cara con las manos y luchó por no llorar. Devlin se había negado a hablar del pasado y las respuestas que le había dado eran las que no quería oír. Pero era sencillamente demasiado tarde. La verdad —la verdad de Devlin— era brutal.

Devlin entró en la alcoba principal y se detuvo en seco. Estaba alterado, tanto que no podía pasar por alto su inquietud, pero, maldita fuera, pensaba hacerlo. No era momento de ceder y permitir que unos ojos violetas y dolidos lo persiguieran... de nuevo.

Temblaba en el fondo de su ser y se resistía a pensar. Se agarró al poste de la cama. Si hubiera sabido que su control empezaría a hacerse añicos de nuevo, jamás habría vuelto. Habría ordenado a Sean que la condujera a Southampton.

—Debiste avisar de que volvías.

Devlin se volvió, aliviado por la interrupción, y se encontró a su hermano en el umbral de la habitación. Sean parecía enfadado y molesto.

—No tienes nada que esconder. Te di permiso para hacer lo que quisieras. ¿Te la estás follando? —se oyó decir.

Y una imagen sórdida lo asaltó, en la que Sean aparecía tenso sobre ella, penetrándola.

Sean se abalanzó sobre él.

En cierto modo, Devlin sabía que lo haría... y eso era precisamente lo que necesitaba. El puñetazo de su hermano lo lanzó sobre la cama, donde siguieron forcejeando como si fueran aún chiquillos. A Devlin siempre le habían gustado las peleas. Y a Sean también. Usando toda su fuerza, logró tumbar a su hermano de espaldas, pero con el esfuerzo cayeron ambos al suelo. Sean se llevó la peor parte y dejó escapar un gruñido.

Devlin se montó un momento a horcajadas sobre él y sonrió con frialdad. Dijo:

—Bastaba con un sí o un no.

—Maldito canalla sin corazón —gritó Sean, y un puñetazo golpeó la mandíbula de Devlin y lo lanzó de espaldas al suelo.

Sus ojos echaban chispas, y se alegraba de ello. Pero levantó la rodilla y golpeó a Sean en el estómago. Sean profirió un gemido, se derrumbó y Devlin se levantó de un salto, lo alzó y lo empujó de espaldas contra pared. Allí se sujetaron el uno al otro, jadeando como toros rabiosos.

Sean logró desasirse y le asestó otro golpe en la mandíbula.

Devlin retrocedió, complacido cuando el dolor estalló en su cara. Se quedó allí parado y su hermano lo golpeó con todas sus fuerzas en la tripa. Devlin dejó escapar un gemido y se dobló por la cintura.

—¡Pelea, hijo de perra! —gritó Sean.

Devlin ya no quería pelear. Prefería recibir una paliza monumental. Se irguió, sonrió de soslayo y se dio cuenta de que tenía el labio roto.

—¿Te gustan sus gritos? —ronroneó—. ¿Y qué nombre murmura cuando goza, el tuyo o el mío?

Sean volvió a golpearlo. La cabeza de Devlin retrocedió, golpeó la pared y el dolor estalló en sus ojos. «Lo siento, Virginia», pensó de pronto, y la angustia atravesó su corazón. «Pero no soy el hombre que quieres que sea».

Sean lo había asido por la camisa.

—¿De veras crees que porque te pegue vas a redimirte por lo que le has hecho? ¡Maldito seas, Devlin, maldito seas!

Él sonrió a su hermano.

—¿Un puñetazo más?

—Vete al infierno —replicó Sean entre dientes y, soltándolo, se alejó de él.

Devlin se tocó el labio con la lengua y descubrió que sangraba. Sean estaba enamorado de Virginia, estaba claro, mucho más que antes.

¿Se acostaban juntos?

Se acercó al espejo que había sobre el tocador e ignoró de momento el trapo mojado en agua fría que le ofrecía Sean. Su ojo se estaba hinchando, pero quizá no se cerrara. Por fin aceptó el trapo y se lo llevó al ojo.

Se recordó que quería que Virginia se enamorara de Sean; aprobaba su unión. Aquella boda resolvía multitud de problemas y lo dejaba libre para hacer lo que le placiera el resto de su vida.

Bueno, no del todo libre. Había una cosa que nunca más podría hacer, y era llevarse a Virginia a la cama. Pero de eso se trataba precisamente, ¿no?

—No me gusta que me manipulen —dijo Sean.

—¿Te acuestas con ella? Me parece bien —añadió rápidamente.

Sean hizo una mueca.

—No.

Un arrebato de satisfacción inundó a Devlin, para su desaliento.

—Pues deberías —dijo. Se tocó la mandíbula dolorida—. Esperaba el golpe de un niño.

—Ya no soy un niño. ¿Por qué tuviste que darnos una sorpresa? —estaba claro que Sean no quería hablar de acostarse con Virginia Hughes.

—¿Así que hay un «nosotros»? —dijo Devlin rápidamente.

Sean torció el gesto.

—Virginia me importa mucho, Devlin, pero no, no hay un «nosotros». Le hiciste mucho daño cuando te marchaste. Era ella quien necesitaba estar advertida, no yo.

—No sé por qué, pero no lo creo —dijo Devlin mientras lo miraba atentamente.

—Puedes creer lo que se te antoje —repuso Sean con aspereza—. Sólo soy su amigo.

—No la miras como un hombre mira a una amiga —comentó Devlin.

—Y tú puedes fingir indiferencia hacia ella, pero yo huelo la lujuria —replicó Sean, enfurecido.

—Te equivocas —repuso Devlin suavemente, pero los dos sabían que era una inmensa mentira—. Y no quiero discutir contigo. Eres mi hermano. Estamos del mismo lado.

—Ya no, después de lo que has hecho. Déjala libre, Devlin. Olvídate del rescate. Déjala en paz y vete de Askeaton.

—No puedo. Mañana me la llevo a Wideacre.

El rostro de Sean se crispó.

—Si vuelves a hacerle daño, te mataré.

Devlin lo miró con fijeza, intentando decidir si Sean hablaba en serio, si amaba a Virginia hasta el punto de anteponerla a su familia.

Sean se sonrojó.

Un terrible silencio descendió sobre la habitación.

—Confío en que no lo hayas dicho en serio —dijo por fin Devlin—. Después del rescate, puede regresar aquí... contigo.

—Lo decía en serio. Sugiero que busques a otra con la que acostarte.

Devlin sonrió, pero su sonrisa pareció una mueca. Se puso a pasear por la habitación, alterado. Intentaba convencerse de que aquello era lo que quería, una unión entre Sean y Virginia, pero ahora aquella idea le parecía vana y mentirosa. Odió la idea de verlos juntos, por más que luchara contra aquel odio. Claro, que el odio era lo que mejor conocía.

Por fin suspiró y se sentó. Si, después de cobrado el rescate, Virginia resolvía regresar a Askeaton para estar con Sean, él les daría su bendición, le gustara o no.

—¿Sabes?, he pasado los tres últimos meses patrullando la costa de España de día y apresando algunos barcos franceses de noche. Apresamos cuatro navíos en ese tiempo, cuatro navíos y ochocientos hombres.

—¿Me dices eso por algo?

Devlin lo miró.

—Sí, así es. En todo este tiempo, no he pensado ni una sola vez en Virginia. Ojos que no ven, corazón que no siente —no le dijo a Sean cuánta disciplina le había costado.

—Qué orgulloso de ti mismo debes de estar.

Devlin fijó la mirada en los ojos pétreos de su hermano.

—Siento lo que hice. Mi arrepentimiento es muy grande.

—Entonces quizá deberías decírselo a ella.

Devlin se sobresaltó.

—¿Qué conseguiría con eso?

Sean bufó, exasperado.

—¿Qué conseguirías? Le rompiste el corazón. Quizá puedas ayudar a repararlo.

—Sean, lamento disentir. No pude romperle el corazón. Es mi prisionera, no mi amante.

—Ahora soy yo quien disiente. Está enamorada de ti —dijo Sean.

Devlin lo miró con el ceño fruncido, tan asombrado que durante un rato no pudo pensar con coherencia.

—Qué tonto eres —dijo Sean en voz baja.

—No —dijo Devlin, alterado—. Te equivocas. Virginia es curiosa, independiente y apasionada. Eso es todo. Si cree que me quiere, se equivoca. Es deseo, nada más, y cualquier afecto por su parte se debe a que fui el primero.

—¿Sabes? —dijo Sean lentamente—, es posible que alguna mujer quiera algo más de ti que tu cuerpo.

—Sí, una mujer puede querer las riquezas, el poder, la posición y la seguridad que yo podría darle —estaba molesto. Se levantó de un salto y arrojó a un lado el paño ensangrentado—. No esperaba esto de ti.

—¿Y qué esperabas? ¿Cumplir la hazaña y marcharte sin más? ¿Obligarla a elegirme a mí? ¿O entregármela sin pensar en sus sentimientos? ¡Ella no es Elizabeth! ¡No se parece en nada a Elizabeth! Virginia no podría fingir ser lo que no es, ni siquiera por un momento. Virginia muestra abiertamente sus sentimientos. ¡Lleva el corazón en la mano! ¿Qué esperabas?

—Por desgracia, no pensaba nada, ni esperaba nada —dijo Devlin, y se sentó bruscamente. Su corazón osó acelerarse y burlarse de su aparente calma. Su cuerpo temblaba. ¿Se atrevía a confesar la verdad, no ante su hermano, sino ante sí mismo?—. Perdí el control por completo —dijo lentamente—. Juré que no lo haría. Juré que no la tocaría. Esa noche, perdí los estribos. Nunca antes me había ocurrido. ¡Maldita sea, deshonré a una mujer inocente! —sintió una angustia imposible de ignorar. Se cubrió la cara con las manos.

Había abusado de una joven inocente, había deshonrado a Virginia Hughes. Gerald debía de estar retorciéndose en su tumba, y, santo Dios, a su madre se le rompería el corazón si alguna vez descubría la verdad.

—Entonces eres humano, después de todo. Dile lo que me has dicho a mí, que lo sientes, que tienes remordimientos y que la encuentras tan hermosa que no pudiste refrenarte.

Devlin masculló una maldición.

—Yo no soy un poeta, Sean.

—Entonces di algo amable con tus propias palabras.

—Ya lo he hecho —su resolución no vacilaría ahora. No iba a volver a acercarse a Virginia y, desde luego, no volvería a sacar a colación aquel vergonzoso pasado.

—Díselo otra vez.

—Rotundamente no.

Sean suspiró como si admitiera su derrota. Luego, lentamente, dijo:

—Tal vez deberías reflexionar sobre lo que significa esa falta de control.

Devlin se levantó.

—Significa que ella me provoca de forma antinatural.

—Qué teoría tan conveniente —murmuró Sean.

Pero Devlin se paseaba por la habitación como si estuviera en la cubierta de su barco, y no le oía.

—He pasado estos últimos meses exorcizando su recuerdo de una vez por todas —dijo para sí mismo—. Si puedo derrotar a cualquier comandante francés, puedo derrotarme a mí mismo.

Sean sonrió un poco.

—Puede que no puedas derrotar a cierta mujer.

—Y un cuerno —estaba, finalmente, furioso.

Virginia pensó en no bajar a cenar, pero resolvió que eso la haría parecer infantil y enfurruñada. Y no estaba enfurruñada: estaba dolida, furiosa y decidida a no permitir que Devlin supiera cuánto la había herido. Echó un vistazo a sus cuatro vestidos, aunque sabía ya que no tenía elección, y sacó el de seda rosa con el escote bajo y un remate de encaje negro. Aquél era el que más le favorecía, sabía que estaba guapa, y confiaba en que Devlin la mirara y se arrepintiera de todo. Apretó el vestido con fuerza y se volvió para mirarse al espejo. ¿Qué estaba haciendo?

¡Si Devlin no hubiera vuelto...!

Las cosas habían ido bien últimamente, estaba contenta, casi feliz. Había logrado olvidar y enterrar el pasado. Ahora se sentía enferma, tenía un nudo en el estómago y apenas podía respirar, y Devlin consumía de nuevo todos sus pensamientos, todo su tiempo, en contra de su voluntad. Al menos, pensó con crispación mientras miraba su pálido reflejo en el espejo, él había admitido que merecía la bofetada. Al menos era lo bastante honesto como para saber que lo que había hecho estaba mal. Pero ella jamás admitiría sus disculpas, sinceras o no.

No debía ponerse su único vestido seductor.

Pero no estaba intentando seducirlo. No tenía intención de recorrer de nuevo ese camino. Quizá Devlin siguiera siendo el hombre más interesante y turbador que había conocido nunca, además del más cautivador, pero no volvería a cometer el mismo error. «El sexo no es amor». Había sido tonta una vez, pero no volvería a serlo. Cuánto le habían dolido aquellas palabras.

Había querido que Devlin reconociera que a él también le había llenado de asombro su pasión, que ella le había importado, que todavía le importaba. Pero aquellos sentimientos no se darían en el futuro cercano, ni nunca, y ella seguía siendo una tonta por pensar que Devlin podía admirarla con su vestido, cuando estaba claro que ya no la encontraba atractiva.

Tiró del cordón de la campanilla. Quería darse un baño. Un frío gélido parecía atenazarla. Se atrevió a afrontar sus pensamientos más oscuros: Devlin no había admitido nada de lo que ella, en secreto, esperaba, porque era un hombre de mundo y ella no era más que una de las muchas mujeres a las que había utilizado.

Comprendió que estaba madurando porque no derramó ni una sola lágrima.

Si a Devlin le sorprendió verla, no lo demostró. Inclinó la cabeza cortésmente, sentado en el sofá de brocado color esmeralda, con las piernas cruzadas y enfundadas en unas calzas de suave color beis que delineaban cada uno de sus músculos. No se había molestado en cambiar las botas altas por medias y zapatos. Llevaba una levita de terciopelo azul marino, un chaleco de brocado azul zafiro y gris, una camisa de color marfil con exquisitos volantes en los puños y el cuello, y un lazo cuidadosamente atado.

Ni siquiera la miró. Siguió bebiendo su vino tinto, enfrascado en sus pensamientos.

Pero Virginia lo miraba con fijeza. Devlin se había metido en una pelea. Tenía el ojo izquierdo morado e hinchado, igual que el mismo lado de la mandíbula. ¿Qué había ocurrido?

Se distrajo al notar que Sean se levantaba de un salto y salía a su encuentro. Sonrió, pero la miró inquisitivamente.

—Estoy bien —dijo ella a su pregunta tácita. Echó otro vistazo a Devlin y luego se dijo con firmeza que no le importaba que se hubiera peleado con el mismo diablo.

Sean sonrió de nuevo y le apretó la mano.

—Mañana va a llevarte a su casa de campo. Está cerca de Eastleigh. Tiene previsto que te encuentres con tu tío. ¿Te parece bien, Virginia? ¿Te sientes con ánimos?

Ella asintió con la cabeza y miró a su captor, que ahora, por fin, los miró. Su rostro implacable no tenía expresión alguna. Se le pasó por la cabeza que podía frustrar fácilmente sus planes alegando que jamás había oído hablar de Virginia Hughes y asegurando ser otra persona. Y, si realmente quería hacerle daño, frustrar sus ambiciones, podía acudir a las autoridades una vez fuera libre. Devlin pasaría años en prisión, a menos que también tuviera un plan para aquella contingencia.

Ninguna alternativa le procuraba placer alguno. Sólo quería irse a casa... si su casa existía aún. A diferencia de Devlin, ella tenía corazón, un corazón humano y generoso. Nunca le haría daño premeditadamente y menos aún por venganza.

—Estás preciosa esta noche —dijo Sean. Luego añadió—: Tú siempre estás preciosa, Virginia.

Algo en su tono hizo que ella se sobresaltara y lo mirara a los ojos.

—Si eres demasiado amable, puede que pierda la poca compostura que me queda —susurró.

Sean esbozó una sonrisa.

—No, por favor —luego dijo—: Virginia, ¿te importaría salir fuera conmigo? Tenemos que hablar.

—¿Ahora? —ella sabía que eran las siete, y siempre cenaban a esa hora.

—Por favor.

Algo ocurría. Ella asintió con la cabeza y escudriñó su semblante por si veía en él alguna clave del asunto que les ocupaba. Cruzaron la habitación. Virginia ignoraba qué rondaba por la cabeza de Sean. Devlin murmuró:

—Por mí no os preocupéis.

Ella pensó que al infierno y lo miró con enojo.

Él la saludó con el vaso y luego tomó un periódico de Dublín.

Fuera hacía buena noche. Unas cuantas estrellas comenzaban a emerger en la inmensidad azul y negra del cielo. Para sorpresa de Virginia, Sean la agarró de los brazos.

—Voy a echarte de menos —dijo con vehemencia.

Los ojos de ella se agrandaron.

—Yo también a ti —dijo.

Su mirada la escudriñó.

—No quiero que te preocupes por Devlin. Me he convertido en tu protector, Virginia. No tienes que temer otro episodio como el de la última vez. No lo permitiré y... —titubeó.

Ella empezaba a emocionarse más allá de lo que podía expresar.

—¿Y?

—Y él está decidido a tratarte con todo el respeto que te mereces.

Curiosamente, la punzada de desaliento que sintió era un tiempo fuerte, desagradable y sorprendente.

—Dudo que haya dicho eso.

—No hacía falta. Está muy arrepentido, Virginia...

—¡No sigas! Si ese hombre se preocupa por lo que hizo, por cómo lo hizo y cómo se fue, que me lo diga él.

—Puede que nunca tenga valor —dijo Sean en voz baja.

Virginia dio un respingo. Devlin era el hombre más valiente que conocía. ¿De qué diablos estaba hablando Sean?

Él le tocó la mejilla.

—Virginia, he de preguntarte algo.

Ella desconfió de pronto, a pesar de que Sean se había convertido en su mejor amigo.

—¿Todavía lo quieres? —preguntó él.

Virginia dejó escapar un gemido de sorpresa. Estaba tan azorada y sorprendida que tardó un momento en contestar.

—Sean... —le agarró de la mano y se la apartó de la cara—. No quiero a ese hombre —dijo con fiereza—. Puede que una vez, durante un instante, creyera por error que lo amaba. ¡Ni siquiera lo conozco! Me ha tratado abominablemente. ¡De eso no queda nada, absolutamente nada! —exclamó.

Pero las imágenes de Devlin O'Neill asaltaban su recuerdo. Lo veía de pie, fuerte y orgulloso, sobre el alcázar del Desafío, el azote de los mares; lo recordaba mirándola con fiero orgullo, diciéndole que todas aquellas tierras, hasta donde abarcaba la vista, le pertenecían. Y, finalmente, veía su cuerpo recio y excitado cubriéndola, y sus ojos brillantes, velados por la neblina enloquecedora de la pasión.

Intentó respirar y calmarse. Devlin no siempre la había tratado abominablemente. Se había portado bien con ella hasta esas últimas horas... y, si ella tenía valor para recordar, debía admitir que había sido ella quien lo había seducido, sin soñar siquiera lo que significaría su triunfo.

—Me temo que no te creo —murmuró Sean, y sus manos se deslizaron alrededor de ella.

Ella se envaró, perpleja.

—¿Qué estás haciendo?

—He intentado con todas mis fuerzas pensar en ti sólo como una amiga —dijo él despacio, sin apartar la mirada de ella.

Y, a la luz difusa del atardecer, Virginia vio en los pálidos discos grises de sus ojos todos sus sentimientos. A diferencia de los de Devlin, aquellos ojos refulgían llenos de dolor, de sinceridad y de algo mucho más intenso que la amistad. Sean estaba enamorado de ella.

Las manos de él se crisparon.

—Siempre seré tu amigo —dijo adustamente—. Pero quiero saber si hay alguna posibilidad de que puedas olvidar a Devlin y lo que has compartido con él. Si hay alguna esperanza, por pequeña que sea, de que pienses alguna vez en mí como algo más que un amigo.

Virginia se sintió aturdida. No sabía qué decir. Y estaba tan conmovida que tomó la cara de Sean entre sus manos, aquella cara fuerte y bella, de rasgos tan duros, definidos y angulosos como los de su hermano, una cara terriblemente parecida, salvo por el cabello castaño oscuro y las cejas. Ella, sin embargo, no había confundido nunca a los dos hermanos, porque los ojos de Sean reflejaban su alma, cosa que no sucedía con Devlin.

—No lo sé —comenzó a decir con voz ronca—. Estoy tan sorprendida...

Las manos de Sean se introdujeron entre su pesada melena, que ella había dejado suelta, echada hacia atrás con unas horquillas.

—He mentido a mi hermano —dijo con aspereza—. Estoy enamorado de ti, Virginia.

Sus palabras eran un terrible detonador. Ella también lo quería, pero no de ese modo... y qué necia era por no quererlo como hombre. Porque lo conocía a la perfección. Sean era incapaz de cometer una traición, pero podía amar a una mujer profundamente y para siempre.

—No puedo, Sean —no se atrevía a admitir por qué, ni siquiera ante sí misma.

Él asintió con la cabeza sin decir nada. Pero la sostuvo un momento más antes de bajar las manos. Ella se las agarró al instante y las apretó.

—¡No me dejes ahora! ¡Te necesito más que nunca!

—Lo sé —él sonrió con tristeza; después, su sonrisa se volvió amarga—. Siempre podrás contar conmigo, Virginia, pero no voy a ir contigo y con Devlin a Wideacre. Es una pésima idea. Prefiero no estar con vosotros.

—Pero...

—No, déjame terminar. Hace tiempo que quiero hablarte con franqueza.

Ella se tensó, pero asintió con la cabeza, pues se lo debía. Pero, ¿qué más podía decirle después de semejante declaración?

—Devlin no es malo. Pero el día que vio asesinar a nuestro padre, cambió. Ése fue el día que dejó de sonreír, el día que desapareció su risa. El día que se obsesionó con la venganza.

Ella tragó saliva y asintió otra vez. Era imposible no sentir lástima por él, pero se armó de valor para no hacerlo.

—Virginia, te digo todo esto porque lo quiero. Como mi madre y mi padrastro, me preocupo por él y por las cosas en que malgasta la vida. ¿Su carrera naval? Le importa un bledo la Marina, Virginia. Y siente muy poca estima por Gran Bretaña.

Ella pensó en la reunión secreta que había presenciado.

—Pero, ¿por qué?

—Un hombre como Devlin puede hacerse rico y poderoso en la Marina, y, como puedes ver, eso es exactamente lo que ha hecho él. Utilizó la Marina para conseguir riqueza y poder suficientes para destruir a lord Eastleigh —ella se estremeció—. Se enroló a los trece años. Su plan de venganza comenzó ese día, Virginia.

—Dios mío —ella empezaba a comprender la magnitud de su obsesión.

—Moriría por mí, por nuestra madre, por nuestro padrastro y nuestros hermanastros. Y lo haría de corazón. Moriría para salvar su barco y sus hombres. Moriría por Irlanda. Pero supongo que ese valor temerario no cuenta en este caso.

—No, así es —susurró ella, cautivada a pesar de saber lo peligroso que era dejarse dominar por una fascinación tan intensa. ¿Y adónde quería ir a parar Sean?

—Es poderoso, rico y temerario, admirado en todas partes como un gran capitán, respetado y temido al mismo tiempo. Pero no es amable. Su capacidad de serlo murió el día que murió nuestro padre.

—Lo siento —se oyó decir ella.

—No lo sientas. Tampoco es un monstruo desalmado, y sé que también lo sabes. Virginia, quiero a mi hermano lo bastante como para decirte que creo posible que haya esperanza.

—¿Esperanza? —repitió ella.

Él la agarró de los hombros.

—El Devlin que yo conozco jamás sucumbiría a su deseo por una muchacha inocente. Dios, nos criamos con una hermanastra a la que juramos proteger. Y, lo que es aún más importante, el día que murió nuestro padre, nuestra hermana pequeña fue abandonada por los ingleses para que se quemara en el fuego que ellos habían prendido. Yo no me acuerdo de nada de eso. Pero Devlin lo recuerda todo. Jamás se aprovecharía de una mujer inocente. Para hablar con franqueza, si necesitara una mujer, sería una fulana como Fiona.

—¿Qué intentas decirme? —susurró ella, temblando, temerosa y extrañamente llena de esperanza.

—Creo que has llegado a una parte de él que perdió hace mucho tiempo, y creo (no, espero y rezo por ello) que puedes volver a encontrar esa parte de su ser y volver a sacarla a la luz de un nuevo día.

—¿Qué?

—Está arrepentido —dijo Sean—. Me lo dijo, y lo conozco bien. Es la verdad. Pero esto no ha acabado —ella sólo podía mirarlo fijamente—. Mi hermano no siente indiferencia. Es una farsa, un fingimiento, una inmensa representación teatral. Si no lo odias, si puedes perdonarlo, tal vez seas tú quien pueda ayudarlo a encontrar su alma.

—¿Estás... estás loco?
Él sonrió y la soltó.
—Estoy triste.
Ella se apresuró a abrazarlo. Lo estrechó con fuerza.
En sus brazos, Sean susurró:
—Mi hermano necesita el amor de una buena mujer y, si no puedes amarme a mí, tal vez puedas darle a él otra oportunidad.
Virginia empezó a temblar.
—¿Qué me estás pidiendo? —musitó.
—Te estoy pidiendo que salves a mi hermano.

Virginia miró por la ventanilla del carruaje mientras salían de Askeaton. Sean saludaba con la mano desde el patio y, a medida que el carruaje avanzaba por el camino, la casa y él se fueron haciendo más pequeños, hasta que por fin la figura de Sean se hizo indistinta. Virginia tenía un pavoroso nudo en la garganta. De pronto veía con toda claridad que una parte de ella no quería marcharse. ¿Era a Sean a quien echaba ya de menos, o era la seguridad que había hallado en Askeaton, el cobijo y el confort, la amistad de que había disfrutado allí?

¿O acaso le daba miedo lo que le deparaba el futuro?

«Te estoy pidiendo que salves a mi hermano».

Virginia inhaló ásperamente y el aire frío y húmedo le hizo arder el pecho y los pulmones. No veía nada más que los campos segados y los bosques por entre los cuales serpeaba la carretera. El pánico se apoderó bruscamente de ella. «¡No quiero salvar a nadie, y mucho menos a él!», pensó, enfebrecida.

Lanzó un rápido vistazo a su captor. Devlin estaba sentado junto a ella en el asiento trasero. Su presencia la empequeñecía a ella y empequeñecía el interior del carruaje.

El coche era demasiado pequeño para ellos dos, por más que entre ellos mediaran unos cuantos centímetros.

«Creo que has llegado a una parte de él que perdió hace mucho tiempo».

Virginia hizo una mueca. Deseaba taparse los oídos, como hacían las niñas pequeñas, pero eso no habría detenido la voz de Sean, que hablaba con tanta fuerza en su cabeza.

«No siente indiferencia. Es una farsa, un fingimiento, una inmensa representación teatral».

Virginia gimió para sus adentros. ¿Por qué la había instado Sean a reconfortar a su hermano, a ablandarlo, a curar sus heridas? ¿Por qué? ¿Por qué no encomendar aquella monumental tarea a otra mujer, a una más fuerte, más experimentada, más femenina? Ella no quería ser la salvadora de Devlin. Sean estaba ofuscado si pensaba que ella era la única que podía ayudar a aquel hombre a recobrar su humanidad.

«Mi hermano necesita el amor de una buena mujer...».

Virginia gimió en voz alta, se contuvo y sofocó el sonido con algún retraso.

Sintió la mirada fija de Devlin.

Le pareció fría, serena y terriblemente indiferente.

Se atrevió a mirarlo de soslayo de nuevo, con las manos unidas sobre el regazo.

—¿Te encuentras mal? —preguntó él.

—Yo... tengo un terrible dolor de cabeza.

Sus miradas se habían encontrado, pero sólo por un momento. Él aceptó la excusa y se puso a mirar distraídamente el paisaje por la ventanilla. Había empezaba a llover con fuerza.

Virginia contempló el perfil de su recia mandíbula, el ángulo de su nariz recta, el sesgo de su pómulo. Su corazón se encogió y una tensión que conocía demasiado bien comenzó a crecer dentro de ella. Seguía sintiéndose terriblemente atraída por aquel hombre, contra toda lógica y todo sentido común. Era como si Devlin fuera un imán poderoso y ella un diminuto sujetapapeles. Sentía la atracción que emanaba de él. Como el océano mismo, de su cuerpo emanaban olas que rompían sobre ella e intentaban arrastrarla mar adentro.

Era una lástima, pensó. Pero Sean se equivocaba en muchos aspectos. A Devlin ella le era indiferente, no le importaba. Aquello no podía ser una farsa. Y ella no era la mujer capaz de conducirlo de nuevo hasta su alma perdida.

«Pero todo el mundo merece una segunda oportunidad. ¿Qué puedes perder, cariño mío?».

Virginia se sobresaltó. Era como si su madre, sonriente y benigna, acabara de hablarle.

—Aquí no tenemos cirujano de a bordo, pero, si te duele mucho, sé dónde está el láudano.

Ella se volvió para mirarlo, consciente de lo dilatados que debía de tener los ojos. Él entornó los suyos. Llevaba su uniforme de la Marina, con el que su presencia resultaba aún más imponente, más formidable e incluso más seductora.

—No necesito láudano —murmuró ella.

Su madre había sido la persona más bondadosa que había conocido nunca. Ningún necesitado quedaba desprotegido, si de Elissa Craycroft Hughes dependía. Los niños eran su principal causa, y un domingo al mes hacía el largo viaje hasta Richmond para que su padre hiciera reparaciones en el orfanato de la ciudad mientras Virginia y ella repartían galletas y juguetes hechos en casa. Un domingo sí y otro no, iban a la iglesia de Norfolk. Tras el sermón, se mezclaban con la gente, y Elissa siempre preguntaba a los más pobres cómo estaban y qué necesitaban. La gente del pueblo era orgullosa y raro era el día que alguno admitía que le faltara algo, como no fuera salud. Sin embargo, Elissa siempre sabía lo que se necesitaba, ya fuera una cataplasma de las que ella misma hacía o una camisa recién lavada y remendada. Por último, se paraban en la iglesia de los negros. Virginia siempre esperaba llegar a tiempo de asistir a los himnos y los bailes. Elissa era recibida allí con el mismo calor que si fuera una esclava. Nunca iba con las manos vacías; y siempre se enteraba de si la abuela Jojo necesitaba un par de zapatos nuevos o si el chico de Big Ben tenía fiebre otra vez. Y ningún forastero necesitado que pasara por Sweet Briar era nunca despachado con malas caras.

—¿Qué ocurre, Virginia? —preguntó él finalmente—. ¿Estás ansiosa por conocer por fin a tu tío?

Ella se sobresaltó.

—No, estaba pensando en mi madre —dijo lentamente, consumida todavía por los recuerdos, y le sonrió.

Él desvió la mirada inmediatamente.

Su madre, pensó Virginia de mala gana, estaría de acuerdo con Sean. Sobre todo porque, para empezar, su hija no era inmune a Devlin. Suspiró y por fin miró abiertamente a su captor. Su corazón dio un ligero vuelco.

—Anoche te echamos de menos en la cena —murmuró, pues Devlin se había quedado en su despacho, inmerso, al parecer, en los libros de cuentas de la finca.

Él se removió y volvió la cabeza, fijando sobre ella una mirada fría.

—Lo dudo.

En el pasado, una repuesta tan fría habría lastimado a Virginia. Pero ahora entendía a Devlin un poco mejor. De niño había perdido mucho más que la juventud, el día que su padre fue asesinado, y lo que ella había presenciado desde el momento de conocerlo era resultado de ello. Las cicatrices de Devlin O'Neill eran muy profundas. Y Sean estaba en lo cierto: no era mal hombre. Ella nunca le había visto una muestra de crueldad, de sadismo o maldad. Lo que había visto era disciplina inflexible, impuesta sobre otros y sobre sí mismo. Y lo que no había visto era signo alguno de alegría, ni una sola vez en todo el tiempo que había pasado con él.

Se sentía dividida y confusa. No sabía qué camino tomar e ignoraba si quería sentir compasión por él, pero, quisiera o no, el hecho era que la sentía.

—¿Sabes, Virginia?, me estoy sintiendo como un insecto bajo una lupa.

—Lo siento —ella le sonrió un poco—. ¿Estabas enfermo?

Él suspiró, irritado, y dijo lacónicamente:

—Tenía jaqueca —luego se puso otra vez a mirar por la ventanilla.

Ella empezó a reírse.

Él la miró con el ceño fruncido.

Virginia se contuvo, abrió mucho los ojos, llenos de inocencia, y dijo:

—Los hombres no tienen jaqueca, capitán.

Él se limitó a mirarla con gran frialdad.

Esa mañana estaba de peor humor que de costumbre. Ella decidió no hacer caso.

—Y, aunque las tuvieran —prosiguió—, a ti jamás te dolería así la cabeza.

—Dime, por favor —repuso él agriamente—, ¿por qué estamos teniendo esta conversación?

Ella lo miró de frente. El corazón corría a toda prisa dentro de su pecho. Tenía la sensación de compartir el coche con un peligroso león, un león que podía decidir arrancarle la cabeza de un bocado en cualquier momento, a la menor provocación.

—Bueno, queda más de una hora para llegar a Limerick

y estamos encerrados en un carruaje muy pequeño. Intento ser amable.

—No es necesario.

—Y anoche no cenaste con tu hermano y conmigo —añadió ella.

—Quería dejar que cenarais solos una última vez —dijo él burlonamente.

Ella parpadeó.

—¿Hablas en serio?

—Mi hermano está enamorado de ti, Virginia —repuso él—. Sin duda, después de la dulce escena de anoche, hasta tú eres consciente de ello.

Ella inhaló bruscamente.

—¿Qué?

Devlin le sonrió, pero no había alegría en su sonrisa y ella comprendió que estaba enfadado.

¿Se refería a la conversación que había tenido con Sean en la terraza, antes de la cena? ¿Los había estado espiando?

—¿Qué escena?

Él prorrumpió en una áspera risotada.

—Vamos, por favor, cuando tomaste a mi hermano en tus brazos... ¿o era él quien te abrazaba?

—¿Nos estabas espiando? —exclamó ella, irguiéndose en el asiento, atónita. Luego sintió que sus mejillas se sonrojaban.

—Yo no estaba espiando a nadie, Virginia —dijo él hoscamente—. Quería tomar el aire, pero estabais tan embelesados que decidí no salir. Hacía una noche perfecta para un par de tortolitos.

Ella quedó boquiabierta. Su mente funcionaba a marchas forzadas.

—¿Qué oíste?

—No oí nada —dijo él en tono tajante—. ¿Disfrutaste de sus besos, Virginia? —preguntó de pronto.

Ella dejó escapar un gemido de sorpresa. Entonces comprendió lo que aquella escena debía de haberle parecido..., como si fueran amantes en un abrazo prolongado.

—Lo que pasó anoche queda entre Sean y yo —logró decir, todavía asombrada—. Y no es asunto tuyo.

—Pero yo apruebo vuestra unión —replicó él—. Siempre la he aprobado, y de todo corazón.

Ella se puso rígida, dolida por sus palabras. Luego recordó que él había dicho que Sean estaba enamorado de ella... y tenía razón. Lo miró con fijeza. ¿Estaba celoso? En cuanto lo pensó, casi se echó a reír. Los celos eran fruto del afecto o el amor, y aquel hombre no sentía nada por ella, aunque Sean pensara lo contrario. Dijo cuidadosamente:

—Sean es sólo un amigo. Un buen amigo. El más querido.

Él profirió un bufido desdeñoso. Tenía el rostro tan tenso que su piel parecía a punto de rasgarse sobre los tendones y el hueso.

—Pero tienes razón. Por desgracia, siente por mí algo muy fuerte. Algo que yo no comparto.

—¿Por qué no?

—¿Por qué no? —exclamó ella, sorprendida, y luego se enfadó tanto que tuvo que cerrar los puños. Devlin fijó la mirada en ella y volvió a mirar sus ojos—. Yo no soy una cualquiera. ¿O acaso has olvidado que tú me quitaste la virginidad, Devlin?

Él dio un respingo. Se sostuvieron la mirada y, por desgracia, Virginia pensó que él era mucho más dueño de sus emociones que ella.

—¿Cómo voy a olvidarlo —preguntó él—, si me lo recuerdas constantemente?

A ella le dieron ganas de abofetearlo. Pero no lo hizo.

—Creo que esa noche arruinó cualquier posibilidad de que me enamore algún día de Sean.

—¿Por qué?

—¿Por qué? —ella estaba estupefacta.

—Sí, te he preguntado por qué. El pasado tiene que permanecer muerto y enterrado, Virginia, y muy pronto serás libre para ir donde se te antoje. Te ha entristecido mucho abandonar Askeaton... y a Sean.

Virginia vaciló, todavía incrédula, dolida y furiosa. «No le eres indiferente. Es una farsa, un fingimiento».

No podía creer a Sean, pero, santo cielo, cuánto lo deseaba. Sin embargo, si a Devlin le importaba algo, ¿por qué hacía aquello? ¿Por qué la empujaba hacia su hermano? Mientras lo miraba suavemente, dijo:

—Hay magia en Askeaton, Devlin. En los cinco meses que he pasado allí, he llegado a sentirlo como mi hogar.

Sus ojos grises resultaban ilegibles. Luego su boca se torció en la parodia de una sonrisa.

—Bueno, eso está bien, porque, cuando haya sido cobrado el rescate, puedes regresar allí felizmente, si eso es lo que deseas.

—¿Es mala conciencia? —preguntó ella—. ¿Es eso lo que te impulsa ahora? ¿Crees que vas a conseguir que tu hermano repare el daño que has hecho?

—Ya basta —dijo él con aspereza.

—Es eso, ¿verdad? —dijo ella, asombrada—. ¡Es mala conciencia! ¡Tienes corazón, después de todo! Dijiste que lo sentías... Sean dice que te arrepientes. Hasta dijiste que te merecías esa bofetada. Así que sabes que te has comportado como un monstruo. Pero jamás me propondrás matrimonio... ¡y no es que yo quiera! —añadió apresuradamente—. Pero, si Sean lo hiciera, ¡qué conveniente sería para ti! Podrías olvidar que un día te convertiste en la clase de hombre al que tu madre no reconocería, al que tu madre...

Él la agarró por los hombros.

—Ya basta.

Ella se tensó. La fuerza de sus manos hizo que su corazón se detuviera y, por un instante, su cuerpo se movió hacia él, como si esperara que la atrajera hacia sí y la besara. Enseguida su mente le dijo lo contrario y se apartó. Con la misma prontitud, él la soltó, a pesar de que tenía la mirada fija en su boca.

—Nunca vuelvas a hablar de lady de Warenne —la advirtió él.

Ella vaciló.

—La conocí.

Él palideció.

¡Oh, oh, aquello era muy interesante!

—Es una mujer muy agradable. Me gustó mucho —dijo Virginia taimadamente.

—Voy a matar a Sean —dijo él.

Ella lo agarró del brazo, pero él estaba demasiado cerca, era demasiado viril, y no era buena idea, de modo que apartó rápidamente la mano.

—No fue culpa de Sean. Fueron de visita al enterarse de nuestro compromiso.

—¿De nuestro compromiso? —preguntó él, atónito.

Virginia lo miró fijamente y tuvo que hacer un esfuerzo por no sonreír. Había conseguido desequilibrar a Devlin, y era maravilloso. No contestó, sino que aguardó astutamente.

—Nosotros no estamos prometidos —dijo él con voz estrangulada.

Ella estaba disfrutando de aquel momento. Hubiera deseado grabarlo en piedra. Sonrió y se encogió de hombros, negándose a aclarar el malentendido.

—Cielo santo, la gente —dijo él—. Todo el pueblo, toda la ciudad debe de creer que eres mi prometida.

—Supongo —murmuró ella.

—¿Por qué sonríes de esa manera? —le espetó él—. Los dos sabemos que inventé esa historia para salvar tu hermoso cuello.

¿Le gustaba su cuello?

—¿Mi cuello te parece hermoso?

—¿Siguen creyéndolo? ¿Mi madre y Adare?

Ella suspiró.

—No, Devlin, no es eso lo que creen.

En el interior del carruaje se hizo un tenso silencio. Virginia lo miraba. Sus ojos grises eran duros e inflexibles. Ella se estremeció.

—Sean escogió sus palabras con cuidado —luego se dio por vencida—. Bueno, ¿qué esperabas? ¿Tomar como rehén a la sobrina de tu enemigo y engañar a tu familia, que vive a unas pocas millas de distancia? —él profirió un juramento—. Todo esto es culpa tuya —le recordó ella dulcemente.

Devlin le lanzó una mirada lúgubre.

—Cuanto antes arruine a Eastleigh, tanto mejor. Cuanto antes te vayas, tanto mejor —añadió sombríamente.

Sus palabras lastimaron a Virginia, aunque sabía que no debía dejarse afectar por ellas, y, en cierto modo, la desanimaron.

—Tienes razón —dijo cuidadosamente—. Cuando paguen mi rescate, me iré a Sweet Briar. Lo estoy deseando —pero la verdad era que no había pensado mucho en su hogar esos últimos meses. Los recuerdos que en otro tiempo habían sido su asidero empezaban a parecerle vagos y distantes, reemplazados por la vida cotidiana que había compartido en Askeaton con Devlin y Sean—. Si es que todavía existe —añadió con amargura.

Una vez en el mar, con las velas mayores desplegadas, el Desafío puso rumbo al sur, luchando contra el viento y las olas. A Virginia no le agradaba volver a hallarse en el camarote de Devlin. Su presencia estaba por todas partes, poderosa, densa y abrumadora. Se sentó a la mesa, abrumada por el desconcierto y las dudas más terribles. Una parte de ella deseaba domar a la bestia y, con el tiempo, llegar a curarla, pero no confiaba en sí misma, y la insistencia de Devlin en que se casara con su hermano no mejoraba las cosas. Sospechaba que él se sentía culpable, pero era tan arrogante, tan insondable, que la hacía sentirse terriblemente insegura e ingenua.

Esa noche cenó sola, y no la sorprendió que su captor intentara evitarla. Después de cenar, se echó encima una chaqueta y salió del camarote.

Devlin estaba junto al timón, aunque no era él quien pilotaba el barco. Se hallaba al lado de un marinero al que ella conocía, con las fuertes piernas separadas, de cara a la proa, mirando las brillantes estrellas. Virginia vaciló. Luego se dirigió al alcázar. Al subir las escaleras, él se dio la vuelta. Ella dio el último paso esperando que le ordenara marcharse, pero Devlin la miró a los ojos y se limitó a inclinar la cabeza. Virginia se acercó a él.

—Hace buena noche para navegar —susurró.

Él miró la luna y asintió con la cabeza.

—Sí, así es. Tendremos una brisa moderada durante una hora o dos, y la aprovecharemos.

Virginia lo observó mientras él miraba hacia delante. Se había quitado el uniforme de la Marina hacía algún tiempo y llevaba sólo una camisa suelta con las calzas y las botas. Cuánto le habría gustado hallarse de nuevo entre sus fuertes brazos.

Virginia se sobresaltó, llena de remordimientos y desanimada por sus pensamientos extraviados e inoportunos. ¡Aquél era el último lugar en el que pensaba hallarse! Había aprendido la lección y la había aprendido bien.

—No has bajado a cenar —dijo suavemente.

—Comí en cubierta —Devlin no la miró mientras hablaba.

Ella resolvió disfrutar de la noche, de las estrellas, del viento y el mar y hasta de su insulsa compañía. No era mala vida aquélla, pensó, navegar por el mundo de día y de noche.

—Es tan libre... —musitó.

Él no respondió. Había cruzado los brazos sobre el pecho.

Virginia se sintió repentinamente asaltada por una idea y se volvió parar mirarlo.

—¿Crees que puedes dejar atrás tu recuerdos de la infancia? —¿era eso lo que se proponía? ¿Huir de su pasado disfrazado de capitán de la Marina?—. Qué conveniente —dijo. Él pareció perplejo—. Quiero decir que ésta es una vida sin familia, sin responsabilidades. Si quisieras, podrías seguir navegando siempre por el mundo.

Sin mirarla, Devlin dijo a su contramaestre:

—Red, yo tomaré el timón.

—Sí, capitán —dijo Red, y se apartó.

Virginia vio las grandes manos de Devlin cerrarse sobre el timón, firmes y seguras, ni rígidas ni suaves, y se quedó sin aliento. Apartó la vista, respiró hondo y se sintió de pronto desfallecida por el más ardiente deseo. Sus manos se habían posado sobre ella del mismo modo.

—Creo que deberías bajar —dijo él secamente, sin mirarla... y fue como si lo adivinara.

—¿Es una orden? —preguntó ella. Pero sabía que su cegadora revelación era cierta.

Él volvió finalmente la cabeza y sus miradas se encontraron. Devlin pareció vacilar.

—No.

—¿No?

Su mandíbula vibraba, no había duda.
—Las noches son largas.
Ella comenzó a sonreír.
—No te molesta mi compañía.
—Mientras estés callada.
Su sonrisa se hizo más amplia. ¡Cuán rápidamente hacía Devlin cantar y bailar a su corazón!
—Quieres que te haga compañía —bromeó.
Le pareció verlo refrenar una sonrisa.
—Yo no he dicho eso. Pero no me importa que te quedes, si estás callada —recalcó la última palabra.
—Te lo prometo —Virginia sonrió, y se inclinó sobre la barandilla para contemplar las estrellas—. Si fuera un chico, podría haber sido marinero —dijo pensando en voz alta.
—No, no podrías.
Ella se volvió, se apoyó de espaldas en la barandilla y lo miró de frente.
—¿Lo pones en duda? —preguntó con aire desafiante, y rezó para que su conversación, de la que tanto estaba disfrutando, siguiera siendo ligera.
—A ti te encanta la tierra —añadió él, pensativo—. Se puede pensar que eres como el mar, cambiante y caprichosa, siempre libre, pero en realidad eres como la tierra, oscura y profunda, sólida e inamovible.
Ella lo miró con fijeza.
—Qué equivocado estás, Devlin. Tú eres como la tierra, no yo —él se sorprendió—. ¿Siempre quisiste ser marino? —preguntó ella, consciente de la profunda tensión que había entre ellos.
—No.
Ella ladeó la cabeza.
—¿No? ¿Te importaría explicarte?
Él pareció acariciar el timón mientras pilotaba el barco y, pasado un momento, suspiró.

—Askeaton lleva siglos en manos de mi familia. Pensaba hacer lo que hace Sean.

Ella se quedó callada. De pronto notó que le estaba tocando la muñeca. El deseo se había apoderado de ella, pero procuró ignorarlo.

—Y entonces murió tu padre y todo cambió.

—Mi hermano tiene la boca muy grande. ¿Qué más te dijo?

—Me dijo que usabas la Marina para hacerte rico, para destruir al asesino de tu padre, a mi tío.

Él la miró fijamente.

—Y tiene razón.

Ella le sostuvo la mirada, desafiante.

—Si esperas que me desmaye es que no me conoces en absoluto.

Él pareció sonreír en la oscuridad.

—Jamás esperaría que te desmayaras, Virginia —murmuró.

Ella guardó silencio. Había percibido claramente el tono seductor y sensual de su voz, y tembló al recordar que no debía acabar de nuevo en la cama con él. Él carraspeó.

—¿Y qué harás después del rescate, Virginia? —preguntó.

A ella la sorprendió su pregunta. Miró sus ojos inquisitivos y se humedeció los labios.

—Me iré a casa, por supuesto.

Él se volvió y la miró fijamente. Ella le sostuvo la mirada. El deseo de Devlin de casarla con su hermano pendía entre ellos tácitamente. Ella dijo con voz baja y cautelosa:

—No regresaré a Askeaton, a pesar de que he llegado a considerarlo como mi hogar.

Él miró hacia delante, hacia las olas ligeramente espumosas, más allá de la proa de la fragata.

—¿Y si han vendido Sweet Briar? —preguntó al cabo de un rato.

Estaban teniendo una conversación seria y sincera. Ella titubeó.

—No pueden venderla, Devlin. Es mía por derecho —dijo con firmeza.

—Si la han vendido, tendrás que afrontarlo —dijo él, mirándola—. Hice averiguaciones en Londres. Hace un mes, todavía estaba en venta.

Ella sonrió, aliviada.

—¡Gracias a Dios!

—Si no tienes casa a la que volver, puede que tengas que quedarte en Inglaterra, con tu tío.

—¡No! —ella miró su perfil duro—. Eso nunca —añadió con vehemencia. Vaciló y dijo—: Regresaría a casa, de todos modos.

—¿Y qué harías?

Ella se tensó.

—No lo sé —levantó la vista y lo encontró mirándola con atención—. Han pasado cinco meses, Devlin, desde que llegué a Irlanda. Una niña zarpó en el Americana, una chiquilla testaruda y mimada, llena de ingenuas esperanzas, pero volverá una mujer, una mujer adulta que ha conocido algo de mundo. Si Sweet Briar se ha vendido, me iré a casa de todos modos y encontraré algún modo de ganarme la vida.

Él tardó un momento en contestar y, cuando lo hizo, su voz sonó serena.

—Sigues siendo una chiquilla, Virginia, y apenas tienes experiencia. No podrías encontrar trabajo como maestra o institutriz —dijo—, y tampoco te veo como costurera. Lo mejor que puedes hacer es casarte.

Ella inhaló bruscamente.

—¿Con Sean?

Él pareció envararse. Pero su mirada seguía fija en ella.

—Con Sean... o con algún americano.

—Si me caso alguna vez, será por amor.

Él profirió un bufido áspero.

—Como te decía, sigues siendo una niña, y una ilusa.

Ella se tensó, enfurecida.

—Claro que parezco una niña a tus ojos hastiados y mundanos. Pero cuando me tenías en tu cama no te lo parecía.

Las manos de Devlin se crisparon sobre el timón, sus nudillos blanquearon.

Ella vaciló, indecisa. Su ira se disipó al instante. No quería pelearse con él. Quería prolongar aquella charla despreocupada, pero sincera y agradable. Quería que fueran amigos. El rostro de Devlin pareció sonrojarse. Por un momento, ella no supo si era por enojo o por vergüenza.

—¿Siempre tenemos que sacar a relucir el pasado?

Ella comprendió que había cometido un error. Pero no podía evitar decir lo que sentía.

—Por favor, dime una cosa, Devlin —se oyó decir quedamente, con orgullo y dignidad—. Es muy importante para mí. ¿Cómo pudiste dejarme así después de lo que pasó?

El destello plateado de sus ojos no dejaba lugar a dudas.

—Tenía asuntos pendientes en Londres —dijo, y los dos comprendieron que era mentira.

—Cobarde —dijo ella.

Él se irguió bruscamente. Se volvió despacio y fijó en ella una mirada incrédula.

—¿Qué acabas de llamarme?

El corazón de Virginia se aceleró, lleno de alarma.

—Ya me has oído —logró decir.

—Un hombre moriría por decir tal cosa —repuso él muy suavemente, como si no la hubiera oído.

—Supongo que tengo suerte de no ser un hombre —dijo ella con fingida ligereza.

Él no sonrió.

—Me he enfrentado solo a flotas enteras, Virginia, y he elegido pelear, no huir. Puede que sea un canalla sin corazón, pero no soy un cobarde.

Ella se humedeció los labios. Su corazón martilleaba con fuerza.

—Para las cosas del corazón, eres un cobarde —dijo con firmeza—. Y navegas por estos mares solamente para huir —los ojos de Devlin se agrandaron, llenos de incredulidad. Ella pensó que había ido demasiado lejos y dio marcha atrás—. Pero sólo eres despiadado por las circunstancias terribles del asesinato de tu padre, que, por desgracia, presenciaste. Eso dejaría cicatrices a cualquiera, Devlin —dijo atropelladamente—. Ahora te entiendo mejor.

Devlin se inclinó hacia ella. Sus ojos grises parecían enormes e incrédulos.

—Si tanto sabes sobre mi carácter, Virginia, sabrás también que esperas más de mí de lo que puedo dar. Espero sinceramente que regreses a Askeaton después de tu rescate, que te cases con Sean, y que el pasado quede enterrado para siempre, como debe ser —se irguió—. ¡Red! —bramó—. Acompaña abajo a la señorita Hughes.

El contramaestre subió de la cubierta inferior.

—¡No! —ella se mantuvo en su sitio. Quería salvar a aquel hombre, pero temía que fuera imposible—. Ahora te entiendo, Devlin. Entiendo tu rabia hacia mi tío, tu sed de venganza. Hagas lo que hagas, digas lo que digas, yo no soy el enemigo, ¡soy tu amiga!

Devlin dijo secamente:

—Llévala abajo.

—Sí, señor. ¿Señorita Hughes? El capitán dice...

—No te tengo miedo, Devlin O'Neill —exclamó ella,

interrumpiendo al marinero–. Pero, por lo visto, tú a mí sí.

Él le había dado la espalda y se volvió.

–¿Por qué te empeñas en provocarme? –se inclinó hacia ella y soltó el timón, que Red agarró con sobresalto–. Te sugiero que reflexiones sobre tu situación, Virginia, porque te conviene tenerme miedo.

–No me asustas –mintió ella–. Siento la muerte de tu padre. Eso es lo único que quería decirte.

Devlin la agarró del brazo y se la entregó a Red.

–Sácala de mi alcázar –dijo.

29 de octubre de 1812
Eastleigh Hall, sur de Hampshire.

William Hughes, heredero del condado de Eastleigh, entró en las habitaciones de su padre sin llamar a la puerta. Era un hombre de unos treinta y cinco años, ya con algo de tripa, y vestía una hermosa levita escarlata, calzas y medias. Lucía numerosos anillos, tenía el pelo abundante y negro y su cara atractiva parecía acalorada.

–¡Padre! –gritó con un destello en sus ojos azul pálido.

Harold Hughes, el conde de Eastleigh, había sido en otro tiempo el vivo retrato de su hijo. Ahora era un hombre corpulento y extremadamente grueso y, como consecuencia de ello –y de su gusto por el tabaco– su tez tenía un aspecto pastoso. Llevaba el cabello gris recogido prietamente hacia atrás, y sus patillas eran gruesas y largas. A primera vista, parecía un hombre adinerado y bien vestido. Sólo una segunda mirada revelaba que su antaño rica chaqueta de terciopelo dorado estaba ajada y deslucida, que sus calzas ostentaban varias manchas que la lavandera no podía quitar, y que sus medias estaban cuidadosamente vueltas del revés para no dejar al descubierto el principio de una fina carrera o dos. Sus zapatos brillaban, pero estaban muy arañados, y las suelas eran tan finas que empezaban a agujerearse.

Eastleigh estaba sentado a la mesa escritorio de la sala que comunicaba con la alcoba principal, y William no alcanzaba a imaginar qué podía estar escribiendo que tuviera tanta importancia. William administraba la finca —o lo que quedaba de ella—, junto con Harris, el mayordomo. Cualquier queja por los compromisos sociales a los que su padre se negaba a asistir recaía sobre su esposa. Su padre levantó la vista y dejó la pluma a un lado.

—¡Padre! —William se detuvo junto al escritorio y vio con cierto disgusto que su padre estaba escribiendo una carta a un truhán, y que se trataba de un asunto de carreras de caballos.

Eastleigh juntó las manos con calma delante de la cara.

—Pareces disgustado, William. ¿Me traes malas noticias?

William estaba furioso. Estaban al borde de la ruina más espantosa por culpa de un solo hombre... y no sabía por qué el capitán sir Devlin O'Neill se había empeñado en hundir a la familia Hughes. El mes anterior habían recibido una carta absurda de aquel hombre. Decía tener a su prima americana en su casa de Irlanda, en calidad de invitada. Al parecer, la había sacado del Americana antes de que se hundiera, salvándole así la vida. *Por generosa que sea mi hospitalidad, pronto llegará la hora en que la señorita Hughes desee reunirse con su familia de Inglaterra*, había escrito. *Estoy seguro de que tal encuentro podrá arreglarse para completa satisfacción de todas las partes.*

William ignoraba qué quería decir con aquella extraña afirmación. Su padre había leído la nota, la había roto y había arrojado los pedazos al fuego. Había mostrado un completo desdén y se negaba a hablar del asunto. De hecho, jamás hablaba de nada que tuviera que ver con O'Neill, desde que se viera obligado a venderle su casa de Greenwich.

—El Desafío acaba de atracar en el puerto de Southampton, padre, con ese lunático de O'Neill. Sólo se me ocurre que haya venido a visitar su nueva casa de campo. ¿Y si piensa quedarse a vivir allí una temporada, estando Wideacre a sólo unas millas de aquí?

Eastleigh se levantó y puso la mano sobre el hombro de su hijo.

—Tiene todo el derecho a residir en Wideacre, si eso es lo que desea.

Lleno de impaciencia, William se apartó y se puso a pasear por la habitación.

—¡Maldita sea! Sabía que sólo era cuestión de tiempo que esa escoria apareciera por aquí, para fanfarronear delante de nuestras narices. Habrá pensado instalarse en Wideacre. ¡Malditos sean esos idiotas del Almirantazgo! ¡Malditos sean por dejarlo escapar otra vez! No sé cómo fracasó la vista... ¡Tom nos juró que todo saldría bien!

Eastleigh flexionó las manos delante de sí.

—No entiendo por qué estás tan alterado. No es asunto nuestro que viva tan cerca de nosotros.

William se volvió, perplejo.

—¡Ese hombre nos robó la casa de Greenwich! ¡Vive allí como un maldito rey! Le robó a Tom su amante y se lo restregó por la cara. Y da la casualidad de que sé que la condesa... —se detuvo.

—¿La condesa qué? —preguntó Eastleigh tibiamente, levantando las cejas.

William lo miró con fijeza, temblando de rabia. Luego se irguió, envarado y con la boca fruncida. Un año antes había descubierto que su madrastra tenía una aventura con el hombre al que tanto odiaba. Apenas podía creerlo y había montado en cólera, hasta el punto de reprochárselo a ella. La condesa lo había negado todo, pero él había logrado contratar a un espía que le confirmó lo que ya sospechaba. Ignoraba por qué, a cada paso, aquel maldito pirata —y eso era, un pirata, no un capitán de la Marina— estaba siempre allí, como una enorme espina clavada en su costado. Era como si O'Neill fuera un enemigo jurado de la familia Hughes, pero eso, por supuesto, carecía de sentido.

¿Y qué significaba aquella ridícula carta?

William hizo una mueca.

—Nada —dijo—. ¿Has olvidado esa carta absurda? —dijo con más calma.

—Claro que no. Tal vez se proponga traer a la hija de mi hermano a nuestra puerta. Si está viva, si de veras vive y no se ahogó, estamos en deuda con él por haberla salvado, ¿no es cierto?

—Virginia Hughes estaba en el Americana y el barco se hundió, padre, naufragó en una tormenta y no hubo supervivientes —William se encaró enfurecido con su padre—. Devlin O'Neill se ha atrevido a asegurar que vive, que está invitada en su casa, y empiezo a sospechar que se trate de una estafa. Esa mujer querrá hacerse pasar por mi prima para sacarnos algún dinero. Pero, naturalmente, no tenemos nada que darle —añadió en tono de advertencia.

—No tenemos nada que darle, pero, si está viva, quizás él merezca una recompensa —dijo Eastleigh tranquilamente mientras jugueteaba con el abrecartas de su mesa. Era un estilete pequeño, con el mango de madreperla.

A William le daban ganas de arrancarse el pelo.

—¡Padre! O'Neill lleva años intentando hundir a esta familia. Nos ha robado lo que más queríamos, ¿y acaso sabemos por qué? ¿Y ahora a ti se te ocurre ofrecerle una recompensa? Esto es una engañifa, padre. Virginia Hughes está muerta, no hubo supervivientes, y esa mujer es una actriz a la que O'Neill ha animado a sacarnos más sangre, como una sanguijuela.

—Tienes mucha imaginación, hijo mío —dijo Eastleigh, y se acercó a la ventana con la pequeña daga en la mano. Miró las praderas que en otro tiempo habían estado perfectamente cuidadas y en las que ahora crecía la maleza, pues no podían permitirse más que un jardinero, y los jardines, antaño rebosantes de flores y colores, y ahora abandonados y faltos de vida. Tocó la daga con un dedo y fue recompensado con el brillo de la sangre. Sonrió.

—Mandaré aviso a Thomas —decidió William—, porque dudo que O'Neill nos invite a ir a Wideacre en un gesto de buena voluntad para conocer a la impostora. Nuestra prima está muerta. Y, de todas formas, no tenemos medios para mantenerla, ¿me equivoco, padre? —a William le importaba un comino si la chica era su prima o no. Por lo que a él concernía, su prima estaba muerta, circunstancia sumamente afortunada, teniendo en cuenta el estado de sus finanzas y el hecho de que la muchacha había quedado huérfana de repente y no tenía aún edad para casarse. A su modo de ver, O'Neill no perseguía nada bueno y aquella mujer era una impostora.

Pero, ¿por qué?

¿Por qué O'Neill, por controvertido que fuera, había decidido juguetear con la familia Hughes?

Eastleigh se volvió.

—Está bien, avisa a Tom. Podéis juntar vuestras cabezas y lamentaros de nuestra mala fortuna —sonrió, pero la sonrisa no se trasmitió a sus ojos.

William profirió un bufido de exasperación, dio media vuelta y salió apresuradamente de la habitación.

La furia estalló entonces. Eastleigh clavó la daga en la pared, una pared que necesitaba urgentemente una mano de pintura. Y se quedó mirando el arma temblorosa.

—Así que piensas asestarme otra puñalada, ¿eh, bastardo? —dijo—. Si mi sobrina vive poco me importa. No pagaré el rescate que tan amablemente solicitas —arrancó la daga de la pared—. Mis hijos son idiotas. Yo, no. Esta guerra no ha acabado aún.

Y se imaginó decapitando a Devlin O'Neill como había decapitado a su padre, hacía muchos años. Sería para él un infinito placer.

—No sé por qué no podíamos parar en tu casa antes de ir a visitar a mi tío —dijo Virginia con voz premeditadamente baja. Habían tardado dos días y medio en llegar a Southampton y era ya tarde. Desde que se atreviera a provocar a Devlin en el alcázar del barco, dos noches antes, apenas había tenido ocasión de saludarlo antes de que se apartara de ella. Devlin no había cenado en su camarote, a diferencia de su primera travesía en el Desafío, no había dormido allí ni lo había usado para ninguna otra cosa. Cada vez que Virginia había salido a cubierta con la esperanza de trabar con él otra conversación civilizada, Devlin estaba al timón del barco. Pero, al parecer, había dado orden de que no se le permitiera subir al alcázar, pues siempre alguien se apresuraba a cortarle el paso.

O bien le tenía mucho miedo, pensaba ella, o bien sentía un completo desinterés por su compañía.

Ahora, Devlin no le contestó. Estaban en el vestíbulo principal de la mansión de Eastleigh. Virginia notaba lo desaseada que estaba la casa y pensó en lo mucho que necesitaba cualquier ayuda que pudiera ofrecerle su tío. Se retorcía las manos sin poder evitarlo y ansiaba causar una buena impresión.

¿Y si el asunto de su rescate se resolvía de inmediato? Se atrevió a mirar a Devlin, extrañamente turbada. Si así era, pasaría la noche en Eastleigh y dudaba que volviera a ver a Devlin O'Neill.

Su corazón se encogió, y no le quedó ya ninguna duda respecto a sus verdaderos sentimientos.

«Te estoy pidiendo que salves a mi hermano».

Virginia sentía deseos de decirle a Sean que no podía salvar a su hermano si él ni siquiera se dignaba a mantener una conversación con ella.

—Devlin, necesito asearme un poco, de veras —dijo.

—Virginia, estás perfectamente —repuso él, pero saltaba a la vista que tenía la mente en otra parte. Estaba tan absorto que no la había mirado ni una sola vez.

Ella tembló.

—Quiero causar buena impresión —musitó—. Aunque a ti no te importe.

Él la miró por fin y le sostuvo la mirada.

—¿Por qué? Eastleigh no es más que un asesino y lo sabes a ciencia cierta.

Ella tragó saliva. Ahora que se acercaba el momento de la verdad, se sentía mareada y dijo:

—Necesito su ayuda, tú lo sabes, o perderé Sweet Briar. Y no conozco los pormenores de la muerte de tu padre, Devlin, pero dudo que fuera intencionada. Estoy segura de que fue un accidente, un accidente que, con el paso de los años, tú has recreado como un acto premeditado.

Los ojos de Devlin llamearon.

—Cuando un hombre usa su espada para decapitar a su víctima, lo hace con premeditación, Virginia —dijo fríamente.

Ella quedó tan asombrada que no pudo moverse. La imagen de una grotesca decapitación la asaltó.

—¿Tu padre... fue decapitado?

La cara de Devlin parecía sofocada, pero su voz seguía exudando veneno.

—Sí, así es. No he recreado su muerte con mi imaginación. La presencié con mis propios ojos, lo mismo que mi pobre madre.

—Dios mío —musitó ella, y, agarrándolo de la mano, se la apretó con fuerza.

Él miró su palma un momento y luego la apartó.

—Éste no es momento ni lugar para hablar de la muerte de mi padre. ¿Ha quedado claro? Puedes saludar a tu tío y tu primo como quieras, pero yo seré quien hable.

Ella seguía impresionada. Su compasión tanto por Devlin como por su madre no conocía límites. ¿Y su tío había hecho aquello? Pero, ¿cómo era posible?

Empezaba a comprender verdaderamente la profundidad de las heridas de Devlin. ¿Y Sean creía que había esperanzas?

De pronto, un hombre guapo y de porte regio, ataviado con una levita burdeos, entró en la habitación. Sus ojos azules claros tenían una expresión fría cuando se acercó a ellos, y su aire era autoritario. Virginia dio un respingo, a pesar de que sabía que no podía ser su tío. Aquel tenía, a lo sumo, treinta años.

—Capitán O'Neill —dijo con una sonrisa que era más bien una forma de enseñar los dientes—, bienvenido a Eastleigh —hizo una reverencia.

Devlin inclinó la cabeza.

—Buenas tardes, milord —dijo cortésmente—. Acabamos de llegar a Hampshire y vamos de camino a mi casa de Wideacre —su boca se torció en lo que podría haber sido una sonrisa, aunque Virginia sabía que era una mera contorsión de los labios—. Su prima expresó tales ganas de reunirse con su familia que simplemente no he podido negarme a sus deseos. Le presento a la señorita Virginia Hughes.

William la miró con expresión de moderada sorpresa y alzó sus cejas oscuras.

—¡Pero, santo cielo, tenía entendido que se ahogó en el Americana! —exclamó—. ¡Oí que no hubo supervivientes!

—Se equivoca. Como puede ver, la señorita Hughes está viva —los ojos de Devlin parecían danzar de regocijo.

—Soy tu prima —logró decir Virginia, a pesar de que deseaba no estar allí—. No me he ahogado, como ves.

William la miró con semblante cómicamente estudiado: sus ojos eran duros, pero su cara, que componía una expresión de sorpresa, no lo era.

—Pero, ¿cómo puede ser? —su tono era visiblemente burlón—. La Marina ha dicho que el Americana naufragó en una tormenta. Fue una declaración oficial. No hubo supervivientes.

Devlin parecía incrédulo.

—¿Acusa usted a la señorita Virginia de traición, de fraude?

Virginia sintió que sus mejillas ardían.

—Yo no he acusado a nadie de nada —contestó William con una sonrisa amplia y fija—. Y le pido disculpas, señorita, eh, Hughes, si he dado esa impresión.

—Hubo una superviviente —contestó Devlin con suavidad, antes de que Virginia pudiera hablar—. Lo sé con toda seguridad, pues fui yo mismo quien la condujo del Americana a mi barco.

—Bien —William sonrió de nuevo—, ¡cuán extraño es todo esto! Al parecer tenemos dos declaraciones contradictorias.

—Sugiero que avise al conde —dijo Devlin. Pero no era una sugerencia, sino claramente una orden.

—Creo que eso voy a hacer —repuso William y, aliviado, salió aprisa del vestíbulo.

Devlin miró a Virginia con los ojos entornados y una

mirada entre especulativa y satisfecha. Pero Virginia estaba avergonzada.

—Cree que soy una impostora —musitó.

Devlin sonrió.

—Sabe que eres su prima. Sin embargo, insistirá hasta la saciedad en que te ahogaste, para eludir el rescate y cualquier apoyo económico que se te deba, con todo derecho.

—¿No podía esperar esto? —preguntó ella, suplicante.

La mirada de Devlin se endureció.

—No. Ya he esperado demasiado. Supongo que querrás conocer al conde. Y abrazar tu libertad.

Ella inhaló ásperamente.

—No así. ¡Mira lo empobrecidos que están! —exclamó, señalando el vestíbulo. Algunas losas de mármol del suelo estaban agrietadas y desconchadas, las paredes necesitaban una buena mano de pintura, y una ojeada a un salón contiguo le mostró una estancia llena de tesoros y legados familiares, ninguno de ellos nuevos y sí todos ajados y deslucidos. ¿Cómo iba a pagar su tío las deudas de Sweet Briar, y menos aún su rescate? Virginia estaba desolada. No parecía haber ya posibilidad alguna de salvar su hogar.

Sonaron pasos en las anchas escaleras de su derecha. Virginia se volvió y vio que por ellas bajaba un hombre alto y corpulento, con el pelo canoso. Tras él iba William. Aquel hombre tenía la mirada fija en Devlin, y Devlin se había vuelto y lo miraba con fijeza. Por un momento, Virginia sintió una tensión abrasadora en la habitación, una hostilidad que chisporroteaba entre ellos. Luego, su tío sonrió con expresión benévola.

—Capitán O'Neill —dijo, acercándose—, qué amable es usted por venir a vernos.

—Milord —dijo Devlin con calma, y ejecutó una ligera reverencia.

El conde de Eastleigh se volvió hacia Virginia, quien se apresuró a inclinarse.

—¿Y ésta es mi... sobrina?

Virginia se adelantó bruscamente.

—¡Milord! Sí, soy yo, Virginia Hughes, la única hija de su hermano.

La mirada de Eastleigh era penetrante. Virginia se tensó de inmediato, alarmada instintivamente. Pero él siguió sonriendo.

—Me dijeron que no hubo supervivientes —dijo con suavidad.

Ella tomó aliento, pero no pudo detenerse a meditar acerca del extraño efecto que había surtido en ella aquel hombre, su tío.

—El capitán O'Neill me salvó la vida, milord, no una, sino dos veces. Él... me llevó a bordo de su barco cuando se hizo evidente que se avecinaba una tormenta y que estaría más segura allí —jamás le diría a nadie que Devlin había asaltado el Americana—. De no haberlo hecho, ahora estaría muerta. La tormenta fue tan violenta que estuve a punto de caer por la borda..., pero él me rescató de nuevo. Le estoy terriblemente agradecida —dijo precipitadamente, consciente de que Devlin la miraba con sorpresa.

Se negaba a mirarlo, pero ahora él sabía que jamás le diría a nadie lo que había ocurrido realmente.

Eastleigh la miró de arriba abajo.

—Y, durante todo este tiempo, ha sido usted la invitada de mi amigo, el capitán. Es verdaderamente maravilloso.

Ella vaciló.

—No soy una invitada —musitó, pero Eastleigh no pareció oírla. Miró a Devlin. Él tenía los brazos cruzados y en sus ojos brillaba una luz voraz—. ¡Señor! ¡Milord! ¡Tío! —no pudo refrenarse y agarró las manos gruesas y húmedas de Eastleigh–. Por favor, dígame que mi casa está intacta.

El conde apartó las manos y miró a su hijo.

–¿Hemos vendido ya la plantación?

–Por desgracia, no.

Virginia estuvo a punto de proferir un sollozo y se cubrió el corazón desbocado con la mano.

Los tres hombres la miraron. Luego Devlin dijo:

–Deseo hablar con usted en privado, milord.

Eastleigh siguió sonriendo.

–Me temo que llegamos tarde a una cena. Le sugiero que venga a verme otro día de esta semana.

Devlin esbozó una sonrisa gélida.

–Insisto en que me conceda un minuto de su tiempo.

Eastleigh pareció una estatua hasta que habló, tan apresuradamente que Virginia tuvo que aguzar el oído:

–Me he cansado de sus juegos –dijo con suavidad–. Estoy harto, en realidad.

–A menos que quiera que el mundo entero conozca las indiscreciones de la condesa, le sugiero que me conceda un momento.

Virginia ignoraba de qué hablaba Devlin, pero William dejó escapar una exclamación de sorpresa, y ella lo miró y vio que estaba pálido. Luego vio que Eastleigh se ponía rojo, casi al borde de la apoplejía.

William se adelantó.

–¡Llamaré al alguacil! –exclamó–. Este hombre no puede entrar en nuestra casa, mostrarnos a una impostora y hacer acusaciones contra la condesa.

–Aún no he hecho ninguna acusación –dijo Devlin–. Simplemente he amenazado con hacerla.

–No se llamará al alguacil –dijo Eastleigh–. Ocúpese de sus asuntos, O'Neill, y márchese... antes de que haga que le echen.

Devlin estaba claramente divertido.

—¿Y cómo lo haría exactamente? —empezó a reír.

Virginia advertía lo absurdo de todo aquello. Como si aquel hombre entrado en años y su remilgado hijo pudieran desafiar a un hombre como Devlin, un hombre que no dudaba ni un momento a la hora de atacar y destruir barcos inofensivos. Se acercó a él apresuradamente.

—Deberíamos irnos.

Pero él no la oía. Nadie la oía. Devlin dijo:

—Virginia desea reunirse con su familia... con usted. La fama de su generosidad lo precede, milord, y quisiera hablar con usted acerca de la naturaleza de la recompensa que sin duda querrá ofrecerme —parecía reírse.

Eastleigh siguió allí, sin moverse. Daba la impresión de no atreverse a estrangular a Devlin, pese a desearlo. Estaba de color púrpura.

—¿Recompensa? —exclamó William—. ¡Santo cielo, este hombre quiere pedir un rescate! ¡Quiere un rescate! —gritó. Luego añadió—: ¡Su cabeza rodará por esto! Ni siquiera usted puede raptar a una mujer como mi prima, pedir un rescate y salirse con la suya —William parecía de pronto exultante.

Eastleigh y Devlin se miraron. Ninguno de ellos sonreía y, si sus ojos hubieran sido dagas, ya habrían muerto ambos.

—No se llamará al alguacil —dijo Eastleigh por fin—. Y tú, William, no hablarás de esto con nadie. Ni siquiera con tu hermano, ¿me has oído?

—Pero... —balbució William.

—No busco un rescate —dijo Devlin con excesiva suavidad—. Quiero únicamente que se me reembolsen los gastos. Lo llamaremos una recompensa. Con quince mil libras bastará —se volvió—. Vámonos, Virginia, nuestros asuntos aquí han concluido... por ahora.

La había agarrado del brazo. Ella miró hacia atrás y vio a Eastleigh poseído por una rabia impotente, y a William pasmado de asombro. Quince mil libras. Era una inmensa cantidad de dinero, una suma que, evidentemente, Eastleigh no tenía.

Estaban en la puerta cuando Eastleigh gritó:

—¡No vamos a pagar! Esta vez has perdido, O'Neill. No quiero a la chica y no voy a pagar ningún rescate. ¡Puedes quedártela! —y rompió a reír.

Virginia se acurrucó en el carruaje. Devlin había ordenado al cochero que atara su caballo a la parte de atrás del carruaje y había montado a su lado. Tras cerrar la puerta, se recostó en el asiento de cuero y tocó con el puño en la pared del coche. El carruaje se puso en marcha y partió traqueteando por la avenida pavimentada.

Virginia lo miraba con los ojos dilatados por el asombro. La expresión de Devlin era dura. Lo mismo que sus ojos. Parecía ensimismado, pero, si la entrevista —o la negativa de Eastleigh a pagar su rescate— lo había desanimado, Virginia no lo notó. Se estremeció. ¿Qué ocurriría a partir de ese momento? No le cabía apenas duda de que Eastleigh había dicho en serio hasta la última palabra. Al conde no le importaba si ella vivía o moría, si estaba cautiva o en libertad. Virginia nunca había visto unos ojos tan fríos..., a excepción de los de Devlin.

Se estremeció de nuevo. Por alguna razón, los ojos de Eastleigh eran peores. Dos cosas habían quedado claras. El odio de Devlin era ilimitado, pero Eastleigh, a su vez, lo odiaba ferozmente. Y ambos se hallaban en un punto muerto, puesto que Devlin exigía un rescate que Eastleigh se negaba a pagar.

Si pudiera hacer que Devlin cambiara de actitud...

¿Habría algo que pudiera impedirle que extrajera aquel rescate a su enemigo? Virginia no lo creía, y se desesperaba.

—Devlin, esto tiene que parar.

Él la miró.

—Esto parará cuando yo lo diga y ni un momento antes.

Ella se puso rígida. La mirada de Devlin era heladora.

—¿Y te sientes satisfecho? ¿Te causa placer lo que has hecho, lo que estás haciendo? ¡Mi tío está en la miseria! Está claro que tú lo has arruinado. ¿Por qué continuar? ¿Quién elegiría vivir así, llevar una vida de odio y venganza? —exclamó.

Algo brilló en la mirada de Devlin. Su boca se crispó.

—Una vez te oí decir que, si alguien hubiera asesinado a tu padre, matarías a esa persona con tus propias manos.

Ella lo miró con fijeza. Era cierto que le había dicho aquello a Sean.

—No estoy segura de que lo dijera en serio.

—Lo decías en serio. Verás, en este caso, no somos tan distintos, Virginia.

—¡Somos muy distintos! Yo tengo motivos de sobra para odiarte y para exigir venganza. Pero no te odio... ni nunca te odiaré. Y nunca le diré a nadie la verdad sobre lo que has hecho. Verás, me niego a recorrer el camino de la venganza, Devlin. Sencillamente, me niego.

El semblante de Devlin se endureció mientras la miraba.

—Se lo debo a mi padre.

—¡Tu padre está muerto! ¡Lleva años muerto! —ella no podía darse por vencida aún—. No tienen el rescate, Devlin, y, aunque lo tuvieran, no pensarían pagártelo. Sin duda tú, que tan bien sabes juzgar a la gente, te habrás dado cuenta.

Él ya no la miraba. Era evidente que no tenía intención de contestarle.

Virginia se volvió, desesperada. Tenía un mal presentimiento. Sabía que Devlin estaba tramando algo y, fuera lo que fuese, le infundía pavor. No había, sin embargo, nada más que pudiera decir. No era capaz de persuadirlo para que depusiera su actitud, para que cambiara de vida. ¡Sean se equivocaba! Quizá Devlin estuviera loco. ¿Acaso no era la obsesión una suerte de desequilibrio mental? ¿Y qué sería de él al final? ¡Si a ella no le importara...! ¿Avisaría el hijo de Eastleigh a las autoridades? ¿Acaso no tenía miedo Devlin de acabar en prisión? Ella sabía cuánto amaba el viento y el mar, y estaba convencida de que la cárcel acabaría con él.

Pero Devlin no temía a la muerte, así que quizá no temiera tampoco ser encarcelado. Ciertamente, no parecía en absoluto preocupado por su porvenir. Era ella, santo cielo, la que se preocupaba por el futuro de Devlin, teniendo el suyo propio del que preocuparse, un futuro que parecía muy sombrío.

Habían dejado atrás la desvencijada finca de Eastleigh. Colinas verdes, surcadas de viejos muros de piedra, y flores silvestres bordeaban la carretera. Atravesaron una bonita aldea, llena de casitas de piedra enjalbegadas, y pasaron junto a la iglesia de la localidad, construida en tiempos de los normandos. Unos minutos después se desviaron de la carretera principal y traspusieron unas oxidadas puertas de hierro forjado. Virginia vio una agradable pradera y una modesta casa de piedra, de dos pisos de alto y con dos habitaciones, quizá, a lo ancho. Tras ella había una cochera también de piedra e igual de destartalada. Virginia parpadeó, sorprendida por lo pequeña y ruinosa que era aquella casa de campo. Aquélla no podía ser la casa de Devlin. Tenían que haberse equivocado de dirección.

Pero Devlin la ayudó a bajar con aire irritado. Echó una larga y hosca mirada a la casa, y Virginia tuvo la impresión de que no la había visto nunca antes. Entonces comprendió que, a fin de cuentas, no se habían equivocado. Luego, con la mano sobre su brazo, Devlin la condujo por el camino empedrado. Al menos las rosas que florecían a un lado de la casa eran bonitas, pensó ella.

La puerta delantera se abrió antes de que llegaran a ella y salieron un hombre y una mujer.

—¿El capitán O'Neill? —preguntó la mujer, que era alta y morena, de edad madura, bastante delgada y de rasgos aguileños. Llevaba el vestido negro y severo de una sirvienta.

Él asintió con la cabeza.

—¿La señora Hill, el ama de llaves, supongo?

Ella esbozó una sonrisa crispada.

—Sí. Estábamos esperándolo. Espero que la casa y las tierras le satisfagan, capitán.

—Ya se lo haré saber —respondió él ambiguamente.

—¿Señor? Soy el mayordomo, Tompkins —dijo el hombre, más bajo y bien vestido, que permanecía junto al ama de llaves. Llevaba una chaqueta de lana negra y pantalones—. Nos alegramos mucho de que por fin haya venido, capitán.

Devlin masculló algo.

—Recojan el equipaje y llévenlo a mis habitaciones —dijo.

Virginia se sobresaltó. ¿Y sus maletas?

—Permítanme presentarles a la señorita Hughes.

La señora Hill sonrió a Virginia, lo mismo que el mayordomo. El ama de llaves parecía nerviosa, su sonrisa era más bien afilada, pero el mayordomo parecía todo lo contrario. Bastante jovial, en realidad.

—Que a la señorita Hughes no le falte de nada —dijo

Devlin—. Es mi invitada y todos sus deseos han de verse satisfechos.

Virginia lo miró con fijeza. Un mal presentimiento empezaba a apoderarse de ella. ¿Qué estaba tramando?

—¿Y dónde llevamos las maletas de la señorita, señor? —preguntó Tompkins.

Las cejas oscuras de Devlin se alzaron con sorpresa.

—Pues a mis habitaciones, naturalmente —contestó.

Siguió un momento de sorprendido silencio.

Virginia abrió la boca para protestar, pero él le agarró la mano y se la llevó a la boca. Virginia se preguntó si estaba soñando. Él sonrió y le besó la mano. Sus labios le parecieron cálidos y firmes sobre la piel.

Su cuerpo reaccionó al instante, y sólo pudo pensar ¿qué estaba haciendo Devlin? ¿Y por qué, santo cielo?

—¿A sus habitaciones, señor? —logró decir Tompkins, sonrojándose.

—La señorita Hughes va a compartir mis aposentos, sí —dijo Devlin, y sonrió afectuosamente a Virginia.

Con el corazón acelerado por la impresión, ella adivinó de pronto lo que iba a suceder a continuación.

—Devlin... —logró decir, a modo de débil protesta.

—Calla, cariño —dijo él. Y sonrió a los sirvientes—. Señora Hill, señor Tompkins, les presento a la señorita Virginia Hughes, mi amante.

SEGUNDA PARTE
EL PACTO

Virginia sabía que su sorpresa era evidente. Sintió que se quedaba boquiabierta, y parecía que los ojos iban a salírsele de las órbitas. Sólo tuvo un instante para reaccionar, sin embargo, durante ese instante, la señora Hill adoptó una actitud severa y adusta, mientras el señor Tompkins se sonrojaba.

—Vamos, querida —murmuró Devlin, tirando de su mano.

¿A qué jugaba ahora?

La ira se apoderó de ella en una oleada ardiente. Se negó a moverse y fijó en su captor una mirada que esperaba fuera fulminante. Aun así, su incredulidad no tenía límites. ¿Qué se proponía Devlin?

Él la levantó en brazos y entró en la casa.

—No discutas —murmuró—. Y no patalees.

—Haré algo mejor que patalear. Bájame ahora mismo o...

Él la besó.

Virginia no podría haber quedado más sorprendida. Se envaró, pero la boca de Devlin era terriblemente familiar para ella. Mientras pataleaba y lo golpeaba con los puños, sus labios se ablandaron. Sintió que él abría la puerta y su corazón dio un vuelco y después comenzó a latir con un ritmo más presuroso e insistente. La boca de Devlin cubría la suya, le exigía que la abriera y le franqueara el paso. Cuánto deseaba rendirse... Su ira se disipó, al igual que todos sus pensamientos. Sus labios se abrieron. Sus manos se aferraron a los hombros de Devlin. La lengua de él penetró en su boca.

Y Virginia experimentó un deseo penetrante y agudo que le atravesó el corazón.

Él levantó la cabeza mientras subía las escaleras y sus miradas se encontraron. Devlin tenía los ojos grises algo velados, pero, fuera de eso, Virginia no logró adivinar qué estaba pensando, ni mucho menos qué se proponía hacer. ¿Y qué hacía ella, devolviéndole sus besos mientras todo su cuerpo ardía, presa de un deseo desesperado? Él se detuvo en el descansillo, apartó por fin los ojos de ella y miró a su alrededor.

—Bájame, Devlin —dijo ella con más calma de la que sentía. Su sexo estaba hinchado, como un terrible testimonio de lo fácilmente que aquel hombre podía excitarla, pero no estaba dispuesta a compartir su cama, por más que él intentara seducirla, por más que le dijera.

A modo de respuesta, Devlin empujó con el hombro la primera puerta, miró dentro y retrocedió.

—Cállate —dijo secamente—. Y deja de retorcerte —se acercó a la puerta siguiente.

—No me estoy retorciendo —dijo ella casi sin aliento—. Y yo...

Entraron en la habitación siguiente y la dejó en el suelo. Virginia rozó la parte más fascinadora de la anatomía de Devlin y se quedó inmóvil. Él también estaba excitado. Todavía la deseaba. ¿Cómo iba a arreglárselas ella?

Devlin se volvió y cerró la puerta, la miró de frente y dijo en voz baja:

—Esto no es más que una farsa. Dormiré en el... —miró a su alrededor y concluyó, resignado—... suelo.

—¿Qué? —exclamó ella, dándose cuenta de que la alcoba principal, si era aquélla, tenía una hermosa cama de cuatro postes y un diván, dos mesitas, un tocador, una chimenea y nada más.

Devlin se acercó a ella.

Virginia se puso tensa. Estaba todavía jadeante y seguía deseando con desesperación no arder en sus brazos.

—¿Qué te propones, Devlin? —preguntó con voz queda.

—Por desgracia, tendré que provocar a tu tío para que pague el rescate —dijo él lisa y llanamente—. Vivirás en mis habitaciones como si fueras mi amante y, en público, actuaremos como una pareja de amantes muy desvergonzada. Confío en que cooperarás, Virginia —la advirtió—, y te recuerdo que te conviene quedar libre enseguida. Cuanto antes llegue Eastleigh a la conclusión de que no puede consentir que te exhiba tan abiertamente como mi amante, antes podrás regresar a casa... o lo que sea que decidas hacer —ella simplemente lo miraba con la boca abierta—. Una vez pensé en jugar con él de esta manera —Devlin estaba muy serio—. Pero, a decir verdad, ahora lamento que no quiera pagarme de inmediato para que acabemos de una vez por todas.

Ella tardó un momento en entender del todo su plan, y su comprensión le hizo imposible oír sus últimas palabras.

—¿Vamos a fingir que somos amantes? ¿Compartiremos esta habitación? ¿Vas a deshonrarme a ojos del mundo, pero no vas a compartir mi cama? —oyó incredulidad y un estremecimiento de dolor en su propia voz. Lo que sugería Devlin superaba lo increíble, era más que pasmoso. Pretendía deshonrar su buen nombre, exhibirla en sociedad como su amante. Estaba anonadada.

—De eso se trata en esencia, sí —contestó él con las manos en las caderas y los fuertes muslos separados. De hecho, parecía preparado para afrontar toda una tormenta.

—Un caballero no vive abiertamente con una mujer que no sea su esposa. Un caballero no va a las casas de sus vecinos acompañado de su amante.

—No hay otra salida.

—¿Cómo puedes hacerme esto? —a ella le costaba respirar. Aquélla era la prueba definitiva de que Sean se equivocaba y Devlin no sentía nada por ella: estaba dispuesto a utilizarla despiadadamente y a arruinar su nombre, y todo por conseguir el rescate.

«Tal vez seas tú quien pueda ayudarlo a encontrar su alma».

Rotundamente no, pensó Virginia en respuesta a las terribles palabras de Sean. A Devlin no podía importarle lo más mínimo, si se proponía destruir su reputación de aquella forma. Para utilizarla de manera tan premeditada, no podía quedarle alma que salvar. Virginia estaba horrorizada.

—Tú sabes lo que me impulsa a hacer esto —dijo él con aspereza—. No deseo hacerte daño, pero no tengo elección. No he venido hasta aquí para permitir que Eastleigh se reía ante mis narices y se niegue a pagar tu rescate —se volvió como si no pudiera seguir mirándola a la cara.

Pero eso eran imaginaciones de Virginia.

—¡Están arruinados! ¡Es evidente que no pueden pagar! —tuvo que sentarse, pues sus piernas parecían haber quedado inservibles—. Y, aunque pudieran, ¿cómo puedes hacerme esto a mí?

—Pueden vender la finca, Virginia, o pedir prestado. Incluso podrían vender Sweet Briar. A mí poco me importa lo que hagan —se dirigió a la puerta con paso envarado. Luego se volvió—. Los dos sabemos que no te importa lo que piense la gente. Has pasado cinco meses en Askeaton, sin vigilancia alguna. Y esto facilita las cosas. Sé que te gustaría que te hiciera de verdad mi amante. Así que deja ya de fingirte dolida y rabiosa —inexplicablemente, estaba temblando.

Ella ignoraba por qué estaba tan alterado y no le importaba. ¿Y si su tío vendía Sweet Briar para pagar su rescate?

—Nadie sabía que estaba en Askeaton y los aldeanos creían que era tu prometida. Estoy dolida, Devlin —dijo con toda la dignidad de que fue capaz—. Me duele que te importe tan poco mi reputación, que seas capaz de exhibirme como tu amante sólo para conseguir tus fines. Te sientes con derecho a arruinar mi vida sólo para cobrarte venganza.

Devlin estaba furioso, tanto que, por un momento, sólo pudo mirarla con fijeza. Y lo que vio fue la expresión más dolida y vulnerable que había contemplado nunca. Las lágrimas llenaban aquellos ojos violetas. Virginia lo miraba como si la hubiera traicionado a ella. En ese momento, se odió a sí mismo por lo que estaba haciendo... pero no tenía elección. ¿O sí?

Dudó por un momento, consciente de que sentía el extraño impulso de desdecirse, de dejarla marchar y acabar de una vez por todas.

Luego se le vino a la cabeza la fría risa de Eastleigh, seguida por el pavoroso recuerdo de los ojos ciegos de su padre, mirándolo desde el suelo. Eastleigh no podía salirse con la suya. Había que hacer justicia.

—Le estás dando demasiada importancia. En realidad, te estoy ahorrando una humillación. No voy a convertirte en mi amante. Y, cuando esto acabe, si lo deseas, diré a todo el mundo que no era más que un embuste para humillar a tu tío. Pero, dado que piensas regresar a Virginia, lo que ocurra aquí carece de importancia. Allí, nadie sabrá lo que ha pasado —sabía que su argumentación era patética.

Ella levantó la barbilla, pero su voz sonó suave, apenas audible.

—Si de verdad fuéramos amantes, defenderías mi reputación y nadie sabría nunca de nuestra relación.

Tenía razón. Devlin se sintió como si acabara de recibir físicamente un golpe severo.

—No alcanzo a ver la diferencia —mintió—. No hay otra salida.

—Siempre hay otra salida, Devlin. Aunque me utilices tan cruelmente, ¿qué te hace pensar que pagarán, aunque puedan vender mi casa y pedir prestado el dinero? —exclamó ella.

Devlin agarró el pomo de la puerta, sin mirarla, pues no podía.

—Será una cuestión de honor —dijo—. Pagarán. Yo me aseguraré de ello —salió tan rápidamente como pudo, como si al hacerlo pudiera olvidar el espantoso plan que había puesto en marcha, un plan que, de hecho, destruiría a Virginia Hughes de una vez por todas.

Virginia estaba asustada.

Era ya claro como el agua que Devlin estaba tan obsesionado por vengarse que nada ni nadie podría interponerse en su camino. Era igualmente evidente que Sean estaba muy equivocado: ella no podía mostrarle la luz de una vida distinta, porque, si no estuviera completamente perdido, le quedaría aún un poco de mala conciencia por lo que estaba haciendo, y ella no había visto en él ni un solo indicio de culpa. Sólo había visto una determinación absoluta. Aunque, naturalmente, Devlin O'Neill era un maestro a la hora de dominar sus emociones.

«Te estoy pidiendo que salves a mi hermano».

—¡Vete, Sean! —gritó Virginia, golpeando el agua de su

baño, y de pronto se dio cuenta de lo fría que se había quedado–. ¡No tiene salvación!

Se quedó quieta. Un extraño desánimo la embargaba. ¿No había modo alguno de ayudar a Devlin? ¿Estaría alguien a salvo, mientras él viviera y respirara? Virginia cerró los ojos con fuerza. Todos los actos de Devlin la hacían sufrir y, pese a todo, no podía odiarlo, por absurdo que fuera.

Estaba perdida. Se había convertido de nuevo en una niña, confusa y herida. No sabía qué hacer. Seguía devorada por su captor, cuyos actos defendía ante sí misma, y en secreto confiaba aún en ser capaz de salvarlo de sí mismo. Pero, ¿había algo que pudiera hacer? Desde el momento en que Devlin había atacado y apresado el Americana, ella no había sido sino un peón, movido hacia un lado y otro, a su antojo. Y ahora su juego había dado aquel horrible vuelco, un vuelco que demostraba su indiferencia hacia ella.

Virginia suspiró. Empezaba a temblar. Debía odiarlo por hacer de ella de nuevo su prisionera. Debía odiarlo por proponerse exhibirla ante el mundo como su amante. Debía odiarlo por muchos motivos, pero no lo odiaba en absoluto. Sentía una profunda lástima por él. Se compadecía del niño que había visto asesinar a su padre, y del hombre en que ese niño se había convertido.

Salió de la bañera, se envolvió en una toalla y fue a colocarse ante el fuego de su dormitorio.

Contempló las llamas danzarinas, pero sólo veía a Devlin. Ahora, como antes, no tenía elección, sólo podía seguirle el juego y ver adónde conducía todo aquello. Era lo bastante fuerte como para hacerlo. Devlin tenía razón en parte. A ella no le importaba lo que pensaran los demás... o, al menos, no mucho. Entonces se envaró.

Pero, ¿por qué no ser más astuta que él?

¿Por qué seguirle el juego para ganar la partida?

Asombrada por sus cavilaciones, Virginia comenzó a vestirse mientras pensaba con gran detenimiento. Quería ser libre y quería recuperar Sweet Briar, pero no era eso lo que más ansiaba. ¿Se atrevía a reconocer ante sí misma lo que de veras quería?

Por desgracia, lo que más deseaba era a Devlin.

Su corazón se encogió al cobrar conciencia de qué era exactamente lo que quería de él, y se sintió desfallecer. Sus rodillas flaquearon.

Vestida únicamente con su camisa y sus pololos, levantó el espejo y se miró en él. Sus ojos violetas parecían enormes y unas manchas rosadas y brillantes salpicaban su cutis. Quería que Devlin pensara que era hermosa, que se sintiera abrumado por la pasión y, sobre todo, quería que la amara.

Quería su amor.

Aterrorizada, logró acercarse al diván, donde se sentó, temblando. La mayoría de la gente que conocía a Devlin aseguraba que era incapaz de amar. ¿Cómo podía ser tan necia?

¿Se atrevía acaso a esperar lo imposible?

Y, lo que era más importante, ¿se atrevía a intentar conquistar el amor de Devlin?

Se mordió el labio y en sus ojos se formaron lágrimas. Ni siquiera era bonita, aunque era evidente que él la encontraba atractiva. Tampoco era una dama, cosa que él ya sabía. ¿Cómo podía ocurrírsele cautivar a un hombre como él?

Pero, ¿qué otra alternativa tenía? ¿Ser rescatada y quedar libre, para poder regresar a casa o quedarse y casarse con su hermano?

Tembló, y no por estar mojada y tener frío. De alguna forma, en algún momento y algún lugar entre el Americana y Wideacre, se había enamorado de Devlin O'Neill, y nada volvería a ser lo mismo. No había elección. Tendría que hacer lo que fuera posible para salvar su alma... y conquistar su amor.

Cuando bajó, Virginia estaba muy preocupada y decaída. Sus nuevas y terribles certezas —y su plan recién trazado— consumían sus pensamientos, y sus pasos vacilaban, llenos de nerviosismo.
—¿Se le ofrece algo, señorita Hughes?
Al oír la voz firme de la señora Hill, al mismo tiempo condescendiente y obsequiosa, se volvió con sobresalto.
—Hay que lavar mi vestido azul y la chaqueta a juego, si es posible —dijo con una sonrisa amable.
—Desde luego. Mandaré subir a la doncella —el ama de llaves esbozó una sonrisa crispada. ¡Cuán tenso parecía su semblante!
Y sus ojos oscuros reflejaban como espejos su reprobación. Virginia le devolvió la sonrisa, le dio las gracias y añadió:
—¿Dónde está el capitán?
—En la biblioteca —dijo la señora Hill.
Virginia la miró a los ojos y pensó que su mirada era demasiado sagaz, como si sospechara que deseaba reunirse con su captor por alguna razón ilícita y carnal. Virginia se alejó, turbada. Le sorprendía darse cuenta de que no le agradaba ser juzgada y despreciada, pero se recordó que no le importaba lo que la gente pensara de ella y que las opiniones del ama de llaves no tenían ninguna importancia. Después de todo, en el colegio Marmott todo el mundo la miraba por encima del hombro y la consideraba una pueblerina, y le había importado un bledo.
Pese a todo, aquella condescendencia le resultaba de-

masiado conocida. Durante toda su infancia se la había acusado de ser más un chico que una chica, de estar asilvestrada, con sus pantalones, siempre montada a caballo. Aquellas miradas sibilinas, aquellos comentarios, la confundían entonces, pero ahora no había nada de equívoco en el juicio de la severa ama de llaves.

Virginia ahuyentó rápidamente aquellos malos recuerdos. Su infancia quedaba muy atrás y sólo quedaba un futuro incierto. Eso por no hablar de un presente aún más precario, pensó con cierta amargura.

Cruzó las puertas abiertas de un salón desangelado, con un descolorido sofá de terciopelo dorado, cortinajes de sobrio tono mostaza y sillas de un feo estampado marrón con motivos de cachemira. La puerta siguiente daba a un despacho en el que había un escritorio de tamaño mediano en un rincón y un sofá verde oscuro frente a la chimenea. Todas las paredes estaban cubiertas de estanterías abarrotadas de libros, y con el fuego y el sol que se ponía fuera, más allá de los prados de alta hierba, la habitación resultaba muy agradable.

De no ser porque Devlin se hallaba sentado en el sofá, con un vaso de whisky en la mano. Había estado mirando absorto el fuego, y se volvió hacia ella. Sus miradas se encontraron.

El corazón de Virginia dio un vuelco. Devlin estaba de un humor sombrío, pero ¿qué podía significar aquello? Se puso alerta. Él seguía mirándola con expresión hosca y desabrida. Luego sus ojos resbalaron sobre ella, y Virginia se crispó instantáneamente y su tensión, ya intensa, se acrecentó.

—Estás muy serio —murmuró, de pie en la puerta, sin atreverse a entrar.

¿De veras pensaba seguirle el juego y ganar? ¿De veras creía que podía hacer que la amara?

Él se levantó e inclinó la cabeza.

—¿Te apetece un whisky? Te ofrecería vino, pero el que hay en el aparador está estropeado.

Ella pensó en los pocos tragos de whisky que había compartido con él en su camarote del Desafío.

—No, gracias —sonrió con cautela.

Los ojos de él se agrandaron y Virginia comprendió que percibía su determinación. Luego la miró pensativamente, como un gran león que se solazara, ni saciado, ni hambriento, pero muy capaz de abalanzarse sobre su presa.

—¿Ya no te gusta el buen whisky, o es que de pronto me tienes miedo, Virginia?

Ella entró en la habitación. Nunca rehusaba un desafío.

—Estoy segura de que tu whisky es bueno —sonrió de nuevo—. Sigo sorprendida —dijo, y era cierto—. No sólo no logro entenderte, sino que además tu mal humor se ha vuelto aún peor, cosa que parecía imposible.

Él se limitó a mirarla con la misma intensidad que antes. Se había quitado el uniforme y llevaba sólo una camisa de seda de finísima calidad, las calzas y las botas. Como de costumbre, las calzas se ajustaban seductoramente, quizá demasiado, a su cuerpo, y se había dejado el cuello de la camisa desabrochado.

—El conde de Eastleigh no suele ponerme de buen humor.

—¿No te está gustando la cacería? ¿Te disgusta disfrutar acosando a un pobre hombre viejo y gordo?

Él la miró mientras se acercaba al aparador, un mueble enorme y pesado, sencillamente horroroso.

—Estoy disfrutando de la cacería. Claro que sí. Pero si te atreves a compadecer a ese asesino, te sugiero que te guardes tus opiniones —le dio un vaso de whisky.

—No le compadezco —dijo ella suavemente—. Es a ti quien compadezco.

Él se quedó mirándola un momento. Virginia esperaba que montara en cólera. Pero no lo hizo. Se encogió de hombros y dijo:

—Eso ya lo has dicho antes. Si crees que vas a hacerme enfadar, te equivocas. Piensa lo que quieras y siéntate. No muerdo. Además, los sirvientes esperan que disfrutes de mi compañía —apuró su whisky y se sirvió otro.

—Sólo te acompaño porque no hay otro sitio donde ir ni nada más que hacer —dijo ella con voz queda, aunque no era cierto, y se sentó en un extremo del sofá.

Él sonrió por fin y también se sentó. Su cuerpo dominaba el sofá, la habitación, a ella misma.

—¿De veras? Francamente, creo que te agrada mi compañía —dijo, entornando los ojos—. Aunque no entiendo por qué —añadió con un murmullo sedoso.

Virginia dio un respingo y se puso aún más rígida y nerviosa.

—¿Estás borracho, Devlin?

Él la saludó con el vaso.

—Sólo un poco.

—Únicamente una necia buscaría y disfrutaría de tu compañía —repuso ella, acalorada, a sabiendas de que Devlin tenía sin duda a muchas mujeres a su disposición.

—Entonces hay muchas necias, supongo —replicó él con voz plana. Otro medio vaso de whisky se había desvanecido.

¿Intentaba emborracharse? Y, si así era, ¿por qué? Y, lo que era más importante, ¿a cuántas mujeres se refería?

—¿Cuántas?

—¿Cuántas qué?

—¿Cuántas mujeres han disfrutado de tu compañía? —se atrevió a preguntar... porque sencillamente tenía que hacerlo.

—¿Cómo dices? —sus ojos se agrandaron y pareció dividido entre la incredulidad y el regocijo—. ¿Me estás preguntando cuántas mujeres he tenido en la cama? —su voz sonaba estrangulada.

—Sí, creo que sí —dijo ella, y, juntando las manos con fuerza sobre el regazo, parpadeó furiosamente. Sentía que empezaban a arderle las mejillas.

Él se echó a reír. Su risa sonaba áspera, tosca, herrumbrosa, pero no era desagradable.

—Creo que lo que más me gusta de ti es tu curiosidad —dijo—, porque es única —su risa se extinguió. Pero sonreía con auténtica alegría y el corazón de Virginia comenzó a latir desbocado. Nunca había visto un hombre tan guapo.

—No, olvídalo, lo que me gusta es tu franqueza. ¿Alguna vez se te ha ocurrido no decir todo lo que piensas, deseas y sientes?

Ella parpadeó, temblorosa. No sólo había hecho reír a Devlin —reír de verdad—, sino que él la estaba halagando: ¡le gustaban su curiosidad y su actitud ante las cosas! ¿Sabía acaso lo que estaba haciendo? ¿Era aquello otro juego, o por fin lo estaba viendo relajado y con la guardia baja, gracias al whisky? ¿Le gustaba a Devlin, aunque fuera sólo un poco?

—¿Cuánto has bebido, Devlin?

—Un whisky o dos —dijo él con suavidad—. Está bien, éste es el tercero. No, el cuarto. No estoy borracho, Virginia. Yo no me emborracho.

—Yo creo que sí —dijo ella, y sus miradas se encontraron y se sostuvieron la una a la otra. Los ojos de Devlin se habían vuelto suaves. No había en ello ni un solo indicio de frialdad. Era como si de pronto sintiera afecto hacia ella. Virginia se sentía tan dichosa que apenas podía respirar.

—A nadie le gusta que sea tan franca. Hasta mis padres se desesperaban.

Él sonrió de nuevo.

—Eres impredecible. Nunca sé lo que vas a hacer o decir. Es interesante.

El corazón de Virginia se aceleró.

—Entonces, ¿te gusto un poco, después de todo? —santo cielo, ¿había sonado su voz cargada de esperanza? Confiaba en que no.

Devlin apartó la mirada de ella y se levantó lentamente, como un león perezoso que se dispusiera a alimentarse. Le lanzó una mirada seductora, sesgada y directa, y comenzó a acercarse muy despacio.

—Cuántas preguntas —murmuró. Luego añadió—: He mandado a Tompkins al Desafío a por algo de vino. La cocinera ha preparada venado y creo que un cabernet irá bien para acompañarlo. Pero sé que tu prefieres el vino blanco, así que le dije que también trajera un poco —hizo una pausa, la miró de frente y apoyó la cadera en el aparador. Su postura era al mismo tiempo indolente y seductora.

Ella se levantó de un salto.

—No cambies de tema.

Él bajó los párpados.

—Ha habido muchas mujeres, Virginia, y no llevo la cuenta —murmuró.

Qué astuto era, eludiendo el tema del que ella ansiaba hablar.

—No es el fin del mundo que al gran capitán O'Neill, tan frío él, le guste otro ser humano —dijo.

Él levantó los párpados y dejó al descubierto el brillo de sus ojos plateados. Luego desvió la vista.

—Eres como un perro con un hueso. ¿Qué quieres que diga? ¿Que me pareces preciosa? ¿Que anhelo tus besos? ¿Que no puedo vivir sin ti? Me temo que, aunque te encuentro interesante e impredecible, no soy de esos hombres que se postran ante una mujer, que ansían el amor verdadero o alguna otra pamplina semejante. Déjalo estar.

Ella lo miró fijamente y tragó saliva. Devlin era muy astuto. Era casi como si conociera sus pensamientos y sus emociones.

—Fuiste tú quien empezó esto —comenzó a decir ella—. Y los dos sabemos que no soy preciosa, así que no te estoy preguntando si te lo parezco. También sabemos que se necesita poco para excitarte, así que está claro que ansías mis besos... o algo por el estilo. Y, en cuanto a vivir juntos, ¿acaso estás más loco de lo que creía? Por supuesto que puedes vivir sin mí, sin Sean, ¡sin nadie! Eres una isla, Devlin, una isla en ti mismo, y todo el mundo lo sabe —le gustó el tono áspero con que había hablado y la firmeza de su reprimenda.

Él se limitó a mirarla durante un rato, tan intensamente que Virginia retrocedió.

—No, me temo que fuiste tú quien empezó esto, Virginia, al querer algo de mí que no puedo darte —su tono era suave, pero firme y muy sincero.

Virginia se abrazó mientras le sostenía la mirada. ¿Le estaba diciendo Devlin que nunca la amaría? ¿Podía ser tan intuitivo? ¿Era el alcohol lo que le había permitido hablar con ella con tanta franqueza?

—No sé a qué te refieres —musitó, sudorosa.

Él se encogió de hombros con una leve sonrisa. Con aquel gesto parecía querer decir que no la creía ni por un momento.

Una idea asaltó entonces a Virginia, una idea maravillosa que tal vez la ayudara a lograr su propósito.

—Pero hay algo que quiero, Devlin —dijo. Él la observó con una media sonrisa en el rostro, aguardando—. Hay algo que quiero de ti y que sé que puedes darme —añadió ella con firmeza. Qué tenso sentía el semblante.

—¡Vaya, vaya! Intuyo una nueva batalla. Querida, no puedes ganar, así que no pienses siquiera en tomar la ofensiva —sonrió, pero ella advirtió recelo en sus ojos. Entonces comprendió que, borracho o no, Devlin sería siempre un adversario temible.

—Yo no soy tu querida —susurró.

—Claro que sí... a ojos del mundo —su tono suave era una caricia mortífera.

Ella se humedeció los labios mientras rezaba con todas sus fuerzas y se preguntaba si Devlin intentaba de veras seducirla, a pesar de lo que hubiera dicho previamente.

—Quiero tu amistad, Devlin. Nada más, sólo tu amistad.

Los ojos de él se dilataron y luego se entornaron rápidamente.

—Un nuevo vuelco —murmuró, inclinando la cabeza con admiración—. Como decía, siempre impredecible. Me parece que no.

—¡No! ¡Debes escucharme! —Virginia se acercó finalmente a él y tomó su mano.

Devlin miró primero su cara y luego su mano pálida, y dejó escapar un bufido de incredulidad.

—Virginia —la advirtió, y quedó claro que aquella danza de seducción había acabado.

Ella se mantuvo en sus trece, llena de valentía.

—Quiero tu amistad, entregada libremente, hasta que el rescate sea pagado y sea libre de irme.

Él la miró con fijeza.

—Yo no tengo amigos.

—¡Eso es ridículo! —él levantó las cejas—. Sean es tu amigo.

Devlin se desasió lentamente de ella y cruzó los brazos sobre su ancho pecho.

—Siempre interesante —dijo con suavidad. Después, su tono se endureció—. Presiento una negociación. Adelante, negocia.

Ella se humedeció los labios. La mirada de Devlin se

posó en su boca. Ella lo notó, pero sólo vagamente, pues su corazón latía con violencia inoportuna.

—A cambio, haré tan bien el papel de tu querida que hasta tú me creerás tu desvergonzada amante.

Devlin la miró con absoluta sorpresa.

Ella sonrió, paladeando su momento de triunfo.

—¿Y bien? Este juego acabará mucho antes si yo coopero. Te estoy ofreciendo algo más que cooperación. Te estoy ofreciendo participación plena.

Devlin le sonrió lentamente, pero la sonrisa no alcanzó sus ojos, que siguieron sombríos y pensativos.

—Sé lo lista que eres —dijo—. Y sé que tienes algún plan sobre el que descansa este trato. Sea cual sea, sea lo que sea lo que piensas conseguir en realidad, fracasarás... si no es lo que yo quiero.

Ella se encogió de hombros, desfallecida por el deseo de vencer.

—Hagamos el trato.

—Paciencia, querida, es lo que debes aprender si de verdad quieres jugar tus cartas en la partida de la vida.

Ella suspiró, exasperada, a pesar de que, en el fondo, se hallaba muy cerca de la euforia.

—¿Trato hecho o no? —preguntó.

—Trato hecho —respondió él con suavidad y una sonrisa ligera—. Déjame adivinar. ¿Vamos a sellarlo con un apretón de manos? —su tono seguía siendo suave, pero burlón.

—Creo que no —dijo Virginia con descaro mientras se acercaba a sus brazos, sin creer apenas que tuviera tanto coraje—. Lo sellaremos con un beso.

Notó por la sonrisa de Devlin que él había pensado lo mismo. Y él esperó.

El corazón de Virginia latía con tanta fuerza que se sentía desfallecer. Se puso de puntillas y se agarró a sus hombros. Se sentía tan feliz que no le molestó siquiera que él no hiciera esfuerzo alguno por inclinarse hacia ella. Levantó la cara y cerró los ojos. Lo último que vio fue la mirada plateada de Devlin, enardecida de pronto, y brillante. Él también lo deseaba. Virginia movió con firmeza la boca sobre la suya.

Él permaneció completamente inmóvil.

Ella empujó con la lengua la hendidura que formaban sus labios apretados y, cuando él cedió, sintió verdadera euforia y deslizó la lengua dentro de su boca, rozando la lengua, mucho más grande, de él.

Devlin cerró la mano sobre su nuca con fuerza y, al instante, inclinó hacia atrás a Virginia y hundió la lengua en su boca. En ese preciso instante se adueñó del beso, la marcó a fuego y dejó que lo supiera. A Virginia no le importó. Se aferraba a él, se apretaba contra su cuerpo, le dejaba libertad absoluta para que hiciera cuanto quisiera. Y, cuando aquel beso ardiente y ansioso acabó, él levantó la cabeza y la miró fijamente.

—Sea cual sea tu juego, querida, es peligroso.

Ella sonrió con ferocidad mientras temblaba en sus brazos.

—Sólo quiero tu amistad, Devlin —dijo.

Él resopló burlonamente.

No bien se abrió la puerta, Virginia fingió estar dormida.

Se quedó muy quieta, tumbada de espaldas, y aguzó el oído. Como no oyó pasos, dedujo que Devlin estaba en la puerta, mirándola.

Él suspiró y entró, cerrando la puerta.

—Sé que estás despierta, Virginia, te estás poniendo colorada —dijo mientras sostenía una vela.

Ella se sentó en la cama. Era medianoche. Había intentado dormirse hacía dos horas, pero su cabeza se negaba a cooperar. Ya no se sentía confusa, pero sí asustada. Su miedo era una sensación clara y precisa, como si estuviera al borde de un precipicio, sobre un lago, preparándose para zambullirse en las profundidades gélidas y desconocidas que yacían allá abajo. Sólo podía pensar en lo que estaba haciendo. ¿De veras creía que podía ganarle la partida? ¿Pensaba de veras que podía ganarse su amor? ¿Tenía alguna oportunidad de conseguir que Devlin se enamorara de ella? ¿Y cómo, en el nombre de Dios, iban a compartir la habitación? Se le ocurría un modo mucho mejor de pasar la noche juntos en el mismo cuarto... aunque siguiera decidida a no caer de nuevo en la cama con él.

—Veo que me has hecho la cama —dijo Devlin mientras miraba el montón de sábanas y almohadas que había en el suelo—. Qué atenta.

Ella se abrazó las rodillas junto al pecho y lo miró sacar una sábana y extenderla. Cuando su cama improvisada estuvo hecha, Devlin se sentó en la única silla de la habitación y se quitó las botas. Cuando la segunda cayó al suelo con un golpe seco, levantó la mirada con ojos duros y entornados.

—No hagas esto más difícil, Virginia.

—¿Por qué no? —replicó ella—. Tú has hecho mi vida mucho más difícil.

—No vamos a compartir esa cama —Devlin se levantó y se desabrochó la camisa.

Ella lo miraba, hipnotizada por la piel dorada que iba quedando lentamente al descubierto.

—Exacto, no vamos a compartirla. Esto no es más que una farsa y yo lo sé mejor que tú.

—¿De veras? —estaba claro que no la creía.

—Ahora, ¿piensas desvestirte de una vez? —preguntó Virginia casi sin aliento mientras él tiraba a un lado la camisa.

Ella se aseguró de no tomar aire bruscamente, pero Devlin era un adonis de una belleza imposible; su cuerpo era duro y musculoso, cada uno de sus nervios y tendones parecía perfilado y esculpido.

Él apagó las velas sin mirarla.

—Voy a dormir con los pantalones puestos, por si esto te tranquiliza.

—¡Qué gran alivio! —bromeó ella. Sus ojos se acostumbraron a la oscuridad y, a la luz de la luna que entraba por la ventana, lo vio tranquilamente tendido sobre las sábanas blancas, con un brazo echado sobre la cabeza. Pasó un momento y ella se preguntó si estaba ya dormido, pues no se movía en absoluto.

—Devlin...

Todavía inmóvil, él dijo:

—¿Sí, Virginia?

—¿Estás pensando en lo que pienso yo... aunque sea sólo un poco?

—No —contestó él con calma.

Ella lo miró con incredulidad.

—¡Claro que sí! ¿Cómo, si no, vas a saber en qué estoy pensando?

—Estás pensando en volver a casa —repuso él con suavidad—. Buenas noches —era una advertencia.

Ella se abrazó las rodillas con más fuerza. Su pulso corría a toda prisa. Por fin, dijo suavemente:

—No estoy pensando en volver a casa. Estoy pensando en ese beso de la biblioteca.

—Buenas noches —dijo él con firmeza.

Ella suspiró, exasperada y molesta, y se tumbó de espaldas. Enseguida el recuerdo de los ojos de Devlin, iluminados por el deseo, llenó su cabeza, seguido por su imagen de hacía un instante, sin camisa. Su cuerpo respondió por completo a aquella imagen. Se mordió el labio con fuerza. ¿Cómo iba a dormirse con él allí, en el suelo, una tentación como ninguna otra? ¿Y por qué tenía que sentirse tan tentada? Ahora tenía un plan, un plan que la asustaba, pero que, no obstante, pensaba llevar a la práctica. ¿De veras importaba que fuera su amante tanto en la realidad como en la ficción?

Le importaba a ella, pensó. Le importaba mucho, a no ser que Devlin le entregara su amor además de su cuerpo. Suspiró. Debía resignarse a una batalla muy larga y penosa, incluida una batalla contra sí misma.

—Virginia —dijo él en tono de advertencia—, te estás comportando como una chiquilla.

Ella se sentó y se acercó al borde de la cama, desde donde podía verlo claramente.

—¿Cómo que me estoy comportando como una chiquilla? ¡No puedo dormir contigo ahí en el suelo!

Él siguió tumbado de espaldas, pero ahora la miraba.

—No quieres dormir —masculló—. Quieres discutir... entre otras cosas.

—¿Qué otras cosas iba a querer, Devlin? —preguntó ella con inocencia, sonriendo.

—Cuenta ovejas —dijo él con firmeza—. O, mejor, hojas de tabaco. Buenas noches.

—Creo que estoy un poco loca —dijo ella pensativamente—. Debe de ser eso. Porque, hace seis meses, estaba en el Americana y tú y yo no nos conocíamos. No, en realidad, estaba todavía en ese horrible colegio para señoritas, en Richmond. Desde entonces, me has raptado, me has llevado a Askeaton, has hecho lo que has querido conmigo, me has abandonado, me has entregado a tu hermano y aquí estamos, como dos amantes... o casi.

—Santo cielo —dijo Devlin—, ¿vas a ponerte tan pesada cada noche?

—Y, después de todo eso, aun así me ha gustado ese

beso. Naturalmente, me niego a volver a entretenerte en la cama.

Él se sentó. La sábana se deslizó hasta su regazo, dejando al descubierto su recio pecho y su tripa fibrosa y plana.

—Eres muy fantasiosa, Virginia, y pareces tener una idea fija. Y, querida, fui yo quien te entretuvo a ti, no a la inversa.

Virginia pensó entonces en su boca y su lengua contra su sexo y no pudo respirar, ni una gota de aire.

Él se levantó de un salto.

—Me voy abajo a leer un rato.

Aquello no iba a funcionar, pensó ella, mientras lo miraba con fijeza. Estaba excitado. Sus calzas estrechas y claras mostraban sin lugar a dudas la línea rígida de su sexo.

—Lástima que Fiona no esté aquí —se oyó decir.

—Sí, es una lástima —repuso él, y cruzó la habitación sin mirarla.

—Devlin, esto no va a funcionar. Es sencillamente imposible que tú y yo compartamos habitación. Tienes que dormir en otra parte. ¡Y al diablo con los criados!

Él se apoyó contra la puerta cerrada, mirándola.

—Los criados chismorrean de lo lindo, y apostaría mi fortuna a que la señora Hill va a decirle a todo el mundo lo desvergonzado y bárbaro que es su nuevo amo irlandés. Así que esto tendrá que funcionar, y funcionará pero sólo si tú lo intentas, Virginia. Sólo si intentas no pensar en tu apasionado temperamento.

—¿Como haces tú? —preguntó ella en tono suave y desafiante.

—Como hago yo —dijo él con una sonrisa que no era más que un desvelamiento de los dientes—. Se llama fuerza de voluntad, Virginia, y, aunque soy consciente de que nunca se te ha ocurrido ejercitarla, ahora es buen momento para empezar.

—Esto no es culpa mía —le recordó ella.

—Túmbate, cierra los ojos y cuenta ovejas, Virginia. Ovejas... o balas de tabaco, si quieres... o barcos de guerra. Estoy seguro de que podrás descansar —salió de la habitación.

—El tabaco no se embala —masculló ella, contrariada.

Volvió a tumbarse y cruzó los brazos, extrañamente complacida. No costaba tanto provocar a Devlin, pensó, y le gustaba hacerle rabiar. Y él la encontraba atractiva, de eso no había duda.

Cerró los ojos y empezó a contar hojas de tabaco. Pero el tabaco se disipó, reemplazado por una deslumbrante imagen de Devlin O'Neill. Virginia sonrió de pronto. Tal vez su plan funcionara, después de todo.

—¿Señorita Hughes? Tiene visitas en el salón —dijo Tompkins.

Virginia se había despertado bastante tarde esa mañana, pues había tardado horas en serenarse y conciliar el sueño. Al despertar, la alcoba estaba vacía. Era ya mediodía y había estado paseando por los prados que se extendían por detrás de la casa, después de lo cual se había detenido en la terraza que había en la parte posterior. Sonrió a Tompkins.

—¿Visitas?

—Sí —él le devolvió una sonrisa radiante.

El mayordomo no se parecía en absoluto a la horrible señora Hill, a la que Virginia había visto de pasada esa mañana. El ama de llaves había comentado que el desayuno se tomaba entre las ocho y las nueve, lo cual explicaba que el aparador del pequeño comedor estuviera vacío. Se había negado a mirar a Virginia, como si el mirarla pudiera convertirla también a ella en una querida. Virginia había procurado ignorar el ruido de sus tripas y había pedido amablemente un poco de café, una tostada y chocolate. Una criada le había llevado el desayuno, pues estaba claro que a la señora Hill le parecía degradante servir a la amante de su señor.

Mientras se acercaban a las puertas de la terraza, Virginia preguntó:

—¿Cuánto tiempo lleva usted en Wideacre, Tompkins?

—Diez años —respondió él alegremente.

—¿Y le gusta esto?

—Sí, me gusta. Mi señora murió hace tiempo, mis dos hijas están casadas y tienen hijos, y Wideacre se ha convertido en mi hogar —se encogió un poco de hombros, ruborizado.

—Hace usted su trabajo de maravilla —le aseguró Virginia. Entraron en el salón.

Devlin estaba hablando con un caballero rural y su esposa, una mujer guapa y rolliza. Virginia se detuvo en cuanto puso los ojos en él y, durante un momento, lo admiró con su fina chaqueta marrón y sus calzas tostadas. Nunca lo había visto con una chaqueta informal. Apenas se notaba diferencia: seguía siendo un hombre impresionante.

Él la vio y se sostuvieron la mirada. Virginia se preguntó si la noche anterior había subido a su habitación. Al quedarse dormida, él aún no había vuelto. Su habitación, la habitación de los dos. Todavía le parecía casi imposible de creer, al igual que el estado de su corazón, ahora que había asumido sus peores miedos y sus sueños más hondos.

—Pasa, Virginia —dijo Devlin, sonriendo—. El caballero Pauley y su esposa han sido tan amables de venir a visitarnos.

Virginia titubeó, consciente del juego al que debían entregarse. Ya había empezado en realidad, al llamarla él por su nombre de pila en un tono íntimo. Tanto el patilludo caballero como su rubia esposa la miraban con curiosidad, sonriendo. Virginia comprendió que aún no sabían que era una mujer deshonrada.

Ella cambiaría eso. Sonrió y se acercó a Devlin, se puso de puntillas y le dio un beso en la mejilla. Su piel era cálida y suave. Saltaba a la vista que se había afeitado hacía poco. El corazón de Virginia dio un vuelco al apartar la boca, y dijo:

—Buenos días, querido —dijo con voz aterciopelada sin ningún esfuerzo.

Él se sobresaltó, pero luego le agarró la mano, se la llevó a la boca y la besó.

—Estás arrebatadora, Virginia —murmuró él—. Veo que te has levantado tarde. No hay duda de que te lo merecías.

Se sostuvieron la mirada.

—Estaba tan cansada que, sencillamente, no podía levantarme —susurró ella y, decidida a sobrepasarlo, le acarició la mejilla, sólo una vez.

Él dio otro respingo. Aquello no causó satisfacción a Virginia, sin embargo, pues aquella intimidad fingida le había acelerado el corazón. Era como si de verdad fueran amantes y, en aquel breve instante, le pareció que estaban solos.

—Permítanme presentarles a la señorita Virginia Hugues, de Sweet Briar, Virginia —dijo Devlin, enlazándole el brazo.

El caballero y su esposa tenían los ojos como platos. Los dos sonrieron rápidamente, al mismo tiempo.

—Es un placer conocerla, señorita Hughes —dijo el caballero, que miraba a uno y a otro. Virginia sabía que intentaba adivinar cuál era la relación que los unía.

—El placer es mío —repuso Virginia como si fuera una alumna ejemplar del colegio Marmott. Le tendió la mano y él rozó el aire con los labios, sin llegar a besarla. Virginia se volvió hacia su esposa—. Hola, señora Pauley. ¿Viven ustedes cerca de aquí?

—A unas pocas millas —contestó la rubia, y procuró sonreír sin conseguirlo.

—El capitán nos ha dicho que acaban de llegar —dijo el caballero Pauley, tirándose de la corbata.

—Sí, ayer. He pasado los últimos cinco meses en casa de Devlin, en Irlanda —dijo Virginia, y miró a Devlin de soslayo.

Él levantó las cejas, divertido. Ya no parecía sorprenderlo su juego.

—Mientras yo patrullaba las costas de España —él suspiró profundamente, como si la hubiera añorado cada día que habían pasado separados.

La señora Pauley tenía las mejillas muy coloradas. Luego fijó los ojos azules en Devlin.

—Hemos oído hablar mucho de usted, capitán. Es usted un héroe para todos nosotros.

—Sí, señor —añadió su marido—. Nos complace mucho que tenga ahora una casa aquí.

—Gracias —murmuró Devlin.

—¿Cuánto tiempo piensa quedarse? —preguntó el caballero.

—Creo que una semana. No más, sin duda —dijo Devlin.

Virginia se sorprendió.

—¿Sólo una semana, Devlin? —preguntó con suavidad.

Él la atrajo hacia sí.

—¿Le has tomado ya tanto cariño a mi casita de campo como a Askeaton?

Ella le sonrió. Se hallaba prácticamente en sus brazos, acurrucada contra él, en la recia curva de su abrazo. Se sentía a gusto.

—Me temo que sí... querido —dijo.

El caballero carraspeó. O quizá se atragantó. Virginia lo miró y vio que su cara se había vuelto del color de las remolachas.

—¿Están... están prometidos? —logró decir su esposa con expresión de embeleso.

—¿Prometidos? —repitió Devlin. Virginia notó incredulidad en su tono de voz y se envaró, pero sonrió y levantó la mirada hacia él. Devlin alzó las cejas—. Me temo que no soy de los que se casan.

La rubia los miró con espanto. Igual que su marido.

Virginia rompió el silencio.

—Soy simplemente su amante —anunció con descaro, y sintió que Devlin se tensaba por la sorpresa.

—Creo que lo que ha querido decir Virginia es que somos viejos amigos —murmuró.

—Eh, claro —masculló el caballero, que ahora, decididamente, parecía atragantarse.

Virginia lo miró y miró después a su linda esposa. Su estupor y su incomodidad resultaban evidentes. Ella pensó que sabía lo que estaban pensando, lo que desfilaba en esos momentos por sus cabezas. «¿Vive con él como amante? Santo cielo, ¿es que no tiene vergüenza?». Cuando fijaron sus ojos en ella, advirtió que la sorpresa y la consternación se transformaban en censura. Ella sonrió con valentía.

Porque, en realidad, no le importaba. ¿Verdad?

Se desasió de Devlin y se acercó a una mesa, donde se puso a juguetear con unas figurillas. No se sentía avergonzada, ni consternada, se dijo con vehemencia. Había puesto demasiadas cosas en juego. Aquello era sólo un juego, un pacto entre Devlin y ella, y, si ella ganaba, conseguiría la libertad y su amor.

Nada más importaba.

Tompkins llegó con el carrito del té lleno de pastelillos. Virginia sintió el impulso de salir fuera a tomar el aire. Por suerte, Devlin rompió el silencio, cada vez más tenso.

—Tengo entendido que hay un mercado maravilloso todos los domingos en la aldea.

—Oh, sí —exclamó la señora Pauley, sonriendo aliviada—. Debe usted ir, capitán, de verdad. Hay unos pasteles hechos en casa deliciosos, un oso que baila, caballitos para los niños, y uno de nuestros ebanistas siempre expone sus mercancías. Hace unos baúles preciosos, de todos los tamaños, llenos de cajoncitos escondidos. Debería llevar a la señorita Hughes... a Virginia... a la señorita Hughes, quiero decir. Estoy segura de que lo encontraría de lo más entretenido —exclamó atropelladamente, con la cara colorada por la vergüenza.

Virginia deseó huir. Se sentía muy desgraciada, pero aún peor era utilizar a aquella buena gente, a fin de cumplir el plan obsesivo de Devlin, y humillarlos de aquel modo. Los miró, sin embargo, sonriendo.

—Me encantaría ir, querido.

Se dio cuenta de que Devlin se había dado la vuelta para observar un plato de porcelana.

—Les gustará mucho —dijo el caballero voluntariosamente—. Beth, creo que debemos irnos. Ya le hemos robado bastante tiempo al capitán.

—Sí, desde luego —dijo Beth Pauley, y lanzó a Virginia una mirada mezcla de fascinación y espanto.

Devlin volvió en sí. Estrechó la mano del caballero.

—Vuelvan otra vez —dijo amablemente, y Virginia no supo si lo decía o no con sinceridad—. Señora Pauley, ha sido un placer —dijo con tanta galantería que Virginia se quedó boquiabierta.

La señora Pauley se sonrojó, pero de placer, y Virginia comprendió que estaba prendada de él.

—Vengan a la feria, capitán —dijo ella con ojos tiernos y brillantes.

—Haremos todo lo posible por ir —contestó él. Luego miró hacia la puerta, donde Tompkins había aparecido como por arte de magia—. Acompañe al caballero y a su esposa. Buenos días.

Virginia había compuesto una sonrisa. Miró salir a toda prisa a la pareja. Devlin se acercó a la puerta y la cerró para que estuvieran solos. La miró. Ya no sonreía. Su semblante estaba tenso.

La observó pensativamente.

—Eres buena jugadora, Virginia.

—¿Pero?

—Pero, como te dije anoche, eres siempre demasiado franca.

Ella no quería que la reprendiera en ese momento.

—Te gusta que sea tan franca. Tú mismo lo dijiste.

—Eres mi muy querida amiga, Virginia, no mi amante. Se trata de la buena sociedad, no de un tugurio de juego. Al caballero casi le da una apoplejía por tu culpa —se volvió bruscamente.

Era casi como si no le gustaran sus propias reglas.

—Lo siento. Ignoraba que tuviera que medir mis palabras. ¿Me disculpas, Devlin? Anoche no dormí bien y creo que voy a echarme un rato —evitó sus ojos.

Devlin no contestó. Él también evitaba mirarla.

Virginia se acercó a la puerta, intentando no apresurarse, a pesar de que estaba tan acongojada que necesitaba huir para poder racionalizar su angustia y proseguir audazmente con su juego. Las palabras de Devlin la pararon en seco.

—Mañana nos vamos a mi casa de Greenwich —dijo él.

¿Y ahora qué?, se preguntó ella, con el corazón atenazado por la preocupación. Se encogió de hombros sin mirar atrás.

Y, cuando salía, él añadió:

—Estoy seguro de que habrá más visitas, Virginia. Así que prepárate —su tono era extrañamente adusto.

Por fin, ella se dio por vencida y huyó.

—Virginia, ven a conocer a lord Aston y el señor Jayson.

Eran alrededor de las cinco de la tarde. Virginia lograba mantener su sonrisa por simple fuerza de voluntad. Desde la marcha de los Pauley, habían recibido otras cuatro visitas, tres matrimonios y el párroco de la aldea. Había habido cinco conversaciones, cinco largas e interminables representaciones. Cinco sonrisas, cinco besos y quizá cincuenta «queridos» y «queridas», dichos el uno al otro. En algún momento entre el mediodía y esa hora, su corazón se había cubierto de hielo y todas sus emociones habían sido sustituidas por una sola: el pavor. Virginia permanecía paralizada en el umbral del salón mientras los tres hombres la miraban.

Los dos caballeros que habían ido a visitarlos parecían mirarla con excesiva avidez. La expresión de Devlin parecía inescrutable, aunque ella sentía su impaciencia. ¿Cómo se atrevía a impacientarse con ella?, pensó, y un primer destello de rabia se agitó dentro de ella. Estaba haciendo lo posible por representar su papel en aquel juego endiablado que antes le había parecido tan ingenioso. No sabía entonces cuánto le dolería.

Devlin estaba de pronto a su lado.

—Querida, ¿te encuentras mal? —preguntó, lleno de preocupación.

Ella no pudo mirarlo.

—Estoy bien... querido.

Devlin la enlazó con el brazo ansiosamente.

—Lord Aston, señor Jayson, permítanme presentarles a mi querida amiga la señorita Virginia Hughes, de Sweet Briar, Virginia —dijo cortésmente.

Los dos hombres se acercaron rápidamente y lord Aston, un caballero rubio y de ojos marrones, se inclinó sobre su mano.

—Encantado de conocerla, señorita Hughes.

Virginia se sentía como si estuviera en un sueño; aquello era sencillamente insoportable. Entonces se dio cuenta de que Aston seguía agarrándole la mano. De pronto se sintió como un hueso que se disputaran dos perros... o como una fulana que pasaba de mano en mano. Intentó desasirse y fracasó.

—Mi tío es el obispo de Oxford —dijo Aston con una sonrisa y mirada penetrante—. ¿Ha estado alguna vez en Oxford, querida? Me encantaría enseñarle la campiña, si alguna vez pasa por casualidad por allí.

Virginia tragó saliva y dijo:

—Me encantaría visitar Oxford, milord, si alguna vez se presenta la ocasión.

Él sonrió ávidamente.

—Bueno, tal vez, cuando el capitán O'Neill se reincorpore al servicio, pueda usted prolongar su estancia aquí, en Wideacre. ¿Monta usted, señorita Hughes? Tenemos unos caballos excelentes.

—Sí, monto —dijo ella mecánicamente.

—Oh, permítame presentarle a mi buen amigo, Ralph Jayson —exclamó lord Aston.

—Creía que nunca te apartarías —refunfuñó Jayson, pero le lanzó a Virginia una sonrisa pícara. Levantó su mano—. Es un inmenso placer conocerla, señorita Hughes. Y, si Aston es sobrino de un obispo, yo poseo varias fábricas y molinos. Tengo una casa maravillosa al sur de Londres y, la próxima vez que visite usted la ciudad, debe ir a visitarme, o venir a uno de nuestros bailes —sus hoyuelos se acentuaron.

—Me encantaría —logró decir Virginia de algún modo.

Sabía lo que querían aquellos hombres. Deseaban utilizarla como creían que la estaba utilizando Devlin. La querían en sus camas.

—Mis bailes son célebres —añadió Jayson casi conspirativamente—. Prinnie suele asistir.

Virginia ignoraba a quién se refería.

—¿Prinnie?

Devlin se inclinó hacia ella.

—El príncipe de Gales, querida, el príncipe regente. Virginia es americana y acaba de llegar a nuestro país —explicó.

Los dos jóvenes se echaron a reír.

—Devlin, ha sido un día muy largo y no me encuentro bien —dijo ella de pronto—. Ha sido un placer conocerlos. Discúlpenme —y, sin esperar respuesta, salió a toda prisa de la habitación.

Virginia pidió agua caliente para su baño. Estaba terriblemente cansada. Cuando la bañera estuvo llena y la criada se hubo marchado, se sumergió en el agua humeante, se recostó con los ojos cerrados e intentó con todas sus fuerzas no pensar ni sentir. Era imposible.

Sabía que sería doloroso verse exhibida como su amante, pero no había intuido que la degradación y la vergüenza fueran tan profundas, ni había adivinado el alcance de su angustia. Ya no se sentía como una querida, se sentía como una prostituta.

Se recordó que ella había buscado aquel pacto porque, neciamente, se había enamorado de él. Pero se había cumplido el primer día de su acuerdo y, aunque Devlin había conseguido lo que pretendía —el condado entero parecía saber quién era ella—, ella no tenía nada, pues no se hallaba más cerca de ser su amiga. Y, tras aquella última visita, tras verse presentada de forma tan violenta a Aston y

Jayson, aquellos hombres libidinosos, ya no sabía si quería ser su amiga. Pensando en eso, empezó a llorar.

Luego se enfureció. Estaba furiosa consigo misma por ser tan débil. Se enjugó los ojos, negándose a derramar otra lágrima mientras se recordaba que Devlin O'Neill parecía capaz de lastimarla a cada paso como nadie más podía. Eso lo sabía ya antes, y ahora lo sabía mejor. De modo que, ¿qué iba a hacer al respecto?

Podía rendirse... o podía luchar.

Él entró sin llamar.

Virginia dejó escapar una exclamación de sorpresa y buscó ansiosamente su toalla. Devlin se paró en seco. La toalla estaba en una silla, demasiado lejos para que la alcanzara. Virginia levantó la mirada. Devlin estaba no muy lejos del umbral de su dormitorio y miraba hacia el cuartito contiguo donde ella se bañaba. Virginia se hundió aún más en el agua. No estaba segura de que el borde de la bañera ocultara su cuerpo de la mirada de Devlin, y confiaba en que él se fuera.

Pero él se acercó lentamente a la puerta abierta del cuarto, con una mirada fija y centelleante.

Virginia intentó mostrarse despreocupada.

—Disculpa, Devlin, pero estoy en el baño.

Él apoyó el hombro en el quicio de la puerta y miró el interior de la bañera. Parecía casi sonreír.

—Ya lo veo.

Virginia sintió que le ardían las mejillas. Bajó la mirada y vio que el agua jabonosa no escondía nada. Su cuerpo entero aparecía claramente visible y sus pechos casi parecían flotar.

—Me gustaría tener algo de intimidad —logró decir.

Él cruzó los brazos y la observó, sin deslizar la mirada hacia su cara. Tras unos segundos tensos e interminables, levantó los ojos.

—¿Estabas llorando?

—Se me ha metido jabón en los ojos —dijo ella rápidamente—. ¿Acaso te importa?

—No —su mandíbula vibró. No hizo ademán de irse y la miró con más intensidad que antes—. Pero, si estabas llorando, quisiera saberlo.

Ella tenía los pezones tensos. Deseaba cubrirse.

—No estaba llorando. Por favor, alcánzame la toalla —dijo con calma.

Él bajó los párpados y ocultó el destello de sus ojos. Se acercó a la silla donde ella había dejado la toalla, y al hacerlo se aproximó peligrosamente a la bañera. Levantó la toalla y la desplegó para ella. Virginia inhaló ásperamente. No tenía intención de salir de la bañera y permitir que él la envolviera en la toalla.

—Dámela —dijo.

—Por supuesto —murmuró él, y se acercó al borde de la bañera.

Virginia se incorporó, agarró la toalla y se la arrancó de las manos. Envolvió rápidamente con ella su cuerpo desnudo, todavía metida hasta la rodilla en el agua.

Devlin extendió el brazo hacia ella.

—No —dijo ella hoscamente.

Él se quedó inmóvil, con el brazo extendido pero sin tocarla. Luego la asió del brazo.

—Sólo voy a ayudarte a salir para que no te caigas y te rompas la crisma.

—Qué amable —dijo ella en tono crispado.

—Nunca he pretendido ser amable.

—Ahora somos amigos.

—Un simple trato no hace una amistad.

—¿Así que ahora eres filósofo? —replicó ella, furiosa. Intentó apartarlo.

—Sal de la bañera, Virginia —dijo Devlin con el semblante tenso.

Ella salió y, en cuanto hubo puesto los pies en el suelo de madera, él la soltó.

—¡No sabía que sería tan duro! —gritó ella. Él se quedó mirándola en silencio—. Esos hombres me han hecho sentir como una ramera.

Él vaciló.

—Lo siento.

—¿De veras? —gritó ella, enfurecida.

—Sí, lo siento.

—Qué gran alivio para mí. Tienes un poco de compasión dentro de ti —dijo y, pasando a su lado, entró en el dormitorio.

Él la siguió.

—He cambiado de idea. No vamos a quedarnos aquí mucho tiempo. En Londres todo será más fácil.

—¿Por qué? —ella lo miró de frente—. ¿Porque allí hay muchas amantes... y muchas rameras?

—Tú no eres una ramera, Virginia.

—Eso díselo a lord Aston y a su amigo —luego, como él continuaba mirándola, le espetó—: Y también a ti mismo, puesto que me miras como si lo fuera.

La expresión de Devlin se endureció.

—Nunca te he mirado como si fueras una ramera. Nadie sabe mejor que yo que eres prácticamente virgen. Nadie.

Ella sólo podía mirarlo con fijeza, pues él casi vociferaba. ¿Qué significaba aquella pérdida de control?

Él se calmó.

—Y no te estaba mirando como si fueras una prostituta.

—Ah, no estabas mirando mis pechos y mi... —no pudo continuar y sintió que le ardía la cara.

—Sólo estaba admirando a una mujer hermosa —Devlin salió de la habitación.

Virginia entendió por fin sus palabras. Corrió a la

puerta y se quedó mirándolo mientras se alejaba, llena de estupor.

Cuando su hermano, que acababa de llegar de Londres, entró en la biblioteca, William dejó la pluma, pero no se levantó. Miró a aquel hombre esbelto y guapo, con los ojos azul pálido por los que eran renombrados los Hughes, y frunció el ceño. Thomas Hughes, lord capitán de la Marina Real, lucía su uniforme naval, y arrojó un par de guantes sobre el escritorio.

—Espero que haya una buena razón para que me hayas hecho venir a Eastleigh, Will —dijo Tom sin rodeos.

—¡Te mandé una carta hace una semana! —exclamó William, levantándose de un salto.

—Tenía asuntos pendientes en el Almirantazgo que no podía descuidar —repuso Tom con aire sombrío—. Estamos en guerra, Will, ¿o es que lo has olvidado? A decir verdad, estamos librando dos guerras. Esos malditos colonos se han envalentonado después de todas esas protestas a las que nadie dio crédito. ¿Has oído las últimas noticias? Hemos perdido el Macedonia y el Frolic.

Will se calmó.

—No, no sabía nada. ¿Eran dos buques de guerra de Su Majestad?

—Eran ambos fragatas. Es asombroso, pero esos malditos colonos parecen saber navegar y, lo que es peor, saben combatir —se apartó de su hermano y empezó a pasearse por la habitación.

—Fue simple cuestión de suerte, estoy seguro. Es imposible que la Marina americana, que, según he leído, tiene media docena de barcos viejos, se enfrente a nuestra flota y sobreviva.

—Estoy de acuerdo... y lo mismo piensa el Almirantazgo

—Tom se volvió y separó las piernas—. Pero el mes pasado también capturaron el Detroit, el Guerriere y el Caledonia. En Canadá, sin embargo, les estamos derrotando.

—Eso también es sorprendente —murmuró William, pues todo el mundo que conocía parecía creer que la campaña terrestre en Canadá era una causa perdida, dado que los británicos y sus aliados indios se hallaban en franca desventaja numérica y la cuestión de los suministros resultaba insoluble.

—Liverpool vino ayer. El almirante Saint John me pidió que asistiera a la reunión. ¡Siempre está metiendo las narices en nuestros asuntos! No quiero más derrotas en el mar. Nuestras pérdidas lo han puesto furioso —dijo Tom con aspereza.

William se irguió, asaltado por una idea.

—Puede que sea una buena noticia, en realidad.

—¿Cómo dices? —Tom se sentó en una butaca de damasco roja, grande y descolorida.

William se acercó a la chimenea vacía y helada.

—Te he pedido que vengas porque O'Neill se ha instalado en Wideacre, aunque según tengo entendido planea marchar a Londres pasado mañana.

Tom soltó un bufido desdeñoso. El odio llenaba sus ojos.

—Ignora a ese maldito bastardo.

—Es un poco difícil, teniendo en cuenta que retiene a nuestra prima en calidad de rehén, ha exigido un rescate y la exhibe por todo Hampshire como su amante —dijo William con una sonrisa agria.

—¿Qué? —Tom se puso en pie bruscamente.

—Creo que me has oído muy bien —dijo William fríamente—. El hijo de perra vive abiertamente con ella. Es un escándalo. Y exige quince mil libras. ¡Quince mil!

Tom se había puesto muy blanco.

—El muy canalla la exhibe delante de la buena sociedad, arrastra nuestro nombre por el lodo, nos deshonra a todos indirectamente. De momento he conseguido ocultarle este escandaloso asunto a nuestro padre, pero tarde o temprano se enterará. Recibo tres o cuatro visitas al día, y al final todos quieren saber algo de mi prima. La cosa se ha vuelto violenta y humillante. Hay que impedir a ese lunático que siga adelante con este sucio juego. Pero, naturalmente, no vamos a pagar ni una libra por la chica.

—Santo cielo, ¿qué demonios quiere O'Neill? ¿Aparte del rescate? ¿Por qué nos acosa de este modo? Yo sabía que era una escoria, pero deshonrar a una joven de esa manera... ¡Y sabe que no tenemos dinero!

—Ojalá supiera por qué nos ha elegido a nosotros como víctimas —masculló William—. Pero no hay ninguna explicación posible.

Tom cruzó los brazos.

—Ya sabes que en junio el Almirantazgo estuvo a punto de procesarlo. Volvió a desobedecer órdenes, no llegó a completar su misión. Pero de algún modo se las arregló para librarse de la corte marcial. ¿La condesa sigue acostándose con él?

—Regresó ayer de la ciudad. Estoy seguro de que ha vuelto porque O'Neill anda cerca —repuso William.

—Estoy harto de O'Neill. Primero, mi amante, luego nuestra madrastra, y ahora nuestra prima. ¿Quién será la siguiente? ¿Nuestra hermanastra? Ese hombre tiene alguna razón para hacer esto y creo que ya va siendo hora de que averigüemos cuál es.

—Creo que tal vez yo tenga la solución, Tom.

—Habla.

—Mandad a O'Neill a América. Allí la Marina está perdiendo la batalla en el mar. ¿Quién mejor para enfrentarse a los americanos? ¿Acaso no es O'Neill el azote de los mares? ¿No es invencible? —William sonrió—. Farnham todavía te hace caso.

—Es una idea brillante —dijo Tom. De pronto, un movimiento le hizo sobresaltarse. Se volvió a su padre de pie en la puerta—. ¡Padre!

Eastleigh sonrió a su hijo menor. Su expresión resultaba ilegible, y era imposible saber cuánto tiempo llevaba allí.

—Thomas, no sabía que hubieras venido de la ciudad. Qué maravilla. ¿Cuándo has llegado? —entró en la habitación con los ojos entornados. Su tono, como siempre, tenía una nota sardónica.

Tom besó cortésmente a su padre en la mejilla.

—Hace un momento. Tienes buen aspecto, padre —mintió, pues Eastleigh había vuelto a engordar desde el verano.

—Estoy muy bien —Eastleigh miró a William de soslayo—. Aún no estoy en la tumba. ¿De qué estabais hablando? ¿Te he oído mencionar a nuestro nuevo vecino, el heroico Devlin O'Neill? —su voz rebosaba sarcasmo.

William y Tom se miraron. El heredero del conde respondió:

—No haces nada, padre, nada, mientras O'Neill nos deshonra con esa relación ilícita. La situación es crítica y ya hemos quedado todos en ridículo. Apenas puedo llevar la cabeza alta cuando estoy en público.

Eastleigh se rió.

—El único tonto es O'Neill. Por mí puede pasear a esa desvergonzada por toda la corte real, que no le servirá de nada.

Tom y William se miraron otra vez. Tom dio un paso adelante.

—Ese hombre nos odia, eso está claro. Y ahora está claro que tú también lo odias a él. ¿Por qué? ¿Por qué, padre?

Maldita sea, nos debes una explicación... si es que hay alguna.

—Me robó mi caballo más veloz, mis mejores perros, mi casa favorita. Y ahora tiene en su cama a la hija de mi hermano, ¿y todavía me preguntas por qué lo odio? —sus cejas pobladas se alzaron—. Tengo razones de sobra para detestar a ese hombre, que dice ser un caballero y no es más que un pirata.

—No —Tom se encaró con su padre, las piernas separadas. Era la mitad de corpulento y mucho más bajo—. ¿Por qué intenta castigarte? ¿Y a nosotros? ¿Por qué?

—Porque es un maldito salvaje, por eso, exactamente igual que su padre —repuso Eastleigh.

William y Tom cambiaron una mirada de sorpresa.

—¿Conociste a su padre? —preguntó William con genuino asombro.

—¿Que si lo conocí? —Eastleigh sonreía ampliamente—. Lo maté, muchacho, con la mayor sangre fría.

Sencillamente, se negaba a creerlo.

La condesa de Eastleigh permanecía rígidamente sentada en su coche particular, con el escudo de armas de su marido grabado en oro a cada lado. Vestía un suntuoso vestido de seda rojo rubí, de amplio escote y chaqueta negra. Tenía las manos enguantadas sobre el regazo, entrelazadas, y le costaba respirar. Aquello era imposible, ¿verdad?

Había oído el rumor en Londres, de boca de una amiga de la que sospechaba había adivinado su aventura con Devlin. Esa amiga, lady Farthingham, había mencionado durante el té que el capitán O'Neill se hallaba en su casa de campo en Hampshire, al parecer con una nueva amante con la que vivía abiertamente. Elizabeth no había dado crédito a sus palabras, aunque en aquel momento la sonrisa se le había congelado en el rostro y el corazón se le había acelerado. Devlin era muchas cosas, pero también era un caballero, y los caballeros no vivían con una mujer, como no estuvieran unidos con ella por el lazo del matrimonio. Finalmente, la condesa se había encogido de hombros delante de Celia y había dicho que dudaba que Devlin pasara mucho tiempo en su casa nueva, pues conocía bien el lugar y estaba completamente ruinoso.

Y lo conocía bien, pues estaba cerca de Eastleigh. De hecho, había estado en Wideacre muchas veces antes de que su antiguo propietario falleciera sin dejar herederos. Devlin había mencionado también una o dos veces la casa en las ocasiones en que lo había visto en Londres durante el verano, tiempos difíciles para él, pues estaba inmerso en una vista en la que se jugaba la supervivencia. Hablaba de la vieja casona con muy poco interés. En cierta ocasión había murmurado:

—Dudo que alguna vez llegue a verla.

Hacía dos días, sin embargo, Elizabeth había oído contar de nuevo que Devlin estaba en su casa de campo de Hampshire. Se había sentido sorprendida y consternada. Ella estaba en Londres... y él se hallaba a unas pocas millas de su casa de Eastleigh. Se había marchado del baile temprano, había ordenado a su doncella que hiciera sus maletas y al día siguiente habían regresado a Eastleigh.

Le costó un arduo esfuerzo no correr a Wideacre en cuanto llegó a casa, pero no sólo tenía que visitar a su marido e interesarse por su salud, sino que tenía dos hijas a las que quería tiernamente y echaba de menos. Había mostrado interés por la salud de Eastleigh y había pasado el día con las niñas. Fue su hijastro William quien dejó caer la bomba.

—Supongo, Elizabeth, que habrás oído hablar de nuestro nuevo vecino.

Ella estaba sentada fuera, viendo cómo sus hijas montaban a mujeriegas y saltaban una serie de pequeños obstáculos. Aplaudía con entusiasmo. Sin mirar a William, había dicho:

—¿Cómo dices? —sentía un profundo desagrado por su hijastro mayor.

—¡Oh, vamos! —él se sentó junto a ella en una silla y estiró las largas piernas—. Lila es una gran amazona —miró a Elizabeth desde tan cerca que ella se sintió incómoda—. Los dos sabemos por qué te has apresurado a volver a casa en medio de la temporada.

—William, no tengo ni idea de qué estás hablando —había replicado ella y, poniéndose en pie, comenzó a abanicarse—. ¡Lila! —gritó mientras su hija se acercaba con un alazán al borde de la terraza—. ¡Ha sido maravilloso, simplemente maravilloso!

—Gracias, madre —Lila sonrió, radiante. Sus ojos azules brillaban. Hizo volver grupas al caballo y se alejó al trote. Era evidente que quería volver a causar buena impresión.

William se levantó también a su espalda, demasiado cerca. Habló con un susurro y su boca prácticamente rozaba su oreja.

—Devlin O'Neill está viviendo en Wideacre. Se ha instalado allí abiertamente con su amante.

El corazón de Elizabeth se detuvo.

Ahora veía los pilares de ladrillo y el camino frente a ella. Sentía el corazón alojado en la garganta. Y allí ardía. Aquello era un error, pensó, un terrible error. Devlin no podía tener una amante en Wideacre. ¡Ella era su amante!

Naturalmente, siempre había sabido que había otras mujeres. Pero no le importaban las taberneras españolas, ni las rameras sicilianas. No le interesaba lo que Devlin hiciera cuando pasaba largos meses embarcado en una misión.

Le importaba, sin embargo, y mucho, lo que estaba haciendo ahora.

Virginia había salido de la casa hacía horas y había dado un larguísimo paseo por la aldea. Al entrar en el camino que llevaba a la casa, vio el carruaje aparcado delante de la casa y quedó paralizada. Empezó a sentir temor. Lo ahuyentó con firmeza y severidad. Habían pasado tres días desde que recibieran la primera visita y desde entonces había habido muchas otras. Al parecer, medio Hampshire sabía que el célebre capitán O'Neill estaba viviendo abiertamente con su amante y todo el mundo había ido a verlo con sus propios ojos. Virginia creía estar representando bien su papel. Mantenía la cabeza alta, el tono suave, llamaba a Devlin «querido», le tocaba y besaba la mejilla, y los chismosos se iban contentos. Devlin estaba satisfecho. Sólo ella sabía lo duro que se le hacía todo aquello.

Detestaba cada momento. Era como ser un pez en una pecera. O, peor aún, como ser una mujer desnuda en una pecera, observada con terrible codicia por aquellos libertinos. Y a Devlin no parecía importarle. Claro, que ella jamás le dejaría saber que aquel juego se había convertido para ella en una espantosa humillación.

Se detuvo, contempló la casa de piedra y se abrazó. No se sentía con ánimos para representar de nuevo su papel, ni le apetecía verse sometida de nuevo al juicio severo de sus visitantes. Estaba pensando en volver por el camino y proseguir su paseo, cuando se fijó en el escudo del carruaje.

Lo conocía bien. Su padre tenía un libro de escudos de armas y le había mostrado a edad temprana los emblemas de los Eastleigh. Su corazón se encogió. No sabía si sentirse alegre o angustiada. Pero Eastleigh debía de haber ido a pagar su rescate. Y quizá fuera hora de darse por vencida y regresar a casa.

Una parte de ella gritaba por dentro, negándose a semejante cobardía. Virginia ignoró su silencioso grito, pero al precipitarse hacia la casa se preguntó cuán fácil o difícil le sería separarse de Devlin O'Neill.

—Están en la biblioteca, señorita Hughes —dijo Tompkins, con mirada de sorpresa. Y no sonreía.

Virginia se detuvo, confundida. Devlin siempre recibía a las visitas en el salón. Y Tompkins siempre sonreía.

—¿Ocurre algo? —se atrevió a preguntar.

La sonrisa del mayordomo apareció por fin, terriblemente forzada.

—Claro que no. Pero se han encerrado —añadió con intención.

Virginia estaba a punto de alejarse. Se detuvo y miró al mayordomo.

—¿Es mi tío, el conde de Eastleigh? —preguntó.

—Es la condesa —dijo Tompkins.

Virginia parpadeó. Qué extraño, pensó, y al instante se imaginó a una mujer mayor y tan gruesa y canosa como su marido. Pero quizá la condesa hubiera ido a pagar su rescate, dado que el conde parecía tan débil de salud. Se acercó a la biblioteca, comenzó a abrir la puerta y, en cuanto lo hizo, oyó la voz suave, cultivada y sensual de una mujer que no era ni vieja, ni débil. Aquélla era la voz de una mujer joven y acongojada. Virginia se quedó de una pieza.

—No lo entiendo, Devlin.

¿La condesa lo llamaba Devlin? Virginia miró más allá de la puerta, que estaba abierta apenas unos centímetros. Se quedó boquiabierta.

Una mujer rubia y muy hermosa, lo bastante mayor

como para ser la esposa de William Hughes, no la del conde de Eastleigh, se hallaba de pie frente a Devlin, visiblemente airada. Era realmente encantadora; poseía una figura voluptuosa y seductora y su rostro era de una belleza sobrecogedora. Angustiada, Virginia miró a Devlin, cuyo rostro era una máscara imposible de descifrar. Su corazón comenzó a latir con violencia.

—¿Es cierto? —preguntó la condesa en voz baja, tocando el pecho de Devlin. «No, Dios, no», pensó Virginia, «no puede ser».

—Me temo que sí, Elizabeth —dijo él, y se alejó.

La mujer dejó escapar un suave gemido, sus mejillas se cubrieron de rubor, y miró a Devlin llena de dolor y temblorosa. Una mujer con el corazón roto.

—Pero yo soy tu amante —dijo—. ¿Y de pronto me cambias por otra, así como así?

—Lo siento —contestó Devlin mientras le ofrecía un coñac—. Nunca te hice promesas, Elizabeth. Me temo que las cosas han cambiado.

Virginia se aferró a la puerta. ¿La amante de Devlin era la esposa de Eastleigh? Aquello era tan espantoso que no podía creerlo. A pesar de que compadecía profundamente a la condesa, se sentía enferma. Jamás podría competir con una mujer así.

Elizabeth acercó el coñac a su pecho voluptuoso y casi desnudo. Sus nudillos blanqueaban. Su palidez era cada vez mayor.

—Sé que nunca hiciste ni una sola promesa. Oh, Dios. Todavía no lo entiendo. Por alguna razón, creía que aquí, en Inglaterra, sólo me deseabas a mí.

—Quizá deberías sentarte —dijo Devlin amablemente, pero de forma impersonal.

—Estoy enamorada de ti, Devlin —sollozó ella.

—Y yo te dije una vez que eso no era sensato.

—Oh, Dios —de pronto pareció a punto de desmayarse y se sentó con ayuda de Devlin. Agarraba con fuerza el vaso de coñac, pero no bebía—. A ti no te importa. No te importa en absoluto, ¿Verdad?

La mandíbula de Devlin vibraba.

—Ya he dicho que las cosas han cambiado.

—No, tú nunca has tenido corazón. Yo simplemente rezaba porque no fuera cierto —se levantó, con los ojos dilatados y húmedos—. ¿Quién es ella? ¿Una actriz? —la condesa se aferraba a su dignidad con gran esfuerzo. Dejó el coñac sin haberlo probado—. Vives abiertamente con ella. ¿Me has cambiado por una furcia cualquiera? —los ojos se le llenaron finalmente de lágrimas.

—No querrás hacer una escena, Elizabeth —dijo Devlin con calma.

—¡Claro que sí! —gritó ella—. ¡Y quiero conocer a esa mujer por la que me has cambiado tan cruelmente!

—Me temo que eso no es posible —repuso él—. Siento haberte hecho daño. Quizá debas irte antes de que digas algo de lo que mañana te arrepientas.

—He sido tu amante durante seis años, ¿y eso se ha acabado así como así?

Virginia sofocó un grito y de algún modo empujó la puerta y cayó dentro de la habitación. Aterrizó en el suelo, no muy lejos de donde se hallaban de pie los amantes.

Levantó la vista lentamente.

Devlin había levantado las cejas y la condesa la miraba con fijeza, todavía acongojada y atónita.

—¿Espiando, Virginia? —dijo él, y la ayudó a levantarse.

Virginia quiso preguntarle de nuevo por qué, por qué había hecho aquello. ¿Por qué hacía aquello? ¿Cuántas personas inocentes debían sufrir para que él vengara a su padre? Pero era incapaz de hablar.

—¿Es ella? —gritó la condesa—. ¡Pero si es una niña!
Virginia intentó mantener la compostura.
—Tengo dieciocho años —dijo. Luego hizo una reverencia—. Milady...
La condesa se cubrió la frente con la mano y se dio la vuelta. Virginia miró a Devlin. Deseaba reprenderle y lamentaba con desesperación haber conocido a aquella mujer. No sabía qué hacer.
La condesa de Eastleigh había sido su amante durante seis años. Virginia seguía perpleja y angustiada. Devlin nunca se enamoraría de ella, si no se había enamorado de la condesa.
Un terrible silencio había caído sobre la habitación. Devlin lo rompió, hablando con voz queda.
—Virginia, la condesa se marcha. ¿Por qué no te vas arriba unos minutos? Yo subiré enseguida.
Antes de que Virginia pudiera responder, con una negativa en la punta de la lengua, la condesa se volvió.
—¿Virginia? ¿Se llama Virginia? —su mirada se volvió ferozmente acusadora cuando se volvió hacia Devlin—. No es mi sobrina, ¿verdad?
—Me temo que sí —contestó Devlin, y pareció prepararse para su reacción. La condesa dejó escapar un sollozo.
Virginia no podía soportarlo más. Corrió hacia ella y dijo:
—Por favor, siéntese. Ha sufrido una impresión terrible. Y no tiene que preocuparse. En realidad, no me ama... ni siquiera le importo... absolutamente nada.
La condesa parpadeó, mirándola con los ojos llenos de lágrimas. Dijo:
—¿Por qué eres tan amable conmigo?
Virginia inclinó la cabeza.
—Porque tiene usted razón, no tiene corazón, y nadie se

merece que lo rechacen de esa manera —miró con rabia a Devlin. Él estaba muy serio, como si aquel asunto le desagradara o le hiciera infeliz.

La condesa se enjugó los ojos y la miró con fijeza.

—Pensábamos que te habías ahogado.

—No. Fui conducida a su barco y...

Devlin la agarró del brazo.

—No hace falta que aburras a la condesa con los detalles —dijo en tono de advertencia.

Ella lo miró con reproche e intentó desasirse.

—Eres un canalla. ¡Suéltame!

Devlin se sobresaltó y la soltó.

Virginia le lanzó otra mirada venenosa. Quizá, finalmente, hubiera llegado a odiarlo.

Él se dirigió a la condesa, pero no apartó la mirada de Virginia.

—Elizabeth, me temo que he de pedirte que te vayas.

—Sí, es hora de que me marche —pero miraba intensamente a Virginia, tanto que ésta olvidó lo furiosa que estaba con Devlin y comenzó a sentir temor. Por fin, la condesa miró a Devlin—. ¿Le has hecho daño?

Él levantó las cejas.

—En absoluto.

La condesa se volvió hacia Virginia.

Ella se sonrojó.

—Estoy bien... teniendo en cuenta las circunstancias.

—Dudo si preguntar qué significa eso, Virginia, pero eres demasiado joven, en espíritu si no en edad, para un hombre como Devlin. Temo por ti, querida mía.

Virginia no sabía qué decir.

—Ladra, pero no muerde —dijo, confiando en que su tono fuera ligero. Luego añadió—: Casi nunca.

La condesa volvió a mirarlos a ambos.

—No cometas el terrible error que cometí yo. No te

enamores de él. Nunca te corresponderá —su sonrisa era torcida y triste cuando salió de la habitación.

«Es demasiado tarde», pensó Virginia. Se acercó a la puerta, contempló a la condesa, admirada por su dignidad y su orgullo. Se sentía terriblemente triste.

Devlin se paseaba por el comedor, rígido por la tensión. Miró su reloj: eran bien pasadas las siete. Miró la puerta, pero Virginia no apareció.

La mesa estaba puesta con cristalería fina, delicada porcelana y cubiertos sobredorados, todo procedente de su barco. Las bandejas cubiertas despedían vapor entre los candelabros. Virginia llegaba tarde.

Estaba evitándolo.

Llevaba tres días evitándolo, desde la visita de Elizabeth, pero era lo mejor, pues cada vez le costaba más trabajo dominarse cuando estaba a su lado. Le resultaba cada vez más difícil servirse de ella insensiblemente, como de un instrumento de venganza. Sabía muy bien que su pacto y su farsa estaban pasando una terrible factura a Virginia. Tenía remordimientos, a pesar de que no quería tenerlos, y en Londres todo sería más sencillo.

Sólo tenía que recordar el humor burlón de Virginia, o su deseo sincero de amistad, su pasión o su rabia, para desear dolorosamente dejarla en libertad. Si la dejaba libre, toda tentación desaparecería.

Aquellos hombres la hacían sentirse como una ramera.

La culpa lo atenazaba. Era aquélla una emoción que

rara vez lo visitaba. Había deseado estrangular a Aston y vapulear a Jayson, pero había logrado representar su papel en el juego. Ahora, los ojos sin vida de Gerald parecían acusarlo de perfidia en lugar de suplicarle justicia.

Le dolían las sienes. Se acercó a las puertas de la terraza, frotándose el cuello como si eso pudiera disipar el torbellino y la tensión de su cuerpo, de su ser, de su mente. La mirada acusadora de Gerald se transformó en los grandes ojos de Virginia, igual de acusadores, dilatados por el dolor, con aquella expresión que había llegado a conocer tan bien. Deseaba sinceramente que ella no hubiera llegado a casa a tiempo de conocer a Elizabeth. Lamentaba no haber podido ahorrarle aquella tarde.

Pero ella había pensado en ofrecerle amistad y consuelo a Elizabeth. Era la mujer más impredecible que había conocido. Era también la más bondadosa y la más sincera.

Yacía desnuda en el baño: pechos pequeños y perfectos, largas y esbeltas piernas y, entre medias, una tentadora hendidura cubierta de negros rizos.

Sabía que Virginia ignoraba lo difícil que era vivir con ella de aquel modo. Ella no sabía que dormía en la biblioteca y que sólo subía a su lecho improvisado antes del alba. Había dejado creer a los sirvientes que padecía de insomnio y que trabajaba de madrugada.

Finalmente subió las escaleras con vehemencia. La culpa seguía acometiéndolo. El camino de su venganza, antaño liso y suave, se había convertido en una senda retorcida y pedregosa. Estaba haciendo lo que tenía que hacer, lo que su padre quería que hiciera. Estaba cumpliendo con su deber como hijo de Gerald O'Neill. No había otra alternativa, no para él. Su vida estaba condenada al odio y la venganza. Sean era el único que tenía derecho al amor y a una familia.

Tropezó en los escalones. ¿En qué estaba pensando, por el amor de Dios? ¿La familia y el amor? Esos conceptos no tenían nada que ver con él, ni lo tendrían nunca.

Estaba inquieto. La voz suave y llorosa de Elizabeth resonaba en su cabeza. Su consejo a Virginia: «No te enamores de él. Nunca te corresponderá».

Confiaba sinceramente en que Virginia hiciera caso de aquel consejo.

Dudó si llamar, pensó en sorprenderla en el baño y finalmente entró sin anunciarse. Pero Virginia yacía en la cama, con su camisón infantil y un chal, leyendo un libro.

Le sonrió un poco. Una sonrisa desolada.

—Lo siento. No voy a bajar a cenar. Me temo que no tengo apetito —al parecer, ya no estaba furiosa con él.

Devlin se detuvo a los pies de la cama. El camisón podía ser infantil, pero él conocía cada palmo del cuerpo perfecto que había debajo, un cuerpo que pertenecía a una mujer.

—¿Estás enferma?

—No —ella cerró cuidadosamente el libro—. Nunca la quisiste, ¿verdad?

Él no quería volver a hablar de Elizabeth con ella.

—No.

—¿También formaba parte de tu venganza?

—Sí —Devlin se sintió contraer el rostro en una mueca.

Ella respiró hondo y palideció.

—Es repugnante, Devlin. Espantoso y repugnante.

—¿Lo es? —él comenzó a enfadarse—. Disfrutó cada momento que pasó en mi cama. No hubo fingimiento, ni insinceridad, ni promesa alguna por mi parte. Ella se atrevió a cruzar la línea, una línea que yo había dejado clara. Se atrevió a enamorarse. Lamento que lo hiciera y lamento también haberla lastimado, pero no voy a pedir disculpas por lo que hice. Eastleigh merece todo lo que le haga y más.

—Entonces, ¿por qué no lo matas, corriges un error con

otro y acabas de una vez por todas con esta locura? —gritó ella, sentándose más derecha. Su pequeño pecho subía y bajaba y sus mejillas se habían sonrojado.

—Lo pensé —dijo él con la esperanza de impresionarla, a sabiendas de que lo lograría—. Pero decidí hace mucho tiempo que la muerte era demasiado buena para él.

—Así que piensas hacerle sufrir —ella sacudió la cabeza como si no lograra entenderlo—. Por favor, dime que lamentas sinceramente haber utilizado a Elizabeth como lo has hecho.

—No lo lamento. No fui su primer amante, Virginia, no fui su primera relación adúltera. Ella quería mis atenciones y lo dejó bien claro. No fue muy distinto a nuestro pacto, Virginia —sabía que la miraba con enojo. Cada vez le resultaba más difícil jugar con ella, como hacía con el resto del mundo. Virginia disparaba en él reacciones y sentimientos que nadie más despertaba.

Aquello era terriblemente perturbador.

—Era muy distinto, porque tú sabías lo que ella sentía. ¡Santo cielo, han sido seis años! ¡Le has hecho el amor a esa mujer durante seis años! —exclamó. Dos manchas rosadas coloreaban sus mejillas.

—Nunca le he hecho el amor a ella ni a nadie —repuso él, y, en el instante en que aquellas palabras salieron de su boca, se sintió avergonzado.

Ella estaba pálida. Levantó la barbilla y mantuvo la cabeza alta.

—Claro que no —musitó.

Devlin sabía que la había herido, y lo odiaba. Odiaba eso y odiaba haber sido él quien le arrebatara la inocencia y le mostrara la pasión, y odiaba que ella fuera ahora tan vulnerable. Pero lo que más odiaba era que Virginia deseara que le hiciera el amor. Eso lo sabía sin ningún género de dudas. El amor no era para él.

—Virginia, hicimos un pacto, mi amistad por tu farsa —ella lo miró con fijeza—. No pienses en pedir nada más, algo que no puedo ni quiero darte —la advirtió con premeditación. Agarró con una mano la moldura de los pies de la cama. Sus nudillos se volvieron blancos.

—Sólo te pedí tu amistad, Devlin. Te engañas si crees que quiero algo más. ¿Qué otra cosa iba a querer, estando en mi sano juicio, de un hombre que me ha secuestro y hecho prisionera?

Su orgullo siempre había impresionado a Devlin. Ahora también lo aliviaba.

—Mañana nos vamos a Londres —dijo.

—No. Quisiera hacerte reparar en algo. Has estado tan ocupado exhibiéndome como tu amante que no has tenido ocasión de mostrarme ni un ápice de amistad. Compartir la cena no cuenta, sobre todo si te pasas el tiempo cavilando mientras bebes vino y mirando con enojo la comida.

Él dio un respingo, luego dominó la sonrisa que pugnaba por aflorar a su cara.

—Tienes razón —dijo, aliviado y sorprendido a un tiempo.

—¿Reconoces que éste ha sido un pacto unilateral?

—Sí.

Los ojos de Virginia se agrandaron y su semblante se suavizó. Un destello apareció en sus ojos.

—¿Y qué vas a hacer al respecto, capitán? —dijo en tono burlón.

El corazón de Devlin dio un extraño vuelco.

—Cuando lleguemos a Londres, te llevaré de compras, a la feria, al teatro, quizás incluso al hipódromo, y remediaremos esa inmensa injusticia —dijo, y sintió que sonreía. Era agradable compartir un momento de bueno humor con ella.

Virginia sonrió, y fue como si el sol saliera en el cielo gris de Irlanda.

—Sí, ya va siendo hora —dijo.
Él titubeó.
—¿Estás segura de que no quieres bajar a cenar conmigo? —preguntó con suavidad y, curiosamente, su respuesta le importaba mucho.
Ella se quedó callada. Luego frunció la boca y asintió con la cabeza.
—Dame unos minutos para vestirme.
Devlin se fue, complacido.

Londres. Virginia había visto ilustraciones y bocetos, y su padre le había contado muchas historias. Siempre había soñado con visitar algún día la ciudad. Habían llegado a las pocas horas de abandonar Southampton al amanecer. Ahora Virginia, aferrada a la ventanilla del carruaje, temblaba de emoción mientras el coche los conducía a través de la ciudad camino de Greenwich, donde Devlin tenía una casa junto al río. No podía apartar la mirada de cuanto se ofrecía a sus ojos. Nunca había visto tantos vehículos lujosos, tantos caballeros bien vestidos, tantas damas hermosas. La calle por la que marchaban estaba repleta de tiendas refinadas y elegantes hoteles. Virginia estiró el cuello para mirar dos veces a una dama ataviada con un llamativo traje rosa, con boa y sombrilla del mismo color. Se volvió para mirar a Devlin y preguntó casi sin aliento:
—¿Acabo de ver una prostituta?
—O a la descarada amante de algún caballero —dijo él con una sonrisa.
Su sonrisa era espontánea y sincera, y el corazón de Virginia se encogió al devolvérsela. Se dijo que Devlin se había servido cruelmente de la condesa, mientras que aquella pobre mujer estaba enamorada de él, pero aquella reflexión no surtió efecto alguno. Suspiró y volvió a mirar

la calle. Estaban pasando ante una serie de mansiones elegantes y lujosas, todas ellas con praderas de césped inmaculadas, rosaledas, estatuas de piedra y fuentes. Virginia sonrió y sacudió la cabeza.

—Se diría que toda la riqueza del mundo reside aquí —dijo.

—Una parte importante de ella, sí —repuso Devlin—. Pero hay también una pobreza espantosa. Jamás te llevaría por entre la miseria que convive codo con codo con la opulencia que estás presenciando.

Ella lo miró muy seria.

—¿Por qué no? En mi país también hay una horrible pobreza. Simplemente, no tenemos tantos ejemplos de una riqueza tan suntuosa.

—Virginia, tú eres una dama, y uno debe proteger al bello sexo de ciertas imágenes.

Ella puso los ojos en blanco, exasperada.

—Oh, por favor —miró con los ojos entornados, consciente de que Devlin le sonreía como si le hiciera gracia. Su corazón aleteó un poco, sólo un poquito—. En casa dábamos todo lo que podíamos a los pobres. Mi madre lo exigía y, naturalmente, a mi padre le hacía feliz complacerla. ¿Tú haces obras de caridad, Devlin? —se dio cuenta de que la pregunta era terriblemente importante para ella.

—Sí, pero doy mi dinero a los pobres de Irlanda, Virginia. Los ingleses pueden ocuparse de los suyos.

—La enfermedad y el hambre no conocen fronteras nacionales —repuso ella. Se volvió a medias y vio que habían tomado una calle que corría paralela al Támesis. Junto a sus orillas se alineaban casas aún más grandes y lujosas—. ¿Ya hemos llegado?

—Enseguida estaremos allí —dijo él con una sonrisa en su tono extrañamente apaciguador.

Ella lo miró.

—No te pongas condescendiente conmigo como si fuera una niña.

—Hoy estás tan ilusionada como una niña.

—¡Odiaba Wideacre! —en cuanto aquellas palabras salieron de su boca, lamentó haberlas dicho—. Quiero decir... —lo miró de nuevo, ruborizada. No quería que él adivinara lo horrible que había sido para ella verse exhibida de aquel modo ante todo Hampshire—. Quiero decir que prefiero estar en Londres, puesto que nunca había visitado la ciudad.

Pero él se había dado la vuelta y miraba por su ventanilla.

Virginia tuvo ocasión de contemplar su bello perfil, y su cuerpo se tensó, dejándola confusa y sin aliento. Nunca olvidaría a la condesa —lo maltratada que había sido, cuánto había sufrido y lo sensual que era—, así que ¿por qué deseaba aún hallarse en brazos de Devlin? ¿Por qué su corazón no podía pasar página, avanzar hacia terreno más seguro? Pues tampoco podría olvidar nunca la advertencia de la condesa.

—Necesitas un vestuario nuevo —dijo Devlin de repente—. Veré si madame Didier puede recibirnos mañana.

Ella parpadeó.

—No necesito ropa nueva —era una mentira terrible. Ahora que ya no vestía pantalones y botas, le hacía mucha falta un vestido bien cortado, o quizá dos.

—Habrá que ir a tomar el té y esa clase de cosas, y habrá que ir a algún que otro baile —dijo él—. Necesitas algunos vestidos de día y uno de baile.

¿De baile? ¡Pero si ella no sabía bailar!

—Por como hablas, da la impresión de que vamos a pasar una temporada en la ciudad.

—Estaremos aquí el tiempo que haga falta —dijo él con firmeza.

Ella no pensaba asistir a ningún baile. ¿O podría aprender a bailar de algún modo, solamente para poder ir a un baile en Londres y contárselo alguna vez a Tillie? Empezaba a preocuparse. ¡No quería parecer una pueblerina! Ahora lamentaba no haber prestado atención al maestro de baile del colegio de Richmond.

—¿Ocurre algo, Virginia?

Ella miró sus ojos grises e inquisitivos.

—¡Claro que no! —exclamó—. Me encantaría ir a un baile. En casa celebrábamos muchos, y adoro bailar —añadió.

Él levantó las cejas con una expresión, mezcla de incredulidad y regocijo, que ella conocía ya muy bien.

—Ya hemos llegado —dijo.

Ella se volvió, se asomó por la ventanilla y sofocó una exclamación de sorpresa.

Silueteado contra el río y la línea del horizonte de Londres, había un castillo. O, al menos, eso le pareció Waverly Hall, una gigantesca casa de piedra caliza adornada a cada lado por sendos torreones. Los jardines eran magníficos: nunca había visto tanto colorido en pleno otoño. Vio entonces una pradera de césped cuyo centro cruzaba una red. Se volvió y agarró a Devlin del brazo.

—¿Eso es lo que creo? —preguntó—. ¿Es una cancha de tenis?

Él se rió.

—Sí, así es.

—Quiero jugar —nunca antes había jugado al tenis, pero le parecía muy divertido.

—Puedes jugar al tenis cuanto quieras, Virginia. Ésta es ahora tu casa.

El alborozo de Virginia se disipó. Había olvidado su pacto por un instante, porque Devlin se estaba portando tan amablemente como si fuera de verdad su amigo. Pero tenían un acuerdo y él iba a comprarle un nuevo vestuario y a llevarla a los bailes. Pensaba exhibirla por Londres y humillarla a ella y a su tío hasta que Eastleigh capitulara y pagara su rescate.

Se apartó de él.

—Ésta no es mi casa. Es mi prisión, pero lo había olvidado, y esto no es buena idea —de pronto, la dolorosa tristeza que la afligía desde el día interior, tras ver marchar a la condesa, la asaltó de nuevo.

—Intenta pensar en ella como si fuera tu hogar —dijo él con voz queda.

Virginia apenas logró sonreírle.

Un mayordomo de semblante sumamente severo los hizo pasar. Virginia se quedó boquiabierta al ver el inmenso vestíbulo, con sus techos altos, su lámpara de cristal y sus obras de arte. Santo cielo, Devlin era aún más rico de lo que ella creía.

—Buenos días, señor, nos alegra que haya vuelto —dijo el mayordomo mientras se hacía cargo del sombrero y los guantes de Virginia y, luego, de los guantes de Devlin.

—Benson, ésta es la señorita Hughes. Que lleven su equipaje a mis habitaciones. Vamos a compartirlas —dijo Devlin.

El mayordomo ni siquiera pestañeó.

—Sí, capitán.

Virginia se sintió atraída por un cuadro de grandes dimensiones que representaba una batalla antigua. Soldados a caballo, quizá griegos o romanos, invadían una ciudadela llena de mujeres asustadas y niños llorosos. La escena era pavorosa, pero impactante y ejecutada con maestría. Virginia contempló el cuadro, maravillada.

—Ty —dijo Devlin con sorpresa.

Virginia se volvió y vio a un hombre en la puerta de enfrente, iluminada por el sol.

—Dev —el desconocido se adelantó y ella reconoció de inmediato en él al hijo del conde de Adare. El parecido, la impresión de autoridad, su cabello moreno y su apostura eran notorios. Virginia observó con curiosidad cómo se abrazaban y llegó a la conclusión de que eran más que hermanastros: saltaba a la vista que eran verdaderos amigos. Luego el hombre al que Devlin se había referido como Ty retrocedió y la miró con curiosidad.

—Virginia —dijo Devlin, tendiéndole la mano con una sonrisa.

Ella dudó, porque de nuevo era como si Devlin fuera verdaderamente su amigo. Y de pronto deseó que lo fuera: que pudiera ser un amigo sincero, aun cuando no llegara nunca a amarla como mujer. Se conformaría, pensó, con aquella migaja.

—Virginia —repitió él. Pero no había impaciencia en su tono.

Ella se acercó. El hombre alto y moreno la miraba directamente, como si la escudriñara por dentro y por fuera. Virginia sintió que se sonrojaba. ¿Debía representar también allí su papel? Se detuvo ante Devlin, pero él no la enlazó con el brazo, como hacía cuando ponían en práctica su farsa en Wideacre.

—La señorita Virginia Hughes —dijo con suavidad.

Ty inclinó la cabeza. Flexionaba la mandíbula y sus ojos eran sombríos. Virginia se dio cuenta de que estaba enfadado cuando se volvió hacia Devlin sin decir nada, como si no se atreviera a pronunciar una sola palabra.

—Mi hermanastro, Tyrell de Warenne —dijo Devlin a Virginia.

Ella comprendió que con su familia no sería necesario representar su farsa.

Tyrell la miró e hizo una reverencia.

—Le pido disculpas, señorita Hughes. Su belleza me ha dejado sin palabras.

Ella parpadeó y le sonrió, aliviada por no tener que fingir.

—Lo dudo.

Él se irguió.

—¿Cómo dice?

Ella se mordió el labio.

—Quiero decir que muchísimas gracias.

Devlin sofocó la risa.

—Sean cuenta maravillas de usted. Le envía sus más afectuosos recuerdos —añadió Tyrell sin mirar ni una sola vez a Devlin.

A ella se le encogió un poco el corazón. Sonrió con cierta tristeza.

—¿Cómo está?

—Bueno, si se refiere a su estado de salud —dijo Tyrell—, está bien.

Ella lo miró a los ojos. ¿Sabía aquel hombre que Sean estaba enamorado de ella? ¿O que lo había estado? ¿Y por qué estaba enfadado con Devlin?

—¿Cuándo lo vio usted? ¿Fue en Askeaton?

—Sí. Hace quince días. Cenamos juntos —Tyrell introdujo la mano en su hermosa levita casi negra y sacó un sobre lacrado—. Para usted, señorita Hughes.

Ella tomó la carta, vio que tenía su nombre y reconoció al instante la letra de Sean. No sabía si preocuparse o alegrarse. Entonces notó que la estaban observando y los miró. La expresión de Devlin se había vuelto distante.

—Gracias por entregármela —le dijo a Tyrell. Luego, volviéndose hacia Devlin, añadió—: Tu casa es preciosa. Nunca había visto nada parecido. Voy a salir a echar un vistazo mientras tu hermano y tú os ponéis al día.

Devlin se limitó a asentir con la cabeza. Virginia agarró con fuerza la carta y salió presurosa.

Tyrell miró a Devlin y permitió por fin que la ira aflorara a su semblante.

—¿Va a compartir tus habitaciones? Oí un rumor disparatado, Dev, acerca de que estabas viviendo abiertamente con una mujer en Hampshire, pero no le di crédito.

—Ten cuidado por dónde pisas, Ty —lo advirtió Devlin, y entró en el salón contiguo. Miró hacia el otro lado de la estancia. Los grandes ventanales daban a la terraza y desde ellos pudo ver a Virginia, que estaba abriendo la carta con un dedo. ¿Tanta prisa tenía?

La ira se apoderó de él.

Era una carta de amor, estaba seguro, y a Virginia la había emocionado recibirla, tanto que no había podido esperar para leerla.

—¿En qué demonios estás pensando, Dev? —preguntó Tyrell, deteniéndose a su lado. Él también miró por las ventanas a Virginia, que había empezado a leer la única hoja de la carta. Era evidente que su mano temblaba, pues el papel ondulaba como una bandera.

—Me temo que con quién me acueste no es asunto tuyo.

—¡Oh, vamos! ¡Así que piensas tomarme por tonto! —Tyrell parecía incrédulo—. Es la sobrina de Eastleigh. Sé con toda certeza que sigues yendo por ese camino tortuoso y destructivo.

—La única persona que se halla en el camino de la destrucción es el propio Eastleigh —dijo Devlin con más calma de la que sentía. Creyó notar que los hombros de Virginia temblaban. ¿Estaba llorando?

—Sean está enamorado de ella. ¿Serías capaz de traicionar a tu hermano?

Devlin apartó por fin la mirada de Virginia y estuvo a

punto de golpear a Tyrell. Ty era tan alto como él, pero más corpulento, y también más fuerte en una pelea, aunque no más rápido. Nunca habían intercambiado puñetazos.

—Déjalo estar, Ty —lo advirtió, pero sólo podía pensar en Virginia, que seguía fuera, llorando sobre la carta de Sean.

—No —Tyrell tenía la mandíbula tensa y un fulgor feroz brillaba en sus ojos casi negros—. Soy tu hermano y no voy a dejarlo. Sean me habló de tu absurdo plan de pedir rescate por ella. Os fuisteis de Askeaton hace tres semanas. ¿Dónde está el rescate, Devlin? ¿Por qué ahora es tu amante, cuando debería estar con tu hermano?

La furia de Devlin no conocía límites, porque Tyrell tenía razón. Presa de una roja neblina, vio a Virginia y a Sean unidos en un impúdico abrazo.

—Ella se queda conmigo y hará lo que yo quiera, hasta que yo lo diga —replicó.

Tyrell lo agarró de los hombros.

—Nunca te había visto así, tan irracional, tan furioso. No puedo creer que seas capaz de destruirla de este modo. ¡Mi hermano jamás haría tal cosa! ¿Qué pasará cuando esto acabe? ¿Acaso crees que te saldrás con la tuya? —gritó.

Devlin se desasió. Las palabras de Sean resonaban repentinamente en su cabeza. «Tendrás que destruirla a ella, ¿no es cierto?». Primero Sean y ahora Tyrell. Dios, ¿qué estaba haciendo? Sabía de sobra que Virginia no merecía ser un peón en sus planes de venganza.

—Virginia sobrevivirá —dijo con acritud—. Después del rescate, lo arreglaré todo.

—¿Y cómo lo harás? ¿Te casarás con ella para salvar su reputación?

Devlin se sobresaltó y su corazón se aceleró incontrolablemente.

—No —se oyó decir. Pero Tyrell tenía razón. Hasta ese momento no había afrontado toda la verdad: sólo una boda salvaría a Virginia de las habladurías que había hecho recaer sobre ella.

La familia y el amor no eran para él.

Su vida eran la destrucción y la muerte.

Tyrell le hizo volverse.

—¿Y qué me dices de tu carrera? ¡Ahora pende de un hilo! Un solo movimiento en falso más y estoy seguro de que acabarás ante un consejo de guerra. Ese secuestro es un acto criminal, Devlin, y no me digas que no lo sabes. A muchos hombres se les cuelga por menos.

Devlin se apartó.

—A mí no me colgarán —y se sobresaltó, porque, más allá de Tyrell, a través de las ventanas, vio que Virginia estaba pálida e inmóvil como una estatua.

Tyrell siguió su mirada. De pronto dijo:

—¿Estás enamorado de esa muchacha? —su tono reflejaba incredulidad.

Devlin retrocedió.

—¡No!

—Ya veo —Tyrell lo miró pensativamente. Luego preguntó—: ¿Pagará Eastleigh?

—Pagará, cuando yo haya acabado —se puso a pasear por la habitación, nervioso y turbado.

—¿Cómo puedes hacerle esto a ella? —preguntó Tyrell—. Mira —señaló las ventanas con la cabeza. Fuera, Virginia temblaba y se tapaba la cara con las manos—. Está llorando. Está llorando, Devlin. Sé que te ha molestado, porque te conozco mejor que nadie, mejor incluso que Sean, y sé que no eres cruel, no del todo, al menos.

—Está bien —dijo él con aspereza—. ¡Está bien! ¡Me molesta! ¿Estás ya satisfecho, maldita sea?

Tyrell dio un respingo, sorprendido. Devlin se acercó al

aparador y se sirvió un whisky con mano temblorosa. Ignoró a Tyrell y procuró refrenar su ira y otras sensaciones, más insistentes y turbadoras, que no deseaba experimentar ni comprender. Virginia lloraba por Sean. ¿Era posible que estuviera celoso?

Aquella emoción le resultaba desconocida. Nunca había sentido celos de nada ni de nadie. Pero aquella ira abrasadora, unida al estremecimiento del miedo y la duda, se parecía sospechosamente a los celos.

—Mierda —arrojó el vaso con todas sus fuerzas a la pared. El vaso se hizo añicos con estruendo, resonó como un disparo.

—Nunca te había visto perder los estribos —dijo Tyrell quedamente—. Desde el día que mi padre te trajo a casa, cuando tenías diez años, recién muerto Gerald, has sido la persona más estoica y desapasionada que he conocido nunca.

Devlin hizo un ademán lleno de fastidio. No sabía qué responder, pues no había respuesta posible.

Virginia entró corriendo en la sala.

—Dios mío, ¿qué ha ocurrido? ¿Estáis bien? —exclamó, con las mejillas acaloradas pero no humedecidas por las lágrimas.

Devlin tampoco pudo responderle. No podía creer que sintiera tanta ira, que estuviera celoso —pues eso era lo que sentía, unos celos rabiosos—, y se quedó mirándola con incredulidad.

—Me ha parecido que alguien disparaba un mosquete —dijo ella con nerviosismo.

Devlin se dio la vuelta. Seguía sin poder hablar.

—Nadie ha disparado —contestó Tyrell con calma—. ¿Podría buscar a Benson y decirle que ha habido un accidente? —le sonrió amablemente.

Virginia asintió con la cabeza, se volvió para mirar con

los ojos muy abiertos la espalda de Devlin y luego salió apresuradamente de la habitación.

Devlin se sirvió otra copa y, esta vez, se la bebió.

Tyrell se acercó.

—Veo que no todo es lo que parece —dijo en voz baja. Puso una mano sobre el hombro de Devlin.

Éste se la sacudió de encima.

—Todo es exactamente como parece —replicó. Comenzaba a recuperar su férreo dominio sobre sí mismo—. ¿Te apetece una copa? —preguntó con mucha más tranquilidad de la que sentía.

Tyrell de Warenne soltó un bufido burlón.

—A decir verdad, sí —hizo una pausa, pensativo—. Y también me gustaría quedarme a cenar —añadió.

—¡Hogazas de pan calientes! ¡Magdalenas y bollos! ¡A penique el suizo!

Virginia tropezó y buscó la mano de Devlin. Iban caminado por Regent Street, que era, según le había dicho él, el mejor lugar para ir de compras de todo Londres.

—¡Se arreglan sillas! —gritaba un vendedor callejero que se cruzó en su camino y se inclinó ante Devlin, quien no llevaba su uniforme, sino una bonita levita azul marino de terciopelo, con calzas y medias—. Milord, señor, reparo cualquier clase de silla —dijo el hombre.

—No, gracias —contestó Devlin amablemente y, para no soltar la mano de Virginia, la empujó suavemente para que pasara junto al vendedor.

—¡Peces! ¡Lindos peces dorados para la señora! —gritó una anciana, agitando ante ellos un cubo—. ¡Hermosos peces! ¡Peces para la señora!

Devlin sonrió a Virginia y la apartó también de la pescadera.

Pero ella retrocedió.

—¡Vamos a ver los peces!

—Virginia... —comenzó a decir él.

—Es mi turno —le recordó ella con una sonrisa, y se desasió—. ¿Puedo ver sus peces, señora?

La anciana sonrió y bajó el cubo para que viera los numerosos pececillos que nadaban dentro de él, entre ellos un par con rayas blancas y negras.

—Qué bonitos —dijo Virginia.

—Un penique la docena —la señora le sonrió.

—Virginia, por favor, no me digas que vamos a comprar peces —dijo Devlin, pero parecía divertido.

—No, no, gracias —se disculpó ella ante la vendedora.

—¡Hogazas de pan caliente! ¡Magdalenas y bollos! ¡A penique el suizo!

Devlin la miró sonriendo.

Ella se negó a moverse y dijo:

—Por favor...

—Menos mal que no estás gorda —dijo él, y se acercó al hombre de los dulces—. ¿Cuál va a ser esta vez? —Virginia ya se había comido una magdalena y un bollo, todo ello en el espacio de una hora.

—Probaré un trozo de suizo —dijo ella, aunque no tenía ni idea de qué era eso.

Devlin pagó al vendedor y le ofreció a Virginia un bollo caliente y dorado, que ella probó con ansia.

—Humm —dijo y, luego, para su horror, se dio cuenta de que tenía la boca llena.

Él sacudió la cabeza y se echó a reír.

—Vamos. Hemos tardado una hora en recorrer una sola manzana.

Pero Virginia dejó escapar un pequeño grito, le dio el suizo y corrió a un gran escaparate de vidrio.

—¡Mira, Devlin! —exclamó—. ¡Mira ese encaje negro! ¡Es precioso!

Devlin se acercó, sujetando todavía el suizo con una servilleta de papel.

—¿Quieres comprarlo? —preguntó mientras miraban el escaparate de la tienda de tejidos.

Ella quería. ¡Oh, cuánto deseaba adornarse con aquel encaje negro, llenar con él un vestido rojo! Miró a Devlin casi sin aliento. Irían juntos a un baile, danzarían toda la noche... Luego pensó en la condesa. Se puso seria. ¿A quién pretendía engañar? Ella no era de esas mujeres que llevaban encaje negro o rojo.

—No, creo que no —dijo.

—¿Tan rápido has cambiado de idea? —preguntó él, observándola con atención.

—No, no creo que sea... apropiado. Pero es precioso —añadió melancólicamente.

—Ven. Tenemos que acudir a nuestra cita con madame Didier —dijo él, y la tomó del brazo.

Ella lo miró mientras caminaban por la calle. Tenía el corazón acelerado. Devlin la llevaba del brazo como si de veras fueran amantes... o incluso marido y mujer.

—¿Sabes que cualquiera pensaría que de verdad somos amigos? —dijo ella, titubeante.

—Es tu turno —le recordó él con facilidad—. ¿Te estás divirtiendo?

Ella tuvo que sonreír.

—¿Cómo no iba a divertirme? Esos bollos deliciosos... esos pececitos... Venden de todo en la calle, ¿verdad? ¡He visto a un hombre vendiendo arena! Vendía ladrillos de arena —exclamó.

—Se usan para limpiar los cuchillos —dijo Devlin. Luego preguntó con bastante despreocupación—: Bueno, ¿qué te decía Sean?

El paso de Virginia vaciló. Y ella titubeó, no sabiendo cómo debía responder.

La carta de Sean la había reconfortado y, al mismo tiempo, la había llenado de tristeza. Él no le hablaba de sus sentimientos, pero estaba claro que seguía preocupándose profundamente por ella y, tras contarle todo cuando había ocurrido en Askeaton durante su ausencia, le decía que aquello no era lo mismo sin ella. Virginia sabía lo que Sean callaba: que la echaba de menos. Leer la carta la había hecho sentir añoranza por él, pero la añoranza que se experimentaba por un amigo querido, no por un enamorado. Era maravilloso tener noticias suyas, pero también era terriblemente triste y le recordaba un tiempo en el que había sentido aflicción, aunque se hubiera negado a admitirlo. Había estado muy sola aquellos cinco meses en Askeaton.

La carta le había servido para reafirmarse en lo que sentía por Sean. Nunca lo había querido sino como a un amigo, y esperaba que, algún día, él se enamorara apasionadamente de una mujer que le correspondiera del mismo modo.

—Me temo que eso no es asunto tuyo, Devlin —dijo con un suspiro.

—Lo es, a decir verdad, pues soy responsable del bienestar y la felicidad de mi hermano desde que tenía ocho años. Pero no te molestes en revelarme sus secretos, puesto que puedo adivinar cuáles son.

—¿Así que ahora eres adivino? —sonrió y confió en poder cambiar de tema.

—En absoluto —respondió él, pero sonrió.

La tienda de la modista no era como Virginia esperaba. Había imaginado un pequeño taller lleno de mesas y señoras cosiendo industriosamente. Por el contrario, una joven de cabello rojo, muy bella y espléndidamente vestida, les abrió la puerta y los hizo pasar al salón, con sus suelos de madera bruñida y hermosas alfombras persas. Las paredes de ambos lados estaban flanqueadas por vitrinas que mostraban sombreros, guantes, bolsos y algún que otro pañuelo o un par de pendientes. Justo enfrente de ellos había unas escaleras que subían al piso de arriba.

—¿El capitán O'Neill? —la pelirroja sonrió a Devlin. Su acento era francés.

—¿Madame Didier? —preguntó él con cierta sorpresa. Aquella joven no podía tener más de veintiuno o veintidós años.

—Soy mademoiselle Didier, su sobrina —contestó la pelirroja con mirada no poco seductora. Se volvió hacia Virginia—. ¿La señorita Hughes, supongo?

Virginia asintió con la cabeza y su mirada pasaba sucesivamente de la elegante y seductora francesa a las hermosas confecciones que se exhibían en el salón. Era imposible decidir si mirar a la sobrina de madame Didier o a lo que se vendía en la tienda.

—Por favor, capitán, mademoiselle, vengan arriba. Mi tía los está esperando.

Devlin posó la mano sobre la parte baja de la espalda de Virginia y ella lo precedió por las amplias escaleras, siguiendo a mademoiselle Didier.

El salón de arriba tenía el suelo de mármol y varios sofás elegantes. Una mujer de mediana edad, cabello oscuro, atractiva y de hermosa figura salió de otro cuarto.

—Capitán O'Neill, es un gran placer conocerlo al fin —dijo, acercándose a ella con una amplia sonrisa. Su acento era más pronunciado que el de su sobrina.

Él se inclinó sobre su mano.

—El placer es enteramente mío, madame. Le agradezco mucho que nos haya recibido con tanta premura.

—Usted, *mon capitaine*, no tiene que esperar —se volvió

hacia Virginia–. Mademoiselle, eh, qué belleza, qué pequeña belleza. Esto va a ser muy fácil y un gran placer. ¡Mira, Sofie! *¡Regarde la petite!*

Siguió un torrente de francés. Las dos mujeres sonreían.

Virginia se sonrojó. Se sentía tonta y azorada, y deseaba que no dijeran de ella que era preciosa mientras madame la hacía pasar al cuarto contiguo.

—¿Desea quedarse el capitán y dar el visto bueno a nuestras decisiones o dejará la elección de los vestidos y las telas a las señoras? —preguntó madame Didier con ojos centelleantes.

—Se marcha —se apresuró a decir Virginia mientras Devlin se sentaba en un delicado sillón de terciopelo verde. Ella lo miró boquiabierta.

Él le devolvió una sonrisa indolente.

—Prefiero quedarme, madame. Virginia necesita cierto número de trajes de día y algún vestido de noche, quizá dos. Prefiero que luzca tonos que vayan con sus ojos. El color violeta o el amatista le irían perfectamente, a mi modo de ver.

Virginia sabía que su mandíbula colgaba, abierta, pero no podía remediarlo. ¿Devlin iba a quedarse? Ella iba a probarse vestidos, y eso significaba desnudarse hasta cierto punto.

—Y el rojo rubí, *mon capitaine*. Y el plata, naturalmente —madame Didier chasqueó los dedos y Sofie levantó una pieza de tela plateada e iridiscente que ondulaba y brillaba al simple roce del aire.

Los ojos de Devlin brillaron.

—Oh, sí —dijo al instante—. Me gusta mucho.

Virginia se quedó callada, cerró la boca y lo miró fijamente mientras madame dejaba escapar una exclamación de contento y Sofie echaba la pieza de tela sobre los hombros y el pecho de su nueva cliente. Él la miraba con indolencia y sonreía, pero en sus ojos no había nada de indolente: el destello que había en ellos era brillante.

A Virginia se le quedó la boca seca.

Devlin quería vestirla con aquel tejido plateado y saltaba a la vista que la idea le parecía excitante. Ella tragó saliva.

—Devlin, ¿por qué no haces tus sugerencias y nos dejas solas un rato?

—Prefiero quedarme —se acomodó más tranquilamente en el pequeño sillón.

Madame gorjeaba alegremente.

—Sofie, ¿dónde está *le rouge noir*?

Sofie encontró al instante la pieza de tela y levantó con una sonrisa un satén bellísimo de color rojo oscuro.

—¡Mire esto, *mon capitaine*! —exclamó madame.

Virginia quiso decirles que no podía vestirse con aquella tela, que aquello era para una mujer como mademoiselle Didier o como la condesa.

Devlin asintió con la cabeza. Sus ojos parecían aún más cálidos y brillantes.

Madame Didier dio una orden en francés a Sofie y ésta comenzó a desabotonar la chaqueta oscura de Virginia mientras su tía se sentaba y comenzaba a tomar notas.

Virginia sofocó un gemido.

—¿Qué... qué está haciendo? —preguntó con recelo.

—Debe usted desvestirse. Tenemos que tomar medida —dijo Sofie suavemente mientras le desabrochaba la espalda del vestido.

Virginia miró a Devlin en busca de ayuda.

Pero no podía esperar ayuda alguna desde ese flanco, ya que él se limitó a cruzar las piernas.

—No te preocupes por mí —murmuró, y pareció relajarse, dispuesto a disfrutar del entretenimiento.

Virginia sintió que la espalda de su vestido se abría y notó el roce delicado de los dedos de Sofie. Estaba sorprendida, pero no enfadada. Los ojos de Devlin seguían brillando y lo que estaba sucediendo la había dejado casi sin aliento.

Su corazón latía demasiado fuerte. Tragó saliva, levantó los brazos y dejó que la sobrina de la modista le sacara el vestido por la cabeza. Madame Didier levantó la vista de sus notas y chasqueó la lengua al ver los pololos. Para entonces, Virginia tenía ya las mejillas ruborizadas, pero también el resto del cuerpo.

Miró a su alrededor por si podía abrirse alguna ventana, pero no había ninguna.

—Todavía es la moda en América —mintió sobre los pololos. Lanzó una mirada a Devlin.

Él no la había oído, estaba obviamente distraído. Tenía la mirada fija en sus tobillos, enfundados en finas medias de seda. Después, sus ojos se deslizaron hasta las puntas de sus pechos, que estaban, naturalmente, duras y cubiertas sólo por el fino algodón de la camisa.

Antes de que Virginia pudiera parpadear, Sofie le quitó también la camisa, de modo que quedó vestida únicamente con el corsé, los pololos y los pantaloncitos que llevaba debajo. Sus pechos estaban desnudos, levantados por el corsé, y ella quedó perpleja por un instante. Le ardían las mejillas y miró lentamente a Devlin.

Él, por supuesto, la miraba con intensidad.

El aire pareció adensarse en la sala.

Tanto, que costaba respirar.

—¿*Capitaine*? —preguntó Sofie, y antes de que Virginia pudiera reaccionar, le echó el satén rojo sobre el pecho y dijo con suavidad—: Imagínese, *capitaine*, imagínese.

Virginia se mordió el labio para ahogar un gemido. Cada palmo de su cuerpo estaba ahora excitado y tenso.

—Me complace muchísimo —dijo Devlin con excesiva tranquilidad y la voz algo enronquecida.

El satén rojo fue apartado.

—Mademoiselle necesita ropa interior —Madame se levantó—. Dos corsés, uno negro y otro blanco, los dos rematados con cintas y encaje. Y una camisa a juego para cada uno. ¿*Oui*?

Sofie sostenía una pieza de encaje negro y, mientras Devlin parecía asentir con la cabeza, la echó sobre el pecho de Virginia. Ella no tuvo que mirarse para saber que el encaje era transparente.

Devlin tenía una mirada arrebatada.

—¿*Le capitaine* está contento? —preguntó Sofie con tersura.

—Mucho.

El encaje desapareció, reemplazado por un hilo finísimo de color marfil y, cuando éste desapareció a su vez, varias cintas en distintos tonos de marfil, crema y rosa resbalaron por los pechos de Virginia.

—¿*Oui*? —preguntó madame con viveza.

Virginia intentó tragar saliva, pero las cintas eran de seda y ahora le resultaba tan difícil tragar como respirar.

Devlin asintió con la cabeza. Ya no hablaba. Su mirada se deslizó sobre las cintas —sobre los pechos de Virginia— y finalmente se elevó hacia su cara.

Ella no podía apartar los ojos.

—Úsenlas todas con el de color marfil —dijo él.

—*Superbe, mon capitaine* —dijo madame con entusiasmo—. Pantaloncitos a juego a la última moda, ¿*oui*?

—Sí —contestó Devlin.

—Quisiera enseñarle algo. Una seda especial para la ropa interior, muy especial, a mademoiselle le encantará. Está abajo. *Un moment, s'il vous plaît* —madame salió de la sala.

Virginia se preguntó cómo iba a sobrevivir a la toma de medidas.

Sofie sostenía ahora ante ella una seda rica y refulgente

de color púrpura oscura. Una sensación de vacío se adueñó de Virginia mientras Devlin asentían con la cabeza muy despacio. Esta vez, Sofie no apartó la seda.

—¿A qué altura, *mon capitaine*? —murmuró Sofie. Ajustó la tela de modo que sólo las curvas más prominentes del pecho de Virginia se notaran—. ¿*Pour le jour?*

—Más abajo —dijo él.

Virginia se sentía poseída por una especie de trance sexual. Parpadeó, no sabiendo si estaba horrorizada o no. Nunca había llevado un escote bajo, y mucho menos tanto como aquél.

—¿Así? —preguntó Sofie tras bajar la tela un par de centímetros.

—Muy bien —dijo Devlin con voz densa. Y de pronto se puso a hablar fluidamente en francés.

—*D'accord* —contestó Sofie cuando él hubo acabado. Lanzó una mirada a Virginia y salió presurosa, cerrando la puerta a su espalda.

Virginia miró a Devlin a los ojos mientras él se levantaba lentamente. Ella se volvió y, llena de nerviosismo, echó mano de la tela que tenía más cerca para cubrirse. Pero sabía lo que iba a ocurrir.

—No —ordenó él.

Ella se quedó paralizada con una pieza de seda en la mano. Tenía los pezones dolorosamente crispados y el sexo hinchado.

Él le quitó la seda de la mano.

—¿Qué haces? —susurró ella con voz ronca y los ojos muy abiertos.

—Eres tan hermosa... —contestó Devlin, y deslizó las manos sobre sus pechos, apretándolos con fuerza.

Virginia intentó guardar silencio, pero fracasó. La sensualidad que había ido creciendo dentro de ella afloró de golpe y dejó escapar un gemido. Cerró los ojos mientras

Devlin le frotaba los pezones hasta ponerlos más duros, más tensos, más fruncidos que antes, hasta que ella tembló, indefensa, y comenzó a gemir. Su sexo, hinchado y palpitante, exigía alivio.

—Mírame —ordenó él en voz baja.

De alguna forma los ojos de Virginia obedecieron, se abrieron y sus miradas se encontraron. Los de Devlin eran como llamas plateadas.

Él sonrió un poco, se inclinó y tocó uno de sus pezones con la punta de la lengua.

Virginia dejó escapar un gemido, agarró su cabeza, quiso decirle que no hiciera aquello (en un rincón de su cabeza sabía que madame o Sofie podían sorprenderlos), pero no pudo, y, mientras él le lamía el pezón, comenzó a retorcerse. La explosión era inminente.

Entonces sintió que las manos de Devlin se deslizaban hasta su cintura y comenzaban a bajarle los pololos.

Envuelta en una neblina de lujuria, logró preocuparse por lo que hacía Devlin. Como si leyera sus pensamientos, él murmuró junto a su pezón hinchado y adolorido:

—Deja que te haga gozar, querida.

—A-quí no —logró murmurar ella.

Pero él tenía la cara ya contra su ombligo y ella lo sintió sonreír a través del corsé que llevaba.

—No nos molestarán —tiró de los pololos y éstos desaparecieron, cayendo alrededor de los tobillos de Virginia.

Virginia se agarró a sus hombros, febril, le clavó las uñas y lo empujó hacia abajo.

—La paciencia es una virtud —le recordó él mientras deslizaba la cara hacia abajo, hasta frotar con la mejilla su monte de Venus.

—Oh, Devlin —sollozó ella.

Él besó su pubis, no una sino dos veces, y luego tres.

Ella se derrumbó.

Devlin la tomó en brazos y la depositó sobre los montones de seda y satén, y, cuando ella se abrió para él, separó los gruesos pliegues de su sexo e insertó en ellos su lengua.

Virginia se arqueó, sollozó, estalló, se hizo añicos y voló muy alto.

—¡Devlin! —gemía.

Él chupó profundamente su sexo y luego lo acarició suavemente mientras ella se resquebrajaba de nuevo, sollozaba, gemía y temblaba como una hoja.

Cuando comenzó a flotar, la mente de Virginia pareció volver a la vida. Sofocó un grito, abrió los ojos. Seguía aún de espaldas en el suelo, desnuda, salvo por las medias y el corsé. Devlin estaba agachado entre sus muslos, que seguían impúdicamente abiertos para él. Comenzó a cerrarlos, pero él puso la mano sobre su sexo.

—No.

El deseo se avivó de nuevo. Ella permaneció quieta, jadeando.

—¿Y si...? —comenzó a decir.

Él empezó a juguetear con los pliegues de su sexo, metiendo los dedos entre su vello.

—No nos interrumpirán.

Virginia quiso protestar, pero se olvidó de aquel asunto y se arqueó contra su palma. Él la penetró con los dedos, y ya no había barrera. El placer de sentirlo dentro, aunque fueran solos dos dedos, era tan intenso, que la habitación pareció desaparecer.

—¿Puedes irte otra vez para mí, pequeña? —preguntó él con voz áspera.

Ella lo miró y se encontró con una llamarada de plata.

—Por favor... pon más... ahí... —musitó.

Él apretó más fuerte, con vehemencia, y ella vio que el sudor corría por su frente. Pero no le bastaba con aquello.

Sabía lo que quería. Empezó a sentarse, alargó los brazos hacia él, rozó con la mano su miembro rígido y duro, apretado contra sus calzas claras... pero él le apartó la mano.

Ella lo miró a los ojos, sorprendida. Él siguió moviendo los dedos con fuerza dentro de ella.

Virginia gimió y se dejó caer sobre el montón de tejidos de encaje e hilo. Los dedos de Devlin se movían cada vez más dentro, largos y fuertes, una y otra vez. Ella era vagamente consciente de que Devlin tenía la mirada fija en ella, sabía que se estaba comportando sin pudor alguno, y empezó a retorcerse y suplicar.

—Por favor, Devlin, por favor, ven dentro de mí... por favor...

Él gruñó y se inclinó sobre ella, y Virginia sintió sobre su boca la suya. Su lengua se hundió entre sus labios mientras con la mano seguía meciéndola, y ella comprendió que necesitaba, que quería, que debía tener más aún.

De pronto, la mano de Devlin desapareció. Ella estaba en sus brazos y su falo se frotaba contra su sexo. Ella gritó, se aferró a sus hombros y estalló en mil pedazos, no una sino muchas veces, mientras él se frotaba contra ella una y otra vez, jadeando y murmurando su nombre.

Virginia permaneció largo rato tendida sobre los suaves montones de seda y satén, en el suelo. Devlin yacía sobre ella, respiraba trabajosamente, sin moverse, todavía excitado. Ella comenzó a sonrojarse. Comenzó a pensar. Comenzó a tener dudas y a preocuparse.

Él se sentó. Ella se encontró con su mirada. Los ojos de Devlin resbalaron sobre su cuerpo. El rubor moteaba sus altos pómulos.

Virginia se sentó, echó mano de un trozo de tela y se cubrió. Estaba asombrada, pero no avergonzada. Y quería más, mucho más.

—Es un poco tarde para eso —dijo él, mirando el trozo de seda rosa que ella sostenía.

Ella se humedeció los labios. Todavía ansiaba sentirlo dentro de sí, y no sólo con los dedos.

—Deseaba hacerlo otra vez —dijo él con voz queda, mirándola a los ojos—. Eres increíblemente apasionada, Virginia.

Sus palabras fueron directas al corazón de Virginia.

—¿Y tu placer? —preguntó en voz baja, cada vez más emocionada. Pero ni siquiera la unión de sus cuerpos le bastaría. Si él alargara la mano y la acariciara con verdadero afecto...

Pero Devlin se encogió de hombros y se puso en pie.

—Sobreviviré.

Ella también se levantó. Se negaba a sentirse desilusionada, y rápidamente se puso los pantaloncitos y los pololos.

—Parece un cañón —logró decir, y luego se dio por vencida. Estaba decepcionada.

—¿Qué? —preguntó él, sorprendido.

Ella no contestó. No entendía por qué Devlin no sentía algún afecto por ella, por qué tenía que ser simplemente sexo, y nunca entendería la línea que él había trazado, ni su significado.

—Quiero decir que lamento que tú no goces.

—Ya te he oído —dijo él, y sonrió—. A los hombres nos gusta que aprecien el tamaño de nuestro miembro.

—Estoy segura de que muchas lo han admirado —lo miró de frente—. Devlin, estoy confusa.

Su máscara reapareció.

—No lo estés. Sólo ha sido un... momento. No he debido quedarme.

—¿Es que soy tan hermosa que casi has perdido el control?

—Francamente, sí.

Ella lo miró con pasmo, dispuesta a reprocharle que se mofara de ella, pero enseguida comprendió que no se trataba de una broma.

—¿Hablas en serio? —preguntó.

—Sí —Devlin frunció los labios, indeciso. Luego dijo—: Sí, hablo muy en serio.

Virginia sonrió, llena de contento.

—Pero...

Devlin le tocó los labios.

—¿Por qué no aceptas el cumplido y disfrutas de él?

Ella sonrió. Su corazón parecía a punto de estallar, lleno de música. Devlin la creía hermosa. Su decepción se evaporó.

—¿Sabes?, creo que eso voy a hacer.

19

En Regent Street reinaba la calma cuando abandonaron la tienda de madame Didier. Era tarde ya y sólo quedaban algunos vendedores. Algunas tiendas habían cerrado y se veían pocos transeúntes, todos ellos caballeros.

—¿Es más tarde de lo que creo? —preguntó Virginia. Devlin se había ausentado el resto de la sesión de toma de medias, no sin antes explicar con detalle a madame Didier cómo quería que diseñara y adornara sus vestidos.

—Son las cuatro, pero a estas horas las señoras de la buena sociedad se están preparando para sus compromisos de la tarde —contestó él con tranquilidad.

Ella intentaba no mirarlo a los ojos, pero le resultaba imposible, del mismo modo que no podía evitar pensar en sus caricias. Se sentía trémula. ¿Qué debía hacer ahora? ¿Cómo debía proceder respecto a su pacto, que para ella no era ya un simple juego, sino que significaba mucho más? Debería estar contenta porque Devlin la encontrara lo bastante hermosa como para casi perder el control y, aunque aquello la complacía, se sentía abrumada por el desánimo.

—Vas a tener unos vestidos preciosos, Virginia. Sé que

no te interesa la moda, pero puedes quedártelos cuando te vayas.

La ira volvió de pronto y Virginia no pudo refrenarla.

—No quiero los vestidos.

Él vaciló y la miró cara a cara en medio de la calle.

—Pero yo te los estoy ofreciendo.

—¿Y ese gran gesto hace que te sientas menos culpable? —replicó ella con amargura.

Devlin la miró con fijeza. Ella se ruborizó y deseó no haber hablado.

—¿Debería sentirme culpable? —preguntó él por fin lentamente, como si eligiera sus palabras con cuidado—. ¿Por hacerte gozar?

—Por todo —repuso ella con ardor.

—Ofrecerte los vestidos no tiene nada que ver con la culpa —dijo él—. Pareces entristecida. Confiaba en levantarte el ánimo.

—Podrías volver a hacerme gozar —dijo ella, crispada—. Eso sin duda serviría.

Él dio un respingo. Virginia se alejó, lamentando haber dicho aquello. Además, el éxtasis que le procuraba Devlin sólo era la antesala del dolor. Lamentaba no ser una mujer de mundo, no ser capaz de disfrutar de sus favores sin ansiar neciamente su amor. Si al menos él se sintiera culpable por servirse de ella...

—¡Señora! ¡Mire que cachorros tan bonitos vendo! ¡Son preciosos! ¡Venga a verlos!

Virginia parpadeaba para contener las lágrimas. Levantó la vista y se halló con la cara ancha de un cachorro negro y regordete, con las orejas enormes y caídas, grandes ojos marrones y lengua rosa.

—Bonito, ¿eh? —dijo el hombre desdentado.

Pero Virginia no le prestó atención. El cachorro se retorcía alegremente como una extensión de su cola. Ella sonrió y lo tomó en sus brazos. Lo acurrucó contra su pecho y acercó la mejilla a su pelo. Era suave y cálido, y Virginia lo abrazó con fuerza y de pronto deseó estar en Sweet Briar, donde su vida había sido tan sencilla y dichosa. Las lágrimas comenzaron a correr libremente. Apretó de nuevo al cachorro y éste le lamió la cara. Ella levantó la mirada con vehemencia.

—Me llevo este perro, Devlin —y lo miró con fijeza, como si lo retara a decirle que no.

—O mucho me equivoco, o es un danés —él le sostuvo la mirada. Sin apartar los ojos de ella, suspiró y dijo—: ¿Cuánto?

—Un chelín, señor.

Devlin dio algunas monedas a aquel hombre.

—Cinco peniques y considérese afortunado.

—¡Sí, señor, milord! —el hombre sonrió y regresó junto a los otros cachorros, que dormitaban en una banasta.

Virginia se volvió, apaciguada.

—Gracias. Me encanta, de veras.

Devlin vaciló. Luego él también pareció apaciguarse.

—Bien. Me alegro —dijo, y sintió que sonreía un poco. Pero había mentido. La culpa persistía, emponzoñada ahora como una herida.

Los días siguientes pasaron despacio. No recibieron visitas y la mansión era tan extensa que Virginia no tenía dificultad alguna para eludir a Devlin, cosa que ahora le parecía debía hacer a toda costa. Él, por su parte, no buscaba su compañía. Sólo compartían las cenas, en medio de un tenso silencio. Ella comenzó a educar a su cachorro. Después, recibieron una visita.

A Virginia le agradaba el apuesto hermanastro de Devlin, que tenía la misma edad que éste. Al enterarse de su llegada, corrió a saludarlo. Devlin y él estaban hablando en voz baja. Devlin, vestido con su uniforme de la Marina. Sorprendida al verlo así ataviado, Virginia se detuvo en la puerta y ellos se volvieron. Tyrell acababa de decir algo acerca del presidente Madison, ella estaba segura.

—Lo siento —dijo casi sin aliento, y procuró no mirar a Devlin mientras se preguntaba si estaría a punto de marcharse a cumplir alguna misión oficial—. Me he enterado de que había llegado lord de Warenne. No quería interrumpir.

—No pasa nada. Sólo estábamos hablando de las elecciones presidenciales en tu país —Devlin le sonrió, pero su mirada, directa y firme, parecía escudriñar sus ojos en busca de alguna emoción. Era difícil romper aquella mirada.

—Hola, milord —dijo ella finalmente, dirigiendo una sonrisa a Tyrell.

—Señorita Hughes —él le sonrió con afecto.

—¿Ha sido reelegido el presidente Madison? —preguntó ella, esperanzada.

—Por desgracia, sí —repuso Devlin—. La noticia acaba de llegar.

—Es un buen presidente —dijo ella con firmeza—. Muy listo y capaz —añadió.

—Tu presidente, tan listo y capaz, declaró la guerra a Gran Bretaña, a pesar de que el Consejo Privado derogó los decretos reales, cosa que tanto él como la mayoría de tus compatriotas nos exigían para impedir la guerra absurda en la que nos hallamos metidos.

Virginia lo miró con enojo.

—Esta guerra no se libra solamente por el comercio y por el deseo de Inglaterra de impedir que nos convirtamos en una nación rica y fuerte.

—Calma, calma —murmuró Tyrell.

Ella lo miró también a él con enfado.

—Esta guerra se debe a que su país intenta reducirnos nuevamente de hecho, si bien no de derecho, al estatus de colonia.

—Esta guerra se debe a muchas cosas. Entre ellas, a que el partido republicano la está usando para favorecer su agenda política, aplastar a los federalistas y conservar el poder —replicó Devlin.

—¿Niegas que Gran Bretaña desee que seamos una colonia empobrecida? —exclamó ella.

—No, no lo niego. Pero Gran Bretaña no tiene deseo alguno de ir a la guerra. Virginia, el gobierno británico desea que Irlanda esté sometida y, naturalmente, desea lo mismo para tu país. Pero aquí nadie sueña siquiera con volver a apoderarse de las colonias americanas. Eso no es más que propaganda de vuestros halcones de la guerra.

—Te equivocas. Gran Bretaña es un país imperialista —replicó ella con vehemencia.

—¿Me permites contestar? —preguntó Tyrell suavemente. Sonreía y miraba a uno y otro.

—Por favor —dijo Devlin con un suspiro.

—Los americanos son tan imperialistas como los británicos, Virginia. Todo el mundo sabe que su política agraria pasa por conquistar Canadá y expandirse en esa dirección.

—Estamos sufriendo derrotas terribles en Canadá —dijo ella con más calma. Leía los periódicos a diario y, de algún modo, las reducidas fuerzas británicas en territorio canadiense habían logrado lo imposible: derrotar repetidamente a las tropas estadounidenses—. Pero nadie quiere apropiarse de los territorios británicos en Canadá. Sólo queremos comerciar libremente, sin que nos lo impida vuestra Armada. Es nuestro derecho.

Tyrell miró a Devlin.

—¿Al fin has encontrado la horma de tu zapato, Dev?

—Tal vez —dijo él con despreocupación, mientras miraba unas cosas que había sobre su mesa. Luego levantó los ojos—. ¿Querías verme?

Ella titubeó.

—Sólo quería saludar a tu hermano.

—¿Eso es todo? —su semblante se suavizó.

Ella se puso colorada.

—Sí, sí, eso es todo, en realidad —luego lo miró más atentamente—. ¿Por qué llevas puesto el uniforme? ¿Te marchas?

—No, Virginia, no voy a embarcarme. Tengo una reunión en la ciudad. ¿Decepcionada?

Ella contuvo el aliento.

—No —reconoció por fin.

Él levantó las cejas con tibia sorpresa y le sostuvo la mirada. Virginia se volvió con el corazón acelerado. Se alegraba neciamente de que Devlin no fuera a marcharse aún. Sonrió a Tyrell de Warenne.

—¿Se quedará a cenar con nosotros? Nos encantaría que así fuera.

—Será un placer, señorita Hughes —Tyrell hizo una reverencia.

Ella sonrió calurosamente.

—Estupendo. Ahora, discúlpenme —se dirigió a la puerta.

—Virginia... —dijo Devlin.

Ella vaciló y se dio la vuelta.

—¿Sí? —se vio obligada a mirar sus ojos fijos en ella.

—Mañana hay un baile en casa de lord Carew, en Londres. He aceptado la invitación.

A ella se le encogió el corazón y de pronto se sintió mareada.

—No tengo qué ponerme —no estaba lista, después de lo sucedido el día que visitaron la tienda de madame Didier y de la soledad que había disfrutado allí, en su casa de

Greenwich. No se le ocurría nada peor que ser expuesta ante el mundo como una cualquiera.

—Tres de tus vestidos llegaron hoy, incluido el de baile de color plata —la mandíbula de Devlin se flexionaba con un esfuerzo que ella no entendía.Virginia intentó sonreír, pero nada ocurrió—. Saldremos mañana a las siete —concluyó él.

—Tienes buen aspecto, Devlin, como siempre —dijo el conde de Liverpool.

Devlin inclinó la cabeza y entró en el despacho del primer ministro. Liverpool informó a su escribano de que no quería interrupciones y cerró la puerta a su espalda.

—¿Té? ¿Coñac? —preguntó.

—No, gracias.

—¿Has disfrutado de tu estancia en Hampshire? —Liverpool le indicó una silla.

Devlin se sentó, lo mismo que el conde.

—Ha sido agradable, sí —mintió. Confiaba en no volver a pisar Hampshire nunca más... a no ser para cobrar el dinero del rescate.

—Tengo entendido que has tomado una amante arrebatadora, una americana —dijo Liverpool.

—Sí —contestó Devlin sin inmutarse—. Así que las malas lenguas siguen haciendo de las suyas.

—Tengo entendido que aquí, en la ciudad, hay un par de corazones rotos —repuso Liverpool—. ¿Podemos ir al grano?

—Por favor.

—Tom Hughes está presionando para que se te destine al teatro de operaciones americano, Devlin. Napoleón se está retirando de Rusia, su ejército está muy quebrantado. Las pocas tropas que le quedan han sido diezmadas y se mueren de hambre. De modo que yo apruebo la idea con entusiasmo... a pesar del fiasco de la primavera pasada.

—No me causa ningún conflicto entrar en batalla con los americanos —dijo Devlin mientras la primera oleada de excitación se apoderaba de él. Entrar en batalla era justo lo que necesitaba para quitarse de la cabeza a Virginia y los extraños sentimientos e ideas que despertaba en él—. Hemos sufrido graves pérdidas en el mar. Quizá yo pueda dar un vuelco a la situación.

—Sí, esas pérdidas me preocupan. Sin embargo, mi preocupación ahora es doble. Esa americana... ¿representa algún problema para ti?

—¿En qué sentido?

—Puede que su lealtad hacia su país sea fuerte. Y que tu lealtad hacia ella lo sea también. No quisiera mandarte a batallar contra sus compatriotas si no estás dispuesto a hacerlo.

La boca de Devlin se curvó.

—Milord —dijo—, mi amante es una mujer única y fiel a su país, pero mis sentimientos hacia ella no interferirán en el cumplimiento de mi deber.

—Esperaba que ésa fuera tu respuesta. Ahora, contéstame a otra cosa. No logro entender por qué Hughes está tan empeñado en que te enviemos al Atlántico norte. Sé que no os lleváis bien, pero tiene que haber alguna razón más que explique esta inquina, aparte de ese viejo asunto de la actriz francesa. ¿Tienes alguna idea?

—Era húngara —dijo Devlin suavemente. De todos modos, Liverpool se enteraría de la identidad de Virginia después del baile de Carew, así que dijo—: Puede que sea porque mi amante es su prima.

—¿Cómo dices? —exclamó Liverpool.

Devlin se encogió de hombros.

—Me he encaprichado de una joven encantadora, y me temo que es la sobrina de Eastleigh.

Liverpool lo miró con fijeza, atónito.

—Devlin, ¿acaso no tienes honor? Eso es despreciable.

—Me temo que tengo poco honor, pero he contestado a su pregunta.

Liverpool seguía perplejo. Se levantó, al igual que Devlin.

—¿Y Eastleigh permite ese... atropello?

—No le queda otro remedio, en realidad —Devlin se encogió de hombros.

—Esta conducta es simplemente intolerable —dijo Liverpool con firmeza—. Puede que a ti no te importe, pero como oficial de la Marina de Su Majestad, se espera que seas un hombre de honor y un caballero. Eastleigh insistirá en que te cases con ella... y yo también.

Devlin se tensó y su corazón dio un extraño traspié. «¿Te casarás con ella para salvar su reputación?», había preguntado Tyrell. Pero sin duda bastaría con dejarla libre. Si era necesario, se aseguraría de que regresara a América, donde su reputación no quedaría dañada.

—¿Cuándo me serán entregadas las nuevas órdenes? —preguntó secamente mientras pensaba en Sweet Briar. ¿Habría sido vendida la finca? Si así era, Virginia no tendría adónde volver.

—Dentro de una semana o dos.

—Ella será libre cuando comience mi misión —dijo—. Pero el matrimonio está descartado —Liverpool lo miraba visiblemente sorprendido y molesto—. ¿Algo más? —de pronto se odiaba a sí mismo. Un hombre de honor se casaría con Virginia para rectificar su error. Claro, que un hombre de honor jamás se habría servido de ella como había hecho él.

—Nunca te he entendido —dijo Liverpool con esfuerzo—.

Pero eres un oficial excelente, has hecho grandes servicios a tu país, y no siento más que admiración y respeto por tu padrastro, Adare. Estoy desconcertado. Un oficial de alto rango de la Marina de Su Majestad, destruyendo a sabiendas el honor de una mujer... Es incomprensible.

—Le sugiero que convoque una corte marcial para cuando acabe mi misión. Pero ahora me necesita, James. Otra vez —Devlin se inclinó en una reverencia y salió.

Virginia contemplaba su reflejo en un espejo oval. Apenas podía creer que la bella y seductora criatura que la miraba desde allí fuera ella. Simplemente, no parecía posible.

—Oh, señorita Hughes —dijo Hannah, la doncella—, el capitán no podrá volver a mirar a otra después de verla a usted.

Al mirar a la mujer esbelta ataviada con un escotado vestido de gasa con cinturón y mangas abullonadas de terciopelo plateado, Virginia casi lo creyó. Se volvió para mirarse de perfil. Sus pechos parecían voluptuosos con aquel vestido, y notaba vivamente la ropa interior nueva, pecaminosamente negra y sensual, rematada con cintas y encaje. Debía sentirse como una prostituta, teniendo en cuenta la ropa interior que llevaba puesta, pero no era así. Estaba demasiado asustada por la noche que la aguardaba, y sólo sentía ansiedad y desánimo.

—Está muy elegante, señorita Hughes. Qué orgulloso va a estar el capitán —murmuró Hannah.

Por lo menos no parecía una cualquiera... o una mantenida. Tocó la tira de encaje plateada y llena de cuentas que adornaba sus tirabuzones, mucho más favorecedora que un turbante o un tocado. Sólo le hacían falta un collar y unos pendientes. Pero no se atrevía a quejarse.

¿Cómo iba a afrontar una velada en compañía de las damas y caballeros más elegantes y aristocráticos de Londres? ¿Cómo?

—Virginia, llegamos tarde —dijo Devlin. Ella miró el espejo y lo vio parado en la puerta abierta. Los ojos de Devlin se agrandaron al verla y resbalaron sobre el reflejo de su cara, hasta su pecho—. Date la vuelta —dijo con suavidad.

Ella comprendió que sus ojos brillaban de admiración. Obedeció. Quería quitar importancia a aquel momento, y a todos los que sin duda le depararía la noche. Hizo una reverencia.

—Espero que des tu aprobación al trabajo de madame Didier —dijo con una sonrisa forzada.

—Sí, así es. Me complace mucho, Virginia. Esta noche serás la mujer más bella del baile —ella soltó un bufido incrédulo. Devlin esbozó una sonrisa—. Puede retirarse —le dijo a la doncella. Ella inclinó la cabeza y huyó con los ojos bajos—. Ven aquí —dijo Devlin suavemente.

A Virginia no se le ocurrió desobedecer o preguntar el porqué. Se acercó a él. Devlin sonrió un poco y levantó las manos, y por un instante ella pensó que iba a acariciarle la cara. Pero él le prendió un pendiente en cada oreja, la hizo girarse y puso un collar alrededor de su cuello. Virginia bajó la mirada y dejó escapar un gemido de sorpresa al ver tantos diamantes brillar alrededor de su garganta.

—¿Qué es esto?

—¿Te gusta? —preguntó él mientras sus manos se movían sobre los hombros de Virginia.

Ella se miró al espejo. Devlin estaba tras ella, con las manos sobre sus hombros. Cientos de diamantes de distintos tamaños y labrados en forma de estrella pendían de su cuello. Los pendientes iban a juego. Virginia tragó saliva.

—Sí —dijo, y se preguntó cuándo había adquirido Devlin el collar y por qué. Sin duda no lo había comprado sólo para ella... para que se lo quedara. No podía preguntárselo.

—¿Nos vamos? —preguntó él, soltándola, y le colocó el chal plateado sobre los hombros.

Ella asintió con la cabeza, respiró hondo y comenzó a temblar. Ojalá fueran a otra parte, pensó, y no como un caballero y su amante.

—No nos quedaremos mucho tiempo —murmuró él mientras la conducía fuera de la habitación, como si adivinara sus pensamientos —un solo minuto ya sería demasiado. Ella se refrenó para no contestar. Devlin le lanzó una mirada extraña—. Te prometo que esto acabará pronto, Virginia —dijo.

La mansión de lord Carew parecía un palacio. Situada en las afueras de Greenwich y rodeada por un extenso parque boscoso, podía albergar fácilmente tres casas como la de Devlin. Cuando el carruaje de Devlin tomó la avenida, dejando atrás un laberinto y un jardín de estatuas, Virginia vio delante de ellos, en fila, los carruajes más espléndidos que había contemplado nunca, y el temor la paralizó. Mientras esperaban su turno para apearse, preguntó:

—¿Cuántos invitados habrá?

—Varios centenares, creo —respondió Devlin.

Él no volvió a hablar. Sentado a su lado, con las largas piernas cruzadas, estaba tan guapo como siempre con su uniforme de gala. Virginia se sentía inmovilizada. Le costaba respirar. Devlin no parecía notarlo. Se le veía distraído, pero ella ignoraba qué podía preocuparle tanto. Su tensión parecía semejante a la suya... y desmentía su aparente indiferencia.

Media hora después la puerta de su carruaje se abrió y un lacayo ayudó a bajar a Virginia. Devlin se apeó después. Comenzaron a subir la amplia escalinata de piedra que conducía a la entrada principal, por detrás de otros muchos invitados.

—Capitán O'Neill, qué alegría verlo otra vez.

—Lord Arnold, lady Arnold —Devlin se inclinó ante la sonriente pareja—. Permítanme presentarles a mi querida amiga, la señorita Virginia Hughes.

Virginia sintió que le ardían las mejillas cuando dos pares de ojos llenos de curiosidad se clavaron en ella. Lord Arnold hizo una reverencia. Su esposa se limitó a inclinar la cabeza.

—Buena noche para un baile, ¿no le parece, señorita Hughes? —Arnold sonrió.

Aún ignoraba la vergonzosa posición de Virginia. Ella asintió con la cabeza.

—Excelente, sí —logró decir. Miró a lady Arnold, pero ésta se limitó a observarla atentamente, sin decir nada, con una sonrisa cortés en los labios.

Entraron junto a los Arnold. Devlin y lord Arnold se pusieron a hablar de una moción aprobada recientemente por los Comunes. Virginia miró boquiabierta el techo —tenía varias plantas de altura— y, más allá del vasto vestíbulo principal, vio un salón de baile aún más vasto. Allí, más de doscientos invitados se mezclaban ya, y la estancia parecía animada por los colores vivos de los vestidos de las damas y los cientos de cuentas de cristal de las lámparas de araña.

—Así que es usted americana —dijo lady Arnold cuando se detuvieron en la fila de recepción.

Virginia se sobresaltó y tragó saliva.

—Sí —sabía que se había sonrojado y añadió—: No hay bailes como éste en el lugar de donde procedo.

—¿Y de dónde procede usted, querida?
—De Virginia, milady —aguardó la siguiente pregunta, terrible e inevitable.
—¿Y cómo es que se encuentra usted en Inglaterra?
Virginia se humedeció los labios.
—Mis padres murieron. Mi tío es el conde de Eastleigh y he venido a pasar un tiempo con él.
—Lamento mucho lo de sus padres —dijo lady Arnold.
Virginia pensó que, bajo aquellos ojos tan brillantes, había bondad.
—Sí, gracias.
—¿Y el capitán O'Neill? ¿Es un amigo de la familia? —Virginia titubeó—. No quisiera parecer entrometida, desde luego, pero nunca había visto al capitán en compañía de una mujer soltera.
Ella se mojó los labios.
—Ha sido muy amable. Yo... me hospedo en Waverly Hall.
Las cejas de lady Arnold se alzaron con moderado interés.
—Ah, sí, la casa que le compró a su tío. ¿Su familia de usted vive allí?
—Me temo que no —contestó Virginia. Y, sencillamente, no pudo soportarlo más—. Discúlpeme, lady Arnold, pero el capitán me llama —consciente de la sorpresa de su interlocutora, se acercó apresuradamente a Devlin. Él le lanzó una mirada escrutadora—. Me temo que esta noche no voy a representar bien mi papel —dijo secamente.
—Esta noche no hace falta que representes ningún papel, Virginia —repuso él—. Sólo tienes que estar conmigo, a mi lado, hasta que nos vayamos —su mandíbula vibró y apartó la vista, como si no pudiera mirarla a los ojos—. Lord Carew —hizo una reverencia ante un caballero ro-

busto y entrado en años–. Permítame presentarle a mi querida amiga, la señorita Virginia Hughes.

Virginia tenía un dolor de cabeza espantoso. Se mantenía apartada y contemplaba a los muchos invitados que bailaban. No recordaba los pasos de las danzas, mientras en la pista de baile los hombres y las mujeres formaban filas y las rompían, las parejas giraban y se deshacían para volver a reunirse después. Devlin hablaba con varios caballeros a cierta distancia de ella, y Virginia sabía por sus constantes miradas que aquellos hombres conocían perfectamente cuál era la posición que ocupaba. Se sentía muy desgraciada.

–¿Le apetece bailar?

Ella se volvió y vio el semblante sonriente de Tyrell de Warenne.

–¡Milord! Me temo que he olvidado los pasos –confesó. Luego reparó en que había olvidado hacer una reverencia y se apresuró a enmendar su error.

Él la tocó para impedir que se inclinara.

–Por favor, señorita Hughes, creo que nos conocemos lo bastante bien como para ahorrarnos esas formalidades.

Ella se sintió aliviada.

–Ustedes, los ingleses, son tan formales –explicó–. Para mí ha sido duro acostumbrarme.

–Sí, me lo imagino –dijo Tyrell amablemente, con una sonrisa benévola. Le ofreció el brazo–. ¿Quiere que demos un paseo por la galería?

Ella miró a Devlin, que se había vuelto para mirarlos.

–Dudo que él lo permita. No he sido suficientemente exhibida.

La sonrisa de Tyrell se desvaneció.

–Virginia, ¿puedo hablar con franqueza?

Ella se tensó.

—Por favor, hágalo.

—Toda mi familia está furiosa con Devlin por su conducta, y el hecho de que la haya traído aquí es lo menos importante.

Ella se quedó boquiabierta. Notó que Devlin abandonaba al grupo de caballeros y se dirigía tranquilamente hacia ellos. Pero no se llamó a engaño. Advertía la determinación de su paso y sentía su resolución.

—Sólo quiero decirle que se hará justicia, Virginia. Dentro de poco será compensada por todo lo que ha tenido que sufrir. Mi padre se encargará de ello.

Ella ignoraba a qué se refería. ¿Una compensación? De pronto se apoderó de ella la esperanza. ¿La ayudarían a pagar las deudas de su padre? ¡Eso sin duda sería una compensación por todo lo que había pasado!

Devlin se detuvo y la tomó del brazo.

—¿Intentas robarme el afecto de Virginia, Devlin?

—Como si tú sintieras algún respeto por tus *afectos*, Devlin —dijo Tyrell.

Devlin inclinó la cabeza mientras Virginia ignoraba la conversación. Estaba pensando en la compensación que pronto sería suya. Al fin parecía que su terrible racha de mala suerte estaba a punto de cambiar.

—¿Bailamos? —preguntó Devlin casi ceremoniosamente.

Ella se sobresaltó.

—Te mentí. No sé bailar. Ni un solo paso.

Él sonrió. Y el calor de su sonrisa alcanzó sus ojos.

—A mí bailar me aburre. ¿Quieres que traiga un poco de champán?

Ella asintió con la cabeza y deseó que él hubiera sugerido que se marcharan. Se sentía afortunada por haber escapado de momento a algún encuentro desagradable y humillante. Devlin se alejó. Tyrell dijo:

—Veo que está usted ocupada, así que buenas noches. Confío en que nos veamos pronto —hizo una reverencia.

Virginia sonrió, se inclinó ante él y lo vio alejarse. Y de pronto se quedó verdaderamente sola. Era una sensación extraña, hallarse rodeada de trescientas cincuenta personas y permanecer, sin embargo, conspicuamente sola. Al alejarse Devlin y Tyrell, varios grupos de invitados se habían vuelto para mirarla, y tenía la clara sensación de que era el tema de más de una conversación. Algunas señoras reunidas en grupo la miraban fijamente y hablaban muy deprisa mientras se abanicaban. Virginia se convenció de que estaban hablando de ella.

Les dio la espalda y se halló frente a tres apuestos caballeros que le sonrieron al unísono. Ella dio un paso atrás. Ellos se aproximaron. El que estaba más cerca, un caballero de unos treinta años y llamativo pelo rojo, hizo una reverencia.

—No creo tener el placer de conocerla —dijo.

Ella hizo acopio de valor y sonrió.

—No, creo que no. Soy Virginia Hughes.

—John Marshall, a sus pies —dijo él con otra reverencia—. ¿Es usted americana?

—Sí —dijo ella—, pero he venido a Inglaterra a visitar a mi tío, el conde de Eastleigh —aquella historia le había dado resultado y decidió seguir usándola.

—¿Eastleigh es su tío? —Marshall parecía encantado—. ¿Y ha venido usted esta noche en el grupo del capitán O'Neill?

Virginia ignoraba si aquel caballero sabía que había acudido como única acompañante de Devlin.

—Sí —su sonrisa era forzada.

—Permítame presentarle a mis buenos amigos lord Halsey y lord Ridgewood.

Virginia sonrió y saludó galantemente a aquellos caballeros mientras se inclinaban ante ella. Se sentía rodeada por el enemigo.

—¿Y cómo es que conoce usted al mayor y más notorio héroe de guerra de la Gran Bretaña? —preguntó Ridgewood. Era alto y pálido.

—Oh, vamos, George, todos sabemos que O'Neill siempre se reserva a las más bonitas —Marshall rió y los otros se le unieron. Luego, con una sonrisa que no iluminó sus ojos, añadió—: No es ningún secreto que O'Neill y su primo, Tom Hughes, no se tienen aprecio. Resulta interesante que acompañe usted a un baile al mayor enemigo de su primo.

Virginia se encogió de hombros, indefensa.

—La señorita Hughes y el capitán O'Neill son grandes amigos... o eso tengo entendido —dijo Halsey con una sonrisa, y dio un codazo a Ridgewood—. Muy bueno amigos. Reside usted en Waverly Hall, ¿no es así?

—Sí —logró decir Virginia, y sintió odio por ellos y también por Devlin. No podía soportarlo más. No se había ganado su amistad. Su pacto sólo funcionaba para él. Estaba harta.

—¿Puedo ir a visitarla, señorita Hughes? ¿Mañana, quizá? —preguntó Marshall, inclinándose demasiado hacia ella.

—Discúlpenme —dijo Virginia y, dándose la vuelta, se internó corriendo entre el gentío.

Le costaba ver. El salón era un borrón de rojos brillantes, de dorados cegadores, de púrpuras, de azules y verdes, entremezclados con el negro de los trajes almidonados de los caballeros. Las lágrimas velaban sus ojos y apenas podía respirar. Hacía un calor tan sofocante en el salón de baile... Si pudiera hallarse de nuevo por arte de magia al otro lado del océano, en su casa de Virginia...

«Se hará justicia. Pronto será compensada».

La singular afirmación de Tyrell de Warenne le produjo

cierta sensación de alivio mientras entraba dando tumbos en la galería que había más allá del salón de baile. Por ella paseaban algunos invitados. Virginia avanzó a toda prisa por la galería y dobló la esquina. Otra galería, apenas iluminada, corría por el flanco de la casa. La luz procedía en su mayor parte de una hilera de enormes ventanales y de la luna y las estrellas del exterior. Agradecida por hallarse sola al fin, Virginia se acercó a una ventana y se apoyó sobre el antepecho de piedra. El dolor le había atravesado el abdomen como un cuchillo. Tenía que huir. No podía seguir así.

Siguió respirando hasta que dejó de jadear, hasta que el dolor se disipó en parte. Si pudiera odiar a Devlin... Sabía que debía hacerlo, pero, sencillamente, no podía.

«Te estoy pidiendo que salves a mi hermano».

Virginia dejó escapar un sollozo, porque Devlin no tenía salvación y ello había quedado espantosamente claro. Le dolía tanto el estómago que cruzó de nuevo los brazos sobre la tripa y se dobló por la cintura.

—Pero si es mi queridísima prima americana.

Virginia se irguió y dejó escapar una exclamación de temor. Lentamente, se volvió. Un oficial de la Marina, fibroso y guapo, se hallaba frente a ella, sonriendo. Hizo una reverencia.

—Lord capitán Thomas Hughes —dijo—. Estoy encantado de conocerla al fin.

Virginia necesitaba aire.

—Milord —dijo con cautela mientras miraba frenéticamente a su alrededor. Pero no había ni rastro de Devlin.

—Parece asustada —ronroneó Tom Hughes—. Pero sin duda mi querida prima no tendrá miedo de mí —ella no podía hablar. Presentía terribles intenciones en su primo y retrocedió hasta chocar con el antepecho de la ventana—. ¿Estás disfrutando del baile, Virginia?

—Dis... discúlpeme —musitó, y logró pasar a su lado. Pero él la agarró del brazo y la hizo volverse con violencia, empujándola contra el borde de piedra de la ventana.

—¿Disfrutas tanto del baile como de la cama del capitán O'Neill?

Ella dejó escapar un leve grito, asustada, e intentó desasirse.

—Suélteme. ¡Me está haciendo daño, señor!

Él la apretó con más fuerza y se inclinó hacia ella.

—He oído decir que es apasionado como un toro. ¿Es eso lo que te gusta? ¿Lo que quieres? Mi primita... mi putita...

Virginia sintió que el dolor le atravesaba el brazo y pensó que iba a desmayarse.

—Por favor... —gimió.

—Oh, sí, sí, la palabra que tanto ansiaba oír —tiró de ella y, antes de que Virginia se diera cuenta, la estaba besando.

Ella intentó forcejear. Pero Hughes la apretaba brutalmente contra la pared de piedra con su cuerpo y mordía su boca con tal violencia que ella dejó escapar un sollozo de inmediato. Él introdujo la lengua entre sus labios y ella sintió náuseas. Mientras se apoderaba de su boca, notó que su mano se introducía dentro de su vestido y que apretaba uno de sus pechos, aplastándolo. El dolor volvió a estallar dentro de ella. Entonces sintió su miembro erecto contra su muslo y la negrura comenzó a envolverla. Luchó contra ella como intentaba luchar en vano contra él. Pero la mantenía clavada a la pared mientras la manoseaba. Virginia no dudaba que, si se desmayaba, la violaría. Sin embargo, comenzó a hundirse en las profundidades.

—Te mataré.

Las fieras palabras de Devlin atravesaron la oscuridad y, de pronto, Tom Hughes desapareció. Virginia cayó al suelo, todavía sollozando, con el pecho y el brazo doloridos, y oyó gritar a un hombre. Aterrada, levantó la mirada. Hughes yacía en el suelo y por encima de él, sobre la pared, había sangre.

Ella comenzó a comprender. Devlin dio una patada a Hughes.

—Levántate, cobarde —dijo muy suavemente.

Virginia tenía que detenerlo. Había hablado en serio. Iba a matar a Hughes. Pero ella aún no podía hablar.

Hughes se puso a cuatro patas.

—No es más que una puta —escupió sangre.

Devlin le hizo ponerse en pie y lo arrojó contra la pared de piedra. Luego lo sujetó mientras caía, lo levantó de nuevo y le asestó un puñetazo en la cara. Algo se rompió allí.

Virginia ignoró su dolor y se levantó.

—¡Para, Devlin! ¡Para!

Pero Hughes, con la cara ensangrentada, sacó su espada. Virginia apenas podía creer lo que veía. Devlin sonrió.

—Un paso en falso —dijo. Su espada resonó al abandonar la funda. Y los dos hombres comenzaron a danzar suavemente el uno alrededor del otro, poseídos ambos por mortíferas intenciones.

—¡No, Devlin! —gritó Virginia.

Él no daba muestras de oírla. Amagó una vez. Hughes malinterpretó su movimiento e intentó detener el golpe. Devlin se abalanzó hacia él y le rasgó el uniforme. Brotó la sangre. Hughes gritó.

Tyrell. Virginia dobló la esquina corriendo y entró en la galería, miró febrilmente a su alrededor y sólo cuando estuvo en medio de la galería se dio cuenta de que la gente la miraba con la boca abierta mientras corría. Reparó entonces en que tenía el pelo suelto y el vestido rasgado. Lo ocurrido estaba terriblemente claro. Pero su evidente perdición no importaba en ese momento. Se detuvo en el umbral del salón de baile, vio a aquel enorme gentío y desesperó. Devlin iba a matar a Tom Hughes, lo sabía, y sería colgado por ello. Entonces vio a Tyrell en medio del salón, bailando con una bella rubia.

La gente se volvía para mirarla. Hizo acopio de valor, se levantó las faldas y echó a correr.

—¡Milord de Warenne!

Tyrell, que estaba colocado en línea frente a su pareja de baile, se envaró. Ella gritó de nuevo.

—¡Tyrell! ¡Milord! ¡Socorro!

Él se volvió, la vio y sus ojos se agrandaron. Corrió hacia ella. Los danzantes se detuvieron bruscamente.

—¿Qué ha ocurrido? ¿Estás herida?

—Devlin va a matar a Tom Hughes en el pasillo de detrás de la galería —sollozó ella.

Tyrell salió corriendo como un rayo. Virginia corrió tras él, consciente de que un pavoroso silencio había caído sobre el salón. Era demasiado tarde para preocuparse por eso. Cruzó detrás de Tyrell la galería.

En el pasillo, descubrió a los dos hombres todavía luchando. Hughes estaba cubierto de sangre. Devlin seguía impecable en su uniforme. Su adversario apenas se tenía en pie. Se acometieron y, de pronto, la espada de Hughes tintineó sobre el suelo, cayendo lejos de su alcance. Devlin apoyó la punta de la espada sobre su pecho, donde permaneció inmóvil. Devlin sonreía cruelmente.

—Ya basta —dijo Tyrell, colocándose tras él.

Hughes tenía la espalda contra la pared y se tambaleaba como si estuviera a punto de desmayarse. El gentío que se había reunido tras Virginia murmuraba y lanzaba exclamaciones de estupor.

Devlin tenía el rostro tenso y crispado, cubierto por

una máscara que Virginia no había visto nunca antes. Ella comprendió que ansiaba matar. Su sonrisa era más que gélida: era aterradora.

—Yo creo que no. Creo que es hora de que Tom Hughes muera.

—¿Y todo por esa zorra? —logró decir Hughes.

Mientras Devlin se disponía a asestar una estocada mortal al corazón de Hughes, el gentío gritó y Tyrell lo agarró de la muñeca y lo detuvo.

—No lo hagas.

Devlin tenía una sonrisa salvaje.

—Apártate de mi camino.

—No vas a matarlo —replicó Tyrell mientras sujetaba con fuerza su muñeca. Virginia cerró los ojos y rezó—. No vale la pena. Él no mató a Gerald, Devlin. No es él a quien andas buscando —añadió Tyrell en voz baja.

Virginia abrió los ojos y vio que Devlin, enloquecido como un salvaje, seguía suspendido en el gesto de matar.

—Virginia no está herida —añadió Tyrell aún en voz más baja.

El rostro de Devlin se tensó por entero. La miró un instante, volvió a mirar después a Hughes y de pronto su cuerpo se relajó y dio un paso atrás. Los invitados que observaban la escena dejaron escapar suspiros de alivio. Virginia sintió que sus rodillas flaqueaban.

Y, entonces, unos cuantos oficiales corrieron a atender a Hughes. Devlin envainó su espada, se dio la vuelta y volvió a mirarla. Se acercó a ella.

—¿Estás bien? —preguntó sin tocarla mientras sus ojos se movían sobre su cara y su pelo y se posaban por fin en sus labios, que Virginia sentía ensangrentados. Él reparó entonces en el corpiño desgarrado del vestido y sus ojos volvieron a helarse.

Virginia se quedó sin habla. Sólo pudo asentir con la

cabeza, incapaz de apartar los ojos de él. En ese instante, Devlin era el puerto más seguro que había conocido. La mandíbula de él se tensó, sus ojos se oscurecieron. La rodeó con el brazo.

–Vámonos a casa –dijo.

Virginia no podía parar de temblar. Sabía que era una tontería —estaba magullada, pero, fuera de eso, no era ella la que había salido peor parada—, y no quería que Devlin viera lo cobarde que era. Sin embargo, los temblores no cesaban. Se le revolvió el estómago mientras el carruaje avanzaba velozmente, traqueteando. Cerró los ojos y se agarró al asiento.

—Virginia... —dijo él suavemente.

Ella no quería hablar. Dudaba que pudiera. Seguía estando demasiado cerca de la histeria. Se abrazó, acurrucada en un rincón del coche, afligida por otras imágenes. Devlin había querido matar a Hughes. Ella lo había visto en sus ojos.

—Enseguida llegaremos a casa —dijo él con voz extraña, como si se sintiera inseguro.

Ella asintió con la cabeza, pero no abrió los ojos. Devlin parecía extrañamente preocupado y ella temía echarse a llorar. Claro que él había querido matar a Hughes. Llevaba casi toda su vida ardiendo en el deseo de vengarse de Eastleigh y de todo cuanto fuera suyo.

—Virginia, ¿te encuentras mal?

Ella negó con la cabeza, y no era mentira, en realidad.

Le dolían el pecho y la muñeca, pero sólo eso. Devlin parecía querer saber qué le sucedía. Pero ella no podía decírselo.

Tom Hughes la había tratado como la ramera que todo el mundo la creía. Ella jamás podría volver a jugar a aquel juego y, si ello significaba perder cualquier oportunidad de conquistar el amor de Devlin, que así fuera. De todas formas, había quedado como el agua que no le quedaba alma con la que amar a una mujer, y mucho menos a ella. ¡Cuán fácilmente se había despertado en él el deseo de matar!

—Ya estamos aquí —dijo él con voz agria.

El carruaje se había detenido. Virginia abrió los ojos y vio Waverly Hall. Un lacayo se apresuró a abrirle la portezuela del carruaje. Devlin le ajustó el chal de satén para ocultar su vestido desgarrado. El corazón de Virginia se encogió. ¿Por qué se molestaba él? Ella sabía que su labio roto delataba la calamidad que había sufrido. Quiso darle las gracias, pero no logró hablar. Se levantó y dejó que el lacayo la ayudara a apearse ante la escalinata de la casa.

Devlin se bajó de un salto tras ella como un gato, y ella se sintió arrastrada en el tiempo hacia otro lugar: a la cubierta del Americana, cuando, agarrada a la barandilla, mientras contemplaba el océano, se preguntaba cuál sería su destino en manos de aquel capitán pirata. «Si piensas saltar al agua, piénsalo dos veces. No te dejaré morir».

Cosa extraña, la voz de Devlin pareció traspasar la noche como si Virginia estuviera de nuevo en la cubierta del barco y él se hallara tras ella y acabara de pronunciar aquellas palabras.

Devlin la agarró con cuidado del brazo, y Virginia se apoyó pesadamente en él. Una vez en el vestíbulo, le dijo a Benson:

—Envíe a Hannah inmediatamente a mi alcoba con agua

caliente, toallas y coñac. La señorita Hughes ha sufrido una caída.

Benson asintió con la cabeza y se marchó presuroso. ¿Ahora Devlin pretendía salvaguardar su reputación?, se preguntó Virginia, sintiendo deseos de llorar. Él la levantó de pronto en brazos y comenzó a cruzar el vestíbulo.

—¿Qué haces? —logró decir ella—. Puedo andar.

—Hago lo que he deseado hacer desde que le perdoné la vida a Tom Hughes —repuso él con aspereza.

Virginia lo miró por fin mientras subían las escaleras. Devlin tenía el rostro crispado por la ira y el arrepentimiento y, pensó ella, también por la angustia. Sus ojos se encontraron. Él no dijo nada, ni ella tampoco. Virginia comprendió, llena de perplejidad, que Devlin sufría.

Él abrió la puerta con la puntera del pie, atravesó la salita de estar y entró en la alcoba principal. Allí ardía alegremente un fuego en la chimenea y las mantas de la cama estaban retiradas. Devlin la depositó sobre ella y le quitó el chal.

—Te ayudaré a quitarte ese vestido antes de que llegue Hannah —dijo sin mirarla a los ojos.

Virginia se dio cuenta de que se estaba abrazando, de que aún temblaba, pese a que no tenía frío. ¿Por qué se tomaba Devlin tantas molestias? A la mañana siguiente, toda la buena sociedad sabría la noticia.

—Date la vuelta, por favor —dijo él suavemente.

Virginia se sobresaltó. Luego dijo con voz ronca:

—Nunca te había oído decir por favor.

La mandíbula de Devlin vibró.

—Ésa es una palabra que rara vez siento la necesidad de usar. Virginia... —se detuvo.

Ella lo miraba con fijeza. Sabía que estaba preocupado, que se sentía incómodo y que deseaba decir algo. Su corazón dio un vuelco, lleno de esperanza.

—¿Qué ocurre, Devlin?

Siguió un instante de silencio. Después él dijo con voz áspera:

—Lo siento mucho.

El corazón de Virginia se estremeció con tanta fuerza que no le quedó duda alguna de que seguía sintiendo lo mismo por él, que nada había cambiado, que todavía lo amaba. Abrió la boca para decirle que no era culpa suya... pero lo era. Todo era culpa suya.

—Por favor, date la vuelta —repitió él en tono tan áspero como antes.

Virginia cambió de postura y él le desabrochó hábilmente el vestido. Cuando se lo hubo quitado, ella comenzó a deshacerse el peinado, consciente de la presencia de Devlin, que había ido a dejar el vestido sobre el respaldo de una silla. Siguió un largo silencio. Virginia acusaba agudamente su estado de semidesnudez. Llevaba su ropa interior nueva: la camisa de encaje negro, el corsé del mismo color, los pantaloncitos de seda negra, todo ello adornado con cintas rosas y marfileñas. Necesitaba cubrirse, pensó, aguijoneada por una repentina urgencia.

—¿Podrías...? —se detuvo, se humedeció los labios y lo intentó de nuevo—. ¿Podrías alcanzarme una bata?

Él la miró un instante, pero, si reparó en su ropa interior, no dio muestras de ello. Abrió el ropero en el instante en que llamaron a la puerta.

—Adelante —dijo con viveza y Virginia pensó, perpleja, que parecía aliviado.

Hannah entró llevando una bandeja con una palangana llena de agua y toallas. Devlin deslizó una bata de seda violeta sobre los hombros de Virginia y ella se la ató con firmeza, más tranquila.

—Ay, santo cielo —murmuró Hannah—. ¡Se ha caído usted! ¡Cuánto lo siento! —exclamó. Dejó la bandeja sobre la cama—. Un minuto, capitán, señor.

Él asintió con la cabeza y Hannah se acercó a la puerta y tomó otra bandeja que sostenía un criado que esperaba fuera, ésta cargada con una botella de coñac y dos copas. Devlin tomó una toalla, la mojó en agua y miró directamente a Virginia.

—Tienes sangre en el labio —dijo.

Virginia sólo podía mirarlo fijamente, atónita por lo que ocurría. Su corazón aleteaba enloquecido. Él se sentó a su lado y le limpió la boca con delicadeza. Ella no podía respirar. ¿Qué estaba haciendo Devlin? ¿Y por qué?

Él le levantó la barbilla, observó su boca un momento y luego la miró a los ojos.

—Me temo que tendrás los labios hinchados un par de días.

Virginia no sabía qué decir. Las caricias de Devlin eran sumamente suaves. Ella nunca había visto aquella faceta suya. De no haber estado tan angustiada, se habría sentido dichosa.

Hannah regresó con dos copas. Devlin señaló la mesilla de noche con la cabeza, y la doncella dejó allí las copas. Él levantó la muñeca de Virginia, todavía dolorida. Y ella vio que su semblante se crispaba y que sus ojos se volvían negros. Devlin masculló una maldición.

—No es para tanto —mintió ella mientras su corazón latía con espantosa fuerza.

Él levantó la mirada.

—Y un cuerno. Creo que pretendía partirte en dos la muñeca. Fue una suerte para él que no lo hiciera.

Virginia lo miraba con fijeza. A él le importaba. No había otra explicación para su actitud.

Devlin le dio una copa.

—Esto te ayudará. Te aconsejo que te lo bebas todo. Dormirás como un bebé —añadió, intentando sonreír. Pero fracasó y se dio por vencido.

Virginia bebió un sorbo, aún más asombrada e incrédula. Sentía por fin un brote de dicha. Pero, ¿cómo podía estar sucediendo aquello? ¿Y si se equivocaba? Devlin le había hecho daño tantas veces que ya no se atrevía a abrigar esperanzas de que algún día llegara a quererla. Pero, ¿qué, si no, significaba aquello? Aquel hombre no conocía la culpa.

Devlin se levantó.

—Esta noche dormiré en un cuarto de invitados para no molestarte, Virginia.

Ella parpadeó, desalentada. Lo último que quería era estar sola, aunque él durmiera en el sofá de la salita contigua, como solía hacer.

—Hannah, por favor, ponle compresas frías en la muñeca.

—Sí, señor —susurró Hannah.

Virginia se humedeció los labios.

—No, Devlin —dijo ella con voz ronca. Él se envaró—. No quiero estar sola esta noche. Por favor, quédate conmigo —sollozó suavemente, y los ojos se le llenaron de lágrimas.

Los de Devlin se agrandaron y su semblante adquirió una expresión mucho más severa que antes. Parecía incapaz de hablar.

—Iré por el hielo —murmuró Hannah, y salió discretamente de la habitación.

Virginia no podía moverse. Lo miraba con fijeza mientras las lágrimas corrían por sus mejillas y deseaba dejar de llorar y que Devlin la acurrucara en sus brazos y la abrazara suavemente. Él seguía rígido, presa de un conflicto que ella no lograba entender.

—Virginia —dijo con voz ronca—, todo esto es culpa mía. Te he utilizado con la mayor desvergüenza. Lo siento —ella dejó escapar un gemido de sorpresa. Él cerró los ojos, como si sufriera, y se sentó junto a ella. Tomó sus manos—. No pediré tu perdón, pequeña, porque no lo merezco.

—Estás perdonado —musitó ella al instante.

Las ventanas de la nariz de Devlin se hincharon, indicando una profunda emoción, y la miró a los ojos sin soltar sus manos.

—¿Cómo puedes ser tan generosa después de lo que te he hecho pasar? Tom te atacó por culpa de nuestra farsa, de la farsa en la que yo me empeñé. Dios, ojalá lo hubiera matado —exclamó.

Virginia nunca lo había visto tan emocionado. Devlin era un hombre que sólo expresaba ira.

—No pasa nada —musitó ella con voz rasgada. Le apretaba con fuerza las manos—. No me violó.

Los ojos de Devlin se agrandaron.

—¿Era eso lo que pretendía? ¿En un pasillo por el que podía pasar cualquiera?

Virginia vio furia en sus ojos y titubeó.

—Creo que sí.

Él se levantó de un salto.

—Lo mataré, después de todo.

Ella se irguió, confusa.

—¿Por mí?

—¿Por qué, si no? —preguntó él, algo sorprendido.

Ella lo miró con fijeza.

—Por tu padre.

La mandíbula de Devlin se relajó.

—Esto no es por mi padre.

Ella se sintió mareada. Las palabras de Devlin habían surtido sobre ella el efecto más profundo y turbador. Se dejó caer sobre las almohadas. No se trataba de su venganza.

—Debo irme —dijo él de pronto.

—¡No! —los ojos de Virginia se enturbiaron—. Por favor, no me dejes ahora.

Él la miró fijamente. Ella le sostuvo la mirada y le tendió la mano, implorando que se acercara. El semblante de Devlin seguía crispado, y Virginia advirtió la batalla que libraba en sus ojos.

—Por favor, Devlin —murmuró—. Por favor, quédate. Por favor, abrázame... sólo un momento —su voz se quebró.

Él se acercó, se sentó a su lado y tomó sus manos de nuevo.

—Me pides demasiado ahora —la advirtió.

Ella negó con la cabeza, se inclinó hacia él y apoyó la mejilla sobre su pecho. Sintió que él se tensaba, lo oyó tomar aire y sintió luego que su mano se posaba en su espalda. Casi sonrió mientras seguía llorando. La mano de Devlin le acarició la espalda y ella dejó escapar un suspiro estrangulado.

—Por favor, no llores —dijo él con voz suplicante—. Ya ha pasado, ahora estás a salvo, y pondremos fin a este juego absurdo.

Ella levantó la cara y lo miró.

—Ya no puedo seguir así... Es demasiado doloroso.

Él asintió con la cabeza. Su mirada era extraña, parecía casi humedecida. Luego se inclinó y besó levemente sus labios.

—Se acabó, Virginia, te doy mi palabra —dijo.

Su voz parecía cargada de arrepentimiento y de deseo. Virginia se abrazó a él mientras él la besaba de nuevo con delicadeza. Un profundo suspiro escapó de ella. Las lágrimas cesaron y su cuerpo se tensó por entero. La boca de Devlin se detuvo y ella abrió la suya, buscando otro beso.

Él permaneció quieto un momento. Virginia besaba su boca una y otra vez, cada vez más aprisa, y cada fibra de su cuerpo se tensaba de deseo porque su vida entera había quedado reducida a aquel único momento: ansiaba fundirse con él. Ninguna otra cosa importaba, y sabía que, en aquella unión, no existía nada más. Ni la venganza de Devlin, ni la violación que ella había estado a punto de sufrir. Ni las humillaciones del mes anterior. Nada más existiría, salvo Devlin y ella y el amor.

—No —dijo él—. Es peligroso, Virginia —ella introdujo la lengua en su boca y él se tensó. Ella gimió y lamió sus dientes, el interior de sus mejillas, sus labios—. No puedo —susurró él, y la empujó suavemente hacia la cama. Sus ojos brillaban—. No puedo prometerte que sea capaz de refrenarme.

Virginia negó con la cabeza. No quería que se refrenara. Se aferró a su cuello e hizo que inclinara la cara hacia ella. Él dejó escapar un gruñido y se apoderó de su boca frenéticamente, a pesar de que se contenía, temeroso de hacerle daño. Ella sintió que todo su cuerpo temblaba por el esfuerzo. Se abrió la chaqueta.

—¿Te hago daño? —preguntó él mientras se la quitaba—. No quiero lastimarte.

—No me estás haciendo daño —contestó ella mientras desabrochaba su chaleco y se lo quitaba. Le sacó la camisa de las calzas y él la ayudó, se quitó la corbata de un tirón y se despojó de la camisa, que arrojó a un lado.

Ella dejó escapar un gemido al ver su torso desnudo. Tocó su pecho y acarició sus músculos tensos y duros como rocas. Él se apoderó de nuevo de su boca y, mientras la besaba con pasión, abrió su chal, lo apartó, le levantó la camisa y se quedó mirándola. De pronto pareció quedar paralizado. Virginia bajó la mirada y vio que tenía el pecho magullado.

—Dios mío —murmuró él.

Estaba sentado a horcajadas sobre ella, visiblemente excitado. El deseo de Virginia era tan intenso que hacía temblar su cuerpo. Sabía que Devlin casi había perdido el control, sabía que estaban a punto de hacer el amor, y tomó su mano y cubrió con ella su pecho lastimado. Él dejó escapar un grito sofocado.

—No puedes dejarme ahora —musitó ella.

Devlin la miró a los ojos, lleno de angustia y pasión. Ella tomó su mano y la posó sobre su otro pecho, restregando con ella su pezón erguido. Devlin tomó aire bruscamente. Después, la estrechó de nuevo en sus brazos y sus bocas se encontraron. Virginia comprendió que había vencido y se aferró a él con todas sus fuerzas.

Devlin le arrancó el chal y la camisa, besó sus pechos, deslizó la mano sobre su vientre y sobre los pantaloncitos de seda. Virginia profirió un gemido y cerró los ojos cuando él introdujo la mano bajo el tejido y tocó su carne caliente y ansiosa, que palpitaba contra sus dedos.

Devlin emitió un sonido estrangulado. Ella oyó caer sus zapatos al suelo, sintió que se quitaba las calzas y las medias, y luego notó sus piernas desnudas y fuertes junto a su cuerpo y su verga tersa y aterciopelada, dura como la roca. Dejó escapar un suave grito. Él sonrió, se inclinó y besó su sexo.

Virginia quiso retenerlo allá abajo, pero él se zafó, bajó los pantaloncitos de seda y los arrojó al suelo. Ella lo miró. Devlin estaba completamente desnudo, era todo poder, todo músculo, fuerte y enorme. Le sonrió un poco con expresión triunfante y salvaje y se colocó sobre ella.

—No quiero hacerte daño, cariño —musitó con aspereza.

—No me lo harás —logró decir ella.

Devlin esbozó una sonrisa, pues los dos sabían que era mentira, siendo ella tan menuda y él tan grande.
—Virginia... —dijo, y la besó lentamente.
Ella gimió cuando Devlin apoyó la punta de su miembro contra su sexo. El placer era tan intenso que resultaba casi insoportable. Devlin se frotó contra ella una, dos veces, y murmuró:
—¿Estás listas para mí, cariño? —Virginia se limitó a dejar escapar un gemido.
—Creo que sí —dijo él con voz ronca, moviéndose sobre ella otra vez. Su cuerpo entero se estremeció. Después la penetró. Virginia se tensó un instante—. Cariño —dijo él contra su sien mientras se hundía lentamente en ella.
Virginia dejó escapar un leve grito mientras la penetraba poco a poco. Cuando le pareció que Devlin no podía seguir avanzando, se aferró a él, jadeando con fuerza, tensa como la piel de un tambor.
—Relájate, pequeña, deja que te haga gozar —dijo él ásperamente, y empezó a moverse.
Virginia clavó las uñas en su espalda y estaba a punto de decirle que parara cuando su cuerpo se rindió y una oleada de placer ardiente comenzó a apoderarse de ella. Gimió, sorprendida, mientras Devlin la montaba lenta y rítmicamente, estremecido por el esfuerzo de refrenarse.
El placer creció hasta un punto inconcebible. Virginia ciñó sus caderas con las piernas y él gimió de placer y la acometió con más fuerza, más profundamente. Sí, logró pensar ella, cegada por el gozo, y volvió a clavarle las uñas, exigiendo más. Él obedeció. Volvió a hundirse en ella y Virginia gritó, embargada por oleadas sucesivas de placer. Devlin siguió penetrándola con fuerza, y jadeaba, gimiendo:
—Cariño, déjame darte más.
Ella gemía, se hacía añicos, se elevaba por encima de la

tierra. Devlin continuó hundiéndose en ella. Su cuerpo entero, rígido y resbaladizo, temblaba convulsivamente mientras se movía. Virginia regresó flotando a la cama y, al recuperar por fin la razón, se asombró por la hondura de la pasión que acababa de experimentar y por la intensidad de su amor. Era una inmensa ola que rompía sobre ella y la atravesaba como había hecho el orgasmo. «Estoy enamorada sin remedio», pensó, y al pensarlo cobró aguda conciencia de que él seguía dentro de ella, terso y duro, y lo miró.

Devlin tenía los ojos cerrados y el rostro crispado. El sudor corría por sus sienes y su frente. Se hallaba poseído por los estertores del deseo. Virginia sintió que su clímax se acercaba. Se le encogió el corazón y su vientre se estremeció. El deseo, siempre incipiente, comenzó a palpitar en sus entrañas, alrededor del miembro de Devlin.

—Ooh —murmuró con leve sorpresa.

—¿Vas... a gozar otra vez... para mí? —preguntó él con voz densa.

Ella intentó asentir con la cabeza, pero no pudo. Devlin se inclinó y la besó con ansia. Cubrió de besos su cara, le lamió el pezón y se lo mordió mientras seguía hundido en ella. La presión aumentó rápidamente. Virginia no podía moverse. Devlin se rió suavemente y se apartó. Ella profirió un gemido de protesta, pero él se inclinó y lamió su sexo, hundió la lengua entre sus labios y, cuando ella empezó a sacudirse, la penetró de nuevo, empujándola contra el cabecero de la cama. Ella volvió a estallar al sentir que su verga comenzaba a latir. Un momento después, Devlin dejó escapar un grito sofocado.

Virginia pareció flotar durante mucho tiempo. Cuando su mente comenzó a funcionar de nuevo, sintió el cuerpo de Devlin sobre ella, sus piernas entrelazadas, la mano de él sobre su vientre, muy cerca de su sexo, y el amor que se hinchaba dentro de su pecho. No quería sentir nada más, pero pronto comenzó a apoderarse de ella el temor y la preocupación. Aquello ya había ocurrido una vez antes, y nunca olvidaría el dolor que había sufrido después.

Yacía desnuda de espaldas a su lado. Sus manos, posadas la una junto a la otra, apenas se rozaban. Virginia comprendió que Devlin estaba despierto y tan pensativo como ella. El temor tensó cada fibra de su ser. Cerró los ojos un momento y rezó. Luego volvió la cara y lo miró.

Devlin miraba fijamente el techo. Virginia sintió por un instante la intensidad de su propio amor cuando él se volvió para mirarla. Su corazón se detuvo. Notó que Devlin la escudriñaba con la mirada.

—¿Te he hecho daño? —preguntó él con voz queda.

Tal vez, sólo tal vez, aquello fuera un nuevo comienzo.

—No —musitó.

Él sonrió un poco, se volvió, la atrajo hacia sí y besó su sien. Virginia se sintió desfallecer de alegría.

—¿Estás cómoda? —preguntó Devlin al cabo de un momento.

Virginia tenía la mejilla sobre su pecho y el brazo de él enlazaba su tripa. Temía echarse a llorar, si hablaba. Tardó un momento en decir:

—Estoy bien.

Él vaciló y luego sus dedos comenzaron a moverse arriba y abajo sobre el brazo de ella. Y volvió a besar su sien. Virginia temía moverse, temía romper aquel instante.

—Tal vez deba dormir en la sala de estar —dijo él.

Virginia dio un respingo y levantó la mirada hacia él. Devlin tenía una mirada grave, pero había en ella un brillo que ella reconoció al instante.

—¿Por qué?

La boca de Devlin se torció.

—Temo que con una vez no sea suficiente, pequeña. Te deseo otra vez, pero no quiero lastimarte.

Ella vio a qué se refería y su corazón se encogió. Le sonrió, insegura, y deslizó la mano sobre su vientre tenso y aún más abajo. Los ojos de Devlin se agrandaron.

—Virginia...

Ella comenzó a acariciar su miembro aterciopelado.

—No vas a hacerme daño, Devlin. Puede que sea menuda, pero no soy de porcelana.

Él no dijo nada. Virginia parecía fascinada por lo que se había atrevido a hacer, pero levantó la mirada. Devlin tenía los ojos cerrados con fuerza. Empezaba a respirar trabajosamente.

—¿Devlin? —preguntó ella mientras movía la mano para acariciar suavemente su pecho.

Él le asió la mano y volvió a ponerla sobre el lugar que ocupaba antes.

—No pares —dijo con voz espesa.

Virginia vislumbró de pronto un asomo del poder que podía alcanzar. ¿Sería posible que una simple caricia paralizara a Devlin? Él parecía esforzarse por hablar.

—Virginia, no pares —repitió, y su voz era tan densa que ella no advirtió si era una orden... o una súplica. Estaba atónita—. Por favor —dijo él.

¿Le estaba suplicando? Devlin clavó la mirada en ella. Luego, Virginia esbozó una sonrisa y comenzó a acariciarlo de nuevo. Él jadeaba y se tensaba hacia atrás. Su pecho subía y bajaba con esfuerzo.

—Dios mío —dijo Virginia, llena de excitación, y le sonrió con malicia.

—Bruja —repuso él con aspereza.

Virginia sonrió y lo besó. Devlin profirió un gemido y la hizo volverse bruscamente. Virginia se halló de pronto tumbada de espaldas, con las piernas separadas. Devlin estaba sobre ella, dispuesto a penetrarla con fiereza.

—Pequeña malvada —dijo.

Ella se echó a reír y lo atrajo hacia sí. Después, su risa se extinguió.

Era media mañana. Devlin estaba sentado ante su escritorio, en la biblioteca, con un vaso vacío de whisky ante él. Virginia se había quedado dormida al amanecer y él la había dejado sola sin hacer ruido, convencido de que no podría dormir.

Se sentía confuso, desgarrado, acongojado. Le costaba respirar. La tensión atenazaba su cuerpo como si no se hubiera saciado sexualmente ni una sola vez. Ni siquiera tenía que cerrar los ojos para ver a Virginia en sus brazos, sonriéndole con ternura, con un destello de amor en los ojos.

¿Qué le estaba ocurriendo? Al verla atacada por Tom Hughes, se había apoderado de él el deseo de matar a aquel hombre por osar mancillar lo que era suyo, por atreverse a hacerla daño. Pero aquella rabia asesina no tenía nada que ver con la muerte de su padre y sí con sus sentimientos hacia Virginia.

Ahora temblaba violentamente. No se engañaba. Virginia no era suya y nunca lo sería. Sin embargo, jamás había tocado ni besado a una mujer como aquella noche y, a pesar de que se decía que ello no significaba nada, en el fondo sabía que no era así. De alguna forma, su admiración por su cautiva se había convertido en algo mucho... peor.

Echó mano de su whisky y encontró el vaso vacío. Lo miró con acritud. El whisky no borraría lo que había hecho desde el momento en que había tomado prisionera a Virginia con intención de servirse de ella para su venganza. Desde el instante en que la vio en el Americana, había sabido que no debía raptarla. Su fino instinto de guerrero le había dicho que debía evitar a aquella joven a toda costa. Pero él se había mantenido fiel a una maldición fatal. Y ahora su suerte estaba echada y habían llegado al momento final.

Se levantó, maldiciendo. No podía seguir sometiendo a Virginia a su capricho. No podía seguir utilizándola para aquel plan perverso. Deseaba ansiosamente no haberle hecho el amor nunca. La familia y el amor no eran para él.

Eastleigh aún tendría que pagar —su venganza casi tocaba a su fin—, pero Virginia había pagado mucho más de lo que debía, y Devlin se odiaba a sí mismo por todo lo que le había hecho.

Se acercó a la chimenea, donde aún brillaban las brasas de la noche. Había recibido sus nuevas órdenes y pronto zarparía rumbo a América. Antes, sin embargo, debía liberar a Virginia y llevarla a casa. En Sweet Briar, ninguna habladuría malintencionada la lastimaría. En realidad, seguramente lo habría olvidado todo al cabo de unos pocos meses.

Casi sentía que, dentro del pecho, el diablo le partía el corazón en dos. «¿Estás enamorado de esa chica?», había preguntado Tyrell. No lo estaba. Nunca había experimentado esa emoción, ni nunca lo haría. De eso estaba seguro.

Volvió a su escritorio e intentó convencerse de que, una vez Virginia estuviera en la plantación, sus caminos no volverían a cruzarse. Casi enfermo, comenzó a escribir instrucciones para que su abogado comprara anónimamente Sweet Briar al conde de Eastleigh de su parte. Le regalaría la plantación en un fútil intento de reparar el daño que le había hecho. No buscaba su perdón: no se lo merecía.

Y, cuando Virginia se hubiera ido, él acabaría con Eastleigh de un modo u otro. Porque el juego había cambiado y ya no tenía nada que perder.

Virginia se detuvo, indecisa, ante la puerta cerrada de la biblioteca, donde le habían dicho que estaba Devlin. Era casi mediodía y hacía poco que estaba despierta. No hacía otra cosa que pensar en su amante. La noche anterior, Devlin le había hecho el amor. Ella lo sabía, como sabía que el aire que respiraba estaba lleno de oxígeno. Todo había cambiado entre ellos. Ella ignoraba por qué. Sólo sabía que tenía que correr de nuevo a sus brazos para asegurarse de que aquella noche no había sido un sueño. Vacilaba, sin embargo, porque su larga historia le había enseñado lo impredecible y cruel que podía ser Devlin.

Por fin se alisó el hermoso vestido y llamó a la puerta.
—¿Devlin?

No hubo respuesta. Abrió la puerta y miró dentro. La habitación estaba vacía. Vio un montón de cartas sobre la mesa, una de ellas abierta, y una taza con su platillo. Entró y, al acercarse a la mesa, vio que la taza estaba medio llena. La tocó y notó que estaba tibia. Devlin acababa de salir. Luego su mirada se posó en la carta que yacía abierta en medio de la mesa. Sus ojos se agrandaron. Levantó la mirada, pero no vio aparecer a Devlin. Sintiéndose algo culpable, levantó la carta y leyó.

Del lord almirante Saint John al capitán sir Devlin O'Neill
Waverly Hall, Greenwich
20 de noviembre de 1812

Capitán O'Neill:
Sírvase darse por enterado de lo siguiente: sus órdenes consisten en zarpar el 14 de diciembre hacia las costas de Mary-

land y Virginia, donde dará comienzo al bloqueo de las bahías de Delaware y Chesapeake en colaboración con los buques de Su Majestad Southampton, Java y Peacok. Todos los navíos americanos serán apresados y registrados. Posteriormente se tomarán las decisiones que se consideren oportunas. Si algún navío americano, incluidos los que no pertenecieran a la Armada, mostrara indicios de resistencia armada, será apresado y destruido. Habrá de evitarse en lo posible el enfrentamiento armado con civiles americanos. Cualquier sospecha de connivencia militar por parte de dichos civiles americanos será investigada y tratada de acuerdo con las leyes de Su Majestad.
El honorable lord almirante Saint John
El Almirantazgo
13 Brook Street
West Square

Virginia tembló violentamente y dejó la carta sobre la mesa. Devlin marcharía muy pronto a la guerra. Dos semanas después. Se estremeció, enferma por el miedo a que le sucediera algo. Respiró hondo y se recordó que Devlin conocía la guerra desde que era un muchacho de trece años. Sin embargo, no sirvió de nada. Temía por su vida.

Luego pensó en el resto de las órdenes. Se agarró a la silla. Santo cielo, iba a guerrear contra su país. Tenía orden de apresar y destruir cualquier buque americano sospechoso de presentar resistencia. Iba a luchar contra su país y su gente a escasas millas de su hogar. De pronto se le hizo terriblemente claro que había una guerra en el Atlántico y en suelo americano, una guerra entre sus dos países.

—Virginia...

Ella se sobresaltó y lo vio acercarse. Tragó saliva y dijo:

—No quería fisgonear. Te estaba buscando. He visto tus órdenes.

Él se detuvo y miró la carta abierta.

—Mis órdenes son secretas —la miró con fijeza.

—Lo siento —Virginia apenas podía respirar. No sabía qué hacer—. ¿Te marchas?

—Sí —él la miraba adustamente—. En cuanto sea posible.

Sus palabras fueron un duro golpe. Virginia se aferró a la silla.

—¿En cuanto sea posible?

La mirada de Devlin no vaciló.

—Sí.

Sin duda aquello no significaba nada, sin duda no tenía nada que ver con ella, ni con la noche que habían compartido. Ella se humedeció los labios. El corazón le latía con violencia.

—¿No puedes retrasarlo un poco?

—Creo que no —la miraba muy serio—. Te llevaré a casa... a Virginia.

Virginia sintió que se le caía el alma a los pies.

—¿Qué?

Él tenía una expresión aún más grave que antes.

—Encontraré otro modo de arruinar a Eastleigh. Es hora de que te vayas.

Virginia se dejó caer en la silla. Estaba atónita. ¿Iba a deshacerse de ella? ¿Después de aquella pasión, de aquel amor?

—Pero...

—Pero, ¿qué? —preguntó él con voz cortante.

—Pero anoche... —dijo ella, implorante—. Ahora todo es distinto... ¿no? —intentaba no llorar.

Devlin se sirvió una copa sin mirarla. ¿Le temblaban las manos?

—Debes quedar libre, eso no ha cambiado.

Ella se sentía devastada.

—Pero —dijo, helada por dentro—, pero anoche hicimos el amor.

Él tomó un trago de whisky.

—No sigas por ahí —la advirtió.

Virginia logró levantarse agarrándose a la mesa.

—Lo sé —insistió, terca.

Devlin la miró por fin con el rostro crispado y una expresión muy parecida a la de la noche anterior, tras el baile.

—No quiero volver a hacerte daño, Virginia.

—Pues no me lo hagas —gritó ella.

—¿Por qué sigues pidiéndome lo imposible? —preguntó él—. ¿Por qué no nos olvidamos de esto? Te devolveré a Sweet Briar. ¡Es lo que quieres!

Ella lo miró con fijeza. Su corazón comenzaba a romperse en pedazos.

—No es lo que quiero —musitó.

Él se tensó, visiblemente enfadado.

—No me pidas que te dé algo que no puedo darte y no te daré.

Las lágrimas comenzaron a caer. Virginia no pudo detenerlas. Lo miraba fijamente. Casi sentía odio por él.

—Entonces, ¿lo de anoche no significó nada?

Él echó los hombros hacia atrás.

—Me divertí mucho, Virginia, y sé que tú también. Pero no significa nada —ella dejó escapar un grito sofocado. De haber estado más cerca, habría abofeteado su bello rostro—. Anoche no debí dejarme llevar por la pasión. Eres demasiado joven e inocente para comprender a los hombres, Virginia. Y yo sólo soy un hombre, no un romántico. Lo siento. Lamento que pienses que lo de anoche significó algo más. Ahora, tengo un barco que atender —cuadró los hombros, dio media vuelta y se dirigió a la puerta.

Ella logró levantarse.

—Qué extraño —dijo con aspereza. Él se detuvo, pero no se volvió—. Dicen que el amor y el odio son las dos caras de la misma moneda. Antes nunca lo entendí —él se envaró aún más... y la miró. Virginia sonrió sin alegría—. Anoche me entregué a ti con alegría y amor —él la miraba inexpresivamente—. Hoy sólo queda odio —mientras se oía decir aquellas terribles palabras, deseó no haberlas pronunciado. Se odiaba también a sí misma por su crueldad.

El rostro de Devlin se crispó. Hizo una reverencia.

—Estás en tu derecho. Buenos días, Virginia —y salió de la habitación.

Devlin subió de dos en dos los peldaños de la escalinata del Almirantazgo. Su boca formaba una línea severa. Hacía apenas una hora que había recibido aviso de aquella reunión. Esperaba tal aviso. A fin de cuentas, todo Londres tenía que haberse enterado de lo sucedido la noche anterior, y aquellos ancianos caballeros de azul no serían menos.

Otros oficiales y sus ayudantes entraban y salían. Devlin no saludaba a nadie, pues a nadie veía. Un bello rostro de piel pálida y furiosos ojos violetas lo atormentaba. «Anoche me entregué a ti con alegría y amor. Hoy sólo queda odio». Sintió un terrible aguijonazo en el pecho al recordar las palabras dolorosas de Virginia, pero se alegraba ferozmente de que ella hubiera recobrado la razón. Sólo se merecía su odio, y se sentía aliviado porque al fin Virginia fuera a dejar de implorarle que la amara.

—Capitán O'Neill, señor —un joven teniente lo esperaba al pie de la escalera de mármol.

Devlin arrojó de sí el recuerdo de Virginia. No podía, en cambio, ahuyentar tan fácilmente sus emociones. La culpa y el arrepentimiento seguían torturándolo. Aceptó con calma el saludó del teniente. Por dentro, seguía siendo un torbellino.

—El almirante Saint John lo espera, señor —añadió el joven oficial.

Devlin precedió al joven por el pasillo, llamó a la puerta del despacho de Saint John y recibió orden de entrar. Así lo hizo. Saludó elegantemente y no mostró indicio alguno de sorpresa al ver que el almirante Farnham estaba presente. Se quitó el bicornio, se lo colocó bajo el brazo y siguió en posición de firme.

—Siéntese, capitán —dijo Saint John con expresión adusta.

Devlin asintió con la cabeza y tomó asiento en una silla. Saint John se sentó tras su escritorio, mientras Farnham se acomodaba en una silla cercana.

—Lamento mucho haberle hecho venir hoy —dijo Saint John con gravedad—, sobre todo después de la desafortunada vista del verano pasado —Devlin no dijo nada—. Hay quien me ha llamado la atención sobre los sucesos de anoche, y con toda razón. ¿Quiere usted explicarse, Devlin?

—En realidad, no.

Saint John suspiró.

—A Tom Hughes le han dado doce puntos. Tiene la cabeza contusionada. Afirma que lo atacó usted injustamente. ¿Qué tiene que decir en su favor?

—¿Tan bien está que ha sido capaz de acusarme? —Devlin sonrió por fin—. Debería haber infligido heridas mucho más graves, siendo así.

Saint John se levantó de un salto.

—Eso no tiene gracia. Es una conducta impropia de un oficial, señor.

Devlin también se levantó.

—¿Y agredir a una noble dama es propio de un oficial?
Saint John se sonrojó.
—Le ruego me perdone, pero una mujer sin virtud no puede ser noble.
Devlin se envaró, asaltado de pronto por una ira que intentó dominar.
—La señorita Hughes es la sobrina del conde de Eastleigh. Es una dama virtuosa y noble.
—¿Niega usted que sea su amante? —preguntó Farnham en tono acusatorio.
Devlin no vaciló.
—Lo niego, sí. Me temo que ha habido habladurías malintencionadas. La señorita Hughes ha sido mi invitada y nada más.
Farnham soltó un bufido.
—Todo el mundo sabe que es su querida, capitán. Una mujer sin virtud. Sin duda fue ella quien provocó a Tom.
—No es cierto —dijo Devlin tajantemente, intentando sofocar el deseo de golpear el rostro rojizo de Farnham—. Es la conducta de Hughes la que habría que cuestionar.
—¿Estaba usted allí? —preguntó Saint John.
—No.
—Hughes dice que ella lo incitó abiertamente. Sugirió que se vieran más tarde, hoy quizás. Pero se puso tan seductora que él perdió la paciencia. Fue entonces cuando entró usted en escena.
La furia de Devlin no conocía límites.
—¿Y qué es la palabra de una ramera contra la palabra de Tom Hughes?
—Ésas son palabras suyas, no mías —repuso Saint John—. El modo en que agredió a Tom supera los límites de la conducta que se espera de un caballero. Es mi última advertencia, Devlin. Un incidente más y se enfrentará usted

a una corte marcial. No hay sitio en la Marina de Su Majestad para rufianes y libertinos.

Devlin sabía que, de nuevo, aquélla era una batalla que debía perder. Nadie había cambiado. Los almirantes detestaban su insubordinación y su independencia, pero, al final, siempre acababan dejándolo a su aire. No se atrevían a prescindir de sus servicios. Aquella vez, sin embargo, no sintió satisfacción alguna. Se sentía, por el contrario, enfermo.

Era hora de que Virginia se marchara. En Inglaterra, gracias a él, no tenía futuro alguno. «Un hombre de honor se casaría con ella, sencillamente». Sus pensamientos lo sorprendieron. Los desdeñó al instante. Un hombre honorable jamás se habría servido de ella de manera tan abominable.

—¿Está claro, capitán? —preguntó Saint John.

Devlin dio un respingo e inclinó la cabeza.

—Completamente.

—Bien —Saint John se adelantó, sonriendo—. ¿Le apetece un coñac? —preguntó. Devlin asintió con la cabeza. Tres copas de coñac fueron servidas y repartidas. Tras beber un sorbo, Saint John dijo—: ¿Ha recibido sus órdenes?

—Sí, así es.

—¿Cuándo podrá zarpar?

—Como sugirió usted, señor, dentro de dos semanas.

Saint John asintió con la cabeza.

—Intente acelerar su partida, Devlin. Hoy hemos sabido que los americanos han apresado el Swift. No sé cómo se las apañan, pero en estos momentos dominan el mar. Cuento con usted, hijo mío, para cambiar las tornas cuanto antes —lo saludó con la copa.

Devlin dejó la suya e hizo una reverencia.

—Desde luego, milord —murmuró—. Haré cuanto esté en mi mano.

Saint John sonrió, complacido.

—¿Qué demonios pasó? —preguntó fríamente el conde de Eastleigh a su hijo menor.

Tom Hughes yacía en la cama con el torso y un brazo vendados.

—Me estalla la cabeza, padre. ¿Te importaría no gritar? —dijo.

Eastleigh lo miró con fijeza.

—No estaba gritando.

William se hallaba a su lado, muy pálido.

—Esto es sencillamente insufrible.

—Cállate —Eastleigh miró a su hijo menor—. ¿Son graves las heridas?

—Sobreviviré —contestó Tom, y su rostro se contrajo—. A ese cerdo sólo le ha caído una bronca. Fue a ver a Saint John y sólo le cayó una bronca.

—Seguramente les estará sobornado —replicó Eastleigh casi escupiendo las palabras—. O eso, o tiene mucha suerte —y eso iba a cambiar, se dijo para sus adentros.

—¡Esto es intolerable! —bramó William—. Lord Livingston no quiso recibir a mi esposa el otro día. Siempre la habían recibido en su casa. ¡Lady Livingston adora a Cecily! Pero ahora los mejores amigos nos han abandonado. A fin de cuentas, tenemos una puta en la familia. Esto es insoportable. ¡Tiene que parar!

—Reconozco que no creí que fuera capaz de llevarla al baile de Carew —la repugnancia de Tom resultaba evidente.

—¿Y tuviste que provocar una pelea con él? —preguntó Eastleigh en tono gélido.

—Fue él quien me atacó —exclamó Tom, indignado—. Ella es nuestra prima... y es preciosa. Me pareció que tenía todo el derecho a catar sus encantos. ¡Pero el muy salvaje me atacó!

—No has hecho más que dar pábulos a las habladurías —Eastleigh mantenía en apariencia la calma, pero por dentro bullía. Estaba de acuerdo con sus hijos. Había que pararle los pies a O'Neill. Pero, ¿cómo? Estaba seguro de que nada, excepto la muerte, le haría abandonar sus planes de venganza.

William se sentó.

—Por fin hemos recibido una oferta por Sweet Briar, aunque el vendedor desea permanecer en el anonimato y vamos a vender la finca por la mitad de su valor en el mercado.

—¡No lo sabía! —Tom sonrió, encantado—. Eso nos sacará de apuros un tiempo. Debes estar entusiasmado, padre.

Eastleigh no le oía, en realidad. Sus hijos eran débiles. Eran idiotas. Pero él no lo era, aunque fuera más viejo y estuviera empobrecido y obeso. Había matado ya una vez con los mismos remordimientos con que se aplastaba una mosca. Los irlandeses eran unos salvajes, en su mayoría. Él nunca había sido partidario de la emancipación de los católicos y despreciaba a los necios que la defendían. Ningún católico debía tener el derecho de votar o de poseer tierras... y ningún católico debía ser tan rico y poderoso como aquel salvaje de O'Neill. ¿Qué importaba que volviera a matar de nuevo? Tenía muy poco que perder.

Eastleigh comenzó a hacer planes.

Virginia estaba junto a la ventana, contemplando el Támesis a la caída de la tarde. Era la hora de la cena, pero no tenía intención de bajar al comedor. Aunque no sentía ya odio —jamás podría odiar a Devlin O'Neill—, su corazón se había roto definitivamente. Sonrió con tristeza y amargura al recordar su conversación de esa mañana... y los momentos vividos en sus brazos la noche anterior. Ya estaba cansada, sin embargo. Todo había acabado y debía regresar a casa.

Oyó voces en la terraza, bajo su ventana, y se sobresaltó, pues ignoraba que fueran a tener invitados. Escuchó las voces conocidas de un hombre y una mujer. Le ardieron las mejillas. Reconoció al instante la voz de la mujer y pensó «¡Oh, no!». Era Mary de Warenne, y el hombre que la acompañaba no podía ser sino el conde de Adare.

Llamaron a su puerta. Virginia se volvió con desgana.

—Adelante.

Hannah le sonrió.

—El capitán quiere que baje a cenar, señorita. Sus padres están aquí.

Virginia sonrió amargamente.

—Me duele la cabeza —dijo—. Por favor, preséntales mis disculpas y diles que esta noche no bajaré a cenar.

—¿Quiere que le traiga algo en una bandeja? —preguntó Hannah, preocupada.

—No tengo apetito —contestó Virginia.

Después de que se marchara la doncella, se acercó al sofá y se sentó, tomó en brazos a su cachorro, al que había dado el nombre de Arthur, y se quedó mirando el fuego mientras lo acariciaba. Escondió la cara entre su pelo, pero no lloró.

Su dolor era más intenso que nunca antes, porque se había permitido abrigar esperanzas y soñar con el amor de Devlin. Qué ilusa había sido. Devlin no tenía corazón. Era incapaz de amar a nadie. Se lo había demostrado de una vez por todas. Ella ansiaba que llegara un día en que

Devlin O'Neill no fuera más que un recuerdo muy vago. Y ese día llegaría, se decía, aunque quizá tardara algún tiempo.

Al pensarlo, se sintió aún más angustiada y triste que antes.

—¿Virginia?

Virginia se volvió, sobresaltada. Mary de Warenne estaba en la puerta, ataviada con un vestido de noche de seda de color jengibre. Sonreía.

—He llamado varias veces. Lo siento, pero, como no contestabas, se me ha ocurrido entrar para ver cómo estabas. ¿Te encuentras bien?

Virginia se puso en pie.

—Me duele la cabeza, pero se me pasará —dijo lacónicamente.

Mary sonrió.

—¿Puedo?

Virginia no tuvo más remedio que asentir.

—Pase, por favor —musitó débilmente.

Mary entró y cerró la puerta. Se detuvo junto a Virginia y le lanzó una mirada interrogadora.

—¿Cómo estás, querida?

—Supongo que tengo un poco de gripe —logró decir ella.

Mary escudriñó sus ojos.

—Tengo entendido que mi hijo y tú habéis estado viviendo juntos abiertamente.

Virginia se sonrojó.

—Es usted muy franca.

—Estoy muy avergonzada —dijo Mary con tono suave—. Eduqué a Devlin para que distinguiera el bien del mal y tratara a las mujeres con respeto —Virginia retrocedió—. Temo que se haya servido de ti de la manera más espantosa —añadió Mary. Virginia se dio la vuelta. La angustia había vuelto a apoderarse de ella y amenazaba con romper sus diques inundados–. Estoy verdaderamente furiosa con él. Pero lo que quiero saber es si te ha hecho daño... aparte de romperte el corazón.

Virginia se volvió, dejando escapar un gemido de sorpresa.

–No puedo contestar a eso –dijo.

–Creo que con esa respuesta basta –dijo Mary con suavidad, y se acercó a ella. Antes de que Virginia pudiera reaccionar, la abrazó–. Te tengo mucha estima, hija mía.

Virginia sabía que no debía llorar. Luego reparó en cómo la había llamado Mary y dio un respingo.

–¿Qué ha dicho?

Mary sonrió y le apartó unos rizos de los ojos.

–Te he llamado hija. Porque muy pronto serás mi hija. Edward y yo lo hemos hablado largo y tendido. Mi hijo hará lo que debe hacer –Virginia sacudió la cabeza, llena de incredulidad–. Se casará contigo, Virginia, no temas. Y te tratará con el respeto que se le debe a una esposa. De eso no me cabe ninguna duda –dijo Mary con firmeza–. Edward está hablando con él ahora –sonrió, esperando a que Virginia le dijera lo contenta que estaba.

Pero Virginia no pudo hablar durante un instante. Estaba perpleja. Se imaginó por un momento con su vestido de novia, y de Devlin con su uniforme de gala, ante el sacerdote. Luego ahuyentó aquella terrible imagen. Por fin dijo con voz áspera:

–Gracias, milady.

–Ven, vamos abajo –dijo Mary, enlazándola con el brazo.

Virginia imploraba la ayuda del cielo.

–Milady –dijo–, esta noche debo realmente quedarme en cama. En mi estado, sería una compañía muy pobre si me uniera a ustedes.

Mary le besó la frente.

—Entiendo. Haré que te suban algo de cena. Virginia...

Ella se volvió para no mirarla a los ojos.

—¿Sí?

—Todo saldrá bien, estoy segura de ello —dijo Mary.

Virginia no pudo asentir. Mary se marchó y cerró la puerta con delicadeza. Virginia se dejó caer en un sillón. Nada saldría bien. Era sencillamente demasiado tarde. No se casaría con Devlin, ni aunque fuera el último hombre sobre la faz de la tierra.

Devlin ofreció a su padrastro una copa de vino tinto y se sentó en un sillón contiguo. Edward bebió y dijo:

—Está delicioso.

—Sí, en efecto —contestó Devlin mientras miraba la puerta abierta. Pero ni su madre ni Virginia aparecieron. No había visto a Virginia desde su conversación de esa mañana y no podía negar que sentía deseos de verla. Confiaba sinceramente en que se hubiera recobrado de su encuentro.

—Tengo entendido que has recibido nuevas órdenes —comentó Edward, dejando su vaso.

—Sí. Me voy dentro de dos semanas. Voy a participar en nuestra guerra con los americanos.

—Qué ironía, ¿no? —dijo Edward—. Los triunfos en Canadá, donde nos superan en número, y los reveses en el Atlántico, siendo como somos la principal potencia naval del mundo.

—Los americanos son duros y valientes —repuso Devlin mientras unos ojos violetas, llenos de odio, centelleaban en su recuerdo. Se removió, sintiendo una opresión en el pecho.

—¿Y ese asunto de anoche?

—Me preguntaba si te habrías enterado —dijo Devlin, y se preparó para la reprobación que sin duda lo esperaba.

—Por el amor de Dios, Devlin, ¿qué esperabas, llevándola allí de ese modo? —había censura en el tono de Edward.

Devlin se levantó bruscamente, con el vino en la mano.

—Saint John me ha hecho llamar hoy. Ya he oído todo lo que tenía que oír. Sí, cometí un error y lo lamento sinceramente. Pero Hughes recibió una paliza... que es casi lo que se merece.

—¿Y Virginia? —Edward se puso en pie—. ¿Qué se merecía ella? —Devlin se tensó—. O, mejor dicho, ¿qué se merece?

—Edward, soy muy consciente de que me he portado de forma vergonzosa. Virginia no merece que la utilice en mis planes de venganza. Pero confío en haber corregido mi error —miró a los ojos al conde de Adare—. He comprado Sweet Briar y pienso regalárselo. Cuando zarpe, la llevaré a casa —dijo lacónicamente.

—El hijo que yo eduqué sabe lo que merece esa muchacha, y no es precisamente que la arrojen sobre la tumba ensangrentada de tu padre.

—Lamento todo lo que he hecho —dijo Devlin con aspereza—. ¿No es suficiente con que haya comprado Sweet Briar para ella?

—Dímelo tú.

Devlin miró sus ojos centelleantes.

—Tú conoces la vida que he elegido. Sabes el hombre que soy. No soy un hombre de familia, Edward —dijo.

—Pero tu padre no te educó para ser un canalla. Te educó para que fueras el hombre de familia del que acabas de hablar.

Devlin acusó el golpe. Edward tenía razón.

—No metas a mi difunto padre en esto —dijo con voz cortante.

—¿Por qué no? El asesinato de tu padre está en el meollo de todo este asunto. ¡Santo cielo, murió hace quince años! ¿Cuándo vas a dejarlo descansar en paz? ¿Cuándo? —Devlin se volvió, temblando. No podía desprenderse del pasado. No tenía fuerzas para ello—. Sólo hay un modo de compensar a la señorita Hughes, y lo sabes muy bien —añadió Edward suavemente a su espalda.

Devlin lo sabía. Lo sabía desde hacía ya tiempo. El único modo de remediar lo que le había hecho a Virginia era casarse con ella. Sus ojos violetas relampaguearon ante él. «Hoy sólo queda odio».

Odio, tanto odio... Era lo único que conocía Devlin, y lo que le había enseñado a Virginia.

—Dudo que me acepte —se oyó decir.

—¡Claro que te aceptará! ¿Te casarás con ella, entonces?

Devlin miró a su padrastro y deseó sinceramente ser otro hombre, un hombre incapaz de cometer una venganza cruel y despiadada, un hombre capaz de desprenderse de su pasado fantasmal, un hombre digno del amor de Virginia. Pero no lo era. Nada se había resuelto, nada había acabado aún.

—¿Cuándo te cansarás de esa terrible obsesión? ¿Cuándo te darás cuenta de que tienes la oportunidad de ser feliz? ¿Cuándo preferirás la dicha al dolor? —preguntó Edward suavemente—. ¿Cuándo te decidirás a vivir?

—Si tú hubieras sido asesinado como lo fue Gerald, Tyrell, Rex y Cliff harían lo mismo que yo para vengarte —dijo él, refiriéndose a los tres hijos del conde.

—Espero que no —repuso Edward—. Tú sabes lo que debes hacer. Imagino que, en el fondo, lo sabías desde el principio.

Mary entró calladamente en la habitación y cerró la puerta a su espalda.

—Devlin, te quiero como sólo una madre puede querer

a su primogénito, pero en este caso se trata del bien y el mal, del honor y el deshonor, y del deber. Si eres verdaderamente mi hijo, el hijo que yo crié, harás lo que conviene al honor y repararás el daño que le has hecho a la señorita Hughes —las lágrimas llenaron sus ojos—. Sé que honrarás a Virginia con el matrimonio... lo sé —añadió.

Devlin estaba perdido. No podía negarle nada a la mujer que le había dado la vida, a la mujer que lo había criado, que lo había amado y protegido hasta los trece años, antes de que se hiciera a la mar. No podía defraudar a su madre, que por algún motivo conservaba su fe en él, y ambos tenían razón: aquél era el único modo de subsanar el error que había cometido.

«Anoche me entregué a ti con alegría y amor».

Cerró los ojos con fuerza. No quería todo aquello. No necesitaba alegría, ni amor, pero sin duda podía casarse con Virginia y mantener las distancias entre ellos. Podía casarse con ella y proseguir con sus planes de venganza. Nada cambiaría en realidad, salvo el título de Virginia y el hecho de que, a partir de entonces, se quedaría con él permanentemente.

—Devlin... —dijo Mary.

Él se volvió y la miró a los ojos. Haciendo una reverencia, dijo:

—Me casaré con Virginia. Preparad la boda. Allí estaré.

Mary dejó escapar un leve grito y corrió a abrazarlo. Las lágrimas humedecían sus mejillas.

—Cariño, será una esposa maravillosa, estoy segura de ello.

Devlin asintió con la cabeza, pero se sentía aturdido. Y, curiosamente, también aliviado. Había pensado en devolver a Virginia a su hogar para no verla nunca más. Ahora, en cambio, tenían por delante una vida entera que compartir.

Dios, tendría que andarse con cuidado o acabaría cayendo realmente bajo su hechizo, pensó con una punzada de incertidumbre y temor.

—Edward, tenemos que preparar una boda —dijo Mary, llena de contento—. ¡Y casi no tenemos tiempo! —sonrió a Devlin—. Espero que os caséis en las próximas dos semanas, antes de que zarpes en el Desafío.

A Devlin le resultaba imposible concentrarse en la tarea que se traía entre manos. Su contramaestre le había presentado una lista de suministros que debía autorizar, pero las palabras se emborronaban ante sus ojos. La más extraña sensación de alivio lo consumía. No podía olvidar que iba a casarse con Virginia antes de que el Desafío emprendiera su travesía.

Finalmente apartó la hoja. ¿Dónde demonios estaba Virginia? Comprendía que la noche anterior hubiera alegado una jaqueca y hubiera cenado en su habitación. Pero era mediodía del día siguiente, y tampoco había bajado a desayunar. Virginia, sin embargo, no era dormilona. Lo más probable era que hubiera salido temprano a dar un largo paseo. En todo caso, seguía evitándolo, y Devlin sentía de pronto la necesidad de verla para hablar de su porvenir. Sin duda podrían llegar a un acuerdo que beneficiara a ambos. Él sentía la necesidad de que así fuera, y pensaba dejarle claro que su relación iba a cambiar muy poco, fuera de su estatus oficial. Y, lo que era igualmente importante, sin duda ella estaría encantada con su boda inminente y ya no lo odiaría.

Benson apareció en el umbral. Devlin se tensó y se sentó más derecho. Esperaba que entrara Virginia. Pero fue William Hughes quien entró en la habitación. Devlin se levantó, lleno de sorpresa. Hughes inclinó la cabeza, parodiando una reverencia. Devlin lo imitó, cauteloso.

—Qué sorpresa tan inesperada —murmuró. ¿Qué querría Will Hughes?

—¿Podemos ahorrarnos las galanterías? —replicó William, que permanecía muy tieso donde Benson lo había dejado.

—Oh, no sé —contestó Devlin, saliendo de detrás de su escritorio. William parecía consternado. Pero, ¿por qué razón? Su curiosidad no conocía límites—. ¿Coñac? ¿Whisky? ¿Vino? —ofreció, William hizo un ademán desdeñoso. Devlin le sonrió—. ¿Cómo está su hermano de salud?

William pareció atragantarse.

—¡Basta ya de fingimientos! —exclamó—. ¡Ya he tenido suficiente! Ha mancillado usted el buen nombre de los Hughes por última vez. He venido a hacerle una oferta, O'Neill.

Con una sonrisa fría y las manos unidas a la espalda, Devlin dijo:

—Le escucho —¿habría enviado el cobarde de Eastleigh a su hijo en su lugar?

William le tendió un billete de banco.

—Esto es lo único que tengo. No son quince mil libras, una suma por otra parte absurda. Son tres mil, y son suyas si libera a mi prima.

Devlin no hizo amago de tomar el billete. Estaba atónito. Luego casi se echó a reír, pues sin duda el dinero que le estaban ofreciendo era ya suyo: procedía de la venta de Sweet Briar.

—¿Sabe su padre lo que me ofrece?

—¿Importa, acaso? —preguntó William cáusticamente.

Devlin se encogió de hombros y aceptó el billete.

—La verdad es que no.

William lo miró con verdadera repugnancia y salió de

la habitación. Devlin se rió suavemente y se preguntó qué haría Hughes cuando se enterara de su boda. Miró el reloj de su mesa. Era casi la una. Salió a la puerta.

—¿Benson? —llamó.

El mayordomo apareció como por arte de magia.

—¿Sí, capitán?

—Deseo hablar con la señorita Hughes.

Benson asintió con la cabeza y se alejó a toda prisa. Devlin regresó a su silla y miró la primera lista que tenía a mano, pero al cabo de un momento suspiró y lo dejó. Se había convertido en un asunto de la mayor urgencia, hablar de la boda con Virginia. ¿Estaría ella enferma? ¿O habría resuelto dar un paseo hasta Londres? Levantó la mirada al entrar Benson.

—¿Va a bajar?

—No estaba en sus habitaciones, señor. Pero he encontrado esto sobre su cama. Va dirigida a usted —Benson le dio una carta lacrada.

Devlin se levantó de un salto y casi le arrancó la carta de la mano.

—Eso es todo —dijo secamente.

Benson salió y cerró la puerta, y Devlin rompió el lacre y abrió la carta.

5 de diciembre de 1812
Querido capitán O'Neill:
No puedo casarme con usted. Para cuando reciba esta carta, me habré ido. He llegado a la conclusión, tras reflexionar no poco, que mi comportamiento ha sido estúpido en extremo. Es decididamente hora de que me vaya a casa.

Me arrepiento de muchas cosas. Nuestra incapacidad para forjar una amistad sincera es la principal entre ellas. Lamento también las duras palabras que le dije ayer. Por favor, entienda que no le guardo ningún rencor y que, pese a las cir-

cunstancias, no le deseo ningún mal. Más bien al contrario. Lo considero a usted un amigo, aunque el sentimiento no sea mutuo. Y le deseo lo mejor, siempre.

Tenga la amabilidad de darle recuerdos a su familia, que tan amable ha sido conmigo.

Atentamente,
Virginia Hughes

La condesa de Eastleigh no estaba segura de haber oído bien al criado.

—¿Cómo ha dicho? —preguntó con los brazos cargados de flores que había recogido en el invernadero. Las dejó cuidadosamente sobre la gran mesa de la cocina.

—La señorita Virginia Hughes está aquí, milady —contestó el criado vestido con librea.

Elizabeth lo miró con fijeza un momento, procurando que su semblante no se alterara. Estaba, sin embargo, atónita. ¿Qué podía querer la amante de Devlin? ¿Por qué había ido a verla? ¿Habían regresado a Wideacre? Y, si era así, ¿por qué? Elizabeth estaba enterada del sórdido asunto del baile de lord Carew y seguía sin saber qué pensar al respecto. Claro, que había asumido ya que no conocía al hombre que durante seis años había sido su amante.

Ella aún no se había recuperado de su rechazo o, peor aún, de que la hubiera utilizado de manera tan ruin para secuestrar a la sobrina de su marido. Si no fuera porque odiaba a William, le habría exigido que le explicara qué significaba todo aquello. Si no fuera una esposa infiel, le habría preguntado lo mismo a Eastleigh. Pero no podía acercarse ni a uno ni a otro.

Sin embargo, no era tonta. Había sido la amante de

O'Neill. Ahora, la sobrina de su marido ostentaba ese dudoso honor, y Devlin había comprado Waverly Hall a la familia unos años atrás. Elizabeth empezaba a sospechar que todo aquello formaba parte de un horrible plan.

—Traiga un refrigerio, Walden —dijo tras tomar una decisión. Vencida por la curiosidad, se quitó el delantal, se lavó las manos y abandonó la cocina.

Virginia estaba en el salón amarillo, una habitación bonita y espaciosa, aunque algo ajada. Llevaba puesto un vestido de color lila claro y una chaqueta negra, y se había recogido el pelo, muy ensortijado, hacia atrás. Estaba rígida y erecta, como atenazada por una tensión extrema, pero Elizabeth sólo tuvo que mirar su rostro desencajado y falto de color y sus grandes ojos para darse cuenta, horrorizada, de que tenía el corazón roto.

El corazón le dio un vuelco y de pronto se apoderó de ella el deseo de reconfortar a la joven.

—Señorita Hughes —sonrió con naturalidad al entrar al salón.

Virginia intentó devolverle la sonrisa, pero le salió una mueca.

—Lamento molestarla, milady —dijo con voz baja y ronca.

—No me molesta —dijo Elizabeth, y le indicó que se sentara—. Aunque confieso que estoy un poco sorprendida por su visita.

Virginia sonrió y tomó asiento al borde de una silla. Elizabeth también se sentó.

—¿Se aloja usted en Wideacre? —preguntó amablemente.

Virginia negó con la cabeza y se alisó la falda, con la mirada clavada en su regazo. Se hizo el silencio. Elizabeth se compadecía terriblemente de ella. Parecía abatida y llena de confusión. «Yo, al menos, soy una mujer casada», pensó, «una mujer con experiencia, capaz de soportar el dolor». Sin duda Devlin había sido el primer amante de Virginia. No era de extrañar que estuviera destrozada. ¿La habría abandonado también a ella?

Virginia levantó los ojos y se mordió el labio.

—Debo suplicarle su ayuda, milady —musitó.

Elizabeth no pudo soportarlo. Alargó el brazo y tomó las manos de Virginia.

—Querida mía, sabes que somos familia. Dadas las circunstancias, no había pensado en ello, pero ahora, al verte tan entristecida, lo he recordado. Claro que te ayudaré, si está en mi mano.

Virginia parecía a punto de llorar.

—Debo regresar a América —dijo—. Y no tengo dinero para el pasaje. Si pudiera usted prestármelo, le prometo que se lo devolveré.

Elizabeth deseaba sinceramente ayudarla, pero prestarle dinero, siendo tan escasos sus medios, quedaba descartado.

—¿Qué ha ocurrido, chiquilla?

Virginia sacudió la cabeza como si no pudiera hablar.

—Debo irme a casa.

Elizabeth vaciló y eligió sus palabras con cuidado.

—¿Devlin no te deja marchar? Sin duda él tiene dinero de sobra para tu pasaje.

El rostro de Virginia se crispó.

—Me he escapado, milady, he huido de él, y debo abandonar el país inmediatamente, antes de que me encuentre.

La condesa levantó las cejas, presa de vivo interés.

—Pero, ¿no lo amabas?

—Sí —contestó Virginia con orgullo.

—¿Te ha maltratado en algún sentido?

Los ojos de Virginia se agrandaron.

—¿No le parece suficiente abuso ser exhibida ante el mundo como su ramera? —exclamó.

Su lengua sorprendió a Elizabeth.

—Nunca he entendido su comportamiento —dijo con precaución.

Virginia se levantó. Se miraron un momento.

—No me corresponde a mí explicarle sus motivos. Me niego a inmiscuirme entre sus familias. Sólo le ruego que me preste el dinero para el pasaje de regreso a América. ¡No puedo seguir así!

Elizabeth también se levantó.

—Así que todavía lo quieres —dijo.

Virginia negó con la cabeza.

—No. Mi corazón se ha roto por última vez. Sólo queda dolor.

Elizabeth estaba de nuevo tan conmovida que no podía hablar. Acarició la mejilla de Virginia.

—¿Por qué? ¿Por qué te ha tratado tan vilmente?

—Cuando yo me haya ido, podrá preguntárselo a él —dijo Virginia con terquedad.

—Primero yo y luego tú. Y vive en Waverly Hall. Ha estado a punto de matar a Thomas. Casi sospecho que tiene algo contra mi familia —se rió un poco. Virginia la miró fijamente. Los ojos de la condesa se agrandaron—. ¿Es así? —exclamó.

—Debe preguntarle a él —dijo Virginia con firmeza—. ¿Puede prestarme algo para que escape?

—Ojalá pudiera ayudarte —dijo Elizabeth con voz queda, aturdida todavía por la idea de que la conducta de Devlin formara parte de una inmensa revancha. En ese caso, el que hubiera compartido su cama con ella durante seis largos años no tendría nada que ver con el amor o el deseo, sino con algo totalmente distinto—. Pero tenemos el dinero justo, querida mía.

Virginia pareció desanimada.

—¿Podría al menos enviarme de vuelta a Londres en un coche? Usé los pocos chelines que tenía para llegar aquí.

Eso sí podía hacerlo.

—Por supuesto. Entonces, ¿volverás con él, después de todo?

Virginia dio un respingo.

—¡Eso nunca! —exclamó.

—Milady —el mayordomo apareció con el carrito del té.

Elizabeth casi se alegró de la interrupción.

—¿Tomamos un poco de té? —sonrió—. Nuestro cocinero hace unos dulces deliciosos.

—Me temo que he de regresar a la ciudad inmediatamente —dijo Virginia.

Elizabeth resolvió que lo mejor era que se marchara cuanto antes.

—Walden, traiga mi coche y dígale a Jeffries que lleve a la señorita Hughes a Londres.

—Sí, milady —dijo Walden, y se marchó apresuradamente.

Elizabeth sirvió una taza de té.

—¿Está segura de que no quiere una taza de té antes de irse?

Virginia negó con la cabeza y se acercó a la ventana. Miró fuera. Elizabeth lamentó sus malos modales y bebió de su té. Sí, Virginia era sin duda muy bella, pero no era ésa la razón por la que Devlin la había hecho su amante. No, aquello tenía algo que ver con una especie de venganza contra su familia. No había otra explicación.

Diez minutos después, Virginia se hallaba en el coche de la condesa. Envuelta en un chal de cachemira, Elizabeth le decía adiós con la mano mientras el carruaje se alejaba por la avenida. Luego dejó de sonreír y entró rápidamente en la casa.

—Walden, ¿dónde está el conde?

—Ha ido a dar un paseo con los perros —contestó el mayordomo.

—¿Y William?

—En la biblioteca, milady.

El corazón de la condesa se aceleró. Despreciaba a William y a menudo le temía, pero no tenía elección. Atravesó la casa, presurosa. La puerta de la biblioteca estaba cerrada. Elizabeth vaciló un momento y luego entró. William estaba sentado a la mesa, con una pluma en la mano. Levantó la vista, exasperado por la interrupción.

—Debo hablar contigo —dijo ella, cerrando la puerta a su espalda.

Él levantó las cejas.

—¿De veras? Qué extraño —dijo, y se puso en pie. Su mirada resbaló sobre ella libidinosamente.

Elizabeth sintió ganas de vomitar.

—La señorita Hughes acaba de estar aquí.

Los ojos de William se dilataron.

—¿Qué quería?

Elizabeth se encogió de hombros. Jamás le diría nada sin decidir antes cuidadosamente a quién podía servir de ayuda y a quién podía lastimar.

—¿Qué tiene O'Neill contra nosotros?

—¿En general o en particular? —preguntó él con frialdad.

Ella no le entendió.

—Creo que está pasando algo extraño. Primero yo, y ahora mi sobrina. Y luego está Waverly Hall. También he oído que quiso matar a Thomas en el baile de lord Carew. ¿Puedes explicármelo?

William se apartó de la mesa. Ella se envaró al ver que se acercaba.

—Hay poco que entender ahora, ¿no es cierto..., madre? Se cansó de ti y prefirió a otra mucho más joven y bonita —ella sintió que le ardían las mejillas. William permanecía a unos pocos centímetros de distancia—. Ha pedido un rescate por la señorita Hughes.

Ella se quedó de una pieza.

—¿Qué?

—Así es. Verás, mi querida madrastra, es todo bastante sencillo... y taimado. La ha mantenido prisionera y, cuando nos negamos a pagar el rescate, decidió destruir la reputación de nuestra familia.

Elizabeth estaba atónita.

—Ella nunca fue su amante, en realidad...

—Oh, la hizo su amante, sí. Creo que eso es obvio. Pero no tuvo nada que ver con el amor, ni siquiera con la lujuria, así que puedes quedarte tranquila. Perdiste únicamente por una cuestión de venganza. Verás, tu querido esposo mató al padre de O'Neill hace muchos años, y desde entonces hemos estado pagando por su muerte.

Agazapada entre los árboles, Virginia temblaba. La llovizna se había convertido en lluvia. Lamentaba no haber aceptado el té y los pasteles que le había ofrecido la condesa, pues no había comido nada en todo el día. Más aún lamentaba los apuros económicos de la condesa. Le había parecido claro que Elizabeth era una mujer compasiva y que la habría ayudado, de haber podido.

Había hecho que el coche la dejara ante las verjas de la casa de los De Warenne en Mayfair. Después, al perderse de vista el carruaje, había saltado el muro de ladrillo y cruzado los jardines sin apartarse de los árboles, pero, quizá por el mal tiempo, no había visto a nadie. Era ya tarde y estaba exhausta. Tyrell de Warenne era su última oportunidad.

Confiaba en poder reunirse con él en secreto y pensaba esperar a que saliera de la casa. Pero, ¿y si él no salía esa noche? Virginia imaginaba que podría dormir en los establos e intentar abordarlo al día siguiente. Pero le castañeteaban los dientes por el frío y su escondite, entre los árboles, no muy lejos de los establos, ya apenas la resguardaba.

No se atrevía, sin embargo, a moverse. Tenía que hablar con Tyrell esa misma noche, si era posible. No sabía cuánto tiempo llevaba esperando cuando por fin vio algún atisbo de actividad. Apareció un mozo con un hermoso bayo. La lluvia había cesado, aunque el cielo seguía cubierto. Virginia ignoraba quién estaba en la casa, pero dudaba que el conde saliera a aquella hora, solo y a caballo. Casi dejó escapar un grito de alegría al ver que Tyrell bajaba la escalinata de la casa con una capa oscura echada sobre los hombros.

Tyrell se dirigió al patio que había enfrente de los establos y tomó las riendas del caballo. Mientras hablaban, Virginia se levantó y observó un momento. Volvió a mirar hacia la casa, pero no vio a nadie. Con el corazón acelerado, salió de entre los árboles y corrió hacia Tyrell.

El mozo estaba a punto de marcharse y Tyrell parecía dispuesto a montar. Ambos la vieron al mismo tiempo. Los ojos de Tyrell se agrandaron.

—¿Virginia? —dijo, incrédulo.

Ella intentó sonreír, cosa que no le resultó fácil pues temblaba casi convulsivamente.

—Milord, por favor, espere. Necesito desesperadamente hablar con usted.

Él devolvió las riendas al mozo y se aproximó rápidamente a ella.

—¿Qué ocurre, en nombre del cielo? Estás helada y empapada. ¿Cómo has llegado hasta aquí? ¿Has venido a pie desde Waverly Hall? —exclamó.

Estaba visiblemente preocupado. Virginia logró sonreír.

—Sólo tengo un poco de frío —mintió—. Por favor, milord, debo hablar de un asunto urgente con usted inmediatamente.

—Podemos hablar de lo que desees, pero primero debes entrar, ponerte ropa seca y sentarte delante del fuego —dijo Tyrell.

—¡No! —gritó ella, retrocediendo cuando la tomó del brazo.

—¿Disculpa? —él se sobresaltó, sorprendido. Virginia tragó saliva.

—No puedo entrar.

Él la miró con atención. Su expresión se hizo adusta.

—¿Por qué no?

Ella respiró hondo y luego se atrevió a confiar en él.

—He huido —dijo con voz ronca—. He huido de Devlin y le ruego que guarde mi secreto y me ayude a volver a América.

Sentada en la biblioteca, frente al fuego, Virginia bebía una taza de té caliente aromatizada con un poco de whisky. Se había puesto un vestido de la condesa y estaba envuelta en una manta. Los condes habían salido a cenar fuera. Mientras por fin empezaba a entrar en calor, cobró conciencia de su cansancio, que no era sólo físico, sino que parecía emanar de su mismo corazón, y quizás de su alma. Tyrell se había mostrado galante en extremo. Ella sabía que iba ayudarla. Quizás al día siguiente hubiera emprendido ya su travesía por mar.

Nunca volvería a ver a Devlin.

Su corazón se contrajo. La tristeza la ahogaba. Pero aquello era lo que quería: escapar de él para siempre, no volver a verlo nunca, o, en todo caso, cuando estuviera casada y enamorada de un hombre bueno y heroico, y fuera bella y feliz y Devlin comprendiera lo que había perdido.

Cerró los ojos. «No voy a volver a Waverly Hall. No puedo odiarlo, pero ya no lo quiero. Me voy a casa».

Aquellas palabras, dichas para sí misma, le sonaron terriblemente vacías. Suspiró y levantó la vista.

Tyrell se paseaba por la habitación con expresión adusta. Virginia estaba tan cansada que no recordaba qué le había dicho exactamente al entrar en la casa. Él se detuvo ante ella.

—Virginia... —ella se agarró a los brazos del sillón, incapaz de sonreír. Él tampoco sonreía—. Hay que avisar a Devlin. Si has huido, estará como loco de preocupación.

—¡No! —exclamó ella, alarmada—. Créame, a él no le importa. Estoy segura de que se alegra.

—Pareces amargada —repuso él, mirándola con atención.

—No lo estoy —pero sus palabras le sonaban a mentira.

—No lo entiendo. Mi padre anunció la noticia anoche. Una noticia maravillosa, en mi opinión.

—No voy a casarme con él —contestó ella entre dientes.

—¿Por qué no? —preguntó Tyrell.

—¿Que por qué no? —exclamó ella—. Devlin me raptó, me mantuvo prisionera, me exigió que viviera con él abiertamente... No he sido más que un peón de su venganza.

—Estás furiosa y triste y no te lo reprocho. Devlin te ha tratado atrozmente, pero ha aceptado casarse contigo, y me parece que es lo justo.

—¿Lo justo para quién? —exclamó ella—. Él no quiere casarse conmigo. ¿Lo justo para mí? ¡Devlin no me quiere! —gritó. Luego, temblando, añadió—: Sólo quiero volver a casa.

Él parecía consternado.

—Me temo que la ira te está ganando la partida. Es el único modo de salvar tu reputación.

—No me importa mi reputación.

Él estaba muy serio.

—Entonces es una suerte que a mí sí me importe, y

también a mi padre y a mi madrastra —su tono se suavizó—. Todos te hemos cobrado mucho cariño, Virginia. Y Devlin es un soltero muy codiciado. Debe casarse... ¿y por qué no contigo? —sonrió—. Tienes mucho carácter. Creo que hacéis buena pareja.

Ella se levantó de un salto.

—¡Buena pareja! ¡No quiero pasar mi vida con ese hombre! ¡No soporto siquiera la idea de volver a verlo!

Y, si se iba al día siguiente, sin duda no volvería a verlo. Oh, Dios, ¿de veras era capaz de hacer algo así? Una parte de ella no podía imaginar una vida sin Devlin O'Neill.

—¿Y qué esperas que haga yo? ¿Esconderte aquí? ¿Enviarte a América?

—Le ruego, milord, que me preste el dinero para el pasaje. Prometo devolvérselo, aunque me lleve algún tiempo —se sostuvieron la mirada un momento. Él desvió los ojos.

—¿Y dónde irás cuando llegues allí?

—A Sweet Briar.

—Sweet Briar pertenecía a tu tío y, por lo que sabemos, ya se ha vendido. No tienes hogar al que volver —dijo él con los ojos centelleantes—. Esto es un disparate, Virginia, y no puedo tomar parte en él.

—¿Se niega a ayudarme? —preguntó ella, atónita.

Él la miró con expresión severa.

—Es tu bienestar lo que me preocupa, Virginia.

—¡No, no es cierto! —exclamó ella, furiosa y dolida—. ¡Usted es mi última esperanza! ¿Es que no lo ve? ¡No me casaré con ese hombre! ¡Es simplemente intolerable después de lo que ha hecho!

Devlin entró en la biblioteca. Se echó el manto húmedo hacia atrás e hizo una breve reverencia.

—Lamento que opine de ese modo, señora —dijo con ojos centelleantes.

El corazón de Virginia pareció detenerse. Lo miraba

con fijeza, llena de perplejidad, y retrocedió atemorizada. Él parecía furioso. Inclinó la cabeza mirando a Tyrell.

—Ordené a mis hombres que rastrearan las calles de Londres en su busca. Debí adivinar que acudiría a ti. Gracias, Ty, por avisarme.

—Tienes muchos errores que reparar —dijo su hermanastro—. Está furiosa contigo, y con razón.

—Ya lo veo —repuso Devlin, mirando de nuevo a Virginia.

Ella comprendió que, mientras se bañaba y cambiaba de ropa, Tyrell había enviado recado a Devlin.

—¡Me ha traicionado! —exclamó, temblando de rabia—. Creía que era mi amigo. ¡Confiaba en usted!

—Soy tu amigo —dijo él con expresión compungida—. Pienso sinceramente en lo que más te conviene, y creo que, con el tiempo, me darás las gracias por ello.

—Usted no es mi amigo —musitó ella, todavía asombrada.

Tyrell hizo una reverencia y salió. Devlin cerró la puerta y volvió a mirar a Virginia.

—¿Qué locura es ésta? ¿Es que piensas suicidarte?

—No —contestó ella entre dientes—. ¡Sólo quiero evitar casarme contigo!

—¿Contrayendo una neumonía y muriendo? —preguntó él.

—¡Tú tampoco quieres casarte! Mándame a casa, Devlin, y los dos seremos libres.

—Me temo que he dado mi consentimiento a esta boda.

Ella se limpió las lágrimas.

—No entiendo por qué razón.

Devlin tenía el rostro tenso, pero no vaciló.

—Porque tienen razón.

—¿Que tienen razón? ¿Ahora aceptas la culpa y la responsabilidad de tus actos?

—Sí.

—¡Mientes! —ella se acercó—. ¡No tienes remordimientos, ni mala conciencia!

Devlin permanecía inmóvil. Tardó un momento en hablar y, cuando lo hizo, fue muy despacio, con el máximo cuidado.

—En realidad te equivocas, Virginia. Me siento culpable desde hace algún tiempo. La otra noche, en casa de lord Carew, hizo imposible que siguiera negándolo. Me arrepiento de haberte utilizado como lo he hecho —ella ya no podía respirar. ¿Sería cierto?—. Siento haberte metido en esto —añadió él severamente—. Y ahora pagaré el precio por haberme servido de ti tan cruelmente. Es lo que haría un hombre de honor.

Ella temía creerlo... y se recordó que su cambio de opinión no tenía nada que ver con el amor. Pero al menos evidenciaba que Devlin tenía conciencia, o un alma.

—Veo que estás sorprendida —dijo él con cierta burla dirigida contra sí mismo. Se acercó a la mesa donde estaban las botellas de licor—. Yo también lo estoy.

Ella lo miraba con perplejidad mientras se servía una copa. Estaba atónita y no sabía qué pensar o sentir. Devlin se arrepentía. Se arrepentía sinceramente. Pero, ¿qué cambiaba eso? La había herido demasiadas veces. Sabía que, si se casaba con él, volvería a lastimarla una y otra vez.

Devlin la miró con una copa en la mano.

—Mi madre está organizando la boda para el doce de diciembre. Dos días antes de que zarpe.

El pulso de Virginia se aceleró.

—Vi tus órdenes —dijo ella, crispada—. Vas a ir a la guerra contra mi país. ¿Qué clase de matrimonio es ése?

—Sí, así es. Pero, en este conflicto, nuestras lealtades no están divididas.

Ella tembló, helada otra vez. Sabía que estaba perdiendo, que había perdido cada batalla que había librado contra Devlin.

—No puedo casarme contigo, Devlin. Ni ahora, ni nunca.

Devlin se irguió. Siguió un terrible silencio. Él la miró durante largo rato con una severa máscara sobre el semblante, imposible de descifrar. Dejó su copa cuidadosamente.

—Mi arrepentimiento es sincero. Lamento todo lo ocurrido y deseo reparar lo que he hecho. Quiero salvar tu reputación.

Ella sintió deseos de llorar.

—Tu arrepentimiento llega demasiado tarde.

Él clavó en ella una mirada interrogadora.

—No siempre me has odiado.

Ella se envaró.

—No se trata de odio. Mi carta era sincera. No te odio, Devlin, a pesar de todo lo que has hecho.

—Entonces acepta casarte conmigo. Tyrell tiene razón. Es lo mejor para ti.

—Quiero irme a casa —se oyó decir ella casi con patetismo. Con voz temblorosa, respiró hondo y añadió—: Admito lo que ambos sabemos, que una vez te amé, y quise que me correspondieras. Pero tú no puedes ofrecerme amor, ¿no es cierto?

Él negó con la cabeza.

—No.

—No —repitió ella con amargura—. Ahora me propones matrimonio. Sencillamente, no puedo aceptar. Verás, me has hecho daño por última vez —dijo lacónicamente—. Si deseas aliviar tu conciencia, envíame a casa como una mujer libre.

—No puedo.

—Claro que puedes. Eres el hombre más poderoso e independiente que he conocido —se dio cuenta de que estaba llorando.

Él se acercó de pronto. Virginia se tensó cuando se detuvo ante ella con expresión severa.

—No venderé Sweet Briar.

Ella se quedó paralizada.

—¿Qué?

—No venderé Sweet Briar.

Virginia se sintió desfallecer.

—¿Que no venderás Sweet Briar? Pero... no te entiendo.

—Siéntate —ordenó él, conduciéndola a una silla. Ella estaba tan atónita que no protestó—. He comprado la plantación —dijo él—. La compré para regalártela en un esfuerzo por reparar el daño que te he causado —Virginia se sintió desfallecer. Apenas comprendía sus palabras—. Será tu regalo de boda.

TERCERA PARTE

LA NOVIA

Faltaba apenas unos días para la boda.

Virginia nunca se había sentido tanto como un peón indefenso. Estando tan cerca la boda, era imposible no reconocer que, si Devlin la quisiera, aunque fuera sólo un poco, se sentiría exultante por casarse con él. Pero él no la amaba en modo alguno. Hasta hacía muy poco, había tenido intención de mandarla a casa y acabar con ella de una vez. Aquello todavía le dolía. Y, en cuanto al hecho de que hubiera comprado la plantación con intención de regalársela, el asomo de chantaje que implicaba su oferta teñía en cierto modo aquel gran gesto. Sweet Briar iba a ser un regalo de bodas... y Virginia no tenía que preguntar para saber que, si se negaba a casarse con él, no habría tal regalo. No podía sentirse descontenta por aquel «presente», pero lamentaba que no se le hubiera ofrecido sin amenazas ulteriores. Y no podía rehusarlo. Devlin estaba saldando las deudas de la plantación y, en unos días, su casa volvería al fin a sus manos. Iba a casarse con un hombre que la asustaba, un hombre obsesionado por la venganza, un hombre al que seguía amando contra toda esperanza. El futuro era incierto y se hallaba ensombrecido por las dudas. Pero, al menos, tendría un lugar donde refugiarse, si alguna vez lo necesitaba.

Adoptó la actitud más precavida: se encerró en sí misma. Dormía hasta tarde y se retiraba temprano. Se sumergía en la lectura. Trataba de no pensar y, cuando lo hacía, pensaba en Sweet Briar y en que, algún día, sus hijos heredaría la plantación. Mantenía las distancias con Devlin, consciente de que su cercanía la hacía sufrir. Él pasaba casi todo el día en el Desafío o en el Almirantazgo, informándose acerca de la marcha de la guerra. Virginia sospechaba que la evitaba y suponía que su inminente boda le resultaba sumamente penosa. Cenaba fuera casi todas las noches, mientras ella permanecía sola en un enorme y vacío comedor. Cuando sus caminos se cruzaban, ambos actuaban con la formalidad de los desconocidos, cosa que aliviaba en extremo a Virginia, por extraña que fuese.

Mary de Warenne suponía un problema bien distinto. Virginia estimaba a la madre de Devlin y sospechaba que, de haber sido otras las circunstancias, podrían haberse convertido en grandes amigas. Mary preparaba alegremente la boda y la visitaba con frecuencia para que diera su aprobación a cada detalle. La ceremonia tendría lugar en la vieja capilla de su casa de Mayfair y a ella sólo asistiría la familia cercana. El banquete posterior se celebraría también en Harmon House. Se serviría salmón, faisán, venado y champán francés. A Virginia, todo le parecía bien. Finalmente, quedaba la cuestión de su vestido.

La modista de Mary estaba fuera de sí de contento. Virginia asentía cuando le mostraban encajes, lentejuelas, sedas y rasos... Ignoraba por completo cómo sería el vestido y no le importaba. ¿Por qué no organizaban la boda, la hacían aparecer a la hora convenida y la dejaban en paz de una vez?

Pero Virginia no podía mostrarse desagradable con

Mary. Le costaba un gran esfuerzo, pero era siempre educada, cordial y, en general, bastante amable. Sin embargo, en cuanto la madre de Devlin se iba, ella se encerraba en su habitación, respiraba hondo y lograba evitar de algún modo el deseo terrible de llorar.

Era mediodía. Virginia sabía qué día era: llevaba la cuenta de los días con la morbosa precisión de un prisionero al que aguardaba la guillotina. Era el nueve de diciembre, y tres días después recorrería el camino hacia el altar. Se le encogió el estómago al pensarlo y sintió una punzada dolorosa en la tripa.

—¿Virginia? —Mary llamó a la puerta de su cuarto—. ¡Traigo tu vestido! Tienes que verlo. ¿Puedo pasar?

Virginia estaba sentada junto a la ventana, contemplando las praderas y el río. Se levantó con el corazón en un puño.

—Adelante —dijo.

Mary entró con un bulto envuelto en los brazos.

—¡Es precioso! ¡Tienes que probártelo! —se acercó a ella corriendo y le besó las mejillas. Tenía el rostro iluminado y los ojos le brillaban. Era una mujer muy bella.

—No creo que deba —dijo Virginia lentamente. Presentía que le costaría un gran esfuerzo conservar la compostura si se probaba el vestido, pero, ¿cómo evitarlo?

—Pero, ¿y si hay que hacerle algún arreglo? —exclamó Mary mientras ponía el vestido en la cama y empezaba a quitar el papel marrón—. ¡Mira! ¡Fíjate! —exclamó.

Virginia se abrazó, sintiéndose indispuesta. Mary levantó un vestido de seda blanco y ella tuvo que mirar. Casi hipnotizada, vio un traje con el escote cuadrado y mangas largas, cubierto con una capa de encaje con pedrería. La falda era muy amplia y la cola larga y elegante. Compuso una sonrisa. Se sentía enferma.

—Qué bonito —musitó. ¿Cómo podía estar sucediendo

aquello? ¿Cómo? Estaba a punto de casarse con Devlin... y él no la amaba.

—Serás la novia más hermosa que haya visto nunca Harmon House —dijo Mary—. Deja que te ayude a desvestirte.

Virginia se dio la vuelta y miró hacia la ventana. Un yate elegante había atracado en el embarcadero de la casa. Parpadeó para retener una lágrima y se preguntó vagamente quién habría llegado. Un hombre saltó al muelle. Su figura le resultaba terriblemente familiar. Se quedó paralizada. Él saltó al camino de piedra y echó a andar hacia la casa con paso vivo.

—¡Sean! —gritó ella. Y, llena de contento, abrió la ventana y saludó con la mano—. ¡Sean!

Él la oyó, levantó la vista y le devolvió el saludo.

Virginia dejó atrás a Mary y bajó las escaleras a todo correr. Al cruzar la casa camino del salón, notó vagamente que Devlin estaba en la biblioteca, hablando con alguien. No sabía que estuviera en casa, pero poco importaba. Abrió de golpe las puertas de la terraza y corrió fuera. Sean estaba subiendo la escalinata del patio. Le sonrió.

—¡Cuánto me alegro de verte! —exclamó ella, y le echó los brazos al cuello.

Notó que él se tensaba, pero se sentía tan a salvo, tan segura y querida, que no le importó y siguió abrazándolo. Finalmente, él le dio unas palmaditas en la espalda, casi como si se sintiera violento.

—No es éste el recibimiento que esperaba —murmuró.

Virginia se dio cuenta de que no la había abrazado y se apartó, sonriendo.

—¡Soy tan feliz de que estés aquí!

Los ojos grises de Sean recorrieron su cara. Ella sonrió de nuevo y le tocó la mejilla. Sean se apartó y tomó su mano con delicadeza.

—Vas a poner celoso al novio —dijo con voz crispada.

Ella miró hacia atrás y vio caer una cortina. Miró de nuevo a Sean y se encogió de hombros.

—Sé que eso no es posible —dijo.

Él seguía mirándola con atención.

—¿Te encuentras bien? —preguntó, preocupado. Ella no podía hablar, y sacudió la cabeza—. Ven —Sean la soltó y posó la mano sobre su espalda—. Vamos a dar un paseo por el jardín.

Estaba a punto de llover, pero ella asintió con la cabeza distraídamente. Sean se quitó la capa y se la echó sobre los hombros.

—No pareces una novia muy feliz —comentó mientras bajaban la escalinata.

—¿Es que nadie te lo ha dicho? —qué histérica y amargada parecía, pensó—. Devlin ha decidido hacer lo correcto y salvar al fin mi sórdida reputación.

Él se detuvo y la miró.

—Pareces muy enfadada.

—Sean... —las lágrimas amenazaban con caer—. Estoy más que enfadada. Me veo obligada a aceptar un matrimonio sin amor con un hombre al que no puedo soportar.

Él la miró fijamente y masculló una maldición.

—Creía que estabas enamorada de él, Virginia. En Askeaton te hacían chiribitas los ojos.

—¿Ves chiribitas ahora? —replicó ella.

Él apretó los labios.

—No, no las veo.

Virginia le dio el brazo y echaron a andar otra vez.

—Intenté huir, pero Tyrell me traicionó y avisó a Devlin. Él ha comprado Sweet Briar y ha dejado bien claro que, si me caso con él, la plantación será mi regalo de boda.

Sean se paró.

—¿Te ha chantajeado para que aceptes eso? —estaba perplejo.

Virginia vaciló.

—No exactamente. Pero la sugerencia estaba clara. Sweet Briar va a ser mi regalo de boda. Si quisiera regalármelo libremente, podría haber firmado sencillamente la escritura.

Sean la miró con fijeza un momento y luego dijo:

—Virginia, he oído decir que vivías abiertamente con él, que eras su amante, y creía que esta boda era lo que mi hermano debía hacer.

Ella titubeó. No podía decirle a Sean que Devlin y ella habían representado juntos una espantosa farsa. ¿La amaba todavía Sean? De pronto temía que así fuera, y que hubiera sido un error complicarle en sus preocupaciones. Por fin dijo:

—No quiero casarme con él, pero tampoco tengo elección.

Él le levantó la barbilla.

—Antes lo querías. ¿Puedes decir sinceramente que ya no es así?

Ella abrió la boca, pero de ella no salió palabra alguna. Una terrible sombra oscureció los ojos de Sean, y Virginia comprendió que sus sentimientos hacia ella no habían cambiado.

—Lo que yo sienta no importa —dijo ella por fin—. Lo que importa es que me ha hecho daño una y otra vez. No puedo soportarlo más, Sean. ¡No soporto su espantosa indiferencia!

Sean tragó saliva. Luego dijo con voz crispada:

—Virginia, no creo que Devlin sienta indiferencia. Conozco a mi hermano. Nadie lo conoce tan bien como yo. Si no deseara casarse contigo, nada podría persuadirlo para que lo hiciera. Nada, ni nadie.

Era el día de su boda.

Pronto amanecería. Virginia permanecía sentada junto a la ventana y miraba caer la lluvia. Intentaba imaginar qué clase de mujer habría sido si, de niña, hubiera visto decapitar a su padre. Le resultaba imposible, pero creía que habría reaccionado como Sean, relegándolo al olvido.

Devlin, en cambio, se acordaba de todo. A diferencia de su hermano, había pasado los catorce años anteriores ideando la venganza contra el asesino de su padre. Virginia se estremeció. Aquello haría despiadado a cualquiera, pensó, pero el hombre que había yacido con ella tras el baile de lord Carew no era un hombre despiadado, de eso estaba segura.

Se había resistido a pensar de nuevo en esa noche, pero de pronto no podía pensar en otra cosa. Cerró los ojos, llena de confusión. Podía huir o podía quedarse. Podía aceptar el matrimonio con un hombre frío y vengativo o podía tener fe. Si escapaba, seguramente fracasaría, pero el tener fe le auguraba un porvenir lleno de sufrimiento, a juzgar por su historia pasada.

La lógica le decía que no tenía más remedio que quedarse y aceptar su boda con un hombre sin corazón, sin esperar nada a cambio, fuera de Sweet Briar. ¿Cómo iba a soportar semejante vida?

Se estremeció otra vez, helada en el alma. El recuerdo de sus padres riendo, bromeando, besándose o haciéndose una caricia furtiva cuando creían que nadie los veía asaltaba su memoria.

Dios, Devlin y ella apenas habían cambiado una palabra desde el día espantoso en que él casi la obligó mediante chantaje a aceptar su unión. Una cosa estaba clara: no podría soportar un matrimonio mecánico con un hombre al que todo el mundo consideraba cruel y despiadado. Por tanto, debía continuar abrigando la necia esperanza de salvar de algún modo su alma. De pronto comprendió el valor que necesitaba reunir para recorrer el camino hacia el altar.

Era hora de mantener una conversación civilizada con él. Cruzó descalza la habitación. Sabía que Devlin no había subido a su habitación, contigua a la suya, así que bajó las escaleras, convencida de que lo encontraría en la biblioteca.

La puerta estaba abierta. Un enorme fuego crepitaba en la chimenea. Devlin estaba sentado a su escritorio, con una pluma en la mano. Levantó la vista, sorprendido. Virginia sonrió, y su sonrisa le pareció amarga. No se daría por vencida. Intentaría ser una verdadera esposa para él, por más valor que hiciera falta. Él reparó en su camisón blanco de algodón y encaje y en sus pies descalzos.

—Virginia...

—He pensado que debíamos hablar... si tienes tiempo —añadió con nerviosismo.

—Vas a resfriarte —dijo él, poniéndose en pie y dejando la pluma a un lado.

Tenía un asomo de barba y la camisa medio abierta y arrugada. El corazón de Virginia dio un vuelco. Devlin tenía un aire peligroso y terriblemente seductor.

Ella entró en la habitación y se detuvo ante el fuego, de espaldas a él. Notaba su mirada clavada en ella y no se atrevía a volver la cabeza. Oyó que Devlin se acercaba. Por fin levantó la vista hacia él. Devlin la miró. Ella vio que llevaba una manta en las manos.

—¿Puedo?

Ella asintió con la cabeza, y él depositó sobre sus hombros la manta de lana roja.

—¿De qué querías hablarme a las cinco y media de la mañana? —preguntó él con tono seco y algo burlón.

—De nuestro matrimonio —logró decir ella. Él asintió con la cabeza. Tenía la mandíbula tensa y sus ojos centelleaban. Ella titubeó—. He estado pensando en huir otra vez y lo he descartado.

Él se apoyó en la repisa de la chimenea.

—Continúa.

—Tengo intención de sacar el máximo partido a nuestra situación.

—Es lo razonable —dijo él.

—¿Cómo nos llevaremos? En otro tiempo fuimos casi amigos —balbució ella, más nerviosa. Tragó saliva y tomó su mano. Él se tensó—. Podemos ser amigos, estoy segura. He estado muy enfadada estas últimas semanas, pero le he dado muchas vueltas a todo esto, y ahora quiero empezar de nuevo. Hoy vamos a casarnos. ¿Qué mejor cimiento para el matrimonio que la amistad? —él se limitó a mirarla como hipnotizado—. ¿Devlin?

—¿Se trata de una estratagema? —preguntó él con cautela.

—No —se apresuró a decir ella—. Pero no puedo casarme con un hombre con el que no pueda reír y hablar. No puedo casarme con un hombre y darle hijos si no podemos pasear por el parque y montar juntos a caballo y, en general, disfrutar de una camaradería placentera. Vamos a compartir la vida, Devlin, y merece la pena que seamos amigos.

Él guardó silencio un momento.

—Creo que ya una vez me pediste mi amistad y te defraudé miserablemente, Virginia. Eres muy valiente, y muy osada, al pedírmela otra vez.

—Pero, ¿es demasiado pedir? —exclamó ella—. ¿Me estás diciendo que no quieres que seamos amigos? ¿Que sólo quieres compartir mi cama y sentarte frente a mí en la cena? Eso no puedo aceptarlo, Devlin —le advirtió ella.

Él se quedó mirándola.

—¿Cuáles serían los requisitos para nuestro matrimonio, entonces? ¿Risas, conversación, largos paseos y cabalgadas por el campo?

Ella respondió con gran dignidad:

—Yo no puedo soportar una unión fría y estéril, Devlin. Sin duda me conoces lo bastante bien como para saberlo.

—Dudo que sea fría o estéril —replicó él rápidamente.

—Estás eludiendo mi pregunta —dijo ella con toda la calma de que fue capaz.

—Sí, supongo que sí —su mandíbula vibró—. Pareces creer que soy un caballero ocioso, que estaré en casa, a tu disposición. Dos días después de nuestra boda me iré a la guerra, Virginia, y mi travesía durará al menos seis meses —ella se sintió abatida—. Pero cuando regrese —añadió él seriamente—, daremos largos paseos y montaremos a caballo, si es lo que deseas. Y si dices algo divertido —dijo con mirada intensa—, haré todo lo que esté en mi mano por reírme.

Ella se sintió embargada por el alivio.

—Gracias, Devlin.

Él esbozó una sonrisa y luego sacudió la cabeza.

—Sigues siendo imprevisible, Virginia.

—Así no te aburrirás —repuso ella. ¡Devlin iba a intentar ser un verdadero esposo para ella! La alegría comenzó a apoderarse de ella. Devlin era terco, pero había dado su brazo a torcer, había transigido, iba a intentarlo.

Él sonrió un poco.

—Quiero que sepas una cosa. Casada conmigo, tendrás todo lo que necesites. Ya le he dejado claro a mi administrador que no debe faltarte de nada y, si hubiera algún problema, puedes recurrir a Adare, a Tyrell o a Sean. Y aún no conoces a Rex ni a Cliff, pero son igual de nobles.

La alegría de Virginia se disipó en parte. No todas sus necesidades estarían cubiertas, a menos que Sean tuviera razón y ella pudiera salvar el alma de Devlin. Pero ya había conseguido suficiente por un día, y se negaba a pensar en eso.

—Gracias, Devlin —repitió. Le sonrió y se volvió para marcharse.

—Virginia... —el tono de Devlin se había suavizado considerablemente. Ella dio media vuelta—. Ahora que he tenido tiempo para pensarlo, no me desagrada esta unión. Creo que, al final, nos entenderemos bien —sonrió un poco con mirada interrogadora.

Ella le sostuvo la mirada, sorprendida. La sonrisa de Devlin era leve, pero sincera, y de alguna manera la dejó sin aliento. Él parecía azorado por aquella pequeña confesión. Virginia se volvió. Seguía acechándola un terrible peligro. Una leve sonrisa, una mirada tierna, y la esperanza se apoderaba de ella. Aceptar aquel matrimonio, amar a un hombre que se negaba a corresponder a sus sentimientos, que vivía consagrado al odio y la venganza, era una locura por su parte. Pero el corazón humano desconocía la lógica.

Virginia sabía que jamás daría por perdido a Devlin.

La marcha nupcial dio comienzo.

Devlin sintió que su corazón se contraía y latía luego con ritmo vertiginoso. Se hallaba ante el altar de la capilla de Harmon House. Su hermano Sean actuaba como padrino. Los únicos invitados eran sus hermanastros Tyrell, Rex y Cliff, que se hallaban en la primera fila, junto a

Mary, y su hermanastra, Eleanor, que acababa de llegar de Bath. Se volvió, extrañamente falto de aliento, y de pronto le pareció que el tiempo quedaba en suspenso.

Virginia avanzaba por el pasillo del brazo de su padrastro.

Devlin sólo podía mirarla fijamente. De pronto sintió temor ante su novia, la mujer más hermosa que había contemplado nunca. Sus ojos, enormes y violetas, permanecían fijos en él mientras se acercaba paso a paso. Devlin no podía respirar. Estaba a punto de casarse y su vida nunca sería la misma.

El tumulto de su corazón se intensificó. La ansiedad se apoderó de él. No podía caer víctima del encanto de Virginia, se dijo, aterrorizado. Nada había cambiado, en realidad. Le había prometido largos paseos, cabalgadas por el campo y conversación, pero dos días después se iría a la guerra y pasarían seis meses antes de que volviera.

Se sentía aliviado, pero, por insensato que pareciera, se sentía aún más desilusionado.

Virginia parecía una visión de ensueño con su vestido blanco y brillante. Un velo finísimo cubría su cara. El pelo, largo, rizado y salpicado de diamantes, caía tumultuosamente sobre sus hombros. Devlin no podía apartar la mirada. Había tantos recuerdos...Virginia de pie junto a la barandilla del Americana, apuntándole a la cabeza. Virginia en su camarote, orgullosa y desafiante, exigiendo conocer sus intenciones. Virginia en Askeaton, inefablemente bella, ofreciéndole su cuerpo, suplicándole su amor con la mirada. Virginia esa misma mañana, en camisón, tan esbelta como una chiquilla, ofreciéndole una tregua y un matrimonio real, si él se atrevía a aceptarlo.

No se merecía una mujer como ella. Nunca se la había merecido, y nunca se la merecería. Pero era ya demasiado tarde para dar marcha atrás. Cerró los ojos, sudando. Le seguiría la corriente, cumpliría sus normas. La honraría, sería su compañero, su amante, el padre de sus hijos, pero no necesitaba ni amor, ni felicidad.

Virginia se detuvo a su lado y Edward se apartó. Ella lo miró, expectante. Devlin estaba tan perplejo que ni siquiera pudo esbozar una sonrisa. Inclinó la cabeza. Insegura, ella miró al sacerdote.

El padre McCarthy hizo una seña y ambos se arrodillaron mientras daba comienzo la misa. Devlin no oyó ni una palabra de las que dijo el cura. Sentía vivamente la presencia de su novia y era consciente de la oportunidad que se le ofrecía. Estaba en una encrucijada. Había dos direcciones que su vida podía tomar.

El amor y la felicidad... o la venganza y el odio.

El reducido cortejo nupcial se había trasladado a uno de los salones de Harmon House, donde en una larga mesa se había servido un bufé lo bastante abundante para cincuenta comensales y que incluía un resplandeciente pastel de bodas. Una pequeña orquesta tocaba en un rincón del salón. Virginia seguía perpleja y apenas podía hablar. Devlin y ella estaban casados. Aquello había sucedido realmente.

Parpadeó, mirando su mano izquierda, donde una sencilla alianza de boda confirmaba que, en efecto, se había casado. Sintió que le flaqueaban las rodillas y que le costaba respirar. De hecho, se sentía casi al borde del desmayo.

No se arrepentía de haberse casado con Devlin, pero se preguntaba qué les deparaba el porvenir y rezaba neciamente para que algún día todos sus sueños se hicieran realidad. Miró al otro lado del salón.

Vestido con su uniforme de gala, Devlin bebía una

copa de champán junto a sus hermanastros. Virginia había conocido a Rex, el mediano, y a Cliff, el menor, unas horas antes de la boda. Al igual que Tyrell, eran ambos altos y de tez morena. Rex era militar y lucía un uniforme escarlata adornado con galones dorados y numerosas medallas. Era capitán, como Devlin, pero de un regimiento de caballería. Virginia recordaba vagamente que el año anterior había resultado herido en Salamanca.

De Cliff sabía muy poco. Su cabello era casi rubio, y tenía cierto aire de arrogancia. Ella había oído decir algo acerca de barcos y del mar Caribe, y había llegado a la conclusión de que se dedicaba al comercio. No parecía un comerciante, sin embargo, pues su gallardía le recordaba a Devlin. Los tres hermanos De Warenne eran peligrosamente atractivos, cada uno a su modo.

Devlin la miró de pronto y su corazón se detuvo. Se sostuvieron la mirada, pero ninguno de los dos sonrió.

Esa noche era su noche de bodas. Parecía haber pasado una eternidad desde que había estado por última vez en sus brazos, y la idea de yacer a su lado le producía un vacío en las entrañas. Una inmensa oleada de deseo amenazaba con hacerla desfallecer.

—¡Es tan guapo! No me imagino con un marido así.

Virginia pestañeó y miró a la muchacha, que era quizá dos años menor que ella. Era terriblemente bella, con pómulos salientes, ojos color ámbar y cabello rubio oscuro, casi del color de la miel. Sonreía a Virginia, llena de ilusión.

—Soy Eleanor de Warenne —dijo con una gentil reverencia—, la hermanastra de Devlin.

Virginia se inclinó ante ella.

—Discúlpame —dijo, y volvió a mirar a Devlin. Él estaba hablando con Cliff, pero volvió a mirarla de inmediato. La sensación de deseo aumentó. Necesitaba estar en sus brazos cuanto antes. Intentó sonreír a Eleanor–. Me alegra mucho conocerte por fin. ¿No has pasado en Bath esta temporada?

Eleanor murmuró un sí. Virginia la miró más atentamente. La muchacha miraba a Sean con las mejillas más sonrojadas que antes. Luego se volvió hacia ella.

–¿Estás nerviosa por la noche de bodas? –preguntó con franqueza.

Virginia se sorprendió. Pero, a decir verdad, estaba muy nerviosa.

–Francamente, sí –dijo con voz queda. Y volvió a mirar a Devlin.

Sean apareció de pronto a su lado.

–Veo que por fin os habéis conocido. Eleanor, si crees que vas a convencer a Virginia para que te hable de las noches de bodas, te equivocas –su tono era tibio, pero su mirada no lo era. Luego sonrió a Virginia–. Tiene dieciséis años y ciertos asuntos no son recomendables para sus oídos.

La sonrisa de Eleanor se disipó. Se puso colorada.

–Cumpliré diecisiete dentro de tres meses –exclamó–. ¡Ya no soy una niña! Ahora soy una dama... una dama con pretendientes. Pregunta a quien quieras en Bath –levantándose las faldas, se alejó apresuradamente.

Sean suspiró y la siguió un momento con la mirada. Parecía extrañamente pensativo. Luego ofreció una copa de champán a Virginia.

–Pareces exhausta. ¿Quieres que llame a Devlin?

Virginia sonrió, indecisa. Si llamaba a Devlin, quizás encontraran una excusa para marcharse.

–Sí, sería estupendo –logró decir. Le costaba respirar.

Sean hizo una reverencia y se alejó, dejándola sola. Ella bebió un sorbo de champán con la esperanza de refrescarse un poco. Pero el gentío que llenaba el salón se convirtió en un mar de caras. «Debo sentarme», pensó. Pero, antes de que pudiera moverse, la copa cayó de sus dedos y se estrelló contra el suelo.

Virginia miró la mancha de champán, anonadada, y su vista pareció oscurecerse. Qué extraño, logró pensar mientras el salón parecía escorarse y ennegrecerse. «Voy a desmayarme», pensó.

—¡Virginia! —gritó Devlin.

Su corazón pareció detenerse. Se arrodilló junto a su esposa y le buscó rápidamente el pulso. Era constante y firme. Una oleada de alivio lo embargó. Virginia sólo se había desmayado.

Devlin la tomó en sus brazos y miró a su familia, reunida a su alrededor.

—Se ha desmayado. Creo que ya ha tenido bastante por hoy —se levantó presuroso. Virginia era ligera como una pluma.

—Ha soportado demasiada presión —musitó Mary, muy pálida—. Dios mío, no debí empeñarme en esta boda tan precipitada.

—No es culpa tuya, cariño —dijo Edward, rodeándola con el brazo.

Devlin se dirigió hacia la puerta con Virginia inerme en sus brazos. Sean lo alcanzó y Devlin lo miró a los ojos. Su hermano parecía angustiado.

—¿Quieres que haga subir a una doncella con unas sales?

—Se pondrá bien —dijo Devlin en tono algo cortante. Sabía que los sentimientos de su hermano no habían cambiado, del mismo modo que sabía que Virginia debería haberse casado con alguien como Sean.

—¡Devlin! —su madre le metió unas sales en el bolsillo de la chaqueta—. No ha comido bien. Necesita reposo y alimento.

Él asintió y salió del salón. Mientras subía las escaleras, miró el rostro de Virginia y su corazón se entibió inexplicablemente. Ella merecía un hombre como Sean, pero estaba atada a él. De pronto sintió el deseo de compensarla.

Sus habitaciones estaban llenas de flores. Devlin depositó a Virginia en la cama, que estaba deshecha, y ella empezó a removerse. Él se sentó a su lado y le acercó las sales a la nariz. Virginia dejó escapar un gemido y abrió los ojos bruscamente. Se quedó mirándolo un momento, sorprendida. Luego hizo ademán de sentarse. Devlin la agarró del hombro y la obligó a permanecer tumbada.

—Quédate quieta un momento —dijo con suavidad. Un extraño afecto, suave y tierno, se había apoderado de él. Era consciente de que el miedo persistía, pero de alguna forma había logrado hacerlo a un lado—. Te has desmayado.

Ella esbozó una sonrisa.

—Lo siento mucho. No suelo desmayarme.

Él descubrió que su boca se curvaba y, de pronto, le tocó la cara.

—Ha sido un día difícil, lo sé. Virginia... —se detuvo sin saber muy bien qué quería decir. Aquel tierno sentimiento llenaba su pecho y deseaba decírselo a Virginia.

—¿Qué? —musitó ella.

Devlin vaciló. En su mente bullían pensamientos incoherentes. Sólo sentía aquel calor, extrañamente tierno y familiar.

—Intentaré ser un buen marido.

Los ojos de Virginia se agrandaron. Sonrió.

—No puedo pedir nada más —dijo.

Era tan hermosa, tan auténtica, tan única... y era suya.

Devlin se descubrió inclinado sobre ella mientras, a su alrededor, la habitación se emborronaba y desaparecía. El tiempo pareció hacerse más lento. Virginia no se movía. Le sostuvo la mirada hasta que sus labios se encontraron.

Un sonido áspero escapó de él. Tomó su cara entre las manos y le abrió suavemente los labios. Después, muy despacio, sus bocas se fundieron y sus lenguas se entrelazaron. Él le acarició el hombro, el brazo. El ansia se había apoderado de él. Empezó a temblar. Haciendo un ímprobo esfuerzo, se apartó de ella.

—Te dejaré descansar —dijo bruscamente, dispuesto a levantarse.

Ella le asió el brazo con sorprendente fuerza.

—No.

—Virginia —dijo él—, te has desmayado —quería hacer lo correcto.

Ella tenía las mejillas sonrosadas y las pupilas dilatadas.

—Estoy bien —insistió.

—Tenemos toda una vida por delante... —comenzó a decir Devlin.

Ella lo agarró de los hombros y lo besó en los labios. Su boca se movía con insistencia, su lengua pedía paso. Al ver que él no respondía, le mordió el labio. Devlin perdió el dominio de sí mismo. La empujó sobre la cama y se apoderó de su boca. Sabía lo que iba a suceder, y una sensación sobrecogedora se apoderó de él. La abrazó con fuerza y la besó aún más profundamente. Y la tormenta se desató.

Sus pensamientos se disiparon y, con ellos, desapareció toda lógica. Sólo sentía un inmenso desvarío, mezcla de deseo, de exaltación y de otra cosa, algo distinto y que nunca había sentido, algo que se hinchaba de manera imposible y se expandía dentro de él, creciendo hacia fuera y consumiendo todo su ser. Virginia dejaba escapar débil gemidos y se aferraba frenéticamente a su espalda. Él encontró los pequeños botones de la espalda de su vestido.

—Date prisa —dijo ella.

Devlin no podía hablar. La emoción se lo impedía. Jadeaba y la miraba con fijeza mientras le quitaba el vestido, la camisa, el corsé y, por fin, los pantaloncitos de encaje. Se levantó de un salto. Ella se sentó, desnuda a excepción de las ligas, las medias y sus pendientes de diamantes. Mientras él se arrancaba la ropa, ella lo observaba. Sus pequeños pechos subían y bajaban, sus pezones parecían alargados y sonrojados. Una vez Devlin estuvo desnudo, ella le tendió los brazos.

Él permaneció un momento inmóvil. Una sensación de euforia, bárbara y salvaje, lo embargaba. Aquella mujer le pertenecía. Pero, ¿acaso no lo había sabido desde el primer momento?

Entonces se acercó a ella. La empujó suavemente sobre el lecho, esbozó una sonrisa y ella se la devolvió. Devlin le separó los muslos y se frotó contra ella. Virginia dejó escapar un gemido.

—Mírame —ordenó él con un susurro, y comenzó a penetrarla lentamente.

Ella gimió de nuevo, y Devlin se descubrió mirándola fijamente. Virginia tenía los ojos vidriosos y estaba acalorada. Finalmente, cuando se hubo hundido del todo en ella, sus ojos se agrandaron, llenos de sorpresa y profundo placer. Devlin sintió de nuevo aquella euforia y, junto con ella, sintió amor. Comenzó a moverse lentamente.

Virginia cerró los ojos, se puso a su ritmo y ambos se tensaron. Devlin la abrazó con fuerza mientras intentaba refrenar su necesidad de estallar. Sabía ya que aquello era lo que querría siempre, toda la vida, y besó su mejilla, su cuello, su sien, mientras ella gemía y suplicaba, clavándole las uñas. Luego Virginia profirió un gemido de sorpresa, abrió los ojos de golpe y jadeó:

—Todavía te quiero.

Él se tensó y la estrechó entre sus brazos mientras ella alcanzaba el clímax, incrédula y aturdida. Sus palabras resonaban aún en los oídos de Devlin. «Todavía te quiero». Devlin no pudo refrenarse más. Abrazándola con fuerza, se convulsionó una y otra vez, en tanto las palabras de Virginia se repetían musicalmente, como una letanía, en su cabeza.

Devlin estaba sentado en el sillón, junto al fuego que ardía apenas en la chimenea. Llevaba puesto su uniforme naval y tenía el sombrero negro sobre la rodilla. Miraba fijamente a su esposa.

Virginia dormía con una sonrisa dulce en el bello rostro. Todavía tenía prendidos en el pelo algunos diamantes. Devlin le había hecho el amor durante dos noches y el día intermedio, y aún la deseaba.

Eran las cinco de la madrugada del 14 de diciembre. Una hora después, zarparía hacia América. No quería dejar a su esposa. No quería marcharse.

Se levantó, con el sombrero en la mano. ¿Qué disparate era aquél? ¿Qué le estaba pasando? Él era un soldado y, naturalmente, deseaba ir a la guerra.

Ella suspiró mientras dormía. El corazón de Devlin se contrajo de pronto. Santo cielo, iba a echarla de menos. Ya la añoraba y aún no se había ido. ¿Qué era todo aquello? Debía marchar a la guerra. Tal vez ahora estuviera casado, pero su esposa no podía ablandar su alma, cambiar su carácter, sus predilecciones. Las emociones que experimentaba desde su boda no eran para él. No estaba enamorado. El amor no era para él. Una vez zarpara y se convirtiera de nuevo en parte del viento y el mar, dejaría de sentirse como un tonto romántico y de añorar a Virginia.

Lo cual significaba que era hora de irse. Pero le resultaba tan duro... Pensó en batallas pasadas y sangrientas y el cansancio se apoderó de su espíritu. Se acercó bruscamente a la cama y contempló el rostro angelical de Virginia, consciente de que deseaba memorizarlo. Pensó por un momento en despertarla, pero no lo hizo. Su hechizo era demasiado fuerte.

La tapó con las mantas hasta los hombros. Ella suspiró de nuevo y sonrió sin despertarse. El corazón de Devlin se contrajo de nuevo. El monstruo del miedo se apoderó de él. Aquella mujer era su esposa. Aquel matrimonio podía cambiarlo todo. Mientras contemplaba a Virginia, se dio cuenta de que ansiaba quedarse.

Se volvió bruscamente y abandonó a su novia dormida con paso decidido.

Más tarde se arrepentiría de ello profundamente.

Virginia soñó que Devlin se había ido. Estaba en un lugar cálido y feliz y, de pronto, se sintió helada hasta los huesos. Se hallaba en una playa, viendo alejarse al Desafío. Horrorizada, dejó escapar un grito.

Parpadeó y se encontró despierta, desnuda y sentada en la cama.

—¿Devlin? —comprendió que había tenido una pesadilla y sintió alivio. Pero, al apartar las mantas, vio que estaba sola—. ¿Devlin? —empezó a sentir un vacío dentro. Se levantó y empezó a temblar. El reloj del aparador marcaba las cinco y media.

Era el 14 de diciembre.

Devlin tenía que zarpar esa mañana.

Pero no podía haberse ido aún sin decirle adiós. Se envolvió en una manta de la cama y corrió al cuarto de estar, pero estaba vacío. Llena de espanto, corrió al armario, lo abrió y se vistió tan rápido como pudo. Con los zapatos en la mano, echó a correr escalera abajo.

Una doncella cruzaba el vestíbulo.

—¡Rosemary! ¿Dónde está el capitán? ¿Se ha ido?

La doncella pareció sorprendida.

—Se fue hace unos minutos, señora.

Virginia se quedó inmóvil, con los zapatos y las medias en la mano, atónita. ¿Se había ido? ¿Se había marchado así, sin una palabra? Pero, ¿por qué no le había dicho adiós?

—Necesito el carruaje —dijo con ansiedad. Sentía el corazón en un puño. Se sentó en una silla mientras la doncella se alejaba a toda prisa, y se puso los zapatos y las medias.

Pensó en cómo la había abrazado Devlin al quedarse dormida en sus brazos. Recordó su afirmación de que sería un buen esposo para ella.

Se enjugó las lágrimas. ¿Por qué no la había despertado? ¿Por qué no le había dicho adiós? Otro momento terrible se le vino a la memoria, un tiempo en que se había sentido amada por él con urgencia y ternura, sólo para encontrarlo frío e indiferente al día siguiente.

Se sintió enferma. Era imposible que Devlin volviera a retirarse de nuevo a aquel lugar horrible, frío y sin alma en el que había vivido hasta entonces. La idea le resultaba insoportable.

Tenía que encontrarlo. Debía decirle adiós. Tenía que ver cómo le sonreía con ternura una vez más, convencerse de que habían superado juntos una terrible tormenta y que la luz radiante de un nuevo día los aguardaba al otro lado. Si no, no sobreviviría a los seis meses siguientes.

Media hora después, su carruaje atravesaba a toda velocidad el astillero. Virginia se esforzaba por mirar por la ventanilla y, cuando el coche se detuvo por fin, salió casi despedida de él. Frente a ella había un barco enorme que no reconocía. Había otros navíos alineados en los muelles, pero ninguno de ellos era el Desafío.

Le dolía el corazón. Se llevó la mano a los ojos para protegérselos del sol del amanecer. Miró más allá de los muelles. Y dejó escapar un grito.

A unas cien yardas de distancia, el Desafío se deslizaba lentamente por el canal, rumbo al puerto abierto. Y no había modo de confundir a la figura alta y gallarda que permanecía de pie, inmóvil, sobre el alcázar.

Virginia echó a correr por el muelle, agitando frenéticamente el brazo.

—¡Devlin! ¡Devlin! —gritó.

Pero el barco continuó avanzando hacia el horizonte y él no se volvió ni una sola vez para mirar atrás. Los pasos de Virginia vacilaron. Se detuvo sin aliento y contempló, desesperada, cómo se alejaba el barco.

Devlin se hallaba en el alcázar. Sentía un extraño impulso de mirar hacia atrás, hacia el astillero. Tenía por costumbre permanecer junto al timón y escudriñar el horizonte. Aun así, no lograba desprenderse del deseo de mirar hacia atrás, como si al hacerlo pudiera ver a su esposa una última vez.

—Buen día para navegar, capitán —dijo Red con las manos en el timón.

—Sí, en efecto —una fresca brisa hacía espumear las olas. Después de tanto tiempo en tierra firme, debería sentirse eufórico por zarpar de nuevo. Pero no era así. Devlin suspiró por fin y miró hacia atrás.

Pero el astillero era ya un borrón de formas y colores. Luego, un destello de luz desde la cubierta inferior captó su atención. Se volvió: un marinero le apuntaba con un mosquete. El tiempo pareció detenerse. Comprendió que se trataba de un intento de asesinato. Sabía que moriría. Y, mientras se decía que debía saltar y sentía que sería inútil, supo que el asesino había sido enviado por su mortal enemigo, el conde de Eastleigh.

Al retumbar el disparo, el barco se zarandeó, empujado por una súbita racha de viento. Devlin se había abalanzado ya sobre el puente. Sintió una quemazón en la parte superior del brazo.

Acababa de usar otra de sus vidas. Y, al deslizarse por el suelo de madera de la cubierta, una rabia salvaje se apoderó de él. El asesino había errado el tiro, pero sólo por el viento. Todavía en el suelo, Devlin sacó su pistola y gritó:

—¡Atrapad a ese hombre! —rodó de lado, cargó rápidamente el arma y miró hacia el lugar donde esperaba estuviera el asesino. Y no se equivocó. Aquel sujeto intentaba cargar frenéticamente. Gus y otro marinero se abalanzaron hacia él por la espalda. Devlin se incorporó en el momento en que el asesino apuntaba de nuevo y, casi simultáneamente, se dispararon el uno al otro. El asesino recibió un disparo en la pierna, profirió un grito y cayó. Devlin arrojó la pistola a un lado, sacó su sable, cruzó corriendo la toldilla y saltó a la cubierta principal.

—¡Lo quiero vivo! —gritó mientras Gus y el otro marinero sujetaban al hombre herido. Devlin se detuvo ante él, lleno de furia.

—Capitán —dijo Gus al tiempo que otros marineros se acercaban—, ¿está usted herido?

—Es un rasguño —contestó él con aspereza. Golpeó con la bota al asesino bajo la barbilla y el hombre cayó de espaldas. Gimiendo de dolor, miró a Devlin con los ojos muy abiertos.

—¡Piedad, capitán, señor! ¡Sólo he hecho lo que me ordenaron! ¡Me pagaron por hacerlo! Tenga piedad, se lo suplico. Tengo mujer y tres hijos, todos hambrientos, por favor...

Devlin apoyó el pie sobre su pecho.

—¿Quién te envió?

Unos ojos frenéticos se clavaron en los suyos.

—No lo sé. ¡No me dijo su nombre! ¡Espere...!

Devlin pisó con fuerza su pecho.

—Te sugiero que pienses con atención —dijo Devlin.

—No me dijo su nombre —jadeó el hombre—. ¡Pero sé quién era! Era un lord, capitán. Vi el escudo de armas de su carruaje y pregunté quién era después de que se marchara.

—¿Quién era?

—Eastleigh, era lord Eastleigh, capitán. Por favor, por favor, perdóneme la vida.

Devlin sopesó fríamente su súplica.

—Llevadlo al calabozo. Que el cirujano del barco se ocupe de él.

—Sí, señor —dijo Gus.

Devlin se volvió. Estaba agitado y furioso consigo mismo. Había estado pensando en su esposa como un colegial y reflexionando sobre el amor casi con alegría, cuando tenía un enemigo mortal al que destruir. Su conducta casi le había costado la vida.

Aquel recordatorio llegaba a tiempo. Ahora estaba casado, pero nada había cambiado.

25

Hannah llamó a la puerta de Virginia.

—¿Señora O'Neill? Es lady de Warenne, está abajo —la muchacha sonrió, indecisa.

Virginia había regresado de su intento frustrado de despedirse de Devlin y se había retirado de inmediato a sus habitaciones. La tristeza la dominaba y se había metido en la cama. Intentaba decirse que seis meses no era tanto tiempo, pero cada segundo que pasaba echaba más de menos a Devlin. El miedo pugnaba dentro de ella con el desconcierto. ¿Y si resultaba herido o algo peor? Por suerte, estaba tan agotada que por fin se quedó dormida.

Había despertado hacía una hora, sintiéndose más compuesta y descansada. Se había bañado y vestido, y se alegró de que su suegra hubiera ido a visitarla. Sentía tan vivamente la ausencia de Devlin que la casa le parecía espantosamente vacía.

Corrió abajo y encontró a Mary sentada en uno de los salones, bebiendo una taza de té. En cuanto vio a Virginia se levantó y la miró inquisitivamente. Virginia perdió de inmediato su aplomo. Se quedó inmóvil y las lágrimas comenzaron a correr por su cara.

—Oh, querida —susurró Mary, acercándose a ella—. ¿Qué

ha pasado, chiquilla? —la abrazó—. Creía que hoy te vería feliz. Por favor, no me digas que Devlin ha vuelto a hacerte daño.

Virginia logró sacudir la cabeza.

—No, no, no ha hecho nada malo. Se fue esta mañana y no me dijo adiós, pero no es eso lo que me angustia. Le echo de menos, lady Adare, le echo terriblemente de menos y no sé cómo voy a sobrevivir a estos seis meses sin él —las dos mujeres se miraron. Virginia se enjugó los ojos—. Soy una tonta, ya lo sé.

Mary tomó su cara entre las manos.

—No, no eres una tonta, estás enamorada, y yo me siento muy feliz, querida mía.

Virginia se mordió el labio.

—Sí, estoy enamorada, milady, más que nunca, creo.

Mary sonrió, complacida.

—No le des mucha importancia a esta partida tan apresurada. Los hombres pueden ser unos tontos. Estoy segura de que no quería molestar despertándote al alba, o alguna otra tontería. Devlin no es un romántico, en modo alguno, pero creo que te quiere. De hecho, estoy casi segura.

Virginia se dejó embargar por la esperanza.

—¿Usted cree?

—Apenas te quitó ojo durante la ceremonia. Nunca he visto a un hombre tan cautivado.

Virginia se emocionó.

—Yo creo que me tiene afecto, sí —confesó—. Pero, ¿cómo voy a superar estos seis meses?

—Muy fácilmente —repuso Mary—. Vendrás a vivir a Harmon House. No puedes quedarte aquí sola. Rex no se marcha hasta Año Nuevo, y Cliff se queda en la ciudad a pasar el invierno. Y, además, está Eleanor. Ahora es tu hermana y deberíais conoceros mejor antes de que regrese a Bath —Mary sonrió con un brillo en los ojos—. No hay otra alternativa, querida.

Virginia se sintió profundamente reconfortada. Se atrevió a tomar la mano de su suegra.

—Es usted muy buena, milady. ¿Puedo hablarle con franqueza?

—Hazlo, por favor —dijo Mary.

—Ya me siento como si fuera su hija.

Mary la abrazó con fuerza.

—Lo eres, querida, lo eres.

Había dos comedores en Harmon House. La familia se reunía en el más pequeño para cenar. Mary y Edward se sentaban en los extremos de la exquisita mesa, vestidos formalmente. Virginia se hallaba sentada entre Cliff y Tyrell. Eleanor, Rex y Sean se sentaban enfrente. La conversación se desplegaba con viveza a su alrededor. Eleanor hablaba con su madre, Tyrell y Edward conversaban sobre asuntos de censos, y Cliff y Rex debatían acerca de la política financiera de Napoleón. Virginia se sonreía, llena de contento. Devlin tenía una familia maravillosa, de la que ella formaba parte.

Notó que Sean la miraba y le sonrió. Él correspondió a su sonrisa y desvió los ojos. Eleanor dijo de pronto a Virginia con aire alegre:

—Tengo entendido que pasaste bastante tiempo en Askeaton cuando Devlin estaba en Londres. ¿Te gustó? Yo creo que es una de las partes más bonitas de Irlanda.

Virginia dejó su tenedor y sonrió.

—Me gustó mucho. Es precioso.

—¿Tanto como tu casa de Virginia?

—Sí —Virginia se sintió conmovida un momento por el recuerdo—. Sweet Briar es un sitio maravilloso. Pero en

Askeaton hay mejores rutas para montar a caballo —sonrió a Sean, recordando los largos paseos a caballo que había compartido.

Eleanor los miró a ambos con cierta confusión.

—Olvidaba que... mientras Devlin estuvo fuera, sólo tuviste a Sean por compañía.

Virginia se sintió incómoda. No sabía qué decir. Sean ignoró la conversación y siguió concentrado en su comida.

—Hace años que no monto a caballo en Askeaton —comentó Cliff lánguidamente. Aunque parecía perfectamente relajado, Virginia comprendió que había acudido en su rescate—. Sean tiene unos caballos excelentes, ¿no es cierto?

Ella lo miró. Cliff de Warenne era un joven inquietante, del que Virginia sabía que disfrutaba de los favores de cierta conocida viuda. Pese a todo, le agradeció que recondujera la conversación.

—Sí, así es. En Askeaton hay algunos caballos magníficos. Sobre todo, Bayberry —añadió, y sonrió al recordar a la yegua.

Sean la miró por fin.

—Es tuya —dijo de pronto—. Por favor, acéptala como mi regalo de bodas.

Virginia quedó tan sorprendida que no pudo decir nada. Eleanor volvió a mirar a uno y otro con perplejidad.

—¡Pero sí la criaste tú! ¿Y vas a regalársela a Virginia?

Sean la miró.

—A Virginia le encanta esa yegua.

Eleanor se levantó de pronto.

—Disculpadme, me parece que tengo un terrible dolor de cabeza —salió corriendo del salón.

Virginia parpadeó. ¿Qué había sucedido? Sean suspiró.

—Siempre se me olvida que Eleanor estaba allí el día que nació la yegua. Me ayudó a traerla al mundo —se levantó, muy serio—. Perdonadme —salió.

Edward parecía perplejo.

—Mary, ¿qué está pasando? ¿Por qué está tan disgustada Eleanor?

Tyrell dijo pensativamente:

—Qué cosa tan extraña. Eleanor se ha pasado la vida haciendo rabiar a Sean...

—Y ahora está celosa de Virginia —añadió Rex suavemente, y saludó a ésta con una copa de vino antes de beber.

Virginia hizo amago de protestar, pero Cliff dijo con calma:

—Sean debería besarla. Eso resolvería el problema... aunque plantearía otros nuevos —rió.

—¡Ya es suficiente! —exclamó Mary—. Benson, sirva el siguiente plato, por favor.

Los días pasaban lentamente, pero sin un momento de hastío. Virginia salía a montar por las mañanas con uno u otro hermano, aunque nunca con Sean. Por la tarde iba a hacer visitas con Mary y Eleanor, o se quedaba en casa para rescatar a Rex de algunas de las muchas damas que iban a visitarlos a Cliff y a él. Estaba claro que Cliff tenía una aventura no muy discreta con lady Arlette, aquella viuda. Cliff le recordaba mucho a Devlin, pues no parecía preocuparse en absoluto por su reputación.

Las veladas nocturnas transcurrían en casa o en la ciudad. Virginia se halló muy pronto aceptada de nuevo en sociedad gracias a la influencia de la familia De Warenne. Acudían a cenas de gala, a fiestas benéficas y bailes. Sólo una vez se tropezó con William Hughes y su esposa, y hubo entre ellos un educado y apresurado intercambio de saludos.

Conoció a los demás miembros de la familia De Warenne y aprendió un poco más sobre la historia de la familia. El fundador del linaje había luchado en las filas de Guillermo el Conquistador. Antaño un normando sin tierras, contrajo matrimonio con una rica heredera sajona y, con el tiempo, recibió el título de conde. Uno de sus descendientes emigró a Irlanda con la esperanza de obtener allí tierras y honores, y como consecuencia de ello surgió la rama Adare de la familia. La rama original del linaje, afincada en Nortumbria, acumuló excesivo poder, se granjeó los recelos de la monarquía y acabó perdiendo sus tierras y títulos tras una sangrienta rebelión. Más tarde, algunos De Warenne se convirtieron en ricos comerciantes. Algunos consiguieron recuperar pequeños latifundios, mientras otros emigraban a América para fundar nuevas fortunas. Era una familia extraordinariamente interesante.

Virginia no dejaba de echar de menos a Devlin. No había recibido ni una sola palabra suya. Seguía las noticias de la guerra con vivo interés, aunque sabía que muchas eran ya antiguas, y sentía dolorosamente divididas sus lealtades.

—Lo mataré si no te escribe —le dijo Sean a fines de enero.

—No veo cómo iba a mandar una carta —contestó Virginia. Le echaba tanto de menos que había días en que la añoranza se hacía dolorosa. Una carta era todo cuanto necesitaba para que su separación se hiciera más llevadera. Contaba los días que faltaban hasta junio. Devlin había prometido volver a mediados de ese mes.

—Nuestros barcos van y vienen constantemente —dijo él—. No hay excusa.

—Está en la guerra, Sean —contestó ella con voz queda.

Él sonrió un poco.

—Voy a volver a Askeaton. Llevo fuera demasiado tiempo. Pero ahora estás en buenas manos, Virginia. Todo el mundo te quiere. Te has convertido en una hija más.

Virginia sintió un sincero placer.

—Quiero mucho a tu familia, Sean. Siento que éste es mi sitio.

—Sí, lo es —dijo él—. Y ya sabes que, si alguna vez tienes algún problema, puedes recurrir a cualquiera de nosotros.

—Sí, lo sé —dijo ella.

Sean vaciló.

—Eleanor y tú os habéis hecho amigas. Me alegro. Es tan joven... —su voz se apagó.

—Claro que somos amigas. Es como una hermana para mí —dijo ella suavemente—. Y, cada vez que me miras, nos vigila como un halcón.

Él pareció muy sorprendido e hizo una mueca.

—No lo creo —le besó la mejilla—. Quiero que me prometas que no dudarás ni un momento si necesitas algo. Ahora tienes una verdadera familia y a ninguno de nosotros le falta valor, lealtad o determinación.

—Dudo que necesite recurrir a la caballerosidad de los De Warenne —bromeó.

Él se echó a reír cálidamente. Virginia comprendió que su corazón estaba curado y se sintió feliz por él.

1 de enero de 1813
Querida Virginia:
El Nuevo Año ha llegado y confío en que esta carta te encuentre con buena salud y mejor ánimo. ¿Cómo te sientes en Waverly Hall? Imagino que mi madre y tú ya os habréis hecho amigas, y espero que no dudarás en acudir a ella si algo te falta. Confío también en que mis hermanos no te hayan abrumado con sus variopintos caracteres. ¿Qué tal ha ido el invierno? Mientras cruzábamos el Atlántico hizo un frío atroz, pero era de esperar. Ahora nos acercamos a las costas de Nueva Jersey y de momento hemos visto poca acción. Los hombres están animados, aunque se aburren cada vez más, pues no están acostumbrados a tanta inactividad y ansían enfrentarse al enemigo. Tengo un nuevo cirujano, Paul White, un caballero al que creo encontrarías divertido si llegaras a conocerlo. Toca el violín y entretiene con él a los hombres horas y horas.

Por favor, dale recuerdos a mi familia. Te deseo un feliz Año Nuevo.

Sinceramente tuyo,
Devlin O'Neill

Virginia recibió la carta de Devlin el cinco de febrero. Estaba tan emocionada que corrió a su habitación a abrir el sobre lacrado. El corazón le martilleaba en el pecho mientras la leía rápidamente. Volvió luego a leerla más despacio. Hubiera deseado que Devlin dijera que la echaba de menos y que estaba deseando regresar a casa. Pero Devlin nunca había sido muy proclive a intimidades en persona, así que, ¿por qué iba a serlo por carta?

Virginia suspiró y se dio por vencida. Se sentía feliz porque Devlin se hubiera tomado la molestia de escribirle. Y le había hecho algunas preguntas, de modo que, obviamente, deseaba una respuesta.

5 de febrero de 1813
Querido Devlin:
Me ha hecho muy feliz recibir tu carta y más aún saber que tu tripulación y tú estáis bien. He hecho muy buenas migas tanto con tu madre como con Eleanor. De hecho, el mismo día de tu partida tu madre insistió en que me mudara a Harmon House, cosa que hice. Le he tomado mucho cariño a toda tu familia. Rex se ha reincorporado al ejército, Cliff pronto partirá hacia Martinica (yo ignoraba que tuviera allí una plantación azucarera) y Sean ha regresado a Askeaton, así que de pronto la casa parece vacía. Tyrell sigue aquí, pero sólo lo veo de pasada, pues parece preocupado por sus asuntos. Tu madre y tu padrastro se encuentran bien de salud. Eleanor se marchará pronto a Bath para reunirse con los Hinckley, el matrimonio al que hace compañía, si bien hay cierta controversia respecto a si debe regresar o no. Ojalá se quedara, pues disfruto mucho del tiempo que pasamos juntas.

Te echamos de menos en Navidad. Tu madre preparó una cena espléndida, con comida suficiente para un regimiento. Eleanor y Sean discutieron, como siempre, acerca de su regreso a Bath, donde al parecer ella tiene demasiados admiradores para una muchacha de su edad (al menos, en opinión de Sean). Cliff invitó a lady Arlette, la viuda, a cenar con nosotros, para desmayo de tu madre. Los hombres pasaron buena parte del tiempo hablando de Napoleón, de la situación en Europa y de cómo debía ser la paz allí. Todos evitaron amablemente el tema de la guerra americana, sospecho que por deferencia hacia mí.

Tu familia se ha portado de maravilla. Tu madre me regaló un medallón con un retrato tuyo que se ha convertido en un tesoro para mí. Eleanor me regaló un chal y unos guantes, tus hermanastros un abanico y Sean un libro. El libro es sobre historia de Irlanda y es fascinante. Sean me regaló también a Bayberry como obsequio de boda. La yegua ya está aquí, así que ahora salgo a montar cada mañana, llueva o haga sol.

Le he dado recuerdos de tu parte a tu familia. Te deseo buena salud y buen ánimo. Que Dios os guarde a tus hombres y a ti a salvo.

*Tu amante esposa,
Virginia*

Virginia sabía que podían pasar meses antes de que recibiera respuesta de Devlin, pero se sintió desilusionada cuando, al llegar la segunda semana de marzo, seguía sin noticias suyas. Faltaban dos días para su cumpleaños y deseaba neciamente que Devlin pudiera estar en casa para celebrarlo con ella.

—No desesperes —dijo Mary, rodeándola con el brazo—. Pronto tendrás noticias suyas.

Virginia le sonrió.

—Eso espero —se tocó el vientre en un gesto inconsciente. Empezaba a pensar que estaba embarazada. No había tenido el periodo desde la partida de Devlin, y la posibilidad de llevar en su vientre un hijo de Devlin le causaba al mismo tiempo felicidad y desasosiego. Ansiaba tener un hijo suyo, pero su relación seguía siendo nueva y frágil, y era demasiado pronto para ser puesta a prueba. Quizá Devlin no estuviera preparado aún.

Fuera se oyeron los cascos de un caballo.

—Puede que sea el correo —exclamó. Corrió a la ventana y miró fuera... y su corazón pareció detenerse.

El jinete que se apeó de la montura llevaba una capa azul marino sobre su uniforme de la Marina y se cubría la cabeza con un sombrero negro de oficial. Virginia lo reconoció incluso antes de que se volviera y sofocó un grito.

—¿Qué ocurre? —murmuró Mary.

Era Devlin, y Virginia no pudo responder. Él se volvió. Su capa ondulaba sobre sus hombros. Llevaba calzas blancas y botas altas manchadas de barro. Se encaminó hacia la casa y Virginia se aferró al antepecho de la ventana, sintiéndose desfallecer. Devlin había vuelto a casa.

La puerta se abrió de golpe. Devlin cruzó el umbral y se quedó paralizado al verla. Ella ni siquiera pudo sonreír. Sus miradas se encontraron. Virginia apenas podía respirar. Lo amaba tanto que le dolía. Los ojos de Devlin ardían.

—Virginia... —se quitó el sombrero e hizo una reverencia.

Ella se inclinó ante él.

—No... no te esperábamos tan pronto.

Devlin esbozó una sonrisa.

—Decidí perseguir a un mercante americano a través del océano.

Los ojos de Virginia se agrandaron.

—Qué... oportuno.

Él sonrió.

—Eso me pareció.

¿Intentaba decirle él que había perseguido a un barco a

través del océano sólo como excusa para regresar a casa y verla? Mientras aquella idea desfilaba atropelladamente por su cabeza, Devlin se acercó y le besó la mejilla. Ella cerró los ojos y notó que le ardía la cara. Él se volvió y saludó a Mary.

—Eres maravilloso —dijo su madre, abrazándolo. Luego sonrió y añadió—: Tengo que hacer una visita, a pesar del mal tiempo. Edward no está en casa —añadió con intención. Se volvió y salió del salón.

Virginia se mordió el labio. Devlin entregó su capa y su sombrero a un sirviente.

—Recibí tu carta —dijo él mientras recorría su cara con la mirada.

—Espero que te reconfortara un poco alguna fría noche en el Atlántico —logró decir ella.

—Así fue, en efecto —su sonrisa apareció, breve y forzada.

Virginia se sonrojó. El sirviente salió del salón y quedaron a solas. Las lágrimas empañaban los ojos de Virginia.

—Me alegra tanto que estés en casa...

Él vaciló, como si deseara decir algo. Virginia no se movió. Luego, él hizo una mueca, se acercó a ella y la agarró de los brazos.

—Yo también me alegro de estar aquí —dijo con cierta aspereza.

Ella tragó saliva y se atrevió a decir:

—Te he echado de menos, Devlin.

El semblante de Devlin se crispó. La atrajo hacia sí y se apoderó de su boca. Ella sofocó un gemido, se aferró a él y entre sus brazos se sintió amada y a salvo. Su boca era voraz y ella lo besaba con idéntico frenesí, llena de contento al notar que estaba excitado. De pronto, Devlin la levantó en brazos.

—¿Dónde está tu habitación? —preguntó.
Virginia se abrazó a él.
—¡Devlin, estamos en casa de tus padres!
—Me importa un bledo. No puedo esperar ni un minuto más para estar contigo —subió las escaleras a toda prisa con ella en brazos. Sus ojos centelleaban cuando dijo—: Creía que, cuando estuviera en el mar, sería libre. Pero me equivocaba —ella parpadeó. ¿Qué quería decir?—. No dejaba de pensar en ti, Virginia —parecía muy serio—. Te me aparecías a cada momento. Te veía en sueños.

Ella se sintió feliz. Sonrió y dijo suavemente:
—Entonces creo que estamos empatados.
Los ojos de Devlin se dilataron al tiempo que alcanzaba el descansillo.
—¿Qué habitación?
Virginia se sentía ya en llamas.
—La tercera puerta a la derecha —logró decir.
Él empujó la puerta y la condujo a la cama. La depositó sobre ella y se sentó a su lado.
—Estás tan preciosa como siempre —dijo con voz densa mientras le acariciaba la mejilla—. Esperaba que estuvieras pálida por el invierno. Pero tu rostro se colorea como una flor.

Ella vaciló, a punto de decirle que sospechaba que podía estar encinta, pero se lo pensó mejor. No estaba segura y el momento no era el más adecuado.
—No estoy floreciendo, estoy ruborizada, Devlin —dijo.
Él sonrió y comenzó a desabrochar los botones de su vestido.
—Nunca has estado más hermosa —dijo mientras le bajaba el vestido hasta la cintura. Sus ojos se agrandaron cuando vio sus pechos, acariciados por la tela finísima de la camisa y más llenos que antes—. Y has florecido, Virginia —murmuró.

—Cuánta impudicia —replicó ella, casi sin aliento.
Él le quitó la camisa por la cabeza y la arrojó a un lado.
—Yo le enseñaré impudicia, señora —dijo y, enlazándola con un brazo, acercó la cara a sus pechos y comenzó a chupar sus pezones. Virginia se sintió desfallecida al notar que una oleada de deseo se apoderaba de ella.

—No quiero hacerte daño —dijo él mientras agarraba su mano y la guiaba hacia su entrepierna. Virginia sofocó un grito al sentir cómo palpitaba su sexo—. Pero hoy tengo poca paciencia.

—No me haces daño —musitó ella—. ¡Por favor, date prisa!

Él le quitó rápidamente el vestido. Virginia lo contempló mientras la despojaba de los pantaloncitos y comprendió que nunca lo había visto tan poseído por la pasión. Cuando sólo estuvo cubierta por el corsé y las medias, él posó la mano sobre su sexo. Una expresión de triunfo brilló en sus ojos.

—Abre las piernas —dijo, y ella obedeció al instante. Devlin se inclinó sobre ella y frotó la mejilla sobre su pubis.

Virginia dejó escapar un gemido, sobrecogida por el placer y la excitación.

—Aprisa —jadeó con aspereza.

La boca de Devlin comenzó a moverse sobre su sexo, lenta y minuciosamente. Su lengua presionaba, insistente. Virginia comenzó a hacerse añicos, gritó y clavó las uñas en sus hombros.

—Oh, pequeña, espérame —jadeó él, y de pronto Virginia sintió que su verga se deslizaba profundamente dentro de ella. Pero era demasiado tarde y se dejó arrastrar por el placer más intenso que había conocido nunca.

Devlin se hundió más adentro, gimió con aspereza y un instante después se derramó dentro de ella. Su cuerpo enorme se tensó de placer y se convulsionó sobre Virginia. Cuando hubo acabado, se hizo a un lado y la atrajo hacia sí.

Virginia sonrió al volver en sí y apoyó la mejilla sobre su duro pecho. Devlin la abrazaba con fuerza y besaba una y otra vez su sien. Pero sus besos no eran del todo tiernos. Ella comprendió enseguida que seguía excitado y listo para poseerla de nuevo. Besó su pecho otra vez y, llena de osadía, tomó su miembro en la mano.

—¿Qué es esto? —preguntó maliciosamente.

Él se echó a reír.

—Creo que lo sabes.

—¿Y si lo he olvidado?

Él sonrió con perversidad.

—Entonces tendré que recordártelo, querida —y, tumbándose sobre ella, la penetró de nuevo.

Virginia se hallaba sentada ante su tocador, completamente vestida. Se estaba recogiendo el pelo. El reflejo de Devlin apareció en el espejo cuando se detuvo en el umbral del vestidor. Estaba también vestido del todo, pero con ropas de civil. Virginia sintió que se ruborizaba.

Era la mañana siguiente y seguían en Harmon House. Sólo se habían levantado de la cama porque ella había insistido en que bajaran antes de que acabaran escandalizando a toda la casa. Devlin le sonrió a través del espejo y se acercó. Virginia se puso la última horquilla.

—Hoy me siento de verdad como una esposa —dijo con voz queda.

Él le puso las manos sobre los hombros.

—Yo esperaba que te sintieras aún como una recién casada.

Ella vio en el espejo que se sonrojaba.

—Una recién casada muy feliz —musitó.
Devlin se inclinó y besó su nuca desnuda.
—Y satisfecha, espero.
Ella se volvió en el taburete.
—Ya sabes lo satisfecha que estoy.
—Eres una pequeña desvergonzada —dijo riendo Devlin.
Ella se levantó y se halló entre sus brazos.
—Y espero que eso te agrade.
Él vaciló.
—Me agrada mucho, Virginia.
El corazón de Virginia estalló en una canción. ¿Significaba eso lo que ella creía: que estaba empezando a quererla, aunque fuera sólo un poco? Él metió la mano en el bolsillo de la pechera de su levita.
—Tengo una cosa para ti —dijo.
Virginia lo miró con sorpresa al ver que sacaba una cajita de terciopelo.
—¿Qué es?
—Tu regalo de cumpleaños.
A ella se le paró el corazón. Lo miró, trémula, a los ojos.
—Pero... ¿sabes que es mi cumpleaños?
—Es mañana, ¿no? —él sonrió levemente—. Cumples diecinueve. Eres ya una mujer de mundo —dijo en tono suavemente burlón.
Ella sonrió. Sentía ganas de llorar de felicidad.
—¿Cómo... cómo lo sabes?
—Me preocupé de averiguarlo. Ábrelo —dijo con ternura.
—¿No debería esperar hasta mañana?
—Estoy seguro de que mañana te lloverán regalos, y no me cabe ninguna duda de que mi madre te tiene preparada una fiesta por todo lo alto.

—No, le pedí que fuera una celebración íntima, sólo para la familia. Rex ha vuelto a España y Sean está en Askeaton, así que sólo estaremos dos tercios de la familia —levantó la tapa de la cajita y dejó escapar un gemido de asombro al ver un hermoso collar de amatista con incrustación de diamantes.

—¡Es precioso, Devlin! —exclamó.

—Encargué que lo hicieran para ti antes de zarpar —dijo él con una sonrisa leve y satisfecha—. Quería algo que fuera a juego con tus ojos.

—Devlin... —Virginia se aferró a sus brazos—. Éste es el mejor cumpleaños que he tenido nunca. Gracias. Gracias por el collar y gracias por volver a casa.

Él titubeó.

—Tenía que volver. Feliz cumpleaños, Virginia.

Ese día, más tarde, Virginia oyó risas masculinas y reconoció la voz de Devlin. Se detuvo ante la puerta del salón y se sonrió. Su marido parecía feliz. La llenaba de contento oírle reír con sus hermanos. Se disponía a entrar en el salón cuando Tyrell dijo:

—¿Y la guerra? He oído rumores de que vamos a atacar toda la bahía de Chesapeake.

Virginia se envaró y su sonrisa desapareció. Hasta ese momento se había negado a pensar en el hecho de que Devlin acababa de regresar de una guerra contra su país. Desde su regreso no le había preguntado ni un solo detalle sobre su misión, ni él le había contado nada. Aguzó el oído con el corazón acongojado.

—Me temo que no puedo hablar de asuntos clasificados, Ty —la voz de Devlin tenía un extraño filo—. Pero acabo de recibir nuevas órdenes. La guerra es cada vez más intensa.

A Virginia le dio un vuelco el corazón. Durante la ausencia de Devlin, se había hablado del bloqueo a la bahía de Chesapeake, que era donde se hallaba Sweet Briar, pero eso había sido todo. ¿Qué quería decir ahora Devlin? ¿Y a qué rumor se refería Tyrell? De pronto temió por Tillie y Frank y por todo Sweet Briar. Y, si Devlin acababa de recibir nuevas órdenes, ¿significaba eso que se estaba preparando ya para marchar, a pesar de haber llegado el día anterior?

Se sintió consternada y se tocó inconscientemente la tripa. ¿Y si estaba embarazada? Por fin se estaban enamorando, tenían un futuro que compartir. Sencillamente, no había sitio en sus vidas para una guerra. Y menos aún para una guerra contra su país.

Dudó un momento y por fin corrió a la biblioteca. Desde la puerta vio los papeles sobre la mesa. Se le encogió el corazón y, aunque sabía que no debía leer documentos secretos, corrió a la mesa. Los papeles que había sobre ella no le interesaron, sin embargo, y abrió el cajón del centro. Enseguida encontró lo que estaba buscando. Su corazón se detuvo. Su compostura se desvaneció. Temblando, tomó la carta y leyó.

Del lord almirante Saint John al capitán sir Devlin O'Neill
Waverly Hall
18 de marzo de 1813
Capitán O'Neill:
Sírvase darse por enterado de lo siguiente: zarpará usted el 24 de marzo con destino a la bahía de Chesapeake, donde se presentará ante el almirante Cockburn. Junto con el almirante, debe usted destruir cualquier navío de guerra americano que encuentre a su paso, incluidos los que se hallen atracados en los puertos. Destruirá cualquier depósito sospechoso de al-

bergar suministros americanos, incluidos los de tierra firme, y cualquier granja o factoría involucrada en el esfuerzo de guerra. Hará cuanto esté en su poder para desmantelar por completo el comercial costero americano. Se exige de usted completa discreción respecto a los medios necesarios para llevar a efecto las órdenes arriba indicadas. Se recomienda vivamente prestar ayuda a los esclavos huidos, especialmente a fin de que sirvan de guías a nuestros hombres a través de la campiña americana. Se evitará en lo posible el enfrentamiento con civiles americanos, pero cualquier sospecha de colaboración con el ejército de la población civil será considerada una grave amenaza militar y tratada como tal.
El honorable lord almirante Saint John
El Almirantazgo
Brook Street
West Square

Virginia quedó paralizada de estupor.

—¿Virginia?

Ella levantó la mirada, temblando, y vio a Devlin en la puerta. Dio un respingo, pero logró dejar la carta en el cajón. El corazón le latía desbocado.

—¿Qué estás haciendo? —preguntó él sin moverse.

Virginia había ignorado hasta ese momento el alcance de sus órdenes. ¿Cómo podía participar Devlin en aquella destrucción estando casado con ella? Tragó saliva y lo miró con fijeza. Estaba helada hasta la médula de los huesos.

Devlin caminó hacia ella lentamente. Aquella máscara que Virginia confiaba no volver a ver había cubierto de nuevo su rostro.

—¿Has leído mis órdenes? —preguntó con voz suave.

—Sí —susurró ella. Se sentía a punto de desmayarse—. ¡No vayas! —gritó de pronto—. ¡Te necesito aquí! Dimite.

Renuncia a tu puesto. ¡No vuelvas a la guerra! ¡No puedo soportarlo!

Él vaciló.

—Sólo los cobardes eluden su deber, Virginia.

—¡Todo el mundo sabe que tú no eres un cobarde! Dios mío, has demostrado tu valor cientos de veces —le costaba pensar con claridad, tan aturdida estaba por el contenido de sus órdenes.

—Virginia —dijo él con mirada interrogadora—, soy capitán de la Marina. Lo sabías cuando nos casamos. Lamento sinceramente que nuestros países estén en guerra, pero esta guerra pasará.

—¿Después de cuántas muertes? ¿Cuántos americanos han muerto ya por culpa tuya, Devlin? —gritó sin poder evitarlo.

Devlin se puso rígido.

—No lo sé.

—Yo creo que sí —no deseaba atacarlo y sabía que lo estaba haciendo. Rodeó la mesa y se detuvo ante él—. Hemos sido felices juntos, al fin. Esta guerra se interpondrá entre nosotros.

El rostro de Devlin se crispó.

—Sólo si tú lo permites. Maldita sea, no has debido leer mis órdenes.

—No, no he debido hacerlo. ¡Devlin, por favor! ¡No vayas a la guerra contra mi país!

Él profirió un sonido áspero.

—Estás angustiada y con razón. Pero no permitas que la guerra se interponga entre nosotros. Es lo único que te pido.

Ella guardó silencio. Se sentía enferma. Devlin tomó su mano.

—Está bien, no dejaré que se interponga entre nosotros —dijo, y deseó fervientemente que ello fuera posible.

La máscara de Devlin desapareció y ella vio que estaba aliviado.

Virginia tuvo que sentarse. Se hallaba al borde de las lágrimas. El salón rebosaba risas y alegría. Respiró hondo y lo recorrió con la mirada, sonriendo. Era la tarde de su día de cumpleaños. Junto a la chimenea, Edward, Tyrell, Cliff, Devlin y Sean bebían champán y charlaban relajadamente. Devlin, que vestía ropa de paisano, nunca había estado tan apuesto. Sintió su mirada, se volvió hacia ella y sonrió. Virginia le devolvió la sonrisa. De pronto se sentía llena de deseo.

Estaba intentando hacer lo que Devlin le había pedido. Le costaba un arduo esfuerzo, pero procuraba no pensar en la guerra, decidida a disfrutar del tiempo que les quedaba juntos. Sus sentimientos hacia Devlin no habían cambiado. Sencillamente, lo amaba demasiado. Y él tenía razón: no debía permitir que la guerra se interpusiera entre ellos. Sobre todo, porque esa misma mañana había sabido con toda certeza que estaba embarazada. Había ido al médico, cosa que sólo sabía Mary. Su bebé nacería en octubre.

Sonrió y se tocó la tripa. Le daría la noticia a Devlin antes de que se fuera. Su corazón dio un vuelco. Miró a Devlin. Confiaba en que él se alegrara. Y rezaba por no ser viuda cuando diera a luz a su hijo en otoño.

—Me pregunto si alguna vez alguien me querrá tanto como para regalarme un collar que vaya a juego con mis ojos —dijo Eleanor, que estaba sentada junto a Mary en el sofá verde, junto al sillón que ocupaba Virginia.

—Ya te llegará a ti la hora —murmuró Mary—. Ese collar es perfecto para Virginia. Acentúa verdaderamente el extraño color de sus ojos —Mary miró a Virginia con expresión de complicidad y ella comprendió que estaba pensando en el bebé.

—Presiento algún secreto —murmuró Devlin con tono suave y seductor.

Y en ese momento fue cuando el conde de Eastleigh entró en el salón.

Virginia se quedó de una pieza. No lograba entender qué hacía allí el conde mientras éste hacía una reverencia. ¿Qué podía querer? Devlin se adelantó hacia él, pero Cliff y Tyrell lo agarraron de los hombros. Una máscara temible había cubierto su cara. Edward cortó de inmediato el paso al conde.

—Eastleigh, no es usted bien recibido en esta casa.

—Adare —dijo Eastleigh con ojos fríos como el hielo—. Sin duda el no invitarme a la fiesta de cumpleaños de mi sobrina habrá sido un desafortunado despiste... lo mismo que no invitarme a su boda. Sólo he venido a desear a Virginia un feliz cumpleaños. Incluso le he traído un regalo —se volvió y le hizo una seña al criado que lo acompañaba, y que sostenía un gran paquete.

Devlin se desprendió de sus hermanos y se adelantó con mirada fría.

—Vaya, vaya —dijo—, el hombre al que quería ver. ¿No se sorprende usted de verme, milord?

Los dos hombres se sostuvieron la mirada. Eastleigh descubrió los dientes en una parodia de sonrisa.

—¿Por qué habría de sorprenderme verlo en la fiesta de cumpleaños de su esposa? Había oído que había regresado, O'Neill. Le doy mi enhorabuena por un matrimonio tan ventajoso —de pronto miró a Virginia e inclinó la cabeza—. Felicidades, querida.

Un escalofrío corrió por la espalda de Virginia. Al mirarlos a ambos, sintió desesperación. O mucho se equivocaba o estaba a punto de suceder algo terrible. Se adelantó rápidamente.

—Gracias, tío. Es usted muy amable por haber venido.

Devlin la asió del brazo.

—Ahórrate palabras hipócritas —dijo fríamente—. Mi padrastro tiene razón. No es usted bienvenido. Pero, antes de que se marche, quiero hacerle una pregunta. ¿Quiere saber qué suerte corrió su asesino?

Virginia sofocó un grito. ¿Asesino? ¿De qué estaba hablando Devlin?

—¿Mi asesino? —Eastleigh rompió a reír—. No conozco a ningún asesino. ¿Ha intentando matarle alguien, O'Neill? —rió de nuevo—. ¿Por qué cree que fui yo? Tiene usted innumerables enemigos.

Devlin se inclinó hacia él, sonriendo.

—Su asesino falló. Pero le recomiendo que se cubra las espaldas, Eastleigh. Yo también puedo jugar a ese juego.

Virginia dejó escapar un grito. Nadie pareció oírla.

—¿Eso es una amenaza? ¿Ha decidido matarme? ¿No le basta con arruinarme? —sonrió—. Puede que sea usted quien tenga que cubrirse las espaldas, O'Neill, no yo —se volvió y se inclinó hacia Virginia—. Espero que te guste tu regalo de cumpleaños —dijo, y se marchó.

Virginia se quedó mirándola mientras se alejaba. Devlin se volvió hacia ella. Su expresión era tan dura y despiadada que infundía temor. Cuando dejaron de oírse los pasos de Eastleigh, Virginia se dio la vuelta. En el salón reinaba una atmósfera gélida y crispada.

—Me libraré de eso —dijo Tyrell, levantando el paquete envuelto.

—¡No! —Devlin se acercó y rasgó el papel. Bajo él había un cuadro.

Virginia apenas podía respirar. Empezaba a sentirse mareada.

—¿Qué es?
Devlin soltó un áspero bufido.
—Líbrate de él. Quémalo —dijo.
—¡No! —Virginia lo apartó. Luego dejó escapar un gemido.
El cuadro era un bello retrato de sus padres. Su madre, bellísima, sostenía en brazos un bebé que sólo podía ser Virginia. Se hallaban ambos delante de una casa que Virginia reconoció al instante. Era Eastleigh Hall. Y junto a ellos se hallaba el conde de Eastleigh, joven y apuesto. No cabía duda de cuál era el significado de aquel presente.
Virginia era una Hughes, era la sobrina del conde, y eso nada podría cambiarlo: ni siquiera su boda con Devlin.
—Me libraré de él —dijo Tyrell, mirando a Virginia. Ella asintió, aturdida, y Tyrell se llevó el cuadro.
—Mary va a echarse un rato —dijo Edward, deteniéndose en la puerta—. Eleanor, ven.
Mary sonrió, compungida. Tenía lágrimas en los ojos.
—Lo siento. La velada no ha salido como esperaba...
Virginia la tomó de las manos.
—No tiene importancia —musitó—. Ha sido maravilloso, de verdad.
Cuando se marcharon, Cliff se acercó a Devlin.
—No dejes que te provoque —dijo. Devlin no respondió. Miraba enfurecido por la ventana. Cliff se volvió hacia Virginia—. ¿Estás bien?
Ella asintió con la cabeza, pero era mentira.
—Déjanos a solas, te lo ruego —logró decir.
Él vaciló. Miró a su hermano y salió. Devlin y ella se quedaron solos. Él seguía mirando por la ventana como si no advirtiera su presencia. Ella sentía su odio y sabía que estaba planeando algo terrible. Se sentía enferma. Se acercó a él, temblando.
—¿Intentó asesinarte? —preguntó.
Él la miró por fin.

—Lamento que te hayas enterado. No importa. Fracasó.
—¡Claro que importa! —gritó ella.
—Virginia, sobreviví a esa absurda intentona.
—¡Esta vez! —sabía que estaba histérica, pero sentía tanto miedo que no podía pensar con claridad—. Pero, ¿qué pasará la próxima vez?
—No es el primer enemigo que desea mi muerte —dijo Devlin con acritud, y la tomó de la mano.
Ella se desasió y retrocedió.
—¡Esto ha ido demasiado lejos! Fuiste tú quien empezó esto y mira lo que ha pasado. ¡Ahora estás en peligro!
La ira ardía lentamente.
—Yo no empecé esto, querida mía, lo empezó él hace quince años.
—¿Y eso lo justifica?
Devlin se acaloró.
—No estoy en peligro, Virginia —repuso—. Hace mucho tiempo que sé cuidar de mí mismo. Ningún matón a sueldo va a acabar conmigo.
Virginia sintió ganas de llorar. ¿Iban a vivir así? ¿Y qué ocurriría cuando naciera el bebé? ¿Encontraría ella alguna vez a un asesino en su alcoba? ¿Y si Eastleigh se cobraba venganza en su hijo? Ella no podía vivir así.
Devlin se volvió bruscamente hacia la ventana. Virginia salió corriendo de la habitación y empezó a llorar. De pronto se halló en la biblioteca. La habitación estaba llena de la presencia viril y poderosa de Devlin.
Si le decía lo del bebé, ¿cambiaría de actitud? Sin duda comprendería que no podían traer a su hijo a un mundo lleno de odio y venganza. Estaba aterrorizada.

Devlin miraba por la ventana, pero no veía sino negrura. Temblaba de ira, pero sentía un vacío en el pecho.

Conocía aquella sensación: era miedo. Aunque no se había vuelto, sabía que Virginia estaba angustiada y que había huido de la habitación. ¿Habría comprendido finalmente qué clase de hombre era? ¿Un hombre de sangre fría y corazón lleno de odio?

Los días anteriores le habían parecido un cuento de hadas o un sueño. Apenas reconocía al hombre que reía con tanta frecuencia y que apenas pensaba en otra cosa que no fuera su esposa. Había saboreado la felicidad. Incluso había sentido el destello de la alegría. Aquellos sentimientos le resultaban desconocidos y temibles, pero también extrañamente dulces. Por primera vez en su vida, se sentía amado y, lo que era más importante, sabía que no estaba solo.

Ahora, Virginia sentía miedo y aflicción. La mujer más valerosa que había conocido ansiaba amor y risas, no guerra y odio. Acababa de huir de él y, si Devlin se atrevía a afrontar la verdad, debía reconocer que le aterraba perderla.

Sabía que no se merecía aquella vida. Que era un sueño y que un día abriría los ojos y todo habría desaparecido: la dicha, la paz, Virginia.

Se recordó que era, ante todo, un soldado, y que sólo conocía una vida en guerra constante. Se había casado con ella con intención de que nada cambiara, y en los pocos días que habían pasado juntos todo había cambiado... casi. Virginia le había enseñado una forma distinta de vivir, y una parte de él ansiaba desesperadamente apoderarse de ella. Pero aquella otra parte de él parecía mucho más fuerte, más despiadada y más empeñada que nunca en la venganza. Esa parte de él sabía que debía acabar con Eastleigh de una vez por todas y dejar que su padre descansara por fin en paz.

Nunca se había sentido más dividido. Respiró hondo y

salió tras Virginia. Se detuvo en el umbral de la biblioteca. Virginia estaba junto a la mesa, agarrada a su borde. Tenía lágrimas en la cara cuando se volvió. Devlin deseó enjugar aquellas lágrimas, pero no se movió.

—Siento que tu tío haya estropeado tu fiesta de cumpleaños, Virginia —dijo con cautela.

Ella se humedeció los labios y tardó un momento en contestar.

—Devlin, estos últimos días han sido maravillosos, ¿no es cierto?

Él se sobresaltó.

—Sí, así es —contestó él, receloso.

Ella forzó una sonrisa.

—¿No es ya hora de olvidar y perdonar? ¿No es hora de pensar en todo lo que tenemos, en todo lo que podríamos tener? Un futuro maravilloso nos espera...

—Vas demasiado lejos —la advirtió él. No pensaba dejarse manejar por su esposa como una marioneta. Ella se tensó.

—No me has dejado acabar.

—No hay nada de que hablar. Al menos, sobre Eastleigh. Esta batalla tiene que acabar... y para mi satisfacción, Virginia. Ella lo miró con sus grandes ojos húmedos, muy pálida.

—Devlin, hay algo que no te he dicho.

El corazón de Devlin dio un vuelco. No le gustaba su tono, ni su expresión. ¿Qué terrible noticia iba a darle?

—Adelante —dijo. Ella se aferró a la mesa.

—Vamos a tener un hijo.

Por un momento, Devlin se sintió aturdido. Su corazón se aceleró.

—¿Qué?

—Te ruego —dijo ella con voz ronca— que me prometas una vida de paz y felicidad. ¡Que nos prometas esa vida!

Él dio un respingo, apenas capaz de comprender lo que Virginia le había dicho. Estaba embarazada. Hizo rápidamente el cálculo. Su hijo debía de haber sido concebido en diciembre, tras su boda. Santo cielo, iba a ser padre. ¡Era demasiado pronto! De inmediato, la expresión burlona de Eastleigh asaltó su cabeza.

—Te suplico que renuncies a tu sed de venganza —ella comenzó a llorar—. ¡No puedo darle esta vida a mi hijo! ¿Es que no lo ves? Necesito que elijas.

Él tardó de nuevo un momento en comprenderla. Temblaba y sólo podía pensar en el bebé y en el hecho de que tenía un enemigo despiadado. ¿Elegir? ¿Ella quería que eligiera? Entonces comprendió la horrible verdad. Respiró hondo y se puso rígido de ira.

—No me hagas esto, Virginia —dijo. No había elección alguna que hacer. ¡Aún no!

—¡Debes elegir! —gritó ella, temblando incontrolablemente.

—No me pidas eso —ordenó él como si se hallara en el alcázar de su barco. Y sintió que todo comenzaba a disiparse: la alegría, el amor, el miedo...

—Debes elegir —susurró ella—. No permitiré que nuestro hijo viva rodeado de odio. No pondré a nuestro bebé en peligro. Elige, Devlin. Elígenos a nosotros. ¡Al bebé y a mí!

Pero él no podía elegir. No podía. Sintió que su corazón se desvanecía en la nada. Toda emoción quedó congelada y desapareció.

—¡No, por favor! —imploró ella. Y corrió hacia él—. ¡No te alejes de mí ahora! No, después de todo lo que hemos compartido. No, ahora que estoy embarazada —agarró su mano y se la llevó a la tripa.

Él miró su vientre todavía plano, pero sólo sentía un vacío. No experimentaba amor, ni dicha, sólo la naturaleza desapasionada que su enemigo le había dejado cuando tenía diez años.

—Puedes tenernos a nosotros... o puedes tener tu venganza. Pero no puedes tener las dos cosas.

Él bajó la mano y se volvió.

—Lo siento —dijo—, pero ya sabías cómo era cuando te casaste conmigo.

Ella sofocó un grito.

Virginia estuvo en cama todo el día, afligida por una dolorosa migraña y un profundo desánimo. No lloraba. Estaba demasiado paralizada por el miedo.

Tenía que pensar en el bebé. Santo cielo, ¿qué clase de padre sería Devlin? Si ella no lo amara todavía... Pero lo amaba, y siempre lo amaría.

No sabía qué hacer y Devlin se marcharía de nuevo tres días después. Se hallaba frente a la puerta cerrada de su alcoba, vestida para la cena. No había vuelto a ver a Devlin desde su discusión de la víspera. Él no había dormido en su cama esa noche y ella había eludido su presencia. Devlin seguía siendo su marido y el niño que llevaba en su vientre siempre sería suyo. Pero ella ya no se sentía con ánimos de transigir por el bien de su matrimonio, por estar con él. Tenía la impresión de que su matrimonio se deshacía en cenizas delante de sus ojos.

Abrió la puerta y bajó, temblando de nerviosismo a pesar de que intentaba mostrarse natural. Para su consternación, oyó voces en el vestíbulo. Tyrell y Cliff estaban con Devlin, tomando una copa antes de la cena. Virginia deseó que no se quedaran a cenar. Se acercó lentamente al salón. Las puertas estaban abiertas y vio a los tres hombres sentados tranquilamente con una copa de vino en la mano.

Tyrell y Cliff se levantaron al verla. Devlin se levantó también, pero más despacio, y no la miró. Sus hermanos hicieron una reverencia, pero sus sonrisas se disiparon.

—Buenas noches —dijo ella con la cabeza alta.

—Virginia, estás tan encantadora como siempre —murmuró Cliff.

Ella le dio las gracias.

—Confío en que os quedéis a cenar —dijo, consciente de que estaba siendo tan insincera como él.

Cliff miró a Tyrell.

—Creo que tenemos otros compromisos —dijo.

—Sí —añadió Tyrell. Luego miró sombríamente a Devlin, que permanecía inmóvil como una estatua—. Cuida de tu esposa —dijo, y ambos se inclinaron ante Virginia, dejaron sus copas y se marcharon.

Virginia se envaró al quedarse a solas con su marido. Devlin tenía el rostro cubierto por aquella máscara que ella tanto odiaba. Alargó el brazo hacia ella.

—Creo que la cena ya está servida, señora —dijo.

Ella dio un respingo.

—Nunca me llamas señora —logró decir.

Los hombros de Devlin se tensaron.

—No pretendía ofenderte —dijo como si ella fuera una extraña.

—No me hagas esto —musitó ella.

El rostro de Devlin se cerró herméticamente.

—No sé a qué te refieres —señaló hacia el vestíbulo—. ¿Vamos? —sin esperar respuesta, la tomó del brazo. Ella sintió angustia. ¿Así iban a ser las cosas a partir de entonces? ¿Una pantomima de matrimonio? ¿Una relación fría y formal, tensa y crispada?

—Sólo te pedí que abandonaras el odio, Devlin, por el bien de tu hijo —susurró.

Él echó a andar como si no la oyera. Pero ella se negó a seguirlo y apartó el brazo. Devlin se detuvo y la miró.

—¿Vamos a cenar? —preguntó.

—Así, no —contestó ella, abrazándose.

Devlin inclinó la cabeza.

—Entonces, voy a salir —dijo. Ella se sobresaltó, sorprendida—. Creo que me uniré a mis hermanos en el White's —inclinó la cabeza y se marchó bruscamente.

Ella se quedó mirándolo, pasmada. Y, esa noche, Devlin no volvió.

Llegó el alba, oscura y amarga.

Devlin había pasado los dos días anteriores fuera de casa. Virginia supo por un sirviente que estaba durmiendo en su barco. Al menos, pensó, no había recurrido a otra mujer. Pero su matrimonio se había acabado y ella lo sabía. Parecía no haber posibilidad alguna de salvarlo.

La tristeza de Virginia era infinita. No dormía por las noches, ni tenía apetito. Lloraba con frecuencia y no hacía caso de las miradas preocupadas de Hannah.

Ahora, cubierta con una bata, miraba su pálido reflejo en el espejo del tocador. Sabía que Devlin zarparía muy pronto e imaginaba que no iba a ir a despedirse de ella. Ya le había roto el corazón antes, pero nunca de ese modo.

«No puedo seguir así», se dijo.

Llamaron a la puerta. Virginia se volvió, preguntándose qué querría su doncella a hora tan temprana. La puerta se abrió y ella vio a Devlin en el umbral, vestido con su uniforme y con el sombrero en la mano. Sintió que sus ojos se agrandaban y tembló, sorprendida. Él tenía una expresión dura.

—Veo que no te he despertado —se fijó rápidamente en la apariencia descuidada de Virginia—. Zarpo dentro de una hora y he venido a despedirme.

Ella quería suplicarle que volviera a amarla, quería decirle que podía vivir con su sed de venganza, si tanto significaba para él. Pero no dijo nada. No se movió. Ni siquiera podía respirar. La mandíbula de Devlin se endureció.

—¿Cómo estás?

Ella deseó gritar: «Me estoy muriendo por dentro, minuto a minuto», pero sólo miraba con fijeza a Devlin. Luego dijo por fin:

—Tan bien como cabe esperar.

—¿Y el bebé? —preguntó él con voz cortante.

Ella respiró hondo y procuró mantener la compostura.

—Bien, creo.

Él asintió con la cabeza y guardó silencio, como si tuviera que decir algo que le costaba gran trabajo. Virginia rezó. Pero se equivocaba. Él dijo simplemente:

—Volveré dentro de seis meses, creo. Que Dios te guarde, Virginia —y, tras hacer una reverencia, dio media vuelta y se fue.

Ella quiso correr tras él y decirle que se cuidara, pero su cuerpo no se movía. Oh, Dios. ¿Iba a irse Devlin así? ¿Y si nunca volvía a verlo? ¿Y si la guerra se cobraba su vida?

Corrió a la ventana y lo vio dirigirse hacia el carruaje. Abrió la ventana con esfuerzo. Él ya había montado y el coche comenzaba a alejarse.

—¡Devlin! ¡Que Dios te proteja! —gritó, pero no supo si él la oyó.

Ese día, más tarde, Virginia se hallaba de pie en un salón de Harmon House, retorciéndose las manos con nerviosismo. La partida de Devlin había sido un golpe terrible... y ahora sabía lo que debía hacer.

Cliff entró en la habitación sin prisas, con aire indolente.

—Virginia, ¿querías verme? —preguntó con una sonrisa suave.

Ella asintió con la cabeza, se humedeció los labios y dijo:

—¿Podrías cerrar las puertas?

Sorprendido, Cliff se volvió e hizo lo que le pedía.

—Esto es muy extraño —dijo, y le ofreció una silla—. Por favor.

—Prefiero quedarme de pie —susurró ella, llena de desesperación.

—¿Qué ocurre? —preguntó él con mirada interrogadora.

—Estoy embarazada —contestó Virginia. Él dio un respingo—. Estoy embarazada y debo volver a Sweet Briar, donde nací, para tener allí a mi hijo —Cliff parecía atónito—. Tú tienes una flota de barcos —añadió ella—. Sin duda alguno atracará en algún puerto americano. Por favor, te suplico que me dejes viajar en ese barco.

Él estaba visiblemente perplejo.

—¿Vas a huir de mi hermano?

Ella se envaró. No era así, pero no se hacía ilusiones. Dudaba que alguna vez pudiera recuperar lo que habían tenido tan brevemente. Aun así, no pretendía abandonar a su marido. Sólo quería volver a casa. Su país estaba en guerra, Sweet Briar estaba en peligro, y ella debía tener a su bebé allí, donde no estaría sola.

—Virginia —el tono de Cliff se hizo amable—, no puedo prestarte ayuda en eso.

Ella inhaló bruscamente y se sentó. Luego se cubrió la cara con las manos.

—Quiero a tu hermano —susurró si levantar la mirada—. Y siempre lo querré —miró a Cliff—. Le he suplicado que olvide su venganza por el bien de su hijo. Y se niega. Ahora debo pensar en nuestro bebé. Nuestro hijo es lo primero.

Cliff estaba muy serio.

—Estoy de acuerdo, naturalmente. Devlin debe abandonar esa obsesión... pero dudo que pueda.

—No puede —susurró ella, intentando contener las lágrimas—. Me lo dejó muy claro. Y ahora se ha ido, se ha ido a guerrear contra mi país, quizás incluso contra mi hogar. No puedo quedarme aquí, Cliff. Si tú no me ayudas, buscaré otro barco. Voy a irme a casa a tener a mi hijo y, si la guerra se acerca a Sweet Briar, defenderé mis tierras, aunque tenga que defenderlas contra Devlin. Ahora ya no tengo elección.

Cliff la miraba pensativamente. Tardó un momento en contestar con un suspiro.

—Sé que harás lo que dices. Preferiría acompañarte sana y salva a Sweet Briar antes que verte subir a otro barco. Iba a zarpar la semana que viene rumbo a Martinica, donde he comprado una plantación azucarera. Te llevaré a casa primero —ella sofocó un grito de alivio—. Pero no mantendré esto en secreto —añadió él. Ella hizo amago de protestar—. ¡No! —sus ojos azules centellearon—. Eres la esposa de mi hermano. Devlin tiene derecho a saber dónde estás. Sobre todo ahora que estás embarazada. Te llevaré a Sweet Briar, Virginia, pero le diré a Devlin lo que he hecho.

Virginia sabía que no era sensato protestar. Tomó las grandes manos de Cliff entre las suyas.

—Gracias, Cliff, gracias.

Él tenía una expresión adusta.

Mayo estaba ya mediado. La travesía trasatlántica había sido lenta y difícil. Las tormentas y los vientos desfavorables habían retrasado el avance de la goleta de Cliff. Por dos veces habían eludido a navíos americanos. Cliff había cedido su camarote a Virginia y se había mostrado educado y cortés con ella, pero había procurado mantener las distancias. Para Virginia, había sido un alivio. Estaba siempre de un ánimo sombrío y no había sentido el deseo de confiarse a nadie.

Rodeaba ahora con un brazo a Arthur, su cachorro, que compartía con ella el asiento del coche abierto que había alquilado en Norfolk. Con la otra mano se agarraba a la puerta del carruaje, que avanzaba a trompicones por la avenida, más allá de la cual se alzaba, esplendorosa, su casa. Sonrió, llorosa. La casa seguía siendo igual de espléndida que siempre, alta, imponente, acogedora. Había vuelto a su hogar después de tanto tiempo, y era la primera vez que sonreía desde que dejara Inglaterra. De algún modo lograría criar sola al hijo de Devlin.

Siguió sonriendo, a pesar de que lloraba. Pensar en Devlin le causaba una terrible aflicción. Contempló los campos, aún sin sembrar, y sintió de pronto el ansia de caminar por ellos y mirarlo todo. Estaba deseando inspeccionar los retoños y calcular qué cosecha podían esperar a fines del verano. No esperaba gran cosa, después de que la plantación hubiera pasado casi un año en venta. Pero Sweet Briar estaba ya libre de deudas y, si era necesario, podría pedir dinero prestado para pasar el invierno.

Una sensación de alegría la atravesó como el aire fresco y limpio que soplaba tras una tormenta veraniega. Respiró hondo. El aire denso y salobre de Virginia era como un elixir. Por primera vez desde hacía meses sintió hambre.

Una figura alta y delgada apareció en el porche. Virginia sonrió y saludó a Tillie con la mano mientras el carruaje se detenía ante la casa. Podría hacerlo. Antes había dudado de sus fuerzas, pero de pronto sabía que Sweet Briar la salvaría a ella y salvaría a su hijo.

Tillie no se había movido. Parecía paralizada mientras miraba a Virginia con estupor. Virginia se apeó.

—¡Tillie! —y la semilla de la felicidad comenzó a echar raíces.

—¡Virginia! —gritó Tillie—. ¡Virginia! ¡Eres tú! —se levantó las faldas y bajó corriendo. Virginia corrió a su encuentro y se abrazaron—. No sabía nada de ti desde que recibí tu carta en febrero —exclamó Tillie, tomando su cara entre las manos. Virginia le había escrito para contarle que Devlin le había regalado la plantación como obsequio de bodas—. ¿Por qué no me dijiste que ibas a venir? ¿Y por qué estás blanca como un fantasma... y tan flaca?

Virginia la abrazó otra vez.

—No he tenido tiempo de escribir desde entonces —musitó.

—¿Y has venido tú sola, con el perro? —Tillie la rodeó con el brazo y dio un respingo de sorpresa al reparar en su vientre—. ¿Estás embarazada? —Virginia asintió con la cabeza, incapaz de hablar. Sus miradas se encontraron. Tillie levantó las cejas, desconcertada—. ¿Qué ocurre?

Virginia tragó saliva.

—Mi matrimonio ha acabado, Tillie, y he vuelto para quedarme.

Virginia ocupó sus días dirigiendo Sweet Briar, pese a su estado y a las constantes protestas de Tillie. No quería saber nada de la guerra, pero era imposible eludirla ahora que estaba en casa. En territorio canadiense se combatía sin descanso. Cuatro esclavos de Sweet Briar habían huido, al igual que otros muchos en todo el condado. Se rumoreaba que los casacas rojas los animaban a escapar, e incluso que los esclavos huidos combatían en sus filas. Había también una terrible escasez de las cosas más básicas. Allá donde iba, el principal tema de conversación era el precio de los alimentos más elementales, que ya nadie podía permitirse. En Sweet Briar no había azúcar y las confituras de Tillie estaban amargas.

Hacia fines de mayo, Virginia comenzó a sentirse mal. Tenía ligeros mareos y le costaba respirar. La preocupaba caer enferma si no descansaba. Tillie la reprendía constantemente y no le permitía salir de casa. Virginia cedió, consciente de cuál era el verdadero motivo de su repentina dolencia. El día anterior, en la iglesia, había oído decir que el Desafío acechaba las costas de Maryland.

Virginia aparentaba lo mejor que podía que había olvidado por completo a Devlin y su matrimonio. Pero lo cierto era que pensaba en él cada día, y que el miedo por su vida pugnaba dentro de ella con la tristeza que se había apoderado de su alma.

Era un día cálido y húmedo. Virginia se hallaba junto a la ventana de su despacho, abanicándose, cuando vio que Frank cabalgaba a toda prisa hacia la casa. De pronto la atenazó el miedo y corrió fuera.

—¡Frank!

Él desmontó y subió corriendo al porche con el semblante crispado.

—Señorita Virginia...

—¿Qué ocurre? ¿Qué ha pasado? —su corazón se contrajo, lleno de temor—. Es Devlin, ¿verdad?

—¡Ha apresado al Independence, señorita Virginia! ¡Sus casacas rojas abordaron el barco en menos de un cuarto de hora!

Virginia se agarró a su brazo. Devlin había apresado a uno de los más importantes buques de guerra americanos.

—¿Destruyó el barco? —logró decir, aturdida.

—No —dijo Frank—, se lo ha llevado al norte, puede que a Halifax, como botín.

Ella asintió con la cabeza. Se sentía al borde del desmayo. Devlin había estado tan cerca... Y ella le echaba tan terriblemente de menos que sufría noche y día, a pesar de que su marido estuviera combatiendo contra sus compatriotas.

—Claro, tonta de mí —dijo, y procuró aquietar su respiración.

—Pero eso no es lo peor, señorita. En el pueblo se habla de invasión.

Virginia se puso rígida.

—¿Una invasión, aquí?

—Dicen que los ingleses tomarán Norfolk en cualquier momento, y nosotros estamos muy cerca de la ciudad, señorita.

Virginia se volvió hacia la casa. El corazón le latía tan fuerte que se asustó. El sudor perlaba su frente. ¿Llegarían las tropas inglesas hasta allí, quemándolo y saqueándolo todo, como habían hecho más al sur y más al norte? ¿Participaría Devlin en la invasión? ¿Corría peligro Sweet Briar? Habían reunido un pequeño arsenal por si era necesario defender la plantación, pero rezaba para que no llegara el caso.

Debía calmarse y mantenerse fuerte, por el bien de Frank y de toda la gente de Sweet Briar que confiaba en ella. Se sentó en la mecedora del porche e intentó en vano abanicarse.

—Frank, estamos a ochenta millas de la ciudad. Aunque tomen la ciudad, aquí estamos a salvo. Nuestra milicia y el ejército no los dejarán llegar tan lejos —pero era mentira. El ejército tendría otras cosas que hacer si había una invasión, y Virginia sabía que la milicia estaba compuesta por viejos y muchachos muy jóvenes. Pero no podía permitir que Frank notara su miedo. Le sonrió–. ¿Podrías traerme un vaso de limonada?

Él vaciló. Luego su expresión se relajó. Asintió, se tocó la gorra y entró en la casa. La sonrisa de Virginia se disipó. Se agarró a los brazos de la mecedora y contempló sus campos amados. De pronto, la guerra le parecía muy cercana. Cerró los ojos y al instante se apoderó de ella el presentimiento de que muy pronto volvería a ver a Devlin.

Virginia despertó bruscamente de una horrible pesadilla. Tenía el cuerpo cubierto de sudor y su corazón latía frenéticamente. Mientras se sentaba en la cama, en medio de las sombras de la habitación, se dijo que había sido sólo un sueño. Se tocó el vientre. Su hijo seguía allí. Se echó de nuevo y esperó a que su respiración se aquietara. Hacía mucho calor y, aunque las ventanas estaban abiertas, no corría la brisa. Arthur, que dormía a los pies de la cama, se levantó de un salto y comenzó a gruñir. Virginia se alarmó. El perro corrió a la ventana, apoyó las patas en el antepecho y volvió a gruñir amenazadoramente.

Virginia se irguió, llena de temor. Encendió rápidamente una vela y se acercó a la ventana. La noche, sin embargo, parecía tranquila. Arthur volvió a gruñir. Y entonces Virginia oyó acercarse a los jinetes. El miedo se apoderó de ella. Arthur comenzó a ladrar.

—Calla —le dijo, y al escudriñar las sombras vio el brillo de una antorcha. Seguía hablándose de una invasión, pero los británicos avanzaban de día, no de noche.

Virginia corrió a la cama y sacó una pistola de debajo de la almohada. Le temblaban las manos y tardó un momento en cargarla. En el pasillo se encontró con Tillie y Frank, el cual llevaba un rifle de caza.

—Vienen jinetes —susurró Tillie.
—Lo sé, los he visto —contestó Virginia sin levantar la voz—. ¿Sabéis cuántos son?
—He visto cuatro o cinco —dijo Frank.
Se miraron los unos a los otros un momento, intentando decidir qué hacer. De pronto oyeron que unos caballos se detenían delante de la casa. Alguien llamó a la puerta. Virginia se sobresaltó y miró a Tillie. Casi se sintió desfallecer de alivio.
—Los ingleses no llaman a la puerta —dijo—. Iré a abrir.
—Y la gente de bien no sale a estas horas —dijo Tillie, agarrándola del brazo.
Tenía razón.
—Escondeos entre las sombras. Frank, no dudes en disparar si ves que nuestros visitantes tienen malas intenciones.
Quien fuera seguía aporreando la puerta. Virginia bajó lentamente las escaleras, llena de nerviosismo, seguida por los dos esclavos. A su lado, Arthur gruñía. Virginia corrió a la puerta.
—¡Un momento! —gritó, dejando la vela en el suelo. El bebé escogió ese momento para dar su primera patada, un golpe fuerte y extraño, y ella vaciló, asombrada. Pero no podía detenerse a pensar en aquel pequeño milagro. Escondiendo la pistola entre los pliegues de su camisón, abrió la puerta el ancho de una rendija.
Tras ella había un hombre al que reconoció enseguida, a pesar de la oscuridad. Se quedó paralizada. Arthur, en cambio, salió meneando la cola de contento.
—Abajo —dijo Devlin, y apartó al perro, que había saltado sobre él. Cerró la puerta a su espalda. El perro se sentó sin dejar de menear la cola.
Virginia comenzó a temblar.
—¿Siempre abres la puerta a extraños? —preguntó él.

Ella se humedeció los labios y musitó:

—Los soldados enemigos no llaman a la puerta.

Devlin inclinó la cabeza y deslizó la mirada sobre su vientre. Ella deseó tomar su mano y llevársela a la tripa, pero no lo hizo.

—¿Cómo estás? —preguntó él con voz suave.

Virginia se dio cuenta de que temblaba violentamente. ¿Por qué había ido a verla Devlin? ¿Había arriesgado su vida sólo para ir a verla?

—Estamos bien, el bebé y yo —logró decir. Estaba tan asombrada que apenas podía pensar con claridad, pero dentro de ella empezaba a florecer una semilla de esperanza. Devlin estudiaba atentamente su rostro.

—Cliff me dijo que estabas aquí. Me dieron ganas de matarlo, hasta que comprendí que habrías buscado otro barco en el que venir. Esto es un disparate, Virginia.

Ella se rodeó con los brazos.

—Yo nací aquí, Devlin. Y nuestro hijo nacerá aquí también.

Él no parecía complacido.

—La guerra está muy cerca. He arriesgado la vida de cuatro hombres para venir hasta aquí —dijo velozmente—. He venido a decirte que te quedes en Sweet Briar durante la próxima semana. Hablo muy en serio, Virginia. No salgas de la plantación —la advirtió.

Algo terrible estaba a punto de suceder y él sabía qué era.

—¿Por qué?

—Me temo que no puedo decírtelo. Pero Sweet Briar quedará a salvo.

Ella se mordió el labio hasta hacerse sangre.

—¿Y por qué...? —le costaba hablar—. ¿Por qué quedará a salvo mi casa?

—Porque yo lo he exigido —repuso él.

Ella asintió con la cabeza, complacida. Pero su temor era más grande que su placer.

—¿Es Norfolk? ¿Vais a tomar la ciudad?

—Sabes que no puedo decirte nada más.

Ella asintió y cerró los ojos un momento. ¿No podía tomarla Devlin entre sus brazos, aunque fuera una sola vez?

—¿Una semana?

—Puede que más. Dependerá de factores que no puedo controlar —él la observaba con atención—. Te enviaré aviso cuando sea seguro salir de la plantación.

Ella se apoyó pesadamente en la pared. La desesperación se apoderó de ella. Si aquella maldita guerra acabara... Quizás entonces tuvieran una oportunidad. Él vaciló.

—Virginia, quiero que me des tu palabra de que me obedecerás esta única vez. Puede que tu vida y la del bebé dependan de ello.

Ella sabía que estaba a punto de marcharse. Su desesperación creció.

—Sí. ¿Devlin?

Él tenía una expresión severa.

—Debemos irnos.

—¿No quieres descansar... aquí? —se humedeció los labios. Ansiaba que se quedara.

—No puedo. El campo está lleno de espías —ella asintió con la cabeza, atenazada por la angustia—. Tengo que irme —repitió él con aspereza. Su rostro parecía lleno de angustia. Apartó rápidamente la mirada, como si quisiera recomponerse, y volvió a mirarla—. Tengo una pregunta que hacerte.

Ella quiso suplicarle de nuevo que no la dejara, pero sabía que debía irse cuanto antes, pues sus hombres y él podían ser capturados y enviados a prisión. Respiró hondo.

—Adelante.

—¿Me has abandonado?

Ella lo miró, llena de perplejidad. Lo había abandonado, por supuesto, pero no por elección. Todo había cambiado desde su regreso a América... y nada había cambiado, en el fondo. Virginia no vaciló. No tuvo que pensar la respuesta. Su corazón respondió por ella.

—No.

El semblante de Devlin se tensó. De pronto, la tomó en sus brazos y la apretó con fuerza, estrechándola contra su pecho. Virginia dejó escapar un gemido cuando sus bocas se fundieron. Entre sus brazos poderosos se sentía a salvo. Comprendió entonces que Devlin la amaba. Se besaron con frenesí, una y otra vez. Por fin, Devlin se apartó, inclinó la cabeza ante ella y salió.

Ella permaneció inmóvil un instante, perpleja y al borde de las lágrimas. Luego corrió tras él pero se detuvo en el porche y se agarró a la barandilla mientras él montaba.

—Cuídate mucho, Devlin —dijo con voz densa.

Devlin hizo volver grupas a su caballo para mirarla.

—Haz lo que has prometido —dijo.

—Te doy mi palabra —susurró ella.

Él la miró un momento más. Después hizo dar la vuelta al bayo y partió al galope, acompañado de sus hombres.

La ofensiva sobre Norfolk fracasó rápidamente. Aunque los británicos iniciaron un ataque tanto por mar como por tierra, una gran tormenta de verano impidió el desembarcó de la mitad de los efectivos de infantería, y los que consiguieron llegar a tierra fueron diezmados por el denso fuego de artillería de los regulares americanos. Al cabo de dos horas, los ingleses se retiraron.

La noticia de la victoria estadounidense se difundió rápidamente por el campo y llegó a Sweet Briar al final del día. Virginia se encontraba mal otra vez. Estaba en la cocina, con Tillie, abanicándose. Hacía mucho calor y, cuando Frank entró sonriendo para darles la noticia de su triunfo, apenas podía respirar. Cuando Frank comenzó a hablar, todo pareció ensombrecerse a su alrededor y ella comenzó a caer.

—¡Frank! ¡Ayúdala! —gritó Tillie.

Virginia luchó contra la oscuridad e intentó tomar aire. Lo último que pensó fue que necesitaba a su marido. Luego, la negrura se apoderó de ella.

Se despertó lentamente en su cama, en ropa interior, con una compresa fría sobre la frente. Tillie estaba a su lado, asustada. Virginia se dio cuenta de que respiraba con normalidad e inhaló con fuerza. Una oleada de alivio la embargó. Luego sonrió.

—Tillie, el bebé. Ha dado otra patada —era cierto. Lo había sentido justo antes de desmayarse.

Tillie no sonrió.

—Tienes que ver a un médico. Te desmayaste y te golpeaste la cabeza con el suelo. He mandado a Frank a buscar al doctor Barnes.

Virginia cerró los ojos. Aquellos ataques de debilidad eran cada vez más frecuentes. Tenía miedo. ¿Y si volvía a desmayarse? Miró a Tillie.

—Sí, tienes razón. Necesito un médico. Me pasa algo. Temo por el bebé, Tillie.

Tillie se levantó con vehemencia.

—Yo sé lo que te pasa. Necesitas a tu marido en casa. Te rompió el corazón y ahora estás enferma. ¿Cómo se atrevió a tratarte así? ¿Cómo puede luchar contra nosotros? —gritó.

Virginia no supo qué responder. Sospechaba que Tillie tenía razón. Cada vez que oía hablar de Devlin o de sus hazañas, no podía respirar y se mareaba. Al parecer, no soportaba la angustia de saber dónde estaba su marido y qué hacía. Y, después de verlo un instante la semana anterior, lo amaba más que nunca y su separación le resultaba también más dolorosa que nunca.

Pero, cuando el doctor Barnes fue a visitarla al día siguiente, insistió en que su estado se debía al cansancio, al embarazo y a la angustia de la guerra.

—Quédese en cama, si no quiere perder al bebé —ordenó con firmeza antes de marcharse. Virginia miró a Tillie.

—Estamos a finales de junio. El bebé no nacerá hasta octubre. No puedo quedarme en cama tres o cuatro meses.

—Tendrás que hacerlo, te guste o no —Tillie vaciló—. Creo que deberíamos decirle al capitán lo enferma que estás.

Virginia se quedó paralizada.

—No estoy enferma. Y Devlin ya tiene bastantes cosas en que pensar.

—Debería saberlo —dijo Tillie obstinadamente.

Virginia acarició a Arthur, que se había subido de un salto a la cama.

—Quiero ver a otro médico, Tillie. Eso es lo que vamos a hacer —sin duda no tendría que quedarse meses en cama. Sin duda todo iba bien.

Tillie suspiró.

—Sigues siendo tan terca como una mula.

Virginia la vio salir de la habitación y se recostó en las almohadas. Ansiaba, en parte, hacer lo que decía Tillie, pero Devlin estaba muy ocupado. Además, estaban separados... y ella era orgullosa. Pero Devlin había ido a verla una vez. Quizá volviera de nuevo.

Hampton era una ciudad pequeña y apacible comparada con Norfolk. Unos días después, Virginia se sintió con fuerzas para hacer el corto viaje hasta allí. Frank conducía el coche y Tillie iba sentada junto a ella. Virginia no había sufrido ningún otro ataque. Hacía un hermoso día de verano, cálido pero no húmedo. El cielo estaba muy azul y apenas había nubes.

—Llegamos con una hora de antelación —comentó Virginia.

—¿Quieres que demos un paseo antes de ir a ver al doctor Niles?

—¿Por qué no? —Virginia esbozó una sonrisa. Quizás un paseo por la tranquila ciudad la ayudara a dejar de pensar en Devlin.

Se apearon del carruaje no muy lejos de una casa de empeño.

—¿Espero aquí? —preguntó Frank.

—¿Por qué no vas a buscar la harina mientras nosotras paseamos? Ve a buscarnos a casa del doctor Niles dentro de dos horas —dijo Virginia. Habían encargado un saco de harina la semana anterior y Tillie había prometido hacer un pastel.

Frank asintió y se alejó con el coche. Virginia y Tillie se detuvieron ante el escaparate de la casa de empeño. Había en él unos pendientes con topacios que sin duda le sentarían muy bien a Tillie. Virginia se disponía a sugerir que entraran cuando oyó una explosión muy cerca. Se tensó, atemorizada.

—¿Qué ha sido eso? —preguntó Tillie, pálida.

—No lo sé —dijo Virginia. Agarró a Tillie de la mano y ambas corrieron por la calle y doblaron la esquina. Desde allí vieron la ensenada y, más allá, la bahía de Chesapeake. El corazón de Virginia se detuvo.

—Santo Dios —musitó Tillie.

Virginia miraba horrorizada. Dos enormes barcos se habían adentrado en la ensenada y se hallaban peligrosamente cerca de la playa. Desde ellos descendían docenas de botes de remos, todos cargados con soldados vestidos de escarlata. De pronto, ambos barcos dispararon hacia la ciudad. Virginia y Tillie gritaron y se agazaparon. En aquella misma manzana había sido alcanzada una casa. Se miraron la una a la otra y se agacharon tras el muro de un edificio.

—¡Nos están atacando! —exclamó Tillie.

Virginia estaba atónita. De repente, un grupo de milicianos apareció corriendo hacia ellas desde el fondo de la calle, armados con mosquetes, pistolas y alguna espada. Los dos barcos dispararon de nuevo. La primera batería de botes se hallaba casi en la orilla. Virginia miró la fragata más cercana. Hubiera reconocido al Desafío desde cualquier distancia. Era Devlin.

Tillie se levantó de un salto y corrió hacia los milicianos.

—¿Qué está pasando? —gritó, agarrando a uno del brazo.

El muchacho, que apenas tenía dieciocho años, se detuvo y la miró con expresión torva.

—Está atacando la ciudad. Son O'Neill y Cockburn. ¡Deben de ser por lo menos mil, y nosotros sólo tenemos la milicia para defender la ciudad! —apartó a Tillie y corrió tras sus compañeros.

Virginia se puso en pie, desfallecida por el espanto. Se volvió y vio cómo el primer contingente de soldados de infantería saltaba de su embarcación. Sonaron nuevos cañonazos. Tillie y ella corrieron a refugiarse al edificio más cercano. Allí agazapadas, vieron alzarse humo por el lado norte de la ciudad mientras seguían resonando los cañones.

—Tenemos que encontrar a Frank y volver a casa —dijo Tillie con energía.

Pero Virginia no se movió. Pensaba en Devlin de pie en el alcázar del Desafío, ordenando a sus hombres que atacaran su ciudad, su gente, a Tillie y a ella misma. El bebé dio una patada y ella se llevó la mano a la tripa. Se sentía, sin embargo, enferma. ¿Cómo había llegado su matrimonio, su amor, a aquel terrible momento?

—Vámonos, Virginia —dijo Tillie, agarrándola del brazo.

Virginia echó un último vistazo a la playa, donde no había aparecido aún la milicia para detener a los asaltantes. Cientos de casacas rojas corrían por la playa. Pronto llegarían a la ciudad. Se volvió y comenzó a temblar.

—Vamos —dijo con aspereza.

Tomadas de las manos, corrieron calle adelante y doblaron la esquina. Enseguida tuvieron que detenerse.

Centenares de soldados británicos, incluidos algunos a caballo, bajaban por la calle con paso vivo. La milicia que se preparaba para hacerles frente —apenas un puñado de hombres— formaba una patética resistencia. Virginia quedó paralizada mientras presenciaba la masacre que tenía lugar ante sus ojos. Uno a uno, los milicianos americanos fueron cayendo. Virginia nunca había visto tanta muerte y tanta sangre. Sintió náuseas y se agarró el vientre, vagamente consciente de que las lágrimas le corrían por la cara.

Devlin formaba parte de aquello. Virginia se volvió y vomitó. Tillie la sujetó.

—Tenemos que irnos —susurró con ansiedad—. ¡Vienen más!

El corazón de Virginia latía desbocado. Se volvió y corrieron por donde habían llegado. Al doblar la esquina, se miraron, llenas de espanto.

—Deben haber planeado un segundo asalto por la retaguardia —susurró Virginia, temblando.

—¿Cómo salimos de aquí? No podemos dejar a Frank —sollozó Tillie.

—Ven —dijo Virginia. No podían quedarse donde estaban, tan cerca de la batalla. Corrieron calle abajo. Tras ella, un edificio estalló en llamas. Tomaron otra calle y se pegaron al muro de ladrillo de una casa. Cientos de soldados británicos luchaban con un puñado de milicianos. Al cabo de un momento, ni un solo miliciano quedaba en pie y un río de sangre corría por la calle. Virginia sintió de nuevo náuseas. Tillie sollozaba en silencio. ¿Cómo iban a escapar?

—Virginia —dijo Tillie, dándole un codazo.

Virginia siguió su mirada y se quedó inmovilizada de espanto al ver a un oficial montado, ataviado con la casaca azul de la Marina británica.

—¡Allí! —gritaba el oficial.

Virginia se sobresaltó y vio que un hombre salía de un establo. Lo conocía bien: era John Ames, el herrero de Hampton. Sostenía un rifle. Cuando lo levantó, un sinfín de mosquetes dispararon. El hombre cayó. Una mujer gritó. Salió corriendo del establo y Virginia gritó:

—¡No, Martha! —pero era ya demasiado tarde. Martha se abalanzó sobre el cuerpo de su marido y Virginia vio que un soldado la apuntaba con su mosquete. El soldado disparó y mató a la mujer. Virginia no podía moverse. Tillie la había agarrado de la mano.

—Están matando a gente inocente —dijo con voz ronca—. Tenemos que irnos.

Virginia se volvió y buscó al oficial a caballo. Lo encontró al instante y sofocó un grito. Era Thomas Hughes. Lo miró desde el otro lado de la calle y un escalofrío le recorrió la espalda. ¿Qué estaba haciendo allí Hughes? Pero no podía detenerse a pensar en él. Tillie tiraba de ella y le gritaba que corriera. Virginia se dio cuenta de que las habían visto. Unos cuantos marines se habían vuelto hacia ella. Virginia y Tillie echaron a correr mientras ellos empezaban a disparar.

—Santo cielo —exclamó Devlin, montado sobre el caballo que le había arrebatado sumariamente a un civil.

La ciudad era un infierno. Las calles estaban cubiertas de cadáveres tanto de milicianos, como de mujeres y niños. Las fuerzas atacantes estaban formadas por dos mil soldados, para asegurarse una victoria rápida y decisiva tras su humillación en Norfolk. Devlin había visto volverse locos a muchos soldados en batalla, pero no esperaba ver la espantosa masacre que estaba presenciando. Pronto había llegado el rumor al Desafío de que la infantería británica se estaba desmandando, alentada principalmente por los franceses que luchaban con ellos, prisioneros de guerra que se alistaban para evitar la cárcel. Dudaba, sin embargo, que la culpa fuera de los franceses: sospechaba que Cockburn había dado pábulo a aquella carnicería. En ese preciso momento, un grupo de soldados, en su mayoría borrachos, estaban destrozando una tienda. Los edificios cercanos estaban en llamas y en medio de la calle había una mujer y un niño muertos.

—¡Teniente! —gritó Devlin, furioso, a uno de los oficiales británicos.

El oficial, montado a caballo, se acercó a él.

—¿Sí, señor?

—Detenga a esos hombres y arréstelos a todos —ordenó.

—¡Pero señor! —el joven oficial estaba perplejo.

—¡Dispáreles, si es necesario! —dijo él torvamente—. Que todas las tropas regresen a sus puestos. Nuestro trabajo aquí ha acabado. Es evidente que hemos ganado —se sentía enfermo, pero ahuyentó aquel sentimiento. Aguijó a su montura, decidido a inspeccionar la ciudad. Pero resultaba imposible. Las tropas británicas corrían enloquecidas por todas partes. Devlin pensó en Virginia. Aquél era su hogar. La ciudad estaba tan cerca de Sweet Briar que sin duda la visitaba con frecuencia. Al menos, pensó con acritud, su esposa no había tenido que contemplar aquella matanza. La ciudad no parecía tener salvación. A la caída de la noche, la mitad habría quedado reducida a cenizas, y le asustaba pensar en el número de muertos. No por primera vez, dio gracias al cielo porque Virginia estuviera sana y salva en Sweet Briar.

Comenzó a atardecer. La batalla había acabado, a excepción de algunos incidentes aislados. La mayoría de las tropas volvían a estar bajo control. Devlin desmontó. Docenas de civiles y milicianos yacían muertos o agonizantes en la calle. Los médicos británicos atendían a los suyos. Devlin miró al otro lado de la calle y de pronto entornó los ojos. Le pareció reconocer al esclavo que merodeaba por allí. Entonces cayó en la cuenta de que lo había visto una sola vez, de noche, escondido en el vestíbulo de Sweet Briar. Cruzó a todo correr la calle ensangrentada.

—¡Espera! —el negro se volvió y echó a correr—. ¡Para, maldita sea! ¡Para antes de que dispare! —el hombre se detuvo y levantó las manos. Devlin se acercó a él—. Date la vuelta. No voy a hacerte daño —dijo. El hombre obedeció—. Eres de Sweet Briar.

Él asintió con la cabeza, con los ojos agrandados por el miedo y la sorpresa.

—Y usted es el marido de la señorita Virginia. El capitán —dijo.

Devlin asintió. Una terrible sospechaba empezaba a asaltarlo.

—Ella está a salvo, ¿verdad? ¿Me obedeció cuando le dije que se quedara en la habitación?

Los ojos del hombre se llenaron de lágrimas.

—No, señor —dijo—. Ha venido al pueblo a ver a un médico. Lleva algún tiempo enferma. Entonces empezó la lucha y no sé dónde está.

Devlin sintió que la cabeza le daba vueltas. Por primera vez en su vida, conoció el horror.

—¿Está aquí? —gritó—. ¿Mi mujer está aquí ahora mismo? —el hombre asintió—. ¿Dónde? —preguntó, presa de un temor que no había conocido nunca antes—. ¿Dónde la viste por última vez? —se dio cuenta de que estaba zarandeando al esclavo.

—Se lo enseñaré, señor —dijo el hombre.

Corrieron juntos a través de la ciudad en llamas. Pareció que pasaron horas antes de que llegaran a una tienda que tenía el escaparate roto y había sido saqueada por completo, pero Devlin sabía que apenas habían tardado unos minutos.

—Las dejé aquí y me fui a comprar —dijo Fran con un sollozo.

Devlin se quedó frío por dentro. Echó lentamente mano de su espada y miró en derredor. Las calles estaban cubiertas de cadáveres. Habían salido las estrellas y empezaba a asomar la luna llena. Se sentía impotente. «Si está muerta, moriré», pensó. «Y mataré al culpable». Pero, ¿acaso no era él el responsable? Porque, de no ser por su negativa a renunciar a la venganza, Virginia se hallaría a salvo en Waverly Hall.

—Ayúdame a encontrarla —dijo.

—Creo que ya podemos salir —dijo Virginia con voz ronca. Habían pasado todo el día escondidas en el desván de una casa. Desde un ventanuco, habían visto muerte, destrucción, asesinatos y violaciones. Tenían la cara, las manos y las ropas salpicadas de sangre. En cierto momento, unos soldados habían registrado la casa, pero no se habían molestado en mirar en el desván donde se escondían, aterrorizadas. La casa parecía haberse salvado milagrosamente de las llamas, mientras media ciudad ardía a su alrededor.

Ambas temblaban incontrolablemente. Virginia permanecía en un estado de aturdimiento. Aun así, pensaba en Devlin. Él podía ser despiadado, pero estaba segura de que jamás habría consentido la masacre que había tenido lugar ese día.

Miró a Tillie. Su amiga tenía el pelo alborotado, el vestido desgarrado y manchado de sangre y lodo, y una mirada frenética. Virginia comprendió que ella debía de presentar el mismo aspecto.

—¿Intentamos irnos? —susurró. Cada vez que la casa crujía, se sobresaltaba y alzaba el mosquete que le había quitado a un hombre muerto.

Tillie asintió con la cabeza. Abajo, la calle estaba desierta. Dos edificios seguían ardiendo. Atravesaron en silencio la casa y salieron al exterior, apretando sus pistolas contra el pecho. Les costaba respirar por el miedo, por el humo y el hedor a muerte. Virginia contuvo las lágrimas.

—¿Cuántos han muerto y para qué? ¿Por el libre comercio? ¿Por tierras en Canadá? ¿Por qué? —exclamó, temblando convulsivamente.

Oyeron voces ebrias que se acercaban.

—Calla —dijo Tillie con aspereza—. No digas nada hasta que estemos en casa, a salvo.

Presa de nuevo del miedo, Virginia se inclinó hacia ella y susurró:

—Tenemos que encontrar a Frank.

Los ojos de Tillie se llenaron repentinamente de lágrimas.

—Las dos sabemos que no puede estar vivo.

Virginia se resistía a creerlo. Pero probablemente Tillie tenía razón. Echaron a andar calle adelante con paso vivo. Virginia procuraba ignorar el dolor de su vientre. Había sentido pequeños calambres durante todo el día, y el bebé no dejaba de dar patadas. «Por favor, aguanta», le decía en silencio a su bebé. «Sólo un poco más y estaremos a salvo en casa». Corría junto a Tillie y deseaba que apareciera Devlin y las salvara, que le dijera que se había equivocado, que aún la quería y que entre los dos salvarían su matrimonio.

Doblaron la esquina y se encontraron cara a cara con cinco hombres vestidos con la casaca roja. Dieron media vuelta y echaron a correr. Un hombre les cortó de pronto el paso, con la espada en alto. Virginia levantó instintivamente el mosquete y apuntó. Entonces vio la casaca azul, los botones dorados y los galones. Vio sus ojos grises claros y su rostro de duras facciones. Empezó a temblar y su mosquete osciló.

—Virginia —dijo Devlin con aspereza—, baja el mosquete —él bajó la espada.

Devlin... Aturdida, ella comenzó a bajar la pistola.

—Devlin —susurró, embargada de pronto por la alegría. Un instante después, estaría en sus brazos.

Pero el semblante de Devlin se alteró bruscamente. Sus ojos se dilataron y levantó la espada.

—¡Virginia! —gritó.

Y, en ese instante, ella percibió una presencia hostil a su espalda. Antes de que pudiera reaccionar, alguien la agarró por detrás. Al volverse, se topó con unos ojos vidriosos y una sonrisa desdentada. Vio la casaca roja del hombre. Otros soldados iban con él. Uno de ellos forcejaba con Tillie.

—¡Devlin! —gritó Virginia mientras intentaba desasirse frenéticamente. De pronto, el soldado aflojó los brazos y profirió un aullido de dolor. Un líquido caliente salpicó a Virginia. Aturdida, vio que la mano que apretaba su pecho había sido separada del brazo y que el soldado miraba estupefacto su hombro sin brazo. Un sable silbó y la cabeza del soldado desapareció.

Virginia se apartó tambaleándose mientras el cuerpo mutilado caía a sus pies. Se volvió y vio que Devlin se abalanzaba hacia el otro soldado, lleno de ira. Mientras él asestaba golpe tras golpe, ella cayó de rodillas y se alejó como pudo. Casi paralizada por el terror, se volvió y vio a cuatro soldados muertos no muy lejos de allí. De pronto, Tillie apareció junto a ella. Pero Virginia sólo tenía ojos para Devlin.

—O'Neill —susurró una voz en la noche.

Virginia reconoció aquella voz, percibió el peligro y quiso advertir a Devlin. Pero todo le daba vueltas y tuvo que agarrarse a algo. Logró levantar la mirada. Y lo último que vio fue a Thomas Hughes de pie tras Devlin, sonriendo mientras levantaba su mosquete y le apuntaba a la cabeza. Y lo último que oyó fue el disparo de su pistola.

Tuvo un sueño terrible. Por todas partes había soldados que se mataban los unos a los otros, y Devlin estaba al otro lado de un muro de fuego, y le gritaba, pero ella no se atrevía a correr hacia él. Desesperada, le tendió los brazos. Entre ellos, el fuego bramaba.

—¡Devlin! —sollozó.

—Tranquila.

Virginia sofocó un grito y abrió los ojos. Comprendió de inmediato que estaba en su alcoba de Sweet Briar, en su cama. Volvió la cabeza y musitó:

—¿Devlin? —lo necesitaba tanto... Nunca lo había necesitado más.

Tillie le apretó la mano y le acarició la frente.

—Ya estás despierta —dijo con suavidad.

Virginia parpadeó. Una terrible aflicción empezaba a apoderarse de ella.

—¿Está... está Devlin aquí?

—No, cariño, no está.

Virginia cerró los ojos y el recuerdo fantasmagórico de la batalla de Hampton asaltó su memoria. De pronto vio a Thomas Hughes apuntando a la cabeza de Devlin.

—¿Dónde está Devlin? —sollozó mientras su corazón latía frenéticamente, lleno de terror–. ¡Por favor, dime que está bien!

—El doctor Barnes dejó láudano. Espera, voy a darte un poco a ti —dijo Tillie, agarrando una taza de té en la que sin duda había disuelto la droga.

Virginia le apartó la mano y la taza cayó al suelo.

—¿Dónde está Devlin? ¿Está vivo?

Las lágrimas cayeron por el rostro de Tillie.

—No lo sé —sollozó—. Alguien le disparó por detrás... y ya no vi más. Tenía que sacarte de allí.

Virginia se incorporó. El bebé eligió ese momento para dar una patada. Se llevó la mano al vientre e intentó calmarse por el bien de su hijo, pero le resultó imposible. Devlin no podía estar muerto.

—Era Tom Hughes —dijo horrorizada—. Yo lo vi, lo vi disparar a Devlin por la espalda —y comenzó por fin a llorar. Cerró los ojos e intentó respirar. Se dijo con firmeza que debía mantener la calma. El dolor y el miedo no le servirían de nada en ese momento. Si Devlin estaba vivo, tenía que encontrarlo. Tenía que encontrarlo, aunque estuviera muerto. ¡Pero no podía estar muerto!

—Ayúdame a vestirme —dijo.

—¡Debes quedarte en la cama hasta que nazca el niño! —le gritó Tillie.

—Mi marido podría estar muerto —dijo Virginia con voz queda. Se levantó, agarrándose a la cama—. Puedes venir conmigo o puedes quedarte aquí. Pero voy a encontrar a mi marido, sea como sea.

Era una tarde luminosa y cálida y la ciudad hedía a muerte. Los británicos se habían ido, naturalmente, y la ensenada y la bahía parecían desiertas. El ejército americano había montado a las afueras de la ciudad un fuerte improvisado, con un campo de prisioneros y un hospital de campaña.

Virginia se sentía débil y caminaba agarrada al brazo de Tillie. Frank iba tras ellas, siempre vigilante. A las puertas del campamento, un soldado les había indicado al capitán Lewis, el comandante del destacamento. Virginia se acercó a él. Procuraba con todas sus fuerzas mantener la compostura y ardía en resolución. Encontraría a Devlin, y lo encontraría vivo.

Lewis estaba hablando con varios oficiales que se alejaron al detenerse Virginia ante él. No era mucho mayor que ella. Tenía el cabello rubio, los ojos azules y las mejillas tostadas por el sol. Su expresión se volvió hosca al mirarla.

—Déjeme adivinar —dijo con esfuerzo—. Ha perdido usted a su marido, a un hermano o a su padre. Aquí está la lista. Pero no está completa.

Virginia tomó la hoja de papel que él había recogido de la mesa que utilizaba como despacho.

—Mi esposo es un oficial británico, señor. Puede que usted sepa si ha sido capturado o ha muerto —seguía asombrándola la calma con la que hablaba. Se sentía como si flotara fuera de su cuerpo. No se atrevía a sentir. Si sentía, se haría pedazos, se volvería loca, y no encontraría a Devlin.

El capitán levantó las cejas, interesado.

—Se llama Devlin O'Neill y es capitán —Virginia levantó la cabeza con orgullo.

Él apretó la mandíbula.

—¿O'Neill? ¿El capitán del Desafío? ¿El que ha hecho esto? —señaló hacia el hospital, que estaba tras ellos y en el que los heridos yacían sobre mantas y camillas, gimiendo y pidiendo ayuda.

—Mi marido jamás ordenaría semejante ataque.

—¿Ah, no? —el escepticismo de Lewis resultaba obvio—. No he visto su nombre en las listas.

Ella bajó la mirada. Había una lista de muertos y otra de heridos.

—¿Dice que estas listas están incompletas?

—Así es.

—¿Y qué me dice de los prisioneros de guerra?

Él hizo una mueca burlona.

—Sólo hay un puñado.

Ella tragó saliva.

—Me gustaría ver a los muertos, a los heridos y a los prisioneros, capitán.

Él se encogió de hombros.

—Si encuentra a O'Neill en nuestro poder, me hará un hombre muy feliz —se volvió—. ¡Sargento Ames! Acompañe a la señora O'Neill a la morgue y déjela luego dar una vuelta por el hospital y el campo de prisioneros.

Un hombre corpulento se acercó corriendo.

—Sí, señor —hizo un saludo militar—. Por aquí, señora.

Virginia y Tillie siguieron al sargento. Quince minutos después, Virginia se encontraba muy mareada, pero segura de que Devlin no se contaba entre los heridos del hospital de campaña.

—No está aquí, sargento —dijo Tillie—. ¿Podemos ver a los prisioneros?

Él asintió y les condujo de nuevo al centro del campamento.

—La morgue está justo allí —dijo, y señaló unas hileras de cuerpos envueltos en sábanas. Virginia se paró en seco.

—No puedo —dijo, a punto de perder la serenidad.

—Iré yo. Puedo identificar al capitán —se apresuró a decir Frank.

—Dios te bendiga —musitó Virginia.

Frank regresó media hora después con aspecto macilento a pesar de su piel oscura.

—Los he visto a todos —dijo con voz ronca—. No está entre los muertos, señorita Virginia.

Virginia, que estaba sentada en una silla que el sargento le había procurado amablemente, sintió que empezaba a llorar.

—Gracias a Dios —murmuró. Intentó conservar la compostura y el esfuerzo la hizo temblar. Aún había esperanza, y se aferró a ella.

—Venga por aquí, señora —dijo el sargento con amabilidad.

Al otro lado del campamento había sido levantada una pequeña empalizada. Virginia pudo entrar con el sargento Ames. Recorrió con la mirada a la veintena escasa de prisioneros reunidos allí. La mitad llevaba casaca roja; la otra mitad iban en camisa. Ni uno solo llevaba chaqueta azul. Virginia se dio la vuelta. Si Devlin no estaba muerto, ni se hallaba entre los heridos o los prisioneros, ¿significaba eso que había regresado al Desafío? Se estremeció, llena de alivio.

—¿Virginia? —dijo una voz de hombre que le resultaba conocida. Ella comenzó a volverse, asombrada—. ¿Virginia Hughes? ¿Es usted?

Uno de los prisioneros se acercaba con las manos atadas. Los ojos de Virginia se agrandaron al reconocerlo. Era Jack Harvey, el antiguo cirujano del Desafío.

—¡Señor Harvey! —exclamó, y corrió hacia él.

Él sonrió como si se alegrara de verla.

—Verla a usted es un gran placer para unos ojos cansados, señorita Hughes.

—Señor Harvey, ¿se encuentra bien?

—No estoy herido... y he intentado ofrecer mis servicios a los americanos muchas veces, pero no se fían de mis habilidades —sus ojos oscuros tenían una expresión sombría.

Ella dio media vuelta.

—¡Guardia! Este hombre es un buen médico y un excelente cirujano. ¡Hay que dejar que atienda a los heridos!

El guardia se limitó a rezongar algo. El sargento Ames pareció volver a la vida.

—Hablaré con el capitán Lewis —dijo—. Necesitamos todos los médicos que podamos conseguir.

Harvey sonrió a Virginia con melancolía. Ella le apretó la mano.

—¿Qué hace usted aquí, señorita Hughes?

Ella adoptó una expresión adusta.

—Ahora soy la señora O'Neill, señor Harvey.

Los ojos del médico se agrandaron con genuina sorpresa. Luego esbozó una sonrisa.

—Vaya, ahora todo cobra sentido. Nunca había visto a Devlin tan alterado por nada ni por nadie.

Ella lo agarró de la mano.

—¿Ha visto a Devlin? He oído que le dispararon. Estoy desesperada, necesito encontrarlo... Rezo por que esté vivo —respiró hondo y procuró conservar la poca calma que le quedaba. Harvey vaciló, y Virginia comprendió por su expresión que sabía algo—. ¿Qué ocurre? ¿Qué es lo que teme decirme?

—Oí decir que lo habían arrestado, Virginia. Lo detuvo el almirante Cockburn en persona. Al parecer, se volvió loco y asesinó a sus propios hombres —hizo una mueca—. Es absurdo, no puede ser cierto, desde luego, pero es lo que se dice por aquí.

—¿Ha sido arrestado? —ella sofocó un gemido, a pesar de que se sentía feliz porque estuviera vivo—. ¿Dónde lo han enviado?

—Tengo entendido que está en el calabozo del Desafío —contestó Jack Harvey.

—Vivirá usted, capitán —dijo Paul White, el nuevo cirujano del barco.

Devlin estaba sentado en el estrecho camastro del calabozo de su barco. White acababa de vendarle el hombro derecho. La herida le dolía, pero a él poco le importaba. Sabía que no era grave. Por suerte, su instinto le había advertido de la presencia de un enemigo y se había dado la vuelta justo a tiempo. De no haber sido así, Tom Hughes lo habría asesinado.

No le cabía duda alguna de que Hughes lo había seguido hasta allí con la única intención de matarlo. Pero ello le traía sin cuidado. Porque aquella última batalla había reducido su vida a una sola cosa: su esposa. Seguía viendo a Virginia al doblar la esquina y toparse cara a cara con él; la veía asaltada por aquellos soldados, y el mero recuerdo bastaba para llenarlo de espanto. Si la hubiera perdido, no habría podido soportarlo. Jamás se habría recuperado de aquel dolor. Para salvar a Virginia, habría matado a todos los casacas rojas de Hampton, si hubiera sido preciso.

Cerró los ojos, estremecido. Virginia no había sido violada, no había muerto, y, santo Dios, no había hombre más necio que él. Había sacrificado su amor y su matrimonio a cambio de su maldita venganza. Ahora, daba gracias a Dios porque Virginia estuviera viva. Antes de ser arrestado, había visto cómo Frank y Tillie se la llevaban.

Se llevó las manos a la cara. Necesitaba desesperadamente a su esposa. Necesitaba su perdón y necesitaba su amor. Eso era lo que le había enseñado aquella última batalla. Había dedicado su vida al odio y la muerte. Pero ya no. Elegiría la dicha y el amor... si Virginia lo perdonaba y lo aceptaba de nuevo.

—¿Quiere un poco de ron para calmar el dolor, señor?

Devlin miró al cirujano. El intenso dolor que sentía se hallaba alojado en su corazón, y sólo Virginia podía aliviarlo.

—No.

La puerta del calabozo resonó al abrirse. Ambos vieron cómo unas botas relucientes descendían por los peldaños, seguidas por unas calzas blancas y una levita azul con botones dorados y un sinfín de galones y medallas. El almirante Cockburn miró a Devlin y a Paul White mientras un joven oficial bajaba tras él. Era Thomas Hughes. Devlin miró al hijo de Eastleigh y notó con cierta sorpresa que no sentía ira, ni rabia. No sentía nada en absoluto, salvo una extraña indiferencia... y un vivo deseo de encontrar a su esposa.

—¿Cómo está Devlin? —preguntó Cockburn dirigiéndose a White.

—Tiene el hombro muy hinchado, señor, y un buen golpe en la cabeza, pero dentro de un par de días podrá volver al servicio. Si no estuviera en el calabozo, quiero decir —se corrigió White.

Devlin se levantó despacio y echó mano de su camisa manchada de sangre. Qué extraña era aquella indiferencia. Qué extraña y qué gran alivio. Sintió que se sonreía al volverse hacia Cockburn y Hughes, mientras se abotonaba la camisa. Había elegido la dicha y el amor.

Los ojos torvos de Hughes se dilataron, llenos de sorpresa y desconcierto, cuando sus miradas se encontraron. Devlin desvió los ojos. Estaba impaciente por seguir con su vida, pero aún tenía que atar algunos cabos sueltos. Se lo debía a Virginia y a su futuro hijo.

—Déjelo libre —dijo Cockburn.

—¡Pero señor! —exclamó Hughes—. ¡Mató a soldados británicos!

Devlin no dijo ni una palabra mientras salía de la celda seguido por White.

—Hablaremos en cubierta —dijo Cockburn con firmeza, y, dando media vuelta, echó a andar delante de ellos. Devlin ignoró a Hughes, que lo miraba con pasmo, y siguió al almirante a la cubierta principal, donde la brisa era suave y el cielo azul y brillante. En realidad, nunca le había parecido el cielo tan luminoso, ni tan azul.

Miró rápidamente a su alrededor. Al instante reconoció el lugar donde se hallaban, más allá de la desembocadura del Chesapeake, aproximadamente a una milla de la costa de Virginia. Vio que se dirigían hacia el sur, a tres o cuatro nudos de velocidad. Podría estar en Sweet Briar en cuestión de dos horas. Apenas podía esperar.

—¿Voy a quedar libre? —preguntó mientras Tom Hughes se reunía con ellos.

—Sí, así es. En toda batalla ocurren incidentes desgraciados, hijo mío, y que me aspen si voy a perder a mi mejor capitán por culpa de unos cuantos sinvergüenzas. Además, cualquier hombre habría actuado como usted para proteger a su esposa —Hughes parecía anonadado—. Ha sido un triunfo magnífico —continuó el almirante—. Informaré con todo detalle de la actuación del Desafío y de sus hombres. Buen trabajo, capitán, muy buen trabajo —Cockburn le sonrió.

Devlin no quería hablar de la espantosa batalla de Hampton. Ansiaba marcharse. Miró cara a cara a su comandante en jefe.

—Le presento mi dimisión, almirante.

Cockburn se quedó boquiabierto. Y lo mismo le ocurrió a Hughes.

—¿Qué? —exclamó el almirante.

Devlin sonrió.

—Creo que me ha oído bien —dijo—. Discúlpeme. Me voy a casa —dejó a los dos hombres mirándolo con incredulidad y se dirigió a su camarote. Algo ligero y alegre se agitaba en su pecho, como una vela empujada por una suave brisa.

No sabía nada acerca de la felicidad y el amor, pero sin duda Virginia podría enseñárselo. Se echó a reír. Luego, todavía sonriendo, se sentó a su mesa, escribió en un abrir y cerrar de ojos su carta de dimisión, la dobló y la selló. Regresó a la cubierta y le entregó la carta a Cockburn.

—Recomiendo que se entregue el mando del Desafío a Red Barlow —dijo.

Cockburn estaba lívido.

—Si no lo conociera bien, diría que es usted un cobarde, señor —dijo, e hizo una seña a sus hombres para indicarles que quería regresar a su barco. Luego se alejó.

Devlin se encogió de hombros con indiferencia. Se volvió y miró a Hughes.

—Tengo algo para ti —dijo con suavidad.

—¿Se trata de un truco? Si es así, es muy astuto —dijo Hughes, que miraba alarmado sus manos, como si esperaba que lo asaltara con una daga.

—Se acabaron los trucos. Se acabó el juego —repuso Devlin—. Y estoy perdiendo el tiempo. Toma —le entregó un papel que había escrito el día anterior, mientras estaba en el calabozo.

—¿Qué es esto? —preguntó Hughes, receloso.

—Una escritura de propiedad —dijo Devlin, y respiró una bocanada del dulce aire de Virginia—. La escritura de Waverly Hall. No la quiero. Es vuestra —Hughes lo miró con la boca abierta. Devlin le hizo un gesto a un marinero, que se acercó corriendo–. Me voy a tierra –dijo–. Preparad un bote –su corazón se aceleró al pensar en ver a Virginia de nuevo.

–¡Sí, señor! –el marinero se alejó a todo correr.

–¿Vas a devolvernos Waverly Hall? –Hughes lo había seguido hasta la barandilla del barco.

–Sí, así es.

–No lo entiendo.

–No tiene importancia –miró la playa de arena y el bosque que había más allá, pensando de nuevo en Virginia.

–¡Claro que importa! –gritó Tom Hughes–. Mi padre mató al tuyo. Has dedicado tu vida a vengarte. Nos robaste nuestra casa, convertiste a mi madrastra en tu amante, deshonraste a mi prima, me diste una paliza y yo estuve a punto de matarte el otro día. ¡Claro que importa!

Devlin ni siquiera se molestó en mirarlo. El bote que había pedido estaba siendo bajado hacia las olas y su corazón latía velozmente, lleno de excitación.

–Ya no quiero venganza –dijo–. Es otra cosa lo que quiero.

Virginia estaba agotada. El coche se detuvo ante la casa y ella estaba tan cansada que se quedó allí sentada, mirando las columnas blancas del porche. Al menos Devlin no estaba entre los muertos. Pero ahora era prisionero, prisionero de su propia gente.

Tillie le dio una palmada en el brazo.

–Enviaremos enseguida una carta al almirante Cockburn. Tú eres su esposa. El almirante tiene que decirte cómo está y dónde –dijo con firmeza.

Los ojos de Virginia se llenaron de lágrimas.

—Estaba protegiéndome. Mató a esos soldados sólo por protegerme. Si se lo digo al almirante, sin duda le soltará.
—Primero tenemos que escribirle —dijo Tillie. Y de pronto se puso rígida.

Virginia advirtió su sorpresa y se volvió hacia la casa. Y allí, de pie en el porche, descubrió la visión más hermosa que había visto jamás. Dejó escapar un grito, incapaz de moverse, mientras Devlin bajaba los escalones del porche con la mirada fija en ella.

—Devlin... —logró decir, llena de alegría.

Él se acercó al coche y tomó sus manos. Su rostro estaba crispado por la emoción.

—Gracias a Dios, estás bien —dijo con voz áspera.

Virginia no podía hablar. Estaba llena de asombro, pues en los ojos de Devlin también brillaban las lágrimas. Él sonrió un poco y tocó su mejilla.

—Nunca había pasado tanto miedo, Virginia, como cuando me encontré a Frank en la ciudad y me dijo que estabas allí... —no pudo continuar. Su voz se quebró.

Virginia vio, anonadada, que las lágrimas corrían por sus mejillas.

—Estás llorando —susurró.

Él asintió con la cabeza, incapaz de hablar, y las lágrimas siguieron deslizándose por sus mejillas tostadas por el sol. Abrió la portezuela del coche, tomó a Virginia en sus brazos y la depositó en el suelo. Después, la apretó con fuerza contra su cuerpo alto y poderoso.

—Estuviste a punto de morir, Virginia. Fue culpa mía. Por mi maldita sed de venganza, ayer estuviste a punto de morir en Hampton. Todo lo que has sufrido, lo has sufrido por mí. Lo siento. Lo siento muchísimo. Pero no basta con una simple disculpa.

Ella acarició su mejilla húmeda.

—Devlin, no me arrepiento de nada de lo que hemos

compartido —y era cierto. Lo amaba tanto que guardaba como un tesoro cada recuerdo, tanto los buenos como los malos, los dulces como los amargos.

Él sacudió la cabeza.

—Los dos sabemos que eres muy generosa, y que no me merezco tu bondad —vaciló y Virginia tembló bajo sus manos—. Cuando vi que ese soldado te atacaba, me volví loco de rabia. Estaba dispuesto a matar a cualquier casaca roja que se pusiera en mi camino. Nunca me había cegado hasta ese punto la rabia... excepto cuando vi a Tom Hughes asaltarte en el baile. Entonces sentí ese mismo deseo de matar... porque te quiero, Virginia —dijo.

Ella se quedó callada. Su corazón latía con fuerza. Su cuerpo temblaba violentamente.

—¿Me quieres? —musitó, aturdida. Y la felicidad comenzó a apoderarse de ella.

Él asintió con la cabeza, sonriendo entre lágrimas.

—En realidad, te quiero desde hace mucho tiempo, casi desde el principio, desde la primera vez que te vi. Tenía tanto miedo, Virginia... tanto miedo de ti. Temía elegir el amor y la felicidad, porque sólo conocía la venganza y el odio.

—¿Y ahora? —logró decir ella, asombrada.

—Todavía tengo miedo, pero el dolor de nuestra separación se me ha hecho insoportable. No puedo estar lejos de ti —dijo con sencillez—. ¿Puedes enseñarme a vivir con alegría, Virginia? ¿Puedes enseñarme a amar?

Virginia no salía de su asombro.

—Puedo enseñarte todas esas cosas, Devlin —musitó—. ¿Significa eso... lo que creo? —le daba miedo abrigar esperanzas.

Él asintió gravemente y otra lágrima rodó por su mejilla.

—Me pediste que eligiera y elegí mal. Ahora lo sé. Así que voy a elegirte a ti y a nuestro hijo, Virginia.

Ella dejó escapar un sollozó y Devlin la abrazó con fuerza durante largo rato. Cuando volvió a hablar, su voz sonó como un ronco susurro.

—Se acabó. He entregado a Hughes la escritura de Waverly Hall. Todo ha acabado, amor mío —ella lloraba contra su pecho, lágrimas de alegría y felicidad—. Iba a pedir tu perdón —dijo él—. No te lo pediré, porque no me lo merezco. Pero haré cualquier cosa que me pidas, aunque nada pueda compensarte por lo que has pasado —la miró y sus ojos se encontraron. Los de Devlin centelleaban, llenos de amor, y también de miedo—. ¿Regresarás a mí como mi esposa?

Ella sonrió y le acarició la mejilla.

—En el fondo, nunca te he dejado, Devlin. Mi corazón es tuyo desde aquellos primeros días, cuando me tomaste prisionera y me llevaste a bordo del Desafío.

Él vaciló.

—Te quiero, Virginia, y sé que no puedo vivir sin ti. Ahora lo sé.

Ella se sentía feliz.

—Ya te he perdonado, Devlin. No puedo culparte por elegir una vida de odio y de venganza, después de lo que le pasó a tu padre.

Él asintió con la cabeza.

—Es hora de dejar descansar en paz a Gerald. Y yo también quiero paz, Virginia. Necesito paz tanto como te necesito a ti.

Virginia se rió, llena de alegría.

—Entonces, ¿empezaremos de nuevo?

—Sí —dijo él con suavidad, y besó tiernamente sus manos. Luego la miró con fijeza—. He renunciado a mi puesto.

Ella se quedó boquiabierta de asombro. Devlin sonrió lentamente y después respiró hondo. Ambos contemplaron la hermosa casa de ladrillo y los campos que se extendían más allá.

—Sweet Briar tiene buen aspecto —dijo con calma mientras paseaba la mirada por los campos verdes. Luego bajó la mirada hacia ella y la tomó de la mano. Su sonrisa era cálida y dulce—. Creo que deberíamos dividir nuestro tiempo. La mitad del año aquí, y la otra mitad en Askeaton.

—¿Pasarías aquí la mitad del año? —preguntó ella, sorprendida.

—¿Te gustaría que así fuera, amor mío? —la sonrisa de Devlin se hizo más amplia.

—Muchísimo —susurró ella. Sabía que, con Devlin a su lado, Sweet Briar volvería a ser un lugar próspero. Cosecharían sus campos de tabaco y llenarían la casa de niños. Pero ella amaba también Askeaton, pues, durante los muchos meses que había pasado allí como rehén de Devlin, había llegado a considerar aquella casa como su hogar. Pronto, los oscuros y antiguos salones de Askeaton estarían llenos de amor y de risas. Con el corazón palpitando de emoción, tomó la mano de Devlin.

—Soy muy feliz.

—Entonces yo también lo soy —la tomó en sus brazos y la besó en la frente con ternura—. Te echaba terriblemente de menos, Virginia. De aquí en adelante, satisfaré todos tus deseos.

Ella le sonrió y se echó a reír.

—Eso lo dudo, no sé por qué... capitán.

—Lo digo en serio —repuso él con tal fervor que Virginia se rió de nuevo.

—Entonces deseo que entremos para que pueda presentarte a todos como mi marido.

Él hizo una reverencia y le lanzó una mirada seductora que no le dejó duda alguna respecto a qué deseaba hacer... y cuanto antes.

—Después de ti, amor mío.

Ella tomó su mano y, sonriendo, el nuevo señor de Sweet Briar y su esposa entraron en la casa. Por fin el futuro les sonreía, luminoso y radiante.

Virginia apenas podía esperar.

Nota de la autora

Queridos lectores:

Como siempre que escribo una novela histórica, intento mezclar en lo posible realidad y ficción. Muchos estadounidenses desconocen por completo la guerra de 1812 y otros muchos, entre los que me contaba yo misma, ignoramos las razones de tal conflicto, el alcance de las operaciones bélicas, la pérdida de vidas humanas y la duración de la guerra. Algunas de las razones de la conflagración han quedado esbozadas en el libro: la política interna pesó tanto como el miedo a la dominación británica, el libre comercio, el apresamiento de mercancías y personas y la política agraria de expansión hacia territorio canadiense. Las pérdidas humanas fueron espantosas, y la guerra, que estaba ya en marcha en 1811, no acabó hasta febrero de 1815.

Todas las batallas a las que se alude en el libro son hechos históricos. La victoria de Devlin sobre el Independence está basada en las hazañas de Philip Broke, el capitán del Shannon, que logró hacer salir al Chesapeake del puerto de Boston y destruirlo en apenas un cuarto de hora. Por suerte, los británicos fracasaron en su intento de ocupar Norfolk, Virginia, y, por desgracia, la masacre de Hampton y otras atrocidades semejantes tuvieron lugar en la realidad.

Para trazar la carrera naval de Devlin O'Neill me he basado a grandes rasgos en la de Thomas Cochrane, hijo mayor de un conde escocés cuyo linaje era antiguo y distinguido, pero carecía de medios materiales. Cochrane fue uno de los más grandes capitanes de la Marina británica, célebre tanto por sus proezas en el mar como por sus tácticas poco ortodoxas y su innovadora estrategia naval.

Como muchos de ustedes sabrán ya, Devlin es un descendiente de Liam O'Neill y Katherine FitzGerald, mientras que el conde de Adare y sus hijos descienden de Rolfe de Warenne. Estoy segura de que muchos se estarán preguntando cómo perdió la familia de Liam sus tierras y su fortuna, y cómo acabaron los De Warenne en Irlanda. La historia de Inglaterra e Irlanda desde la Conquista a la Regencia es de una extrema turbulencia política y vio el ascenso y la caída de numerosas dinastías nobiliarias. La conquista británica de Irlanda se produjo a lo largo de siglos, por etapas. Muchos jóvenes sin tierras y ansiosos por hacer fortuna lucharon en Irlanda al servicio de la Corona y fueron recompensados por sus triunfos con tierras arrebatadas a la monarquía y la nobleza celtas. Durante el reinado de Isabel I, se completó el sometimiento del país, así como su colonización, y, al morir la reina, muy pocos nobles católicos irlandeses conservaban sus tierras ancestrales, la mayoría de las cuales habían quedado en manos de los conquistadores anglosajones y protestantes. Algunos de estos señores trabaron lazos dinásticos con las familias celtas autóctonas, pero la mayoría prefirieron establecer vínculos matrimoniales con los ingleses. Ser irlandés y protestante estaba mal visto; ser irlandés y católico era aún mucho peor. De pronto, ser católico se había convertido en delito.

Naturalmente, uno de los nietos de Rolfe buscó fortuna en Irlanda y estableció allí una rama de la dinastía De Warenne. Los O'Neill, por su parte, se rebelaron contra los dominadores ingleses y fueron desposeídos de sus tierras. En cuanto al hecho de que Devlin sea católico, su antepasada, Katherine FitzGerald, lo era también.

Confío en que hayan disfrutado de *El premio*. Tras escribir romance contemporáneo durante varios años, ha sido para mí una verdadera alegría ocuparme de un tiempo pasado en el que los hombres eran hombres de verdad y las mujeres se atrevían a intentar domeñarlos. Francamente, ha sido una gozada. Espero seguir escribiendo acerca de estas dos familias extraordinarias.

Los invito a visitar mi página web, y les deseo, como siempre, una feliz lectura.

Brenda Joyce

Títulos publicados en Top Novel

Atrapado por sus besos — STEPHANIE LAURENS
Corazones heridos — DIANA PALMER
Sin aliento — ALEX KAVA
La noche del mirlo — HEATHER GRAHAM
Escándalo — CANDACE CAMP
Placeres furtivos — LINDA HOWARD
Fruta prohibida — ERICA SPINDLER
Escándalo y pasión — STEPHANIE LAURENS
Juego sin nombre — NORA ROBERTS
Cazador de almas — ALEX KAVA
La huérfana — STELLA CAMERON
Un velo de misterio — CANDACE CAMP
Emma y yo — ELISABETH FLOCK
Nunca duermas con extraños — HEATHER GRAHAM
Pasiones culpables — LINDA HOWARD
Sombras en el desierto — SHANNON DRAKE
Reencuentro — NORA ROBERTS
Mentiras en el paraíso — JAYNE ANN KRENTZ
Sueños de medianoche - DIANA PALMER
Trampa de amor - STEPHANIE LAURENS
Resplandor secreto - SANDRA BROWN
Una mujer independiente - CANDACE CAMP
En mundos distintos - LINDA HOWARD
Por encima de todo - ELAINE COFFMAN

Made in the USA
Monee, IL
03 May 2026